NEUN TAGE

Unfrozen Four Serie
Buch Eins

NEUN TAGE (NINE DAYS)

Übersetzung: Joelina Falk

Korrektur: Ulrike Falk und Astrid Renz

Sie können mich hier finden:
https://www.joelinafalk.com
https://www.instagram.com/authorjoelinafalk/
https://twitter.com/joelinafalk

An meine Mutter, weil sie mich hiernach nicht nur in Weihwasser ertränken, sondern mir auch zehn Therapeuten zur Verfügung stellen wird.
Aber ich liebe dich, also ist das okay.

NOTIZ AN DIE LESER:

Dieses Buch enthält Themen die als Trigger gesehen werden. Ein großer Teil des Buches handelt von psychischen Krankheiten, unteranderem Depressionen und Selbstmordgedanken.
Sollten diese Trigger-Themen für Sie sein, so empfehle ich Ihnen ab hier nicht weiter zu lesen.

Playlist

all the kids are depressed — Jeremy Zucker

In My Blood — Shawn Mendes

sex — EDEN

It's You — Henry

comethru — Jeremy Zucker

Roxanne — Chase Atlantic

Dandelions — Ruth B

Little Things — One Direction

Empty Space — James Arthur

this is how you fall in love — Jeremy Zucker

Memories — Shawn Mendes

Power Over Me — Dermot Kennedy

Kapitel 1

»wouldn't it be nice to live inside a world that isn't black and white?«—Wonder by Shawn Mendes

Lily

Wer auch immer das liest,

sie sagen, dass die Zeit alle Wunden heilt...
sie liegen falsch.
Es sind genau 5840 Tage vergangen und mir tut immer noch alles weh.
Oh, vielleicht sollte ich das hier mit ein paar mehr Informationen beginnen, obwohl ich mir ziemlich sicher bin, dass du mich kennst, sonst hättest du dieses Buch ja nicht gefunden.
Ich bin Lily Heaven Reyes...und ich lebe in der verdammten Hölle.
Nicht wirklich, aber so fühlt es sich an, was ironisch ist, wenn man sich meinen Zweitnamen ansieht.
Jedenfalls, was auch immer nach dem Tod passiert kann nicht viel schlimmer sein als das hier. Na ja, ich werde es bald rausfinden.
Schade, dass ich dir nicht von meinen Erfahrungen mit dem Tod berichten kann.

Wie auch immer. Das hier ist mein »auf Wiedersehen«-Buch, denke ich.
Bitte sei so lieb und sende die Briefe in diesem Buch an alle, die erwähnt werden. Oder verbrenne sie. Es ist ja nicht so, als ob ich es jemals erfahren würde, wenn du es getan hast.
Sind das genug Informationen?
Ich habe nur noch zwei Wochen zu leben. Okay, das ist so viel Zeit, wie ich mir selbst gebe.
Ich weiß nicht, wie lange ich eigentlich noch zu leben habe und ich bin nicht hier, um es rauszufinden.
Mein Leben wird in zwei Wochen enden, weil ich es so entscheide.

»MEIN GOTT, LILY!«, ruft eine sehr wütende Winter vor meiner Zimmertür. Sie unterbricht meine wertvolle Zeit dieses Buch weiterzuschreiben.

Wenn ich nur wütend auf sie sein könnte.

Winter ist meine beste Freundin seit dem ersten Jahr hier am College. Mehr oder weniger eine gute Freundin.

Wir wurden als Zimmernachbarn eingeteilt und wie es das Schicksal wollte, sind wir es bis jetzt geblieben.

Das Gute ist allerdings, dass wir uns kein Zimmer mehr teilen müssen. Wir haben nun jeder unser eigenes, teilen uns nur noch ein Wohnzimmer und ein Badezimmer. Und die Küche natürlich. Also, es ist nicht mehr ganz so schlimm, wie am Anfang.

Leider ist Winter eine sehr selbstzentrierte Person. Sie kümmert sich nur um sich selbst und wenn sie sich mal um andere sorgt, dann nur so lange, bis sie das Interesse wieder auf sich selbst lenken kann.

»Warst du wirklich den ganzen Tag im Bett?«, fragt sie und starrt mich an. Mein Zimmer ist immer noch dunkel, da ich die Gardinen nie geöffnet habe. Ebenfalls habe ich mich nie darum geschert mich vernünftig anzuziehen.

»Ja, war ich«, sage ich. »Ist das ein Problem?«

»Du bist zwanzig Jahre alt, eine anstrebende Hochschulabsolventin. Du solltest nicht den ganzen Tag im Bett liegen, besonders nicht den ganzen Freitag«, sagt sie. »Wir gehen in einer Stunde zum Hockeyspiel. Unser Schulteam spielt gegen Yale!«

Winter schaltet mein Deckenlicht an, meine Augen pressen sich für einen kurzen Moment zusammen. Vielleicht war mein Zimmer doch dunkler, als ich dachte.

»Du siehst schrecklich aus, Lils.«

»Gott, danke Winter.«

Als ich es endlich schaffe meine Augen zu öffnen, werde ich mit einem Paar blauer Augen konfrontiert, die direkt auf mich herab starren. Winter steht am Ende meines Bettes, ihr rotes Haar in perfekten Beach Waves gestylt. Sie hat sogar Make-up aufgelegt. Nicht, dass es mich überrascht.

Winter ist immer bereit, um das Haus zu verlassen. Na ja, oder unser Zimmer am Campus.

»Bitte sag mir nicht, dass du's vergessen hast.« Ihre blauen Augen starren genau in meine Seele. Es ist unmöglich das auszuhalten.

Wenn Winter einmal ihre Augen auf jemanden richtet, besonders dann, wenn sie wütend ist, dann wünschst du dir tot zu sein. Eventuell macht es mir deshalb nicht viel aus, denn ich wünsche mir ja, dass ich tot wäre.

Vielleicht kann ich Winters Augen aber auch nicht gut beurteilen, denn ich hatte schon immer eine Art Abneigung gegen blaue Augen. Es hat keinen triftigen Grund, ich kann Menschen mit blauen Augen einfach nicht so vertrauen, wie ich Menschen mit braunen Augen vertraue. Es könnte daran liegen, dass die Dunkelheit schon immer ein Teil meines Lebens war.

Trotz meines Wunsches zu sterben und meiner Unfähigkeit, länger als eine Stunde glücklich zu sein, liebe ich es rauszugehen. Zumindest hin und wieder mal.

Das ist nichts im Vergleich zu Winter. Sie geht jeden einzelnen Tag weg. Nicht, dass das etwas Schlimmes wäre.

Dieses ganze Sozial sein ist einfach nur nichts für mich. Jeden Tag nach draußen gehen und sozialisieren...es ist nicht meins. Immerhin liebe ich es rauszugehen, bis meine soziale Batterie leer ist und ich das Interesse daran verliere. Ich weigere mich dann, mein Bett für die nächsten paar Tage zu verlassen.

»Wieso bist du denn noch nicht angezogen? Es ist Aarons großer Tag! Scouts werden anwesend sein und wer weiß, vielleicht bekommt er ja ein Angebot nach seinem Abschluss.« Winter ist definitiv viel zu aufgeregt was das an geht.

Aber es ist gut zu wissen, dass sich immerhin noch eine von Aarons Ex-Freundinnen um ihn kümmert. Das hat sie schon immer getan. Allerdings kann ich auch gut verstehen, weshalb er keine Lust auf sie hat.

»Ich, uh—« Ich habe keine Ahnung, was ich sagen soll. Winter weiß, dass ich an Depressionen leide, jedoch weiß sie nicht, wie weit diese gehen. Sie denkt, dass ich Medikamente nehme, die ein Lächeln auf mein Gesicht zaubern und ich wieder glücklich bin. »Ich habe einfach die Zeit vergessen. Aber ich werde mich jetzt fertig machen.«

Winter nickt und verlässt mein Zimmer.

Ich werde später weiterschreiben. Winter nötigt mich dazu, zu einem Hockeyspiel zu gehen.
Aber ich liebe Hockey, also ist es nicht ganz so schlimm.

Lily

Aus irgendwelchen Gründen fühle ich mich dazu gezwungen, diesem Eintrag ein vernünftiges Ende zu geben. Jeder, der schon einmal in ein Tagebuch geschrieben hat, wird es bestimmt nachvollziehen können.

Wie ich es versprochen habe—in gewisser Weise—zwinge ich mich dazu, von meinem gemütlichen Bett aufzustehen und laufe rüber zu meiner Kommode. Die Kommode ist alles, was ich in mein kleines Zimmer reinbekommen habe, zusammen mit meinem Bett und meinem Schreibtisch.

Ich schnappe mir eine blaue Jeanshose, eine weiße Langarmbluse und einen beigen Pullover.

Nachdem ich mein Outfit ausgesucht und angezogen habe, gehe ich rüber zu meinem Schreibtisch.

Winter benötigt immer viel zu lange im Badezimmer, also habe ich meinen Schreibtisch zur Hälfte in einen Schminktisch umgewandelt.

Eine weitere gute Sache: Ich muss mein Zimmer nicht mehr verlassen, wenn ich mich dann doch mal für irgendwas fertig machen muss.

Ich decke schnell meine Augenringe ab und trage etwas Concealer an den Stellen auf, die es nötig haben. Ich arbeite nicht mit Foundation, da ich keine Ahnung habe, wie man diese richtig aufträgt, ohne Make-up-Ränder zu haben, oder, dass es angemalt aussieht. Zum Schluss füge ich Wimperntusche hinzu und dann bin ich bereit zu gehen.

Ich verlasse mein Zimmer und laufe in das Wohnzimmer, welches ich mir mit Winter teile. Ich will eigentlich nicht zu dem Hockeyspiel gehen, habe allerdings keine andere Wahl. Winter würde mir das sonst nie verzeihen. Aaron auch nicht.

»Schau dich an!« Ihr Mund steht offen, ihre Augen scannen meinen Körper. »Du siehst so großartig aus.«

Ich weiß, dass sie lügt. Winter hat es sich zu ihrer persönlichen Aufgabe gemacht, mir immer zu sagen, dass ich großartig aussehe, seitdem sie weiß, dass ich an Depressionen leide. Sie scheint zu glauben, dass ich mich für zu hässlich für diese Welt halte.

Ich bin mir bewusst, dass ich das nicht bin. Ich bin depressiv, nicht unsicher über mein Aussehen.

Von unserer gemeinsamen Freundin Mia weiß ich, dass Winter über neunzig Prozent der Zeit, in der sie mich mal sieht, denkt, dass ich tot aussehe. Deshalb hasse ich ihre Mitleids Komplimente.

»Danke«, sage ich und gebe ihr ein kleines Lächeln. Es ist ein gespieltes Lächeln.

Normalerweise setze ich nur am Campus ein gespieltes Lächeln auf—damit keiner fragt, was los ist. Ich verbiete mir selbst ein aufgesetztes Lächeln Winter gegenüber, aber nicht heute, wenn sie mir—mal wieder—ein Kompliment aus purem Mitleid macht.

»Ich hoffe dennoch, dass Aaron und ich heute wieder einen Schritt weiter gehen, wenn du verstehst, was ich meine. Meine Güte, Lils, ich vermisse ihn so sehr.« Ein unwohles Gefühl macht sich in meinem Magen breit. Aber Winter ist meine beste Freundin, ich muss ihrem Jungs-Gerede zuhören.

»Ich bin mir sicher, dass er dich in sein Herz lassen wird,« erwidere ich.

»Weiß nicht. Er war heute sehr kalt zu mir und weigert sich, mit mir darüber zu reden«, sagt sie. Ihre eigentlich glückliche Aura nimmt eine dunkle Form an. Ich hasse es, wenn Winter traurig ist, es macht mich ebenfalls traurig.

»Ich meine, ihr seid getrennt. Vielleicht möchte er einfach nicht über seine Probleme mit seiner Ex sprechen«, erinnere ich sie.

Leider ist diese Erinnerung ebenfalls eine Erinnerung an mich, denn Aaron hat heute genauso einen scheiß Tag wie ich.

Sie seufzt lang und tief, als sie zu mir rüberkommt und ihre Arme um meinen Hals legt.

Winter ist 1,73 Meter groß, was meine 1,67 Meter übertrifft. Jedes Mal, wenn sie mich umarmt, umschließen Winters Arme daher meinen Hals.

»Ich wünschte nur, dass ich ihm durch seinen Herzschmerz helfen könnte«, jammert sie in einer etwas kratzigeren Stimme. Ich könnte schwören, dass sie gleich anfängt zu weinen und das nicht nur zur Täuschung.

Wenn das passiert, dann werde ich ebenfalls losheulen. Aber ich will nicht. Nicht wenn Winter dabei ist. Und nicht hier und jetzt.

»Seine Eltern sind getrennt, und laut Aaron streiten sie immer noch, selbst nach Jahren.«

»Weißt du, es ist nicht allzu ungewöhnlich, dass Eltern sich trennen«, erwidere ich.

»Ich weiß, Lils. Deine Eltern sind ebenfalls getrennt und sie streiten sich auch. Aber wir reden über Aaron. Er ist perfekt. Sein Leben sollte ebenfalls perfekt sein.«

Ich verdrehe meine Augen. Zum Glück kann sie das nicht sehen, da wir uns immer noch umarmen. Für einen kurzen Moment möchte ich Winter daran erinnern, dass das Leben scheiße ist und jedermanns Probleme relevant sind. Doch für Winter gibt es Unterschiede. Sie will nicht sehen, dass es egal ist, wie tief das Wasser ist, in dem jemand ertrinkt. Ertrinken bleibt ertrinken.

Für Winter gibt es dabei aber Abstufungen. Wenn jemand »größere« Probleme hat, dann sollte die Person mit weniger schwierigen Probleme nicht über ihre Probleme reden. Zumindest nicht vor der anderen Person.

Na ja, aber Winter redet mit mir...über ihre Jungs-Probleme. Oder Aaron-Probleme, um es spezifischer zu sagen. Die Probleme, von denen ich nichts wissen möchte.

»Wir sollten langsam los. Ich will Aarons süßen Hintern nicht verpassen.« Ich mache Würgegeräusche, nachdem diese Worte Winters Mund verlassen haben. »Ah, vielleicht sehen wir ja auch Colin. Ich werde versuchen, euch zwei zu einem Date zu bringen. Colin ist ziemlich heiß, zwar nicht so heiß wie Aaron, aber… er ist Single, tätowiert und hat den gleichen schwarzen Humor wie du.«

Schwarzer Humor. Ich bin ein depressives Etwas, das Witze übers Sterben macht, um mit der Situation besser fertig zu werden. Na ja, eventuell sind es nicht wirklich Witze, da ich ja wirklich sterben will.

Ihre Arme verlassen meinen Körper und Winter läuft sofort rüber zu unserer Garderobe, um unsere Jacken für heute Abend zu holen. Wir benötigen diese wirklich. Nicht, weil es Ende

September ist, sondern weil Eishallen kalt sind. Außer, wenn du die Person auf dem Eis bist.

Aus irgendwelchen Gründen verschwindet die Kälte, wenn man sich selbst auf dem Eis bewegt. Nein, definitiv dadurch. Ich meine, wenn ich einfach so auf dem Eis stehe, ohne mich zu bewegen, dann wird mir auch kalt, aber nicht, wenn ich über das Eis gleite und Bewegung habe.

Eigentlich habe ich keine Ahnung woran das liegt. Ich bin nicht wirklich gut in Physik. Ich verstehe das meiste daran nicht, also ignoriere ich Physik gekonnt.

Damals, als ich noch regelmäßig auf dem Eis war, war mir nie kalt. Mittlerweile skate ich nicht mehr. Nicht wegen dem College und weil ich zu viel lernen muss, sondern weil ich meine Motivation verloren habe. Die Motivation das zu tun, was ich einst geliebt habe.

Kapitel 2

»well now I know that I’m the fuel and she’s the spark«— Wildfire by Seafret

Colin

»DIES IST DAS ERSTE SPIEL DIESER SAISON«, kündige ich meinen Teamkameraden an. Es ist nicht so, als wäre es ihnen nicht bewusst. Natürlich wissen sie das. Aber ich glaube, dass es mein Job als Team Captain ist ein paar Worte vor jedem Spiel zu sagen.

Der Raum wird leiser, so leise, dass keine anderen Geräusche außer das Atmen der anderen zu hören ist. Es ist komisch. Normalerweise ist diese Gruppe von Idioten verdammt laut.

»Es ist die letzte Saison für alle diesjährigen Abgänger. Es wäre eine Schande, wenn sie ihren Abschluss ohne einen letzten Sieg machen müssten«, sage ich und schaue durch die Umkleidekabine. Jedes einzelne paar Augen ist auf mich gerichtet. Die Hälfte der Jungs ist noch halbnackt, da diese mitten beim Umziehen waren, aber keinen von uns kümmert das wirklich.

»Dieses Spiel wird zeigen, wie der Rest der Saison ablaufen wird.« Nicht wirklich, aber jeder hat so seinen Aberglauben. »Nach der Niederlage vom letzten Jahr denke ich, dass wir alle genug Wut in uns tragen, um dieses Jahr zu rocken.«

Ein lautes Gebrüll ertönt von meinen Teammitgliedern. Gott, die sind manchmal so nervig mit ihrem Brüllen. Sie können nicht einfach jubeln oder klatschen, nein, sie müssen brüllen wie ein ganzes Rudel Löwen. Andere Teams dagegen haben oft einen besonderen Spruch, der sie anfeuert und motiviert…mein Team *brüllt*.

Manchmal denke ich, dass sogar ein Slogan wie »*Nine, Nine!*« aus der Serie *Brooklyn 99* besser gewesen wäre. Sowas wie »Trews!« um unser College zu ehren, immerhin ist unser College ein Teil der »St. Trewery University.«

Okay, nein. »*Trews*« klingt genauso dumm wie ein Brüllen.

»An all unsere Erstsemester«, sage ich und schaue auf die Handvoll an neuen Schülern. »Ich wünsche Euch viel Glück! Zeigt was ihr draufhabt und dass ihr es wert seid, für das St. Trewery Team zu spielen.«

Das St. Trewery Hockeyteam ist eines der besten College Hockeyteams im ganzen Staat von New York, seit man sich zurückerinnern kann.

»Jetzt, da wir einen neuen Coach haben denke ich, dass ihr heute gute Chancen habt, um ihn zu beeindrucken.«

»Oder auch nicht«, lacht einer meiner Teammitglieder. Ich schieße sofort einen Todesblick an ihn. Eine unserer vielen unausgesprochenen Regeln ist, und wird auch immer so bleiben: *Scherze niemals über deine Teammitglieder. Und zweifle niemals daran, dass sie es schaffen können.*

Teamkameraden sollten sich gegenseitig respektieren und ich empfinde es als wichtig, diese Regel aufrecht zu halten. Ich benötige kein Team, dass sich untereinander hasst. Jeder einzelne, der Teil dieses Teams ist, sollte wissen, dass wir uns gegenseitig den Rücken freihalten. Wenn einer fällt, dann fallen wir alle.

»Bro, ich sag ja nur…Coach Carter ist eine hart zu knackende Nuss. Er trainiert uns nur, weil er momentan nicht die Pros trainiert. Warum auch immer.«

Ich verdrehe meine Augen bei Aaron Marshs Kommentar. Aaron ist mein engster Freund von diesem Haufen an Idioten. Er ist mit mir zusammen im Team seit unserem ersten Jahr hier. Irgendwie ergab es sich, dass wir uns zusammen ein Haus gemietet haben und nun wohnen wir seit gut drei Jahren zusammen.

In dem Haus gegenüber von unserem wohnen zwei weitere meiner Mitspieler, Grey und Miles. Wir teilen uns einen Garten, aber das interessiert keinen von uns. Es ist auch nicht schlimm, dass diese zwei mehr bei Aaron und mir abhängen als bei sich zuhause.

Obwohl Grey und Miles theoretisch gesehen keine Mitbewohner sind, sondern nur Aaron und ich, bezeichnen wir uns dennoch alle als diese. Wir vier sind unzertrennlich.

Aaron ist ein fitter Typ. Nicht nur fit, er hat auch ein Gehirn. Er ist lächerlich schlau und wir alle hassen es. Nicht, dass ich mich nicht selbst als schlau bezeichnen würde, aber dieser Typ…verdammt. Ich glaube er studiert Architektur. Nicht ich glaube, ich weiß es. Aaron ist wirklich sehr gut mit Zahlen…und Mathe.

»Ja, Coach Carter wird der Tod von uns allen sein«, sagt Miles.

Miles gehört zu diesen stinkreichen Kindern, die alles bekommen, was sie wollen. (Ich gehöre auch dazu, dank meines Vaters, der eigentlich als Hockey Coach bei der NHL arbeitet).

Um mit Miles klarzukommen, muss man gute Nerven haben. Glücklicherweise weiß mein Vater bereits, wie man mit arroganten Hockeyspielern zurechtkommt.

»Genug jetzt. Coach Carter wird uns alle an unsere Grenzen pushen, das wissen wir bereits. Aber es ist auch genau das, was wir jetzt brauchen«, betone ich. »Er wird schon etwas Mitleid mit einigen eurer Hintern haben.« Gelächter bricht aus.

»Du meinst, er wird Mitleid mit *deinem* Hintern haben«, korrigiert Miles und hebt seine Augenbrauen an.

Natürlich wissen alle, dass Coach Carter mein Vater ist. Er trainiert dieses Jahr unser Team.

Eigentlich trainiert mein Vater die New York Rangers, aber meine jüngere Schwester Eira ist krank und bevor mein Vater es bereuen würde, mit seinem Team um die Welt zu reisen, statt bei seiner Tochter zu sein, hat er sich eine Auszeit genommen. Daher ist er nun für eine gewisse Zeit unser Coach.

Trotzdem, nur weil mein Vater unser Coach ist, heißt das nicht, dass er es mir leichter machen wird als den anderen. Ganz im Gegenteil. Ich denke sogar, dass er es mir am schwersten machen wird. Er war schon immer sehr hart zu mir.

Ich ignoriere Miles Kommentar.

»Also«, beginne ich, »bewegt eure Ärsche, zieht euch an und lasst uns Yale vernichten!«

Eine weitere Runde donnerndes Gebrüll schallt durch die Kabine, aber dieses Mal noch imposanter und voller Siegeswillen. Vielleicht ist Gebrüll doch nicht so schlecht.

Wir haben Yale komplett zerstört. 5-0 zeigt die Anzeigetafel, als die letzten Sekunden auslaufen und ein lauter ohrschmerzender Ton durch die Arena schrillt.

Die Leute springen vor Freude von ihren Sitzen auf und jubeln für mein Team. Andere—sehr wahrscheinlich Yale Fans—halten ihren Kopf in den Händen, verzweifeln an der Niederlage.

Ich würde lügen, wenn ich sagen würde, dass Gewinnen nicht das beste Gefühl aller Zeiten ist. Denn genau das ist es.

Als Team Captain fühle ich mich verpflichtet rüber zum Yale Hockeyteam zu skaten, zu deren Captain, um genauer zu sein, um ein kurzes Wort mit ihm zu wechseln.

Ich tippe ihm auf die Schulter, als ich hinter ihm stehe. »Gutes Spiel«, sage ich und er nickt zustimmend, wenn auch etwas widerwillig. Immerhin sind Yale Spieler gute Verlierer.

Doch bevor ich mich versehe, skatet das gesamte gegnerische Team runter vom Eis und verschwindet in der Kabine. Nicht, dass mich das wirklich kümmern würde.

»Dude! Fünf zu fucking Null!«, jubelt Miles und schreit durch die Arena.

Laute »*Woos*« laufen durch meine Ohren, gefolgt von »TREWERY«-Jubeln immer und immer wieder. Verdammt, wenn das mein Ego nicht verstärkt.

»Ab in die Kabine!«, schreit Coach Carter als er in seine Hände klatscht, um unsere Aufmerksamkeit zu erlangen.

Er klopft jedem auf den Rücken, als wir an ihm vorbeilaufen und sagt uns, wie großartig wir waren. Na ja, aber er erwähnt ebenfalls, dass wir hätten besser spielen können. Ich bin der letzte, der das Eis verlässt und der sich meinem Vater nähert.

»Du hast gut gespielt mein Sohn«, sagt er und nimmt mich in eine väterliche Umarmung. »Du machst mich stolz.« *Angeblich.*

Eigentlich habe ich wirklich eine gute Beziehung zu meinem Vater. Er war immer gut zu mir. Er hat mich immer bei allem unterstützt, hat jeden Gewinn mit mir gefeiert. Aber er pusht mich auch an meine Grenzen und darüber hinaus. Nicht, dass das etwas Schlechtes wäre. Es ist nur manchmal einfach zu viel.

Einmal, ich war um die sechzehn Jahre alt, hat mein Vater mich so weit gebracht, dass ich mich auf dem Eis übergeben habe.

Er nahm mich mit zum Training seines Teams. Es war eine Ehre für mich, aber ich war sechzehn und nicht einmal in der Nähe von dem, was die Profispieler an Training gewohnt sind. Sie hatten viel mehr Erfahrung als ich und mein Magen konnte diese Umstellung nicht wirklich ertragen, also leerte ich ihn direkt auf dem Eis.

Beschämt gewesen zu sein ist eine Untertreibung. Ich wollte im Erdboden versinken und genau dort auf der Stelle sterben.

Ich bin mir sicher, dass mein Vater stolz auf mich ist, ich meine, was für ein Vater würde nicht stolz sein, wenn sein Kind zu den Gewinnern gehört? Aber zum Teufel, er lebt sein Leben durch mich.

Aufgrund einer Verletzung gelang es ihm nie zu den Profis zu gehen, aber ich kann es. Außer wenn ich Mist baue oder mir eine Verletzung zuziehe, die mich dann genauso davon abhält.

Mit fester Überzeugung kann ich sagen, dass ich definitiv pro gehen möchte, das war schon immer mein Traum.

Ich war vielleicht drei Jahre alt, als ich das erste Mal auf dem Eis stand. Natürlich konnte ich damals noch nicht viel machen, aber mein Vater bestand darauf mich mitzunehmen als er mit seinem Team Training hatte.

So komisch es klingt, ein paar der New York Rangers Spieler haben mich aufwachsen sehen. Zum Glück sind diese mittlerweile aus dem Profisport raus. Das heißt, wenn es so weit ist, dass ich für das Team spiele, muss ich keine Angst davor haben, dass jemand sagt, »Ich habe deine Windeln gewechselt«.

Dennoch kennen mich die jetzigen Spieler bereits.

Als ich in die Kabine komme ist mein Team völlig außer Kontrolle, sie brüllen, als würde es kein Morgen mehr geben und sie singen und tanzen auf ihren Sieg. Ich kann nicht anders als diese Idioten auszulachen, aber dann schließe ich mich ihnen an, denn zum Teufel mit der Ernsthaftigkeit. Wir haben verdammt nochmal gewonnen.

Ich ziehe meine Hockeyausrüstung aus und wechsle schnell in meine Jogginghose und ein T-Shirt.

Anstatt jetzt duschen zu gehen, wie ich es normalerweise tun würde, will ich noch mal zurück aufs Eis und noch etwas an meiner Schnelligkeit arbeiten. Allerdings muss ich vorher wenigstens meine Hockey-Schutzausrüstung loswerden. Es ist mir egal, wenn ich falle. Ich werde eh allein auf dem Eis sein, was bedeutet, dass nichts allzu Schlimmes passieren kann.

»Wohin gehst du?«, fragt Aaron als ich mich auf den Weg raus aus der Kabine mache.

»Ich skate nur für eine Weile. Du weißt schon, etwas mehr Training reinbekommen«, sage ich. Er nickt langsam, dann zuckt er mit der Schulter und winkt mich davon. Es ist nicht so, als wäre ich ihm Rechenschaft schuldig, aber ich weiß, was er denkt. Er glaubt, dass ich auf dem Weg bin jemanden flach zu legen. »Wirklich, einfach nur etwas skaten«, sage ich und zeige auf meine Füße.

»Ich habe nie gesagt, dass es nicht so wäre.« Er lacht. »Versuche nicht die ganze Eishalle mit deinem Gestank zu verpesten, wir haben morgen früh Training.«

Mit einem Grinsen auf meinem Gesicht zeige ich Aaron den Mittelfinger als ich aus der Umkleide mit dem Rücken zuerst rauslaufe. Als sich die Türen hinter mir schließen drehe ich mich um und mache mich auf den Weg aufs Eis.

Ich bin erleichtert die Arena leer vorzufinden. Es ist eine ungewöhnliche, runterbringende Stille, eine, die sehr gut dafür ist, die Fähigkeiten auf dem Eis zu verbessern.

Ich nehme meine AirPods aus meiner Hosentasche, stecke die Hörer in meine Ohren und öffne meine Musik App. Ich drücke »play« und starte meine Lieblings-Playlist, nur um festzustellen, dass meine Schwester ein paar Lieder hinzugefügt haben muss, als ich sie das letzte Mal besucht habe.

Meine Ohren füllen sich mit »*Get Into It (Yuh)*« von *Doja Cat*, aber ich bemühe mich nicht darum, die Musik zu wechseln. Eira liebt sie, und wen auch immer Eira liebt, den sollte auch ich lieben. Meine sechzehnjährige Schwester würde sich jetzt über mich lustig machen, wenn sie wüsste, dass ich gerade dieses Lied höre. Zum Glück ist Eira nicht hier.

Nur wenige Sekunden, nachdem ich auf das Eis gelaufen bin, merke ich, dass ich hier nicht alleine bin. Klar, meine Teamkollegen sind immer noch in der Umkleide—oder Duschkabine oder irgendwo da hinten. Aber ich bin nicht alleine *hier*.

Blondes Haar erreget meine Aufmerksamkeit. Jemand sitzt unten auf der Tribüne auf den Sitzen direkt gegenüberliegend von der Stelle, an der ich stehe. Der Kopf ist gesenkt und schaut nicht über das Geländer, was es mir echt schwer macht, die Person zu identifizieren. Ich skate näher. So nah, dass ich jetzt vor *ihr* stehe. Doch ich bin immer noch auf der anderen Seite der Glaswand.

Ich klopfe gegen das Glas und hoffe, dass ich so ihre Aufmerksamkeit auf mich ziehen kann. Aber ohne Erfolg, sie ist in ihrem eigenen Film. Normalerweise würde ich es einfach dabei belassen und zurückgehen, mein Ding durchziehen, aber ich kann sehen, dass ihr Körper zittert. Ich befürchte sie weint.

Das blonde Mädchen hält ein Notizbuch in den Händen und schreibt etwas hinein. Den nassen Flecken auf dem Papier nach zu urteilen, weint sie definitiv. *Jemand kann den Verlust seiner Hockeymannschaft anscheinend nicht sehr gut verkraften.*

Da ich dazu erzogen wurde, mich um andere zu kümmern, gerade wenn es ihnen nicht gut zu gehen scheint, nehme ich mein Ego etwas zurück und gehe vom Eis runter. Glücklicherweise gibt es einen Ausgang direkt neben ihrem Sitzplatz. Wenigstens muss ich mich so nicht extra anstrengen, in Schlittschuhen um die ganze Eisbahn herum zu laufen, um zu einem weinenden Mädchen zu gelangen.

Sie bemerkt mich nicht einmal, weder als ich auf sie zu laufe noch als ich mich direkt neben sie setze. Ich entferne meine AirPods aus meinen Ohren und stecke sie wieder in das Case. Dann entferne ich einen von ihren AirPods, einfach, damit sie mich endlich bemerkt.

Grüne Augen treffen auf meine. Gott, ihre Augen haben den schönsten Grünton, den ich je gesehen habe. Sie hat ein paar Sommersprossen auf der Nase, die sich über ihre Wangen und Stirn ausbreiten. Die Sommersprossen passen zu ihrem Gesicht. Ein Gesicht, das mich sehr an jemand anderen erinnert, den ich kenne.

Ihre Augenbrauen ziehen sich zusammen als sie verwirrt ihre Stirn runzelt.

»Ist alles okay bei dir?«, frage ich. Doch ganz offensichtlich ist es das nicht. Ihr Gesicht ist tränenbefleckt, was bedeutet, dass meine Vermutung sie würde weinen, richtig war. Sie nickt, sagt aber nichts. »Ich glaube nicht, dass es dir gut geht.«

Sie sagt immer noch nichts.

»Worüber schreibst du?« Vielleicht war die Frage ein bisschen zu persönlich, und offensichtlich privat, da sie ihr Notizbuch zuschlägt und es auf den Sitz neben sich legt.

»Alles Gute zu deinem Sieg«, sagt sie. Ihre Stimme ist süß und ruhig, ich glaube, ich habe mich soeben in diese verliebt. Das klingt albern, soviel gebe ich zu. Aber zum Teufel damit, ich möchte, dass sie mehr redet.

Ich danke ihr schnell. »Tut mir leid, dass dein Team verloren hat.«

Sie lacht leicht, aber ich bin mir nicht sicher, ob es ein ironisches Lachen oder ein »super, und jetzt geh« Lachen ist. Vielleicht beides. »Ich bin immer für St. Trewery, Colin. Ich war nicht wegen Yale hier.« *Oh, fick mich.*

»Du kennst meinen Namen«, merke ich an und wippe etwas mit meinem Kopf. Für einen kurzen Moment frage ich mich, ob sie hiergeblieben ist, weil sie hoffte, dass einer meiner Teamkollegen herauskommen würde. Vielleicht hatte sie gehofft, dass sie jemand von uns abschleppen würde.

»Du bist Trewerys großer Star, weißt du.« Sie zuckt mit den Achseln und lächelt mir kurz zu. Nicht einmal ein echtes Lächeln, das ihre Augen erreicht. Nein. Es ist ein *Mitleids*-Lächeln.

»Also, wer ist dein Favorit?«, frage ich sie, da ich bezweifle, dass sie über das was ich gesehen habe sprechen möchte. Also wird es wohl Hockey sein müssen.

»Aaron Marsh«, sagt sie, ohne zu zögern. Ich muss aussehen, als wäre ich einem Geist begegnet, denn sie fängt an zu lachen und schaut mich danach mit einem schrecklich intensiven Blick an. Ich würde mich beleidigt zurückziehen, wenn sie nicht so nett wäre.

Meine Hand findet den Platz über meinem Herzen, mein Mund öffnet sich, während ich so tue, als wäre ich von ihrer Lieblingshockeyspieler Wahl zutiefst verletzt.

Aaron ist gut. Er hat wirklich verrückte Fähigkeiten auf dem Eis. Ich kann sie nicht dafür verurteilen, dass sie ihn mag. Aber das ist es noch nicht einmal. Aaron ist gutaussehend. Selbst ich muss sagen, dass dieser Typ keine Probleme damit hat, jemanden zu bekommen. Und das nicht nur, weil ich die Menge an Mädchen, die er ständig mit nach Hause bringt, im Blick habe.

»Tut mir leid, aber Aaron ist nicht der Typ für Freundinnen. Andernfalls hätte ich dir ein Date mit ihm besorgt.«

Ihr Blick erstarrt, doch kurz danach gibt sie einige komische Geräusche von sich und ein schallendes Lachen kommt aus ihrem Mund.

»Nein, Danke.«

»Dann stehst du also nicht auf Hockeyspieler?«

»Ich stehe nicht auf *Aaron.*« Der angewiderte Ton in ihrer Stimme entgeht mir nicht, doch wage ich es nicht sie danach zu fragen. »Er ging eine Weile mit meiner besten Freundin aus, bevor er ihr das Herz brach.« Zumindest bietet sie mir eine Erklärung. Dennoch, ich glaube ihr nicht.

»Aaron ist nicht der Dating-Typ. Also ich sage du redest Unsinn«, erwidere ich.

»Das stimmt nicht. Aaron ist der Dating-Typ. Er will lediglich keine Beziehungen mehr eingehen, weil Winter und er dieses On-Off-Ding seit dem freshman Jahr am Laufen haben. Aber ich wette, dass er dir das bereits erzählt hat, Aaron mag dich.« Woher weiß sie das? Ich meine, Aaron und ich sind sehr gut befreundet, aber woher weiß sie wie gut?

Allerdings hat er mir tatsächlich von Winter erzählt. Einen Teil, zumindest.

»Also, was läuft da zwischen dir und Aaron?«, frage ich sie.

»Nichts. Ich höre einfach nur viel über ihn von meiner besten Freundin.« Und ein weiteres Mal glaube ich ihr nicht, aber es bleibt mir wohl keine andere Möglichkeit.

»Du kennst meinen Namen, also ist es nur fair, dass ich deinen auch erfahre«, erwähne ich, aber sie zuckt einfach mit der Schulter und steht auf. Ohne ein weiteres Wort läuft sie davon. Sie. Läuft. Davon. Vor mir. *Autsch.*

Ich schaue ihr nach, während sie geht, doch als sie um die Ecke ist bemerke ich ein mint-grünes Notizbuch auf dem Sitz neben ihr. Sie hat ihr Notizbuch vergessen, *scheiße*.

Eigentlich sollte ich ihr hinterherrennen, damit sie es zurückbekommt, aber sie ist bereits zu weit weg, auf meinen Skatern werde ich sie nicht mehr einholen können. Ich könnte ihren Namen rufen, aber den kenne ich ja nicht. Also muss ich hoffen, dass ich ihr auf dem Campus begegne, damit ich ihr das Buch zurückgeben kann.

Das mint-grüne Notizbuch starrt mich an, schreit »lies mich.« Ich weiß, dass ich es nicht tun sollte, aber komm schon, als ob ich das Buch bei mir tragen könnte für was? Tage? Ohne, dass ich auch nur einmal reinschaue?

Also erlaube ich mir einen kurzen Blick hinein, nur um zu sehen, ob ich nicht doch ihren Namen dort irgendwo finde. Aber dann bin ich von ihren Worten gefesselt.

Wer auch immer das liest,

ich habe eigentlich keine Ahnung wie ich über mich reden sollte. Vielleicht wird das hier einfach mein Weg, um meine Gedanken und Gefühle während des Schreibens auszudrücken. Vielleicht nicht.
Schau, ich spreche nie über meine Vergangenheit. Ich denke, dass ich das von meiner Mutter habe, denn sie hat es auch nie getan. Sie hat nie darüber gesprochen, was passiert ist, obwohl es genau das war, was ich damals gebraucht hätte.
Ich.
Will.
Sterben.
Ich habe keine Angst vor dem Tod. Tatsächlich denke ich sogar, dass dieser sehr friedlich sein wird. Zumindest für mich.
Ich muss nicht mehr mit dem Schmerz klarkommen.
Ich muss nicht mehr mit den Menschen, die diesen Schmerz verursachen klarkommen.

Ich muss nicht mehr mit der konstanten Heulerei und den langen Nächten klarkommen.
Es wird alles vorbei sein. Denn wie viel besser könnte es bitte werden?
Es gab mal eine Zeit, in der ich Angst vor dem Tod hatte, aber die ist vorbei. Was könnte Schlimmes daran sein?
Ich könnte tot sein, aber genau das will ich doch.
Vielleicht erinnere ich mich an mein Leben auf der Erde, habe ein Leben nach dem Tod oder lebe weiter als ein Geist. Aber selbst wenn das nicht der Fall ist, ist es dennoch das Best-Case-Szenario. Ich will mich nicht an mich erinnern.

Lily

Ich starre die zwei geschriebenen Seiten an. Zwei ganze Seiten, weinend von ihr geschrieben. Zwei Seiten, auf denen sie davon spricht, wie fasziniert sie vom Tod ist—schon seit langer Zeit.

Zwei Wochen. *Verdammt.* Sie gibt sich noch zwei Wochen zum Leben. Ich hoffe, dass es nur ein Scherz ist. Aber zur Hölle damit. Es wäre wirklich ein schlechter Scherz.

Ich wende die Seite, um zu sehen, ob sie noch mehr geschrieben hat. Hat sie. Ich will es lesen, sollte es aber nicht. Dies ist ihr Kampf, ihre Gedanken. Aber wie soll ich einen so lauten Schrei nach Hilfe ignorieren?

Ich muss mich selbst daran erinnern, dass dies kein Hilfeschrei ist, sondern ein Auf Wiedersehen.

Wenn ich doch nur mehr über sie wüsste. Woher kommt sie? Hat sie noch Familie oder Freunde, die sie lieben? Wer sind ihre engsten Freunde? Gibt es irgendjemanden, den ich kontaktieren könnte?

Sie braucht Hilfe. Aber wenn sie Hilfe haben wollte, dann würde sie danach fragen, oder?

Gott, weiß sie eigentlich, dass sie Hilfe braucht? Mit Sicherheit. Ich meine, keiner will nur zum Spaß sterben, richtig?

Die nächste Seite beginnt mit einem Brief. Einer der Briefe, den sie zuvor schon mal erwähnte. »Liebe Ana«, schreibt sie. Vielleicht ihre Mitbewohnerin. Lebt sie in den Studentenhäusern? Vielleicht ist Ana ja ihre beste Freundin. Nein, das war Summer. Oder Winter? Interessiert mich eigentlich nicht, es ist eine Jahreszeit.

Vielleicht ist Ana ihre Schwester. Ich habe keine Ahnung, wer Ana ist, aber sie muss ihr wichtig sein, wenn sie einen Brief bekommt.

Ich versuche mich selbst daran zu hindern, weiterzulesen. Das ist privat, nicht für mich bestimmt.

Aber Lily benötigt Hilfe.

Anstatt das Buch selbst zu lesen, sollte ich es vielleicht lieber an jemanden weitergeben, der Ahnung hat. *Was soll ich nur tun?*

Liebe Ana,

es tut mir leid.
Es tut mir leid, dass ich dir nie die Chance gegeben habe, mehr für mich zu sein.
Mein Vater hat mir immer erzählt wie gerne du eine große Schwester haben wolltest. Du wolltest immer eine Schwester, die dir Ratschläge gibt, wenn es um Jungs geht. Die dir beibringt, sich zu schminken, wenn du alt genug dafür bist. Du wolltest mich.
Aber ich wollte dich nicht.
Ich weiß, dass klingt schrecklich.
Ich muss ehrlich mit dir sein, Ana. Ich hasste dich. Solange wie ich mich erinnern kann, wollte ich, dass du nicht da bist, dass du weg bist, denn du hattest, was ich nicht hatte;
Meinen Vater.
Du konntest ihn täglich sehen. Du bekamst den liebenswerten Vater, der dich beschützen würde, dich lieben würde, der für dich da sein würde. Aber er war auch mein Vater, weißt du.

Mein Bruder konnte das Ganze mit dir zusammen erleben. Aber ich konnte es nicht.
Ich konnte ihn nicht dafür hassen, aber ich konnte dich hassen, denn du gehörtest nicht zur Familie. Papa ist nicht dein Vater. Aber er ist meiner, und du hattest mehr von ihm als ich je hatte.
Ich war eifersüchtig. Ich denke, dass ich es immer noch bin.
Aber es ist die Zeit gekommen, in der ich dir endlich vergebe, dass du das bekommen hast, was ich hätte bekommen sollen. Es ist immerhin nicht so, dass du was dafür konntest.
Ana, ich will, dass du weißt, dass mein gesamter Hass nie mit dir persönlich zu tun hatte. Ich fühle mich schrecklich dafür, dass ich ihn an dir ausgelassen habe.
Wann auch immer ich zu Besuch kam, habe ich dir nie Aufmerksamkeit geschenkt, denn du bekamst bereits genug von meinem Vater, der für mich da sein sollte, und nicht für das Kind von einer anderen Frau.
Du warst so jung als du in diese Familie kamst. Du konntest nicht wissen, was es in mir erwecken würde, was es mit mir machen würde. Ich wusste, dass ich dich nicht dafür hassen sollte, aber ich tat es dennoch.
Und es tut mir wirklich sehr leid.
Vielleicht können wir ja in einem anderen Leben Schwestern sein, denn trotz allem, was ich mir all die Jahre selbst einredete, mag ich dich.
Du bist ein Teil meines Lebens. Vielleicht nicht so groß wie du es gerne hättest, aber dennoch ein Teil. Und ich liebe dich, Ana, ich tue es wirklich.
Ich habe dich von der Sekunde an, in der ich dich das erste Mal sah, geliebt.
Es tut mir leid, dass ich dir keine bessere Schwester sein konnte. Aber ich werde es wieder gut machen...in einem anderen Leben. Ich verspreche es.
Und Ana, bitte gib deine Träume niemals auf. Ich weiß, dass du es weit bringen kannst. Ich werde dir dabei zusehen und dich

beschützen. Ich werde mit dir lachen, mit dir weinen, die Schwester sein, die du immer haben wolltest.
Leider kann ich dabei nicht physisch bei dir sein, aber ich werde da sein, bei jedem Schritt, den du machst.

Lily

Ich hätte das nicht lesen sollen.

Lily Reyes schreibt ihre Abschiede in ein Tagebuch, das sie hier vergessen hat. In einem Stadion, das für jeden zugänglich ist.

Ich springe von meinem Sitz auf und skate schnell über das Eis zur anderen Seite, um zurück in die Kabine zu gelangen. Ich muss sie finden. Ich muss ihr das Tagebuch wiedergeben und jemanden finden, der ihr helfen kann.

Vor der Kabine höre ich Gelächter von drinnen, was bedeutet, dass ein paar meiner Jungs noch anwesend sind. Um ehrlich zu sein dachte ich, dass sie mittlerweile alle verschwunden wären. Ich weiß nicht, wie lange ich weg war, aber ich hatte gedacht um einiges länger.

»Yo! Das war ein sehr kurzer skate«, sagt Miles als er gerade dabei ist seine Hose anzuziehen. Sein Haar ist noch feucht von der Dusche.

Scheiß drauf, richtig? »Kennst du eine Lily Reyes?«, frage ich ihn. Miles zuckt mit der Schulter und schüttelt den Kopf.

»Noch nie von ihr gehört, aber ist sie heiß?« Ich verdrehe die Augen. Ich fühle mich gerade nicht so in der Lage diese Konversation zu führen.

»Reyes? Ich habe diesen Namen schon mal gehört«, informiert mich Grey Davis, einer der Typen, mit dem ich mir nahezu ein Haus teile. »Ich glaube sie ist in einem meiner Kurse.«

»In welchem?«

»Nicht sicher. Ich schenke den Leuten in meinem Kurs nicht viel Aufmerksamkeit, wie du weißt.« Grey lacht leise. In gewisser Weise entspricht dies der Wahrheit. Grey hat es nicht so mit Menschen. Nichtsdestotrotz macht es ihm nichts aus, von

Leuten umgeben zu sein, aber er versucht es eben weitestgehend zu vermeiden.

»Nah, du schenkst den *Ladies* keine Aufmerksamkeit«, spottet Miles und zwinkert seinem besten Freund zu. Er gibt Grey einen Klaps auf den Rücken und stellt sich dann auf die Bank.

Ich lasse einen tiefen Seufzer aus mir raus. Was auch immer nun aus Miles' Mund kommt, kann nichts Gutes sein.

Miles macht sich über Leute lustig. Er ist ein arrogantes Arschloch und verwendet alles, um dumme Witze zu machen. Aber genau das ist das Ding mit Miles; egal wie kindlich und unreif er auch ist, er ist der treueste Freund, den man haben könnte. Und er würde niemals etwas gegen dich verwenden.

»Ich möchte etwas bekannt geben.« Miles hält seine Hand hoch, tut so als würde er ein Glas halten und sagt, »Ich vermute, dass unser Team Captain ein wenig verliebt ist. Das wäre eine Premiere.«

Grey zieht Miles von der Bank und schüttelt missbilligend den Kopf.

»Ich brauche mehr Informationen als nur einen Namen, Prinzessin«, sagt Grey und zieht seine Augenbrauen erwartungsvoll hoch—wartet auf die ultimative Beschreibung meinerseits.

Okay, wahrscheinlich ist Miles derjenige, der die beste Beschreibung aller Zeiten erwartet, nicht Grey.

»Uh, sie ist blond und hat grüne Augen«, erzähle ich ihm. »Ein paar Sommersprossen, und sie ist süß, denke ich.«

»Ah, nun, das macht das ganze um einiges einfacher.« Grey lacht und schüttelt den Kopf. »Wir brauchen ein wenig mehr als das, Colin. Warum rufst du sie nicht einfach an und fragst direkt nach einem Date?« Und ich dachte Grey wäre vernünftiger als Miles. Das ist er auch, meistens zumindest.

Ich wünschte, dass könnte ich tun, aber ich gehe nicht auf Dates. »Ich will sie nicht auf diese Art und Weise.« Ich zucke mit der Schulter. »Sie hat ihr Tagebuch in der Arena vergessen. Ich wollte es ihr nur zurückgeben.«

»Wer schreibt heutzutage überhaupt noch Tagebuch?«, fragt Miles. Er ist zurück bei seinem Schließfach und packt seine Sachen.

»Worüber reden wir gerade?«, fragt Aaron als er frisch geduscht, nur mit einem Handtuch um seine Hüfte gewickelt, in die Kabine kommt. Aaron ist immer der letzte, der die Dusche verlässt. Aus irgendwelchen Gründen fällt es ihm schwer zu duschen, wenn andere dabei sind. Naja, andere außer Grey, Miles und mir. Ansonsten duscht er lieber allein.

Ich verstehe es. Ein paar dieser Jungs sind Arschlöcher. Kaiden Callahan hat mal ein Foto von dem besten Teil eines der Teammitglieder gemacht und es in unserem Team-Gruppen-Chat gepostet…und sehr wahrscheinlich hat er es auch an Freundinnen von einigen von uns gesendet. Es war ein sehr übler Scherz, aber Zachery nahm es nicht allzu schlimm auf. Im Gegenteil, Zac zwinkerte und posierte für weitere Fotos.

Wie bereits erwähnt, dieses Team ist…anders.

»Lily Reyes«, informiert Grey den aus der Dusche kommenden Aaron. »Sie hat ihr Tagebuch in der Arena vergessen. Und unsere Prinzessin hier will es unbedingt zurückgeben.«

»Ich kann das tun, wenn du willst«, bietet Aaron an. Das ist seltsam, denn Aaron bietet normalerweise nie an, einer weiblichen Person zu helfen. Nicht seit dem Ex-Freundin-Fiasko mit…Winter. Gott, natürlich. Aaron kennt Lily. Er hat schließlich ihre beste Freundin gedated.

»Schon ok«, erwidere ich, »Kannst du mir ihre Nummer geben? Dann kann ich sie selbst anschreiben oder so.«

Aaron verzieht die Augenbrauen. Irgendwas in seinen Gesichtszügen schreit »unangenehm«. Er mag die Idee von mir und Lily nicht. Vielleicht geht ihre Beziehung doch tiefer, als ich dachte. »Ich denke nicht, dass sie das wollen würde«, sagt Aaron.

»Also, sie hat dich in unserem Gespräch kurz erwähnt. Wenn ihr da was am Laufen habt, dann kannst du ihr das Buch sehr gerne selbst zurückgeben, aber dann solltest du auch über etwas anderes Bescheid wissen«, entgegne ich.

Zu meiner Überraschung macht Aaron dieselben komischen »ich übergebe mich gleich«–Geräusche wie Lily—das erweckt meine Aufmerksamkeit. Also ist bereits etwas zwischen den beiden passiert, etwas, auf das keiner von beiden stolz ist.

»Ich werte das als ein *›wir sind nicht zusammen‹*«, spricht Grey für mich. »Was ist dann zwischen euch? Verliebt? Lang verloren gegangener Feind?«, fragt Grey weiter. Die letzte Vermutung lässt mich nachdenken. Lily scheint ja ein paar davon zu haben, Feinde meine ich. Ihre nicht-wirklich-Schwester scheint eine davon zu sein. Aber andererseits...Lily hat sich in ihrem Brief an Ana für ihr falsches Verhalten entschuldigt, also vielleicht ist Lily doch nicht der Typ, der Feinde hat.

»Nichts davon. Sie ist einfach nicht mein Typ«, sagt Aaron.

»Marsh, wenn Carter sagt, dass Lily süß ist, dann ist sie sowas von dein Typ«, sagt Miles und schmunzelt.

Aaron schaut mich an, Entsetzen ist über sein ganzes Gesicht geschrieben—aber da ist noch mehr. Etwas, worüber er nicht sprechen möchte. Offensichtlich ist das Thema Lily eines, das er nicht diskutiert und ich respektiere das, aber, wenn er und Lily eine Art Beziehung führen, dann sollte er eventuell von ihrer Situation erfahren. »Ist sie eine Ex? Jemand, der dir wichtig ist?«, frage ich. Aaron schüttelt den Kopf und wendet sich von uns ab, bleibt aber noch im Raum stehen.

»Ich kann euch das Ding zwischen ihr und mir nicht erklären. Wir sind weder zusammen, noch werden wir es jemals sein, glaubt mir. Aber…wag dich sie anzufassen, Dude!«, wendet sich Aaron an mich. Seine Stimme ist streng und hat aber immer noch einen Hauch von Unbehagen in sich.

Ich sollte ihn nicht weiter drängen mir was zu erzählen, aber zum Teufel damit. Aaron Marsh hat soeben offen zugegeben, dass er nicht mit ihr zusammen ist, und dennoch soll ich sie in Ruhe lassen, nicht anfassen.

Irgendwas stimmt da nicht und ich werde herausfinden was es ist.

Kapitel 3

»there's just too much that time cannot erase«—My Immortal by Evanescence

Lily

»SCHEIßE!«, FLUCHE ICH LAUT. Ich kann nicht glauben, dass ich mein Tagebuch in der Arena vergessen habe. Ich werde es wohl oder übel auf dem Sitz liegen lassen haben, als ich versucht habe mich so schnell wie möglich von Colin Carter zu entfernen.

Ich habe bereits mein ganzes Zimmer danach abgesucht, und es ist definitiv nicht hier! *Weil es in der Hockey Arena ist.* Das kann gerade echt nicht wahr sein. Zum Teufel mit meinem Abschiedsbuch.

Es ist nur eine Frage der Zeit bis der Sozialarbeiter in mein Zimmer hereinmarschiert und mich dazu zwingt einen Therapeuten aufzusuchen. Oder schlimmer, er schickt mich gleich in eine Psychiatrie. Kann er das überhaupt? Ich meine, er ist nur ein Sozialarbeiter der Schule, und darüber hinaus bin ich fast einundzwanzig Jahre alt. Ich habe etwas dazu zu sagen, was mit mir passiert, richtig?

Mein Handy läutet, ein eindeutiges Signal, dass ich eine Nachricht erhalten habe. Aber ich kann gerade echt keine Gesellschaft gebrauchen.

Aaron: Du hast dein Tagebuch vergessen. Wieso zur Hölle bringst du ein Tagebuch mit zu einem Eishockey-Spiel?

Oh, Gott. Natürlich. Ich hätte es wissen müssen, dass Colin seinen Mund nicht halten kann. Weiß Aaron bereits, was ich hineingeschrieben habe? Nein, sonst würde er mich anrufen, oder wäre vorbeigekommen, um mich selber vom Dach zu schmeißen.

Lily: Hatte was mit Hausaufgaben zu tun. Hast du es?

Ich kann ihm offensichtlich nicht die Wahrheit sagen, richtig? Ich hoffe einfach, dass er das Tagebuch nicht öffnet und es liest. Gott, er würde es sofort meinem Vater erzählen. Oder Schlimmeres, er würde den Sozialarbeiter benachrichtigen und ich würde in eine Psychiatrie kommen. *Verdammt.*

Aaron: Carter hat es. Was läuft da zwischen euch beiden?

Lily: Nichts, Ron. Wir haben nur für einen Moment miteinander geredet, dann bin ich auch schon gegangen. Anscheinend habe ich mein Tagebuch vergessen.

Aaron: Okay. Hast du Lust auf einen Kaffee? Wir sollten wirklich mal wieder was zusammen unternehmen. Ich habe das Buch nicht, aber vielleicht bekomme ich ja Colin dazu mich zu begleiten.

Ich ziehe den Vorschlag in Erwägung, zumindest für ein paar Sekunden. Aber Colin wird definitiv in das Tagebuch hineingeschaut haben, er hat mich zuvor ja sogar gefragt, was ich reingeschrieben habe. Ich habe keinen Zweifel daran, dass er nicht sofort seine Nase in meine Angelegenheiten gesteckt hat als er die Chance hatte—was bedeutet, wenn Colin mitkommt, dann wird Aaron definitiv erfahren was in dem Buch steht.

Dennoch, warum sollte Colin das was angehen, worüber ich geschrieben habe? Er kennt mich nicht einmal. Er sollte seine Nase nicht in fremde Angelegenheiten stecken.

Lily: Kaffee klingt gut. Colin nicht all zu sehr. Bring einfach das Tagebuch mit, wenn du kommst, okay? Und schaue ja nicht rein, bitte. Es ist privat.

Vielleicht ist es falsch dem einzigen, der sich wirklich jemals um mich geschert hat zu sagen, dass er nicht in etwas Privatem von mir reinzuschauen hat, aber ich weiß mit Sicherheit, dass Aaron meine Privatsphäre niemals verletzen würde. Na ja, außer es wäre nötig.

Wenn er schlau ist, dann schaut er hinein. Es würde meinen Wunsch zu sterben nicht ändern, aber es könnte dennoch mein Leben retten. In gewissem Maße.

Aaron: Okay. Triff mich bei Claire's in zehn Minuten.

Claire's ist der einzige Ort, den er nicht hätte wählen sollen. Er ist immer zu überflutet mit Schülern unseres Colleges. Okay, dazu muss erwähnt werden, Claire's ist das einzige Café welches nah genug am Campus ist. Es gibt einige in der Stadt, aber warum sollte dort jemand hingehen, wenn Claire's nur einen fünf Minuten Fußweg vom Campus entfernt ist?

Eigentlich habe ich nicht geplant heute mein Zimmer nochmal zu verlassen, aber ich denke ein Treffen mit Aaron kann nicht allzu schlimm werden. Ich habe es immer geliebt mich mit ihm zu treffen und mich mit ihm zu unterhalten. Und darüber hinaus habe ich jedes Mal eine gute Zeit, wenn wir zusammen sind. Es ist als würde mein ganzer Schmerz für einen Moment verschwinden. Er macht mich glücklich, also wieso sollte ich nicht einen Kaffee mit ihm trinken gehen?

Okay, vielleicht würde Winter das nicht gutheißen, wenn sie wüsste, dass ich mich mit ihrem On-Off-Freund treffe, aber sie kennt immerhin auch nur die halbe Wahrheit. Also interessiert mich was sie will nicht ganz so sehr.

Aaron ist zu spät, wie immer. Aber ich kann ihm das nicht übelnehmen. Ich bin mir nicht einmal sicher, ob er noch im Stadion oder nach Hause gegangen ist. Ist er nach Hause gegangen, dann braucht er alleine fünfzehn Minuten, um hierher zu fahren, allerdings bin ich mir dann auch nicht ganz sicher, wieso er sich mit mir bei Claire‘s treffen will.

Er lebt auf einer Studentenstraße. Na ja, es ist nicht wirklich eine Straße nur für Studenten. Andere Leute wohnen dort auch, doch mit jedem weiteren Jahr werden die überteuerten Häuser an Studenten vermietet. Irgendwann konnten die dort lebenden Familien den Lärm nicht mehr ertragen, die ganzen Studentenpartys und die Streitereien zwischen den Studenten, also zogen viele weg.

»Möchtest du bestellen, Lily?«, fragt Mia, eine gute Freundin von mir.

»Ja, uhm, könnte ich einen Chai Latte und einen schwarzen Kaffee bekommen, bitte?«

»Wird sofort bei dir sein.« Mia schreibt meine Bestellung auf, lächelt mich kurz an und läuft davon.

Das Gute ist, dass ich Aarons Bestellung auswendig kenne und dabei ist es egal, wo wir sind. Ich weiß was er bestellen wird, selbst wenn wir noch nie in dem Café gewesen sind. Es sind aber nicht nur Cafés, es ist jedes Café oder Restaurant.

»Es tut mir so leid, Lily. Carter wollte mir das Tagebuch nicht geben, also musste ich darum kämpfen.« Aaron klingt als wäre er aus der Puste. Er setzt sich gegenüber von mir hin und schiebt mein Tagebuch über den Tisch. »Hab gewonnen.«

»Danke, Ron.« Ich nehme mein Tagebuch und lasse es direkt in meine Tasche fallen. »Du hast es nicht gelesen, oder?«

»Was? Du denkst ich würde über deine Sex-Fantasien lesen wollen? Nein danke.«

Die Erleichterung fegt sofort durch meinen Körper. Ich gebe Aaron ein künstliches Lächeln, aber schließlich verwandelt sich dieses in ein echtes. Ich weiß nicht, wie er das macht, aber nur seine Anwesenheit lässt mich leichter und glücklicher fühlen.

»Wie geht es dir, Lils?«

»Gestresst, denke ich. Du weißt schon, tausende von Hausarbeiten und so.« Ich erlaube mir ein kleines Kichern. Ich rede nicht gerne über mich selbst, habe das auch noch nie gemocht, weshalb ich unbedingt das Thema wechseln muss. Glücklicherweise redet Aaron sehr gerne über sich selbst. »Oh, Winter hatte erwähnt, dass dir heute Talent-Scouts zugesehen haben.«

»Ja.« Zuerst versucht Aaron sein Lächeln zu unterdrücken, aber ich kenne ihn zu gut, um es nicht zu bemerken. Ich kann in seinem Gesicht wie in einem offenen Buch lesen, und das weiß er auch. Seine Mundwinkel heben sich, und schon bald grinst er wie ein Kleinkind. »Ich darf eigentlich nicht drüber reden, aber ich habe ein Angebot von den New York Rangers bekommen.« Er seufzt. »Nichts Offizielles, denn, nun ja, NHL Regeln und so, aber…«

»Ernsthaft?« Ich bin so stolz auf ihn. Er hat so hart dafür gearbeitet, fast schon sein ganzes Leben lang. »Das ist riesig!«, sage ich aufgeregt.

»Ja, denke schon.«

»Hör auf mit der Bescheidenheit, Ron.« Er lacht und schüttelt seinen Kopf. »Du bist nie bescheiden über irgendetwas. Nun passiert das und plötzlich willst du es mir nicht unter die Nase reiben?«

»Es ist einfach nicht mehr das Gleiche.« *Wie bitte?*

»Was meinst du?«

Bevor er näher darauf eingehen kann, ist Mia mit unseren Getränken zurück. Sie stellt sie auf dem Tisch ab und schaut mich eifersüchtig an. Ja, Eifersucht. Ich kenne diesen Blick auf ihrem Gesicht. Eigentlich auf jedem Gesicht.

Aaron sieht nicht schlecht aus, das muss ich zugeben. Seine blonden Haare und grünen Augen sind wirklich hübsch, zusammen mit den Sommersprossen, die sein Gesicht schmücken. Einige würden sogar sagen er ist eine 11 von 10.

Ich bin jedoch nie und werde nie in seinen Bann fallen. Aus offensichtlichen Gründen.

Mia dreht sich auf der Ferse um und läuft so schnell davon, wie sie kam.

»Skating fühlt sich einfach nicht mehr so an wie damals, als wir es noch zusammen machten.« *Es geht wieder los.*

Früher bin ich viel geskatet. Ich war Eiskunstläuferin und habe sogar an Wettbewerben teilgenommen. Ich habe es mehr als alles andere auf dieser Welt geliebt. Aaron und ich trafen uns jeden Sonntag, um gegeneinander zu skaten, wie so ein kleines Geschwindigkeitsturnier. Ich war schon immer schneller als er, und ich konnte mehr Tricks. Es war erfrischend, spielerisch und lustig gegen Aaron anzutreten.

Die meiste Zeit meines Lebens war ich aufgeregt ihn Sonntags zu treffen. Ich liebte unsere Skate-Dates. Es waren jedoch nie Dates, und es ist irgendwie seltsam, dass ich sie als solche bezeichne. *Es sind keine Dates. Das waren sie noch nie.*

Irgendwann wurde meine Depression zu dominant und ich gab das Skaten auf. Ich habe Aaron nichts als Ausreden erzählt, weshalb ich nicht kommen konnte. Ich habe ihm nie den wahren Grund gesagt. Ich weiß, er hätte es verstanden, er hätte alles stehen und liegen gelassen, um bei mir zu sein und mich zum Lachen zu bringen. Aber ich wollte nicht, dass er sich schlecht wegen mir fühlte.

Also habe ich gelogen. Ich erzählte ihm, Mama würde mir das Skaten verbieten; sie hätte zu viel Angst, dass ich mich schwer verletzen würde und sterben könnte. Zum Glück hat er es nicht einmal in Frage gestellt.

»Aaron«, sage ich leise. Ich hasse es, dass er meine eigenen Gefühle so sehr beeinflusst, und das einfach nur, weil er verärgert ist.

Er fühlt sich schlecht, weil Skaten seit Ewigkeiten *unsere* Leidenschaft war. Schlittschuhlaufen war eine Art Flucht für mich, bis es nicht mehr so war. »Du weißt, Mama würde es nicht freuen zu wissen, dass ich wieder mit dem Schlittschuhlaufen angefangen habe.«

»Ich kann nicht glauben, dass sie dir das angetan hat, oder dass sie es dir verbietet. Ich meine, sie weiß, wie viel dir das Schlittschuhlaufen bedeutet. Sie weiß, wie sehr du es liebst.« Und jetzt fühle ich mich schuldig. Ich hasse es, ihn anzulügen. Aber ich kann ihm die Wahrheit nicht sagen. Vielleicht werde ich es ihm eines Tages sagen. *In seinem Brief zum Beispiel.*

»Sie weiß nicht, dass wir immer noch in Kontakt sind. Eigentlich weiß sie nicht, dass wir jemals in Kontakt waren. Ich denke, sie würde mich durch eine andere Tochter ersetzen«, sage ich, er kichert, stimmt mir aber zu. »Ich kann nicht glauben, dass sie noch nie versucht hat, dich zu erreichen, Ron.«

»Nun, nichts für ungut, aber ich will sie sowieso nicht mehr in meinem Leben haben. Liz ist jetzt meine Mutter. Sie ist die Mutter, die ich nie hatte, solange ich mich erinnern kann.«

Ja, Liz Marsh, Aarons neue Mutter. Die Frau, die für die Scheidung unserer Eltern verantwortlich ist. Aber hey, mein Vater liebt sie, und sie liebt ihn, also freue ich mich für beide. Und für Aaron.

»Du hattest Mama, bis du fünf warst«, erinnere ich ihn.

»Fast fünf«, korrigiert er. »Aber ja, und dann schob sie mich ab, als wäre ich ihr überhaupt nie wichtig gewesen.«

Vor sechzehn Jahren beschlossen unsere Eltern, sich zu trennen. Und so wie es bei einer Scheidung ist, wird alles halbiert, wenn es nicht friedlich abläuft. Das Haus musste verkauft werden, das Geld davon wurde halbiert. Jedes einzelne Teil unserer Sachen…verkauft und das Geld in zwei Hälften geteilt.

Ihre Kinder. In zwei Hälften geteilt.

Sie dachten: *»Gut, dass wir zwei Kinder haben, sogar Zwillinge. Macht es einfacher.«* Mein Vater hat ein Kind bekommen und meine Mutter das andere.

»Lily bleibt bei mir. Sie ist ein Mädchen. Sie braucht ihre Mutter. Du kannst Aaron nehmen«, sagte sie. Ich war erst fünf Jahre alt, aber ich erinnere mich an ihre Worte, als hätte sie sie gestern gesagt. Es war wie ein Stich in mein Herzen. *»Ich erlaube Lily keinen Kontakt zu dir oder Aaron. Und Aaron wird auch keinen Kontakt zu mir und Lily haben. Er ist jetzt deine Hälfte, deine Verpflichtung. Kein Zurück.«* Ich glaube, ich hasste sie danach für die nächsten Jahre.

Im Gegensatz zu meiner Mutter ist mein Vater ein anständiger Kerl. Er wollte mich in seinem Leben, und er wollte Teil von meinem Leben sein. Bevor er ging, haben wir also einen Deal gemacht. Aaron und ich würden uns jeden Sonntag auf der Eisbahn in der Stadt treffen. Ich sagte meiner Mutter, dass ich jeden Sonntag Skating-Kurse habe. Es war meine erste große Lüge überhaupt. Und ich bereue sie nicht.

Also traf mich Papa mit Aaron jeden Sonntag auf der Eisbahn. Wir skateten eine Weile und machten andere Dinge, bevor er mich dann zurück auf die Eisbahn brachte, damit meine Mutter mich dort abholen konnte.

Als ich älter wurde, log ich meine Mutter an, wo ich die Nächte verbringen würde. Ich sagte ihr, dass ich zu einer Freundin gehen würde, jedoch bin ich in Wirklichkeit am Wochenende bei meinem Vater und Aaron geblieben. Das waren die lustigsten Wochenenden, die ich erleben durfte.

Und meine Mutter hat nie davon erfahren.

Ich habe keine Ahnung, warum meine Mutter meine neuen Skating-Kurse nie in Frage gestellt hat. Oder warum sie nie mitkommen wollte, um zu sehen, ob ich tatsächlich meinen Trainer traf. Aber ich war nie sauer deswegen.

Wenn sie es herausgefunden hätte, würde ich nicht wissen wollen, was sie meinem Vater angetan hätte.

»Glaubst du, sie hat es jemals bereut, mich nicht in ihrem Leben behalten zu haben?«, fragt Aaron. Es sind wenige Worte, die er sagt, aber sie teilen mein Herz in zwei Stücke. Die Antwort ist nein. Mama bereute es nie, ihrem Sohn den Rücken gekehrt zu haben. Ich glaube sie hat nicht einmal mehr über ihn nachgedacht. Sie hat keine Bilder von ihm behalten, sprach nicht mehr mit mir über ihn, erwähnte ihn nicht einmal mehr.

Wenn jemand fragte, wie viele Kinder sie hat, hatte sie nur eine Tochter. Aaron war nicht mal mehr erwähnenswert.

»Nein.« Ich weiß, dass ihn meine Worte verletzen, aber ich kann meinen Bruder nicht weiter anlügen. Er ist ein Baby, er sollte nicht an etwas festhalten, was nicht festzuhalten ist. Er verdient etwas Besseres. Liz ist besser…für ihn.

Die Türen zu Claire's öffnen sich. Normalerweise achte ich nicht darauf, wer hereinkommt, aber wenn dieselbe muskulöse Person wie die von der Eisbahn hereinkommt, kann ich nichts weiter tun als zu erstarren.

Er ist hier. Was zum Teufel macht er hier?

»Marsh!«, schreit Colin. Aarons Rücken ist ihm zugekehrt, aber dafür hat Colin eine großartige Sicht auf mich. Und er benutzt diese. Seine Augen schauen direkt in meine. Er scheint nichts zu wissen. Colin Carter schenkt mir einfach das gleiche Lächeln, das er allen anderen gibt. Das Sternenlächeln. Das ich-bin-was-besseres Lächeln.

Colin kommt zu unserem Tisch, seine Augen weiterhin auf mich gerichtet, bevor er neben Aaron Platz nimmt. Er legt seine Hand auf Aarons Rücken, packt ihn und drückt ihn zusammen, bevor er loslässt.

»Was geht, Lilybug?« Colin nickt mir mit dem Kopf zu und schaut mich dabei immer noch an. *Er hat es doch gelesen.* Ich weiß, dass er es getan hat. Colin kannte meinen Namen vorher nicht, also woher kennt er jetzt meinen Namen. Er hat in meinem Buch gelesen, weiß alles und jetzt…was jetzt? Er ist hier. Warum ist er hier? Und warum schreit mich mein Bruder nicht an, dafür, dass ich sterben will?

»Lilybug?« Ich hebe meine Augenbrauen. Er nickt. »Ernsthaft?« Noch ein Nicken. Aaron lacht. Natürlich lacht er, genauso wie Colin.

»Würdest du es vorziehen, wenn ich dich als kleine Dame bezeichnen würde?«, fragt er.

»Wie wäre es mit Lily?«

»Das geht leider nicht, Lilybug.«

Ich seufze. Und um seinem intensiven Blick zu entgehen, schaue ich jetzt auf meine Finger unter dem Tisch. Ich spiele mit dem Ring an meinem linken Ringfinger. Das passiert immer nur, wenn ich nervös werde. Warum werde ich nervös?

»Ich hoffe, ich unterbreche euer kleines Kaffee-Date nicht«, spricht er und nervt mich.

Aaron stößt einen Ton der Verzweiflung aus, schließt die Augen, um sich zu beruhigen, und atmet tief durch. Ich weiß nur, dass er sein Bestes gibt, um Ruhe zu bewahren.

»Kein Date, Alter. Sie ist wie eine Schwester für mich.«

Ich *bin* seine Schwester.

»Also, was läuft dann?«

»Was sollte laufen?«, fragt Aaron im Gegenzug.

Wir waren uns beide einig, nie zu erwähnen, dass wir Geschwister sind. Wenn uns beide jedoch jemand etwas länger als nur eine Sekunde ansieht, bin ich sicher, dass es offensichtlich ist, dass wir Zwillinge sind. Wir sehen uns zu ähnlich. Glücklicherweise habe ich die weiblicheren Gene. Und ich bin viel kleiner als Aaron. Etwa einen ganzen Kopf kleiner.

Aaron und ich haben uns darauf geeinigt, nie ein Wort zu sagen, dass wir Geschwister sind. Wir wollten nicht riskieren, dass unsere Mutter herausfindet, dass wir dieselbe Uni besuchen und in Kontakt stehen. Dasselbe haben wir bereits in der Schule gemacht. Mein Vater sorgte dafür, dass meine Mutter es nie herausgefunden hat.

»Seid ihr sowas wie ein Paar?«

»Um Himmels willen, Carter«, schimpft Aaron. »Lily und ich sind kein Paar, und wir werden es nie sein.«

»Also, was zum Teufel ist dann zwischen euch beiden los? Du hast mir gesagt, dass ich sie nicht anfassen soll, also muss es etwas geben.«

Ah ja, das ist der große Bruder, an den ich mich erinnere. Aaron wollte nie, dass einer seiner Teamkollegen *»in meine Hose geht«*—seine Worte, nicht meine.

Er hat mich immer beschützt. Hat immer sichergestellt, dass die Jungs, mit denen ich zusammen war, keine Kriminellen waren.

Früher war es für mich sehr schwierig, überhaupt mit jemandem befreundet zu sein, denn an wem auch immer ich interessiert war, er erfüllte nie Aarons Erwartungen.

Deshalb waren die einzigen Jungs, mit denen ich je ausgegangen bin, fiktiv.

»Lass es einfach, okay?«, verlange ich.

Colins Augen treffen auf meine. Er sieht amüsiert aus. Ich weiß, dass er etwas in der Hand hat, dass mein Leben ruinieren könnte. Oder mehr meinen Weg aus dem Leben. Vielleicht sollte ich besser meine Klappe halten.

»Gut, dann sehe ich keinen Grund, weshalb ich sie nicht mit nach Hause nehmen kann«, spricht Colin. Aaron schlägt sich die Hände vor das Gesicht und zieht sie dann mit einem angepissten Seufzer hinunter.

»In Ordnung, schon verstanden, also kein Beziehungsmist, der zwischen euch läuft, aber Exklusivität, okay. Ich werde wegbleiben«, erwidert Colin, zwinkert mir zu und steht von seinem Sitz auf. Er geht zu einem anderen Tisch und setzt sich.

Ich bin nicht wirklich überrascht, als ich sehe, dass der Tisch, an dem er gerade Platz genommen hat, kein leerer ist. Colin Carter sitzt jetzt mit zwei Brünetten zusammen. *Vielleicht ist brünett sein Typ.*

»Dein Freund ist eklig«, sage ich zu Aaron. Er nickt und beobachtet Colin beim Flirten mit einem der Mädchen. »Aber du auch. Du machst genau das Gleiche«, füge ich noch hinzu.

»Wir werden nicht über mein Sexleben diskutieren, Lils.«

»Ich diskutiere es doch gar nicht.«

»Was auch immer. Sag Winter, sie soll später vorbeikommen«, sagt Aaron und steht auf. Er zieht etwas Geld aus seinem Portemonnaie und legt es auf den Tisch. »Ich brauche hier nach echt eine Runde guten Sex. Oder zwei.«

»Ey, Aaron!« Er lacht, während er weggeht.

»Lily, ich meine es ernst, Aaron hasst mich!«, beschwert sich Winter frustriert. Und wie die dramatische Person, die sie nun mal ist, macht sie einen perfekten dramatischen Fall auf mein Bett, dabei ist ihr Handrücken auf ihrer Stirn. Sie ist und bleibt eine Drama-Queen.

»Aaron hasst dich nicht. Er hat einfach einen schlechten Tag«, versichere ich ihr. Ich bin mir nicht sicher, ob Aaron sie jemals wirklich geliebt hat. Ich würde ihn nicht verurteilen, falls nicht. Winter ist…besonders.

»Aber ich sollte diejenige sein, mit der er sprechen will, Lils.«

Ich sollte nicht einmal versuchen, etwas dagegen zu erwidern.

»Er spricht nie über sich selbst. Er will nicht einmal, dass ich seine Eltern treffe. Es ist so anstrengend«, beschwert sich Winter.

»Warum bleibst du dann bei ihm? Du springst immer gleich auf bei der nächsten Gelegenheit, ihn zu treffen. Er ruft an, und du fängst an zu rennen.«

»Ich liebe ihn. Das verstehst du nicht, aber ich glaube, er liebt mich auch.« Tränen rollen ihr über die Wangen.

»Liebe sollte nicht so viel Arbeit sein, Winter. Wenn du dafür kämpfen musst, dass er dich liebt, dann soll es vielleicht nicht so sein«, sage ich ihr.

Sie bleibt ruhig. Das einzige Geräusch, das aus ihrem Mund kommt, ist das Schluchzen von all dem Weinen.

Winter ist völlig erschöpft vom Weinen und schläft auf meinem Bett ein. Es macht mir aber nichts aus. Mein Bett ist groß genug für zwei Personen, und um ehrlich zu sein, kann ich etwas Gesellschaft gebrauchen.

KAPITEL 4

»breathe in, breathe deep, you know that's all you need«—
Chariot by Jacob Lee

Lily

ES IST BEREITS ZWEI TAGE HER, seit ich Colin das letzte Mal sah.

Ich hätte ihn gestern sehen können, aber ich habe mich geweigert mit Winter rauszugehen. Was eine gute Entscheidung war, weil Winter in—*Überraschung*—Aarons Bett landete.

Zumindest hatte ich unsere kleine Wohnung für mich. Ich konnte ohne Unterbrechungen in mein Buch schreiben und wurde nicht gestört. Und zu meiner Überraschung hat Colin den Sozialarbeiter nicht über meinen Zustand informiert. Vielleicht hat er die Einträge doch nicht gelesen und nur nach meinem Namen gesucht. Oder vielleicht hat er seine Freunde gefragt, ob sie wüssten, wem dieses Buch gehört. Aber das war wohl nicht der Fall.

»Noch zwölf Tage«, murmele ich für mich selbst, während ich einen weiteren Eintrag schreibe. »Zwölf weitere Tage und dann ist alles vorbei.«

Heute ist ein weiterer meiner Down-Tage. Aber das ist an den meisten Sonntagen der Fall. Ich wäre viel lieber auf der Eisbahn und würde Skaten…mit meinem Bruder, aber ich kann nicht. Nicht, weil meine Mutter es nicht zulassen würde. Verdammt, sie hätte nicht einmal ein Mitspracherecht, wenn meine Lüge wahr wäre. Aber ich war seit gut drei Jahren nicht mehr auf dem Eis.

Ich bin sicher, dass ich immer noch skaten kann, aber ich möchte nicht riskieren, wieder etwas zu lieben, kurz bevor mein Leben zu Ende geht. Es lohnt sich einfach nicht mehr.

Wer auch immer das liest,

ich kann einfach nicht aufhören übers Skaten nachzudenken.
Seitdem Aaron es am Freitag erwähnte, kann ich nicht aufhören darüber nachzudenken, wie gut es sich anfühlte.
Ich kann nicht aufhören mich zu fragen, ob es sich immer noch so gut anfühlen würde.
Würde es sich immer noch so anfühlen, als würde ich schweben, wenn ich auf dem Eis laufe?
Würde ich immer noch alles um mich herum vergessen, wenn der Klang klassischer Musik durch meine Ohren fließt, während ich mein Programm durchlaufe?
Würde ich mich immer noch so federleicht fühlen, wenn meine Schlittschuhe über das gefrorene Wasser gleiten?
Wäre es dasselbe?
Aaron bekam ein Angebot von einer Hockeymannschaft. Er scheint nicht allzu glücklich zu sein, aber ich weiß, dass er es ist. Es ist das, was er sein ganzes Leben lang wollte.
Ich bin so stolz auf ihn, ich wünschte, ich könnte ihn mit jeder neuen Hockeysaison aufsteigen sehen. Leider werde ich es nicht schaffen. Es wird zu viel.
Du hättest die Traurigkeit in seinen Augen sehen sollen, als ich ihm sagte, dass ich nicht wieder Skaten würde.
Lass mich dir Folgendes sagen:
Aaron und ich hatten einen Traum. Es ist albern, aber wir waren entschlossen, diesen Traum wahr werden zu lassen.
Aaron Marsh, der Superstar-Hockeyspieler. Er ist auf dem Eis und spielt gegen ein Team. Und dann ist es eine der Pausen. Ich

würde auf das Eis steigen und die Hockeyfans unterhalten,
während sie darauf warten, dass das Spiel fortgesetzt wird.
Ich würde skaten und Spaß haben.
Das hätte mir gefallen.
Das hätte uns beiden gefallen.
Es ist so schade, dass es nicht passieren wird.
Aber hey, zumindest bin ich entschlossen, meinen
Selbstmordplan durchzusetzen.
Okay, das braucht einen besseren Namen.
Mein unalive journey 101.
Klingt genauso dumm.

Lily

»Benötigt das Buch Gründe, warum ich sterben will?«, frage ich mich. »Wahrscheinlich«, antworte ich mir selbst. Ja, ich spreche mit mir selbst, verklage mich.

Was ist, wenn Aaron mich zuerst findet, wenn es so weit ist und dieses Buch liest? Er würde gerne Antworten für all das haben.

Ich lege meinen Kopf in meine Hände. Ich kann mir nicht vorstellen, wie am Boden zerstört mein Bruder sein wird, wenn er erfährt, dass er mir mit einem Blick in dieses Buch das Leben hätte retten können, als er die Gelegenheit dazu hatte. Aber es würde mich nicht retten. Ich würde einen Weg finden zu sterben, auch wenn er es herausfinden würde. Diese ganze Sache hier, atmen, wird mir zu viel. Mein Körper will nicht mehr hier sein, meine Seele auch nicht mehr. Ich bin müde. *Oh, das ist ein wichtiger Punkt, den man erwähnen sollte.*

Also fange ich wieder an zu schreiben. Und danach beginne ich einen weiteren Eintrag. Und noch einen. Und noch einen. Bis es Zeit für den zweiten Brief wird.

Der nächste Brief wird für mich viel schwieriger sein als der an Ana. Ich war Ana nie nahe, aber der nächsten Person verdanke ich mein Leben.

Lieber Papa,

wenn du das hier liest, bedeutet es, dass ich tot bin.

Gott, das war der langweiligste Beginn eines Briefes überhaupt.

Aber keine Sorge, ich leide nicht mehr. (Hoffentlich)
Früher habe ich es getan. Als ich noch lebte. Genau in diesem Moment, in dem ich dir diesen Brief schreibe.
Papa, du musst etwas wissen.
Ich bin dankbar für dich. Wirklich, das bin ich.
Du hast mir eine Familie gegeben, als ich sie brauchte.
Du hast mich nicht aufgegeben, auch als Mama das so wollte…damals, als sie meinen Bruder aufgab.
Ich bin so dankbar, dass du Aaron eine bessere Mutter gegeben hast. Liz ist perfekt. Sie ist alles, was Aaron braucht, um glücklich zu sein.
Sicherlich kann Liz Mama nicht ersetzen, sie ist nicht Aarons leibliche Mutter. Aber ich denke, er sieht in Liz mehr als seine eigentliche Mutter.
Also, danke. Danke, dass du meinem Bruder die Chance gegeben hast, mich zu sehen. Danke, dass du ihm die Chance gegeben hast, eine bessere Familie zu haben als ich sie hatte.
Aber vor allem danke, dass du hiergeblieben bist; in meinem Leben.
Weißt du, es sind normalerweise die Väter, die die Familie verlassen. Aber du nicht. Du, Papa, du warst mein Held. Du bist mein Held.
Du bist hiergeblieben, als du es nicht hättest tun sollen.
Zumindest wollte Mama das so.
Aber du bist geblieben. Du bist für mich geblieben. Du hast mich glücklich gemacht. Du hast meine Kindheit weniger grau gemacht.

Es gibt keine andere Möglichkeit, das zu sagen, Papa.
Du warst mein Held.
Du warst mein Wegweiser, der mich dazu drängte, mutig und entschlossen zu werden, das Leben selbst in die Hand zu nehmen.
Du warst mein Retter, als ich dich am meisten brauchte.
Es ist ironisch, ich weiß. Weil du mich nicht vor meinem Schmerz retten konntest.
Du konntest mich nicht vor meinem Leid retten.
Du konntest mich nicht davor bewahren, mich selbst umzubringen.
Aber Papa, das ist nicht deine Schuld.
Du hast nichts falsch gemacht. Du warst immer für mich da. Du hast dich immer um mich gekümmert.
Dies ist ein Kampf, den ich verloren habe. Ein Kampf gegen mich selbst. Es gibt nichts, was du hättest tun können, um es zu verhindern.
Ich liebe dich, Papa.

Lily

Gerade als ich mit dem Schreiben des Briefes an meinen Vater fertig bin, öffnet sich die Tür. Ich höre Kichern aus dem Wohnzimmer. Es klingt nach Winter, aber sie ist nicht allein.

»LILS!«, schreit Winter. »KOMM UND BETRINK DICH MIT UNS!« Zum Teufel werde ich das tun. Es ist Sonntag. Ich habe morgen Unterricht. Ich werde mich an einem Sonntagabend nicht mit meiner besten Freundin und wer auch immer ihre Gesellschaft ist, betrinken. Sie weiß besser, also warum fragt sie mich überhaupt.

Die Tür zu meinem Zimmer öffnet sich mit einem schnellen Zug. So schnell, dass ich es kaum sehe, bis ich den Knall höre, als die Tür gegen meinen Schreibtisch schlägt. Lass uns beten, dass meine Tür dadurch keinen Schaden bekommen hat.

»Mia hat mir gesagt, dass sie dich letzten Freitag mit Aaron gesehen hat.« Eine völlig betrunkene Winter stolpert in mein Zimmer und setzt sich auf mein Bett. Ihr Make-up ist überall auf ihrem Gesicht verteilt. Überall, außer dort, wo es sein sollte. Sie sieht schrecklich aus.

Das ist etwas ganz Neues, weil Winter Varley jederzeit makellos aussieht.

»Wir sind uns bei Claire‘s begegnet«, lüge ich. »Ich sagte ihm, er solle aufhören mit dir zu spielen.«

»Das ist Unsinn, Lily.« Natürlich nennt sie es Unsinn.

Genau wie alle anderen an diesem College hat Winter keine Ahnung, dass Aaron und ich verwandt sind. »Er betrügt mich…mit dir. Meiner besten Freundin. Du solltest die Jungs, in die ich verliebt bin, nicht ficken.«

Ich überlege kurz, ihr die Wahrheit zu sagen. Aber Winter hat ein großes Mundwerk. Sie redet. Sie liebt es, Tratsch zu hören. Und sie liebt es zu tratschen. Wenn ich ihr sagen würde, dass Aaron mein Zwillingsbruder ist, würde sie ihre paar Gehirnzellen verlieren und es der ganzen Uni sagen. Verdammt, sie würde es wahrscheinlich auf ein Banner drucken und am Haupteingang aufhängen.

Die Wahrheit ist, manchmal wünschte ich, die Leute wüssten es. Wann immer uns jemand zusammen sieht, gehen sie sofort davon aus, dass wir miteinander ausgehen. Die angewiderten Blicke, die ich bekomme, sind schmerzhaft. Es ist nicht so, dass es mich stören sollte, aber das tut es. Entweder sehen sie mich als die größte Hure in der Geschichte oder als eine Schlampe, die ihnen den Mann gestohlen hat. Aaron geht jedoch auf keine Dates, und das sollten sie wissen.

In jedem Fall können Blicke wehtun. Und ich denke, die Leute scheinen das zu vergessen. Nicht nur Worte können einen tief treffen, Blicke tun das auch.

»Glaub was du willst, Winter. Ich bin nicht bereit, darüber zu diskutieren. Aaron und ich sind Freunde. Es wird nie mehr sein als das. Wenn du glaubst, dass dein *Ex*-Freund dich betrügt, dann ist das vielleicht ein *Du*-Problem.«

Winter schnappt nach Luft und bedeckt ihren Mund mit ihrer Hand. Sie sieht mich an, als hätte ich ihr gerade gesagt sie solle sich umbringen.

»Weißt du was, Lily Reyes«—sie schießt von meinem Bett hoch und kreuzt ihre Arme vor der Brust—»fick dich!« Ich mache mir nicht die Mühe, darauf zu reagieren. Und sie gibt mir auch nicht die Gelegenheit dazu. Das nächste, was ich weiß, ist, dass eine wütende Winter auf meine Tür zustürmt. Sie packt den Türgriff und zieht ihn nach, als sie mein Zimmer verlässt.

Aber bevor sie den Raum vollständig verlässt, dreht sie sich um und schaut mich noch einmal an. »Ich mochte dich, Lily. Aber du bist so eine Schlampe. Vielleicht wäre es besser, wenn du tot wärst.«

Ironisch, nicht wahr? Weil ich genau das Gleiche denke. Es wäre besser, ich wäre tot. Und hier ist der Beweis dafür, dass nicht nur ich das glaube.

Aber das Schlimmste ist, auch wenn Winter, meine beste Freundin, sauer auf mich ist… als Freundin sagst du der anderen Person niemals, dass es besser ist, sie sei tot. Tatsächlich sagst du niemandem diese Worte.

Jemandem zu wünschen er wäre tot ist nicht in Ordnung. Niemals. Egal wie tief dein Hass geht. Es ist nie in Ordnung jemandem zu wünschen, dass er stirbt. Wer weiß, vielleicht sind sie wie ich und wünschen sich zu sterben. Und wer weiß, vielleicht werden sie es tatsächlich tun.

Wie ich.

Und oh-so plötzlich fühle ich mich wie Hannah Baker aus der Serie *Tote Mädchen lügen nicht* und Winter ist mein dreizehnter Grund, weshalb ich mich umbringen sollte.

Kapitel 5

»if love is what you need, a soldier I will be«—Angel With a Shotgun by The Cab

Lily

ICH KOMME ZU SPÄT ZU MEINEM FILM DIRECTING KURS. Ich bin nie zu spät dran, das ist echt neu für mich. Aus irgendeinem Grund hat sich mein Wecker heute Morgen dazu entschieden nicht zu klingeln. Ich muss wohl vergessen haben ihn zu stellen.

Der perfekte Start meines Dienstags.

Ich habe es immer gehasst, zu spät zum Unterricht zu kommen. Damals in der Schule habe ich den ganzen Tag geschwänzt, wenn ich zu spät dran war.

Die Blicke, die man erntet, wenn man zu spät ins Klassenzimmer kommt, schreien geradezu nach »Verurteilung«. Sie sind voller Arroganz, so als ob jeder, der pünktlich da war, denkt, er sei etwas Besseres.

Das sollte mich eigentlich nicht mehr kümmern. Es spielt keine Rolle. Ich bin spät dran, also sollte ich keine Zeit mehr damit verschwenden, darüber nachzudenken. Stattdessen sollte ich einfach direkt in den Hörsaal gehen.

Aber so einfach ist das Reingehen doch nicht. Ich weiß, sobald ich diese Tür öffne und hineingehe, werden mich alle Leute ansehen. Ich habe keine Angst davor, dass sie mich ansehen, aber will ich wirklich erleben, wie mich ein paar hundert Studenten *anstarren*, weil ich zu spät bin? Nein, danke.

Zum Glück kommt noch jemand anderes zu spät.

Leider ist dieser jemand Colin Carter.

Er lächelt mich an, während er neben mir steht. Er ist amüsiert, dass ist offensichtlich so wie er mich ansieht. Das Grinsen, das er auf den Lippen hat...es ist fürchterlich charmant. Er hat ein schönes Lächeln—dennoch ist es widerlich, denn ich bin mir sicher, dass er sich gerade über mich lustig macht.

»Hey, Lilybug«, begrüßt er mich. »Seit wann bist du im Film Directing Kurs?«

»Seit Ewigkeiten. Das würdest du auch wissen, wenn du mehr Aufmerksamkeit auf alles andere außer dich selbst richten würdest, Carter.«

Colin kichert und greift nach dem Türgriff. Ich atme tief ein. *Yup, das wird emotional definitiv das Ende von mir sein.*

»Alles okay?«

Ich frage mich, warum er mich das fragt. *Wahrscheinlich, weil er sich über dich lustig machen will, da du sterben willst*, sage ich mir. Aber dann zeigt sich der wahre Grund. Mein Atem ist außer Kontrolle geraten. Er ist schnell, und ich habe das Gefühl, dass sich meine Lunge nicht mit Luft füllt. Es ist schmerzhaft. Meine Lunge beginnt zu schmerzen. Ich hyperventiliere, nicht wahr?

Natürlich tue ich das.

Ich lege meine Hand auf mein Herz, während ich nach hinten stolpere, bis mein Rücken auf eine der Wände trifft. Ich rutsche auf den Boden. Meine Brust hebt und senkt sich so schnell, dass ich es nicht einmal mehr sehen kann. Aber verdammt, es tut weh. Jeder Atemzug tut weh und doch spüre ich nicht, wie die Luft in meine Lunge kommt.

»Gott, Lily«, sagt Colin und klingt besorgt. Er nähert sich mir und kniet sich zu mir nieder. Er nimmt meine Hand. »Atme«, sagt er zu mir. *Nein, im Ernst? Wäre ich nie draufgekommen.* »Alles ist gut, dir wird nichts passieren.«

»Würdest du—« Luft strömt in meine Lunge, aber es fühlt sich immer noch nicht so an, als hätte ich genug Sauerstoff in meinem Körper, um richtig zu atmen »—die Klappe halten.«

Das Gefühl des Todes strömt durch meine Adern. *Das ist gut.*

Ich spüre Tränen über meine Wangen laufen. *Warum passiert das?* Großartig, jetzt weine ich vor dem Arschloch, das mein Tagebuch gestohlen hat. Oder es mir irgendwie zurückgab. So oder so, er hat es gelesen.

Mein ganzer Körper zittert. Mein Mund ist trocken und ich kann spüren, wie sich Kopfschmerzen aufbauen. Einen Moment lang bete ich, dass sich der Tod nicht wirklich so anfühlen wird.

Nein, Lily. Es wird friedlich sein.

Nein, Angst übernimmt meinen Körper. Nicht die Angst vor dem Tod, die Angst vor dem Schmerz. Ich will bitte keine Schmerzen haben.

»Lily, versuch dich zu beruhigen.« Er spricht ruhig und legt meine Hand auf seine Brust. Ich kann spüren, wie seine Brust unter meiner Handfläche steigt und fällt. Er atmet langsam und tief durch. Ich versuche, ihn nachzuahmen.

Ich kann nicht glauben, dass ich das sage, aber Colin Carter weiß, wie man eine Panikattacke umgeht. Oder daraus kommt.

Seine Hand bedeckt meine. Seine Augen schauen tief in meine und brechen nicht einmal unseren Augenkontakt, während er von eins bis acht zählt und einatmet. Wir halten den Atem für einen kurzen Moment an, und dann zählt er wieder, während wir ausatmen. Colin wiederholt diese Übung für eine Weile, bis ich es einfacher finde, ihm zu folgen und mich beruhige.

Erst als mein Körper aufhört zu zittern lässt er meine Hand los. Ich ziehe sie sofort zurück. Und zum ersten Mal erkenne ich die Sorge in seinen Augen.

Macht sich Colin Carter Sorgen um mich? Warum zum Teufel sollte er das tun? Er kennt mich nicht einmal.

Es fällt mir immer noch schwer zu atmen, aber es wird besser. »Danke«, murmele ich schwach.

»Warte hier, bewege dich nicht, okay?« Ich nicke. Als hätte ich irgendwas anderes vor. Colin verschwindet in Professor Meisners Hörsaal.

Als Colin zurückkehrt, kann ich bereits fast wieder normal atmen, aber ich fühle mich immer noch müde und mehr als erschöpft. Jeder Muskel in meinem Körper tut weh, als hätte ich stundenlang trainiert.

Mein Kopf dreht sich und pocht vor Schmerzen. Ich schaffe es auf keinen Fall durch den Tag, nicht ohne wieder zusammenzubrechen.

Und das ist nur ein weiterer Grund für mich zu sterben. Mein eigener Körper hasst mich. Mein eigener Körper überstrapaziert mich.

»Wir sind Partner für ein Projekt«, teilt Colin mir mit. Er greift nach meinen Händen und hilft mir auf meine Füße. »Du hast für heute frei, Lilybug. Auf keinen Fall, nicht einmal in der Hölle, werde ich zulassen, dass du heute noch an Kursen teilnimmst, nicht in diesem Zustand.«

»Auf keinen Fall, nicht einmal in der *Hölle*«, wiederhole ich leise, aber er hört es. »Du weißt, dass ich bald da sein werde, oder?« Ich weiß, dass er es weiß.

»Das wirst du nicht«, sagt er mit so viel Selbstbewusstsein, wie er aufbringen kann, wenn man über den Tod von jemandem spricht. »Wenn überhaupt, wirst du direkt in den Himmel geschickt, weil du gegen alles gekämpft hast, was dich sterben sehen möchte.«

»Colin«, flüstere ich. Er hält mich immer noch fest. Ich bin froh, dass er es tut, weil ich bezweifle, dass ich alleine stehen könnte. Meine Panikattacken sind normalerweise nicht so schlimm, aber aus irgendwelchen Gründen haben sie sich heute dafür entschieden, sich zu intensivieren. »Du weißt, dass wir keine Partner sein können.«

»Unsinn, Lilybug.« Er lächelt mich sanft an. »Auch wenn du dich letztendlich dafür entscheidest zu sterben, werde ich davon nur profitieren.«

»Ah, genau das ist mein Ziel, Carter.« Ich biete ihm ein schwaches Lächeln an. Ich weiß, dass er das nicht ernst meint. Nun, es würde ihm zugutekommen. Wenn ich sterbe, wird unser Projekt automatisch mit einem *A* bewertet, also einer Eins. Er würde tatsächlich davon profitieren. »Aber es gibt kein ›*auch wenn*‹ und ›*entscheidest*‹, Carter. Es wird passieren. Ich habe mich schon entschieden.«

Colin reagiert nicht darauf. Wir verlassen das Gebäude und gehen direkt zu seinem Auto. Natürlich besitzt er einen Tesla. Ich wusste, dass er reich ist, ich meine, sein Vater ist Hockeytrainer der NHL. Seine Familie badet wahrscheinlich in Geld.

»Ich bin davon ausgegangen, dass du mehr auf Sportwagen stehen würdest. Ich sehe dich eher in einem Audi R8 oder einen Lamborghini sitzen.«

Colin schmunzelt und presst seine Lippen zusammen. »Das tue ich. Der Tesla gehört meinem Vater, aber ich benutze ihn die meiste Zeit. Meine Hockeytasche passt kaum in meinen BMW, im Tesla ist mehr Platz.«

Ich nicke und fühle mich plötzlich wie ein Arsch, dass ich so denke—obwohl ich schließlich Recht habe.

»Ich habe meinen BMW zu meinem einundzwanzigsten Geburtstag bekommen, hab ihn nicht Mal selbst gekauft. Deshalb fühle ich mich wie einer dieser verwöhnten Frats, dafür, dass ich mein eigenes Auto kaum benutze.«

Ich kommentiere das nicht, ich bin mir nicht sicher, ob ich es überhaupt sollte.

»Wohin bringst du mich?«, frage ich stattdessen. »Ich wohne in den Wohnheimen der Uni.«

»Ich weiß, Aaron hat es mir gesagt. Aber du kommst mit zu mir.« Zum Teufel tue ich das. Dieser Typ kann mich nicht einfach entführen und mit zu sich nach Hause nehmen. Ich gehöre nicht zu seinen *Puck Bunnies.*

»Aaron wird dir den Kopf abreißen, wenn du mich anfasst«, sage ich mit Zuversicht.

»Aaron wird mich ermorden, wenn ich ihm sage, dass ich wusste, dass du dich umbringen willst. So oder so werde ich sterben.« Er hat recht. Und jetzt frage ich mich, ob Aaron ihm gesagt hat, dass wir Geschwister sind. »Gibt mir immerhin eine Chance, dich im Jenseits zu heimzusuchen.«

»Fick dich, Carter.«

»Willst du?« Ich denke, er schaut mich lustvoll an. Niemand hat mich jemals so angeschaut wie er. Es ist, als würde er in meine Seele starren, aber mit dem Wunsch, mich auszuziehen. Oder er zieht mich bereits mit seinen Augen aus.

»Nein, danke.«

»Du willst mich foltern, kann das sein?« Er kichert »Setz dich ins Auto.« Colin öffnet mir die Beifahrertür und hilft mir hinein. Es ist nicht so als würde ich Hilfe benötigen—okay vielleicht doch. Ich meine, ich kann nicht einmal stehen, ohne das Gefühl zu haben dabei umzukippen.

Als ich sitze, schließt Colin die Tür und joggt auf die andere Seite. Jedoch startet er den Motor noch nicht, auch wenn er bereits neben mir im Auto sitzt. Er starrt mich nur einen Moment an, als würde er versuchen mich zum Reden zu bringen. Aber ich spreche nicht.

Also spricht er stattdessen »Willst du eigentlich wirklich sterben, Lilybug?«

Zuerst sage ich nichts. Ich nicke einfach nur. Ich könnte auf keinen Fall erklären, was er gelesen hat. Es war so klar wie ein gereinigtes Fenster. Die Worte »Ich will sterben« sind ziemlich klar. Es gibt keine Möglichkeit, dass sie jemand anders interpretieren könnte als das, was sie aussagen.

»Warum?«

»Das geht dich nichts an, Colin.«

Colins Lippen bilden eine gerade Linie. Er weiß, dass er sich nicht in meine Angelegenheit einmischen sollte. Und ich bin sicher, er bedauert jede Sekunde, die er damit verbracht hat, mein Tagebuch zu lesen. Aber er hat es getan. Er hat es gelesen, alles. Ich bin sicher, als er anfing zu lesen, konnte er nicht mehr aufhören. Und jetzt ist er hier. Gefangen mit der suizidgefährdeten Schwester seines besten Freundes.

Ich habe mich nie selbst als ›*suizidgefährdet*‹ bezeichnet. Aber es ist offensichtlich genau das, was ich bin.

»Wie kommt es, dass Aaron dich noch nie erwähnt hat?«, fragt Colin und ändert das Thema. Ein weiteres Thema, über das ich jetzt überhaupt nicht reden möchte.

»Es gibt nichts zu erwähnen. Wir sind Freunde. Ich bin sicher, dass du auch Freunde hast, von denen du nicht sprichst.«

»Klar, aber das sind meistens alles Typen. Außerdem kümmere ich mich nicht so sehr um meine weiblichen Freunde wie Aaron sich um dich kümmert. Ich meine, Lilybug, er verbietet mir, was mit dir anzufangen. Das ist nicht gerade ein ›wir sind Freunde‹-Verhalten.« Er hat recht. Das ist es nicht. Aaron ist wie mein Bodyguard, mein zwei Minuten älterer Zwillingsbruder. Aber Colin weiß das nicht.

Er bemerkt, dass ich nicht darüber sprechen will. Also fährt er los. Nur fährt er nicht in die Richtung zu sich nach Hause. Ich weiß, wo er wohnt, und ich weiß, wie man dorthin kommt.

»Das ist nicht der Weg zu dir nach Hause«, sage ich und schaue ihn verwundert an. Er nickt. »Wo zum Teufel bringst du mich hin?«

»Entspann dich, Lilybug. Du kommst mit zu mir nach Hause.« Was soll das denn bedeuten? Er wohnt in der anderen Richtung. »Ich muss meine Schwester sehen. Und da ich dich nicht allein lassen kann, wirst du mich wohl oder übel begleiten müssen.«

»Ich werde deine Familie nicht treffen, Colin!« Jetzt bin ich wütend. Ist er krank oder so? Ich werde seine Familie nicht kennenlernen, das will ich nicht.

»Zu schade, denn das wirst du bereuen. Mein Vater ist nicht einmal zu Hause, denn er coacht gleich meine Hockeymannschaft. Meine Mutter ist wahrscheinlich auch auf der Arbeit. Es werden also nur Eira, Reece, du und ich sein.«

»Trotzdem, das ist einfach nur komisch.«

»Warum sollte es das sein? Freunde treffen sich doch mit der Familie, oder? Und meine Geschwister sind nicht einmal meine Eltern, also ist es überhaupt nicht seltsam.« Er grinst. Gott sei Dank schaut er auf die Straße, weil ich weiß, dass dieses Grinsen zum Sterben ist. Ich habe es schon öfter gesehen; auf Bildern, Videos, sogar auf der College-Website.

Colin Carter ist überall. Er raubt jedem sofort den Atem. Ich wette, dass es sein Ego durch das Dach krachen lässt. Der Typ, der von dem Atem anderer atmet.

Gut eine Stunde vergeht und wir sind endlich in New York, wortwörtlich. Nicht nur der Staat. St. Trewery befindet sich in New City, New York. Unser College ist nur anderthalb Autostunden von Manhattan entfernt.

Ich war noch nie hier. Ich hatte noch nie die Möglichkeit dazu. Papa versprach immer, dass er mich eines Tages mit nach Manhattan nehmen würde, aber das hat sich nie ergeben. Meine Mutter hätte es auch nicht wissen dürfen. Ich hätte ihr unmöglich sagen können, dass ich mit Freunden dorthin fahren würde. Sie ist ein Kontrollfreak. Sie hätte alle meine Freunde gefragt, ob das so wäre.

Ich bin erstaunt, dass sie meine Übernachtungen damals nie in Frage gestellt hat. Aber ich bin froh, dass sie es nicht getan hat, und dennoch erstaunt.

Wir halten an und ich möchte sofort aus dem Auto aussteigen, aber Colin hält mich auf. Wir haben eine ganze Weile nicht gesprochen, deshalb zucke ich zusammen als Colin mich anspricht.

»Lilybug«, sagt er in einem sanften Ton. Er schaut mich an. Mein Gott, es sollte verboten sein so gut auszusehen.

Ich meine, er ist wahrscheinlich 1,92 Meter. Das schätze ich aber auch nur, weil Colin ein bisschen größer ist als Aaron, und Aaron ist 1,88.

Colins Haare sind lang, aber nicht zu lang. Die obere Hälfte seines Haares ist länger und flauschig, curtain hair, wie es so heißt. Ehrlich gesagt war ich nie ein Fan dieses Haarschnitts, aber es passt zu ihm. Sehr sogar.

Colin hat blaue Augen, genau die Farbe, der ich nicht vertraue.

Und lass mich bloß nicht anfangen über seinen Körper zu sprechen. Er ist muskulös. Ich denke, das sind die meisten dieser Hockeyspieler. Colins Kieferknochen sind buchstäblich so scharf wie ein Messer. Ich bin sicher, wenn ich sie anfassen würde, würde ich mich schneiden, abgesehen davon, dass es physisch unmöglich ist.

Darüber hinaus sieht er in einem Anzug gut aus. Ich habe ihn schon auf ein paar Fotos gesehen.

Um fair zu sein, trägt Colin Carter, abgesehen von Anzügen für spezielle Anlässe, immer nur schwarz-weiß, vielleicht etwas Dunkelblau. Meistens schwarze Cargo Hosen und irgendein weites Hemd.

Aber es passt zu ihm. Es passt zu seinem Körper, auch wenn seine Muskeln unter seinen Baggy-Shirts verloren gehen.

Colin hat eine ganze Reihe von Tattoos, die seine Arme schmücken. Ich bin mir nicht sicher, aber ich würde sagen, seine Brust ist auch tätowiert, weil er ein Tattoo am Hals hat, das bis zur Brust geht. Okay, aber ich habe ihn auch noch nie oberkörperfrei gesehen.

Das habe auch nicht vor.

Wie auch immer, sein scheinbar gutes Aussehen passt nicht allzu gut zu seiner sprudelnden Persönlichkeit. Aber ehrlich, ich kann seine Persönlichkeit noch gar nicht beurteilen. Um das zu können, müsste ich ihn ein wenig besser kennen. Aber er scheint…ganz okay zu sein?

Was gibt es an Colin Carter nicht zu mögen? Er ist verdammt gutaussehend. Und anscheinend kümmert er sich sogar um suizidgefährdete Mädchen, die er nicht einmal kennt.

»Ich muss dich vor meiner Schwester warnen.« Es sind immer nur ein paar Worte, die einen zurück in die Realität bringen. Er klingt ernst, sogar traurig, wenn ich ehrlich bin.

»Warum solltest du das tun müssen?«

»Bei meiner Schwester wurde was diagnostiziert…« er spricht nicht weiter. Ich kann die düstere Wolke über ihm aufsteigen sehen. »Sie ist im Moment krank. Sie hat Fieber. Aber davor muss ich dich nicht warnen.«

Die Wolke verschwindet so schnell, wie sie kam.

»Eira ist gesprächig und fröhlich, manchmal viel zu glücklich. Ich glaube nicht, dass dir das sehr gefallen wird.« Obwohl er nicht mehr so betrübt zu sein scheint, sagt seine Stimme etwas anderes.

Colin mag gut darin sein, ein modellartiges Lächeln in sein Gesicht zu zaubern, aber er kann sicherlich keine Schmerzen in seiner Stimme verbergen.

»Sie spricht viel über den Tod. Auf eine gute Weise, wie du es tust«, sagt er. »Es ist beängstigend.«

»Ich finde nicht, dass der Tod beängstigend ist.«

»Ist es, für alle, die nicht sterben wollen.«

»Deine Schwester will sterben?«

Sein Gesicht zuckt leicht, als hätte ich einen Nerv getroffen, den ich nicht hätte treffen sollen. Aber er hat mich hierhergebracht und seinen letzten Satz *so* formuliert. Was soll ich sonst denken? Möchte er nur, dass ich mit einer anderen suizidgefährdeten Person spreche, in der Hoffnung, dass es meine Meinung ändern wird?

Und als könnte er meine eigentlich unausgesprochene Frage laut hören, antwortet er mir. »Ich habe dich hierhergebracht, weil ich möchte, dass du hier bist, Lily. Eira ist nicht suizidgefährdet, sie denkt einfach nicht schlecht über den Tod.«

Ich möchte ihn fragen, warum er dann sagte; »Für alle, die nicht sterben wollen.« Aber bevor ich die Gelegenheit dazu habe, spricht er weiter.

»Sprich einfach nicht über den Tod. Ich mag dieses Thema nicht. Es gibt mir ein unangenehmes Gefühl.«

»Colin, falls du es nicht bemerkt hast. Ich spreche nicht davon, dass ich sterben will. Ich spreche auch nicht über den

Schmerz, den ich fühle.« Ich glaube, ich habe zu viel gesagt. Ich habe das nie laut ausgesprochen, nicht einmal zu mir selbst. Es war schon immer nur auf dem Papier.

Den Schmerz, den ich fühle, fünf einfache Worte, die es einfach real machen.

»Ich dachte auch nicht, dass du das tun würdest. Glaube nicht, dass ich dich hierhergebracht habe, damit du es noch einmal überdenkst. Der Tod ist heute für dich und Eira nicht thematisierbar.«

Ich kenne Colin seit vier Tagen. Ich wusste vorher nicht viel von ihm, und wir haben auch vorher nie miteinander geredet. Nicht einmal das. Jetzt hatten wir etwa drei Gespräche. Und aus irgendeinem Grund merke ich, dass er alles andere als das Arschloch ist, von dem ich mir vorgestellt habe, dass er es sein würde.

Colin führt mich in ein Haus das man auch als Villa bezeichnen kann. Es ist definitiv eine Villa. Alles sieht so viel sauberer aus als bei mir zu Hause, obwohl ich mein Elternhaus nicht als »schmutzig« betrachten würde. Vielleicht scheint es buchstäblich nur so wegen des Marmorbodens, den dieses Haus hat. Es ist so glänzend und hell hier drin, ich glaube, ich brauche eine Sonnenbrille.

»Keine Sorge, nicht jedes Zimmer sieht so aus«, sagt Colin mit einem leichten Lachen. Ich frage mich, ob er mein Erstaunen bemerkt hat. Aber wenn ja, zur Hölle damit. Dieser Eingangsbereich ist größer als mein Schlafzimmer. Natürlich bin ich erstaunt.

Ich fühle mich wie eine Berühmtheit, die auf dem roten Teppich spazieren geht. Nur ohne den roten Teppich und die blitzenden Kameras. Auch ohne den Promi-Status.

Colin ergreift meine Hand und führt mich nach oben. Für einen Moment denke ich, dass ich gleich auf dieser polierten Marmortreppe ausrutschen werde. Aber das tue ich nicht, also ist alles gut.

»Was, ihr habt keinen Aufzug?«, scherze ich.

»Nicht so voreingenommen, Lilybug. Du hast die Hälfte dieses Hauses noch nicht gesehen.« Leicht drückt er meine Hand. »Eira ist in ihrem Zimmer, und das ist der schnellste Weg dorthin.« Gibt es noch mehr Möglichkeiten in ihr Zimmer zu gelangen? Ich bin offiziell *mind-blown.*

Ich frage mich jedoch, warum Colin nur hierherkommt, um seine Schwester zu sehen. Er erwähnte, dass jemand namens Reece möglicherweise auch hier ist. Angenommen, es ist sein Bruder, warum sollte er ihn nicht sehen wollen?

Colin führt mich den Flur hinunter, als wir den ersten Stock erreicht haben. Er gibt mir nicht einmal eine Sekunde zum Durchatmen. Und ich brauche diese Sauerstoffaufnahme wirklich.

Er nähert sich einer weißen Tür, seufzt schwer, bevor er auf magische Weise ein Lächeln auf sein Gesicht wirft und die Tür öffnet. Aus irgendeinem Grund hält er immer noch meine Hand fest. Colin drückt sie sogar nochmal einen Zacken fester. Nicht viel, aber er hält sie fester als zuvor.

Warum benimmt er sich so?

»Heilige McChicken Nuggets, COLIN!« Ein brünettes Mädchen schreit vor Aufregung. Sie sieht genauso aus wie Colin, das muss ich zugeben. Eira ist absolut atemberaubend.

Sie breitet ihre Arme aus, Colin lässt meine Hand los und geht direkt zum Bett seiner Schwester. Er hebt sie hoch und wirbelt sie ein paar Mal herum, bevor er sie wieder auf den Boden stellt. Sie lacht. Sie hat ein entzückendes Lachen.

Ich fühle mich völlig fehl am Platz. Ich sollte nicht hier sein. Ich kenne dieses Mädchen nicht einmal. Colin nahm mich mit hier hin, ohne mich zu fragen, ob das für mich in Ordnung ist.

Es ist nicht in Ordnung für mich. Das hier ist seine Familie. Ich will seine Familie nicht kennenlernen. Ich bin nicht seine Freundin, und ich bin mir ziemlich sicher, dass es eine der ersten Fragen ist, die uns von seiner Schwester und Familie gestellt wird.

»Colin.« Eira atmet einen tiefen Atemzug ein. »*¡Dios mío!* Ist das deine *Freundin*?«, fragt sie aufgeregt und zeigt auf mich. *Habe ich doch gesagt.*

Ich antworte nicht. Sie hat mich nicht gefragt, also muss ich sowieso nichts sagen. Und selbst wenn sie mich fragen würde, würde ich nicht wissen, was ich antworten sollte. Colin und ich sind nicht zusammen, und dass—*wir*—wird auf keinen Fall passieren.

Meine Antwort sollte also klar sein, oder? Warum überlege ich dann noch?

Als mich Colins Augen ansehen, ist etwas Seltsames in seinem Blick. Als ob er mir sagen möchte, dass er seine Schwester zu ihrem eigenen Wohl anlügen muss. Oder vielleicht überanalysiere ich mal wieder, und er weiß einfach, dass ich niemals einen festen Freund haben werde.

Es ist ein einfühlsamer Blick, den er mir zuwirft. Empathie. Ich denke, das ist sein neuer go-to move mit mir.

Wenn ich antworten muss, werde ich nein sagen. Ich werde ihr die Wahrheit sagen. Und vielleicht sollte sie nichts als die Wahrheit erfahren. Aber als die beiden Worte aus Colins Mund kommen »Ist sie«, weht ein plötzlicher Ansturm von Wut durch mich und die brennt wie Feuer auf meiner Haut.

Colin Carter ist genauso ein Lügner wie ich. Nur dass ich über meine Gefühle lüge, und er lügt seine Schwester über seinen Beziehungsstatus an.

Aber als Eira unerträglich schrille Schreie auslässt, glaube ich, dass es genau das ist, was sie sich für Colin gewünscht hatte. Eine Beziehung.

Aber selbst, wenn sie wollte, dass ihr Bruder in einer glücklichen Beziehung ist, warum lügt er seine Schwester an? Colin und ich sind weder glücklich zusammen noch in einer Beziehung.

»Steh doch nicht einfach da. Komm her«, sagt Eira überschwänglich zu mir. Sie ist so energisch, ich kann kaum einen klaren Gedanken fassen. Aber Colin hat mich davor gewarnt.

Bei allem Respekt, wie soll ich es sagen, Eira sieht schrecklich aus. Sie ist total blass und sieht aus, als würde sie jede Sekunde zusammenbrechen. Sie ist zweifellos immer noch wunderschön. Aber ich nehme an, sie hat eine Grippe, die eindeutig über ihren Körper herrscht, und das zeigt sich. Trotzdem hat sie immer noch genug Energie, um fröhlich zu sein.

Das bewundere ich an ihr.

Aber wenn sie eine Grippe hat, woher hat sie so viel Energie?

Wie sie es möchte, gehe ich zu ihrem Bett und setze mich zu ihr. Leider muss der Platz direkt neben Colin reichen. Und als ob es nicht schon schlimm genug wäre, nimmt Colin wieder meine Hand und streichelt sie.

»Erzähl mir alles über dich«, fordert Eira. Sie hat ein riesiges Grinsen auf den Lippen. Es ist das gleiche Grinsen wie Colins. Eira ist so eine Kopie von ihm, dass ich mich frage, wie die Mutter der beiden wohl aussieht.

Ich weiß, dass Colin seinem Vater nicht sehr ähnlich sieht. Sicher, er hat einige Merkmale, wie die gleiche Nase, die gleiche Haarfarbe. Aber, ob er die Augenfarbe von seinem Vater bekommen hat…keine Ahnung. Um ehrlich zu sein, ich habe dem neuen Hockeytrainer nie viel Aufmerksamkeit geschenkt.

»Was soll ich dir denn erzählen?«, frage ich.

»Wie heißt du? Fangen wir damit an.«

Colin schmunzelt über den Eifer seiner Schwester.

»Nun«, fange ich an, »ich bin Lily.« *Das ist peinlich.*

»Ich liebe deinen Namen. Ich bin Eira, aber ich bin sicher, Colin hat mich bereits erwähnt.« Das hat er, aber das spreche ich nicht laut aus. Ich lasse sie lieber reden. »Wann habt ihr euch beide kennengelernt? Bist du ebenfalls ein Trewery Senior? Hast du eine Lieblingsfarbe? Was ist dein Lieblingstier? Magst du Eishockey?«

Warum stellt sie so viele Fragen?

Da mein Gehirn insgesamt aus zwei Gehirnzellen besteht, wenn es um soziale Situationen wie diese geht, kann ich mich nur an zwei ihrer Fragen erinnern. »Ich mag Eishockey, und ich bin in der Tat ein St. Trewery Senior.«

Zu meinem Glück wiederholt Eira die anderen Fragen, die sie zuvor gestellt hat, nicht und redet einfach weiter.

Dann verbringt Eira eine gute Stunde damit, über ihre Interessen zu plappern und mir alles über sich zu erzählen. Sie erzählt, wie Colin sie früher mit zur Hockey Arena genommen hat, wenn ihre Mutter nicht da war. Sie erwähnt etwas darüber, dass die Mutter die Idee, dass Eira aufs Eis geht, nie mochte, denn ihre Knochen waren schon immer ziemlich zerbrechlich.

Darüber lachen wir. Ich weiß nicht mal wieso, denn es ist nicht einmal wirklich lustig.

Ich finde auch heraus, dass Eira sechzehn Jahre alt ist. Sie verbrachte ihren Geburtstag im Krankenhaus, aber es war auch der Tag, an dem sie beschloss nach Hause zu gehen und den Rest ihres Lebens dort zu verbringen, wo sie hingehört.

Ich hinterfrage ihre Worte nicht. Jugendliche reden viel Unsinn, ich habe es mit sechzehn auch getan. Eiras Geschichte einfach zu akzeptieren ist die sicherste Option.

»Eira?«, schreit eine Stimme aus dem Flur, nur wenige Augenblicke, bevor es an der Tür klopft und diese sich öffnet.

»*Ay*, Colin. Ich wusste nicht, dass du so früh kommst.« Eine Frau, ich nehme an etwa fünfundvierzig, kommt rein und sieht ein bisschen erschrocken aus. Ihr Haar ist blond, aber es ist offensichtlich, dass es schon einmal gefärbt wurde. Ich nehme an, dass sie Mrs. Carter ist.

Mrs. Carter hat einen schweren und deutlichen Akzent, wenn sie spricht.

»Ich wusste selbst nicht mal, dass ich so früh komme, «, sagt Colin und zuckt mit den Schultern.

»*Mamá*!« Eira zappelt ein wenig aufgeregt. »Das ist Lily, Colins *Freundin*. Ist sie nicht hübsch?« Gerade jetzt als ich denke, dass sich das mit dem Fake-Dating-Szenario nicht verschlimmern kann, tut es das.

»*¿Novia?*« Mrs. Carter ist überrascht, aber ich kann ihr das nicht übelnehmen. Colin kann mich nie erwähnt haben, denn wir kennen uns ja erst seit kurzem. »Wann ist das denn passiert?«

Ohne ein Wort zu sagen, vermittelt Colin seiner Mutter die Botschaft, die er seiner kleinen Schwester hätte sagen sollen. Sie nickt und fragt nichts weiter.

Ich bin mir nicht sicher, wie das überhaupt möglich ist. Erfordert die mentale Vermittlung einer Botschaft eine besondere Bindung zu einer anderen Person? Wenn ja, habe ich das sicherlich nicht bei meiner Mutter.

»Es ist schön dich kennenzulernen, Lily.« Mrs. Carter hält mir ihre Hand hin. Ich schüttle sie vorsichtig. Sie schenkt mir ein Lächeln, ich schenke ihr eins zurück. Gut, dass ich die Fake-Smile-Fähigkeit vor langer Zeit perfektioniert habe. »Bleibt ihr zum Mittagessen?«, fragt sie Colin.

»Würden wir liebend gern, Mamá«, antwortet Colin sofort. Ich habe überhaupt keinen Hunger, aber ich schätze, das steht jetzt auf meiner Tagesordnung.

»*Eso es adorable.* Ok dann fange ich bald an zu kochen. Hast du Allergien, die ich kennen sollte, Lily?«

Menschen, möchte ich sagen, aber ich schaffe es, mich zurückzuhalten. »Nein, aber danke, dass Sie nachfragen«, sage ich und lächle sie an. »Mrs. Carter, kann ich Ihnen beim Kochen helfen?«

Sie scheint für einen Moment verblüfft zu sein, aber dann erscheint ein riesiges Grinsen auf ihren Lippen. Colin und Eira haben dieses Lächeln definitiv von ihr geerbt. »Ich würde mich freuen.«

»Also, was bekommst du im Austausch dafür, Colins Freundin zu spielen?«, fragt Mrs. Carter, als wir die riesige Küche betreten.

Ich schlucke ein lautes Lachen runter, denn ich will nicht unhöflich wirken, indem ich über ihre Frage lache. Meine Antwort wäre definitiv *»Kopfschmerzen.«*

»Nichts. Ich wusste nicht einmal, dass ich seine Freundin spielen würde, bis er mich als solche erklärte«, antwortete ich. Ich denke, die Wahrheit ist immer ein guter Weg.

»Dieser Junge…manchmal kann ich echt nicht glauben, was in seinem Kopf vorgeht«, sagt sie. Sie will lachen, aber genau wie ich hält sie es zurück. »Colin hat nie jemanden mit nach Hause gebracht.« *Einfach toll. Jetzt gibt es Erwartungen.*

»Wirklich?«, hinterfrage ich, in der Hoffnung, dass ich nicht desinteressiert klinge.

»Wirklich. Ich hätte nie gedacht, dass er es jemals tun würde. Dachte Hockey wäre immer wichtiger als alles andere.«

»Nun, wenn es Ihnen damit besser geht…Colin und ich sind nur Freunde und ich bin mir sicher, nichts anderes wird jemals zwischen uns sein«, versichere ich ihr. Ich kann ihr unmöglich sagen, dass Colin und ich nie ein Paar sein werden, weil ich in den nächsten zehn Tagen tot sein werde. Aber unabhängig von meinem Tod, glaube ich nicht, dass ich Colins Typ bin. Und ohne mein *unalive journey 101* wären wir überhaupt nicht in Kontakt gekommen.

»Er ist ein guter Junge, weißt du.« Ihre Hände greifen nach der Arbeitsplatte »Das sagt jede Mutter über ihre Söhne«—*nicht meine*—»aber Colin ist es wirklich. Er kommt jeden Tag, um Eira zu besuchen. Colin und sie kamen schon immer sehr gut miteinander aus. Als sie krank wurde, weigerte er sich sogar, weiter aufs College zu gehen. Er wollte abbrechen, damit er mehr Zeit für sie hat und für sie da sein kann.«

Das ist seltsam. Es ist nur die Grippe, nehme ich an. Aber Colin hat nie bestätigt, dass Eira die Grippe hat und ich habe nie gefragt. Er sagte jedoch, sie sei krank, mit Fieber. Das wird spätestens in ein paar Wochen vorbei sein.

Und wieder einmal beweise ich mir selbst, dass Mütter und ich nicht gut miteinander klarkommen. Ich weiß nie, was ich sagen soll. Vor allem nicht zu Mrs. Carter.

Ich biete Mrs. Carter ein schwaches Lächeln. Nicht, weil ich nicht weiß, was ich sagen soll, das tue ich auf jeden Fall nicht, sondern weil ich glaube, dass ich nichts zu sagen haben sollte.

»Ich dachte, du wolltest kochen und Lilybug nicht alles über deinen großartigen Sohn erzählen.« Colins Stimme hallt durch die Küche. Er macht sich auf den Weg zum Kühlschrank, öffnet ihn und nimmt ein kleines Orangensaftpäckchen heraus.

Ich korrigiere, er nimmt zwei. Er schließt den Kühlschrank und reicht mir eins davon. »Ich hoffe, du magst Orangensaft«, sagt er lächelnd.

»Und ich dachte du bleibst bei Eira«, spricht seine Mutter daraufhin. Sie durchsucht einige Schränke, bis sie einen Topf findet, um ihn mit Wasser zu füllen.

»Sie wurde müde und wollte ein bisschen schlafen.«

Mrs. Carter sagt nichts dazu. Ich glaube, es ist nichts Neues, dass Eira leicht müde wird. Aber Mrs. Carter muss auch nichts sagen, denn ihr Gesicht spricht für sie. Ihr Ausdruck ist etwas schmerzerfüllt, aber warum? Eira würde auf keinen Fall tanzend herumrennen, während sie an einer Grippe leidet.

»Lily, *cariño*, wärst du so nett und würdest mir ein paar Nudeln aus der Speisekammer holen?« Wenn ich wüsste, wo die Speisekammer ist, dann sicherlich. »Colin kann dir zeigen, wo sie ist.« Scheint als würde Mrs. Carter auch großartig darin sein, Gedanken zu lesen.

»Klar.« Und so führt Colin mich aus der Küche in Richtung Speisekammer.

Ich bin nicht überrascht zu sehen, dass hier alles sortiert ist, mit Etiketten beschriftet auf all den schicken Einmachgläsern. Die Carters haben hier wahrscheinlich zehn bis fünfzehn verschiedene Arten von Nudeln, die alle mit ihren Namen gekennzeichnet sind.

»Nun, welche?«, frage ich Colin. Er lacht, als hätte er auch keine Ahnung. »Ich kann nicht einfach Spaghetti nehmen, wenn deine Mutter Lasagne kocht.«

»Sie macht Lasagne?«, fragt er.

»Keine Ahnung, davon spreche ich doch.« *Punkt bewiesen.* »Nun, sie hat einen Topf herausgenommen, also denke ich, dass es keine Lasagne sein wird.«

»Lilybug, ich habe keine Ahnung wie man Lasagne macht. Glaubst du wirklich, dass ich an diesem Topf auch nur einen Gedanken verschwendet habe?«

»Ich dachte immer jeder weiß, wie man Lasagne macht«, sage ich ihm. Alles, was ich als Antwort bekomme, sind ein paar schnelle Augenzwinkern. Als ob er versucht aus dem, was ich gerade gesagt habe, einen Sinn zu machen. Vielleicht denkt er, dass ich ihn soeben als dumm bezeichnet habe. Wenn ja, kann er sich gerne so fühlen, weil ich es getan habe. »Was sind deine Lieblingsnudeln?«

»Ich weiß nicht, Lilybug. Die normalen?«

Ich lache. Ich lache ehrlich und aufrichtig. Ich frage mich, wie er das macht. Es ist, als wäre Colin Carter von Natur aus lustig. Aber er wollte nicht lustig sein.

Kommt Dummheit in einem Clown-Kostüm?

»Bitte sage mir, dass du weißt, dass verschiedene Nudeln unterschiedlich schmecken«, flehe ich ihn an. Aber zu meinem Entsetzen zuckt er mit den Achseln.

»Sie schmecken alle gleich. Sie bestehen alle aus den gleichen Zutaten, so dass sie auf keinen Fall anders schmecken können.« Jetzt bin ich an der Reihe, da zu stehen und ihm nur zuzublinzeln. Das kann er nicht ernst meinen, oder?

Ich bin nicht bereit, dieses Gespräch fortzusetzen, also entscheide ich mich schnell für Penne-Nudeln. Sie sind eine der »normalen«, damit kann man nichts falsch machen. Ich nehme sie aus dem Regal, gehe an Colin vorbei und mache mich auf den Weg zurück in die riesige Küche.

Colin folgt mir, doch bevor ich die Küche betreten kann, greift er nach meiner freien Hand. »Gib mir zwei Wochen, Reyes.«

»Zwei Wochen für was?«

»Um dir zu zeigen, dass das Leben nicht so schlimm ist, wie es im Moment scheinen mag«, erklärt er. *Das passiert hier jetzt gerade nicht wirklich, oder*? »Gib mir zwei Wochen Zeit, um dir zu zeigen, wie schön das Leben sein kann, dass es sich lohnt zu leben. Gib mir zwei Wochen, damit du dich wieder in das Leben verlieben kannst.«

Kapitel 6

»but if you never try, you'll never know just what you're worth«—Fix You by Coldplay

Colin

Lily wechselt kein Wort mehr mit mir. Nicht bei meinen Eltern zuhause, und auch nicht, während ich uns zurück zum Campus fahre.

Ich verstehe, dass Lily nicht gerettet werden möchte. Sie hat sich bereits für den Tod entschieden. Aber das ist nur ein weiterer Grund, um es mich versuchen zu lassen, oder nicht? Sie könnte ihre letzten Tage damit verbringen, in Hausarbeiten zu ertrinken oder in ihrem emotionalem Schmerz, den sie fühlt, oder sie gibt mir eine Chance ihre letzten Tage unvergesslich schön zu machen. Ich will nur versuchen ein Lächeln zurück auf ihr Gesicht zu zaubern.

Selbst wenn die Welt grau übermalt wurde, sollte sie niemals aufhören daran zu glauben, dass es mehr im Leben gibt als Kummer und Schmerz.

Ich bin mir sicher, dass sie mal an das Leben geglaubt hat, na ja, zumindest hoffe ich es. Aber offensichtlich hatte sie nicht die Fähigkeit es auch zu sehen.

Eira redet ständig davon, dass das Universum dich aus deinem momentanen Lebensabenteuer reißt, sobald du nicht mehr auf dieser Erde benötigt wirst. Und im Gegenzug dazu wird dir ein neues Leben geschenkt, ein neues Abenteuer, dass du durchstehen musst.

Ich habe daran um ehrlich zu sein nie geglaubt. Ich habe nie an die Theorie geglaubt, dass Seelen ewig leben und nur in andere Körper wandern, um so neue Erfahrung zu sammeln.

Theoretisch macht es Sinn, denn ein Körper besteht aus Energie und da Energie nicht verloren geht, muss diese nach dem Tod ja irgendwo hin.

Vielleicht glauben mehr Personen an diese Theorie, als ich mir je vorstellen könnte.

Zumindest wäre dies eine weniger schlimme Art und Weise über den Tod zu denken.

Ich denke, tief im Inneren will Lily genau das, ein neues Leben starten, denn sie ist der Überzeugung, dass was ihr jetziges Leben ihr anbietet, ist zu viel für sie.

Allerdings vergisst sie etwas. Sie wäre niemals in dieses Leben geboren worden, in ihre Situation, wenn das Leben nicht wissen würde, dass sie es ertragen kann.

Lily muss anfangen an sich selbst zu glauben. Aber viel wichtiger ist, sie muss sehen, dass jenseits all des Schmerzes Schönheit liegt.

Nicht eine schöne Sache kommt ohne einen schlechten Teil. Das ist genau das, was *Yin und Yang* uns lehren. Böses kommt mit Gutem, und Gutes kommt mit Bösem. Es ist nur eine Frage der Zeit, bis das Gute durchscheint, oder das Schlechte das Gute abdunkelt. Nichts kommt jemals umsonst, und nichts bleibt jemals unbezahlt.

In diesem Scenario ist Lily *Yin*. Sie steht im Dunklen, kämpft mit dem Schmerz, denn sie kann noch nicht sehen, dass *Yang* bereits auf dem Weg ist. Sie kann es nicht sehen, denn ihre Welt ist grau und mit Nebel bedeckt.

Also, wenn es eine Chance gibt, egal wie klein, dass ich ihr Licht sein kann, welches durch die Dunkelheit scheint, wenn ich *Yang* zu ihrem *Yin* sein kann…dann muss ich es versuchen.

Aber ich werde nicht akzeptieren, dass jemand sein Leben einfach so davon wirft. Nicht ohne versucht zu haben zu helfen.

Lily will keine Hilfe. Gott, sie denkt wahrscheinlich sogar, dass ich verrückt bin, weil ich ihr helfen möchte. Ich weiß, dass das alles nicht meine Angelegenheit ist, aber ich kann sie das nicht einfach durchziehen lassen. Jemand muss ihr zeigen, was sie verpassen wird.

Ich habe Glück, dass ich nie damit konfrontiert wurde. Ich werde niemals verstehen, wie es sich anfühlt. Wie es ist, sich nach dem Tag zu sehnen, an dem man stirbt.

Aber ich kann versuchen ihr die Hand zu reichen und ihr aus ihrer Hölle rauszuhelfen.

Ich fahre auf den Parkplatz des Studenten-Wohnheims, schalte den Motor meines Autos aus, als wir stehen. Auch wenn Lily nicht mit mir reden möchte, werde ich sie auf keinen Fall allein lassen. Keinen einzigen anderen Tag, wenn sie sich auf mein Angebot einlässt.

»Öffne die Tür«, fordert sie, als sie versucht aussteigen. Aber das tue ich nicht. Die Türen bleiben geschlossen, zumindest bis sie zustimmt. »Colin. Öffne diese verdammte Tür.«

»Vierzehn Tage, Lily. Gib mir vierzehn Tage. Das ist alles, was ich verlange.«

Lily seufzt schwer und fällt zurück in den Sitz. Sie schaut mich nicht an, sagt nichts. Sie starrt einfach vor sich hin.

Sie spielt mit dem Ring an ihrem Finger. Sie wirkt nervös. Ich sah, wie sie dasselbe auch bei uns zuhause tat, als meine Mutter ihr Fragen stellte.

»Was hast du zu verlieren?«, frage ich. »Du willst sterben. Was ändert es also, wenn du mir zwei Wochen deiner Zeit schenkst, um dich davon zu überzeugen, deine Meinung zu ändern? Entweder werde ich dich überzeugen, oder du wirst sterben. Aber wenn deine Meinung dieselbe bleibt, dann hattest du zumindest eine gute Zeit vor dem Tod.«

»Wer sagt, dass ich eine gute Zeit haben würde?« Ihre Hände ballen sich zu Fäusten. »Ich bin nicht der Typ der großes anstellt,

Colin. Ich habe nicht die Energie jeden Tag etwas zu unternehmen. Und außerdem gab ich mir zwei Wochen Zeit zum Leben. Das ist bereits vier Tage her.«

»Dann gib mir zehn Tage. Damit kann ich arbeiten.«

Sie schaut mich an, Ärger glänzt in ihren grünen Augen. Lily will in Ruhe gelassen werden, soviel kann selbst ich sagen…aber ich kann das nicht zulassen.

»Ich brauche meine freien Tage, Colin. Manchmal wird mir sogar die Teilnahme an meinen Kursen zu viel. Jetzt stell dir vor was zehn Tage ständiges Ausgehen mit jemandem, den ich nicht einmal mag, mit mir machen würden«, spricht sie. »Das wäre keine gute Zeit, es wäre Folter.«

»Dann gib mir neun Tage. Dann hast du einen Tag Zeit, um in Selbstmitleid zu ertrinken.«

Wieder schweigt sie.

»Ich kenne dich nicht einmal, Colin«, sagt sie nach fünf Minuten des Schweigens. »Woher soll ich wissen, was du wirklich von mir willst? Vielleicht willst du mich ermorden.«

»Nun, wenn ich dich ermorden wollte, glaube ich nicht, dass du sauer auf mich sein würdest. Schließlich willst du sterben, nicht wahr?« Sie versucht ironisch zu lächeln, doch schon bald hat es sich in ein süßes, unschuldiges Lachen verwandelt.

Lily hat ein schönes Lachen. Wahrscheinlich eines der aufrichtigsten und süßesten, dass ich je gehört habe. Es ist nicht zu hoch, nicht zu tief und es ist nicht fake. Wenn sie lacht, dann ist es ein ehrliches.

Klar, Lily täuscht manchmal ein Lächeln vor, aber wer nicht? Egal, wie sehr sie sich bemüht ein Lächeln vorzutäuschen, sie kann kein echtes Lachen fälschen.

Und das hier ist ihres; süß und bezaubernd.

»Und außerdem, wenn man in ein Flugzeug steigt, kennt man den Piloten auch nicht, aber man vertraut ihm sein Leben an, nicht wahr?« Sie nickt. »Wenn du mit dem Bus fährst, um irgendwohin zu kommen, kennst du den Busfahrer auch nicht, dennoch legst du dein Leben in seine Hände und hoffst, dass du an deinem Ziel ankommst, ohne einen Unfall zu haben, oder?« Noch ein Nicken. »Du musst mich nicht kennen, um mir zu vertrauen, Lilybug.«

»Colin«, atmet sie meinen Namen aus. »Warum solltest du das tun wollen?«

»Ich melde mich sogar freiwillig, um sicherzustellen, dass jeder seinen Brief bekommt, solltest du dich dazu entscheiden zu sterben«, biete ich an und ignoriere ihre Frage. »Gib mir einfach diese neun Tage, Lilybug. Du hast nichts zu verlieren.«

»Ich habe neun Tage meiner Zeit zu verlieren.«

»Falsch,« widerspreche ich. »Du würdest nichts anderes tun, als in dein Selbstmordbuch zu schreiben—«

»Ich habe es mein *unalive journey 101* genannt«, korrigiert sie und unterbricht mich.

»Okay. Du würdest nur in dein *unalive journey 101* schreiben, dummer Name übrigens.«

»Falsch«, ahmt sie meine Worte nach. »Ich würde zu Dramen weinen und Eis essen.«

»Ist doch das Gleiche.«

Lily verdreht die Augen. Sie nimmt sich einen kurzen Moment des Nachdenkens, bevor sie seufzt. »Na gut. Du hast neun Tage Zeit. Acht, weil ich heute als Tag eins zähle.«

»Damit kann ich arbeiten.« Ich entriegele das Auto und steige aus. Lily steigt ebenfalls aus.

Ehrlich gesagt hätte es mir gefallen, wenn ich ihr die Tür hätte öffnen dürfen, aber wir machen es Schritt für Schritt.

Jetzt muss ich nur noch neun tolle Dinge finden, die ich mit Lily unternehmen kann. Das sollte nicht allzu schwierig sein.

Ich hoffe nur, dass mein Vater sich nicht entschließt, noch mehr Hockey-Trainingsstunden einzuplanen. Wenn er entscheiden dürfte, würde er das Team von Montag bis Sonntag während unserer gesamten Freizeit in der Arena haben. Glücklicherweise sagt die Schule nein dazu.

Ich folge Lily in ihr Wohnzimmer. Sie ist nicht allzu glücklich darüber, dass ich hierbleibe, aber es ist mir auch scheißegal.

»Was willst du überhaupt hier?«, fragt sie, während wir in ihr Schlafzimmer gehen. Lily schmeißt sich auf ihr Bett und macht mir etwas Platz, indem sie einfach Bücher und Papiere auf den Boden wirft. »Tut mir leid, keine Energie, um aufzuräumen.«

Obwohl sie behauptet, dass ihr Zimmer ein komplettes Durcheinander ist, ist es hier nicht allzu schlimm. Abgesehen von den Büchern und Papieren, die nun auf dem Boden liegen. Oder ihr Schreibtisch, der voller Pinsel, Make-up-Sachen und Bücher ist, und ihr Stuhl, auf dem lauter Kleidung liegt.

Ich spüre den Drang das Zeug vom Boden aufzuheben und auf ihren Schreibtisch zu legen, aber ich will Lily nicht verärgern, also lasse ich es. Stattdessen setze ich mich auf ihr Bett und mache es mir bequem.

Und mit bequem meine ich; ich liege mit meinem Kopf auf ihrem Kissenberg. Ich lege meine Hände hinter den Kopf und entspanne mich einfach.

Ihr Bett ist eigentlich ziemlich gemütlich. Ich hätte nie gedacht, dass die Anzahl der Kissen und Kuscheltiere—der Großteil davon Frösche—die Lily besitzt, bequem wären, aber sie sind es.

Ich könnte für immer hierbleiben.

»Wir haben ein Film Directing Projekt, an dem wir arbeiten müssen«, erinnere ich sie. »Ich habe dir davon erzählt.«

»Wann muss es fertig sein?« Lily sammelt die Bücher vom Boden auf. Sie schnappt sich ein paar Stifte vom Nachttisch und legt sie auf ihr Bett.

»Wir sollten bis zum 7. Oktober mit den Dreharbeiten fertig sein. Es muss bis zum 15. Oktober vollständig sein, inklusive Schneiden, Voiceover und so weiter«, lass ich sie wissen.

»Großartig, also werde ich immer noch leben, um den Dreh-Teil fertigzustellen. Tut mir leid, dass der Schnitt und mögliche Voiceover an dir hängen bleiben.«

Ich habe die gleiche Rechnung zuvor gemacht. Heute ist der 28. September, das heißt, dass in zehn Tagen der 8. Oktober ist, was bedeutet, dass sie bis zum 7. Oktober noch am Leben sein wird und somit die Dreharbeiten mit beenden kann.

Damit kann ich arbeiten.

Was sie nicht weiß, dass ich das Video bereits während der Dreharbeiten schneiden werde, damit sie das Endergebnis noch sehen kann. Denn was sie auch noch nicht weiß, ist, ich habe das Thema »*Das Leben und dessen Schönheit*« für uns ausgewählt.

Ich habe vor, ihren Prozess zu filmen. Den Prozess in dem Lily Heaven Reyes sich wieder in das Leben verliebt. Wie sie vom Elend wieder die schönen Teile des Lebens sehen kann.

Vielleicht trifft es nicht gerade das Thema, das ich gewählt habe, aber andererseits tut es das dennoch irgendwie.

Keines der Arbeitsblätter verbietet uns, dass wir das Schlechte darstellen, und in etwas Schönes verwandeln. Nichts besagt, dass Schönheit nur in Blumen und Sonnenschein liegt.

Schönheit ist auch in der Dunkelheit. Schönheit ist im Elend und der Einsamkeit, auch wenn sie nicht zu sehen ist.

Somit werde ich nicht nur unserem Film Directing Kurs zeigen, dass die Schönheit des Lebens in allem zu finden ist, ich werde auch Lily beweisen, dass auch sie von Schönheit umgeben ist, dass es Schönheit in ihrem Leben gibt.

»Lass mich einfach die ganze Arbeit erledigen. Schließlich bin ich ein Videoproduktionsmajor. Du musst einfach die Schauspielerin sein, okay?«

»Ernsthaft? Ich auch.« Sie sieht eine Sekunde lang schockiert aus, schüttelt den Schock jedoch gekonnt ab. »Aber wenn du die ganzen Dreharbeiten machst, was mache ich dann? Ich kann nicht einfach da sein und mich filmen lassen. Ich bin keine Schauspielerin. Und ich bin sicherlich kein Drama-Major.«

»Vertrau mir einfach. Du hast keinen Dialog. Nichts, was du schauspielern musst. Ich werde dich während unserer neun Tage einfach zufällig aufnehmen und mir vielleicht ein paar Sprachnotizen für ein Voiceover von dir schicken lassen.« Sie scheint nicht überzeugt zu sein. Offensichtlich lehnt sich Lily nicht gerne zurück, sie arbeitet nicht gerne an einem

Partnerprojekt, wenn die Arbeit der Parteien nicht gleich ist. »Lilybug, es ist nur ein Videoprojekt. Nichts allzu Schweres. Und außerdem wirst du eh tot sein, bevor dieses Projekt offiziell fertig ist. Also entspann dich, es ist nicht so schlimm.«

Aber das ist es. Weil dieses Projekt entweder zeigen könnte, dass Lily Reyes sich wieder in das Leben verliebt hat, oder den Kampf verloren hat. In jedem Fall wird dieses Videobuch mit einer Moral enden, von der man lernen kann.

Lily und ich sitzen auf der Couch im Wohnzimmer als die Tür sich öffnet und eine junge Frau ins Zimmer hinein taumelt.

Ich stoppe den Fernseher, denn ich will keine Sekunde von dem verpassen, was läuft. Lily hat mich dazu gebracht *Grey's Anatomy* mit ihr zu schauen. Ich habe diese Serie eigentlich immer gehasst, hatte allerdings nie einen Grund dafür. Es ist eine gute Serie, nur halt nichts für mich. Zumindest dachte ich das für die längste Zeit.

Aber jetzt, da Lily mich dazu zwingt diese Serie zu schauen fällt mir auf, dass ich sie eigentlich ganz gut finde.

»Lily, es tut mir so leid«, spricht die rothaarige Frau als sie ins Wohnzimmer kommt. Das Wohnzimmer ist gleich der erste Raum, den man sieht, sobald man die Haustür öffnet, und dennoch benötigt Lilys Mitbewohnerin eine sehr lange Zeit, um den Weg zu finden.

»Gott, Winter. Bist du betrunken?« Lily erhebt sich von der Couch und läuft rüber zu Winter. *Das ist also Winter.* »Es ist gerade mal sechzehn Uhr, dein Unterricht ist seit ein paar Minuten beendet, wie kannst du schon betrunken sein?«

Winter beginnt zu weinen. Ich ziehe in Erwägung zu gehen, denn ich sollte nicht anwesend sein, wenn Lilys beste Freundin nach Hause kommt und heult als hätte ihr jemand das Herz aus der Brust gerissen. Vielleicht hat es ja jemand getan.

Da sollte ich definitiv nicht anwesend sein.

Aber ich will Lily nicht alleine lassen.

»Komm her, setzt dich hin«, sagt Lily und führt Winter rüber zur Couch. Ich traue mich nicht mich zu bewegen. Um ehrlich zu sein, ich habe Angst dafür angeschrien zu werden, dass ich hier bin. Also, wenn ich mich nicht bewege, dann sieht Winter mich vielleicht nicht. *Genau, weil das hier eine Art Action-Movie mit Dinosauriern ist.*

»Aaron hat mit mir Schluss gemacht«, weint Winter und fällt zurück gegen die Lehne der Couch als Lily ihr dabei hilft sich hinzusetzen.

»Ihr wart nicht mal zusammen, Winter. Er kann nicht mit dir Schluss machen, wenn ihr kein Paar gewesen seid.« Lily spricht in einem sanften Ton damit Winter nicht denkt, Lily mache sich über sie lustig.

Ich sollte gehen. Ich bin hier momentan echt nicht willkommen.

Und dennoch bleibe ich sitzen.

»Er sagt, dass er jemand anderen liebt«, spricht Winter mit zitternder Stimme. Plötzlich setzt sie sich aufrecht hin, ihre Aufmerksamkeit komplett auf Lily gerichtet, weshalb ich mal annehme, dass sie mich noch nicht bemerkt hat. »Wir wissen beide, dass dieser *jemand* du bist.«

Eigentlich stimme ich Mädchen, die ich nicht kenne, nur selten zu, aber Winter hat schon irgendwie recht. Die Art und Weise wie Aaron sich um Lily kümmert, da muss etwas zwischen den beiden laufen.

Aaron besteht sonst nie darauf einer Frau etwas zurückzugeben, es sei denn er bekommt etwas im Gegenzug, sehr wahrscheinlich Sex. Er hat mir noch *nie* gesagt, dass ich meine Finger von einem Mädchen lassen solle, es sei denn, er hatte eine Schwäche für sie. Aaron und Lily halten also etwas geheim.

Aber die Frage ist; warum sollte Aaron dann nicht versuchen, Lily davon abzuhalten, Selbstmord zu begehen? Weiß er überhaupt, dass Lily suizidgefährdet ist?

»Zum Millionsten Mal, Winter. Aaron und ich sind nicht zusammen. Und das Wissen, dass du glaubst, wir würden dich so hintergehen, zeigt dein Vertrauen in uns beide. Nicht nur ich habe es dir bereits gesagt, Aaron ebenfalls.«

Ich beschließe endlich zu gehen. Dies ist ein Gespräch, dass die beiden allein führen sollten und nicht in meiner Gegenwart, dem besten Freund des Typens, um den es gerade hier geht.

Als ich von der Couch aufstehe, packt jemand meine Hand. Ich drehe mich für eine Sekunde um, da ich nicht erwartet hatte, dass jemand versucht mich davon abzuhalten zu gehen. Aber ich bin noch überraschter, als ich sehe, dass es Lily ist, die meine Hand hält.

Sie schaut mich mit fragenden Augen an, Angst steht in ihrem Gesicht. Ihr Griff um meine Hand zieht sich fester.

Lily will nicht, dass ich gehe.

»Bleib«, bewegt sich ihr Mund, ohne einen Ton zu machen, gefolgt von einem Blick, der sehr danach ausschaut, als würde sie mich anflehen zu bleiben.

»Oh mein Gott!« Winter entdeckt mich direkt neben Lily. Sie hält immer noch an meiner Hand fest. »Du willst mich doch verarschen. Jetzt betrügst du Aaron auch noch?«

»Das tue ich nicht. Herrgott, Winter. Du denkst wirklich, dass ich eine Art *Homewrecker* bin, oder?« So viel zu *beste Freundinnen*. Ich bezweifle, dass sich eine beste Freundin so verhalten würde, wie Winter es tut.

»Das tue ich nicht, Lils«, bestreitet Winter. »Du bist meine beste Freundin. Du weißt, dass ich nie so denken würde.«

»Das hast du gerade getan.«

»Ich meinte es nicht so.« Und dennoch tat sie es. »Warum ist Colin dann hier?«

»Wir sind Freunde«, sage ich für Lily. »Freundschaften zwischen Jungen und Mädchen sind ein Ding, weißt du.«

»Siehst du Aaron deshalb immer wieder? Damit du Colin sehen kannst?«

Lilys Augen bewegen sich von mir zu Winter, und zurück. »Ja«, lügt sie. »Aaron hilft mir, Colin nahe zu kommen.« Sie seufzt leise und rollt die Augen als Winter sie nicht länger ansieht, weil ihre Augen stattdessen auf mich gerichtet sind.

»Ich habe Lily dazu gebracht, ihre Gefühle für dich zu gestehen, Colin. Jetzt musst du auch deine gestehen.«

»Ich habe kein ›Ich liebe dich‹ gehört, also war das keine Liebeserklärung«, sage ich und bete, dass Winter die Sache einfach fallen lässt. Diese Situation ist völlig außer Kontrolle geraten, und ich habe keine Ahnung, wohin dies führen wird, wenn es nicht bald aufhört. »Ich kann dir jedoch einen Ratschlag geben, Winter.«

»Der wäre?« Natürlich hat das ihre Neugier geweckt.

»Lass die Gefühle für Marsh los. Er steht nicht auf dich. Und ich bin mir ziemlich sicher, dass er es erwähnt hätte Gefühle für Lily zu haben. Er hat im Moment keine Zeit für eine Freundin. Lass es einfach und werde glücklich ohne ihn.«

Zu meinem Glück muss ich danach nicht mehr an diesem Gespräch teilnehmen, denn mein Handy läutet. Ich habe eine Nachricht erhalten. Es ist mir egal, wer mir eine SMS geschrieben hat. Wer auch immer das ist, hat mich soeben vor mehr Mädchengesprächen gerettet.

Aaron: Feiere mein Geburtstag diesen Sa. Also all deine Pläne sind somit jetzt nicht mehr relevant.

Wenn man vom Teufel spricht.

Colin: Was lässt dich denken, dass ich meine Pläne für dich ändern würde?

Aaron: Wir fliegen nach Vegas und heiraten, Dude. Auf keinen Fall wirst du nicht an deiner eigenen Hochzeit teilnehmen.

Manchmal verstehe ich diesen Typen nicht. Er hat die seltsamsten Fantasien. Ich habe ehrlich Angst überhaupt in Frage zu stellen, was er gerade geschrieben hat. Ich bin mir nicht mal sicher, ob ich möchte, dass es Sinn ergibt.

Das alles spielt auch keine Rolle. Ich habe diesen Samstag Pläne, und ich werde sie auf keinen Fall ändern.

Was auch immer Aaron plant, ich bezweifle, dass Lily dabei wäre. Egal was es ist, Aaron wird definitiv etwas Dummes geplant haben. Aber ich werde Lily sicherlich nicht den ganzen Tag und die Nacht eine langweilige Rom-Com schauen lassen.

Aber ich könnte sie fragen, ob sie bereits was vorhat, an diesem Tag.

»Lily?« Sie ist mitten im Streit mit Winter. Ich frage mich, wie ich das nicht hören konnte. Ich stehe direkt neben den beiden, und doch habe ich nichts gehört.

»Ich gehe!«, schreit Winter, als sie davon stürmt. »Du bist die schlimmste beste Freundin aller Zeiten!« *Was ist passiert?*

»Werd‘ nicht schwanger!«, schreit Lily Winter nach.

Winter hält an und blickt zurück in den Raum. Kurz bevor sie die Tür hinter sich schließen will, fängt sie an zu lachen und zeigt Lily ihren Mittelfinger.

Unerwartet für mich rennt Winter auf Lily zu, umarmt sie und verschwindet dann aus der Tür.

Ich verstehe Frauen nicht. Ich glaube nicht, dass es jemals eine Zeit geben wird, in der ich das tun werde.

»Du hast meinen Namen gesagt«, sagt Lily. »Meinen eigentlichen Namen. Du hast mich nicht Lilybug genannt.«

»Es ist auch seltsam für mich«, gebe ich zu, aber ich weiß, dass ich es vorher schon mal getan habe. »Lilybug, ich habe eine Frage.«

»Und ich nehme an, auch wenn ich nicht möchte, dass du fragst, wirst du trotzdem fragen.« Sie setzt sich wieder auf die Couch und zieht an meinem Arm, damit ich dasselbe tue.

Sie hat den Nagel auf den Kopf getroffen. Auch wenn sie meine Frage nicht hören will, werde ich fragen. »Was machst du am Samstag?«

»Sag du's mir. Es fällt in dein Neun-Tage-Radar.« Sie zuckt mit den Achseln, als ob sie wirklich denkt, dass ich jetzt ihre ganzen Tage plane.

»Lilybug, ich treffe keine Entscheidungen für dich. Du kannst Pläne haben. Ich werde mir von den Tagen immer nur ein paar Stunden Zeit nehmen. Meistens abends, weil ich Hockeytraining habe. Und ob du es glaubst oder nicht, ich habe auch Pläne.«

»In Ordnung. Ich hatte vor, meine Mutter zu besuchen, vielleicht gehe ich auch zu meinem Vater, aber das ist unwahrscheinlich.«

»Warum sollte das unwahrscheinlich sein?«

»Warum hast du mich gefragt, was ich an meinem Geburtstag mache, Colin?« Sie weicht meiner Frage aus. Aber damit kann ich leben.

»Aaron hat da Geburtstag, würde es dir etwas ausmachen, wenn ich dich mit zu seiner Party nehmen würde?«

»Ich weiß, dass er da Geburtstag hat.« Sie seufzt schwer. »Als dein Date?«

»Baby, wir sind inzwischen ein Paar«, sage ich. »Natürlich als mein Date, Lilybug.«

»Aaron wird das nicht mögen.«

Mir ist egal, was Aaron denkt, möchte ich sagen, aber stattdessen sage ich: »Ich werde mit ihm sprechen.« Sie schnaubt ungläubig. »Hier, ich schreibe ihm einfach eine SMS.«

Ich halte mein Handy sichtbar für Lily, während ich den Chat mit Aaron öffne und ihm eine SMS schreibe.

Colin: Ich habe Pläne Lilybug stattdessen zu heiraten. Kann ich sie mitbringen?

Ich habe mir schon gedacht, dass Lily nicht glücklich über die Art und Weise ist, wie ich die SMS formuliert habe, aber ich habe nicht damit gerechnet, dass Lily mir dafür eine klatscht. Dennoch tut sie genau das.

Lily schlägt mich. Einmal. Zweimal. Ich komme gar nicht mehr mit dem Zählen nach, so oft schlägt sie mit ihren Händen auf meinen Arm, bevor ich sie schließlich davon abhalte. Ich packe ihre Handgelenke und halte sie ruhig und fest bis zu dem Moment, an dem sie mich nicht mehr schlagen kann.

Ihr Gesicht ist so nah an meinem, dass ich spüren kann, wie ihr heißer Atem sich auf meine Haut legt. Ihre Lippen sind so nah, dass ich mich nur leicht nach vorne lehnen müsste, um sie mit meinen zu berühren.

Sie starrt mir in die Augen und dann auf meinen Lippen. Ich grinse als ich merke, wohin ihre Augen immer wieder wandern.

Aber dann ist sie zurück in der Realität. »Er wird dich töten, Carter«, teilt Lily mir mit. »Und er wird mich direkt mit umbringen.«

»Oh, du willst also, dass wir die Erde zusammen als Geister heimsuchen, Lilybug.« Sie verdreht die Augen, aber ein Lächeln zerrt an ihren Lippen. Ich glaube, ich werde ihr immer sympathischer. Jedenfalls kann ich behaupten, dass ich sie gerne um mich herumhabe.

Schon verrückt, heute ist unser erster offizieller Tag, an dem wir zusammen abhängen. Der erste Tag, an dem wir wirklich miteinander gesprochen haben, mehr als fünf Worte ausgetauscht haben…und sie hat mich bereits um ihren Finger gewickelt.

Was zum…?

»Fick dich, Colin.« *Nun, wenn das keine Einladung ist.*

»Wir sollten uns zuerst ein bisschen besser kennenlernen. Aber du könntest mich küssen, wenn du willst.«

Ihr Kinn fällt runter. Es ist offensichtlich, dass ihr die Worte im Hals stecken bleiben, denn irgendwie kann sie sich nicht richtig artikulieren. Also starrt sie mich total schockiert an und blinzelt mit den Augen.

»Ich werde dich nicht küssen, Dummkopf.« Ich schätze, sie hat doch ihre Stimme wiedergefunden.

Ich kann mein Gelächter nicht weiter unterdrücken.

Die Art und Weise, wie ihre Augen versuchen, Wut auszudrücken, denn sie ist zu verwirrt von dem, was ich gerade gesagt habe, ist die bezauberndste Verwirrung, die ich je gesehen habe. Nein, die *entzückendste Verwirrung*, die ich je erlebt habe.

Ihre Nase hebt sich leicht nach oben, wenn sie Informationen verarbeitet, die sie nicht erwartet hat, soviel habe ich bereits über sie rausgefunden. Und sie ist oft sprachlos. Sie hatte bestimmt auch nicht erwartet, dass ich meine Tage mit ihr verbringen will, weshalb es ihr schwerfällt, *meine* Worte zu verarbeiten.

»Hast du mir gerade einen wirklich süßen Spitznamen gegeben?« Ich schmolle sie an.

»Ich habe dich einen Dummkopf genannt.«

»Wie gesagt, ein süßer Spitzname.«

Lily schüttelt zweifelhaft den Kopf. Und wieder einmal ist sie sprachlos.

1:0 für mich, Lilybug.

Aaron: Verpiss dich, Alter. Ich habe dir gesagt, dass du dich von Lily fernhalten sollst.

Sieht so aus, als ob Aaron wirklich nicht will, dass ich mit Lily rumhänge.

Sollte ich darauf hören, was er sagt? *Absolut.*

Kümmert mich das? *Das sollte es definitiv.*

Werde ich trotz seiner Forderungen weiterhin mit meiner Lilybug sprechen und riskieren, dass mein bester Freund mir den Kopf abreißt, weil ich unseren bro-code verraten habe? *Auf jeden Fall.*

»Ich habe dir gesagt, dass Aaron nicht allzu glücklich darüber sein wird«, sagt Miss Ich-Weiß-Alles-Besser. Sie schaut immer noch auf meinen Bildschirm und liest meine Nachrichten.

»Vielleicht würde ich mich von dir fernhalten, wenn ich wüsste, warum er will, dass ich mich von dir fernhalte. Ihr beide seid nicht zusammen, das habt ihr ziemlich deutlich gemacht. Sag mir, was der Deal ist, Lilybug. Nur damit ich dich anhimmeln kann, ohne mich schuldig zu fühlen.«

Niemand verhält sich seinen Freunden gegenüber so, wie Aaron sich mir gegenüber verhält. Es sei denn, man denkt, dass der Typ ein totales Arschloch ist. Und selbst dann sollte es ihm egal sein. Außer hinter all dem steckt eine viel tiefere Bedeutung.

»Sag es mir, Lilybug.« Meine Augen schauen sie bittend an. »*Bitte.*«

Aaron: Du kannst sie mitbringen. Aber wenn ich sehe, dass du sie nur im geringsten berührst, dann schneide ich deine Hände ab.

Beweist das nicht genau das, was ich sage?

Lilys starre Haltung sagt mir, dass sie sich nicht äußern wird, also muss ich einen anderen Weg finden, um an Informationen zu kommen. »Wann habt ihr euch kennengelernt?«

»Vor langer Zeit.« *Im Ernst?*

»In Ordnung. Wer war dein erster fester Freund?«

»Erste Klasse, er war fiktiv. Genau wie jeder andere Junge in meinem Leben. Warum ist das relevant?« Ihre Augen verengen sich. »Wer war deine erste Freundin, Colin?«, fragt Lily im Gegenzug.

»Ich hatte noch nie eine.« Ich zucke mit den Achseln. Da ist mit nicht peinlich. Ja, ich hätte welche haben können, aber ich wollte einfach keine.

Keines der Mädchen, die sich mir an den Hals geworfen haben, weckte mein Interesse. Ich wollte nie darauf eingehen, wollte nie eine feste Beziehung eingehen.

Irgendwie dachte ich immer, dass ich merken werde, wenn es die Richtige ist. Es wird dann schon Klick machen. Die Chemie wird stimmen und es hätte nichts mit sexuellen Spannungen zu tun.

Irgendwie wie bei Lily.

»Das ist langweilig«, sagt sie.

»Kannten du und Aaron euch schon in der High School?«, frage ich, sie nickt langsam. »War er dein erster Freund? Oh Gott, war er sogar dein erstes Mal? Kein Wunder, dass er dich so beschützt.«

Lily seufzt, aber es verwandelt sich in ein schmerzvolles Stöhnen. »Wie gesagt, ich hatte noch nie einen Freund.« Ihr Kopf fällt für einen Moment in ihren Nacken, bevor sie ihre Aufmerksamkeit wieder auf mich richtet. »Er ist mein Bruder, Colin.«

Nun, das ist meine Zeit, sprachlos zu sein. Ich blinzle Lily an, während ich versuche, meinen Geist um ihre Worte zu wickeln. *Er ist mein Bruder, Colin.*

Das kann nicht sein. Sie haben nicht einmal den gleichen Nachnamen.

Aaron hat sie noch nie erwähnt. Ich kenne seine Geschwister. Okay, zumindest Ana—ich habe sie getroffen. Aaron erwähnte, eine andere Schwester zu haben, er sagte, sie besuche ein College an der Westküste, weshalb sie nie da ist.

Ich erinnere mich an ihren Brief. Lily sprach von einer Schwester, die nicht ihre Schwester ist. Diejenige, die ihr den Vater »gestohlen« hat. Lily erwähnte ebenfalls einen Bruder. Dass ihr Bruder bei ihrem Vater lebt, Lily selber aber nicht.

Oh Gott. Haben ihre Eltern sie aufgeteilt? Wer macht das?

»Meine Eltern«, sagt Lily. Ich glaube, sie kann meine Gedanken lesen. Oder habe ich laut nachgedacht? »Sie haben uns getrennt. Aaron musste bei meinem Vater leben, ich musste bei meiner Mutter bleiben. Wir durften keinen Kontakt haben das wollte meine Mutter so, aber mein Vater ist trotzdem weiter mit mir in Kontakt geblieben. Er hat mir die Möglichkeit gegeben, meinen Bruder in meinem Leben zu behalten. Unsere Mutter weiß bis heute nicht, dass wir noch Kontakt zueinander haben.«

»Das tut mir leid, Lilybug.« Ich bin immer noch sprachlos. »Aaron und du, seid ihr Zwillinge?«

»Hast du Aaron und mich mal angeschaut?« Sie kichert. »Wir sehen identisch aus. Fast.«

»Warum zum Teufel hast du das nicht einfach sofort gesagt? Nein, stattdessen lässt du mich darüber spotten, dass du mit deinem Bruder geschlafen haben könntest.«

Wie gesagt, ich wusste, dass Aaron noch eine andere Schwester als Ana hat. Wann immer ich bei Aaron zuhause war und das Thema seiner anderen Schwester auftauchte, erzählte er mir nur belanglose Dinge über sie. Zum Beispiel, dass sie ein College außerhalb des Bundesstaates New York besucht, irgendwo in Los Angeles. Oder dass sie zwei Jahre jünger als Aaron ist.

Im Grunde genommen hat er mir also Blödsinn aufgetischt. Es sei denn, dass es wirklich noch eine weitere Schwester gibt, und Lily sozusagen eine dritte, lang verlorene Schwester ist. Eine, die zufällig noch nie erwähnt wurde.

Emerson Marsh wird seine Kinder hoffentlich nicht so verschweigen. Er erschien mir nie als der Typ von Vater, der einfach aus dem Leben seiner Kinder verschwinden würde.

»Ja, das ist ein sehr komischer Gedanke«, stimmt sie zu. »Aaron und ich waren uns einig, es niemandem zu sagen. Je mehr Leute es wissen, desto wahrscheinlicher ist es, dass unsere Mutter es herausfindet.«

»Gott, das bedeutet, dass diesen Samstag auch dein Geburtstag ist!« Ich mache mir eine mentale Notiz, um ihr ein Geschenk zu kaufen. »Ihr seid fast einundzwanzig Jahre alt. Ich glaube nicht, dass eure Mutter noch viel dagegen tun kann.«

Wieso registriere ich diese Informationen eigentlich jetzt erst? Sie hat das bereits vor fünf Minuten erwähnt.

»Colin, es gab schon immer nur meine Mutter und mich. Klar, ich hatte jeden Sonntag meinen Vater, und als ich älter wurde, bin ich alle sechs Monate ein Wochenende geblieben. Meine Mutter schob ihren eigenen Sohn ab, weil meine Eltern beide egoistisch sind. Keiner von ihnen wollte, dass der andere nur ein kleines bisschen mehr hat. Also wurden die Kinder aufgeteilt. Mein Vater sollte nicht mit mir in Kontakt bleiben, und meiner Mutter wurde jeglicher Kontakt zu Aaron verweigert«, versucht sie zu erklären. »Sie glaubt, dass mein Vater sein Versprechen gehalten hat. Aber er tat es nicht. Stell dir mal vor, was sie tun würde, wenn sie herausfindet, dass mein Vater sowohl zu mir als auch zu Aaron Kontakt hatte, und sie hatte nur mich.«

Ich wage es nicht, etwas zu sagen.

Was Aaron und Lilys Eltern getan haben, ist schrecklich. Wie kann jemand seine Kinder einfach so trennen und es dann ablehnen, mit dem anderen in Kontakt zu bleiben?

Ob das der Grund für Lilys Depressionen ist? So eine Scheidung kann für Kinder traumatisierend sein. Lily hat nicht nur ihr Zuhause verloren, sie hat auch ihren Bruder verloren.

Ich war meiner Schwester immer nahe. Und seit Reece vor drei Jahren zur Welt kam, habe ich auch eine ziemlich gute Bindung zu diesem kleinen Kerl. Klar, sie ist nicht so tief wie bei Eira, wahrscheinlich aufgrund des Altersunterschieds, aber ich könnte mir nicht vorstellen, wie es wäre, wenn wir getrennt würden.

Und um ganz ehrlich zu sein, dachte ich immer, Zwillinge hätten eine noch tiefere Bindung als »normale« Geschwister. Was in meiner Welt bedeuten würde, dass Lily Reyes die andere Hälfte von sich verlor, und zwar an dem Tag, an dem ihre Eltern beschlossen, gegeneinander zu kämpfen.

»Carter«, spricht Lily leise. »Du darfst Aaron nichts von meinem Zustand erzählen. Du musst mir versprechen, dass du kein Wort sagen wirst.«

Kapitel 7

»if only you saw what I could see, you'll understand why I want you so desperately«—What Makes you Beautiful by One Direction

Colin

ICH HABE ES NOCH GESCHAFFT, EIN PAAR—etwa zwei bis drei Sekunden lange—Videos von Lily aufzunehmen.

Wir verbringen den ganzen Abend miteinander und reden. Sie erzählt mir alles über ihre lustigen Zeiten, die sie mit Aaron und ihrem Vater verbrachte. Über die geheimen Abenteuer, die sie als Kinder erlebten.

Und über die Sonntage.

Sie nennt diese ihre »Skate-Dates«, sagte allerdings auch, dass der Name unangemessen sei. Jedoch interessiert sie das nicht all zu sehr.

Als sie über ihre Erinnerungen spricht, ist es ziemlich einfach ein paar Momentaufnahmen von ihr zu machen. Größtenteils traurige, aber die waren auch genau das, was ich brauchte.

Die glücklichen Momente kommen bald.

Bevor ich die glückliche Seite des Lebens darstellen kann, muss ich sicherstellen, dass ich die nicht so schöne Seite einfange. Das wäre dann die Traurigkeit.

Aber selbst Traurigkeit hat ihren Ruhm.

Als ich am Abend gegen 22 Uhr nach Hause komme, habe ich Glück, Aaron nicht mehr anzutreffen. Ich bin nicht wütend darüber, dass er mir nicht von Lily erzählt hat, aber ich tue gerne so, als wäre ich es.

Es ist erst 5 Uhr morgens als ich nach unten in die Küche komme, um etwas Wasser zu holen. Und zu meiner Überraschung sitzt Aaron auf einem der Barhocker, seine Ellbogen stützen sich auf der Inseltheke ab und seinen Kopf hält er in den Händen.

»Alles in Ordnung, Ron?«, frage ich als ich die Küche betrete.

Sein Kopf schießt sofort hoch und er schaut mich an. Ich schnappe mir eine neue Flasche Wasser und lehne mich gegen den geschlossenen Kühlschrank.

»Lily hat es dir gesagt.« *Das hat sie.*

»Yeah. Allerdings muss ich dazu sagen, dass ich sie etwas unter Druck gesetzt habe es mir zu sagen. Tut mir leid.« Tut es wirklich. Hätte ich den Hintergrund zu dem ›wir halten unsere Beziehung zueinander geheim‹-Pakt gewusst, hätte ich sie nicht so provoziert. Allerdings konnte ich das ja auch nicht ahnen. »Du weißt ich werde zu niemandem ein Wort darüber verlieren. Das würde ich niemals.«

»Ja, ich weiß.« Genau wie Lily seufzt Aaron schwer. Seitdem ich weiß, dass sie verwandt sind, fange ich an, es auch aus ihren Angewohnheiten zu erkennen.

Aaron seufzt viel, wenn er frustriert ist. Lily auch.

Lily hat diesen einen besonderen Blick, der einen dazu bringt, dass man sich eingeschüchtert fühlt. Aaron hat genau den gleichen Blick.

Und ihre Gesichtszüge? Ihre Augenfarben? Der gleiche Grünton. Sie haben die gleiche Nase. Die gleiche Haarfarbe. Beide haben Sommersprossen.

Der einzig große Unterschied ist ihr Mund. Lily hat eine größere Unterlippe und ihre ist gekrümmter als die von Aaron. Ihr Lippenherz ist definierter als seins. Aarons Lippen sind schlanker.

Okay, und vielleicht hat Aaron ein viel größeres Ego.

Und jetzt will ich Lily wirklich küssen. Als ich es gestern erwähnte, war es nur ein Spaß. Aber jetzt, da ich über ihre Lippen nachdenke, will ich sie wirklich küssen.

»Immerhin kann ich nun nachvollziehen, weshalb du nicht willst, dass ich sie anfasse«, sage ich in der Hoffnung, dass es die dunkle Wolke über Aarons Kopf verschwinden lässt.

»Schau, Colin«, beginnt er, »Wenn du wirklich an meiner Schwester interessiert bist, dann *go for it.* Ich weiß, dass du sie nicht wie Dreck behandeln würdest, aber ich will nicht, dass du sie nur für Sex benutzt, okay? Sie ist meine Schwester. Ich möchte nicht, dass sie mit der Hälfte des Teams schläft wie eines der Puck-Bunnies.«

»War das jetzt das Okay, dass ich unter ihre Kleidung darf?«, necke ich.

Da es immer noch dunkel ist—und ich mir nicht die Mühe gemacht habe, das Licht einzuschalten—sehe ich das Tuch nicht kommen, dass Aaron nach mir wirft. Wie der Zufall es will, ist es nur ein Tuch; hätte was Schlimmeres sein können—eine Lampe zum Beispiel.

»Du ekelst mich an«, sagt er lachend. »Warum bist du überhaupt schon so früh auf?«

»Ich habe ein Date mit deiner Schwester.«

»Du Dummkopf. Du hast all meine ›Fass sie bloß nicht an, und halt dich von Lily fern‹ Aufforderungen ignoriert.«

»Echt lustig. Deine Schwester hat mir genau den gleichen Spitznamen gegeben wie du gerade. Klingt halt nur viel süßer, wenn sie mich so nennt.« Habe ich erwähnt, dass ich Aaron gerne ärgere?

»Es ist fünf Uhr morgens. Wohin geht ihr?« Ich nehme stark an, dass das keine Frage ist, sondern, dass er eine Antwort fordert.

Aaron ist also tatsächlich die Art von Bruder, die ihre Schwestern ein wenig zu sehr beschützen wollen.

»Noch nicht sicher«, lüge ich. Natürlich weiß ich, wohin ich sie mitnehme, aber wenn ich ihm das jetzt erzähle, dann laufe ich Gefahr, dass er die Überraschung für meine Lilybug verdirbt.

Ich frage mich jedoch, ob sie überhaupt schon wach ist. Wahrscheinlich nicht. Allerdings würde es nicht schaden, ihr eine SMS zu schreiben, oder?

»Kannst du mir ihre Nummer schicken?«, frage ich Aaron.

Er schnaubt einen Lacher. »Ihr habt ein Date und sie hat dir nicht einmal ihre Nummer gegeben?«

Theoretisch gesehen ist es kein Date, aber das kann ich ihm ja nicht sagen.

Vielleicht sollte ich ihm von ihrem *unalive journey 101* erzählen.

Aber ich habe ihr versprochen, dass ich es nicht tun würde.

Allerdings ist Lily suizidgefährdet, das ist Grund genug, um ein Versprechen nicht zu halten, oder?

»Zu meiner Verteidigung, ich war auf Sex aus. Anscheinend kann ich ihn nicht bekommen, ohne sie offiziell zu meiner Freundin zu machen. Also, schick mir bitte ihre Nummer.«

Das Deckenlicht geht an und Schritte, die auf uns zukommen sind zu hören. Aaron und ich wenden uns beide der Terrassentür zu, die zur Veranda unseres Hinterhofes führt.

»Was zum Teufel macht ihr so früh hier in der Küche?« Ein verwirrter Grey lehnt sich gegen die Wand.

Aaron kreuzt seine Arme über die Brust und hebt seine Augenbrauen. »Wir könnten dich dasselbe fragen.«

»Ich habe Besuch«, antwortet Grey ohne zu zögern.

»Oh, wer ist es?«

»Ein Typ aus meinem Psychologiekurs. Ich glaube nicht, dass ihr den kennt.« *Jaja.*

Aaron verengt seine Augen, während er die Gesichts- und Körpersprache unseres besten Freundes analysiert.

Das macht er oft. Er analysiert Menschen, wenn sie ihm nicht genau die Menge an Informationen zur Verfügung stellen, die er erwartet. »Also, wenn du doch einen Typen zu Besuch hast, warum bist du dann hier und nicht in deinem Haus, in deinem Schlafzimmer und kuschelst dich an Mr. Psychologiekurs-Typ?«

»Weil er schläft und ich hungrig bin.« Richtig. Dem Haus gegenüber fehlt es an Lebensmitteln. Nicht, weil sie nicht genügend Geld haben, um welche zu kaufen, sondern weil dort drüben einundzwanzigjährige Jungs wohnen, die mit Schulaufgaben, Hockey und *Sex*-partnern beschäftigt sind.

Es ist nicht so, dass Aaron oder ich regelmäßig Einkaufen gehen, aber wir haben immerhin zu jeder Zeit etwas Essbares zuhause.

Eine Falte erscheint auf Aarons Stirn. »Seid ihr nur Freunde? Freunde mit gewissen Vorzügen? Exklusiv? In einer Beziehung?«

Grey lacht und schüttelt langsam den Kopf. Sein Blick wandert von Aaron zu mir, seine Wangen leicht gerötet.

»Also ist es was Ernstes?«, frage ich, etwas verwirrt über Greys Reaktion.

»Ich denke schon, ja.«

»Das ist fantastisch. Alter, das muss gefeiert werden!«, wirft Aaron mit Jubel ein und springt von seinem Sitz. Er läuft rüber zu Grey und nimmt ihn in eine sehr männliche Umarmung.

Mit männlich meine ich, dass er ihn umarmt, wie ein Mann seine Freundin umarmen würde. Mit in den Po-kneifen und allem.

»Du bist so seltsam, Marsh.« Irgendwie schafft es Grey Aarons Umarmung zu entfliehen und geht ein paar Schritte zurück. »Übrigens hättest du uns erzählen können, dass du eine Zwillingsschwester hast.«

Aaron erstarrt. Seine Stimme verschwindet, als hätte er nie eine gehabt, und all die Farben in seinem Gesicht entweichen.

Offensichtlich spricht Aaron nicht sehr gerne über Lily. Oder seine Verbindung zu ihr. Aber nachdem, was Lily mir erzählte, denke ich, dass ich seine Reaktion verstehe.

Ich beiß mir auf die Zunge und möchte nicht, dass das Lachen, das im Rachen verweilt, durchkommt. Trotz der Tatsache, dass Aaron drei Jahre lang versucht hat, Lily vor uns zu verstecken, selbst wenn er einen guten Grund dafür hatte, ist es immer noch urkomisch, wie dann doch alles herauskam.

»Ich sollte los,« sage ich und verlasse die Küche, um meine Autoschlüssel zu finden.

»Du bist noch längst nicht aus dem Schneider, Carter.« Grey hält mich davon ab, zu gehen. »Du hast ein Ding für Rons Schwester...viel Glück damit. Wenn sie nur ein kleines bisschen wie er ist, wirst du es auf jeden Fall benötigen.«

Selbst, wenn Lily kein bisschen so wie Aaron wäre, würde ich mit ihr Glück brauchen.

»Ich muss los, Arschlöcher. Bis später beim Training.« Grey antworte ich nur mit einem einseitigen Lächeln.

Fünf Minuten später bin ich raus aus dem Haus, sitze in meinem Auto, als mein Handy läutet und ich eine Nachricht bekomme. Es ist Aaron. Das weiß ich, ohne auf meinen Bildschirm zu schauen, denn er hat einen speziellen Benachrichtigungston. Er hat mir tatsächlich ihre Handynummer geschickt.

Gott sei Dank, denn ich dachte schon, ich müsste sie aus ihm herausprügeln.

Ich klicke auf ihre Kontaktinformationen und beschließe ihr eine kurze Nachricht zu senden. Wenn ich Glück habe, ist sie wach. Wenn nicht, dann muss ich sie halt anrufen, damit sie aufwacht und mich rein lässt.

Colin: Hey, Lilybug. Dein Lieblingsfreund hier. Bist du wach?

Ich kann sie bereits in meinem Kopf aus Frustration stöhnen hören. Ich weiß ganz genau, dass dies der erste Ton sein wird, den sie von sich gibt, sobald sie meine Nachricht liest.

Und der Gedanke allein ist es wert.

Lily: Jetzt, ja. Danke, Dummkopf.

Lily: Und du bist nicht mein Freund, Carter. Du bist lediglich mein Sterbeverzögerer.

Nun bin ich echt froh, dass ich noch ein paar Minuten gewartet habe, ob Lily antworten würde.

Ich mag ihre Energie. Mir gefällt, dass sie mich nicht so anhimmelt, wie alle anderen Mädchen die Trewery besuchen.

Es ist erfrischend. So eine Schande, dass sie nicht sehen kann, was für eine großartige Person sie ist. Selbst ich kann das nach fünf Tagen, in denen wir uns jetzt kennen, sagen.

Colin: Ich bin kein Flugzeug, das Verspätungen mit sich bringt. Ich bin auch nicht die Deutsche Bahn, die sowieso nie pünktlich ist. Ich sorge nur dafür, dass deine restlichen Tage besser sind, und füge keine Zeit hinzu.

Obwohl ich wünsche, dass ich ihrem Leben mehr Zeit geben kann.

Lily: Warum hast du gefragt, ob ich wach bin?

Colin: Wir gehen aus. Zieh dir was an, denn ich bin in etwa fünfzehn Minuten bei dir.

Fünfzehn Minuten später halte ich vor dem Studentenwohnheim. Lily sagte mir, ich soll draußen auf sie warten, aber ich höre nicht gerne darauf, was man mir sagt. Vor allem nicht dann, wenn es um meine Zeit mir ihr geht.

Ich fürchte, dass sie mich verarschen wird. Wenn ich draußen warte, dann wird sie wahrscheinlich nie rauskommen. Deshalb klopfe ich so lange an ihre Tür, bis sich diese öffnet. Doch als Lily die Tür öffnet, wünschte ich, sie hätte es nicht getan.

Lily ist immer noch nicht angezogen. Tatsächlich trägt sie immer noch ihre Pyjama-Shorts und ein dünnes Tanktop. Ich nehme mal an, dass sie darin geschlafen hat. Sie trägt auch keinen BH, was Fantasien hervorruft, die ich im Moment echt nicht benötige.

»Ich habe dir gesagt, dass du im Auto warten sollst.«

»Du hast dich noch nicht einmal angezogen. Ich habe dir gesagt, dass ich in fünfzehn Minuten hier sein würde. Das Ganze ist bereits zwanzig Minuten her und du bist immer noch nicht fertig.«

»Ich bin müde, Colin. Ich will nicht ausgehen. Es ist noch nicht einmal sechs Uhr morgens.« Sie atmet tief aus, während sie die Tür weiter für mich öffnet, damit ich reinkommen kann.

»Töte nicht die Ruhe vor dem Sturm, Lilybug. Du wirst den heutigen Tag lieben.« Ich folge Lily in ihr Zimmer. Sie setzt sich an ihren Schreibtisch—die Kleidung, die gestern dort noch lag, liegt nun verteilt auf dem Boden—während ich es mir auf ihrem Bett bequem mache. *Schlaf nicht ein, Colin.*

Ich bin nicht müde, aber ihr Bett ist einfach viel zu gemütlich.

»Ich werde nicht die Stimmung töten. Stattdessen würde ich mich lieber selbst umbringen.«

Ich sitze im Handumdrehen. Ein Seufzer entgeht mir als ich Lily durch den Spiegel in die Augen schaue. »Du musst aufhören solche Dinge zu sagen.«

»Warum? Es ist die Wahrheit.«

»Ich möchte das ganze Zeug über deinen Tod nicht hören. Der Tod, der höchstwahrscheinlich nicht passieren wird«, sage ich, denn ich bin ziemlich davon überzeugt, dass sie nach diesen neun Tagen am Leben bleiben will.

Okay, vielleicht nicht überzeugt. Ich hoffe sie wird dem Leben eine zweite Chance geben wollen. Positiv zu bleiben ist das A und O.

»Ich werde *höchstwahrscheinlich* am 8. Oktober tot sein.«

»Lilybug, du unterschätzt meine Fähigkeit, dich zuerst dazu zu bringen, dich in mich zu verlieben.«

Sie lacht und lässt die Bürste aus ihrer Hand fallen. »Du wolltest mich dazu bringen, mich in das Leben zu verlieben, nicht in *dich*«, erinnert sie mich.

»Aber wenn ich dein Leben bin, ist es gleich zwei in eins.« Natürlich scherze ich. Ich habe nicht vor, dass Lily sich in mich verliebt. Ihr das Gefühl zu geben geliebt zu werden wird vorerst ausreichen.

»Träum weiter, Carter.« Lily fährt damit fort, sich zu schminken. Sie sieht wunderschön aus, aber das hat sie bereits getan ohne die Schminke in ihrem Gesicht.

»Gerne.« Ich lehne mich auf ihre Kissen zurück und entspanne mich. »Dein Bruder hat mir übrigens das Okay gegeben, mit dir zu schlafen.«

»Das hat er nicht. Hör auf zu versuchen lustig zu sein.«

»Das hat er wohl. Aaron liebt mich.«

»Was auch immer. Wir werden dieses Territorium niemals betreten.« Sie steht vom Stuhl auf und läuft zu ihrer Kommode. »Schließ die Augen, damit ich mich umziehen kann.«

»Oder ich lasse meine Augen offen und beobachte dich einfach«, schlage ich vor. Doch, bevor sie mich wieder verprügeln kann, schnappe ich mir das nächstbeste, womit ich meine Augen bedecken kann.

Das nächstbeste ist ihr Suizidbuch. Ich korrigiere, ihr *unalive journey 101.*

»Macht es dir was aus, wenn ich darin lese?«, frage ich. »Ich habe schließlich versprochen, dass ich allen Leuten ihre Briefe geben werde nach deinem Tod. Also lesen werde ich es so oder so.«

»Klar. Aber wag es nicht es zu kommentieren.«

Als ob ich das jemals tun würde.

Okay, eigentlich kann ich mir echt gut vorstellen, dass ich genau das tue. Jeden einzelnen Satz kommentieren, mit dem ich nicht einverstanden bin. Sätze wie »*Ich will sterben*« oder »*Das ist mein Abschied*« oder »*Ich werde tot sein.*«

Wer auch immer das liest,

Ich beginne zu lesen, aber ich kann es mir einfach nicht verkneifen.

»Warum beginnst du immer mit ›Wer auch immer das liest?‹«, frage ich. »Du solltest es in ›Lieber Colin-Baby‹ ändern.«

»Das klingt schrecklich. Ich belasse es beim Altem.« Natürlich ignoriert sie meine eigentliche Frage. Aber ich kann mir vorstellen warum sie dieses Buch nicht an eine bestimme Person richtet.

Colin Carter ist ein Arschloch.
Ich hatte vor meine verbleibenden zwei Wochen damit zu verbringen, meine Abschiede und Gedanken zu schreiben, aber stattdessen stecke ich mit einem ignoranten und hartnäckigen Sportler fest.

»Ich bin mir nicht sicher, was ich davon halten soll«, kommentiere ich, trotz Lilys Befehl es nicht zu tun. »Ich bin kein Arschloch.«

»Das bist du total.«

»Das bin ich nicht«, erwidere ich. »Ich bin ein erstaunlicher Kerl mit den besten Qualitäten, die es je gab.«

Er hat nicht mal ein einfaches Nein akzeptiert.
Er verlangt mir zu zeigen, dass es mehr zu leben gibt.
Jetzt rate was?
Ich werde die nächsten Tage unter seiner Gnade stehen.

Neun Tage, um genau zu sein.
Ich habe nachgegeben und ihm neun Tage gegeben, um mir zu beweisen, dass ich falsch liege.
Er wird es allerdings nicht schaffen.
Mein Geist ist bereits darauf eingestellt zu sterben.
Er kann mir zeigen was er will, es wird sich nichts ändern.
Aber ich schätze er hat recht.
Warum sollte ich meine letzten Tage allein verbringen, wenn ich sie mit jemanden verbringen kann, der mir eine kostenlose gute Zeit bietet?
Ich hoffe auf jeden Fall, dass es für mich kostenlos ist.
Ich meine, ich will es ja gar nicht, also kann er genauso gut bezahlen.

Ich muss lachen.

Zählen diese Tage als Dates?
Ist das nicht genau das, was Dates sind?
Zwei Leute gehen aus, begeben sich auf Abenteuer, essen in einem viel zu teuren Restaurant, machen dumme Dinge. Haben eine gute Zeit.
Aber wenn das alles als Date zählt, zählt es auch als Date, wenn man Zeit mit einem normalen Freund verbringt?
So eine Art Freundes-Date?

»Lilybug, du bist bereits meine feste Freundin. Das sind definitiv alles Dates«, informiere ich sie, mache aber nur Scherze.

Nur eine Sekunde später werde ich mit Lilys Stofftieren verprügelt.

Naja, sie verprügelt mich nur mit einem von ihnen, aber im Grunde ist es dasselbe.

»Ich bin *nicht* deine Freundin, Dummkopf.«

»Das ist schade. Ich habe ein paar süße Dates geplant. Wie Sternebeobachten oder Weinmalerei. Verdammt, ich wollte sogar einen Schwimmkurs mit dir zusammen besuchen,« scherze ich.

»Oh, weiß Trewerys Superstar nicht wie man schwimmt?« Sie schmollt mich mit großen Augen an. »Weiß er nur wie man Schlittschuh läuft?«

»Oh, ich dachte *du* kannst nicht schwimmen.« Und wieder einmal verprügelt sie mich mit diesem Froschstofftier. Ich glaube ich nenne ihn *Sergeant Froggo*. Er trägt ein Armee-Outfit, also passt es. *Go big or go home, heißt es, nicht?* »Hör auf mich zu schlagen, das verletzt Sergeant Froggo.«

»Sergeant-wer-jetzt?« Sie bricht in Lachen aus und fällt neben mir aufs Bett. »Das ist nicht sein Name.«

»Ich bin mir ziemlich sicher, dass er so heißt. Er sieht auch aus wie einer.«

»Sein Name ist Kermit.«

»Viel zu Basic. Er heißt von nun an Sergeant Froggo«, beschließe ich. »Lass mich weiterlesen. Es wird interessant, Baby.«

Ich kann das nicht einmal beurteilen. Ich war noch nie auf einem Date.
Zumindest kein echtes.
Wie auch immer. Der nächste Brief wird Winter gewidmet sein.
Ich weiß, Winter ist...anstrengend.
Sie ist die meiste Zeit nicht sehr nett.
Und ja, sie ist eine Drama-Queen.
Oh Gott, Winter, wenn du das gerade liest, es tut mir leid. Aber du weißt, dass es die Wahrheit ist.
Trotz ihres Drangs, Dramen zu verursachen, ist sie seit einiger Zeit meine beste Freundin. Ich könnte nicht mit mir selbst leben, würde sie keinen Brief von mir bekommen.
Das ist ironisch, denn ich werde überhaupt nicht mehr leben, wenn sie diesen Brief erhält.

Lily

Du liegst so falsch, Lilybug. Du wirst leben. Du wirst wieder glücklich sein. Ich verspreche es.

KAPITEL 8

»don't worry, I promise you'll be fine«–Free Time by Ruel

Lily

COLIN UND ICH GEBEN UNS EINER zehnminütigen Autofahrt hin. Wir befinden uns auf der Long Clove Rd und wandern gerade einen größeren Hügel hinauf.

Wenn ich gewusst hätte, dass ich so früh am Morgen Sport treiben muss, wäre ich im Bett geblieben. Ich bezweifle jedoch, dass Colin mir eine Wahl gelassen hätte.

Wen versuche ich zu verarschen? Ich habe keine andere Wahl, außer ihm dorthin zu folgen, wo er mich hinführen will. Ich habe mich schließlich auf diese neun Tage eingelassen. Es wäre schon fies von mir, würde ich jetzt doch einen Rückzieher machen.

Und außerdem scheint Colin nicht halb so schlimm zu sein, wie ich gedacht habe. Vielleicht wird er mir in meinen letzten Tagen ja doch noch eine gute Gesellschaft sein.

Ich mache mir nur Sorgen, dass er sich an mich gewöhnt, genauso wie ich bereits anfange mich an ihn zu gewöhnen… irgendwie.

Colin ist immer noch ein arroganter Arsch. Einer, dem ich viel lieber eine reinhauen würde, als ihn als meinen Suizid-Verzögerer zu haben. Aber es wäre unnötig gemein, wenn er sich nun an mich gewöhnt und er mich dann an den Tod verlieren wird.

Andererseits ist er selbst schuld, denn er hat sich in mein Leben eingebracht. Ich habe ihn nicht darum gebeten mir zu »helfen.« Ich brauche seine Rettung nicht.

»Großartig. Es ist sechs Uhr morgens und wir sitzen auf einer Decke auf einem Hügel und was jetzt?« Ich spreche in einem mehr oder weniger verärgerten Ton. Colin verdonnert mich dazu mich auf der Decke, die er mitgebracht hat, Platz zu nehmen.

»Du bist so anti-romanisch.« Er lacht mit sich selbst. »Wir werden uns den Sonnenaufgang ansehen.«

»Ich habe Sonnenaufgänge schon immer gehasst«, lasse ich ihn wissen. »Ich habe nie wirklich verstanden, was daran so magisch sein soll. Es ist nur die Sonne, die aufgeht. Nichts Besonderes.«

»Falsch.« Colin setzt sich neben mich. »Sonnenaufgänge sind wunderschön. Ein neuer Tag beginnt; ein Neuanfang. Jeden Morgen, mit jedem neuen Sonnenaufgang gibt dir die Erde die Chance etwas Neues zu beginnen.«

»Ich bin nicht abergläubisch.«

»Lilybug, das hat nichts mit Aberglauben zu· tun. Es ist einfach ein Neuanfang. Sieh den Sonnenaufgang als alles an, was du willst. Sieh ihn als einen Moment der Sorglosigkeit an. In der Sekunde, in der die Sonne aufgeht und der Himmel sich in seiner ganzen Pracht zeigt, schließe deine Augen und wünsch dir etwas, was auch immer dein Herz gerade benötigt. Zum Beispiel einen schmerzlosen Tag.«

»Das ergibt keinen Sinn.«

»Nun gut, lass uns einfach darauf warten, dass die Sonne aufgeht, dann kannst du am Abgrund stehen und einfach drauf los schreien. Lass all deine Wut aus den letzten Jahren los. Lass den Schmerz von gestern deinen Körper verlassen. Gönn dir eine Pause, nur bis die Sonne komplett am Himmel steht, dann kannst du zurück zur Realität kommen.«

Colin nimmt meine Hand und legt sie auf seine gekreuzten Beine.

»Das ist lächerlich, das weißt du, oder?«

»Du kannst mir gerne Feedback geben, sobald die Sonne aufgegangen ist.« Colin schenkt mir das perfekte Grinsen, bevor er sein Gesicht von mir abwendet, um über die dunkle Stadt zu schauen.

Ich habe keine Ahnung, wann die Sonne aufgehen wird. Ich habe noch nie wirklich darauf geachtet und doch bin ich jetzt etwas aufgeregt.

Ehrlich gesagt habe ich Sonnenaufgänge immer als etwas Blödes angesehen. Sicher, es ist der Beginn eines neuen Tages, aber ich habe nie verstanden, was es am Sonnenaufgang Interessantes zu sehen gibt.

Leute schauen sich jeden Tag Sonnenaufgänge und auch Sonnenuntergänge an und genießen sie. Ich habe nie gedacht, dass sie interessant sein könnten. Ich meine, es ist nur ein riesiger Feuerball, der sich nun von der anderen Seite der Erde zeigt. Nichts Spektakuläres für mich.

»Lilybug?« Colins sanfte Stimme strömt durch meine Ohren.

»Ja?«

»Erzähl mir etwas über dich, was du noch nie jemandem erzählt hast.«

»Ich will sterben«, antworte ich, ohne zu zögern. Es ist wahr. Ich habe noch nie jemandem davon erzählt. Um ehrlich zu sein habe ich es bis jetzt auch noch nie laut ausgesprochen.

»Etwas, was ich noch nicht wusste.«

»Ich habe ein komisch geformtes Geburtsmal.«

Seine Augenbrauen heben sich, die Lippen pressen aufeinander, als er darauf wartet, dass ich ihm weitere Informationen gebe. Aber das tue ich nicht. »Nun, wenn du mir nicht sagen willst, was es ist, dann mach dir doch nicht die Mühe, es zu erwähnen.«

»Es ist zu peinlich.«

Er verdreht die Augen. »Gut. Ich werde es irgendwann schon herausfinden. Gib mir was anderes.«

»Du zuerst«, fordere ich.

Seien wir ehrlich. Ich habe keine Ahnung, was ich ihm sagen soll.

»Okay.« Er atmet tief aus, und obwohl es immer noch dunkel ist, kann ich den Nebel vor seinem Gesicht aufsteigen sehen. »Vor zwei Jahren, als bei Eira Leukämie diagnostiziert wurde, versuchte ich den Arzt zu bestechen, sich besonders gut um sie zu kümmern.«

»Du warst neunzehn, als du versucht hast einen Arzt zu bestechen, um Hilfe und Medikamente für deine an Krebs erkrankte Schwester zu bekommen?«, hinterfrage ich. Und dann merke ich plötzlich: *Seine Schwester hatte Krebs?*

»Um fair zu sein, ich bin kein Arzt und ich musste mich nie um solche Krankheiten kümmern. Ich war immer gesund. Ich hatte noch nie einen Knochen gebrochen, hatte nicht einmal einen verstauchten Knöchel…und ich spiele Eishockey, habe es schon immer getan. Das ist also echt ein Wunder. Ich habe meine Zeit noch nie dafür investiert, über Krankheiten nachzudenken. Ich war naiv. Und, übrigens, war ich da noch achtzehn.«

»Das mit Eira tut mir echt leid, Colin. Das hat sie nicht verdient.«

Er zuckt mit den Achseln. »Es ist schon in Ordnung. Sie ist Eira. Ich meine, Eira denkt über alles hinaus. Sie ist aufgeregt zu sterben, denn sie glaubt, dass das Universum ihr ein neues Abenteuer zuweisen will. Nein, dass ihre Seele ein neues Abenteuer *nötig* hat.«

Das ist eigentlich eine schöne Art über den Tod zu denken.

»Stirbt sie?«

»Nein.« Er weist meine Frage zurück. »Sie ist krebsfrei.«

»Dachtest du, dass sie sterben würde?« *Warum frage ich überhaupt?*

»Sicher, für eine Weile. Ich wollte es nie akzeptieren. Ich meine, sie ist meine Schwester. Ich will nicht, dass sie stirbt.

Allerdings habe ich es irgendwann einfach akzeptieren müssen, dass ich nichts dagegen machen kann. Jetzt darüber zu heulen, bringt auch nichts. Es wird ihr auch nicht mehr Zeit geben, wenn sie sterben würde.« Er seufzt schmerzhaft. Irgendwas stimmt nicht. »Gut, dass sie krebsfrei ist und noch nicht sterben wird.«

Wir müssen das Thema wechseln. Ich bezweifle, dass Colin weiterhin über den Tod seiner Schwester reden will. Und ich bin mir nicht sicher, ob ich dieses Gespräch überhaupt fortsetzen sollte. »Als ich kleiner war dachte ich, dass der Mond aus Käse sei.«

Colin kichert. »Jeder dachte das als Kind. Gib mir was tiefgründigeres.«

Ich denke eine Sekunde lang an mein Leben und lasse jedes Ereignis durch meinen Kopf laufen, bevor ich sage: »Es gab eine Zeit, in der Aaron mich hasste.«

»Das glaube ich dir nicht.« Sein Kopf dreht sich in meine Richtung, seine Augen landen auf meinen. Er wirkt nicht so, als würde er sich freuen mehr davon zu hören, aber gleichzeitig sieht es so aus, als würde er verzweifelt auf weitere Informationen warten.

Die gebe ich ihm.

»Unser Vater hat eine andere Frau geheiratet. Ihr Name ist Liz, aber ich bin mir sicher, dass du das bereits wusstest. Ich habe das Ganze nicht allzu gut verkraftet. Aber es kam noch schlimmer, als ich rausfand, dass Liz eine Tochter hat. Ana. Sie war erst drei, als sie Teil unserer Familie wurde. Aaron und ich waren acht. Ich war so eifersüchtig auf sie.«

»Oh, ich habe über deine Eifersucht gelesen, Baby.«

»Das weiß ich«, sage ich und rolle die Augen. »Jedenfalls. Aaron liebte Ana von der ersten Sekunde an. Er spielte jederzeit mit ihr. Und ich, ich hatte nur meine Mutter. Immer wenn ich meinen Vater und Aaron besuchte, wollte Aaron nur, dass wir mit Ana spielen, was dazu führte, dass ich wütend auf ihn wurde. Irgendwann wurde meine Eifersucht so schlimm, dass ich Ana nicht einmal mehr ansehen wollte. Ich wollte grausame Dinge tun, nur um Aufmerksamkeit zu bekommen. Sogar Aarons Kuscheldecke habe ich kaputtgeschnitten.«

Colin schnappt hastig nach Luft. »Hast du nicht, Lilybug! Das kannst du nicht einfach tun. Das ist ein echtes Trauma, das du deinem Bruder verpasst hast.«

Ich lache. Es ist ein echtes, aus dem Bauch herauskommendes Lachen. Eines, dass ich seit Jahren nicht zugelassen habe. Es wird so schlimm, dass ich beim Einatmen anfange wie ein Schwein zu grunzen. Und diese Grunz-Geräusche bringen mich dazu, noch mehr zu lachen.

Ich achte nicht darauf, was um mich herum geschieht. Aber als ich Colin dabei erwische, wie er mich anlächelt, spüre ich dieses seltsame Kribbeln in meinem Magen. Wahrscheinlich ein Zeichen, dass ich mich übergeben werde.

Colin Carter hat mich schon öfter angelächelt, aber es war nie…so. Nie mit Bewunderung. Vielleicht ist er stolz auf sich selbst, dass er mich so zum Lachen bringen konnte. Aber selbst, wenn ich dieses ganze Lächeln gerade zu stark analysiere, ist es mir auch egal.

Es ist mir egal, denn Lachen fühlt sich gut an.

Das Gefühl eine fremde Hand auf meiner zu spüren nimmt mir den Atem. Ich schaue zu Colin und meinen Händen herab. Er umschlingt unsere Hände und hält meine eng an seine, während unsere Finger ineinandergreifen. Sein Daumen streichelt in sanften Strichen über meine Haut.

Colin schaut mich nicht an, aber ich beobachte sein Seitenprofil, während er über die Stadt blickt.

Er sieht wirklich gut aus, aber das ist mir nicht einmal wichtig. Colin hat eine liebevolle Seele, auch wenn ich mir immer noch nicht sicher bin, ob Colin Carter ein komplettes Arschloch ist oder einfach gut darin, es vor mir zu verstecken.

Er kümmert sich um Menschen, die er nicht einmal kennt und ich glaube, dass wenn ich nicht den Wunsch hätte zu sterben, dann könnte ich ihn mir echt gut in meinem Leben vorstellen…als etwas mehr als nur ein Freund.

Ich darf nicht so denken.

Meine Zeit ist fast vorbei. Ich habe nur noch acht Tage. Ich kann mich jetzt nicht verlieben. Nicht, dass ich mich in Colin verlieben würde. Wir kennen uns erst seit sechs Tagen, und unser Kennenlernen begann nicht allzu großartig.

Colin könnte möglicherweise ein großartiger *normaler* Freund sein. Vielleicht sogar ein bester Freund, wenn wir mehr Zeit hätten.

Das ist es, wovon ich spreche. Eine großartige, tiefe Freundschaft.

Der einzige Grund, weshalb Colin gerade hier bei mir ist, ist der, dass ich sterben will und er mich überzeugen will es nicht zu tun.

Aber ich *will* sterben, und egal auf welche Abenteuer er mich mitnimmt, meine Meinung wird sich nicht ändern.

»Schau«, sagt er leise und zeigt auf den Horizont.

Ein paar Lichter in New City sind zu sehen. Es ist nicht so hell, wie ich dachte. Noch sind nicht sehr viele Menschen wach.

Und ich habe mich ebenfalls geirrt, dass Sonnenaufgänge nichts anderes sind als Zeitverschwendung.

Der Himmel verwandelt sich in all die Farben, von denen ich nur träumen kann, als die Sonne zu steigen beginnt.

Die Dunkelheit nimmt ab und es ist, als würde der Ozean in Brand geraten und sich in etwas völlig Neues verwandeln. Als könnte der Pool mit tiefstem blauen Wasser sich selbst erhellen und aus einer darauf leuchtenden Lichtquelle wie Gold erscheinen.

Etwas völlig Seltsames und doch etwas, das jeder sehen muss.

Es gibt keine Dunkelheit mehr, da eine riesige Feuerkugel am Horizont aufsteigt und wärmendes Gold und lila Farbe am Himmel in jede erdenkliche Richtung verbreitet. Die Wolken leuchten wie staubige rosa Zuckerwatte vor einem Kunstwerk, dass der Himmel ist.

Es ist atemberaubend zu sehen, wie die Sonne den Himmel der Welt, in seiner ganzen Pracht malt.

Colin steht vom Boden auf und zieht mich hoch. Er führt mich zum Abgrund des Hügels, und wir stehen dort und beobachten den Sonnenaufgang.

»Tu es«, flüstert er. »Kreische, schrei, lass deine Wut und deine Frustrationen raus.«

Ich schaue Colin schockiert an. Er sagte bereits, dass ich es tun kann, aber ich dachte nicht, dass er es tatsächlich so meint.

»Denk dir den Himmel als deinen Schmerz und schrei ihn an.«

»Du bist verrückt«, sage ich ihm mit einem Lachen.

»Damit kann ich leben.« Colin dreht sich zu mir und hebt mein Gesicht in Richtung Himmel. »Jetzt, Lilybug. Schrei.« Er geht ein paar Schritte zurück, um mir mehr Freiraum zu geben.

Und dann kommt es über mich. Die Wut, die ich fühle, darüber, dass ich niemals gut genug sein werde. Die Frustration, die ich fühle, weil ich mich nach einem besseren Leben sehne, das nie kommen wird. Den Schmerz, den ich seit Jahren seit der Trennung meiner Eltern fühle.

Also schreie ich.

Ich schreie mir die Lunge aus dem Hals und lasse all die Wut und Qual meiner Vergangenheit meinen Körper verlassen.

Er hat Recht. Es ist reinigend. Es fühlt sich gut an, endlich alles einmal rauszulassen.

Es ist als würde man 100 Kilogramm heben und dann endlich das Gewicht wieder loswerden, sobald man es wieder absetzt. Die Zufriedenheit, die einen überkommt, wenn man merkt, dass man so eine große Last tragen konnte, als wäre es eine Feder, und erst dann bemerkst du, wie schwer die Last vorher war.

Ich fühle mich leichter. Ich weiß, dass die Last nicht weg ist. Sie wird nie weggehen, aber es fühlt sich dennoch gut an, sie für einen Moment loszuwerden.

Meine Augen füllen sich mit Tränen als ich mich langsam beruhige und aufhöre zu schreien. Ich weine nicht, aber irgendwie tue ich es doch.

Bis jetzt dachte ich immer, man weint nur, wenn das Herz von all den Schmerzen, die du verspürst schmerzt. Aber man kann auch vor Erleichterung weinen.

Als ich mich umdrehe, um Colin anzusehen, bemerke ich, wie er sein Handy in seine Tasche steckt.

Ich nehme an, dass Colin soeben meinen gesamten Wutausbruch gefilmt hat, und ich weiß nicht, was ich darüber denken soll. Ich frage mich echt, worum es in unserem Projekt geht. Er sagt mir ja nichts.

Trotz des unwohlen Gefühls, dass Colin nun ein Video von mir auf seinem Handy hat, in dem ich vor Wut schreie, bin ich doch eher weniger besorgt darüber.

»Danke.« Ich danke ihm wirklich vom ganzen Herzen, als ich auf ihn zu laufe.

Colin streckt seine Arme aus und erlaubt mir ihn zu umarmen.

Ich hasse Umarmungen, oder habe es früher getan bis ich in Colins Arme liege. Seine Arme umhüllen mich so sanft, begleitet von einer Art Schutz, der mich davon überzeugen soll, dass er ein Teil einer Rüstung für mich ist, die mich schützt und ich sicher bin.

Und Gott, fühle ich mich sicher in seinen Armen.

Meine Gesichtshälfte drückt gegen seine Schulter, während meine Arme sich um seinen Oberkörper schlingen. Eine Hand streicht durch mein Haar, und die andere zieht Kreise über meinen Rücken.

Es ist beruhigend.

Ein paar weitere Tränen rollen mir die Wangen runter, als ich merke, dass ich solche Momente nicht mehr erleben werde. Zumindest nicht viele davon.

Aber das ist in Ordnung. Ich werde diese genießen, und wenn ich mich an meinem Leben vor dem Tod erinnere, werde ich immerhin mit einem Lächeln auf dem Gesicht an diese Momente zurückdenken können.

Plötzlich freue ich mich um einiges mehr auf die nächsten sieben Tage mit Colin. Ich kann heute nicht mehr zählen. Er hat den frühen Morgen als seine Zeit mit mir gewählt, also glaube ich nicht, dass ich ihn für den Rest des Tages noch viel sehen werde.

Wir stehen nun hier und umarmen uns für eine Weile, bis ich mich zurückziehe.

Colin nimmt mein Gesicht in seine Hände und streichelt meine Wangen. Diese einfache Berührung lässt einen Schauer über meinen Rücken laufen.

Für einen Moment glaube ich, dass er mich küssen will, aber ich weiß, dass es nicht so ist. So schnell der Gedanke kam, so schnell verschwindet er auch wieder.

Seine Augen blicken in meine. Ein sanftes Lächeln zerrt an seinen Lippen, während er mich beobachtet.

»Du bist wirklich hübsch, weißt du das?«, spricht er sanft. Etwas in seiner Stimme scheint ungewohnt. Normalerweise ist sie immerzu heiter und zwitschernd, aber dieses Mal ist sie sanft und leise.

Wenn ich Colin richtig deute, mag er es nicht verwundbar zu sein. Es muss schwer für ihn gewesen sein, mir von seiner Schwester zu erzählen und wie er sich fühlte, als er dachte, dass sie sterben würde—sich als alles andere wie Mr. Tough-Guy für einen Moment zu verhalten.

»Danke«, sage ich und schenke ihm ein kleines Lächeln.

Colin legt seinen Zeigefinger unter mein Kinn und neigt meinen Kopf nach oben. Sein Gesicht nähert sich meinem, bis seine Lippen meine Haut berühren.

Er küsst mich sanft auf die Stirn.

Mein Herz schlägt schnell. So schnell, dass ich es schlagen spüren kann. Mein Magen dreht sich, aber dieses Mal nicht, weil ich mich krank fühle. Vielleicht fühle ich mich doch krank, aber eine andere Art des Krankseins. Eine Art von krank, die sich nicht richtig anfühlt.

Es ist wie ein Flattern in meinem Magen, als würde mich jemand von innen Kitzeln.

Es ist nervenaufreibend, ein Gefühl—ein *Flattern*—das ich noch nie zuvor gefühlt habe.

Bitte erinnere dich daran, wenn du tot bist, Lily.

Als er sich abwendet und zurückgeht, um die Decke aufzuheben, die er mitgebracht hat, fühle ich mich wieder leer. Als ob sich etwas in mir ohne Colin an meiner Seite verloren fühlt. Ich hasse es, dass ich mich so fühle.

Ich sollte das nicht fühlen. Ich sollte Colin nicht wollen, denn das ist ihm gegenüber nicht fair.

Und dennoch tue ich es. Ich will Colin, auch wenn es nur für eine Nacht ist. Ich möchte seine Lippen auf meinen spüren, so sehr ich den Gedanken auch hasse.

Ich hasse es, ihn zu wollen.

Wie ist das überhaupt passiert?

Colin war nichts für mich, als wir uns kennenlernten. Eigentlich war er nichts als eine Nervensäge. Ich wollte ihn nicht in meiner Nähe haben. Wollte nicht, dass er mir die Schönheit des Lebens zeigt.

Aber hier bin ich nun, und sehne mich nach seinen Lippen.

Ich denke es liegt daran, dass er der einzige Typ ist, der mir jemals wirklich Aufmerksamkeit geschenkt hat. Er ist die einzige Person, die versucht mich zu retten. Natürlich spielen meine Hormone dann verrückt und senden mir falsche Signale.

Colin ist nicht nett. Nicht ein einziges Mal habe ich gehört, dass ihn jemand als einen guten Menschen bezeichnete. Er ist ein Arschloch. Er ist immer noch derselbe Superstar, der nur in die Richtung eines Mädchens nickt und sie eine Sekunde später auszieht.

Aber trotz alledem scheint er nett genug zu sein, dass mein Gehirn seine neu entdeckte Freundlichkeit mit etwas anderem verwechselt.

»Nein, wirklich. Miles hat mich während der gesamten Stunde in Finanzwesen angestarrt«, teilt Carina uns mit. Mit *uns* meine ich meine Freundinnen und mich.

Wie jeden Tag verbringe ich meine Mittagspause mit meinen Freundinnen in der Cafeteria. Wir vier sitzen an einem Tisch und hören uns gerade Carina Ricos Fantasien über Miles King an.

Dadurch, dass ich St. Trewery schon eine Weile Besuche, kann ich sagen, dass einige der Mädchen an dieser Schule definitiv etwas für die Hockey-Jungs übrighaben.

Okay, die Jungs sind alle verdammt gutaussehend, das gestehe ich. Für eine kurze Zeit dachte ich, dass gutes Aussehen eine Grundvoraussetzung ist, um für unsere Uni-Hockeyteam zu spielen. Na ja, offensichtlich ist das nicht der Fall.

Dennoch scheint Miles King die meiste Aufmerksamkeit zu erregen.

Miles hat ein paar Tattoos, nicht so viele wie Colin (glaube ich). Eigentlich bin ich mir gar nicht sicher, wie viele Colin hat. Ich habe lediglich seine Arme und seinen Hals mit kleineren einzelnen Tattoos bedeckt gesehen. Ich weiß nicht, ob er auch welche auf der Brust hat.

Miles hingegen, das weiß ich, hat nicht so viele.

Einfach nur weil er Tattoos und ein hübsches Gesicht hat, bekommt Miles einiges an Aufmerksamkeit. Grundlos, wie ich finde.

Okay, vielleicht hat es doch seine Gründe. Seine Bauchmuskeln sind definierter als alle, die ich je zuvor gesehen habe. Und dann in Kombination mit den Tattoos an seinen Armen und auf der Brust ist, würde man gerne für ihn Sterben. Allerdings fehlt es ihn an dunklem Haar.

Aber das ist ja nicht jedermanns Typ. Ich denke also, es gibt noch mehr, was die Mädchen zu ihm hinziehen lässt, so wie Essen Tauben anzieht.

Vielleicht ist es die Tatsache, dass er Hockeyspieler ist.

Ich frage mich, ob die Mädchen genauso verrückt nach Colin sind, wie nach Miles. Der Gedanke ärgert mich, aber es geht mich ja nichts an. Es sollte mir egal sein.

»Er schaut eh nur nach der nächsten, mit der er schlafen kann«, sagt Mia unbeeindruckt. Sie gehört zu der Minderheit an Frauen an dieser Uni, die nicht wegen Miles Kings Existenz gleich ihre Seele an den Teufel verkaufen würde. »Ehrlich gesagt, ich finde Miles ist einfach ekelhaft. Genau wie der Rest von denen.«

»Er ist nicht ekelhaft, nur weil er ein aktiveres Sexualleben hat als du«, verteidigt Carina ihren geliebten Miles.

»Natürlich nicht. Aber siehst du mich in einer Zeitspanne von fünf Stunden mit zwei verschiedenen Frauen schlafen?«, fragt Mia.

»Hör auf ihn schlecht zu reden, Mia. Akzeptier einfach, dass er heiß ist.«

»Klar, das kann ich gerne tun. Bedeutet jedoch nicht, dass ich von ihm flachgelegt werden will.«

»Das will ich auch nicht«, erwidert Carina. »Nun, okay, will ich schon. Aber ich will ihn auch als meinen Freund.«

Carina ist genauso ein emotionales Wrack wie ich. Nur, dass sie noch emotional ist, wenn es um Menschen geht. Genauer gesagt Jungs. Sie bindet sich bereits emotional an einen Typen, wenn er ihr nur zwei Sekunden Aufmerksamkeit schenkt.

Bevor sie jemand davor retten kann, hat Carina ihre Hochzeit mit diesem Typen bereits geplant, nur um dann anschließend frustriert zu sein, wenn der Typ nichts von ihr will.

»Jetzt halt die Klappe, er ist hier!«, quietscht sie und starrt gebannt auf Miles und drei seiner Teamkollegen, als sie die Cafeteria betreten.

Abrupt wird es still. Wenn jemand eine Nadel fallen lassen würde, wäre jeder in der Lage dies zu hören. Es herrscht Totenstille.

Aaron läuft direkt neben Miles herein, gefolgt von einem schwarzhaarigen Typen mit einem Drei-Tage-Bart. Er ist genauso muskulös wie alle anderen von ihnen. Und groß. Ich würde etwa 1,88 Meter vermuten. Ein wenig größer als Aaron, wenn auch nicht viel.

Da Colin der letzte der vier Sportler ist, die reinkommen, gehe ich stark davon aus, dass der schwarzhaarige Typ Grey ist, der andere nicht-wirklich-Mitbewohner von Aaron.

Dank Aaron weiß ich, dass er mit Colin in einem Haus lebt, aber Grey und Miles leben irgendwie auch dort—aber dann wiederum auch nicht wirklich.

Aaron hat in den ersten beiden Monaten des Freshman Jahres nicht aufgehört über Colin zu sprechen. Miles und Grey wurden ebenfalls ein paar Mal erwähnt. Es ist nicht allzu schwierig sich Miles von irgendwoher zu kennen.

Aber Grey? *Verdammt*. Der wurde öfter erwähnt. Ich habe ihn allerdings noch nie gesehen. Ich denke mal, dass er sich hier nicht viel aufhält.

Meine Freundinnen—*und ich*—beobachten, wie die Jungs in der Schlange stehen, um sich was zum Essen zu holen. Sie albern alle herum und ignorieren alle Augen, die ausschließlich auf sie gerichtet sind.

Ich dachte immer, dass solche Dinge nur in Teenie-Filmen passieren, aber da ich gerade hier sitze und es selbst miterlebe…macht es das ziemlich realistisch.

Ich versuche meine Freundinnen wieder zum Sprechen zu animieren und stelle deshalb eine Frage, die allerdings ungehört bleibt. Offensichtlich konzentrieren sie sich alle zu sehr auf die Jungs, die sich nur was zu Essen holen wollen, genau wie es andere Personen zuvor taten. Anscheinend wenn Sportler sich Essen kaufen, ist es um einiges Interessanter.

»Miles sieht in seiner Kleidung so gut aus«, schwärmt Carina. Wenn meine Augen mich nicht täuschen, würde ich schwören, dass sie sabbert.

»Er trägt Jeans und ein Shirt. Genau wie 98% der anderen Jungs hier«, sagt Mia. Sie hat recht. Miles fällt nicht allzu sehr auf. Abgesehen von seiner Größe.

»Was glaubst du worüber sie reden?«, fragt Carina und beobachtet die Jungs immer noch, als Colin zu lachen beginnt und Aaron seinen Kopf schüttelt und dabei die Augen verdreht.

Dann schlägt Colin seine Hand auf Aarons Schulterblätter, kurz bevor er davonläuft und sich in Richtung der Tische begibt.

»Ich denke, Colin hat sein nächstes Opfer gefunden«, scherzt Mia und nimmt einen Schluck von ihrem Apfelsaft.

Winter und ich drehen den Jungs den Rücken zu und schauen wieder zu Carina und Mia. Ich bin froh, dass die Faszination für die Hockey-Spieler nur für ein paar Minuten hält, bevor das Leben weiterläuft. Ich habe keine Lust, hier nur zu sitzen und die Jungs anzustarren bis sie wieder gehen.

»Du bist im Partner-Projekt mit Colin für deinen Film Directing Kurs, nicht war, Lily?«, fragt Carina. Ich nicke als Antwort. »Du arme. Du musst wahrscheinlich die ganze Arbeit alleine machen.«

Tue ich nicht. Tatsächlich bin ich diejenige, die nichts macht. Aber das kann ich nicht laut sagen. Zum Glück muss ich das auch nicht. Denn bevor ich antworten kann, schnappt Carina plötzlich nach Luft. Genau in diesem Moment legen sich zwei Arme um meine Schultern.

»Hey, Lilybug«, flüstert Colin mir ins Ohr bevor ich seine Lippen auf meiner Haut spüre. Dieses Mal küsst mich Colin auf die Wange und nicht auf meine Stirn.

Seine Arme lösen sich von meinem Körper. Als ich meine Freundinnen anschaue, sehen sie alle genauso schockiert aus, wie ich mich fühle.

Gerade als ich denke, dass Colin wieder geht, setzt er sich direkt neben mich. Oder eher gesagt halb unter mich.

In der Sekunde, in der er sitzt, zerrt Colin an meinem Bein und legt es über seins, so dass die untere Hälfte meines Beines zwischen seinem baumelt. An diesem Punkt hätte er mich genauso gut direkt auf seinen Schoß ziehen können.

»Du hast nicht gegessen«, sagt er und zeigt auf mein volles Tablett. Er hat recht. Ich habe keinen Hunger, aber ich habe

Winter versprochen, dass ich wenigstens versuchen würde etwas runterzubekommen. Es ging einfach nicht. Ich hatte die Hoffnung, dass wenn ich es erst mal vor mir stehen habe, ich eventuell etwas davon esse. Das war nicht so.

»Ich habe keinen Hunger«, sage ich ihm. »Was machst du hier?«

»Ich behalte dich im Auge.« Er zuckt mit den Achseln, als wäre nichts falsch an der Art und Weise, wie er das gerade formuliert hat. Vor meinen Freundinnen. »Die Jungs kommen auch. Ich hoffe das macht euch nichts aus«, sagt er zu meinen Freundinnen.

Natürlich macht es ihnen nicht aus. Das ist gut für ihren sozialen Status am Campus.

Ihre Anwesenheit wird Carina höchstens die Gelegenheit geben, sich mit Miles zu unterhalten.

Bei Mia bin ich mir nicht so sicher. Sie hält sich normalerweise von den Sportlern fern. Sie glaubt, dass alle arrogante Arschlöcher sind, die sich nur um sich selbst kümmern.

Winter wird es wahrscheinlich auch nicht allzu sehr mögen. Ich habe sie dazu gebracht, Aarons Handynummer zu blockieren. Sie muss endlich über ihn hinwegkommen, und aufhören, von einer perfekten Beziehung mit ihm zu träumen. Das wird nämlich nicht passieren.

»Natürlich nicht«, antwortet Carina aufgeregt.

Nur wenige Sekunden später nähern sich die anderen drei Jungs unserem Tisch. Glücklicherweise ist der Tisch groß genug, dass alle daran sitzen können. Okay, es wird ein wenig eng, aber es passt.

Aaron sitzt neben Colin, Miles und Grey auf der gegenüberliegenden Seite ihrer Teamkollegen.

Zu Carinas Unglück, sitzt Miles leider nicht neben ihr. Aber ich bin froh, dass er es nicht tut. Der arme Kerl wäre nicht in der Lage, in Ruhe neben ihr zu essen.

»Also, du hast jetzt nicht nur einen, sondern vier Hockeyspieler um deinen Finger gewickelt?« Mia lacht etwas amüsiert und schaut mich an.

Mia ist nicht die Einzige, die lacht. Aaron macht genau das Gleiche, aber ich wette aus einem ganz anderen Grund.

»Nur mich. Wir sind jedoch eine Art Pauschalangebot, uns gibt es nur zusammen, also müssen die drei Lilybug auch etwas Gutes tun«, antwortet Colin für mich. Ich wünschte, ich wäre schneller im Beantworten von Fragen. »Okay das klang jetzt schmutziger als beabsichtigt.«

Meine Freundinnen fangen an zu lachen, genau wie Grey und Miles. Aaron, Colin und ich lachen nicht. Ich verstehe warum Aaron nicht über diese blöde Formulierung lacht. Er hat den gleichen Grund wie ich. Aber warum lacht Colin nicht über seine eigenen Worte?

»Hör auf so viel Platz für dich selbst einzunehmen«, sagt Aaron und drängt Colin etwas näher an mich heran, wenn es überhaupt noch näher geht.

Colin kichert für einen kurzen Moment, packt dann mein anderes Bein, das noch frei war, und zieht es ebenfalls über sein Bein. Kurz darauf sitze ich auf einem seiner Oberschenkel.

Er nähert sich Winter und schafft somit etwas mehr Platz für Aaron. Der scheint dankbar für den Platz zu sein, ist jedoch verärgert darüber, dass seine Zwillingsschwester derzeit auf dem Schoß seines besten Freundes sitzt.

Colin setzt mich seitwärts, so dass ich einen guten Blick auf Aaron habe.

Colin zieht mich nah an sich heran. Eine seiner Hände ruht auf meiner Hüfte, sein Daumen zeichnet die Umrisse meiner Unterhose nach, die durch die dünne Schicht meiner Leggings spürbar ist.

Da ich nicht weiß, wo ich meine Hände sonst hintun soll, beschließe ich sie einfach auf meine Oberschenkel zu legen. Nur, dass genau dort Colins andere Hand liegt. *Wieso habe ich das nicht bemerkt?*

Aaron ist fast am würgen. Ich muss ihm nur ins Gesicht schauen und ich weiß genau was er denkt.

»Ihr seid wirklich ein Paar?«, fragt Miles und schaut Colin und mich dabei an.

»Denke nicht, Miles. Carter versucht noch nicht mal seine Zunge in ihren Mund zu stecken«, spricht der Typ, von dem ich immer noch annehme, dass er Grey ist. Seine Stimme ist tiefer, als ich dachte.

»Ist es das, was Jungs so machen?«, fragt Mia. »Seht ihr zu, wie eure Freunde rummachen?«

»Rummachen?« Miles lacht. »Ich habe ganze Sex-Tapes von diesen Dummköpfen auf meinem Handy. Die schaue ich mir jeden Abend an, bevor ich schlafen gehe.« Miles versucht ernst zu bleiben, aber genau das verrät, dass er Witze macht. Na ja, *das* und vielleicht weil er nicht aufhören kann über seine eigene urkomische Lüge zu lachen.

»Er macht Witze«, bestätigt Grey.

»Also? Bekomme ich eine ernste Antwort?«

»Wir sehen uns nicht gegenseitig dabei zu, wie der andere rummacht«, sagt Miles. »Irgendwann kennst du halt einfach deine besten Freunde. Dazu gehört zu wissen, wie sie sich um— und mit—Mädchen verhalten. Die einen, die sie einfach ins Bett bekommen wollen, und die Mädchen, für die sie sich wirklich interessieren«

»Ja«, stimmt Aaron zu. »Du kannst mir nicht sagen, dass du nicht weißt, wann Winter mit jemandem nur ins Bett will, oder wann sie eine Beziehung will.« Er schaut sie an, sie schaut zurück mit einem wütenden Blick.

Wenn blicke töten könnten…dann wäre Aaron bereits zwei Meter unter der Erde.

Sie reden noch weiter, aber ich kann mich nicht mehr darauf konzentrieren, denn Colin Carter hat seine Hand hochgeschoben. So hoch, dass sie schließlich unter mein Sweatshirt krabbelt und meine Haut streichelt.

Kapitel 9

»you kept breathing but stopped living«—Birthday Cake by Dylan Conrique

Lily

Wer auch immer das liest,

ich hatte heute eine weitere Panikattacke.
Sie war etwas schlimmer als die von gestern.
Sie werden mit jedem Tag schlimmer, aber ich weiß nicht wieso.
Ich hatte immer mal leichte Panikattacken, aber in letzter Zeit werden sie um einiges schlimmer.
Sie werden intensiver.
Vielleicht ist es die Angst? Aber ich wüsste nicht, wo diese herkommen sollte.
Ich habe keine Angst. Zumindest nicht vor dem Tod.
Ich habe Angst, dass ich nicht mehr sterben will. Bis jetzt will ich sterben, aber was, wenn Colin mich überzeugen kann zu bleiben?
Ich sehe das nicht kommen, aber was, wenn?
Als er mich heute berührte, hat mein Körper in einer Art reagiert, in der ich nicht mal wusste, dass er es kann.
Ich fühlte mich wärmer. Ich fühlte als würde der Schmerz in meinem Herzen weniger werden, weil er da war.

Aber das ist nicht richtig. Das kann nicht richtig sein.
Colin ist Colin. (Sorry, denn ich weiß, dass du das lesen wirst, Colin.)
Vielleicht habe ich Angst überhaupt zu fühlen.
Ich habe mein Leben nicht weiter als bis zu dem 8. Oktober dieses Jahres geplant.
Ich habe keine Pläne für meine Zukunft.
Ich weiß nicht, was ich nach meinem Collegeabschluss machen will.
Ich weiß nicht, wie man lebt.
Ich weiß nicht, wie man lächelt, wie man lacht, wie man glücklich ist.
Aber Colin lässt das alles einfach aussehen.
Er weiß, was er nach dem College machen will.
Er weiß, wie man glücklich ist.
Er weiß, wie man lebt.
Aber ich nicht.
Ich werde das nie wissen.
Und das macht mir Angst.
Ich habe Angst, dass ich, wenn ich bleibe, nur noch im Elend leben werde.
Das ist der Grund, weshalb ich nicht bleiben kann.
Ich will nicht bleiben.
Ich will diesen Schmerz nicht mehr fühlen.
Er ist unerträglich.
Ich kann nicht ohne Tränen einschlafen, und ohne sie aufwachen kann ich auch nicht.
Ich weine immer.
Immer, außer, wenn ich unter Leuten bin.
Aber selbst, wenn ich unter Leuten bin, weine ich manchmal.
Und jetzt weine ich schon wieder. Bravo.
Der Schmerz ist zurück.
Ich will nicht, dass er zurückkommt.
Mach, dass es aufhört. Bitte.
Ich kann das nicht mehr.

Ich sage mir immer wieder, dass es nur noch neun Tage sind.
Acht, wenn man die paar Stunden von heute nicht mehr mitzählt.
Ich werde am neunten Tag tot sein.
Das ist viel zu weit in der Zukunft.
Ich hätte es einfach sofort tun sollen, anstatt mir Zeit für dieses dumme Buch zu nehmen.
Einfach lächerlich.
Ich bin so lächerlich.
Meine Brust tut weh, Colin.
Mein Herz schmerzt.
Ich kann das nicht mehr.
Ich will gehen, aber ich will für dich bleiben.
Ich will bleiben, damit wir mehr von diesen schönen Tagen zusammen haben können.
Es waren gerade mal zwei Tage.
Aber es waren zwei Tage, die ich mehr genossen habe als die zwanzig Jahre, die ich bereits am Leben bin.
Wir haben nicht mal was Aufregendes erlebt. Haben einfach nur Zeit zusammen verbracht, normale Dinge getan.
Aber du hast es mich genießen lassen.
Und heute war es großartig.
Ich mag nun Sonnenaufgänge.
Sie sind wunderschön.
Und Neuanfänge.
Heute war ein Neuanfang.
Aber er wird nicht für immer bleiben.
Dinge sind nicht dafür geschaffen, für immer zu bleiben.
Deshalb ist es okay für mich, Colin bald auf Wiedersehen zu sagen.
Er wird glücklich weiter Leben.
Ich weiß, dass er das wird.
Er ist Colin.
Aber ich würde das nicht.
Ich würde heulen. Und heulen. Und noch mehr heulen.

Colin wird mich verlassen, wenn er mich davon überzeugt hat am Leben zu bleiben.
Ich werde nicht auf ihn reinfallen. Oder auf seine wunderbaren blauen Augen. Gott, ich hasse blaue Augen.
Mein Herz tut immer noch weh.
Es ist schmerzhaft.
Ich bin vom Kämpfen so erschöpft.
Ist es nicht lustig, wie einem Leute täglich in die Augen schauen, und doch sehen sie nicht, dass man kurz davor ist zu weinen? Dass du deine Tränen nur zurückhälst?
Kannst du dir vorstellen, wie anstrengend das ist?
Kannst du dir vorstellen, wie schmerzhaft es ist, ständig erschöpft zu sein und vorzutäuschen, den ganzen Tag der fröhlichste Mensch auf Erden zu sein? Bis du alleine bist, im Bett liegst und endlich zusammenbrechen kannst?
Wer auch immer das liest, bitte versteh, dass es mir wehtut.
Ich spüre nicht die Art von Schmerz, die mit der Einnahme von Advil verschwindet.
Es sind keine Schmerzen, die ein Arzt verschwinden lassen kann.
Klar, ich habe meine Medikamente, die mir helfen sollen. Wenn diese denn helfen würden.
Jeder einzelne meiner Tage fühlt sich an, als würde ich auseinanderfallen.
Ich verbringe jeden Tag damit, die Stücke aufzuheben, die den ganzen Tag über abgefallen sind, nur um diese wieder zusammenzukleben. Aber was einmal kaputt ist, kann nie wieder ganz sein.
Egal wie viel Kleber ich auf meine gebrochenen Stücke gebe, ich werde mich nie wieder ganz fühlen.
Jeden Tag flehe ich die Kreatur an, die mich im Spiegel anstarrt, einfach eine Weile länger durchzuhalten.
Ich bitte mich darum, stark zu bleiben.
Ich sage mir immer wieder, dass es besser werden wird.
Das sage ich mir seit Jahren.

Es ist nie besser geworden.
Also, sag du mir, was soll ich tun?
Lebe ich weiter mit den Schmerzen? Soll ich mich weiterhin so fühlen, als würde nichts Sinn ergeben? Zerschmettere ich weiterhin mein Herz, indem ich auf was Besseres hoffe, nur um wieder enttäuscht zu werden?
Oder gebe ich auf, beende meinen Schmerz, mein Leiden und gehe in eine andere Dimension?
Eine Dimension, in der ich mich nicht so fühlen muss.
In der ich mich nicht jede Nacht in den Schlaf weinen muss.
Eine Welt, in der die Leute nicht sagen: »Nun, wenn es dir schlecht geht, musst du auch wissen wieso.«
Eine weitere Sache, die ich nicht verstehen kann.
Wenn ich sage, dass ich mich nicht wohl fühle, weiß ich nicht immer warum. Eigentlich weiß ich kaum, warum es mir nicht gut geht. Mir geht es nicht gut, was ist daran nicht zu verstehen?
Aber die Leute sagen mir, dass ich einen Grund haben muss.
Habe ich aber nicht.
Es tut weh, wenn sie mir das sagen. Es lässt mich wertlos und dumm erscheinen, als wäre etwas wirklich falsch mit mir.
Sie verstehen mich nicht. Sie wollen mich nicht verstehen.
Das tut niemand.
Also, sag mir;
bleibe ich, und fühle mich weiterhin wertlos, oder gehe ich und bete zu Gott, dass ich glücklicher dort sein werde, wo auch immer ich nach dem Tod lande?

Lily

Kapitel 10

»I'd do anything for my bippity-boppity-boo«—Find my Way To You by Miles Parrish, Shalom Margaret

Colin

ALS DIE LETZTE UNTERRICHTSSTUNDE FÜR heute vorbei ist, begebe ich mich nach Hause. Ich kann es kaum erwarten, ein gutes Nickerchen zu machen. Heute war echt heftig. All das Lernen und Nachdenken über Lily ist echt anstrengend.

Ich bin mir nicht einmal sicher, ob ich mir mehr Sorgen mache, dass Lily sich jeden Moment umbringt oder sie schlussendlich am Leben bleibt und mich dann abschiebt.

Es ist definitiv seltsam.

Aber ich versuche nicht daran zu denken. Lily ist eine großartige Freundin für mich. Vielleicht würde ich sie zu diesem Zeitpunkt sogar als meine beste Freundin betrachten. Was komisch ist, da ich bereits drei beste Freunde habe. Einer davon ist ihr Zwillingsbruder, der—*wenn ich ehrlich bin*—mein Favorit unter diesen drei Idioten ist, die ich als meine besten Freunde bezeichne.

Etwas an Lily ist erfrischend. Aber es stört mich, dass ich sie nicht mehr lange in meinem Leben haben werde. Das wird so sein, wenn ich sie nicht umstimmen kann.

Als ich zu Hause ankomme, mache ich mich auf den Weg in mein Schlafzimmer. Ich habe nicht viel Zeit, bevor ich wieder losmuss.

Mein Vater lässt das Team um 16 Uhr zum Training in die Arena kommen, wenn ich zu spät komme, wird er mich wahrscheinlich eine zusätzliche Stunde trainieren lassen. Er war nicht begeistert, dass ich das gestrige Training verpasst habe. Glücklicherweise schien er weniger wütend zu sein, als ich ihm sagte, dass ich bei Eira war.

Ich weiß, dass ich meine Schwester nicht als Ausrede verwenden sollte, um das Training ausfallen zu lassen, aber es war nicht einmal eine Lüge. Ich habe sie wirklich besucht.

Aber um ehrlich zu sein, trotz allem, was ich Lily gesagt habe, wollte ich, dass sie Eira trifft. Ich hatte irgendwie gehofft, dass es Lilys Gedanken durcheinander bringen würde.

Ich bin mir bewusst, wie beschissen das klingt.

Ich habe keine Ahnung, was suizidgefährdete Menschen durchmachen. Ich weiß nicht, was sie glücklich machen würde, oder was sie dazu bringen kann, sich nicht das Leben zu nehmen.

Es war eine sehr egoistische und dumme Entscheidung. So viel gebe ich zu.

Aber vielleicht denkt Lily über das, was ich ihr von Eira und ihrer Faszination mit dem Tod erzählt habe mal nach.

Leider kann ich Lilys Gedanken nicht lesen, also werde ich nie wissen, ob sie darüber nachgedacht hat. Ich werde nie wissen, ob sie an ihrer Entscheidung gezweifelt hat, auch wenn es nur für eine Sekunde war. Abgesehen von meinem Wunschdenken kennt Lily nicht einmal die Hälfte der Wahrheit.

Lily und ich haben nicht mehr miteinander gesprochen, seit wir uns in der Cafeteria begegnet sind. Okay, »begegnet« ist ein wenig untertrieben.

Lily saß am Ende eine Stunde lang auf meinem Schoß, bevor sie zu ihrer nächsten Stunde gehen musste. Ich lüge nicht einmal, wenn ich sage, ich war ziemlich enttäuscht als sie ging.

Das Denken an sie erinnert mich an etwas. Ich habe noch eine andere *Sache* für heute geplant. Natürlich bin ich mir bewusst, dass ich Lily heute Morgen bereits abgeholt habe, aber sie hat mir nur acht Tage statt neun gegeben, also erlaube ich mir heute ein zusätzliches Date.

Wen will ich verarschen? Ich habe für heute nichts mehr geplant. Ich möchte nur sicherstellen, dass Lily nicht noch früher stirbt.

Colin: Triff mich um 18 Uhr in der Arena. Ich führe dich aus.

Lily: Du hast mich heute schon mal raus gezwungen. Deine Zeit für heute ist vorbei. Spar dir den Rest für Morgen.

Colin: Ich hatte gestern wenig Zeit, was bedeutet, dass ich heute mehr habe.

Lily: Ich werde nicht aufs Eis gehen.

Ich kichere. Sie ist so bezaubernd und denkt, dass ich sie nicht eventuell wieder aufs Eis bekommen würde. Aber Lily hat Glück, denn ich habe heute Abend nicht vor, sie aufs Eis zu zerren.

Colin: Warum? Kannst du etwa nicht Schlittschuhlaufen?

Ich weiß, dass sie skaten kann. Ich habe es in ihrem Tagebuch gelesen.

Lily: Du hast den Nagel auf den Kopf getroffen, Dummkopf.

Colin: Nun, mach dir keine Sorgen, Lilybug. Ich bin ein ausgezeichneter Skater. Und du auch, Lügnerin.

Lily: Aw, ich habe vergessen, dass du mein unalive journey 101 gelesen hast. Aber im Ernst, ich skate nicht mehr. Ich habe Angst vorm Eislaufen entwickelt.

Colin: Lügnerin. Ich lasse es vorerst durchgehen, wenn du um 18 Uhr in die Arena kommst.

Lily: Gut, was auch immer. Muss ich mir dafür irgendwas Besonderes anziehen?

Colin: Hm...ja. Trag mein Hockey-Trikot.

Lily: Nackt, verstanden. Vergiss die Kondome nicht. x

Ich brauche einen Moment, um mich daran zu erinnern, dass ich atmen muss. Nicht für eine Minute hätte ich gedacht, dass Lily so direkt sein kann. Ich wusste, dass Lily anders sein kann. Aber so direkt? Das habe ich nie kommen sehen.

»Carter, wir haben eine Überraschung für dich!«, schreit Zachery mit so viel Enthusiasmus, wie er nur aufbringen kann, als ich die Umkleide betrete.

Eine Überraschung von diesem Team kann nichts Gutes bedeuten. Eigentlich machen wir im Team keine Überraschungen. Und wenn doch mal eine geplant ist, dann ist es nie etwas Gutes.

Das bedeutet, was auch immer deren »Überraschung« ist, ist wahrscheinlich eher eine Strafe. *Oh, Heilige McChicken Nuggets*.

»Setz dich hin, Captain«, sagt Parker Griffin, unser Goalie. Ich beschließe zu meinem eigenen Wohl zu gehorchen. Diese Jungs sind zu allem fähig. Und ich meine *wirklich* zu allem.

»Wir haben schon vorab mit dem Coach gesprochen. Er weiß Bescheid, also besteht keine Notwendigkeit, die *dad-card* zu spielen«, teilt Aaron mir mit und spricht extra laut, damit das gesamte Team ihn hören kann. Es würde nicht einmal einen Unterschied machen, ob sie etwas hören oder nicht, denn sie wissen bereits, was gleich mit mir passieren wird.

Dem Grinsen auf ihren Gesichtern nach zu urteilen, bin ich mir nun umso sicherer, dass dies eine Strafe für mich ist. Ich hatte es bereits vermutet, aber jetzt bin ich hundertprozentig davon überzeugt, dass ich am Ende des Tages ein Körperteil verlieren werde.

»Du bist gestern nicht zum Training erschienen«, fährt er fort. »Was war so wichtig?«

Ich zögere nicht zu antworten. »Meine Schwester.«

Mein Team weiß von Eira und dass sie Krebs hatte.

Dieses Team ist für mich wie eine zweite Familie. Wir sind alle ein wenig verrückt und sagen es den anderen, wenn einer dummes Zeug anstellt. Verdammt, manchmal werfen wir uns Beleidigungen an den Kopf. Aber wir halten zusammen, wie Kaugummi an der Unterseite eines Schuhs.

Das heißt, es sind entweder wir alle oder überhaupt keiner von uns. Wie gesagt, wir sind wie ein Pauschalangebot. Das ganze Team.

Sicherlich haben wir alle unsere kleinen Grüppchen. Ich habe auch meine. Aber das bedeutet nicht, dass der Rest des Teams nicht zum Paket gehört.

»Du hast Training für deine Schwester verpasst?« Aaron sorgt dafür, dass er das richtig verstanden hat. »Nicht für meine?«

Das Team fängt an zu lachen.

Warst du schon einmal umgeben von einundzwanzig Jungs und alle lachen dich nur aus? Nein? Ich auch nicht. Bis jetzt.

»Ana ist nicht gerade das altersgerechte Mädchen für mich. Sie ist erst sechzehn.«

»Aber Lily ist altersgerecht. Sie ist zwanzig, fast einundzwanzig.« Kaiden zwinkert mir mit einem bösen Grinsen im Gesicht zu. Ich gehe davon aus, dass Aaron dem Team gesagt hat, dass er eine Zwillingsschwester hat. Es war sowieso längst überfällig.

Ich räuspere mich, denn ich weiß absolut nicht, was ich sagen soll.

»Du erinnerst dich an die unausgesprochenen Regeln, oder?« Aaron übernimmt wieder. »Unausgesprochene Regel Nummer eins: Die Nicht-Teilnahme am Training für ein Mädchen wird nicht ungestraft bleiben.«

»Es ist eine unausgesprochene Regel. Wie soll ich mich daran erinnern?«, frage ich. »Und ich habe unser Training nicht wegen Lily verpasst. Ich war in New York bei Eira.«

Natürlich weiß ich, wie ich mich an eine Regel erinnern soll, die noch nie erwähnt wurde.

Diese »unausgesprochenen Regeln« sind nicht allzu unausgesprochen.

Ich selbst habe sie mir ausgedacht. Sie sind eigentlich alle schriftlich festgehalten. Insgesamt fünfundzwanzig *unausgesprochene* Regeln.

Über diese wird nicht gesprochen, aber jeder kennt sie. Als ich zum Captain gewählt wurde, sorgte ich dafür, dass wir einige Regeln hatten, an die sich das Team halten soll. Wir brauchten Regeln, dem Captain vor mir war das Team egal. Ihm war nur Er selbst wichtig, und er wollte Gewinnen.

Ich wollte ein Team, das tatsächlich zusammenhält. Ein Team, dass sich umeinander kümmert. Ein Team in dem jeder für jeden da ist.

Also habe ich mir einige Regeln ausgedacht.

Jedes Teammitglied hat eine Liste bekommen, die er auswendig lernen sollte. Wir nannten sie die »Teammitglied-Anforderungen.« Die meisten Regeln waren anfangs Witze. Regeln wie »springe nie allein in einen Pool auf einer Party« waren nicht dazu gemacht, um ernstgenommen zu werden. Aber das Team nahm die Regeln ernst. Das bedeutet, wir halten uns nun an sie.

»Oh, ich weiß«, sagt Aaron kichernd. Er hat bestimmt vorab mit Lily gesprochen, um den Beweis dafür zu erhalten, dass ich bei ihr war. Aber das bedeutet auch, dass er weiß, dass wir auch bei Eira waren. »Aber was ist mit Regel Nummer zehn?«

Unausgesprochene Regel #10: Geschwister von Teamkollegen sind off-limits.

»Oh, fick dich, Aaron«, sage ich. »Du hast mir das Okay gegeben, erinnerst du dich?« Und außerdem gehe ich nicht einmal mit Lily aus. Wir sind kein Paar oder werden es jemals sein. Ich will nur, dass sie am Leben bleibt und sieht, dass es sich Lohnt ab leben zu bleiben.

Das Problem ist, ich kann ihm das nicht sagen.

»Du bist ein komplettes Arschloch, aber ich weiß, dass du gut zu ihr sein wirst.« Aaron lächelt mir kurz zu, bevor sein Lächeln in eines vom Teufel höchstpersönlich wechselt. »Aber du wirst dich trotzdem der Strafe stellen müssen.«

»In Ordnung, verprügelt mich schon.«

Eine weitere Runde an Gelächter bricht aus.

Was auch immer sie sich als meine Bestrafung ausgedacht haben, mich zu verprügeln entspricht eindeutig nicht ihrem Vorhaben.

»Wir dachten, du benötigst einen Garderobenwechsel.« Das Grinsen auf Aarons Gesicht erweitert sich, genauso wie das der anderen Jungs.

Das sieht nicht gut für mich aus.

»Nur damit du es nochmal weißt, für den Coach ist das okay«, erinnert mich Aaron.

Nur wenige Augenblicke später geben mir zwei meiner Teamkollegen jeweils ein Kleidungsstück. Grey übergibt mir ein weißes, kurz geschnittenes Oberteil, das stark danach aussieht, als wäre es viel zu klein für mich. Zac übergibt mir ein dazu passendes Tutu. Ein weißes Tutu, in dem ich mir den Arsch abfrieren werde.

Aber das sind noch nicht die Highlights.

Als Grey und Zac ein Stück zurück gehen, kommt Aaron in mein Blickfeld. Er hält ein Paar weiße Feenflügel in seinen Händen. Ich weiß, dass sie von einem Feenkostüm stammen, da diese meiner Schwester gehören.

»Ihr wisst schon, dass ich mir in dem Outfit ein paar Knochen brechen, oder an einem Kälteschock sterben könnte, oder?«

Sie zucken mit den Achseln. Sie zucken einfach mit den Achseln und brechen dann in schallendes Gelächter aus, als wäre dieses Kostüm das urkomischste Ding aller Zeiten.

Das ist es, soviel muss ich zugeben. Wenn ich nicht derjenige wäre, der auf dem heißen Stuhl sitzt.

»Komm schon, Märchenprinzessin, zieh dich an«, sagt Aaron und schwingt einen Zauberstab herum, bevor er damit meine Nasenspritze berührt. Dann macht er sich so schnell wie möglich auf den Weg zu seinem Spind.

Das Gelächter hört nicht auf. Tatsächlich finden meine Teamkollegen mit jedem Kleidungsstück, das ich ausziehe, die ganze Sache nur noch witziger. Als ich nur noch in meinen Boxershorts dastehe und das *tolle* Kostüm anziehen muss, sterben sie fast vor Lachen.

Aber ich mache keinen Rückzieher. Niemals. Also quetsche ich mich in die viel zu enge Kleidung und versuche diese so männlich wie möglich zu präsentieren. Als das nicht funktioniert, beschließe ich meine innere Prinzessin zu entfesseln. Oder meine innere Fee.

Macht mich das jetzt zur *Guten Fee*?

Ich meine, ich bin der Team Captain in einem Feenkostüm. Das macht mich definitiv zur Guten Fee. Nun, wo ist meine Cinderella?

Gerade als ich denke, es könnte nicht schlimmer werden, passiert es.

»Los, einer muss ein Foto davon machen!«, schreit Grey und erhebt seine Hände, um ein Megafon nachzuahmen.

Ich zeige Grey den Mittelfinger, aber lasse dann meinen fotogenen Genen freien Lauf und posiere für einige großartige

Bilder, obwohl ich mir voll bewusst bin, dass diese Dummköpfe sie später im Internet veröffentlichen werden.

Aber, hey, was ist ein Team ohne etwas Spaß, richtig?

»Da wir nicht wollen, dass du verletzt wirst«, beginnt Kaiden. Während er zu mir herüberkommt, versteckt er seine Hände hinter dem Rücken. »Wir haben dafür gesorgt, dass du einen Helm hast.« Kaiden zeigt mir einen Helm, den sie für mich vorbereitet haben.

Es ist ein schlichter weißer Helm, der zum weißen Top und dem weißen Tutu passt. Aber was neu ist, ist die Papierkrone, die direkt auf den Helm geklebt ist.

»Danke, Leute. Das ist fantastisch!« Ich nehme den Helm mit Stolz an, setze ihn auf und posiere weiterhin für Fotos. »Warte, habe ich auch ein paar tolle neue Schlittschuhe bekommen?«

»Sehen wir reich aus oder so?«, fragt Aaron.

»Um ehrlich zu sein…das tust du.« Es ist schon *irgendwie* die Wahrheit. Aaron Marsh sieht nicht direkt reich aus, aber was bedeutet überhaupt »reich aussehen?«

Ich weiß, dass seine Familie verdammt viel Geld hat. Sein Vater ist Anwalt und seine Mutter, die, wie ich jetzt weiß, seine Stiefmutter ist, arbeitet als Herz-Thorax-Chirurgin.

»Fick dich, Mann.«

»Das würde ich, aber dafür habe ich deine Schwester«, lüge ich.

Aaron verspannt sich und seine Hände ballen sich zu Fäusten. Für eine Sekunde denke ich, dass ich zu weit gegangen bin, das bin ich bestimmt, aber noch geht er nicht auf mich los. Seine Lippen formen sich zu einer dünnen Linie als würde er darüber nachdenken, was er sagen soll.

»Sie schläft nicht mit dir«, sagt er am Ende. »Ich würde es wissen. Winter würde mir das sagen.«

»Nicht, wenn Lily nicht mit ihr redet.«

»Winter müsste dich zuerst entblocken, bro«, fügt Miles hinzu. Die anderen Jungs bleiben ruhig und entscheiden sich nur hin und wieder zu kichern, anstatt sich mit Aaron anzulegen.

»Ja«, stimme ich zu, »Was ist überhaupt zwischen euch beiden los? Ist es offiziell vorbei?«

»Es ist schon eine Weile vorbei. Sie hat das Memo nicht bekommen.« Aaron zieht sich sein Hemd aus und ist von diesem Gespräch völlig unbeeindruckt. »Sie ist ein guter Fick, aber nichts langfristiges. Sie ist zu aufgeweckt und dramatisch.«

»Ich habe den dramatischen Teil gesehen«, gebe ich zu. »Du weißt, dass sie Lily verrückt macht, oder?«

»Nun, Lily ist zwanzig Jahre alt, sie kann mit jemandem wie Winter umgehen.«

»Das bezweifle ich«, murmle ich unhörbar.

Ich ziehe meine Schlittschuhe an, schnappe mir meinen Hockeyschläger und verlasse die Umkleidekabine zusammen mit dem Rest des Teams. Ich bin sicher, dass ich es heute nicht ohne Tonnen von blauen Flecken hier raus schaffen werde, aber das ist in Ordnung.

Ich bete nur, dass ich am Ende des heutigen Trainings immer noch jeden Teil meines Körpers habe.

»Colin!«, ruft Coach Carter aus. »Beweg deinen Arsch hierher!« Durch den Klang seiner Stimme beginne ich zu bezweifeln, dass dies von ihm genehmigt wurde. Er ist verärgert.

Ich skate schnell zu meinem Vater und halte etwas Abstand zwischen uns, falls ich um mein Leben rennen muss.

»Ich nehme an, du wusstest hiervon nichts?«

»Doch, doch«, lacht er. »Ich habe dir die Flügel besorgt. Eira will ein Bild als Beweis dafür, dass du sie tatsächlich getragen hast.«

»Natürlich will sie das.«

»Colin, du musst versprechen, dass du jetzt gleich nicht abhauen wirst«, sagt er in einem sanften Ton. Es ist beängstigend. Mein Vater spricht selten so. Nur wenn er schlechte Nachrichten für mich hat.

Es ist nicht so, dass Tobias Carter ein Bösewicht ist. Mein Vater hat seine Momente. Er ist ein großartiger Vater, und war schon immer mein Vorbild, solange ich mich erinnern kann.

Zumindest als ich ein Kind war. Aber er hat auch seine aggressiven Momente. Er lässt seine Wut jedoch auf dem Eis raus, nie an Menschen in seiner Nähe.

Mit Ausnahme seines Teams.

Wenn Tobias Carter schlecht gelaunt ist, foltert er seine Hockeyspieler. Das bedeutet intensiveres Training.

»Was ist passiert?«

»Deine Mutter musste mit Eira ins Krankenhaus«, sagt er. »Es geht ihr den Umständen entsprechend gut. Sie durfte wieder nach Hause, aber sie darf nicht mehr so viel Besuch bekommen, sie braucht Ruhe.«

»Soll das heißen, dass ich nicht mehr nach Hause kommen kann, um sie zu besuchen?«

»Gott, nein. Du kennst doch deine Schwester…sie würde uns den Kopf abreißen, wenn wir ihr verbieten würden, ihren Lieblingsbruder zu sehen.«

»Also, was meinst du dann?«

»Sie wird es am Freitag nicht zu deinem Spiel schaffen.«

»Warum hast du das nicht sofort gesagt, anstatt mir einen halben Herzinfarkt zu verschaffen«, sage ich ihm.

»Ich weiß, dass du es hasst, wenn Eira es nicht zu deinen Spielen schafft—«

Ich unterbreche ihn. »Papá. Das Einzige, was wichtig ist, ist dass sich Eiras Zustand nicht verschlechtert. Wir können nicht riskieren, dass sie ihr Leben verliert. Es ist schlimm genug so wie es ist. Glaubst du wirklich, dass ich mich darüber aufregen würde, wenn sie mein Spiel verpasst?«

Er lächelt mich an, bevor er mich umdreht, mir auf die Schulter schlägt und mich entlässt.

»Wir beginnen mit Aufwärmübungen!« Er pustet in seine Pfeife, um den Beginn des Trainings zu signalisieren.

Mein Vater zwingt uns zu einem viel längerem Aufwärmtraining als je zuvor.

Normalerweise machen wir für einige Minuten Streckübungen, um unseren Kreislauf in Schwung zu bringen, vielleicht schießen wir auch einen Puck ins Tor, einfach so. Ohne Goalie. Aber diesmal nicht. Der Coach lässt uns eine Stunde lang auf und ab skaten, so schnell wir nur können. Und wenn wir ihm zu langsam sind, müssen wir es wiederholen. Immer und immer wieder.

Zwei Stunden vergehen, die meisten Jungs sitzen auf dem Eis und protestieren, denn sie wollen nicht mehr weiter machen. Wir arbeiten momentan daran, den Puck »auf die richtige Weise« zu schießen. Aus irgendeinem Grund haben sich unsere Goalies heute dazu entschlossen, nicht auch nur ein Tor zu kassieren.

Schau, wäre dies ein Spiel gegen ein anderes Team, so wäre das gut, großartig sogar. Aber nicht zuzulassen, dass wir, ihre eigenen Teamkollegen, diese verdammten Pucks ins Tor schießen, wenn wir bereits kurz davor stehen auf dem Eis zu sterben, ist einfach fies.

Und da das Team es nicht schafft, auch nur einen Puck ins Tor zu bekommen, treibt Coach Carter uns weiter voran. »Ihr werdet erst gehen, wenn alle von euch mindestens ein Tor geschossen haben«, sagte er vor einer halben Stunde.

Eine Stunde später will die Hälfte des Teams fliehen und nie wieder einen Fuß auf dieses Eis setzen. Oder irgendein Eis.

»Gut, ihr könnt was trinken, bleibt hydriert. Und dann bringt ihr eure nicht so bescheidenen Ärsche wieder hierher!«, schreit er und entlässt uns für höchstens fünf Minuten.

Ich beobachte, wie meine Teamkameraden zum Ausgang skaten, losrennen, um etwas Wasser in ihr System zu bekommen. Ich bleibe auf dem Eis. Zumindest bis ich das gleiche blonde Haar entdecke, das ich vor fünf Tagen bereits an derselben Stelle gesichtet habe.

Lily ist hier.

»Wie spät ist es?«, frage ich meinen Vater.

Er schaut auf sein Handy und sagt, »17:42 Uhr, warum?«

»Erlaubnis, jemandem ganz schnell Hallo zu sagen?«

Ich beobachte, wie mein Vater durch die Arena schaut und versucht, diesen »jemand« zu finden. Als er Lily endlich entdeckt, lacht er leise und gestikuliert mit seinem Körper auf und ab. »Bist du sicher, dass du *ihr so* Hallo sagen willst?«

»Lily hat schlimmere Tage gesehen«, sage ich und gebe ihm einen bittenden Blick. Wenn er bei Eira funktioniert, sollte es auch bei ihm gehen.

Spoiler: Das tut er nicht.

»Hör auf mich mit diesen Welpen-Hundeaugen anzusehen, mein Sohn.« Er schüttelt den Kopf. »Du willst pro gehen, Colin. Da kannst du nicht einfach für irgendein Mädchen das Eis verlassen.«

»Aber sie ist nicht nur *irgendein* Mädchen, Papá.« Das ist die Wahrheit. Lily ist nicht nur irgendjemand für mich. Sie ist viel mehr als das.

»Zwei Minuten.«

Ich verschwende keine weitere Zeit und skate sofort zum Ausgang auf der anderen Seite des Eises und laufe auf Lily zu. Während ich auf sie zu laufe, beschließe ich, dass es eine gute Idee wäre, meine Handschuhe auszuziehen. Diese Handschuhe zwängen mich etwas ein. Oder besser ich möchte einfach nur ihre Haut auf meiner spüren. So oder so bin ich damit zufrieden, diese für einen Moment auszuziehen.

Lily scheint mich erst zu bemerken, als ich direkt vor ihr stehe.

»Süßes Outfit«, lügt sie und beißt auf ihre Unterlippe, um zu verhindern, dass ihr ein Lachen herausrutscht. »Du schuldest mir ein neues Oberteil.«

Ich atme scharf ein. »Das gehört dir?«

Schließlich kommt ein kleines Lachen aus Lilys Mund.

Sie nickt. »Aaron rief mich an und fragte, ob ich ein kurzes Oberteil hätte, dass ich nicht mehr benötige.«

»Verräter.«

»Es gefällt mir. Dieses Kostüm passt zu dir.«

»Tut es das?«

»Solltest du nicht auf dem Eis sein?«, fragt Lily. »Deine Teamkameraden starren uns schon an.«

»Lass sie. Es ist ja nicht so, als würden wir hier verbotene Dinge tun.«

»Welche wären?«

Ich antworte nicht. Stattdessen schaue ich sie einfach an. Lily ist die Art von Person, die ich den ganzen Tag lang nur anschauen könnte und mich nie langweilen würde. Sie ist so unglaublich hübsch, aber das ist ja nicht einmal wichtig. Ich schaue sie aus irgendeinem Grund einfach gerne an.

Ich nehme Lilys Hände in meine und streichle über ihre Finger. Sie hat ein paar blaue Flecken, und ich wüsste gerne, woher diese stammen. Aber ich frage nicht nach.

»Ist dir nicht kalt?« Ihre grünen Augen blicken in meine. Sie sieht besorgt aus, das lässt mein Herz schmelzen.

»Nicht all zu sehr. Die Bewegung hält meinen Körper ziemlich warm.«

Sie seufzt. »Richtig.«

Ich weiß, dass Lily früher Eiskunstläuferin war, aber ich verstehe nicht, weshalb sie damit aufgehört hat, wenn sie es immer noch liebt.

»Ich sollte in einer halben Stunde draußen sein. Ich muss nach dem Training erstmal noch duschen, aber ich werde mich beeilen, versprochen.«

»Diese Dusche hast du echt nötig, Mr. Stinky.«

»Das tue ich tatsächlich. Das Training endet in zehn Minuten. Du wartest, bis ich zurück bin, oder?«

»Nein.«

Ich hebe meine Augenbrauen. Sie *muss* warten, ich werde nichts anderes akzeptieren. Lily schaut von mir weg, ihre Augen sind auf meine Teamkollegen gerichtet, die ihre Nase wahrscheinlich gegen die Glasscheiben drücken, um so viel wie möglich zu sehen. *Neugierige Ärsche.*

Ich nehme meinen Helm ab, weil ich Lily unbedingt einen Kuss auf die Stirn geben will. Es ist irgendwie zu meinem Ding geworden, dass ich das gerne mache. Zumindest, wenn es um Lily geht.

»Colin! Bring deinen Arsch wieder hierher!«, höre ich meinen Vater schreien, aber ich weigere mich ihm ausgerechnet jetzt Aufmerksamkeit zu schenken.

»Hast du das gehört, Dummkopf? Deine Anwesenheit auf dem Eis ist gefordert«, sagt Lily.

»Pech, denn ich bleibe viel lieber hier bei dir.« Ich lege meinen Zeigefinger unter ihr Kinn und meinen Daumen direkt darauf, während ich ihren Kopf leicht zu mir ziehe. Ich beuge mich leicht runter und gebe ihr einen langsamen und zarten Kuss auf die Stirn. Ihre Haut ist warm auf meinen Lippen und füllt meinen Körper irgendwie mit einer Art von Wärme, die ich noch nie zuvor gefühlt habe.

Bevor ich zurück aufs Eis gehe, bemerke ich, dass Lily auf ihre Unterlippe beißt und versucht ihr Lächeln zu verbergen. Sie scheitert mies daran.

Ich streichle mit meinen Daumen über ihre Lippen und befreie Lilys Unterlippe von ihren Zähnen. »Versteck dein Lächeln nicht. Es ist zu schön, um versteckt zu werden«, flüstere ich.

»Du musst gehen. Coach Carter wird wütend sein.«

»Er ist mein Vater. Er wird immer irgendeinen Grund finden, um wütend zu sein.«

»Ja, aber, Colin das hier ist *dein* Ort. Du gehörst hierher. In eine Arena, um Hockey zu spielen. Du willst pro gehen, oder?« Ich nicke. »Dann solltest du die ganze Zeit auf dem Eis nutzen, die du bekommen kannst, damit du besser wirst.«

»Sagst du gerade, dass ich schlecht bin in dem was ich tue?«

»Überhaupt nicht. Aber es ist immer Platz, um sich zu verbessern«, spricht sie sanft.

»MÄRCHENPRINZESSIN!«, schreit einer meiner Teamkollegen. Sehr wahrscheinlich Grey.

Lily lacht. »Ich liebe deinen neuen Spitznamen.«

»Mein neuer Spitzname ist ›die Gute Fee.‹ Ich werde absolut nichts anderes akzeptieren«, sage ich ihr.

»Das ist ja noch schlimmer.«

Ich greife nach Lilys Wasserflasche und nehme ein paar Schlücke. Sie scheint nichts dagegen zu haben. Und selbst wenn es so wäre, wäre es mir egal.

»Nicht, wenn du mich so nennst.« Ich zwinkere ihr zu und drehe ihr Gesicht zur Seite.

Ich beuge mich gerade genug, damit ich ihre Wange küssen kann, aber Lily hat andere Pläne.

Mein Mund ist einen Zentimeter von ihrer Wange entfernt als Lily ihren Kopf dreht und sich mir zuwendet. »Was hast du—«

Unsere Lippen treffen sich. Es kommt völlig unbeabsichtigt und ungewollt, als ihre weichen Lippen auf meine treffen, und ich denke nicht länger darüber nach, wer um uns herum ist. Alles, was mir wichtig ist, ist Lily. Lily und ihre Lippen, die mit meinen verbunden sind. Dieselben Lippen, die kribbelnde Funken durch meinen Körper senden und eine Hitze, die vor einer Minute in mir aufstieg, mit fünf multipliziert.

Das ist ein ganz neues Gefühl für mich. Noch nie habe ich gespürt, wie dieser Strom durch meine Adern fließt, wenn ich jemanden küsste.

Ich habe gehört, dass das passieren kann. Habe auch darüber gelesen, aber es selbst noch nie erlebt. Vor allem nicht bei solch einem Kindergarten-Kuss.

Es ist mehr, als sich aufgeregt zu fühlen. Es ist intensiver und atemberaubender auf eine Art und Weise, die ich kaum beschreiben kann.

Es ist *mehr.*

Alles um mich herum existiert nicht mehr. Wir sind nicht in einer Eishalle. Es schauen uns gerade nicht alle einundzwanzig meiner Teamkollegen sowie mein Vater beim Küssen zu.

Es sind nur Lily und ich da. Zwei *Freunde,* die sich versehentlich küssen.

Aber warum will ich ihre Lippen dann nicht verlassen? Warum will ich sie näher heranziehen und intensiver spüren und küssen?

So sehr ich es auch bedaure mich von ihr zu trennen, aber ich weiß, dass ich es muss.

Dies war ein Unfall. Es sollte nicht passieren. Lily und ich sollten uns nicht küssen. Wir sind Freunde. Freunde küssen sich nicht.

Ihre Wangen sind gerötet, als ich sie wieder ansehe. Ich hoffe, dass sich jetzt nicht etwas ändern wird.

Eindeutig ist ihr das Ganze hier peinlich und ich hasse es, dass sie es so empfindet.

Ein Teil von mir hofft, dass sie das gleiche Kribbeln ihren Rücken runterlaufen spürt wie ich es tue; dass ihr Körper sich mit meinem infiziert, wie meiner sich mit ihrem. Gleichzeitig hoffe ich, dass dies ihr nichts bedeutet. Denn wenn es so wäre, würde dies meine nächsten geplanten »Dates« um einiges erschweren.

Kann man diese überhaupt als »Dates« bezeichnen?

Ich bin mir bewusst, dass ich viel darüber scherze. Ich nenne sie manchmal sogar meine Freundin, mit dem Wissen, dass sie das nicht ist.

Was bedeutet das? Warum interessiert mich das eigentlich, ob sie stirbt oder nicht?

Klar, jetzt da ich Lily kennengelernt habe, interessiert mich das. Aber warum war es mir am Anfang sofort wichtig?

Ich wette, das liegt alles an Aiden. Er hat mir beigebracht, dass ich mich um meine Mitmenschen kümmern, und mich nicht in Ruhm und Geld verlieren soll. Aiden und Lily sind jedoch zwei völlig unterschiedliche Menschen für mich. Aiden war meine Verantwortung. Und Lily habe ich zu meiner gemacht. Jetzt ist sie mir zu wichtig, um aufzuhören.

Ich will, dass sie lebt. Ich brauche sie am Leben. Ich will, dass sie atmet und weiterlebt. Sie muss hierbleiben, mit Aaron, ihrer Familie und ihren Freunden.

»Du wirst auf mich warten, oder?«, ich wiederhole meine schon einmal gestellte Frage. Sie muss mir sagen, dass sie jetzt nicht weglaufen wird.

Sie räuspert sich, schaut auf den Boden und meidet meine Augen. »Ich, ähm, sicher.«

»Lily.« Ich seufze. »Wir wollten nicht, dass dies geschieht. Lass es uns nicht komischer machen als es ist, okay?«

»Es ist nicht komisch. Alles ist gut.«

Irgendetwas sagt mir, dass sie lügt. Sie vermeidet immer noch meinen Blick.

Ich schaue schnell auf das Eis und sehe, wie meine Teamkollegen sich darüber lustig machen, was gerade hier passiert ist. Griffin macht den einfach *making-out*-mit-sich selbst-move. Aaron rollt die Augen. Grey grinst wie ein Idiot, denn er kennt mich nur zu gut.

Ich schaue zu meinem Vater, nur um ihn lächeln zu sehen. Es ist das gleiche Lächeln, das Grey mir gibt, nur dass es so viel mächtiger ist, wenn es von dem Mann kommt, dem ich alles schulde.

Er winkt mir ab und sagt mir damit, dass ich gehen kann.

Ich packe Lilys Hand und ziehe sie vom Sitz. Sie stößt einen Schrei aus, ist aber sofort wieder still, nachdem ich sie hochziehe. Sie protestiert erst, als ich aufs Eis gehe.

»Ich gehe nicht aufs Eis«, sagt sie in einen warnenden Ton. »Colin, ich werde dich beißen.«

»Mach ruhig, Lilybug.« Ich hebe sie vom Boden und halte sie kurz in meinen Armen, bevor ich sie über meine Schulter werfe und über das Eis skate.

Sie schreit mich an, will, dass ich sie runterlasse, aber das tue ich nicht. Lily will das Eis nicht berühren, also lasse ich sie es nicht berühren. Noch nicht.

Meine Teamkollegen pfeifen uns nach. Die vielen *»ooh's«* und *»ahh's,«* die sie uns zurufen, als ich an ihnen vorbeiskate, sagen mir, dass ich das hier eher früher als später bereuen werde.

Es ist definitiv eine Herausforderung, mit jemandem zu skaten, der von meiner Schulter hängt. Aber es ist machbar. Wenn sie mir jedoch weiterhin in den Hintern kneift, könnte es gut passieren, dass ich sie fallen lasse.

Ich schwöre, Lily Reyes hat Kraft in ihren Fingern. Ich dachte immer, Eira sei gut darin, mich zu kneifen, aber Lily übertrifft alles.

Ich könnte schwören, wenn ich die andere Seite des Eises erreiche, habe ich einen blauen Fleck auf meiner Arschbacke.

»Colin, lass sie runter.« Aaron stellt sich mir in den Weg und hindert mich daran, mich zu bewegen. Aaron ist der Einzige, der protestiert. Der Rest des Teams feiert mich an oder ignoriert einfach, dass ich mit einem von meiner Schulter hängenden Mädchen über das Eis skate.

»Das wird nicht passieren.«

»Lass mich runter, Colin!«, schreit Lily und kneift mich noch einmal.

»Gut, willst du in deinen Schuhen über das Eis gehen?« Ich fange an, sie runterzulassen und ziehe sie über meine Schulter nach vorne. Doch bevor ich sie hinstelle, hält sie mich auf.

»Lass mich erst runter, wenn wir wieder auf Nicht-Eis-Territorium sind.«

»Das habe ich mir gedacht.« Ich erlaube mir zu kichern und mache mich dann auf den Weg zum Ausgang, der der Umkleidekabine am nächsten liegt.

Aaron beobachtet mich immer noch, ich kann seinen Blick auf mich spüren, wie dieser meinen Bewegungen folgt. Ich kann ihm nicht böse sein. Wenn ein Typ das mit meiner Schwester machen würde, würde ich ihn zu Tode prügeln. Vielleicht nicht zu Tode, aber nah dran.

»Keine Mädchen in der Umkleidekabine, Colin!«, ruft meint Vater mir nach. Die Umkleidekabine ist der private Raum des Teams. Alle unsere Sachen sind da drin. Und, es ist halt *unser* Raum, nicht für Besucher. Aber unabhängig davon gibt es noch einen anderen Grund für die »keine Mädchen«-Regel. Dies ist einen einfache und offensichtliche Regel. »Keine Mädchen«, denn jeder Eishockeyspieler an dieser Schule ist etwas anders.

Aber die Regel beruht auch auf dem Namen »Zachery Bloom.«

Ich gehe vom Eis und richte meine Aufmerksamkeit für einen kurzen Moment auf meinen Vater. Meine Hand bleibt dabei um Lilys Handgelenk. Wenn ich sie jetzt loslasse, wird sie weglaufen. Das werde ich nicht riskieren.

»Keine schlechten Absichten, Papá«, sage ich laut genug, damit er mich hört. »Ich verspreche es!«

Kapitel 11

»I think I found a flower in a field of weeds«—surrender by Billy Talent

Lily

»Ich bin keine Fünf, Colin«, muss ich den Idioten von Sportler erinnern. Er zerrt mich in die—überhaupt nicht—ekelhafte Umkleidekabine. Und noch schlimmer, er schiebt mich in eine der Duschkabinen und verriegelt die Tür, damit ich bloß nicht wegrennen kann.

Aus irgendwelchen Gründen glaubt Colin, dass ich weglaufen würde, wenn er mich draußen warten lässt.

Natürlich hat er Recht, aber ich kann sein Ego einfach nicht weiter stärken. Er darf nicht wissen, dass er bereits ziemlich gut darin ist, mich wie ein offenes Buch zu lesen. Außerdem macht es mir Angst, dass er das kann.

Colin zieht sich aus und geht in eine der anderen Duschkabinen. Die, die direkt gegenüber von der ist, in der er mich gefangen hält. Gott sei Dank sind die Kabinen Türen genau auf der richtigen Höhe platziert und decken somit bestimme Körperteile ab. Nun, ich hätte nichts dagegen etwas mehr von seinem Oberkörper zu sehen. Ich kann spüren, dass dieser Typ muskulös ist. Wer würde das nicht sehen wollen?

Und wie ich es bereits vermutet habe, hat Colin Carter auch auf seiner Brust Tattoos. Seine Tattoos sind nicht miteinander verbunden, sie sind eher einzeln gehalten. Manchmal größer, manchmal kleiner.

»Bist du nicht«, stimmt er mir zu, zu meiner Überraschung. »Aber Lilybug, ich habe dir an den Augen angesehen, wie peinlich dir das ganze vorhin war. So wie ich dich kenne, würdest du, wenn ich dir die Chance gebe, soweit wie's nur geht weglaufen. Und das werde ich auf keinen Fall zulassen.«

Musste er mich an den Kuss erinnern? Es ist schlimm genug, dass ich dieses dumme Ding tatsächlich genossen habe. Es war nicht einmal ein guter Kuss. Mittelstufenschüler könnten mit jemanden einen besseren Kuss teilen, wenn sie es versuchten.

Colin und meine Lippen berührten sich für ungefähr zwei Sekunden, vielleicht fünf. Es war nichts Besonderes. Und es war völlig unfreiwillig. Er wollte meine Wange küssen, nicht meine Lippen. Hätte ich meinen Kopf nicht bewegt, dann wäre es nicht passiert.

Aber irgendwie wollte ich auch, dass der Kuss sich noch etwas herauszieht.

Und jetzt, jetzt ist die ganze Sache einfach nur noch peinlich und ich bereue es.

»Ich habe nicht geplant zu verschwinden.« Ich verschränke die Arme vor meiner Brust. »Dieser Kuss bedeutet mir absolut gar nichts. Es ist einfach peinlich, aber auch nur, weil es so überraschend kam. Und auch überraschend schlecht.«

»Dem stimme ich vollkommen zu«, sagt er. »Ich habe bessere Küsse in meinem Leben geteilt.« Wenn das jetzt mal nicht etwas in mir hervorruft. Es kann keine Eifersucht sein, soviel weiß ich. Wut vielleicht? Oder vielleicht *ist* es doch Eifersucht.

Woher soll ich das bitte wissen? Die einzigen Male, in denen ich jemals eifersüchtig war, waren in Verbindung mit Wut. Ich nehme an, es könnte also doch beides sein.

»Allerdings auch nicht der schlechteste«, fügt Colin nach kurzer Zeit hinzu.

Er schaut über die Tür der Trennwand zu mir rüber. Seine Arme ruhen auf der Oberseite der Tür, während sein Kinn auf seinen Armen liegt. Colin schenkt mir ein charmantes Lächeln und zwinkert mir zu, als ich endlich seinen Blick treffe.

»Welcher Kuss hätte schlimmer sein können?«

»Mittelstufe. Mein allererster.«

»Oh, mein Gott. Du wurdest nicht als Arschloch mit einem Ego durch die Decke geboren?«, frage ich und hebe überrascht meine Augenbrauen, obwohl der Großteil meiner »Überraschung« gefälscht ist.

Er grinst mich an. »Das habe ich nie gesagt.«

»Dein allererster Kuss war schlecht«, erinnere ich ihn. »Was bedeutet, dass du nicht immer gut in deinem eigenen Spiel warst.«

»Es ist nicht mein eigenes Spiel, Lilybug.« Er zuckt mit den Schultern. »Küssen war eine Sache, lange bevor ich geboren wurde.« Manchmal hasse ich diesen Mann wirklich. »Und ich war großartig. Nur sie war nicht gut.« Da ist es wieder. Das Arschloch tief in ihm.

»Natürlich sind es immer die anderen, nur du nicht.«

»Genau.«

Ich verenge meine Augen, bin kurz davor meinen Mund zu öffnen, um zu sprechen, als ich Stimmen höre. Stimmen, die mit jeder Sekunde lauter werden. »Ich will auf dieser Wurstparty nicht sein«, sage ich zu Colin.

Grinsend schnappt sich Colin ein Handtuch und wickelt es um seine Taille, bevor er seine Duschkabine verlässt. Er kommt zu meiner und schließt sie auf. Aus irgendeinem Grund ist diese Arena, einschließlich der Umkleideräume, die schickste Eishockeyarena, die ich je gesehen habe. Diese Duschen sind abschließbar. Ich spreche von *Pins*, die benötigt werden, um diese Dinger zu entsperren.

Aber das ist nicht einmal das Highlight. Sie haben WLAN hier. Als ob sie es benötigen würden. Sicherlich hat niemand Zugang dazu, außer natürlich die Hockeymannschaft. Aber diese

Arena hat noch so viel mehr zu bieten, dass ich nicht einmal alles aufzählen kann, wenn ich es wollte.

»Wird auch Zeit.« Ich drücke seinen Arm weg, als er versucht, mich zu packen, und mache mich auf den Weg zum Ausgang des Duschraums.

»An deiner Stelle würde ich nach mir rausgehen. Es sei denn, du willst doch in die, wie sagtest du? Wurstparty reinlaufen.«

Ich seufze und akzeptiere meine Niederlage. Er hat wahrscheinlich Recht. Ich meine, er kennt sein Team schließlich besser als ich.

Ich bin mir sicher, dass es diesen Jungs egal ist, nackt vor dem anderen herumzulaufen. Sie sind im Grunde genommen wie eine Familie. Das kann jeder sehen.

Colin geht zuerst raus, gefolgt von mir und ich wette, dass er meinen Atem auf seinem muskulösen Rücken spüren kann.

Ist es komisch, dass ich ihn anfassen will? Das ich meine Finger entlang der Linien seiner Tattoos gleiten lassen möchte? Auf jeden Fall ist es komisch.

»Schon einer von euch nackt?«, fragt Colin und bleibt stehen. Ich stoße gegen ihn und schnappe nach Luft, als die Kälte des Wassers, dass immer noch seinen Körper bedeckt, mich trifft. »Lily ist hier.«

»Verdeck deinen Schwanz, Green!«, höre ich jemanden schreien, gefolgt von einer Runde Lachen. »Du auch, Simms!« Einen Moment später spricht derselbe Typ wieder. »Die Luft ist rein, Carter.«

Colin ergreift meine Hand, dreht sich zu mir um, nur um mich anzugrinsen, und führt mich dann zurück in die Umkleidekabine, wo die Jungs sich anziehen—oder ausziehen.

»Würde es dich verletzen, deine Frauen draußen zu lassen?«, fragt ein Typ mit rötlichen Haaren und lacht, als er an Colin und mir vorbeigeht. »Du kennst die Regeln, big guy.«

»Verpiss dich, Simms.« Colin zeigt Simms den Mittelfinger. »Ignorier Jackson, er ist das Hauptarschloch.«

»Ignorier Colin«, ruft Miles von der anderen Seite des Raumes. Seine Hände formen sich zu einem Megafon. »*Ich* bin das Hauptarschloch!« Zumindest ist er ehrlich. Ich kann mir ein Schmunzeln nicht verkneifen.

Colin führt mich zu—nehme ich an—seinem Schließfach. »Setz dich«, sagt er und bewegt sich zur Bank auf der gegenüberliegenden Seite des Schließfaches, das er gerade geöffnet hat. Ich tue, was mir gesagt wird, denn ich fühle mich hier nicht wirklich wohl mit mindestens elf Augenpaaren, die mich anstarren.

Ich traue mich nicht, mich im Raum umzusehen, also bleiben meine Augen auf dem Boden vor mir gerichtet. Bis jemand neben mir Platz nimmt und seinen Arm um meine Schultern schwingt.

»Bitte sag mir, dass du ihn noch eine Weile auf die Folter spannen wirst«, flüstert Aaron mir ins Ohr. Ich bin mir sicher, dass er Colin beobachtet, während er auf meine Antwort wartet. Aber ich antworte nicht, weshalb er mir erzählt, warum er das hofft. »Er ist echt krass in dich verliebt, das kann jeder sehen. Und es ist urkomisch.«

Verliebt?

Das ist überhaupt nicht gut.

Leider, aber in dieser Situation auch zum Glück, liebt Aaron es, sich mit mir anzulegen. Ich weigere mich also, diesen Worten Glauben zu schenken. Damals in der High School erzählte er mir oft, dass einige Jungs in mich verliebt wären. Es war nie die Wahrheit. Letztendlich stellte sich heraus, dass Aaron in dieser Zeit seine Rebellions-Pubertätsphase durchlief. Er hat sich mit allen und jedem angelegt.

Aber er ist kein pubertierender Teenager mehr. Er ist ein erwachsener Mann. Mehr oder weniger erwachsen mit seinen fast einundzwanzig Jahren.

Aus dem Augenwinkel bemerke ich, dass das Handtuch von Colins Hüften auf den Boden fällt. Ich weiß, dass er es absichtlich fallen gelassen hat, um sich anzuziehen, und dennoch ist es seltsam.

Mit nur einem Blick zur Seite würde ich seinen nackten Hintern sehen. Eine Sicht, die mich, um ehrlich zu sein, schon anzieht. Aber irgendwie dann auch wieder nicht. Er kann seinen Arsch gerne einigen von diesen Puck Bunnies zeigen, ich bin mir sicher, dass es ihnen gefallen würde.

»Wie auch immer—« Aaron räuspert sich, als er von der Bank aufsteht »—hab einen tollen Abend mit Carter.« Mit diesen Worten macht Aaron sich auf den Weg in den Waschraum. Das gleiche machen auch einige der anderen Jungs.

Komisch. Ich bin mir sicher, dass Aaron mal erwähnte, dass er die mehr oder weniger privaten Duschen hassen würde.

Es ist ziemlich beängstigend, das einzige Mädchen unter zweiundzwanzig Jungs zu sein. Wenn Aaron und Colin nicht hier wären, bin ich mir sicher, dass mein Verstand einige Horroszenarien durchgespielt hätte.

Zumindest sind jetzt nur noch Colin und ich übrig…und vielleicht ein oder zwei andere Jungs.

Meine Augen bleiben auf den Boden gerichtet, denn ich bin mir nicht sicher, ob es bereits im grünen Bereich ist, nach oben zu schauen. Das sollte es sein, denn Colin hatte genug Zeit, um zumindest seine Unterwäsche anzuziehen. Dennoch bleibt mein Blick dort, wo er hunderprozentig sicher ist.

Na ja, zumindest bis Colin sich bückt und sein Gesicht sich in mein Blickfeld schleicht. »Bist du da?«, fragt er schmunzelnd und winkt mit den Händen vor meinem Gesicht herum.

Ich muss in einer Art Trance gewesen sein, denn ich kann mich nicht daran erinnern, dass Colin vorher mit mir gesprochen hat.

»Das bin ich«, antworte ich. Mein Blick folgt ihm, während er sich aufrichtet. »Aber ich will halt nicht da sein.«

»Lilybug«, seufzt Colin, was in ein frustriertes Stöhnen gleitet. Er hebt sein Gesicht zur Decke. »Okay, das ist erst der zweite Tag. Gib mir etwas mehr Anerkennung.«

»Wofür?«, frage ich und runzle die Stirn.

»Dafür, dass ich es versuche. Ich habe so viel mehr geplant. Du gibst mir nicht einmal eine Chance, dir zu beweisen, dass du unsere gemeinsame Zeit genießen wirst.«

»Ich kann die Zeit genießen, die ich mit jemandem verbringe und trotzdem sterben wollen«, flüstere ich. »Können wir woanders darüber sprechen?«

Er nickt. »Wir gehen heute Abend in eine Bar«, teilt er mir mit.

»Auf keinen Fall. Es ist Mittwoch. Ich habe morgen Unterricht«, protestiere ich.

»Ich auch, Lilybug. Aber etwas Spaß wird dir nicht schaden. Es ist sowieso nicht so, als hättest du viel zu verlieren.«

»Na gut. Eine Stunde, dann bringst du mich nach Hause.«

Er hat mich ausgetrickst. Wir gehen nicht in eine Bar, Colin nimmt mich mit zu sich nach Hause in seine WG. Was es nur noch schlimmer macht. Ich wäre viel lieber in einer College-Sportbar namens *Brites*, als einen ganzen Abend in seinem Haus verbringen zu müssen.

»Du kannst nach oben gehen, wenn du willst«, sagt Colin und geht in Richtung der offenen Küche. »Mein Zimmer ist die erste Tür rechts.«

»Ich will nicht in dein Zimmer gehen«, sage ich mit einem genervten Unterton und folge ihm in die Küche.

»Aarons Zimmer ist die erste Tür auf der linken Seite, gegenüber von meinem. Vielleicht möchtest du dich lieber in seinem Zimmer umsehen.«

»Ich kann gut leben, ohne seine schmutzigen Geheimnisse zu kennen, Danke«, antworte ich trocken.

Colin strahlt mich unschuldig an und lehnt sich an die Küchentheke. »Ich habe drei Optionen für dich. Option 1: Wir bestellen Pizza. Option 2: Wir kochen zusammen. Oder Option 3: Ich mache uns ein paar Sandwiches.«

»Ich bin nicht hungrig.«

»Dumm gelaufen, denn ich bin es. Außerdem hast du heute noch nicht gegessen, also wirst du das jetzt tun. Ob du willst oder nicht.«

»Ist das der Grund, weshalb ich hier bin?«, frage ich. Und woher zum Teufel weiß er, dass ich noch nichts gegessen habe? Stalkst du mich?

Nein, das würde er nicht machen. Er ist einfach aufmerksam, nehme ich an.

Es ist seltsam, plötzlich jemanden zu haben, der ein Auge auf dich hat, nachdem sich jahrelang *niemand* um dich geschert hat. Ich meine, klar, Aaron hat sich immer um mich gesorgt. Er hat immer gefragt, wie es mir geht…aber er hat mir nie zu viel Aufmerksamkeit geschenkt. Nicht, dass er es muss.

»Du bist hier, weil ich dich hier haben will, Lilybug.« Er pausiert, führt seinen Satz nicht weiter fort. »Also, wähle eine Option.«

»Was für Sandwiches?«

»Frischkäse mit Marmelade, würde ich sage. Ich habe es geliebt, als ich klein war, und es ist eines der wenigen Dinge, von denen ich weiß, wie man sie macht.«

»Frischkäse mit Marmelade?«, wiederhole ich, denn ich möchte sicherstellen, dass ich das richtig verstanden habe.

Er nickt. »Warum? Erzähl mir nicht, dass du das noch nie probiert hast.«

»Das habe ich nicht, aber ich denke, das wird sich bald ändern«, sage ich jammernd.

»Du hasst also gutes Essen, das du noch nicht einmal probiert hast?« Er schnappt nach Luft und legt seine Hand auf sein Herz.

»Ich bin nicht wirklich ein Marmeladen-Fan«, gebe ich zu. »Ich hatte auch noch nie ein Erdnussbutter-Marmeladen-Sandwich. Ich mag es einfach nicht.«

»Warum solltest du dich dann für die Option mit Marmelade entscheiden?«, fragt er und schiebt sich von der Theke weg.

»Es ist die billigste Option.« Ich zucke mit den Achseln.

Colin atmet lange aus. Ein bisschen so, als würde er versuchen, nichts dummes zu sagen.

Seine Augen bleiben an meinen kleben, auch als er zu mir herüber kommt. Er packt mich an meinem Handgelenk und zwingt mich, ihm nach oben zu folgen.

»Wir bestellen Pizza«, teilt er mir mit, als wir sein Schlafzimmer betreten. Es ist groß und aufgeräumter, als ich erwartet hatte. Definitiv aufgeräumter als mein Zimmer.

Mein Boden ist mit Büchern, Papieren und Kleidung geschmückt, seiner ist frei von *Dekorationen.*

»Colin«, fange ich an, halte mich aber zurück, bevor ich weiter spreche. Wie sage ich jemandem, den ich kaum kenne, dass ich mir keine Pizza leisten kann?

Ich habe bereits das meiste von dem, was ich habe an Wohltätigkeitsorganisationen gespendet, als ich beschloss, dass ich nicht länger leben möchte. Es ist ja nicht so, als hätte ich das noch benötigt.

»Ich bezahle, mach dir keine Sorgen.« Er schaut mich mit einem großen Fragezeichen auf seiner Stirn an. »Du bist mein Gast.«

»Ich mag es nicht, wenn Leute für mich bezahlen.«

»Also, was ist es dann? Du magst keine Pizza?«

»Nein.« Ich schmunzel. »Das tue ich schon. Ich kann sie mir nur nicht mehr leisten.«

»Wie?« Seine Augenbrauen ziehen sich zusammen. »Das klingt oberflächlich, ich weiß. Aber es ist Pizza? Und ich weiß, dass deine Familie Geld hat.«

»Falsch«, sage ich ihm. »Mein Vater hat Geld. Das heißt, Aaron lebt das Luxusleben. Ich hingegen lebe von $450 im Monat, was normalerweise mehr als genug ist.«

Colin schaut mich schockiert an. Er bewegt sich nicht, spricht nicht, atmet nicht einmal, denke ich.

Ich kann es aber verstehen. Colin ist reich aufgewachsen, er wurde in das schicke Leben hineingeboren. Sein Taschengeld ist wahrscheinlich höher als das, was meine Mutter monatlich verdient.

»Meine Mutter ist Mittelstufen Lehrerin. Sie verdient, was? $4000 pro Monat?«

»Das ist nicht ganz so schlimm.« Er hält inne. »Du bist hier mit einem Stipendium?« Noch eine Pause. »Oh Gott. Ich klinge wie ein arroganter Idiot, nicht wahr?«

Meine Lippen pressen sich zusammen, ich nicke langsam. »Ziemlich.«

»Das tut mir leid«, sagt er. »Ich wollte dich nicht beleidigen oder so. Ich bin aber wirklich interessiert. Hast du ein Stipendium?«

»Nein, Colin. Ich erhalte jeden Monat den Betrag, den ich an Studiengebühren zahlen muss, auf mein Bankkonto überwiesen. Die Überweisungen sind von jemandem, den ich nicht kenne, aber ich vermute, von meiner Mutter. Sie hatte mal Mitleid mit mir, als ich zwei Jobs annehmen musste, um alles selbst zu zahlen. Im nächsten Monat kamen Zahlungen von jemandem mit einem Namen, den ich nicht kenne. Ich denke, sie hat einen zweiten Job angenommen, um meine Studiengebühren zu finanzieren. Sie würde es niemals zugeben, weshalb ich nie nachgefragt habe. Ich habe einen Job behalten, damit ich etwas extra Geld habe, aber den anderen Job habe ich gekündigt. Jetzt, vor einer Woche, habe ich auch meinen letzten Job gekündigt, weil ich ihn wirklich nicht mehr brauche.« *Da habe ich wohl ein bisschen zu viel gesagt.*

»Also, wenn $450 normalerweise ausreichen, wie kommt es, dass du dir keine Pizza mehr leisten kannst?«

»Ich habe alles, was ich hatte, an eine Wohltätigkeitsorganisation gespendet.«

»Nun, das bedeutet, dass Aaron für unser Essen bezahlen wird.« Wie kommt er darauf, von dem, was ich vorhin gesagt habe?

Ich weiß, dass ich schlecht in Mathe bin, aber diese Gleichung summiert sich nicht.

»Seine Daten sind von gestern immer noch in meinem Handy gespeichert. Es wird ihm nichts ausmachen zu zahlen.«

»Bullshit. Es wird ihm was ausmachen. Es ist sein Geld.«

»Lilybug, dieser Haushalt hier weiß nicht, was ›es ist sein Geld‹ ist«, erzählt er mir. »Ich bin mir ziemlich sicher, dass Aaron einmal mit meiner Kreditkarte ein neues Bett für sich gekauft hat.«

»Ihr seid komisch.« Und dazu stehe ich.

Kapitel 12

»be my friend, hold me«—Breathe Me by Sia

Colin

»COLIN!«

Ich denke, ich bin dann jetzt wach.

»Was zu Teufel, Aaron.« Aaron steht an meiner Schlafzimmertür und lehnt sich an den Türrahmen. Es fällt mir schwer, ihn anzusehen, da sich meine Augen noch an das Licht gewöhnen müssen.

»Es ist acht Uhr morgens!«, schreit er und betritt mein Zimmer. »Du hast das morgendliche Training verpasst!«

Oh, Scheiße. Nicht schon wieder.

»Du hättest mich wecken können, weißt du.«

»Nein.« Er macht Geräusche, als würde er sich übergeben wollen. »Ich habe es vorgezogen, dich nicht mit meiner Schwester zu erwischen.«

»Mich mit deiner Schwester erwischen?« Richtig. Sie ist über Nacht geblieben. Das hat mich viel Überzeugungsarbeit gekostet, aber sie blieb.

Es war bereits 23 Uhr, als sie gehen wollte, weil sie müde war. Aber wir waren mitten in einem Filmmarathon. Damit meine ich, dass sie mich dazu genötigt hat *Twilight* zu sehen. Anscheinend sind die Filme sehr lehrreich.

Das sind sie nicht.

Alles, was ich gelernt habe, ist, dass sich ein viel zu alter Vampiertyp in ein viel jüngeres menschliches Mädchen verliebt hat. Es ist nicht das, was ich als interessant bezeichnen würde, aber Lily könnte mich bitten, *Titanic* fünf Mal hintereinander zu schauen, und ich würde es tun.

»Dude, du weißt, dass Lily und ich nicht wirklich zusammen sind, oder?«

»Seid ihr nicht?« Aaron nimmt an meinem Schreibtisch platz. Er starrt mich verblüfft an und wartet auf was? Bestätigung?

»Sind wir nicht. Wir hängen einfach nur ab, als Freunde.«

»Angeblich Freunde.« Er stößt ein lautes Lachen aus und verschränkt die Arme vor seiner Brust. »Als ich gestern Abend nach Hause kam und dich etwas fragen wollte, wart ihr zusammengekuschelt. Das schreit nicht gerade nach ›Freunde.‹«

»Zusammengekuschelt?«, wiederhole ich. Ich kann mich nicht daran erinnern, dass ich mich an Lily gekuschelt habe.

Aaron zuckt mit den Schultern und lässt mich ahnungslos. »Sie ist übrigens unten und macht Frühstück für uns alle.«

Ich setze mich auf und verdrehe die Augen.

»Chill. Lily liebt es zu kochen. Keiner von uns hat sie darum gebeten.« Wieder einmal lacht er. Er dreht sich in meinem Stuhl um und schaut auf mein Gaming-Setup. Ich spiele normalerweise nicht mehr, aber ich kam noch nicht dazu, dass ganze Zeug loszuwerden. »Miles findet sie toll. Sowas von nervig.«

Das errägt mehr von meiner Aufmerksamkeit als alles, was Aaron vorher gesagt hat.

In weniger als einem Herzschlag stehe ich auf meinen Füßen und sprinte die Treppe hinunter. Auf keinen Fall werde ich Miles King in die Nähe meines Mädchens lassen.

Sie ist nicht *mein Mädchen.* Aber zur Hölle damit. Lily kann es nicht gebrauchen, Miles an ihrem Hintern kleben zu haben.

»MILES!« Selbst ich bin von meinem Ton überrascht. Ich schreie meine Freunde nie an, niemals. Außer auf dem Eis, aber das ist eine andere Art des Schreiens. Es ist kein Schreien voller Wut…meistens jedenfalls.

Lily steht vor dem Herd und trägt nichts als ein T-Shirt, das nur knapp über ihren Hintern hängt. Sie schwingt ihre Hüften zu etwas Musik. Und natürlich genießt Miles die Show.

Ich liebe diesen Kerl, aber wenn er es wagt, etwas anzufassen, was mir gehört, muss ich ein paar Hände abschneiden.

Sie gehört nicht dir, muss ich mich selbst erinnern. Ich ignoriere jedoch meine eigene Erinnerung. Sie gehört mir, solange sie lebt.

»Guten Morgen, Captain Ich-Tauche-Nie-Auf«, begrüßt mich Miles. »Das wird ein weiterer Tag mit dem Feenkostüm.«

»Als ob mich das interessiert«, sage ich.

»Da ist wohl jemand ein wenig mürrisch.«

»Verpiss dich.« Ich gehe rüber zu Lily. Sie macht Pfannkuchen. Es riecht köstlich. Aber ich habe momentan kein Interesse an Essen.

»Sei so nett und kümmere dich für einen Moment darum«, sage ich zu Grey, während ich Lily vom Boden hebe und sie über meine Schulter werfe.

Sie schreit auf, schlägt ihre Hände gegen den unteren Teil meines Rückens und sagt mir, ich solle sie runterlassen. Aber das tue ich nicht. Stattdessen trage ich sie zurück nach oben in mein Zimmer.

Zumindest muss ich mich im Moment nicht mit Aaron rumschlagen. Er war schlau genug mein Zimmer zu verlassen.

Ich stelle Lily auf den Boden, während ich die Tür hinter uns schließe. »Bleib stehen«, sage ich in einem strengen Ton und gehe auf meinen Schrank zu.

»Du bist nicht mein Vater, weißt du.«

»Dessen bin ich mir bewusst.« Ich schaue meine Kleidung durch und versuche etwas zu finden, dass sie tragen könnte. »Es gibt aber keinen Grund, weshalb du mit deinem Hintern vor Miles wackeln musst. Nicht so.«

Ich ziehe eines meiner Hockeytrikots herraus, denn ich weiß, dass dies einiges größer sein müsste, als das T-Shirt, das sie gerade trägt.

»Eifersüchtig?«

»Wütend.« Ich hebe ihre Arme hoch, als ich vor ihr stehe und ziehe das Trikot über ihren Körper.

»Du kannst nicht ernsthaft wütend auf Miles sein, dafür, dass er anwesend ist.«

»Das bin ich nicht«, sage ich ihr und spüre immer noch, wie mein Blut in meinen Adern kocht. »Miles ist wie ein Bruder für mich. Ich würde alles mit ihm teilen. Alles außer dich.«

»Du besitzt mich nicht.«

»Das tue ich nicht«, stimme ich zu. »Das bedeutet aber nicht, dass ich es mag, wenn er dich so anstarrt.«

»Er hat mich nicht angestarrt«, protestiert sie. »Es macht echt Spaß, Miles um sich herum zu haben, weißt du.«

»Jesus, Lily!« Frustriert fahre ich mir mit den Händen durch die Haare. »Wenn du mit ihm schlafen willst, dann frag ihn einfach. Vertrau mir, er wird das sofort machen.«

Ich erwarte, dass Lily ausflippt. Tut sie aber nicht. Ich weiß, dass ich zu weit gegangen bin, mit dem was ich gerade gesagt habe, aber sie scheint nicht wütend zu sein.

»Kannst du mich nach Hause fahren?« Lily klingt…traurig. Ihre Stimme zittert , und als ich sie ansehe merke ich, dass auch ihr Körper es tut.

Hat sie jetzt Angst vor mir? *Was habe ich getan?*

Panik strömt durch meinen Körper. Ich möchte nicht, dass Lily Angst vor mir hat. »Lily«, sage ich leise und seufze. Sie schaut mich mit Furcht in den Augen an. Es bricht mir das verdammte Herz sie so zu sehen.

»Colin, bitte. Ich will nach Hause.«

Ich folge Lily in das Studentenwohnheim. Ich will sie noch nicht verlassen. Wir haben kein einziges Wort mehr gewechselt, nachdem sie mir gesagt hatte, dass sie nach Hause will.

Die Spannung zwischen uns war noch nie so dick. Es ist fast schmerzhaft.

Immerhin beschwert sie sich nicht, dass ich sie hinein begleite.

»Wir sehen uns dann im Unterricht, oder?« Ich biete ihr ein unverfängliches Lächeln an, sie gibt keins zurück.

»Yup.« Als sie die Tür aufschließt, geht sie in ihr Zimmer, aber schließt die Tür nicht wieder. »Kommst du nicht rein?«

»Willst du, dass ich das tue?«

»Ich weiß nicht«, gibt sie unbeholfen zu. Es war nicht einmal so angespannt zwischen uns, nach unserem ungewollten Kuss.

»Dann sollte ich gehen«, sage ich. »Wenn du dir nicht sicher bist, ob ich bleiben soll, ist es ein klares ›Colin, geh.‹«

»Colin, ich mag es in deiner Gesellschaft zu sein. Aber das hier ist unangenehm, und ich hasse es.«

»Ich sehe dich im Unterricht«, sage ich ihr. »Oh, du magst Kaffee, oder?«

»Das tue ich«, antwortet Lily. Die Verwirrung ist ihr übers ganze Gesicht geschrieben. Ich mache ihr keine Vorwürfe. Es ist eine ungewöhnliche Frage.

»Wir gehen später auf Kaffeeverkostungs-Tour.«

Sie fängt an zu lachen und lehnt ihren Kopf gegen die Tür. »Ich habe von Weinverkostungen gehört, Kuchenverkostungen und sogar Suppenverkostungen. Aber nie habe ich jemanden sagen hören: ›Ich bin zu einer Kaffeeverkostung gegangen.‹«

»Es wird Spaß machen, vertrau mir.«

Kaffeeverkostung ist nicht etwas, was viele Leute tun. Könnte genauso gut eine Eins-von-tausend-Möglichkeiten sein. Aber durch die Stadt fahren und jeden Kaffee probieren, den die Cafés zu bieten haben, klingt nach viel Spaß. Und viel Koffein.

Abgesehen von dem Koffeingehalt, werden wir den besten Kaffee der Stadt finden. Auf diese Weise können Lily und ich einen Platz finden. *Unseren* Platz, mit dem besten Kaffee.

Ich verabschiede mich von Lily und fahre nach Hause.

Ich muss duschen, bevor mein Unterricht beginnnt. Und ich muss meinen Vater anrufen und um Entschuldigung betteln. Okay, ich muss nicht betteln. Alles, was ich wirklich tun muss, ist ihm zu sagen, warum ich das morgendliche Training verpasst habe.

Ich könnte meinem Vater von Lily erzählen. Ich könnte ihm sagen, was sie durchmacht. Er würde mich für den Rest der Woche entschuldigen, und wahrscheinlich für die danach.

Aber da Lily selbstmordgefährdet ist, würde er versuchen, ihre Eltern zu kontaktieren. Aber das kann ich nicht zu lassen. Lily würde mich umbringen.

Kapitel 13

»it kills me how your mind could make you feel so worthless«—Before You Go by Lewis Capaldi

Lily

Wer auch immer das liest,

Colin nimmt mich mit auf eine Kaffeeverkostung.
Ich weiß nicht einmal, was ich dazu anziehen soll.
Trage ich etwas Schickes? Jogginghose und ein lockeres Shirt?
Es ist kompliziert. Frustrierend sogar.
Ich habe immer noch sein Trikot an. Ich könnte das tragen. Es riecht nach ihm, das mag ich.
Zu denken, dass Colin all das tut, um mir zu zeigen, dass das Leben lebenswert ist, ist auch frustrierend.
Heute Morgen schien er so wütend auf mich zu sein, oder vielleicht auf Miles. So oder so, er war eifersüchtig. Ich weiß, dass er es war.
Aber das macht mir Angst.
Was ist, wenn Colin mich mehr mag, als ich dachte? (Das kann nicht sein.)
Das darf nicht passieren. Ich kann das Colin nicht antun.
Er verdient eine bessere Partnerin als eine, die suizidgefährdet ist.

Wir sind nicht einmal ein Paar, und ich denke dennoch, dass er was Besseres verdient, als mich.
Er will mich immer noch retten.
Es ist erst Tag drei. Ich sollte mehr Vertrauen in ihn haben.
Aber ich will nicht einmal daran denken, dass ich gerettet werden könnte.
Stell dir mal vor, wie peinlich es sein würde.
»Oh, ich bleibe am Leben, danke, Colin.«
»Kein Ding.«
Und dann gehen wir getrennte Wege.
Für immer.
Wir starren den anderen beschämt an, wenn wir uns begegnen.
Beschämt nicken wir uns ein Hallo zu.
Beschämt gratulieren wir uns zu unserem Abschluss.
Nein Danke.
Ich könnte nicht weiterleben, selbst wenn ich wollte.
Selbst wenn er mir zeigen würde, dass es mehr zu leben gibt, wäre der Schmerz immer noch da.
Ich will nicht sterben, weil ich nicht glaube, dass es mehr im Leben gibt. Es ist der Schmerz, der mich dazu bringt, gehen zu wollen.
Ich möchte mich nicht weiter leer fühlen.
Ich will nicht mehr taub sein.
Ich möchte Freude empfinden.
Ich möchte Liebe fühlen; geliebt werden und jemanden lieben.
Aber ich kann nicht.
Es ist alles…wie betäubt.
Nichts als Nichts.
Ich weiß, dass es Menschen gibt, die mich lieben.
Wie Aaron und mein Vater. Sogar Ana und Liz.
Aber es ist nicht die gleiche Liebe, die ich mir wünsche.
Es ist nicht die Art von Liebe, die mich dazu bringt, mich wie ein kleines Mädchen zu verhalten.
Es ist nicht die Art von Liebe, die mich den Verstand verlieren lässt.

Ich habe diese Art von Liebe noch nie gefühlt. Ich war schon immer zu taub dafür, denke ich.
Und jetzt ist es zu spät.
Niemand kann mich zurück ins Leben lieben. Ich kann mich nicht einmal selbst zurück ins Leben lieben.
Ich kann nicht erwarten, dass mich jemand rettet, wenn ich mich nicht einmal selbst retten kann.
Ich bin wie eine tickende Zeitbombe.
Ich kann jede Sekunde explodieren und alles und jeden um mich herum zerstören.
Nicht mit einem Ausbruch von Emotionen. Aber mit meinem Tod.
Meine Familie wird zerstört sein, ich weiß, dass es so sein wird.
Aber das ist mir egal.
Das ist der Teil, der mich am meisten ärgert.
Es ist mir egal, dass ich meine Familie mit meinem Tod verletzen werde.
Und Colin?
Ich wette er wird traurig sein. Das hoffe ich zumindest, irgendwie.
Er gibt mir neun Tage seines Lebens.
Neun Tage, um mir zu zeigen, warum ich am Leben bleiben sollte.
Und er wird verlieren.
Er wird sich fragen, ob das seine Schuld ist.
Ich meine, er weiß, dass es nicht so ist.
Aber wir wissen alle, was das mit ihm machen wird.
Er wird sich fragen, ob er nur eine Sache anders hätte machen können, mich an einen anderen Ort hätte bringen können, um mein Leben zu retten.
Aber das hätte er nicht gekonnt. Colin, das konntest du nicht.
Hier geht es um mich.
Ich will sterben, weil ich nicht damit leben kann, dass ich ich *bin.*
Ich kann nicht mit mir leben.

Ich kann nicht mit meinen Emotionen leben oder mit denen, die übrig sind.
Früher hatte ich nie Probleme zu schlafen.
Jetzt kann ich nicht einmal mehr das tun.
Es ist ermüdend. Wirklich.
Meine Gedanken töten mich. Wortwörtlich.
Ich kann das nicht mehr ertragen.
Ich bin nicht so stark.
Ich habe so lange dagegen gekämpft.
Ich habe so viele Medikamente genommen, um es zu bekämpfen.
Nichts half.
Nichts hilft.
Ich will weg.
Bitte lass mich einfach gehen.
Bedeutungslos zu Sterben klingt alles nur halb so schlimm, wenn man die positive Seite sieht.
Ich werde nicht mehr leiden müssen.
Ich werde eine freie Seele sein.
Kein in den Schlaf heulen mehr.
Keine Schmerzen mehr.
Keine Taubheit mehr.
Ich habe endlich einen Ausweg gefunden. Ich bin nicht mehr gefangen.
Und ich werde nie weg sein.
Ich werde immer da sein und über die Menschen wachen, die ich liebe.
Das sagt man so, nicht wahr?
Die Geisterwelt klingt friedlich.
Als Geist herumwandern, etwas Unsinn anrichten.
Das klingt schön.

Lily

Kapitel 14

»I'll bring you coffee with a kiss on your head«—Say You Won't Let Go by James Arthur

Lily

»NOPE, DER IST EKELHAFT!« Colin spuckt seinen Kaffee zurück in den Becher.

Ich lache. Dies ist der fünfte Kaffee, dem er das angetan hat.

Da wir diesen Kaffee zum Mitnehmen bestellen, sieht niemand Colins abscheuliche Art, wie er den Kaffee probiert. Zu seinem eigenen Glück. Wenn die Mitarbeiter sehen würden, wie er den Kaffee zurück in den Becher spuckt, würde er wahrscheinlich, in kürzester Zeit bestimmt Hausverbot bekommen.

Wir waren bereits in sechs Cafés. Ich für meinen Teil mochte vier von ihnen. Sie waren nicht die besten, aber ich habe auch schon schlechteren Kaffee getrunken.

Aber Colin, er hasst jeden einzelnen Kaffee. Bis auf den allerersten den wir probiert haben.

»Ich mag ihn«, sage ich ihm.

Colin hat sich zwei Regeln ausgedacht: *»Trink nicht zu viel« und »Wir kaufen nur einen Kaffee pro Café mit der gleichen Menge an Milch und Zucker.«*

Es macht Sinn. Wir haben noch mindestens zehn Cafés vor uns, und ich würde es vorziehen, nicht an zu viel Koffeinkonsum zu sterben. Das wäre ein trauriger Weg zu gehen.

Es ist definitiv eine Verschwendung von Geld und Kaffee. Das hasse ich. Colin versprach jedoch, dass er die Becher mit nach Hause nehmen würde und sie den Jungs servieren wird.

Ich frage mich, ob er ihnen auch die geben wird, in die er gespuckt hat. Es wäre sicherlich urkomisch zu wissen, dass mein Bruder einen Kaffee trinkt, der Colins Speichel enthält.

Ekelhaft, aber lustig.

»Wie? Dieser ist noch schlimmer als der, den wir vorher hatten.«

»Das ist nicht wahr«, protestiere ich.

»Doch ist es, Lilybug.«

»Ich würde ja nochmal probieren, aber ich trinke lieber Kaffee ohne Speichel drin.«

»Ich habe dir gerade dein Leben gerettet. Bitte sehr.«

Colin fährt wieder los und macht sich auf den Weg zum nächsten Ziel.

»Wer ist dein Lieblingsmusiker?« frage ich um die Stille, denn ich will, dass diese Stille weg ist.

Normalerweise macht mir Stille nichts aus. Aber die zwischen Colin und mir ist befremdend. Denn seit dem heutigen Morgen ist sie einfach komisch. Reden allerdings auch.

Trotzdem genieße ich seine Gesellschaft.

Und obwohl ich zugeben muss, dass diese Kaffeeverkostung völlig unnötig und dumm ist, macht sie tatsächlich ziemlich viel Spaß.

»Ich glaube nicht, dass ich einen Favoriten habe. Dabei höre ich *Chase Atlantic* viel«, antwortet er.

Meine Augenbrauen heben sich, ohne dass ich es kontrollieren kann. »Ich kann mir wirklich nicht vorstellen, dass du in einem Auto sitzt, während du zu *PLEASEXANNY* abgehst«, lache ich.

Colin schüttelt den Kopf und wirft sein Handy auf meinen Schoß. »Verbinde es mit meinem Auto und öffne meine Playlist, ich zeige es dir.«

Mein Mund bleibt offen und für einen Moment schaue ich ihn nur verblüfft an. Er sagt mir seinen Code fürs Handy und schließlich öffne ich seine Musik-App. Er hat fünft verschiedene Playlisten. Die allerletzte trägt den Titel »Alone-Time.«

»Ernsthaft?« Ich klicke auf die Playlist, nur um zu sehen, dass diese voll ist mit Chase Atlantic Liedern.

Ich drücke auf Play und *Falling* beginnt zu spielen. Und so verbringe ich die nächsten vier Minuten damit, lachend zuzusehen, wie Colin zu dem Lied sein Herz ausschüttet und mitsingt.

Irgendwann mache ich mit, jetzt singen wir ein Duett. Es ist mir egal, dass ich nicht singen kann.

Als der nächste Titel beginnt, lachen wir beide.

»Ach, Scheiße«, murmelt Colin völlig außer Atem. »Ich könnte was von McDonalds vertragen.«

Ich schaue aus dem Fenster und versuche herauszufinden, wie er gerade jetzt an Essen denken kann.

Als ich die Lautstärke herunterdrehe, sage ich: »Ich mag McDonalds nicht.«

»Gott verdammt, Reyes!« Er ist schockiert, sehr zu meiner Belustigung. Ich bin mir sicher, wenn er nicht fahren würde, würde er mich mit seinen riesigen blauen Augen ansehen, die sich in meine Seele bohren. »Sag mir, dass du Witze machst!«

»Mache ich nicht.«

»Was zur Hölle.« Er atmet tief ein. »Magst du wirklich nichts, von dem was die im Angebot haben?«

»Gar nichts«, gebe ich zu.

»Wie?«

»Ich weiß nicht. Ich mag den Geschmack nicht.«

»Den Geschmack von Burgern?«, fragt er ungläubig.

»Nein, aber ihre Saucen. Und ich mag ihre Konsistenz nicht. Es schmeckt einfach komisch.«

»McDonalds ist ein Lebensretter«, widerspricht er. »Es ist nicht nur bezahlbar, sondern auch lecker für den Preis.«

»So wie KFC.«

»Also du magst KFC, verabscheust aber McDonalds?«

»Ich war noch nie bei KFC«, gebe ich zu und lache unbeholfen.

Das Auto hält vor einer roten Ampel. In der Sekunde, in dem das Auto zum Stillstand kommt, dreht er sich um, seine Augen auf mich gerichtet mit einem Blick der Irritation und Unsicherheit.

»Hast du unter einem Felsen gelebt?« Sein Mund steht offen und er glaubt keine Sekunde, dass ich die Wahrheit sage.

»Manche Leute bevorzugen hausgemachte Mahlzeiten«, sage ich und vermeide es, ihn anzusehen. Ich finde es jetzt viel ansprechender Bäume zu betrachten.

»In Ordnung.«

Colin und ich betreten das nächste Café, obwohl; Diner passt besser. Es hat einen Retro-Touch, den ich sehr mag. Das Diner hat diese typischen schwarz-weißen Fliesen. Rote Diner Booths und rote Stühle für normale Tische. Die vordere Bar hat weiße Fliesen und eine rote Theke, die zu den rot-metallischen Barstühlen passt.

Ich wusste nicht, dass New City so ein Diner hat.

»Ich liebe es hier«, sage ich. Meine Augen wandern durch den Raum und genießen das stereotypische Filmambiente, das dieser Ort mit sich bringt.

Ich fühle mich wirklich wie in einer Art Hollywood-Romanze. Das Einzige, was fehlt, ist das kalte und regnerische Wetter, während es draußen dunkel ist.

Den Typen, von dem viele andere Mädchen träumen habe ich schonmal bei mir.

All das ist so faszinierend für mich. Ich merke nicht einmal, dass Colin in einem der Booths Platz nimmt. Alles, was ich tue, ist, in der Mitte des Diners zu stehen und mich wie ein Idiot umzusehen.

Als ich in die Realität zurückkehre, sehe ich, wie Colin ein Video von mir aufnimmt. Ich stelle es nicht mehr in Frage. Ich weiß, dass er für unser Projekt, von dem ich immer noch nicht weiß, wovon es handelt, Videos braucht.

»Entschuldigung?« Eine schwarzhaarige junge Frau tippt mir auf die Schulter. »Ich liebe dein Outfit.«

Ihr Haar ist glatt, aber man kann sehen, dass es geglättet wurde. Sie hat schöne Augen, dunkel und geheimnisvoll. Ich habe das Gefühl, dass dieses Mädchen hier jemand ist, dem man vertrauen kann.

Aber andererseits neige ich dazu, braunäugigen Menschen sowieso mehr zu vertrauen.

»Oh, mein Gott. Vielen Dank.« Ein Lächeln erscheint auf meinen Lippen. Komplimente über Outfits sind die besten. »Ich liebe deins auch.«

Das Mädchen trägt ein weißes, hautenges Satinkleid, welches auch ziemlich viel Dekolleté zeigt. Es ist wunderschön, ohne Zweifel. Aber ich persönlich würde es nicht in einem Diner tragen. In einem Club auf jeden Fall. Aber verdammt, sie rockt das Kleid.

Das Weiß ihres Kleides leuchtet auf ihrer Haut und es ist absolut atemberaubend. *Sie* sieht atemberaubend aus.

Mein Outfit hingegen ist im Vergleich zu ihrem komplett langweilig. Ich habe mich entschieden, Colins Trikot zu tragen. Warum? Ich weiß auch nicht. Ich hatte gehofft, er würde es kommentieren, es für bezaubernd halten. Aber das tat er nicht, sehr zu meiner Bestürzung. Und ich habe es mit einer schwarzen Leggings und Sneakern kombiniert.

Wie gesagt, nichts Besonderes. Ich frage mich, warum sie es mag.

»Bist du ein Hockey-Fan?«, fragt sie und zeigt mir ein großes weißes Lächeln.

»Das bin ich«, sage ich und zucke mit den Schultern. »Mein Bruder ist ein Hockeyspieler an der St. Trewery U.« Das habe ich noch nie laut ausgesprochen. Gut, wenn man Colin nicht mitzählt, denn ich habe ihm davon bereits erzählt.

»Wirklich?« Ihre Augen weiten sich vor Schreck. »Das muss anstrengend sein.«

Ich beschließe, ihr einfach ein kleines Lächeln zu schenken. Ich habe Aaron nie als anstrengend empfunden, nur weil er ein Hockeyspieler ist. Nun gut, ich bin auch nicht wirklich mit ihm zusammen aufgewachsen. Vielleicht denkt Ana ja anders darüber.

»Wie heißt du?«, frage ich, anstatt zu antworten.

»Kya Young«, sagt sie lächelnd. »Wie heißt du?« Ich denke nicht, dass ich eine neue Freundschaft eingehen sollte. Aber Kya scheint wirklich nett zu sein.

»Lily Reyes«, antworte ich. »Bist du ganz alleine hier?«

Sie stößt einen traurigen Seufzer aus und setzt sich dann wieder ein Lächeln ins Gesicht. »Das bin ich. Mein Date hat mich versetzt.«

»Was ein Arsch«, sage ich. »Du kannst mit Colin und mir essen, wenn du willst.« Ich zeige auf Colin. Ich glaube nicht, dass ihm das was ausmachen würde.

»Ich bevorzuge es, nicht das dritte Rad am Wagen zu sein. Vor allem nicht bei einem Date.«

»Das ist kein Date.« Ich lache. »Colin und ich haben eine Wette. Wir sind nur Freunde.«

»Deshalb trägst du Colin Carters Hockeytrikot, huh?« Sie grinst und hebt die Augenbrauen. »Aber…wir können Nummern austauschen, ein anderes Mal zusammen abhängen, oder uns auf dem Campus treffen.«

»Du bist eine St. Trewery Studentin?«

»Yup. Ich studiere Architektur«, antwortet sie. »Aber ich bin mir nicht sicher, warum ich einige Kurse überhaupt besuche. Unsere Professorin für Bautechnik hat nur Augen für Aaron Marsh.«

Das sind viele Infos, die sie einer Person gibt, die sie gerade kennengelernt hat.

»Ich schwöre, sie bewertet ihn mit Einsen, einfach für sein Aussehen.«

Ich schaue zu Colin hinüber, nur um festzustellen, dass er mich beobachtet. Er hat diesen fragenden Blick in seinem Gesicht.

Kya und ich tauschen am Ende Nummern aus. Sie bleibt allerdings nicht um mit Colin und mir zu essen.

Wenn ich diesen riesigen Plan meines Todes nicht vor mir hätte, würde ich Kya tatsächlich gerne als Freundin haben. Sie scheint eine dieser spaßigen Personen zu sein.

Kya geht, nachdem sie mich zum Abschied umarmt, so als würden wir uns seit Jahren kennen.

»Es scheint, als ob Kya dich mag«, sagt Colin, als ich mich ihm gegenübersetze. Ich blinzle ihn an, als wäre ich in einer Art Trance und versuche, eine Geschichte für mich zu erfinden, woher Colin sie kennt. Jede einzelne Geschichte, die ich erfinde, endet damit, dass sich die beiden irgendwann im Leben gedatet haben.

Ich hasse es, dass ich überhaupt darüber nachdenke. Es sollte mir egal sein.

»Sie schaut jeden zweiten Tag bei meinen Eltern zuhause vorbei, um Eira zu unterrichten.« Ein Lächeln zerrt an seinen Lippen, als wüsste er, dass es mich stört, über deren Beziehung im Dunkeln zu sein.

Colins Hand greift über den Tisch, legt sich auf meine und drückt diese beruhigend. Ein sanfter beruhigender Druck, von dem ich nicht einmal wusste, dass ich ihn nötig hatte.

»Lilybug.« Seine Stimme ist rau, als würde er dagegen ankämpfen, Worte auszuspucken. Dann kommt ein leises Geräusch aus seiner Kehle, als er seinen Kopf in den Nacken wirft.

»Was ist los?«

Er scheint einen inneren Konflikt zu haben. Er richtet seinen Kopf und seine Augen bewegen zwischen meinen, meinen Lippen, und unseren Händen.

»Was zum Teufel machen wir hier?«

»Du versuchst, mein Leben für meine restliche Zeit, die ich noch habe, weniger miserabel zu machen.« Ich biete ihm ein unbeholfenes, leicht peinliches Lächeln an. Die Wahrheit ist, ich habe keine Ahnung, was hier gerade passiert.

Seit diesem versehentlichen Kuss in der Eishockeyarena, ist diese gewisse Wärme in meiner Brust, wann immer ich ihn anschaue. Ich fühle mich sicher in seiner Nähe. Aber ich will nicht darüber nachdenken, was das zu bedeuten hat.

Sein Kopf wippt und er lacht, als er versucht Worte zu finden, die er sagen könnte. Er ist genauso sprachlos wie ich.

»Vielleicht sollten wir damit aufhören«, schlage ich vor und ziehe meine Hand unter seiner weg. Zumindest versuche ich es.

Colins Finger greifen um mein Handgelenk und drücken sich in meine Haut bis es fast wehtut, womit er mich davon abhält, meine Hand wegzuziehen.

»Womit aufhören?« Er bemerkt nicht mal, dass seine Hand meine zusammendrückt. »Damit aufhören, dass ich dir eine buntere Welt zeigen möchte? Damit aufhören so zu tun, dass ich dich nicht küssen will? Damit aufhören zu ignorieren, dass ich gerade völlig erregt bin, nur weil ich deine Hand berühre?«

Ich schnappe nach Luft. Wie kann er solche Dinge so beiläufig sagen?

»Hör auf zu scherzen. Das ist nicht lustig«, entgegne ich.

»Ich scherze nicht.«

Das hier hat jetzt definitiv eine Wendung genommen, die ich nicht erwartet habe.

Colin sollte so tun, als könnte er mich dazu bringen, mich wieder in das Leben zu verlieben. Er sollte mir noch ein paar schöne Tage bescheren, nicht alles mit etwas Anziehungskraft verkomplizieren.

»Vergiss es einfach«, sagt er und zieht seine Hand zurück. »Du hast recht. Es war ein schlechter Witz.«

Es brennt in meiner Lunge, als ich einen tiefen Atemzug nehme. Er scherzt. Wie scherzt man über…so etwas?

Gerade noch rechtzeitig kommt eine brünette Kellnerin auf uns zu. Ich bin froh, dass sie kommt, sonst hätte ich wahrscheinlich angefangen zu weinen.

»Was darf es heute sein?«, fragt sie in einem süßen Ton und hält ihren Block direkt vor sich. Auf ihrem Namensschild steht »Miriam.« Sie sieht freundlich aus, aber auch irgendwie so, als würde sie jeden Moment ausflippen.

Und trotz ihres freundlichen Aussehens kann ich nicht anders, als den hungrigen Blick zu bemerken, den sie aufsetzt, um Colin anzustrahlen. Er nimmt sie nicht einmal wahr.

»Keine Ahnung, können Sie etwas empfehlen?« Colin schaut von der Speisekarte auf, aber er schaut sie nicht an. Stattdessen sind seine Augen auf mich gerichtet.

»Möchten Sie nur eine Kleinigkeit essen oder möchten sie etwas für den großen Hunger?« Diesmal schaut sie mich an. Offensichtlich kam der Hinweis an, dass Colin ihr keine Aufmerksamkeit schenken wird.

»Ich bin mir nicht sicher was er bevorzugt, aber ich würde etwas leichteres nehmen.«

Sie strahlt ein Lächeln aus. »Klar. Wie wäre es mit einem Chicken Salad Croissant?«, schlägt sie vor und erzählt mir dann, woraus er besteht.

»Klingt gut. Könnte ich auch ein Blueberry-Cheesecake-Muffin dazu bekommen?« Miriam nickt und schreibt meine Bestellung auf. »Colin?«

Zum ersten Mal, seit Miriam zu uns gekommen ist, schaut er sie an und gibt sich freundlich. »Habt ihr Burger?«

»Ja, aber unsere Karte ist klein. Wir bieten nur drei verschiedene an.«

»Welcher ist der Beste?«

»Ich würde sagen, der Hickory Burger.«

»Großartig.« Colin setzt ein falsches lächeln auf. »Dann nehme ich einen davon. Und ich möchte gerne Pommes dazu.«

Miriam nickt und schreibt auch seine Bestellung auf. »Möchten Sie etwas zu trinken?«

Colin und ich sind still. Seine Augen sind wieder auf meine gerichtet und bohren Löcher in meine Seele. Zumindest so lange, bis ein Lächeln durchbricht.

»Jeder von uns bekommt ein Wasser. Und einen Kaffee, bitte. Mit zwei Päckchen Zucker und ungefähr«—er hält Miriam Daumen und Zeigefinger entgegen—»so viel Milch.«

In einem Versuch, mein Lachen zu unterdrücken, beiße ich auf meine Lippe. Es hilft nicht viel, denn ein Kichern schafft es dennoch, sich durchzukämpfen.

Dieses eine kleine Kichern bringt Colin dazu in Gelächter auszubrechen, als Miriam geht. Was mich dann ebenfalls zum Lachen bringt.

KAPITEL 15

»so go and break up my relationships and break my fucking heart«—PLEASEXANNY by Chase Atlantic

Colin

»WILLST DU NICHT REINKOMMEN?«, fragt Lily, als ich sie zu ihrer Wohnung begleite. Ich stehe an der Tür und beobachte sie, wie sie rein geht und versuche nicht einmal ihr zu folgen.

Ich habe das Gefühl, dass ich genau diesen Moment schon mal erlebt habe.

Ich schüttle den Kopf. Ich kann nicht hineingehen. Wenn ich das tue, bin ich mir nicht sicher, ob ich mich noch lange unter Kontrolle haben kann.

Heute war ein sehr guter Tag. Eine Million Kaffees zu probieren, klingt nicht nach viel Spaß, aber das war es tatsächlich.

Lily und ich erklärten das Retro Diner sogar zu unserem neuen Favoriten. Es mag eine halbe Stunde vom Campus entfernt sein, aber ihre Burger sind es absolut wert.

Wir wollten den besten Kaffee der Stadt finden. Und das taten wir. Lily und ich mussten nicht einmal weiter herumfahren, um einen besseren zu finden. Wir wussten beide, dass der Kaffee, den wir im Diner teilten, ein totaler Gewinner war.

Okay, vielleicht war es der Burger, der mich davon überzeugt hat, für das Diner zu stimmen. Das bedeutet aber nicht, dass der Kaffee schlecht war. Das Retro Diner hat einen tollen Kaffee. Er ist nicht wässrig, auch nicht zu stark. Er ist perfekt. *Die Burger allerdings auch*.

Und außerdem sieht es verdammt cool aus. Es gibt einem nicht nur das Gefühl, in einer Zeitmaschine festzustecken. Oder wie Lily sagen würde: »Man fühlt sich wie in einer Hollywood-Teenie-Romanze«, es sieht verdammt großartig aus.

Ich glaube nicht, dass ich dort jemals ohne Lily hingehen könnte. Das ist es, was es bedeutet »einen Ort« zu haben, nicht? Einen Ort, an dem man eine gute Erinnerung teilt.

Wenn ja, dann ist er das total.

Ich frage mich, ob Lily darüber in ihr Tagebuch schreiben wird. Wohl eher nicht. Sie schreibt nur über ihre schlechten Gefühle und warum sie sterben will. Warum sie sterben *wird*, anscheinend.

Lily besteht immer noch darauf, dass ich sage: »Wenn du sterben wirst.« Sie weigert sich, mich zu sich durchdringen zu lassen. Aber andererseits weiß ich nichts darüber, wie es ist mit Selbstmordgedanken zu leben, oder mit Depressionen. Vielleicht ist ihr Gedankengang einfach genau das, was durch beides kommt.

Wie auch immer, nachdem wir das Diner verlassen hatten, konnte ich Lily davon überzeugen, mit zu mir nach Hause zu kommen. Immerhin versprach ich meinen Freunden, dass sie die Kaffees auch probieren könnten, damit es eine geringere Verschwendung war. Ja und zu unserem Spaß habe ich keinem von ihnen mitgeteilt, dass ich in die meisten davon reingespuckt habe.

Sie waren kalt, also noch weniger trinkbar als zuvor.

Lily wurde verrückt vor Lachen, als Aaron einen Schluck von meinem am wenigsten beliebten Kaffee nahm. Der, in den ich nicht nur einmal, sondern zweimal gespuckt habe. Musste den Geschmack aus meinem Mund bekommen. Als er sagte: »Er schmeckt nicht einmal so schlecht«, verlor sogar ich die Haltung. Ich werde nicht Lügen, zu hören, dass dein Speichel »nicht einmal so schlecht« schmeckt, ist ein echter Ego boost.

»Warum nicht?« Lily klingt enttäuscht.

»Ich werde es bereuen.« Ich schiebe meine Hände in die Taschen meiner Jeans und hebe meine Schultern leicht an, bevor ich sie herunterfallen lasse.

Sie zieht ihre Augenbrauen zusammen, denn sie versteht nicht wieso.

Ich hasse das. Ich hasse es, dass ich nicht einfach zu ihr hingehen und sagen kann; *»Hey, let's fuck«,* so wie ich es mit jedem anderen Mädchen auf einer Party machen würde. Wenn ich das mit Lily mache, würde nicht nur sie mich aus dem Fenster werfen, Aaron würde es ebenfalls.

Aber das ist nicht einmal das, was mir Angst macht. Was mir Angst macht, ist ihre Reaktion, wie sie sich in den darauf folgenden Tagen verhalten würden. Ich fürchte, die Dinge würden seltsam zwischen uns werden.

Ich kann nicht anders, als zu seufzen, während ich versuche, einen guten Grund zu finden. »Lilybug.« Ich fahre mit meinen Händen durch meine Haare, zerre an den Haarspitzen, Frustration strömt durch mein System.

»Habe ich etwas getan?« Sorge fegt durch ihre Stimme, wie der Wind durch die Luft.

»Es ist was ich nicht getan habe«, antworte ich und verwirre sie nur noch mehr.

»Was hast du nicht getan?«

»Aaron hat mich gewarnt.« Meine Stimme ist weich und euphorisch, aber ich klinge müde, unbequem. Sogar ich kann es hören. »Ich hätte dir nicht so nahekommen sollen.«

»Warum nicht?«

Vielleicht sollte ich ehrlich und direkt zu ihr sein. Unsere Freundschaft ist noch so jung, aber ich kann auch keine weitere Zeit verlieren. Unsere Tage sind gezählt, zumindest so lange, bis sie zur Besinnung kommt.

»Ich kann nicht aufhören, an deine Lippen zu denken.« Ich stürme an Lily vorbei und gehe in ihr Wohnzimmer. Auf den weg hinein greife ich nach ihrer Hand und ziehe sie hinterher.

Ich habe mich noch nie so gefühlt. Ich war noch nie so frustriert, wenn ich ein Mädchen wollte, und doch bin ich hier. Lily ist die Einzige, die mir durch den Kopf geht, besonders in Zeiten, in denen sie es nicht tun sollte.

Wir gehen in ihr Zimmer. Ich schiebe sie praktisch hinein und verriegle die Tür, bevor ich ihr folge.

Ich versuche normal zu atmen. Versuche, meinen Drang zu kontrollieren, sie an mich zu ziehen und meine Lippen auf ihre zu drücken, um die Hölle aus ihr rauszuküssen.

»Geht es dir gut?« Ihre süße Stimme strömt wie klassische Musik durch meine Ohren, fließend, und beruhigend für meine Nerven.

Ich antworte nicht. Ich reagiere überhaupt nicht. Alles, was ich tue, ist mich mit meinem Rücken gegen die geschlossene Tür zu drücken, tiefe Atemzüge zu nehmen, um noch tiefer und länger auszuatmen.

Ich kann das verdammt noch mal nicht mehr.

Und dann kommt sie näher. Mit jedem Schritt, den sie macht, habe ich das Gefühl, dass die Luft dünner wird. *Ich kann verdammt noch mal nicht atmen.*

»Mach noch einen Schritt auf mich zu und ich werde dich gegen die Tür drücken müssen.«

Sie erstarrt. »Colin, was zum Teufel passiert hier?« Sie verlangt eine Antwort, die ich ihr nicht geben kann.

Mein Verhalten lässt sie gleich ausflippen und ich kann es ihr nicht einmal verübeln. Ich würde auch ausflippen.

Unbehagen steigt in mir auf. Gott, sie ist so schön. Wieso habe ich sie noch nie zuvor gesehen. Wir haben seit Jahren einige Fächer zusammen. Warum ist sie mir nie aufgefallen?

Sie kommt einen weiteren Schritt näher und ignoriert offensichtlich meine Warnung von vor einer Sekunde. »Lily, ich meine es ernst.«

»Dann drück mich gegen die gottverdammte Tür. Solange du mit mir sprichst, werde ich es ertragen.« Sie kommt mir näher und macht es mir noch schwerer zu atmen.

»Sag mir was Deprimierendes«, flehe ich. »Sprich über deinen Tod.«

Auf Lilys Gesicht erscheint ein Lächeln und sie bleibt direkt vor mir stehen. Ihr Kopf neigt sich so weit nach hinten, dass ihre Augen meine treffen. Die Hoffnung und die Belustigung in ihren grünen Augen lassen mich sofort schmelzen.

»Du findest es deprimierend, dass ich sterben will?« Dann korrigiert sie sich: »Dass ich nächste Woche sterben werde.«

»Wie könnte ich nicht?«

Ihre Hände legen sich auf meine Brust, Blut strömt direkt in meine Leistengegend. Sie entlockt mir ein leichtes Keuchen, als ihre Hände tiefer hinabstreichen, ihre Finger verfolgen jede Krümmung meiner Muskeln.

»Wie kommt es dann, dass du jetzt darüber reden willst?«

Ich schaue an die Decke, denn ich kann ihr nicht länger in die Augen schauen. Sie hat mich gefangen, und sie weiß, dass sie das hat. Das Grinsen auf ihren Lippen verrät sie.

Ich versuche, mich nicht auf ihre Hände zu konzentrieren, die über meinen Bauch gleiten und ihren Weg zum Saum meines Hemdes finden, bevor sie direkt darunter rutschen. Ihre Haut auf meiner lässt diesen Raum so viel heißer erscheinen, als er ist.

Ich bin in der *Hölle*. Das ist verdammte Folter.

»Nun, würdest du mich ansehen, Colin?«

Ich kann nicht. Es gibt keine Möglichkeit, ich habe nur noch den Drang meine Lippen auf ihre zu pressen, sobald ich in diese atemberaubenden grünen Augen sehe.

Seit diesem versehentlichen Kuss in der Arena sind ihre Lippen alles, woran ich denken kann. So war es bei mir noch nie. Ich habe schon etliche Mädchen geküsst und hatte noch nie einen dummen, *versehentlichen* Kuss, der mir das Gefühl gab…zu *verzweifeln*.

Atme einfach, Colin.

»Nein?« Belustigung tanzt auf ihrer Zunge. »Würdest du mich einfach küssen?«

Mein Kopf fällt runter, meine Augen blicken in ihre, mein Atem wird mir genommen.

Hat sie gerade das gesagt, was ich denke, das sie gesagt hat?

Lily beißt sich auf die Lippe und lächelt sanft.

Ich schwöre, sie will mich tot sehen.

»Ich kann nicht.«

Enttäuschung zieht über ihr Gesicht.

»Ich werde weit über das Küssen hinausgehen.«

»Ist das eine Herausforderung?«

Das ist es. Ich bin durch.

Ich greife nach einem ihrer Handgelenke, ziehe ihre Hand unter meinem Shirt hervor und lege sie direkt über die Wölbung in meiner Hose.

Sie nimmt einen langen Atemzug, zieht aber ihre Hand nicht zurück. Stattdessen bewegt Lily ihre Finger mit leichtem Druck, während sie über meine sich härtende—*bedeckte*—Erektion reibt.

Sie grinst mich wissend an und ihre Hände wandern näher zu dem Knopf meiner Hose.

»Wenn du meine Hose aufknöpfst, werde ich nicht länger den netten Kerl aufrecht halten können. Denn ich werde dich respektlos ficken müssen«, warne ich.

»Du kannst mich nicht einmal küssen, Colin.«

Ich greife mit einer Hand fest in ihren Nacken und drücke mit der anderen ihre Hüften gegen meinen Körper.

Meine Lippen bedecken ihre, womit ich ihr das Gegenteil beweise.

Ihre Hände sind warm, als sie gegen meinen Bauch drücken und wieder jeden Zentimeter meiner Bauchmuskeln untersuchen. Mein Herz schlägt schneller und will nicht wahrhaben, dass dies wirklich geschieht. Aber das tut es.

Ich übernehme die Kontrolle über den Kuss und vertiefe ihn, indem ich sie ein Stück näher an mich drücke, wenn das überhaupt noch möglich ist.

Meine Zunge gleitet über meine Lippen und taucht in ihren Mund ein. Sie schmeckt nach Kaffee und Granatapfel. Und so sehr nach Lily.

Ich liebe den Geschmack von Lily. Es wird niemals jemand besseren geben als sie. Niemand könnte sich jemals mit ihr messen, jetzt, da ich einen Vorgeschmack vom Himmel bekommen habe.

Ich ziehe mich zurück und schiebe sie weit genug weg, um Platz zwischen uns zu bringen. Genug Platz, der mich davon abhält, Schlimmeres zu tun, weiterzugehen.

Selbst das ist ein Schritt zu weit. Lily zu küssen, meine ich. Ihre Lippen sind tabu, ebenso wie ihr Körper. *Sie* ist tabu.

Gottverdammt, sie will *sterben*. Sie plant nicht einfach einen Urlaub und wird für ein paar Tage weg sein. Nein, sie will tot sein.

Ich kann mich nicht weiter jemandem nähern, der schon mit einem Fuß im Grab steht. Ich hatte bereits genug davon in meinem Leben.

Und doch…

Lily greift nach der Kette um meinen Hals und zieht mich an sich heran. Ihre Lippen berühren meine, doch verbinden sie sich nie ganz.

Ehrlich gesagt, scheiß drauf. Eine Nacht wird nicht schaden.

»Du machst es mir schwer zu atmen«, flüstere ich. Ich lasse sie nicht sprechen und drücke einfach meinen Mund gegen ihre weichen Lippen. Ihre Zunge streichelt meine, während ich Anspruch auf ihre erhebe.

Sie stöhnt und genießt es genauso sehr wie ich. *Hoffe ich.*

Meine Hände gleiten über ihren Körper, bis ich ihre Hände erreiche. Ich nehme sie in meine, drehe uns um und drücke Lilys Rücken gegen die Tür. Ich klemme ihre Hände mit einer Hand über ihrem Kopf und benutze meine andere, um ihre Taille festzuhalten.

»Du schmeckst so gut, weißt du das?«, sage ich nahe an ihrem Ohr. Meine Zunge kommt mit ihrer Haut in Berührung, feuchte Küsse wandern ihren Hals entlang, saugend und knabbernd, bis hellrote Flecken auf ihrer Haut erscheinen. Nicht dunkel genug, um am Ende Spuren zu hinterlassen.

Bis auf ein oder zwei vielleicht

Ihr Mund öffnet sich leicht, die Augen sind nur halb geöffnet.

»Colin«, sagt sie in einem Atemzug und wölbt ihren Rücken von der Tür weg, während ich meine Erektion in ihren Bauch drücke.

Tief in meinem Kopf weiß ich, dass wir das nicht tun sollten. Wir sollten nicht die unsichtbare Linie überschreiten, die keiner von uns jemals wirklich gezogen hat.

Mein Verstand sagt mir, ich muss mich zurückziehen.

»Lily, wir können nicht«, spreche ich, meine Stimme ist heiser und ich wette, ich klinge außer Atem. »Ich kann das nicht.«

»Colin, triff eine Entscheidung. Wir können entweder *das* tun oder einen Film schauen.« Sie schaut mich enttäuscht an, obwohl ich denke, dass sie mein Zögern nachvollziehen kann.

Nein, ich glaube Lily denkt, dass es hier um sie geht. Dass ich sie nicht attraktiv finde oder so etwas. Aber die Wahrheit ist, ich habe mehr Angst vor mir selbst, wenn ich mit ihr zu weit gehe.

Ich hatte nie Angst, zu schnell oder zu weit mit jemandem zu gehen. Ich hatte nie Angst, mit jemandem zu schlafen. Aber ich habe Angst, mit Lily zu schlafen.

Ich kenne mich, und ich weiß, dass mir noch nie jemand so wichtig war wie Lily. Ich kenne sie seit weniger als einer Woche und ich kann nicht aufhören an sie zu denken. Ich kann das nicht zulassen, weil ich sie sonst vielleicht nie mehr aus meinem System bekomme.

Und falls sie stirbt, werde ich bis dahin so an ihr hängen, dass es mir das Herz herausreißen wird und ich mit ihr sterben werde.

»Bitte«, fleht sie, »triff eine Entscheidung.«

Kann jemand bitte meinen Kopf mit einer Guillotine abhacken?

Ich streiche über mein Gesicht und atme tief aus.

Drücke meine Lippen wieder auf ihre Haut und küsse ihren Hals hinauf, ihr Kiefer und dann ihre Lippen.

Ich lasse Lilys Hände los und hebe sie hoch. Sie wickelt ihre Beine um meine Hüften, ihre Arme schwingen um meinen Hals.

»Bist du dir sicher, dass du das willst?«, frage ich und ziehe mich für eine Sekunde von ihren Lippen weg.

»Was ist mit ›respektlos‹ passiert?« *Ja, ich glaube nicht, dass das passieren wird.*

»Ein Typ kann dich auf alle möglichen Arten ficken und trotzdem sicherstellen, dass du es tatsächlich willst.«

»Ich will diese ›alle möglichen Arten‹ sehen«, sagt sie und grinst.

»Dann werden wir wohl eine Wiederholung brauchen.« Ich trage Lily zu ihrem Bett und stelle sie hin.

»Wer hat gesagt, dass dies eine einmalige Sache sein wird?« *Töte mich.*

Langsam zieht Lily ihre Leggins aus, dann schiebt sie mich auf das Bett. Sie setzt sich auf meinen Schoß, hält mein Gesicht in ihren Händen, während sie ihre Lippen auf die meinen presst. Sie küsst mich leidenschaftlich, ihre Zunge schmeckt meine. Sie offenbart mir eine neue Seite von Besitzgier, die ich ihr nie zugetraut hätte.

Ihre Hände streifen über meinen Körper, als würde sie mich untersuchen. Sie entdeckt *jeden* Zentimeter meiner Muskeln und Haut mit heißen Berührungen, die Stromblitze durch meinen Körper schicken.

Als ihre Hände in meine Hose wandern und sie dabei ist, sie zu öffnen, muss ich Lily aufhalten. Nicht, weil ich ihre Hände nicht an meinem Schwanz haben will, sondern weil ich Angst habe, mich viel zu schnell zu verlieren, wenn sie es sind.

Aus irgendeinem Grund erregen mich ihre Hände mehr, als es andere jemals getan haben. Nur eine sanfte und winzige Berührung von Lily und ich bin weg.

Ich greife nach ihrem—*oder eher gesagt nach meinem*—Trikot und ziehe es ihr in einer schnellen Bewegung über ihren Kopf.

»Oh Gott.« Meine Lippen gleiten über ihre heiße Haut, ich küsse ihr Dekolleté, ihre Brüste und wieder ihre Lippen.

Ich habe eine neue Sucht für meine Lippen gefunden. Die wäre: an Lilys gebunden zu sein.

Ihre Finger klammern sich an mein Hemd, ziehen daran, als sie es über meinen Kopf zieht und durch den Raum wirft. Sie nimmt sich einen Moment Zeit, um mich anzusehen und überfliegt meinen Oberkörper, als hätte sie ihn noch nie zuvor gesehen.

»Ich denke, du musst ein bisschen mehr trainieren.« Sie streicht mit ihren Fingerspitzen über meine Brust und wandert zu meinem Bauch. »Ich möchte ja nicht, dass mein neuer Sex-Freund weniger Bauchmuskeln hat als mein Bruder.«

Sie macht Witze, ich weiß, dass sie das tut.

»Jesus, können wir nicht ein anderes Mal über Aaron sprechen?«, lache ich.

»Nur, weil du so nett gefragt hast.« Sie strahlt mich an und legt ihre Hände zurück auf meine Brust, während sie mich küsst.

Meine Hände öffnen ihren BH. Die Träger rutschen über ihre Arme herunter und ich fluche erneut. »Gott, du bist so schön.«

Ihre Wangen röten sich. Ich habe bereits rausgefunden, dass sie Komplimente nicht sehr gut annehmen kann, aber scheiß drauf, ich werde diese Frau mit Komplimenten überschütten.

Denn. Lily. Ist. Einfach. Atemberaubend. Hübsch.

»Hör auf mich zu bewundern. Du hast Respektlosigkeit versprochen.«

»Reyes, um Himmels willen.« Ich reibe sanft mit meinem Daumen über die Nippel ihrer Brüste und fühle, wie sie härter werden. »Scheiß auf die Respektlosigkeit. Du bist viel zu atemberaubend dafür.«

Lily legt ihre Hände auf meine und drückt sie dann direkt auf ihre Brüste.

Hinweis angekommen.

Ich lasse meine Hände über ihre Brüste gleiten, drücke sie zusammen, rolle ihre Nippel zwischen meinen Fingern und höre, wie Lily wimmert.

»Absolut umwerfend«, flüstere ich und küsse ihren Körper hinunter, bis mein Mund eine ihrer Brustwarzen bedeckt. Meine Zunge gleitet sanft über ihre harten Nippel. Sie stößt ein Stöhnen aus, ihre Hände ziehen fest an meinen Haaren.

Ich weiß, dass genau das hier jetzt nicht passieren sollte, weil es die nächsten sechs Tage um einiges verkomplizieren wird.

Kapitel 16

»she's headin' for something that she won't forget«—Night Changes by One Direction

Lily

Colin wechselt unsere Position, zieht mich von seinem Schoß und legt mich aufs Bett.

Dann greift er nach seiner Hose und holt ein Kondom hervor.

Er zerrt an meiner Unterwäsche, schiebt sie meine Beine hinunter, und sieht mich völlig entblößt.

Ich beobachte, wie sein Kopf nach hinten kippt, er ein langes, raues Stöhnen ausstößt und seine Hände über sein Gesicht gleiten. »Ich werde dich brechen.«

»Überschätze dich nicht, Gute Fee«, entgegne ich amüsiert.

Aber ich denke, er könnte Recht haben. In dem Moment, in der er seine Hose nach unten schiebt und genauso nackt vor mir steht wie ich, entweicht mir ein geschocktes Stöhnen. Sehr zu seiner Freude.

Er lacht über meine Reaktion, beugt sich über mich und hinterlässt eine Spur von Küssen, beginnend an meinem Bauch und endend auf meinen Lippen.

Man könnte über seine Küsse schwärmen. Die besten Küsse, die ich je erlebt habe. Heiß, mit Leidenschaft und Lust. Sie sind verführerisch, besitzergreifend. Seine Hand gleitet an meinem

Körper hinunter. Die Stellen, die er berührt, fühlen sich wie Feuer aus der Hölle an. Stechend heiß, und doch berührt er mich mit solcher Sanftheit.

Schwere Atemzüge und leichtes Stöhnen entweichen mir, als er seine Hand auf meine Pussy legt und seine Finger durch meine Lippen gleiten lässt.

»Ah fuck, Lilybug.« Er kann spüren, so peinlich es auch ist, wie feucht ich bereits bin. »Das ist heiß.« Seine Stimme vertieft sich und klingt viel rauer als sonst.

Endorphine fließen durch mich wie Pop Rocks und ein Kribbeln rast durch meinen Körper und auf der Oberfläche meiner Haut, als Colin einen Finger in mich hineinschiebt.

Ich mag es, dass er nicht ruhig ist. Es ermutigt mich, die Herausforderung anzunehmen, lauter als er zu sein.

Ich kann nicht glauben, dass er mich noch kaum berührt hat und ich schon so feucht bin. Es ist wirklich peinlich, aber Colin scheint es zu mögen.

»Ich muss dich probieren.« Seine Stimme klingt heiser und lustvoll.

Sein Kopf rutscht tiefer als Colin meine Beine spreizt und mich sanft auf meine Vulva küsst.

»Oh Gott«, ich atme heftig ein. »Colin.«

Er küsst mich ein weiteres Mal, um dann auch seine Zunge zu benutzen. Sie gleitet von meiner Vulva zur Klit und entlockt mir ein Stöhnen. Ich spüre, wie es auf meiner Haut vibriert, und ich will nur noch jede Berührung, jede Zungenbewegung fühlen und genießen. *Jede einzelne.*

Als ich meine Finger voller Leidenschaft und Wollust in seine Haare kralle, hört Colin auf und sein Kopf gleitet zu meinen Oberschenkeln.

Colin küsst die Innenseite meines Oberschenkels verdächtig lang, und ausschließlich in einem Halbkreis. Er beißt und saugt.

»Machst du mir einen Knutschfleck?«, frage ich etwas atemlos. Ich frage mich, wo mein Atem hin ist.

»Könnte sein«, murmelt er und ich spüre, wie er lächelt.

Ehrlich gesagt, dann sei es so. Es ist sowieso nicht so, dass irgendjemand meine inneren Oberschenkel sehen würde.

Und dann hebt Colin meine Hüften, meine Finger erfassen sein Haar, während er erneut an meiner Klit saugt. Ich verspüre haltlose Lust als ich seinen Namen ausstöhne.

Zwei seiner Finger streichen an meiner Öffnung, kurz bevor er sie einführt und es mir schwerfällt, mich zurückzuhalten. Stöhnen und vergnügungsvolle Schreie verlassen meine Lippen und füllen den Raum mit Klängen.

Ich möchte ihn küssen, seine Lippen wieder auf meinen spüren, aber ich möchte auch, dass er mit meinem Körper so weiter macht, wie er es tut.

»Colin.« Meine Stimme ist an dieser Stelle kaum noch ein Flüstern. Ich stöhne lauter, er murmelt etwas Unverständliches und saugt weiter an meiner Klit, während er seine Finger in mich hineinschiebt und wieder herauszieht.

Mein Körper fühlt sich heiß an, als hätte ich Fieber. Aber ohne sich dabei schlecht zu fühlen. Ganz im Gegenteil, ich fühle mich gut. *Sehr* gut, sogar.

»Gefällt dir das, Baby?« Seine Stimme ist tief und voller Lust.

Mein Rücken wölbt sich, mein Kopf lehnt sich in ein Kissen hinein, während sich mein Griff in seinem Haar festzieht und dieses völlig durcheinanderbringt.

»*Bitte*«, flehe ich und wimmere.

Ich ziehe ihn an seinen Haaren hoch zu mir, um ihn zu küssen.

Es ist mir egal, dass sein Mund von meiner Feuchtigkeit bedeckt ist, ich muss seine Lippen auf meinen spüren.

Und das tue ich auch.

Mit meinen Händen an seinem Nacken, ziehe ich sein Gesicht zu mir hinunter und küsse ihn mit einer mir unbekannten Leidenschaft.

Mit schwerem Atmen sage ich: »Ich will dich in mir spüren.« Er lacht leise und streckt seinen Arm zu meinem Nachttisch.

»Ich möchte, dass du kommst, während meine Zunge in dir ist«

»Oh Gott, nein.«

»Nein?«, kichert er. »Aber du bist verdammt lecker. Ich könnte die ganze Nacht von dir naschen.«

»Colin«, stöhne ich verzweifelnd.

Ich bin mir nicht ganz sicher, wann oder wie er das Kondom angezogen hat, denn das nächste, was ich weiß, ist, dass Colin die Spitze seines Schwanzes gegen meine Vulva drückt und auf magische Weise mehr von meinem Stöhnen heraufbeschwört.

Es ist, als wäre ich einer dieser singenden Vögel, die nach einem potenziellen Partner rufen. Nur dass mein Gesang kein Vogelgezwitscher ist, sondern heftiges Atmen und Stöhnen, welches meine Lust verrät.

Schnell dringt er in mich ein, was dazu führt, dass wir beide laut stöhnen—obwohl ich sicher bin, dass ich mehr nach Luft schnappe, als dass ich stöhne. Er stöhnt vor Vergnügen, ich schnappe nach Luft vor Schmerz.

Der Schmerz stört mich nicht all zu sehr. Ich habe gehört, dass es wehtun kann, also war ich darauf vorbereitet. Größtenteils zumindest.

Colin bewegt sich nicht weiter und schaut mir stattdessen für einen Moment in die Augen. Er sieht meinen Schmerz darin, sieht mich an als würde er auf eine Reaktion von mir warten.

Als ich nicht reagiere, beginnt er sich zu bewegen, zieht sich aus mir heraus, nur um genauso schnell wieder nach innen zu gelangen, wie beim ersten Mal. Nur dieses Mal dringt er nicht nur schnell ein, sein Glied ist härter und drückt sich tiefer in mich hinein.

»Fuck«, stöhnt er, »du bist so eng.«

Harte, tiefe und schnelle Züge, die meinen Körper in eine ganz andere Dimension schicken.

Colin hebt meine Beine hoch, wickelt sie um seine Taille und lässt mich vor Vergnügen schreien, als er immer wieder mit seinem Schwanz in mich eindringt und *den* Punk trifft.

»Ist das Okay?«, fragt er und schaut mir dabei in die Augen. Ich nicke, denn ich kann nicht sprechen vor Vergnügen. Nicht mal ein einfaches *Ja*.

Ich versuche, seinen Stößen entgegenzukommen, hebe meinen Hintern an, aber meine Kraft geht verloren, als er immer und immer wieder in mich hineinstößt.

Seine Lippen saugen an meinen, als wolle er sie für immer für sich behalten.

Ich glaube nicht, dass mir jemals jemand so ein intensives Vergnügen bereitet hat. Die Art und Weise, wie Colin es schafft unsere Körper ineinander verschmelzen zu lassen, ist beängstigend. Er weiß genau, wann er härter werden, wann er schneller, wann er langsamer vorgehen muss und wann er seine Finger mit ins Spiel bringen sollte.

Als mein Stöhnen lauter wird, die Schreie immer häufiger werden, hört Colin nicht auf, mich zu küssen. Er versucht mich zum Schweigen zu bringen oder mich zumindest ein wenig unter Kontrolle zu bekommen, aber ich bezweifle, dass das funktioniert. Allerdings habe ich auch nichts gegen seine Lippen auf meinen.

Er hält meine Arme mit einer Hand über meinen Kopf und erlaubt mir nicht, ihn weiter zu berühren. Es ist frustrierend, denn ich *will* ihn anfassen. Ich *muss* ihn berühren. Ich muss meine Hände über seinem Körper spüren, die Kurven seiner Muskeln spüren, fühlen, wie *er* sich unter meiner Berührung anspannt.

»Lily«, atmet er gegen meine Lippen und drückt sich nun ein kleines bisschen härter in mich hinein.

Ich bete insgeheim, dass Winter nicht zu Hause ist. Sie kann definitiv alles hören, nicht nur das Bettgestell, das gegen die Wand schaukelt, sondern auch alles andere.

»So ist es richtig, Baby«, lobt er. »Du nimmst mich so gut.«

Colin reibt meine Klit ein wenig schneller, gibt mehr Druck hinzu und stößt schneller in mich hinein, bis ich den Punkt des Vergessens erreiche, auf den er hingearbeitet hat.

»Oh…*Gott.*« Ich grabe meine Nägel in seine Haut, zumindest soweit es möglich ist, da er meine Arme immer noch hochhält.

»Nein«, sagt er in strengem Ton. Er packt mein Kinn und drückt seinen Finger in meine Haut.

Ich öffne meine Augen, denn ich weiß nicht, was ich falsch gemacht habe.

»Du wirst mir in die Augen schauen«, fordert er. »Ich möchte, dass deine Augen auf meine gerichtet sind, wenn du kommst. Mit meinem Namen, der über deine Lippen rollt. Ich möchte, dass du siehst, wer dich fickt, Baby. Wer dir das gute Gefühl gibt.«

Also meinte er *Respektlosigkeit* auf eine heiße Art und Weise.

Er fährt fort, in mich hineinzustoßen, seine Augen schauen tief in meine, beobachten mich, als ich meinen Höhepunkt erreiche und einen Zustand des Vergessens anstrebe, von dem ich nie gedacht hätte, dass ich es könnte.

Es ist so viel intensiver, als wenn ich es mir selbst mache.

Ich rufe seinen Namen, sehe, nehme seinen zufriedenen Blick aber nicht wirklich wahr.

Colin ändert die Position, dreht mich um und hebt meinen Hintern hoch, nur um wieder in mich einzudringen. Er gibt mir nicht eine Sekunde, um von meinem Orgasmus herunterzukommen.

Ich spüre, wie er seine Hände an meinen Po hält. Er erhöht das Tempo, während er sich in mir verliert.

Sein Griff an meinem Hintern zieht sich fest, so dass ich vor Schmerz schreie. Allerdings bin ich überrascht, dass ich den Schmerz erregend finde.

Je länger und tiefer er in mich hineinstößt, desto näher komme ich meinem zweiten Höhepunkt.

Ich frage mich, ob Colin seinen Orgasmus zurückhält und möchte, dass ich ein weiteres Mal komme, bevor er es tut.

Mit seinen Händen auf meinen Hüften, die meinen Körper dazu zwingen, seinen Stößen entgegenzugehen, trifft er diese *eine* sehr empfindliche Stelle in mir immer und immer wieder.

Das bringt mich dazu, seinen Namen mit all der Kraft, die ich noch habe, zu schreien.

»Lily«, stöhnt es aus ihm heraus, seine Stimme klingt heiser, während seine Hände mich gegen ihn drücken.

Ich bin schweißgebadet. Ein keuchendes Durcheinander, kaum in der Lage, richtig zu atmen.

Es fühlt sich an, als hätte ich vergessen, wie man atmet.

Immerhin bin ich nicht die Einzige, die sich so zu fühlen scheint.

Colin atmet ebenfalls schwer, flucht, gibt raue Töne von sich, während seine Finger sich tiefer in meine Haut graben.

Bis er aufhört und sanft unseren Höhepunkt ausreitet, als wir beide unseren Orgasmus erreichen.

Ich spüre, wie nass ich bin, als er sich aus mir herauszieht. Ich kippe um und lande auf dem Bauch. Ich will mich nicht bewegen, zu erschöpft von Colins göttlichem Penis.

Ich habe kaum noch genug Gehirnzellen übrig um mitzubekommen, dass Colin meine Schulter Küsst. Erst als er sagt: »Es ist ein Herz«, arbeitet mein Gehirn wieder. »Du hast ein herzförmiges Geburtsmal.«

Das habe ich offenbar.

»Es ist süß, Lilybug. Nicht peinlich.«

»Ich wünschte, ich würde das Gleiche empfinden«, sage ich leise, immer noch nicht in der Lage, mich zu bewegen.

»Steh auf«, befielt Colin schon neben dem Bett stehend.

Woher zum Teufel hat er noch diese Kraft sich zu bewegen?

»Ich will nicht.«

»Du willst.« Innerhalb von Sekunden zieht mich Colin vom Bett, hebt mich hoch und trägt mich aus meinem Zimmer—entsorgt das gebrauchte Kondom—und führt uns dann ins Badezimmer.

Es scheint, als wäre Winter nicht hier, denn dafür ist es zu ruhig. Aber ich bin froh, dass sie nicht hier ist, denn Colin *fucking* Carter hat mich gerade fünf Schritte aus meinem Zimmer ins Badezimmer getragen. Nackt.

Er stellt mich hin, gibt mir einen zärtlichen Kuss auf die Nase und schnappt sich dann eines der Handtücher, die neben dem Waschbecken hängen.

»Muss ich dir sagen, wie du dich um deinen Körper kümmern sollst?« Er schaut mich mit großen Augen an. »Geh pinkeln.«

»Nicht in deinem Beisein«

»Erinnerst du dich an den Teil, vor ein paar Minuten, als ich dich dazu brachte, meinen Namen zu schreien, als du kamst?«

»Mhm«, summe ich als Antwort. Das bedeutet aber dennoch nicht, dass ich pinkeln kann, wenn *er* zusieht.

Er stößt einen tiefen Seufzer aus, da ich mich nicht rühre. Aber er beschwert sich nicht. Er macht das Handtuch nass, das er gerade vom Handtuchhalter gerissen hat und stellt sich wieder vor mich.

Seine Augen scannen meinen Körper, als würde er einen letzten Blick darauf werfen, um das Bild meines nackten Körpers in sein Gehirn zu brennen. Aber dann kniet er vor mir nieder und fängt an mich zu waschen.

Yup. Colin Carter reinigt das Chaos, das er angerichtet hat. Oder eher gesagt, das wir angerichtet haben. Anscheinend hat er doch eine nette Seite an sich.

Wie kann ein Typ, der so süß und respektvoll ist, einen so schrecklichen Ruf haben?

Nicht, dass er einen schlechten hat, es ist nur…die Mädchen beschweren sich über die Sexabenteuer, die sie mit ihm hatten. Es geht nie um den Sex selbst. Der war anscheinend immer überwältigend. Dem kann ich jetzt voll und ganz zustimmen. Aber laut der Sorority-Schwestern war er danach nie sanft oder nett zu einer von ihnen.

Offensichtlich kann ich nicht dasselbe behaupten.

Colin kümmert sich um mich, seit wir diese neuntägige Reise vor drei Tagen begonnen haben. Sicherlich auf einer anderen Art und Weise als üblich, aber es wird immer noch als »sich um jemanden kümmern« betrachtet, oder?

»Kann ich—«, er hält sich selbst davon ab, weiterzusprechen. Er steht auf und geht zum Waschbecken, um das Handtuch auszuwaschen.

»Kannst du was?«

»Noch eine Weile bleiben?«

Ich erstarre. Nicht, weil ich ihn nicht hier haben will, sondern weil ich davon überzeugt bin, dass er die Nacht bleiben wird. Besonders nach dem, was passiert ist.

»Du kannst auch nein sagen, Lilybug.«

»Oh«, seufze ich leise. »Ich will dich hier haben, Colin.«

Er lächelt mich an. »Gut, denn ich hatte sowieso nicht vor, zu gehen.« Er drückt seine Lippen ein letztes Mal auf meinen Mund und verlässt das Badezimmer.

Als ich ein paar Minuten später in mein Zimmer zurückkehre, liegt Colin auf meinem Bett. Er trägt eine Jogginghose, eine, die er vorher definitiv nicht getragen hat. Und aus irgendeinem Grund ist meine Bettwäsche ebenfalls anders.

»Wie lange war ich im Badezimmer?«, frage ich und überprüfe die Zeit. Nicht, dass es Sinn macht, da ich absolut keine Ahnung habe, wie spät es war als er mich ins Badezimmer getragen hat.

»Ich denke so zehn Minuten.« Colin streckt mir seine Hand entgegen und zieht mich zu sich heran.

Seine Arme umschlingen mich und halten mich zärtlich fest. Er streicht mir Haare aus dem Gesicht und gibt mir einen sanften Kuss auf die Schläfe.

Er fährt mit seinem Zeigefinger an meiner Halsbeuge entlang und lacht. »Ich liebe das«, flüstert er. »Die anderen Typen halten sich jetzt besser fern von dir.«

»Du hast mir einen Knutschfleck verpasst?« Meine Augen weiten sich bei der Erkenntnis. Warum habe ich das nicht im Spiegel gesehen?

»Du bist einfach blind.« *Woher weiß er immer, woran ich denke?*

»Das bin ich aber nicht.«

»Das bist du definitiv.«

»Colin, die Leute werden denken, dass ich in einer Beziehung bin. Das darf nicht passieren«, sage ich ihm.

»Warum nicht? Zunächst einmal bist du jetzt *meins*. Und es bringt mir Vorteile, da ich ein paar Hausarbeiten aussetzen kann, wenn ich die ›meine Freundin hat sich umgebracht‹-Karte einwerfe.«

»Wow, danke. Zumindest weiß ich jetzt, dass du nur hier bist, um leichter bessere Noten zu bekommen.« Ich verdrehe die Augen und versuche, seiner Umarmung zu entkommen.

»Lilybug«, lacht er und rollt uns um, diesmal liegt er auf mir. Er benutzt meine Brüste als sein Kissen. »Falls du es noch nicht herausgefunden hast, bin ich hier, um dir zu helfen, am Leben zu bleiben. Ich will nicht, dass du stirbst.«

»Nun, aber ich will sterben.«

»Das ist in Ordnung. Ich werde nicht so egoistisch sein und dir dieses ganze ›Denk an deine Freunde und Familie‹ Zeug sagen. Oder sogar ›Aber ich bin so krass in dich verliebt, bleib für mich‹. Ich denke nur, dass es eine Schande wäre, wenn du dein Leben einfach so wegwirfst.«

Alles, was er sagt, verlässt meinen Kopf sofort. Das Einzige, woran ich mich erinnern kann, ist dieser eine winzige Teil. *Ich bin so krass in dich verliebt*. Ich weiß, dass es ein Witz sein soll und trotzdem dreht sich mein Magen um.

Ich bin mir nicht sicher, ob er sich dreht, weil es gut oder schlecht klingt.

»Ich werde nie verstehen, wie du dich fühlst. Aber Lilybug, ich kann versuchen, dir zu helfen zu verstehen, dass du nicht allein bist. Ich kann versuchen, den Schmerz erträglicher zu machen. Du bist so ein wunderbarer Mensch. Ich könnte niemals mit mir selbst leben, wenn ich wüsste, dass du gestorben bist, und ich nicht versucht habe, dich davon abzuhalten«, sagt er und streicht seine Finger durch meine Haare.

So sehr ich ihm auch gerne glauben möchte, er kann niemals meine Meinung ändern. Aber anstatt es ihm ein weiteres Mal zu sagen, dass ich seine Rettung nicht will, dass ich tatsächlich sterben möchte, sage ich: »Deshalb willst du also, dass ich dir gehöre?« Ich hebe meine Augenbrauen. »Du willst, dass ich deine Freundin bin, damit du—was? Damit die Professoren dich aus Mitleid gut benoten, weil du jemanden verloren hast, den du ›liebst?‹«

»Ich habe dich nie zu meiner Freundin erklärt.«

»Du sagtest, dass ich dir gehöre. Das ist quasi dasselbe.«

»So scheint es, nicht?« Ich kann fühlen, wie er grinst, während er es sich ein bisschen bequemer auf mir macht, als wäre ich tatsächlich ein Kissen. »Du gehörst mir für die nächsten sechs Tage, um Dir zu zeigen, wie wunderbar das Leben sein kann, wenn du es zulässt.«

Das werden sechs sehr interessante Tage.

Eine plötzliche Wärme kriecht in meine Brust und speichert die Worte »Du gehörst mir« beängstigend nah an meinem Herzen. Ich sollte mich nicht so fühlen.

Aber das will ich. Denn Colin Carter nennt mich seins. Und *er* liegt auf *mir*, seine Arme sind um *mich* geschlungen nicht um jemand anderen.

Ich bin mir selbst wieder mal einen Schritt voraus. Ich bin nichts als eine Mission für ihn. Eine Herausforderung, wenn man so will. Jemand, mit dem er spielen kann, bis ich sterbe. Es gibt keine echten Gefühle. Keine Verpflichtung.

Der Raum wird leiser, die einzigen Geräusche, die zu hören sind, sind schweres Atmen.

»Stört es dich, wenn ich meine Schwester kurz anrufe?«

Es ist mir eigentlich egal, aber ich frage mich, warum Colin seine Schwester um elf Uhr abends anrufen möchte.

Colin greift zum Nachttisch und schnappt sich sein Handy. Er zieht mich an sich und will mich immer noch in seiner Nähe halten. Dann wischt er über sein Handy, landet auf seiner Messenger-App und gibt mir die Möglichkeit, seine letzten Nachrichten zu überfliegen. Zum Glück klickt er auf Eiras Chat und wählt ihre Nummer.

Ich bin mir nicht einmal sicher, warum der Gedanke, dass Colin andere Mädchen kontaktiert, mich nervt. Wir sind nicht anders involviert als in dieser Neun-Tage-Vereinbarung.

»Bitte sag mir, dass du wach warst«, sagt Colin, kurz nachdem Eira sich gemeldet hat. Ich höre nicht, was sie antwortet, aber ich nehme Colins Erleichterung als Antwort, dass sie wach war.

»Nein, *enana*, ich habe es heute einfach nicht geschafft, vorbeizuschauen.« Also besucht er seine Familie tatsächlich jeden Tag? Das ist beeindruckend. Ich habe meine Mutter seit gut einem Monat nicht mehr gesehen.

Um ehrlich zu sein, waren meine Mutter und ich in letzter Zeit sowieso nicht ganz so gut aufeinander zu sprechen.

»Du weißt, dass würde ich nie tun.« Gott, ich hasse es, nur eine Seite von Gesprächen zu hören. »*Uh, claro. Dame un momento, ¿sí?*«

Colin steht auf, das Handy zwischen Schulter und Ohr geklemmt, läuft durch mein Zimmer und hebt Kleidung auf.

»Gehst du?«, frage ich und ziehe meine Augenbrauen zusammen.

Colin schüttelt den Kopf und sagt: »Noch nicht«, ohne einen Ton zu sagen.

»*No, esa era Lily.*« Er kommt zu mir hinüber, hebt meine Arme hoch und zieht mir das gleiche Trikot von vorhin über meinen Körper.

»Würdest du mir bitte eine Sekunde geben?« Er lacht, als er sich neben mich setzt und das Handy vor mein Gesicht hält, gerade als er die Kamera einschaltet und eine ziemlich müde aussehende Eira Carter auf dem Bildschirm erscheint.

Sie kreischt vor Aufregung, als sie meine Haare in einer Ecke des Bildschirmes sieht. »Lily!«

Ich setzte mich auf und lehne mich an mein Bettgestell.

»Colin hört nicht auf über dich zu reden, weißt du das?«

Colin beweget sich etwas unbeholfen. Durch den Bildschirm sehe ich, wie er Eira einen warnenden Blick zuwirft. Sie ignoriert ihn jedoch.

»Tut er nicht?«

»Erst gestern meinte er ›Sie ist so wunderschön.‹ Wenn ich mich recht erinnere, hat er dabei sogar gesabbert.« *Gesabbert?* »Er hat ungefähr eine Million Bilder von dir auf seinem Handy.«

Das hat er? Ich weiß, dass er gelegentlich Videos von mir für unser Projekt macht, aber Bilder? Vielleicht sind die ja auch nötig. Ich weiß ja immer noch nicht, worum es sich in unserem Projekt handelt.

»Wie auch immer«—ich muss das Gespräch in eine andere Richtung lenken—»wie fühlst du dich?«

Sie sieht immer noch nicht gesünder aus. Wenn ich ehrlich bin, sieht sie sogar ein bisschen schlechter aus, als, als ich sie das letzte Mal sah.

»Großartig.« Sie lächelt leicht. »Wird nur immer ein bisschen härter.«

Dann erzählt Eira von ihrem Tag. Wie ihre Mutter sie zum Abendessen ausgeführt hat, und sie für ein paar Stunden in der Schule war. Colin scheint darüber nicht sehr erfreut zu sein, aber ich weiß nicht warum.

Zur Schule zu gehen ist normal, besonders in ihrem Alter. Oder sie sollte zumindest zu Hause unterrichtet werden. Warum ist er nicht glücklich darüber, dass Eira wieder in die Schule gehen kann?

Eine halbe Stunde später beendet Colin das Telefonat und steht auf.

Er küsst meine Stirn, sammelt seine Sachen und marschiert aus der Tür. Er verabschiedet sich nicht einmal, er geht einfach, so wie das totale Arschloch, das er ist.

Kapitel 17

»it could be nothing cause nothing lasts forever«—Like Strangers Do by AJ Mitchell

Colin

»DU HAST MEINE SCHWESTER GEVÖGELT!«

Alle Köpfe drehen sich um, Augenpaare starren mich an, als wäre ich eine Art Performer auf der Bühne. Es tut körperlich weh, die auf mich gerichteten Augen zu spüren.

Ich bin daran gewöhnt, dass Hunderte von Leuten mir auf dem Eis zusehen, aber wenn eine gute Anzahl von Jungs aus deinem Eishockeyteam dich anstarrt, als hättest du ein Verbrechen begangen, dann ist das echt mies.

»Du hast mir buchstäblich grünes Licht gegeben.« Ich wende mich einem wütend aussehenden Aaron zu. Er läuft gerade in die Umkleidekabine.

Die Hälfte der Jungs ist bereits auf dem Weg zum Duschraum und wäscht sich den Duft von Siegesschweiß ab.

Wir hatten bis vor ein paar Minuten ein Heimspiel und haben gewonnen. Ich dachte, das Team wäre nach unserem Sieg gut gelaunt, aber einer von uns ist es eindeutig nicht.

Aber warum schreit er mich erst jetzt an? Lily ist bereits den ganzen Tag mit dem Knutschfleck am Hals herumgelaufen.

Man muss allerdings erwähnen, dass sie versucht hat, ihn zu verdecken. Nicht einmal ich konnte den Fleck in unserem Film Directing Kurs sehen.

»Ich habe nicht erwartet, dass du es tatsächlich tun würdest!«, schreit Aaron und interessiert sich nicht dafür, dass die anderen Jungs anwesend sind. Ich werde nicht einmal auf Unterstützung von ihnen hoffen.

Die Schwester seines besten Freundes zu vögeln, kann nie gut enden, selbst wenn man das Okay hat. Das hätte ich besser wissen müssen.

Um ehrlich zu sein, war ich danach auch ein Arschloch. Ich hätte die Nacht bleiben sollen, neben ihr schlafen und am nächsten Morgen neben ihr aufwachen müssen. Aber ich habe weiche Knie bekommen.

Mein Verstand hat sich wieder eingeschaltet. Lily und ich sind *befreundet*. Wir sollten keinen Sex haben.

Es ist nicht so, dass ich irgendetwas daran ändern könnte, was ich für Lily empfinde.

»Du erinnerst dich daran, dass du gesagt hast, du wüsstest, dass ich sie gut behandeln würde?«

Ich warte darauf, dass Aaron sich mir nähert, aber das tut er nicht. Wahrscheinlich liegt es daran, dass er nicht will, dass seine Faust in meinem Gesicht landet.

Ehrlich, ich weiß nicht, ob ich mich überhaupt wehren würde. Wenn ich nur daran denke, dass einer meiner Teamkollegen Eira anfassen würde, möchte ich mich übergeben.

Aber andererseits hat Aaron mir sein ok gegeben. Es ist nicht so, dass ich es hinter seinem Rücken getan hätte…nicht mehr jedenfalls.

Aaron atmet tief und langsam ein, um seine Nerven zu beruhigen. »Dude, sie ist meine verdammte Zwillingsschwester.«

»Dessen bin ich mir bewusst.« Wenn er meint, er könnte damit eine Art Schuldgefühl in mir hervorrufen, macht er keinen guten Job. Niemals werde ich bereuen, mit Lily geschlafen zu haben. Zumindest nicht, nur weil Aaron das so möchte, nur damit er zufrieden ist. Ich bereue es nicht, und trotzdem tue ich es doch irgendwie? Es ist…kompliziert.

»Wir haben fast das gleiche Gesicht. Es ist, als hättest du mich gefickt.«

Jetzt übertreibt er und überschreitet eine offensichtliche Linie.

»Woher weißt du überhaupt davon? Ich bezweifle, dass sie direkt zu dir gekommen ist und es dir erzählt hat.«

»Das hat sie nicht«, sagt er irritiert. »Sie hat einen verdammten Knutschfleck am Hals, Dummkopf. Der kann von niemand anderem außer dir sein.« Die Ader an seinem Hals ist kurz davor zu explodieren.

»Ich versuche nicht zu leugnen, dass ich es war. Aber jetzt, wo du ›andere‹ erwähnst…würdest du es vorziehen, wenn es ein anderer Typ gewesen wäre, der es mit ihr getrieben hätte? Zum Beispiel einer der Frats?«

»Fick dich, Carter. Sie soll mit keinem dieser Kerle irgendwas treiben.«

»Ron, deine Schwester ist fast einundzwanzig Jahre alt. Sie ist alt genug, um selbst Entscheidungen zu treffen.«

»Aaron«, spricht Grey ruhig und legt seine Hand auf Aarons Schulter. »Was ist dein Problem? Ich hasse es, Partei zu ergreifen, aber du hast Colin gesagt, dass es in Ordnung ist. Sich jetzt darüber zu beschweren, ist einfach eine dumme Aktion.«

Aaron atmet tief aus und versucht—*erneut*—seine Wut zu kontrollieren.

»Sag mir wenigstens, dass sie nicht nur eine von vielen ist«, fordert Aaron und schaut mir dabei in die Augen. Ich schwöre, wenn Blicke töten könnten, würde ich bereits auf dem Boden liegen und dem Tod hallo sagen.

»Ist sie nicht«, antworte ich, ohne zu zögern. »Glaubst du wirklich, dass ich Lily das antun würde? Sie eine Nacht zu vögeln und dann verschwinden?«

»Ja«, schreit er. »Wie du es mit jeder anderen Frau auch machst.«

»Bist du wenigstens über Nacht geblieben?«, fragt Miles.

Das hätte ich tun sollen. Aber ich konnte nicht. Ich hatte Angst vor meinen eigenen Gefühlen. Lily und ich sind schon viel zu weit gegangen, ich kann das nicht noch weiter gehen lassen.

Meine Freunde wissen, dass ich die Frauen normalerweise direkt danach nach Hause schicke. Oder ich sprinte aus der Tür, ohne zurückzublicken. Sie hören auch nie wieder etwas von mir.

Aber es ist nicht so, als wüssten sie nicht, worauf sie sich einlassen. Jede von ihnen weiß, dass ich nicht bleibe. Das stelle ich von Anfang an klar.

Es ist nur so, dass Lily anders ist. Sie ist *mehr*. Und sie bedeutet mir definitiv viel mehr, als mir lieb ist.

»Bin ich nicht.« Ich bin unfähig, die Jungs zu belügen. Vielleicht nicht unfähig, da keiner von ihnen nur annähernd weiß, was größtenteils in meinem Leben abgeht. »Ich bin eine Weile geblieben und dann gegangen.«

»Das kaufe ich dir nicht ab«, spuckt Aaron aus, mit so viel Gift in seinem Unterton, wie ich es noch nie erlebt habe.

Ich habe echt scheiße gebaut.

Ohne ein Wort zu sagen, nehme ich mein Handy aus meinem Schließfach, entsperre es und wähle direkt Lilys Nummer.

Sie nimmt beim zweiten Klingeln ab.

Aaron beobachtet mich, seine wütenden Augen sind auf mich gerichtet. Er bewegt sich nicht, ändert nicht einmal für eine Sekunde seinen Gesichtsausdruck.

»Colin?« Lilys süße Stimme klingt durch das Handy. Irgendwie lässt allein ihre Stimme die Wut von Aaron weniger wütend erscheinen.

»Lilybug, wo bist du gerade?«, frage ich. Ich weiß, dass sie irgendwo hier in der Nähe ist.

»Auf der Bank, auf der du mich am ersten Tag gefunden hast. Warum?«

»Warte dort, okay?«

Ich wechsle schnell meine Schuhe und warte nicht, bis Lily antwortet, sondern lege sofort auf. Schnell renne ich rüber zur anderen Seite der Arena und ignoriere die Tatsache, dass mir jemand—sehr wahrscheinlich Aaron—folgt.

Ich muss sie einfach sehen.

Als ich ihr blondes Haar nur leicht über das Geländer sehen kann—was bedeutet, dass sie entweder an ihrem Handy ist oder in ihr Tagebuch schreibt—spüre ich Erleichterung. Ich bin mir nicht sicher wieso.

Lily bleibt sitzen, als ich mich ihr nähere, aber als ich direkt vor ihr stehe, neigt sich ihr Kopf nach oben und ihre Augen treffen meine.

»Herzlichen Glück—«

Meine Hand greift nach ihrem Kopf und führe meine Lippen zu ihren. Ich küsse sie sanft, aber dennoch leidenschaftlich genug, um ein leichtes Stöhnen zu vernehmen.

Mir war nicht bewusst, dass ich diesen Kuss brauchte, bis meine Lippen ihre bedeckten.

Ich wusste ebenfalls nicht, dass ich sie küssen würde, bis ich es tat.

»Danke«, sage ich, als ich mich von ihren Lippen entferne. »Für die Glückwünsche, die ich dich nicht zu Ende sprechen lassen habe.«

»Gerne.«

Als ich über Lilys Schulter schaue—hinunter zu den Sitzen—bemerke ich ihr mintgrünes Tagebuch. Bevor sie die Chance hat, es wieder zu vergessen, schnappe ich es mir.

»Was machst du?«, fragt sie, Verwirrung ist über ihr ganzes Gesicht geschrieben.

»Ich nehme es, bevor du es versehentlich wieder hier vergisst.«

»Werde ich nicht.«

»Klar, Lilybug.«

Sie lächelt leicht, schlingt vorsichtig ihre Arme um meinen Oberkörper und zieht mich in eine Umarmung.

Was ich für eine süße und freundliche Umarmung halte, entpuppt sich schnell als Mordversuch, als ihre eiskalten Hände ihren Weg unter mein Trikot finden.

Aber ich rühre mich nicht, denn wenn ich das tun würde, dann würde sie sich aus der Umarmung entziehen und ich genieße ihre fast nie stattfindenden Umarmungen ein wenig zu sehr. Noch mehr, als ich ihren Mund mag, wenn dieser an meinen gepresst ist.

Vergiss das. Ich liebe ihre Lippen mehr.

»Bist du bereit für Tag vier?«, frage ich, lege meine Arme um sie und drücke sie näher an meine Brust.

»Kommt drauf an. Was werden wir machen?«

»Wir werden Eira für eine Weile besuchen, und dann werde ich dich irgendwo hinbringen, wo du deine Aggressionen rauslassen kannst.«

»Ich bin nicht aggressiv.« Sie schaut schmollend zu mir auf.

»Okay, dann lassen wir das für morgen.« Ich küsse ihre Stirn. »Dann werden wir Rollschuhfahren.«

»Nein«, sagt eine Stimme hinter mir. »Das geht nicht. Lily darf nicht mal Schlittschuh laufen.«

Ich schaue zu Lily runter und hebe meine Augenbrauen. Ich weiß genau, dass sie das darf, aber einfach nicht will. Oder eher gesagt, ihre Depressionen lassen sie nicht.

»Was ist, wenn ich verspreche auf sie aufzupassen, dass sie sich keine Knochen bricht?«, frage ich nett…oder fälschlich-nett.

Ich meine, komm schon, Aaron reagiert völlig über. Ich verstehe, dass er sauer ist. Das wäre ich auch. Aber er muss darüber hinwegkommen. Immerhin war er derjenige, der mir gesagt hat, dass ich es mit ihr versuchen kann. Hätte er mir sein okay nicht gegeben, hätte ich Lily nicht wiedergesehen.

Das stimmt nicht. Ich hätte sie auf jeden Fall weiterhin gesehen. Täglich.

»*Ihre* Mutter wird dir den Kopf abreißen.«

»Oh.« Ich atme scharf ein. »Ich denke, es wird Zeit, dass ich endlich deine Mutter kennenlerne«, sage ich zu Lily. »Sie wird mich lieben. Ich weiß, dass dein Vater das tut.«

»Dude, ernsthaft?« Aaron stöhnt frustriert und schüttelt den Kopf.

»Todernst«, sage ich ihm. »Dein Vater liebt mich.«

Vielleicht ist es ein wenig übertrieben. Nicht der Teil mit Aarons Vater. Ich will nicht prahlen, aber er nannte mich mal seinen Sohn. Ich meine den Teil, in dem ich sagte, dass Lilys Mutter mich lieben wird. Mütter hassen mich normalerweise…außer meine eigene.

»Aaron«—Lilys Stimme ist ernst—»du bist nicht wirklich wütend auf Colin, oder?«

Aaron antwortet nicht, er entscheidet sich fürs Schweigen. *Wenn er nicht antwortet, wird sie nicht weiter fragen.*

Nur, dass wir über Lily reden.

»Antworte mir.«

»Du würdest es nicht verstehen, Lily.« Aaron streicht sich wieder einmal mit seinen Händen durch die Haare. »Du hast keine jüngere Schwester, die du von Typen fernhalten musst.«

»Selbst wenn ich eine hätte, Aaron, ginge es mich nichts an, was sie mit ihrem Leben macht. Außerdem kennst du Colin.«

»Genau!«, schreit er. »Ich kenne Colin. Ich weiß, mit wem er schon zusammen war. Wie beschissen er jedes einzelne Mädchen vor dir behandelt hat.«

Er hat Recht. Ich war vorher nicht wirklich nett zu diesen Mädchen. Aber Aaron weiß auch, dass ich Menschen, die ich mag, gut behandle und mich wirklich um sie kümmere.

Ich kann ihm nicht vorwerfen, dass er wütend über Lily und mich ist. Ich hätte nicht gezögert ihn eine zu verpassen, wenn er was mit meine Schwester anfangen wollen würde.

»Cool. Aber du weißt offensichtlich nicht, wie die letzte Nacht war. Du weißt nicht, wie er mich behandelt, Aaron. Er hat mich nicht verletzt. Wenn überhaupt, bin ich diejenige, die ihn schlecht behandelt. Ich ziehe *ihn* runter, nicht umgekehrt.«

Ich will nicht, dass sie das sagt. Es ist nicht wahr. Lily zieht mich nicht runter. Tatsächlich atmet Lily Luft in meine Lungen. Nicht ich bin derjenige, der ihr zeigt, wie schön das Leben sein kann. In Wirklichkeit ist Lily diejenige, die mir zeigt, was ich verpassen werde, wenn sie weg ist.

»Du ziehst ihn nicht runter.« Aarons Augen wechseln zwischen Lily und mir, unsicher, wen er ansehen soll. »Aber ich fürchte, du wirst nicht in der Lage sein, mit dem umzugehen, was sein Leben bringen wird, Lily.«

»Was wird sein Leben bringen?«, fragt sie. »Er hat mich glücklicher gemacht als jeden Sonntag, den wir zusammen auf dem Eis verbracht haben, Aaron. In nur drei Tagen.«

Ich beobachte, wie Aarons Gesicht zusammenfällt. Ich bin mir nicht sicher, was es ist: Belustigung, mehr Wut, Schock, Erstaunen, vielleicht sogar Glück? Es ist nicht klar. Aber es ist etwas.

»Colin hat es geschafft, dass ich mich in drei Tagen lebendiger fühle, als ich mich seit fast einundzwanzig Jahren gefühlt habe. Du kannst nicht ernsthaft wütend auf deinen besten Freund sein, weil er mein Leben besser macht.«

Ich bin mir nicht sicher, ob Lily Aaron anlügt und all diese Dinge sagt, damit er sich besser fühlt, oder ob sie diese Worte wirklich ernst meint. Ich möchte, dass es ehrliche Worte sind. Ich wünsche mir, dass sie wahr sind, nicht weil das ein verdammter Ego-Boost ist, sondern weil ich möchte, dass Lily glücklich ist. Mehr als alles andere.

Aaron richtet seine Augen auf mich und sagt: »Wenn ich etwas anderes als positives über eure Beziehung höre—« er hält inne und richtet seine Augen für einen Moment auf Lily, bevor sie zu mir zurückkehren. »—werde ich Fäuste tanzen lassen, Carter.«

»Total verständlich.« Nur dass Lily und ich nicht einmal in einer ernsthaften Beziehung sind. Glaube ich zumindest. Technisch gesehen habe ich sie als mein Eigentum beansprucht, weil sie es ist. Ich lasse nicht zu, dass jemand sie verletzt, aber das liegt daran, dass ich sie vor noch mehr Dunkelheit und Schmerz schützen möchte.

»Jetzt, da wir das aus dem Weg geräumt haben; Wir feiern unseren Geburtstag bei Brites.«

»Das tun wir?« Lily runzelt die Stirn. »Heißt das, ich kann Leute einladen?«

»Es ist eine Bar. Jeder kann kommen.«

»Du weißt, je mehr Leute kommen, desto mehr musst du bezahlen, oder?«

»Ich bezahle nicht für alle Getränke.« Aaron klopft mir ein paar Mal auf die Schulter. »Das kann ich mir nicht leisten, im Gegensatz zu diesem Typen hier.«

»Tut mir leid, ich bezahle nur für meine Getränke und die deiner Schwester.«

»*Jackass*.« Er beginnt wegzulaufen. Ich hatte ihm gesagt, dass ich für alle Getränke bezahle, wenn ich ihm dafür kein Geschenk besorgen muss. Gott weiß, was ich einem Kerl kaufen soll, der schon alles hat.

»Ich liebe dich auch, Bro.« Daraufhin zeigt er mir den Mittelfinger. Als ich mich zu Lily umdrehe, sehe ich sie lachen, doch sie schluckt es runter, indem sie ihr Gesicht auf meine Brust drückt. »Hey, du hast kein Recht zu urteilen Lilybug.«

»Das tue ich nicht. Aber vielleicht solltest du mit meinem Bruder ausgehen. Es scheint, als wäre er ziemlich eifersüchtig, weil wir ›zusammen‹ sind.«

»Was meinst du damit?« Sie zieht sich aus der Umarmung zurück und hebt ihre Augenbrauen, als wäre der Fakt, dass ich es nicht verstehe, gleichbedeutend mit dem Ende der Welt. »Aaron und ich sind seit Jahren in einer Beziehung. Wir sind im Grunde verheiratet.«

»Das habe ich mir gedacht.« Lily nimmt mir ihr Tagebuch ab und steckt es in ihre Handtasche. »Denkst du wirklich, dass du meine Mutter treffen solltest?«

Als ich sagte, dass es Zeit für mich wäre, Lilys Mutter zu treffen, habe ich es nur gesagt, um Aaron meine Absicht klarer zu machen. Eltern zu treffen ist eine große Sache, denke ich.

Lily hat meine Eltern aber auch schon vorher kennengelernt.

Sie kennt meinen Vater, weil er Hockeytrainer an unserem College ist. Und meine Mutter war zufällig zu Hause, als ich sie mitgenommen habe, um Eira zu sehen.

Es war nie geplant, dass sie meine Eltern kennenlernt.

»Ich bin dein persönlicher Chauffeur, Lilybug. Du hast gesagt, dass du deinen Eltern morgen einen Besuch abstatten willst, also machen wir es zusammen«, sage ich. »Was bedeutet, ich werde deine Mutter treffen.«

»Ist das nicht irgendwie komisch? Ich meine, meine Mutter zu treffen ist eine große Sache, irgendwie.«

»Ich finde nicht, dass es komisch ist, ein bisschen mit mir anzugeben.«

Lily fängt an zu lachen und schlägt mir mit der Faust auf den Arm.

Kapitel 18

»I'm happy that you're here with me, I'm sorry if I tear up«—
death bed (coffee for your head) by Powfu, beabadoobee

Colin

»Liebe Winter,

wenn ich ehrlich bin, ist es ein Wunder, dass du einen Brief von mir bekommst.
Du bist seit dem freshman year meine beste Freundin und es macht mich traurig, dass ich so viel Zeit gebraucht habe, um Worte an dich zu finden.
Du wusstest, dass es mir nicht gut ging. Du hast mich weinen hören, schreien, wenn der Schmerz zu viel wurde. Aber nicht ein einziges Mal bist du in mein Zimmer gekommen, um zu fragen, ob ich deinen Komfort brauche.
Ich bin mir sicher, ich hätte nein gesagt, aber zu wissen, dass du für mich da bist, hätte—«

»LILYBUG, DAS KANNST DU NICHT SCHREIBEN«, sage ich und unterbreche Lily, als sie mir ihren Brief an Winter vorliest.

Wir sind seit zwanzig Minuten unterwegs und Lily überlegt immer noch, was sie schreiben soll. Ich meine, von dem, was ich mitbekommen habe, kümmert sich Winter mehr um sich selbst, als um irgendjemand anderen. Es ist wirklich schade, dass Lily nicht weiß, was sie ihrer sogenannten besten Freundin sagen soll.

Ich kann es ihr aber nicht verübeln.

»Ich weiß nicht, was ich ihr sagen soll. Alles, was ich habe, ist, ihr zu sagen, was für eine beschissene Freundin sie sein kann.«

»Sie ist seit Jahren deine beste Freundin, es muss etwas Gutes aus der Zeit geben, die du mit ihr verbracht hast« Ich halte an einer roten Ampel und kann Lilybug endlich richtig ansehen, auch wenn es nur für einen Moment ist.

Lily schüttelt den Kopf. »Wann immer Winter versucht, sich meine Sorgen anzuhören, stuft sie mich am Ende herab. Kennst du diese Leute, die sagen: ›Oh nein, mein Hamster ist heute Morgen gestorben‹, wenn du ihnen sagst, dass jemand, der dir nahesteht, gestorben ist?«

»Nicht genau mit diesem Beispiel, aber ja.«

»Winter ist eine von denen.« Lily seufzt. »Sie sagt mir, ich solle aufhören, über meine Depressionen zu jammern, weil ich ›ohne Grund weine.‹ Sie sagt mir, ich solle aufhören, darüber zu jammern, wie schrecklich ich mich fühle, denn es gäbe Menschen, denen es noch schlechter gehe.«

»In Ordnung.« Ich kneife meinen Nasenrücken und versuche, Worte zu finden, die ich sagen kann. »Wie wäre es, anstatt über Freundschaft zu reden, dankst du ihr einfach dafür, dass sie eine *großartige* Freundin ist, und sagst dann so etwas wie ›Ich hatte einfach keine Lust mehr zu atmen, lol‹«, schlage ich vor, aber ich weiß, dass es totaler Bullshit ist.

Zumindest bringt es Lily zum Lachen. Ein fröhliches Lachen, das sich für meine Ohren wie Musik anhört.

»Könnte gleich auch nur ein paar ›lmao's‹ einwerfen.«

»Genau.«

»Okay, lass mich das noch einmal versuchen.«

Es vergehen weitere gut zwanzig Minuten, bis Lily wieder anfängt vorzulesen, was sie geschrieben hat.

»Liebe Winter,

unsere Freundschaft war ein ziemlicher Vergnügungspark, würdest du nicht zustimmen?
Ich glaube nicht, dass ich jemals eine Freundin hatte, die dem nahe kam, was du bist.
Du bist fröhlich, freundlich, ein buchstäbliches Partygirl; immer auf den Beinen.
Du hast mir gezeigt, dass ständig allein zu sein nicht das ist, worum es im Leben geht.«

»Warte«, muss ich einwerfen, »*sie* hat dir das gezeigt? Ich bin mir ziemlich sicher, dass ich das war.«

»Das war alles, was mir eingefallen ist, Colin.« Sie stößt ein frustriertes Stöhnen aus und fällt zurück in den Sitz, als wäre sie gerade verflüssigt worden.

»In Ordnung. Lies weiter.«

»Du hast mich in die Welt hinausgezogen, mir gezeigt, dass es mehr im Leben gibt, als meine Nase in Lehrbücher zu stecken.
Leider ist dieses Leben nichts für mich.
Ich bin nicht so ein Partymensch, wie du, Winter.
Ich mag es, allein zu sein.
Ich verbringe gerne Zeit allein, bin gerne zu Hause, kuschle mich unter meine Decke, während ich Legally Blonde zum hundertsten Mal schaue.
Manchmal wünschte ich, ich könnte mehr wie du sein.
Unbeschwert und immer in Bewegung. Sofort in ein anderes neues Abenteuer springen. In Clubs gehen und den nächstbesten Kerl, dem ich begegne, anbaggern.
Obwohl, wenn ich ehrlich bin, würde ich wahrscheinlich nicht einfach jemanden anbaggern.
Lass uns das ein bisschen realistischer halten, okay?
Ich wünschte, ich könnte aufgeschlossener und so glücklich sein wie du.

Du scheinst immer genau zu wissen, wie du deine Wut unterdrückst, mit Trauer und Kummer umgehen kannst.
Aber so bin ich leider nicht.
Ich kann nicht mit dem Schmerz umgehen, mit dem ich konfrontiert werde. Ich kann nicht mit der Einsamkeit umgehen, der Isolation, die ich mir selbst zum Wohle anderer aufzwinge. Ich ziehe mich von den Menschen zurück, damit ich sie nicht mit meinen schrecklichen Gefühlen belaste.
Und es wird zu viel, um damit alleine klarzukommen.
Es wurde zu viel, Winter.
Ich kann das nicht mehr, weshalb ich die Maßnahmen getroffen habe, die ich getroffen habe.
Mir das Leben nehmen.
Das hat nichts mit dir zu tun, sondern alles mit mir und meinen Gefühlen. Ich hoffe, du versteht das.
Ich schreibe dir gerade diesen Brief, damit du hoffentlich einen Abschluss finden kannst, wissend, dass es hier nicht um dich geht.
Vielleicht sehen wir uns in einem anderen Leben.
Bis dahin wünsche ich dir alles Gute.
Ich wünsche dir, dass du die größte Schauspielerin wirst, die du schon so lange sein willst.

Lily«

»Es ist definitiv viel besser als dein erster Versuch«, sage ich ihr und schenke ihr ein leichtes Achselzucken.

»Es ist schrecklich«, stöhnt sie. »Das meiste davon ist gelogen.«

»Nun, aber würdest du lieber sterben und ihr sagen, wie sehr du sie verachtest?«

»Nein.« Lily verbindet ihr Handy mit meinem Auto und erlaubt sich selbst, Musik anzuschalten. Sie fragt nicht einmal, ob das für mich in Ordnung ist. Aber seien wir ehrlich, es ist mir egal.

Lily könnte mein Auto stehlen und es in den nächsten See fahren, ich wäre nicht einmal wütend auf sie. Nicht, weil sie bereits gegen zu vieles ankämpfen muss, sondern weil ich glaube, dass es für Lily fast unmöglich ist, irgendetwas zu tun, was mich wirklich aufregen könnte.

Diese Gefühle machen mir Angst. Es ist echt beängstigend, wie eine Person mich so viele unterschiedliche Dinge auf einmal fühlen lassen kann, gerade, da ich Jahre damit verbracht habe, es zu vermeiden überhaupt Gefühle zu haben.

Lily macht mich Glücklich ohne es überhaupt zu versuchen. Sie lächeln zu sehen und ihr Gelächter zu hören wärmt meine Brust auf all den Arten, die ich nicht glauben wollte, dass sie möglichen sind. Und ich weiß nicht wieso.

Aber was mir am meisten Angst macht, ist der Gedanke an ihren Tod.

»Wir bleiben heute Abend hier, wenn das für dich in Ordnung ist«, sage ich zu Lily, als wir in mein altes Kinderzimmer gehen. Sie steht in der Mitte des Raumes und schaut sich sprachlos um.

Ich weiß, dass ich mein ganzes Leben lang in Luxus gelebt habe—und ich bin dankbar dafür, dass ich mir nie um irgendetwas Sorgen machen musste—aber etwas an Lilys fassungslosem Gesichtsausdruck stört mich.

»Gehen wir früh genug, damit ich morgen meine Eltern sehen kann?« Sie dreht sich zu mir um, der fassungslose Gesichtsausdruck ist aus ihrem Gesicht verschwunden und plötzlich ist nichts als Lilys typische Leere übrig.

Sie schaut mich immer so an, als wäre ihr das ganze Leben herausgesaugt worden. Als gäbe es keinen einzigen Funken mehr. Aber das passiert immer nur, wenn wir alleine sind. Wann immer wir rausgehen, von Menschen umgeben sind, sieht Lily wie das glücklichste Mädchen aus, das ich je gesehen habe. Aber dann, wenn sie eine schöne Zeit hat, so wie beim Sonnenaufgang, zeigt sie ehrliche Euphorie.

Sie ist manchmal wie ein Schalter. Ein verwirrendes Konstrukt, aber ich bin hier, um herauszufinden, was diesen Schalter umspringen lässt. Was es sein könnte, dass sie glücklicher macht.

»Wir gehen um acht«, sage ich ihr. »Du musst mir nur sagen, wo deine Mutter wohnt.«

Lily lacht und fällt auf mein Bett. »In Ordnung, Mr. Stinky.« Lily richtet sich auf und beobachtet mich, wie ich zu meinem Schreibtisch gehe. Ich kann fühlen, wie ihre Augen auf mich gerichtet sind, sie brennen auf meiner Haut. »Zuerst fahren wir zu meinem Vater. Ich bin sicher, du weißt, wo er wohnt. Meine Mutter lebt in Wesley Hills.«

»Ich kann nicht glauben, dass du mich deinen Arsch um die ganze Welt chauffieren lässt.«

»Es ist nicht die ganze Welt«, lacht sie. »Und ich kann den Zug nehmen, weißt du.«

»Lilybug, ich würde Tage in einem Auto sitzen, um dich dorthin zu fahren, wo du hin willst, bevor du den Zug nimmst.«

Das ist keine Lüge. Ich bin gerne ihr Chauffeur. Nicht nur, weil mir das mehr Zeit mit ihr gibt, sondern auch, weil öffentliche Verkehrsmittel gefährlich sein können. All diese Fremden und gruseligen Menschen. Sie könnte begrapscht werden, oder noch schlimmeres. Nein danke.

Kapitel 19

»but listen, pretty lady, you don't have to be alone«—Baby Don't Cut by Bmike

Lily

NACHDEM WIR DIE LETZTEN ZWEI STUNDEN in Eiras Zimmer verbracht haben, beschließt Colin, dass wir heute Abend nicht mehr ausgehen. Was für ein Glück, denn ich habe heute sowieso keine Lust mehr auf Abenteuer.

Ich war heute schon in der Arena und habe mir ein Hockeyspiel angeschaut und jetzt verbringe ich einen großen Teil meiner Energie damit, Colins jüngere Schwester Eira zu besuchen.

Ich bin ausgelaugt. Selbst wenn ich heute Abend Rollschuhlaufen gehen wollte, hätte ich nicht mehr die Energie dafür. Also bin ich froh, dass er abgesagt hat.

Eira ging schlafen, oder besser gesagt, sie ist mitten im Gespräch eingeschlafen. Ich weiß, dass sie letzte Nacht schon nicht so gut aussah und wenn ich sie jetzt so sehe, sieht sie immer noch nicht besser aus. Wenn ich urteilen müsste, sieht sie jetzt noch schlechter aus.

Reece, Colins dreijähriger Bruder, wartet darauf, dass Colin ihm eine Gute-Nacht-Geschichte vorliest. Es ist schon 22 Uhr und Reece sollte seit Stunden schlafen, aber wie es bei

Kleinkindern manchmal der Fall ist, ist er viel zu aufgeregt, um einzuschlafen. Jetzt, da er endlich müde wird, bat Mrs. Carter Colin, ihm eine Geschichte vorzulesen.

Während ich darauf warte, dass Colin in sein Zimmer zurückkommt, schreibe ich weiter in mein Tagebuch. Es ist nichts allzu Spektakuläres mehr. Alles, worüber ich schreiben will, ist, wie mein Tag war und wie müde ich jetzt bin.

Und dann unterdrücke ich den Drang, über Colin zu berichten. In letzter Zeit ist er das Einzige, woran ich beim Schreiben denken kann. Ich beginne immer damit, zu schreiben, wie ich mich fühle und dann drifte ich zu meinem Tag ab und lande bei dem, wie großartig Colin ist. Was mich stört. Sehr stört.

Ich möchte Colin nicht großartig finden.

Er ist sicher ein toller Typ und je mehr ich ihn kennenlerne, desto mehr gewöhne ich mich an ihn. Aber ich will mich nicht an ihn gewöhnen. Schlimmer noch, ich befürchte, dass er sich an mich gewöhnt.

Colin hat mich den ganzen Abend angeschaut. Nicht mehr so wie früher. Er hat mich nie so angeschaut, als wäre ich ein zerbrochenes Glas, das einen extra starken Kleber braucht, um wieder zusammengefügt zu werden. Er hat mich allerdings auch noch nie so angeschaut, als würde er…ich weiß nicht, sich daran gewöhnen, dass ich in seinem Leben bin? Sie beängstigende und gleichzeitig aufregende Weise, in jemands Leben zu sein. Die Weise, die deine Brust mit Wärme füllt und gleichzeitig die Angst vor Verlust hervorruft, weil es in einem Herzschmerz enden könnte.

Oder vielleicht bin ich das und ich überanalysiere wieder.

Die Tür zu Colins Zimmer öffnet sich hastig. »Komm mit mir«, sagt er, ohne den Raum zu betreten. Ich springe vom Bett—hinterfrage ihn nicht—und folge Colin durch die Villa. Er führt mich in die oberste Etage, direkt raus auf den Balkon. Dort hebt Colin mich hoch und sagt, dass ich auf das Dach steigen soll. Wieder hinterfrage ich nicht und tue, was er sagt.

Augenblicke später sind Colin und ich beide auf dem Dach und sitzen auf der Schräge, während wir die Sterne beobachten.

Wir sitzen schweigend da und spüren die kalte Nachtluft auf unserer Haut. Oder zumindest finde ich es kalt. Ich friere. Colin scheint die Kälte nichts auszumachen.

Wäre schön gewesen, wenn er mir gesagt hätte, wohin wir gehen, dann hätte ich noch eine Jacke mitnehmen können. Ich trage eine dünne Jacke, aber wenn ich gewusst hätte, dass wir uns aufs Dach setzen, hätte ich mir eine von Colins dickeren Jacken gestohlen.

Als ich anfange, Colin in meinem Kopf zu verfluchen, weil er mich frieren lässt, legt er plötzlich eine Jacke über meine Schultern. Die, die er die ganze Zeit getragen hat.

»Danke«, sage ich in einem sanften Ton und verspüre nicht mehr den Wunsch, ihn zu verfluchen.

»Lilybug, darf ich dich etwas fragen?« Ich zucke nur mit den Schultern. »Warum hast du deine Jacke den ganzen Tag getragen?«

»Weil mir kalt ist«, lüge ich. Obwohl es im Moment keine Lüge ist. Ich friere.

»Den ganzen Tag?«

»Ja.«

»Ich glaube dir nicht.« Seine Augen blicken intensiv in meine. Es ist einschüchternd. »Sag mir die Wahrheit.«

Ich schweige. Colin ist vielleicht die einzige Person in meinem Leben, die von meinem Wunsch zu sterben weiß, aber es gibt keinen Grund für ihn, sich um eines meiner anderen Probleme zu kümmern.

»Lily, es gibt keinen Grund für dich, mich anzulügen«, sagt er, seine Augen sind immer noch fest auf mich gerichtet. »Wann hast du es gemacht?«

»Was?«

»Stell dich nicht dumm, Lily.« Ich habe kürzlich festgestellt, dass ich es hasse, wenn Colin mich Lily nennt. Ich habe mich nicht nur an meinen neuen Spitznamen gewöhnt, sondern wenn er mich Lily nennt, ist es eher eine Warnung, ein Zeichen von Strenge und Ernsthaftigkeit.

Ich hasse es.

Ich atme tief durch und seufze. »Nachdem du gegangen bist. Es ist aber nicht das, was du denkst.«

Colin ergreift meine Hand. Beginnend an meinem Handgelenk arbeitet er sich langsam nach oben und drückt seine Fingerspitzen gegen jeden Zentimeter meiner Haut. Bis er eine Stelle drückt, direkt auf meinen Arm. Es ist die Stelle, an der ich vor Schmerzen zusammenzucke als er sie berührt.

Er beobachtet mein Gesicht, analysiert jede Reaktion, jedes bisschen Schmerz, der sich auf meinem Gesicht zeigt, als er nochmal auf diese Stelle drückt, um sicherzustellen, dass das nicht nur eine einmalige Reaktion war.

»Von wegen kalt«, murmelt er fast unhörbar und lässt meinen Arm fallen. »Schnitt oder Brandwunde?«

»Spielt das eine Rolle?« Er nickt nur einmal und schaut mich weiterhin etwas wütend an. »Brandwunde.«

Er seufzt und nickt leicht mit dem Kopf, während er verarbeitet, was ich gerade gesagt habe. Oder er versucht Worte zu finden. Ich weiß nicht, was in seinem Kopf vor sich geht.

»Warum?«, ist das Einzige, was er fragt. Ich war darauf vorbereitet, angeschrien zu werden, nicht nach einem Warum gefragt zu werden.

»Ich wusste nicht, was ich tun sollte, Colin.« Ich war frustriert, nachdem er gegangen ist und ich weiß nicht einmal warum. Colin hatte jedes Recht zu gehen. Er war nicht verpflichtet, die ganze Nacht zu bleiben, vor allem nicht, da wir nichts als Freunde sein sollten. Also, Warum, ist eine gute Frage.

»Okay«, sagt er atemlos. »Ich werde dir sagen, was wir tun werden.«

Colin greift in die Tasche seiner Jacke, die immer noch über meinen Schultern liegt und zieht ein Feuerzeug heraus. Er gibt es mir und lässt mir nicht eine Sekunde Zeit zu fragen was ich damit soll, bevor er wieder zu sprechen beginnt. »Wann immer du den Drang verspürst, dich selbst zu verletzen, wirst du mich anrufen.«

»Was?«

Colin hebt seine Hand hoch und hindert mich am Sprechen. »Du wirst mich anrufen und ich werde sofort da sein.« Er atmet tief und doch etwas schwer ein. Es ist, als hätte er keine Ahnung, was er tun soll. As würde der Gedanke, dass ich mich selbst verletze ihn fertig machen. »Du wirst dieses Feuerzeug an meinen Arm halten, nicht an deinen. Du wirst meine Haut verbrennen nicht deine.«

»Colin«—Angst überkommt mich—»Ich werde dich nicht verletzen.«

»Das wirst du«, sagt er und greift nach meiner Hand. Er klickt mit meinen Fingern auf das Feuerzeug und hält es nah an seine Haut. Noch nicht nah genug, um ihn zu verbrennen. »Du kannst einen Todeswunsch haben, so lange du willst, aber wenn du dich selbst verletzen willst, wirst du mich auch verletzen.«

»Das kann ich nicht.« Meine Augen füllen sich mit Tränen, die langsam meine Wangen hinunterrollen.

»Du wirst mich so oder so verletzen. Du kannst genauso gut meinen Körper dafür benutzen.«

»Ich könnte dir das nicht antun, Colin«, weine ich. »Ich könnte dich niemals so verletzen.«

Und dann realisiere ich es.

Seine Worte verweilen in meinem Kopf und wiederholen sich in einer Schleife. *Du wirst mich so oder so verletzen.* Ich verletze ihn. Genau in dieser Sekunde. Genau in diesem Moment. Ich verursache Schmerz bei dem Menschen, der nichts anderes getan hat, als mich mit Glück zu überschütten.

Es sind erst vier Tage vergangen. Vier alberne Tage und er hat nichts anderes getan, als Licht in mein Leben zu bringen.

Und was mache ich? Ich verletze die Person, die versucht, mein Retter zu sein.

Ich hätte diesen neun Tagen nicht zustimmen dürfen. Ich hätte ihn nicht in mein Leben lassen sollen. Ich hätte das nicht zulassen dürfen.

Gott, ich bin so dumm. Wie konnte ich das tun?

Wie konnte ich ihm das antun?

Colin ist der einzige Mensch, der sich jemals wirklich um mich gekümmert hat und ich habe es vermasselt. Ich verletze ihn.

»Wie kannst du das sagen, Colin?«, frage ich unter Tränen. »Warum tust du dir das an?«

Ich ziehe meine Hand weg und lasse das Feuerzeug auf das Dach fallen. Glücklicherweise ist es keines von denen, die weiterbrennen, wenn man sie fallen lässt.

Seine Hände streicheln sanft über mein Kiefer, seine Daumen gleiten über mein Gesicht bis zu meinen Augen und entfernen meine salzigen Tränen. »Ich tue mir nichts an, Lily.«

»Du bist hier bei mir. Du gehst durch die Hölle, um mich zu retten. Es wird dich nur zerstören.«

»Dann lass es mich zerstören.«

»Nein.« Ich versuche die Schräge hinunterzurutschen, wünsche mir nichts sehnlicher, als schlafen zu gehen und diese schreckliche Situation zu vergessen.

Es ist ein Bewältigungsmechanismus, den ich im Laufe der Jahre entwickelt habe. Wann immer ich etwas vermeiden will, gehe ich schlafen. Es begann, als meine Mutter anfing zu trinken. Als sie spät in der Nacht von den Bars nach Hause kam, sie es kaum die Treppe hinaufschaffte, ohne ohnmächtig zu werden. Als sie sogar Tagsüber betrunken war, mich anschrie, weil ich ihr nicht hinterher geräumt hatte.

Aber ich kann jetzt nicht schlafen gehen. Colin hält mich fest und lässt mir keinen Zentimeter, um mich zu bewegen.

»Ich wünsche mir nichts sehnlicher, als dass du weniger Schmerzen erleiden musst. Ich brauche dich nicht, um glücklich zu sein. Niemand ist es auf Dauer. Du lebst bereits mit so viel Schmerz, einem Schmerz, den ich nie verstehen werde. Aber ich kann versuchen, dass du nicht noch mehr Schmerzen erleidest.«

Er klingt aufrichtig, als ob er tatsächlich meint, was er sagt. Und ich kann nicht anders, als das auch zu wollen.

Bei Colin klingt alles einfach. Er lässt das Leben spannend klingen. Aber ich habe den hässlichen Teil des Lebens gesehen. Ich weiß, egal wie gut etwas klingt, es gibt *immer* zwei Seiten. Eine hässliche Seite, die es nicht wert ist, für die schöne zu bleiben.

Seine Hände halten wieder mein Gesicht und er zwingt mich in seine Augen zu sehen. »Ich habe noch fünf Tage Zeit. Du wirst diese Tage bei mir bleiben.«

»Werde ich nicht.«

»Das wirst du. Du wirst bei mir und Aaron bleiben. Alle haben bereits zugestimmt, aber Aaron sagte auch, er würde nur zustimmen, wenn du in seinem Zimmer schläfst und nicht in meinem.«

»Alle?«

»Entschuldigung? Glaubst du, ich würde ein hübsches Mädchen in mein Haus bringen dürfen, ohne meine Mitbewohner—die nicht meine Mitbewohner sind—um Erlaubnis zu bitten?«

Das erste Mal nach einer gefühlten Ewigkeit fange ich an zu lachen. Mit Colin in meiner Nähe zu kichern oder zu lachen ist fast eine Gewohnheit geworden. Er schafft es immer, mich zum Lächeln zu bringen. Da ich nicht mehr gelacht habe, seit wir auf dieses Dach gestiegen sind, habe ich es schon vermisst.

Wann habe ich angefangen, das Lachen zu vermissen?

»Ich werde mir kein Zimmer mit meinem Bruder teilen.«

»Keine Sorge, ich habe ihn rausgeschmissen.«

»Du hast was getan?«, frage ich etwas zu laut. Ich bin mir sicher, dass Colins Eltern es unten auf der Terrasse hören konnten.

»Ich mache Witze«, sagt er. »Ich habe ihm gesagt, dass ich alt genug bin, um meine Freundin die Nacht in meinem Bett verbringen zu lassen.«

»Ich bin nicht deine Freundin.«

»Aber Aaron weiß das nicht. Und jetzt müssen wir nur noch sicherstellen, dass er es nicht herausfindet.«

»Grey weiß es«, lass ich ihn wissen. »Ich wette, er spürt es.«

Colin stöhnt etwas frustriert und bringt mich erneut zum Lachen. »Das kann er bestimmt.« Ein weiteres Stöhnen folgt. »Aber Grey weiß, wann man den Mund hält. Woher willst du überhaupt wissen, dass Grey es ›ahnt‹?«

»Er scheint ein kluger Kerl zu sein.« Ich zucke leicht mit den Schultern. Ich habe mich noch nie wirklich mit Grey unterhalten. Bis auf die paar Worte in der Cafeteria vor zwei Tagen. »Und selbst wenn er es nicht kann, bin ich mir sicher, dass Izan es weiß und es ihm gesagt hat.«

»Wer ist Izan?«

»Greys Freund?« Ich hebe meine Augenbrauen und will nicht glauben, dass Colin davon nichts weiß. »Er ist der Captain der Fußballmannschaft?«

Colin blinzelt mich hastig an. »Das ist nicht wahr.«

»Doch.«

»Woher weißt du das?«

»Izan hat es mir gesagt.« Sein Gesichtsausdruck erstarrt, ich bin mir nicht ganz sicher warum.

»Du hast eine ganze Reihe an Freunden, für jemanden der es angeblich hasst, von Menschen umgeben zu sein.«

»Ob du es glaubst oder nicht, ich hatte früher eine viel bessere beste Freundin als Winter«, sage ich ihm. »Sofia und ich waren unzertrennlich. Aber vielleicht doch nicht genug, denn nachdem sie weggezogen ist, ist der Kontakt abgebrochen.«

»Wer ist Sofia?« Eine kleine Falte erscheint zwischen seinen Augenbrauen.

Ich lächle bei der Erinnerung an sie. »Früher sind wir die ganze Zeit zusammen geskatet. Wir waren Partner. Bis wir acht waren. Danach ist sie weggezogen, weil ihr Vater wegen seiner Arbeit umziehen musste. Wir haben versucht, ein oder zwei Monate in Kontakt zu bleiben, aber im Alter von acht Jahren hat man nicht wirklich viele Möglichkeiten, mit jemandem in Kontakt zu bleiben, der sechs Stunden vor seiner Zeit ist.«

Colin nickt. »Es tut mir leid, dass du den Kontakt zu ihr verloren hast.

»Außerdem hasse ich es nicht, von Menschen umgeben zu sein.« Ich zucke mit den Schultern und vermeide es, über Sofia zu sprechen. Selbst nach all den Jahren möchte ich weinen, wenn ich an sie denke. »Bei mir läuft einfach diese soziale Batterie. Ich kann immer nur so viel Zeit mit anderen Menschen verbringen, bis mein Akku leer ist. Danach brauche ich Zeit, um neue Energie zu tanken.«

»Nun, dann brauchst du ein besseres Ladegerät, weil wir morgen ausgehen werden und am Tag danach und den Tag danach.«

»Und anscheinend werde ich in den nächsten fünf Tagen mit zwei Jungs zusammenleben.«

»Einer davon ist dein Bruder.« Colin streicht mir mit dem Zeigefinger über die Nase. »Und ich habe tolle Pläne. Wie…Aaron zu nerven.«

»Wie?«

»Ganz einfach. Ich ficke dich einfach in der Küche.«

»Nein.« Aber es klingt aufregend. »Wir können das nicht noch einmal machen, Colin.«

»¡Colin, deja de ser raro!« Eine Stimme, die nach Eiras klingt, nur mit einem viel stärkeren Akzent, schreit von der unteren Terrasse zu uns rauf.

»Lasst mich mein privates Gespräch mit Lily führen, danke!«

Wie viel von diesem Gespräch haben seine Eltern wohl gehört?

»Hast du ihnen erzählt…« ich werde leiser, bis mein Satz schließlich nicht mehr hörbar ist, falls sie mich doch noch hören können.

»Nein.« Er schüttelt den Kopf, bevor er sich auf das Dach legt und seinen Kopf auf seine Hände stützt. »Leg dich hin, Lilybug.«

Ich muss ehrlich sein. Auf einem Dach zu liegen, stand noch nie auf meiner Bucket List. Und das kann wirklich nicht hygienisch sein, aber ich sitze schon seit fast zwei Stunden hier, also kann ich mich dann genauso gut hinlegen.

»Lilybug?«, spricht Colin leise und ruhig. »Du weißt, dass es nie zu spät ist, um, um Hilfe zu bitten, oder?«

Ich atme langsam und lange aus. So lange, dass es schon *einiges* zu lange ist.

»Ich will keine Hilfe, Colin. Ich möchte, dass mein Schmerz verschwindet. Ich wünsche mir nichts sehnlicher, als mich nie wieder so fühlen zu müssen, wie ich es tue.«

»Und du denkst, Selbstmord zu begehen ist die Lösung?« Das ist eine relativ dumme Frage.

»Das kann ich nicht wissen. Aber es ist besser, als am Leben zu bleiben und nie Frieden zu finden«, gebe ich zu.

Sein Kopf dreht sich und sein Blick ist mir jetzt zugewandt. »Erkläre es mir.«

»Was genau?«

»Wie kommst du zu dieser Entscheidung? Sterben zu wollen, meine ich. Es gibt so viele andere Möglichkeiten, aber du entscheidest dich dafür, mit den Tod zu gehen. Hilf mir zu verstehen warum.«

Ich atme nochmal tief ein und aus. »Okay.« Meine Stimme ist leise, sehr leise. »Erinnerst du dich, als du klein warst und es im Fernsehen nichts zu sehen gab? Es bewegte sich nur dieses Logo von einer Seite zur anderen und du hast verzweifelt darauf gewartet, dass es die andere Ecke trifft?« Er nickt.

»Du warst so frustriert, dass es so lange gedauert hat, bis es eine Ecke erreicht hat«, sage ich. Wie kann ich ihm das richtig erklären, so dass er es versteht? Aber zumindest scheint Colin nicht verwirrt zu sein. Tatsächlich sieht Colin so aus, als würde er wirklich versuchen zu verstehen.

Also mache ich weiter. »Stell dir nun vor, du wärst dieses Logo. Stelle dir vor, du möchtest eine Ecke treffen, diese Ecke ist Erleichterung, Glück. Die Ecke befreit dich vom Schmerz, von verletzenden Worten, von Verrat, von Trennung. Es kann eine Weile dauern, bis das Logo dort ankommt, oder?« Er nickt wieder. »Aber was ist, wenn das Logo nie dort ankommt? Stell dir vor, du verbringst den ganzen Tag damit, zu beobachten, wie sich das Logo bewegt, um eine dieser vier Ecken zu erreichen, und nicht ein einziges Mal kommt es da an. Es ist frustrierend. Du schaust erst seit einem Tage zu. Stell dir nun vor du beobachtest es seit Jahren, und es trifft nie die Ecke. Die Frustration hört nie auf, sie wächst und wird mit jedem Tag, an dem du dein Ziel nicht erreichst, mehr. Irgendwann wirst du aufgeben, zu erwarten, dass es passiert. Du wirst es satthaben. Du hörst auf zu hoffen, du hörst auf es zu wollen, weil du aufgibst, denn nichts passiert.«

»So fühlt sich mein Leben an, Colin. Ich habe jahrelang darauf gewartet, in die Ecke zu kommen, es ist nie passiert. Nicht ein einziges Mal. Ich gebe auf.«

Colin zeigt zum Himmel und spricht mit sanfter Stimme: »Das sieht aus wie eine Giraffe, die einen Löwen frisst.« *Er wechselt das Thema.*

»Was zum Teufel?« Ich sehe es nicht. Wie könnte ich auch? Es gibt viel zu viele Sterne, um herauszufinden, welche Colin zusammengestellt hat, um eine Giraffe zu sehen, die einen Löwen frisst.

»Nein, im Ernst. Schau einfach genau hin.« Colin zieht mich näher an sich heran, bis mein Kopf nur ein paar Zentimeter von seinem entfernt ist.

Mit einer schnellen Bewegung, rollt er mich direkt auf sich drauf, meine Brust gepresst an seine.

»Ich kann die Sterne nicht sehen, wenn ich dich statt des Himmels ansehe.«

»Du musst nicht auf die Sterne schauen, wenn du die Sonne sehen kannst«, sagt er und schenkt mir ein selbstgefälliges Lächeln. Ich wusste, dass dieser Typ in sich selbst verliebt ist. Und Gott, jemand soll an der Oberfläche seines Egos kratzen. *Bitte.*

»Weißt du, ich wusste, dass Aaron noch eine Schwester hat außer Ana.« Ah okay, er versucht gerade sein Bestes, um sich von mehr Todes-talk fernzuhalten. »Er hat niemals deinen Namen erwähnt. Alles was ich über dich wusste, war, dass du auf ein College in einer anderen Stadt gehst und zwei Jahre jünger bist«, sagt er.

»Eher zwei Minuten«, murmele ich.

»Aaron sagte auch, du hättest braune Haare und blaue Augen.«

»Das ist fies. Er weiß, dass ich blaue Augen hasse.«

»Ich habe blaue Augen.«

»Genau, und ich hasse sie«, lüge ich. Irgendwann habe ich gemerkt, dass ich Colins Augen mag, obwohl sie hellblau sind.

Colin lacht über meinen unbegründeten Hass für blaue Augen. Er ist unbegründet, das weiß ich selbst, also habe ich nichts dagegen, dass er darüber lacht.

Wir verbringen viel Zeit damit, dem anderen nur in die Augen zu schauen, nicht ein einziges Wort auszutauschen.

Bis eine Frage in meinem Kopf auftaucht.

»Colin?« Er streckt den Kopf nach oben. »Warum nennst du mich Lilybug?«

Ein kleines Grinsen kriecht über seine Lippen. Colins Arme schließen sich in einer Umarmung um meine Taille, obwohl wir immer noch auf dem Dach liegen.

»Ladybug ist das englische Wort für Marienkäfer, richtig? Und du kennst die Bedeutung von Marienkäfern? Glück, wahre Liebe, Unschuld…die richtigen Entscheidungen im Leben treffen zu müssen.«

Ich kenne die ersten drei Bedeutungen. Von der letzten habe ich noch nie gehört.

»Es wird gesagt, dass wenn man einem Marienkäfer begegnet, etwas Positives passieren wird. Es heißt, dass selbst die düstersten Tage sich aufhellen. Und nun, dein Name ist Lily, englisch für Lilie. Die Lilie ist eine wunderschöne Blume mit einer weiteren tiefen Bedeutung. Mische das mit Ladybug und was bekommen wir? Lilybug.«

Ich bin mir nicht ganz sicher, was ich daraus entnehmen soll.

Zum Glück muss ich nichts sagen, weil Colin auf sein Handy sieht und zu grinsen beginnt.

»Alles Gute zum Geburtstag, Lilybug.«

Und bevor ich mich bedanken kann, drückt er seine Lippen auf meine und lässt die unerwünschten Schmetterlinge in meinem Bauch erwachen. Erneut.

Kapitel 20

»the world would break us out we weren't wrong«—and by EDEN

Lily

Nachdem ich den Morgen meines Geburtstags mit Colins Familie verbracht habe, bin ich erleichtert, endlich bei meinem Vater zu sein.

Ich mag Colins Eltern. Sein Vater ist viel netter, als ich es mir vorgestellt habe und seine Mutter hat so eine freundliche Art, ich bewundere sie sogar noch mehr als den kleinen Reece, der nicht aufhören wollte, über *Paw Patrol* zu plappern. Der Kleine liebt seine animierten Tiere, die auf Rettungsreisen gehen.

Und Eira, wo soll ich anfangen? Eira ist unglaublich und wirklich lustig. Obwohl sie sich eine Grippe—die anscheinend nicht ansteckend ist—eingefangen hat, scherzt sie herum und genießt jede Minute ihres Lebens. Eira ist so energisch, dass ich mich frage, wie sie wohl mit mehr Kraft und weniger Grippe ist.

Colins Familie hatte sogar Geschenke für mich. Diese Leute kennen mich nicht und doch hatten sie alle ein Geschenk für mich.

Ich wollte sie sie erst gar nicht annehmen.

Eira schenkte mir ein Designerkleid. Es war immer noch das Preisschild daran befestigt.

Mrs. Carter, die ich Elena nennen soll, schenkte mir ein Paar neue High Heels…sehr teure. Mr. Carter schenkte mir die passende Handtasche dazu. Der kleine Reece malte ein paar Bilder für mich. Von allen Geschenken gefallen mir seine Bilder am besten. Vor allem, weil er nichts dafür bezahlt hat.

Ich wollte all diese Geschenke nicht, für mich waren sie eine totale Geldverschwendung. Trotzdem bin ich dankbar dafür.

Und Colin, nun, er besteht darauf, dass ich mein Geschenk heute Abend von ihm bekomme. Das macht mich absolut nicht verrückt.

»Guten Morgen, dimples«, begrüßt Colin Ana, als sie nach unten kommt, um zu frühstücken. Ihre Haare sind immer noch vom Schlafen durcheinander, sie trägt Shorts und ein Tanktop, was darauf hindeutet, dass sie gerade aufgewacht ist.

Ihren geröteten Wangen nach zu urteilen, scheint sie nicht erfreut zu sein, Colin zu sehen.

»Morgen«, murmelt sie, als sie an ihm vorbei geht und direkt zur Kaffeemaschine läuft.

»Sie ist morgens immer launisch«, sagt Papa zu mir, als wüsste ich das noch nicht. Um fair zu sein, ich bin morgens nie hier. Die einzigen Male, die ich zu Besuch gekommen bin, waren spät am Abend. Trotzdem weiß ich, dass Ana überhaupt kein Morgenmensch ist.

»Oh, mein Gott«, atmet Ana. »Lily!« Ihre Aufregung, mich zu sehen, verwirrt mich etwas. Ich war nie nett zu Ana, aber wann immer sie mich sieht, tut sie so, als wäre ich ihr Lieblingsmensch. »Alles Gute zum Geburtstag!«

»Vielen Dank.« Ich schenke ihr ein kleines Lächeln.

»Wo ist Aaron?« Ana sieht Colin mit Vorsicht an. Natürlich kennt sie Colin als den Typen, der der beste Freund ihres Bruders ist, und irgendwie ärgert mich das.

»Keine Ahnung, zu Hause, wahrscheinlich.«

»Warum bist du dann hier?« Ich bin mir nicht sicher, ob Ana Colin mag oder ihn zu Tode verabscheut.

»Meine Schwiegereltern treffen.«

Mein Vater lacht und unterdrückt es mit einem Husten, als er mein ernstes Gesicht sieht. Ana sieht genauso ernst aus wie ich.

Sie ist mir sehr ähnlich. Immer ernst, wenn sie einen Kommentar von jemandem nicht mag. Sie tut nicht einmal so, als wäre es lustig, genauso wie ich es auch immer mache. Mein Vater hat mir mal erzählt, dass sie früher immer sagte, sie will genauso wie ich sein. Ich habe diesen Gedanken immer verworfen. Ana kann mich unmöglich mögen, wenn man bedenkt, wie ich sie behandle.

Aber obwohl ich sie aus Gründen der Eifersucht verabscheuen sollte, mag ich Ana. Sie ist so eine süße und eine wirklich nette Person, immer da, wenn jemand sie braucht. Ich bin mir sicher, dass sie eine großartige Freundin für ihre Leute ist. Verdammt, sie ist eine großartige Freundin für mich und ich habe ihr nicht einmal einen Grund gegeben, mich zu mögen.

»Das ist nicht lustig.« Ana nimmt die Tasse aus der Kaffeemaschine und trinkt einen Schluck. Anscheinend mag sie schwarzen Kaffee. Kein Zucker keine Milch. Einfach nur Kaffee, direkt aus der Kaffeemaschine.

»Das ist es nicht«, stimmt Colin zu. »Ich meine es todernst. Ich heirate morgen meine Freundin.«

Anas Gesichtszüge entgleisen ihr, ihre Augen weiten sich, als hätte sie einen Geist gesehen. »Du verarschst mich.«

»Achte auf deine Sprache, Ana.« Papa mochte noch nie solche Ausdrücke. Fluchen ist für ihn ein absolutes No-Go.

»Er scherzt«, versichere ich Ana. »Wir heiraten nicht.«

Ana beruhigt sich sichtlich, atmet lange aus, während sie ihre Erleichterung zeigt. Ich frage mich, warum das für sie so eine Erleichterung ist. Ist der Gedanke, dass ich Colin heirate, so schlecht? Ist sie besorgt, dass er es bereuen könnte, mich geheiratet zu haben, weil sie weiß, dass ich eine schreckliche Person bin?

»Wer hat gesagt, dass ich dich heirate?« Colin schaut mich lächelnd an. »Ich habe bereits den Vertrag unterschrieben, um Ana zu heiraten. Richtig Emerson?«

Mein Vater lacht und schüttelt ungläubig den Kopf. Mein Vater hat mich noch nie so amüsiert angeschaut. Ich würde nicht wissen, ob dass er Aaron jemals so angeschaut hat, da ich ja nie wirklich hier war. Aber er hat *mich* definitiv noch nie so angesehen. Nicht einmal.

Mein Vater war immer stolz auf mich. Immer. Nach jedem neuen Sprung, den ich auf dem Eis gelernt habe, schmiss Papa am nächsten Sonntag eine kleine Party für mich. Ich vermisse diese Tage wirklich sehr.

Ana verschwindet nach oben, kommt aber zwanzig Minuten später zurück, voll angezogen und mit einem Hauch von Make-up im Gesicht.

Sie hat sich schick gemacht. Nicht wie ein normales Samstagmorgen-Outfit. Nein, ich rede von einem Party-Nacht-Outfit.

»Wohin gehst du so gekleidet?«, fragt mein Vater.

»Mama von der Arbeit abholen.« Ana schnappt sich die Autoschlüssel und zieht eine Jacke an.

»Deine Mutter hat ein Auto, Ana.«

»Sie hat es nicht genommen.«

»Doch, das hat sie«, sagt mein Vater. Ich bin mir sicher, dass er weiß, ob seine Frau von der Arbeit abgeholt werden muss oder nicht. »Also, wo gehst du so gekleidet hin?«

»Einfach nur herumfahren.« Sie seufzt und lässt die Schlüssel zurück in die Schüssel an der Haustür fallen. »Warum kann ich nie alleine rumfahren?«

»Das kannst du. Bloß nicht so gekleidet, Ana.« Ich verurteile meinen Vater nicht dafür, dass er Ana auf das, was sie trägt, angesprochen hat. Vor allem dann nicht, wenn sie nur »herumfahren« will. Ich meine, Ana hat wirklich ein ziemlich kurzes Kleid und Schuhe mit extrem hohen Absätzen an. Sie hat ihr Haar geglättet, trägt sogar roten Lippenstift. Und das Dekolleté vom Kleid ist definitiv viel zu tief für eine Sechzehnjährige.

Dieses Outfit kommt mir so bekannt vor. Irgendwie so, als hätte ich es schon einmal gesehen. Oder es schon einmal getragen.

»Geh nach oben und zieh dich um.«

»Colin gefällt es, nicht wahr?« Irgendwie vergesse ich immer wieder, dass Colin eigentlich ziemlich attraktiv ist, wenn er nicht hoch auf seinem Ego-Pferd reitet. Okay, selbst dann ist er dieser gutaussehende Kerl, den die Mädchen liebend gern anstarren.

»Es ist zu auffällig«, sagt Colin, ohne sie auch nur einmal angeschaut zu haben. Seine Augen richten sich auf unsere ineinander verschlungenen Hände und er beobachtet, wie sein Daumen meine Haut leicht streichelt.

»Du magst aber auffällig.«

»Sagt wer?« Er schaut Ana—*endlich*—an.

»Du gehst mit Lily aus. Sie läuft immer so gekleidet herum.«

Colin schaut mich auf und ab und runzelt ungläubig die Stirn. Er hat mich nie aufgetakelt gesehen. Kann er auch nicht, weil ich das seit zwei Jahren nicht mehr gemacht habe. Zumindest nicht mit einem kurzen Kleid und einer Tonne Make-up.

Heute ziehe ich es vor, mich im Hintergrund zu halten, anstatt aufzufallen.

Selbsthass bei Seite, Ich weiß, dass ich nicht schlecht aussehe. Ich bin mir meiner Kurven bewusst. Einige Mädchen würden töten, um so eine Figur zu haben. Früher habe ich sie stolz präsentiert. Aber als ich nicht mehr so viel Aufmerksamkeit wollte, habe ich damit aufgehört.

Ich wollte allein sein, wollte vergessen werden, damit ich diese Welt verlassen kann, ohne dass es jemand bemerkt.

»Das habe ich noch nie an ihr gesehen.« Colin zuckt mit den Schultern und schaut mich mit einem zärtlichen Blick an.

Ana verdreht die Augen, als sie nach oben stürmt. Mein Vater ist kurz davor, ihr nachzugehen, denn er toleriert Anas Verhalten nicht. Aber ich halte ihn auf und gehe stattdessen hinter ihr her.

Ich habe ja eh nichts zu verlieren.

Ich klopfe an ihre Tür und warte darauf, dass sie mich hereinlässt. Aber was stattdessen kommt, ist ein »Geh weg.«

»Ana? Ich bin es, Lily. Können wir reden?«

»Du sprichst nie mit mir. Jetzt kannst du mich auch ignorieren«, schreit sie. Das habe ich absolut verdient.

»Ich brauche einen Rat.«

»Hole dir den von jemand anderem.« Ihre Stimme ist jetzt leise und sie unterdrückt Tränen. »Oder frag deinen *Freund* danach. Ich bin sicher, Colin würde dir gerne einen Rat geben.«

»Ich würde lieber einen Rat von meiner Schwester bekommen.« Ich beschließe, das Wort »Stief« zu streichen, da ich weiß, dass ich sie damit dazu bringen würde, nachzugeben.

»Komm rein.« *Habe ich doch gesagt.* Ich denke, das ist der Moment, um meine Beziehung zu Ana vor meinem Tod zu korrigieren. Persönlich und nicht in Form eines Briefes.

Ich gehe in ihr Zimmer und finde Ana weinend auf ihrem Bett sitzen. Ich schließe die Tür hinter mir und setze mich ihr gegenüber.

»Ana«, sage ich, fast flüsternd. »Was ist mit dir los?«

»Nichts.« Sie stöhnt aufgebracht und weiß, dass ich weiter fragen werde, bis sie mir die Wahrheit sagt. »Du. Du bist es, was falsch ist.«

»Ich?«

»Ja. Du bist die perfekte Tochter. Jeder lobt dich immer. Ich lebe immer in deinem Schatten dabei bist du nicht einmal da.«

Ich hatte keine Ahnung. Die ganze Zeit dachte ich, Ana sei die Favoritin. Ich meine, mein Vater liebt mich sicher, ich weiß, dass er das tut, aber seit Ana da ist, dreht sich immer alles um sie.

»Und jetzt hast du sogar Colin.« Sie atmet ein paar Mal tief durch und ihre Wut lässt nach. »Ihr solltet euch nicht einmal kennen. Und du lügst mich immer wieder an, Lily. Du brauchst meinen Rat, für was? Wie du mein ganzes Leben übernehmen kannst?«

»Eigentlich wollte ich sagen, dass es mir leid tut.« Anas Augen schauen mich schockiert an. Es gibt jetzt kein Zurück mehr. »Ich weiß, dass ich nicht immer nett zu dir war. Ich war eifersüchtig auf dich. Du bist einfach gekommen und hast genommen, was mir gehörte. Du hast mir meine Familie genommen. Es war nicht deine Schuld, aber ich habe es zu deiner gemacht«, sage ich langsam und ruhig.

»Du hast die ganze Aufmerksamkeit von meinem Vater bekommen. Du bist mit dem Mann aufgewachsen, der mir helfen sollte, erwachsen zu werden. Du hast meinen Bruder jeden Tag gesehen. Darum habe ich dich beneidet. Also habe ich es mir zu meiner persönlichen Mission gemacht, dich zu hassen.«

Und dann verbringen wir die nächsten zwanzig Minuten damit, darüber zu reden, wie viel ich vermasselt habe, seit Ana hier lebt. Wie entsetzlich es von mir war, ein kleines Mädchen zu hassen, das nicht einmal verstehen konnte, was passierte, als sie herkam.

Ich entschuldige mich ein paar Mal, aber jedes Mal sagt mir Ana, ich solle aufhören, mich zu entschuldigen und nimmt mich einfach in den Arm.

Und genau wie mein Vater und Colin mir gesagt haben, schaut Ana zu mir auf. Ich verstehe nicht warum, aber es fühlt sich gut an das zu wissen.

»Also, du magst Colin?« Ich schenke ihr ein Lächeln. In jemanden verknallt zu sein, den man nicht haben kann, ist blöd. Und in Colin Carter verknallt zu sein, kann nie gut enden. Ich habe mehr Mädchen gesehen, die wegen ihm geweint haben, als ich Flugzeuge am Himmel gesehen habe.

»Nein.« Ana bestreitet es, aber als ich meine Augenbrauen hebe, gibt sie zu, dass ich den Nagel auf den Kopf getroffen habe.

»Du weißt, dass er ein bisschen zu alt für dich ist, oder?«

»Es sind fünf Jahre«, sagt Ana, während sich ihre Wangen röten. »16 und 21 klingt falsch. Es wird nicht mehr falsch klingen, wenn es 20 und 25 heißt. Oder 18 und 23.«

»Nun, viel Glück. Du wirst viele Nerven brauchen, um mit seinem Ego klarzukommen.«

Sie lacht, aber es stirbt schnell. »Er liebt dich.«

»Das tut er sicher nicht.«

»Du hast gesehen, wie er dich ansieht, oder?« Anas Augen leuchten auf wie der Eiffelturm.

»Wie schaut er mich an?«

»Auf die Art und Weise, wie ich wollte, dass er mich ansieht«, sagt sie. »Als wäre er in dich verliebt.«

Kapitel 21

»I've been looking for love, all I'm finding is pain«—Shawn Mendes by Seth Bishop

Lily

Wer auch immer das liest,

ich bin mir nicht ganz sicher, wie ich mich heute fühlen soll. Ich bin aufgeregt, aber ich habe auch Angst davor, was passieren wird.
Colin wird meine Mutter treffen. Meine Mutter wird ihn hassen. Ich habe das noch nie zugegeben, hätte nie gedacht, dass ich es irgendwann tun müsste…aber sie hasst mich.
Sie hasst mich wirklich. Es ist das Letzte, was sie mir vor einem Monat gesagt hat, als wir uns zerstritten haben. Aber sie hat mich schon lange vorher gehasst.
Vor anderen tut meine Mutter immer so, als würde sie mich so sehr lieben, aber wenn wir alleine sind...hasst sie mich.
Sie macht mir Angst. Sie verletzt mich.
Aber Colin macht mir mehr Angst.
Seit dieser einen Nacht, die wir zusammen verbracht haben. Als er mir das Gefühl gab, dass ich ihm mehr bedeuten könnte (kurz bevor er es ruinierte, indem er ging, als wäre ich nur eine weitere Frau auf seiner Liste), fürchte ich ihn.

Er küsst mich manchmal. Und wenn er es tut, fühle ich mich wie ein Kleinkind, das sich auf Süßigkeiten freut. Ich spüre, wie jeder einzelne Schmetterling in meinem Bauch flattert. Nicht einmal diese albernen Schmetterlinge können es mehr ertragen. Weißt du, seit ich Worte verstehen kann, haben mir meine Eltern viele Dinge beigebracht.
Wie ›Halte dich von Zigaretten und Drogen fern. Es besteht die Möglichkeit, dass sie dich töten.‹
Oder ›gehe niemals mit einem Fremden mit. Er könnte dich töten.‹
Was auch immer es ist, es ist immer das gleiche Ende. Es endet immer mit meinem Tod.
Das wundert mich; warum sollte jemand leben wollen, wenn alles, was es am Ende gibt, der Tod ist?
Ich meine, sicher, wir sind alle dazu bestimmt, irgendwann zu sterben. Aber warum sollten wir uns dem Schmerz des Lebens aussetzen, wenn alles so viel früher enden könnte?
Aber dann denke ich an Colin…
Plötzlich spielt der Schmerz keine Rolle mehr. Er ist immer noch da, ich fühle ihn, aber er ist erträglich.
Und ich habe Angst, dass es Colin gelingen könnte, mich zu überzeugen. (Obwohl ich das nicht kommen sehe)
Aber mein einziger Grund zu bleiben wäre er.
Colin Carter wäre der einzige Grund für mich, am Leben zu bleiben, und das ist so ein dummer Grund.
Ich bin für niemanden außer für mich selbst am Leben. Am Ende kann dich jeder hintergehen. Jeder kann dir Schmerzen verursachen, mehr Arten von Schmerzen als du jemals gefühlt hast. Und ich fürchte, Colin wäre eine dieser Art von Schmerzen.
Er ist kein schlechter Mensch. Aber ich bin mir sicher, dass er mich irgendwann verlassen wird. Und für jemanden am Leben zu bleiben, der mich verlassen wird, klingt nicht allzu erstrebenswert.

Ich werde so oder so sterben. Entweder bevor er die Chance hat, mir das Herz zu brechen, oder nachdem er es getan hat.

Ich entscheide mich, den Herzschmerz zu vermeiden.

Wie auch immer, das ist nicht alles, was ich heute sagen wollte.

Obwohl dieser Tag recht gut begonnen hat, weiß ich, dass er eine drastische Wendung nehmen wird. Und es macht mir Angst.

Ich fühle mich leer, aber ich muss ein Lächeln aufsetzen, damit Colin—der direkt neben mir sitzt, während ich dies schreibe—nichts fragt…über mich und meine Gefühle.

Ich habe keine Lust, über meine Taubheit zu sprechen. Sie ist wirklich unerträglich.

Ich will weinen. Aber ich weiß, dass ich es nicht kann.

Also muss ich meine große Mädchenhose anziehen und einfach so tun, als ob.

So wie ich es jeden Tag tue.

Lily

BEVOR WIR IM HAUS MEINER Mutter ankommen, muss ich den Brief, der ihr gewidmet ist, fertig schreiben.

Ich bin mir nicht sicher, ob ich ihr viel zu erzählen habe.

Ich liebe meine Mutter. Sie war gut zu mir. Eine tolle Mutter. Zumindest bis zu dem Zeitpunkt als sie es nicht mehr war.

Ich konnte ihr nie verzeihen, dass sie unsere Familie auseinandergerissen hat.

Sie weiß, dass ich ihr die Schuld dafür gebe. Ich habe viel mit ihr darüber gesprochen, wie sehr ich sie hasse, weil sie nichts als Elend in mein Leben gebracht hat.

Das habe ich ihr immer nur dann gesagt, wenn ich wegen etwas wütend auf sie war. Wie…als ich ausgehen wollte und sie es nicht erlaubte. Ich hatte immer die gleiche Ausrede.

»Du bist eine schreckliche Mutter. Du hast meine Familie auseinandergerissen, mein Leben durcheinandergebracht und jetzt lässt du mich nicht einmal mit meinen Freunden ausgehen.«

Sie hasste es. Ich weiß, dass sie es getan hat. Ich weiß, dass es falsch von mir war, das zu sagen, dass es falsch war, es ihr auch noch nach Jahren an den Kopf zu werfen. Aber ich war wütend. Ich *bin* wütend.

Dennoch habe ich noch eine Chance, mich bei ihr dafür zu entschuldigen.

In Form eines Briefes.

Ich kann ihr nicht gegenübertreten und mich bei ihr persönlich entschuldigen, ich weiß, sie würde mich nicht ausreden lassen.

Ich bezweifle sogar, dass sie meinen Brief lesen wird. Meine Mutter interessiert sich nicht mehr für mich. Kein bisschen. Und ich besuche sie nur nochmal, weil ich nächsten Freitag tot sein werde. Egal wie dieses Treffen ausgehen wird, ich muss sie ein letztes Mal sehen.

Ich liebe sie. Das tue ich. Was es mir wirklich schwer macht, sie gehen zu lassen. Mich von ihr zu verabschieden. Sie wird nicht allzu traurig sein über meinen Tod; ich bin nicht einmal sicher, ob sie sich überhaupt darum kümmern wird.

Also schreibe ich ihr einen Brief, in dem ich ihr sage, wie leid es mir tut. Wie schrecklich ich mich fühle, weil ich Groll gegen sie hege, aber alles was sie wollte, war, genauso geliebt zu werden wie mein Vater…von Liz. Ich entschuldige mich dafür, dass ich die Göre war, von der sie immer sagte, dass ich es bin. Ich entschuldige mich dafür, dass ich nicht gut genug bin.

Meine Eltern haben sich beide gegenseitig betrogen. Sie waren nie verliebt ineinander, unabhängig davon, dass sie verheiratet waren. Ihre Ehe war nichts anderes als platonisch und wurde nur aus finanziellen Gründen geschlossen.

Und wahrscheinlich, weil sie zwei Kinder zusammen hatten.

Bis ich mit dem Schreiben des Briefes an meine Mutter fertig bin, kommen Colin und ich bereits bei ihr zu Hause an. Jetzt ist der einzige Brief, der übrig bleibt, Aarons.

»Ich wette, sie wird mich hassen, sagt Colin.« Ich bemerke, wie seine Hände zittern, also nehme ich sie in meine und küsse seinen Handrücken.

Wir haben nie gesagt, dass wir offiziell zusammen sind, und wir werden es auch nicht tun. Aber wir beide wissen, dass es mehr ist als nur Freundschaft. Freunde mit gewissen Vorzügen vielleicht? Das ist es, was es ist, oder? Freunde, die gelegentlich Sex haben, sich küssen? Wir hatten noch nicht einmal *dieses* Gespräch.

»Sie wird dich lieben«, versichere ich ihm, aber Colin scheint nicht allzu überzeugt zu sein. Ich auch nicht.

»Hast du mich mal angeschaut?« *Das habe ich sicherlich.* »Jede Mutter auf diesem Planeten ratet ihrer Tochter, dass sie sich von mir fernhalten soll.«

Ich schmunzle. Das ist sicherlich ein Grund. Colin sieht nicht so aus, als hätte er irgendwelche guten Absichten. Und bevor ich ihn nur ein kleines bisschen besser kannte, dachte sogar ich, er sei ein *Bad Guy*.

Nicht auf eine sexy Art und Weise. Nun, er ist sicherlich gutaussehend. Aber ich glaubte, er sei ein wirklich schlechter Mensch.

Ich hasse mich dafür, dass ich in die Falle getappt bin, die mit Stereotypen gefüllt ist, wenn jemand ein paar mehr Tattoos hat. Ich weiß, dass meine Mutter Colin wegen seiner Tattoos verurteilen wird, wahrscheinlich wird sie ihm nicht einmal die Chance geben, zu beweisen, dass er ein großartiger Kerl ist.

»Wir bleiben nur eine Stunde. Ich kann sowieso nicht allzu lange in ihrer Nähe sein«, sage ich ihm, als wir uns der Haustür nähern. Wir bleiben stehen und Colins Augen sind fast augenblicklich auf meine gerichtet.

Ich wünschte, ich könnte beschreiben, wie er mich ansieht. Der Blick ist süß und ich fühle den Respekt, den er mir entgegenbringt. Aber es gibt noch etwas anderes. Etwas, das ich nicht benennen kann, wozu mir die Worte fehlen.

»Warum?«

Ich seufze und überlege, ob er die kalte und nackte Wahrheit kennen sollte oder nicht. »Sie mag mich nicht wirklich.«

Colin studiert mich, studiert meine Worte, als würde er versuchen rauszufinden, ob ich ihm falsche Informationen geben. Aber das tue ich nicht, meine Mutter mag mich wirklich nicht.

»Colin, sie ist die einzige Person, die ich hatte. Sie war eine großartige Mutter für mich. Aber sie war nicht immer gut zu mir. Ich war auch nicht nett zu ihr. Wir hatten unsere Schwierigkeiten, viele Auseinandersetzungen und viel Hass zog sich durch unser Leben. Sie war erleichtert, als ich für das College wegzog.«

Theoretisch gesehen hätte ich zu Hause bleiben können. Ich hätte den Bus oder das Auto meiner Mutter nehmen können, um jeden Tag zum Unterricht zu kommen, da unser Haus nicht allzu weit vom Campus entfernt ist. Aber ich wollte raus.

Er blinzelt. Einmal. Zweimal. Er sagt kein Wort. Er schaut mich nur an und blinzelt, als würde er darauf warten, dass ich weiterrede. Als würde er von mir erwarten, dass ich sage, dass jetzt alles besser ist. Ist es aber nicht.

»Meine Mutter ist schlampig. Ich musste mich die meiste Zeit um den Haushalt kümmern. Ich räumte ihr nach. Ich war für sie mehr eine Mutter als sie für mich. Das war nicht immer so. Es begann, als ich ungefähr fünfzehn war«, erkläre ich. Colin schweigt. »Ich habe damals viele verletzende Dinge zu ihr gesagt. Das ist der Grund, warum sie mich nicht mehr mag, denke ich. Sie hat es mir nie ins Gesicht gesagt, aber ich konnte den Bruch zwischen uns spüren.«

»Okay«, sagt er, flüstert fast.

Augenblicke später sitzen wir am Küchentisch. Meine Mutter raucht eine Zigarette, während sie Colin ansieht, als hätte sie noch nie in ihrem Leben einen Menschen gesehen. Sie beäugt ihn angewidert.

Ich hatte gehofft, dass ich mich irren würde, dass meine Mutter Colin mögen würde. Sie mag mich nicht, also warum sollte sie ihn mögen?

Ich spüre, wie Colin erstarrt, besonders jetzt, da ich seine Hand halte. Er spricht nicht ein Wort. Alles, was er tut, ist, mich und dann wieder meine Mutter anzusehen.

Meine Mutter hat sich nicht einmal die Mühe gemacht, mir alles Gute zum Geburtstag zu wünschen, nicht als wir hereinkamen und sie unternimmt auch jetzt keinen Versuch es zu tun.

Ich könnte schwören, dass sie mir gratulieren wollte, bis zu dem Moment, als sie Colin neben mir bemerkte; genau in diesem Moment verwandelte sich meine Mutter in einen Ziegelstein—emotionslos und kalt.

»Das ist also dein Freund?«, spricht meine Mutter mit Abscheu.

»Ja.« *Nein.*

»Ich verstehe.« Sie bläst den Rauch ihrer Zigarette in meine Richtung, obwohl sie weiß, dass ich es hasse, wenn sie das tut.

Es ist mir egal, dass sie raucht. Es ist ihr Körper, sie kann tun, was immer sie will. Aber das gibt ihr nicht das Recht, mich zu zwingen, passiv mit ihr zu rauchen.

Zumindest scheint Colin vom Rauch genauso angewidert zu sein wie ich. Er versucht jedoch es ihr nicht zu zeigen. Ich hingegen huste, wedele mit den Händen herum, um mich vom Rauch zu befreien und Luft zu bekommen.

»Und du bist ein Sportler?«

»Das bin ich«, antwortet Colin und schenkt meiner Mutter ein unbeholfenes Lächeln. Ich wette, er wünschte, er wäre nie hierhergekommen.

Jetzt, da Colin meine Mutter kennengelernt hat, bin ich mir sicher, dass er Aaron sagen wird, dass es sich nicht lohnt, sie kennenzulernen. Das wird es mir leichter machen, weil ich dann nicht so viel über unsere Mutter in seinem Brief sagen muss.

»Wie Aaron«, sagt meine Mutter. Ich ersticke fast an der Luft, während Colin nach Luft schnappt.

Sie hat Aarons Namen in sechzehn Jahren nicht einmal erwähnt. Hat nie über ihn gesprochen. Wann immer ich versucht habe, mit ihr über ihn zu sprechen, hat meine Mutter das Thema immer zur Seite geschoben und mir gesagt, dass ich aufhören soll, an ihn zu denken.

Woher zum Teufel weiß sie dann, dass Aaron ein Sportler ist? Und warum bringt sie Colin mit Aaron in Verbindung?

Colin schaut mich an, die Augen voller Angst. Er hat keine Ahnung, was er sagen soll, und ich auch nicht. Ich habe so viele Fragen, aber ich weiß nicht, wo ich anfangen soll.

»Ich weiß, dass ihr heute Abend zusammen sein werdet.« Jetzt erstarre ich. »Dass ihr gemeinsam euren Geburtstag feiert.«

»Mama«—*ich brauche Antworten*—»woher willst du das wissen?«

»Sei nicht albern, Lily«, lacht sie. »Du siehst ihn schon so lange. Ich weiß, dass du es tust. Warum, glaubst du, habe ich angefangen, dich nicht mehr zu mögen?«

»Weil ich mich schlecht benommen habe?« Verdammt, wenn sie so offen zugibt, mich nicht zu mögen, ist es schon wie ein Stich in mein Herz. Ich meine, sie hat es schon einmal gesagt…vor einem Monat, aber ich dachte, das wäre ihr in dem Moment einfach nur herausgerutscht.

»Das hast du«, stimmt sie mir zu. »Dein Vater wusste was er anrichtet als er mit dir in Kontakt blieb. Wir hatten sehr wenig Regeln, aber er brach jede einzelne von ihnen.«

Ich bin mir nicht sicher, ob meine Mutter das alles jetzt erwähnt, um Colin abzuschrecken, oder ob sie einfach genug von mir hat. So oder so, ich bin irgendwie froh, dass sie es endlich laut sagt. Dass sie mich hasst, meine ich. Es wird es einfacher machen, dieses verdammte Leben zu verlassen.

»Du bist ihm so ähnlich«, sagt sie und lächelt. Es ist ein teuflisches Lächeln. Wenn Colin nicht hier wäre, bin ich mir sicher, dass ich jetzt aus der Tür rennen würde. »Und dein Bruder, er ist genauso arrogant, wie ich ihn mir vorgestellt habe. Mit seinem reichen Vater, die reiche Stiefmutter. Ihr seid beide Gören.«

Ich will weinen. Ich möchte mir in diesem Moment mein Herz herausreißen, jedes Organ aus meinem Körper reißen, bis ich in eine andere Dimension übergehe.

Meine Mutter hat mir gerade meinen Geburtstag verdorben.

»Bei allem Respekt, Mrs. Reyes«, höre ich Colin sagen, »Lily ist großartig. Sie ist wirklich eine wunderbare Person. Genau wie Ihr Sohn. Vielleicht sollten Sie versuchen bei sich Fehler zu suchen und nicht bei ihren Kindern, die Sie im Stich gelassen haben.« Ich gebe Colin nur halbherzig Aufmerksamkeit, denn ich konzentriere mich mehr darauf, meine Tränen zu unterdrücken. Ich werde nicht vor meiner Mutter weinen. Das werde ich nicht.

»Ich habe Lily nicht im Stich gelassen. Ich bin eine großartige Mutter. Ich war immer gut zu ihr. Ich habe sie viele Jahre hier leben lassen.«

»Das macht Sie nicht zu einer großartigen Mutter. Tatsächlich sind Sie eine schlechte Mutter. Sie hatten nicht die Absicht, Lily in ihrer Nähe zu haben, nehme ich an, bei der Art und Weise, wie Sie über sie sprechen. Das Beste, was Sie hätten tun sollen, war Lily zu ihrem Vater zu geben. Zu jemandem, der dafür gesorgt hätte, dass sie glücklich ist.«

Colin steht von seinem Stuhl auf und zieht mich hoch. Er zieht den Griff um meine Hand fest, während er mich ansieht. Seine andere Hand legt sich auf meine Wange und wischt unter meinem Auge entlang. *Eine Träne muss übergelaufen sein. Verdammt.*

»Lily leidet unter dem, was Sie ihr angetan haben. Lily leidet unter so vielen Dingen, Dinge, von denen Sie wissen würden, wenn Sie Ihrer Tochter nur ein wenig mehr Aufmerksamkeit geschenkt hätten. Und nun stehen Sie hier und sagen ihr, dass Sie sie nicht mögen. An ihrem Geburtstag.«

»Es ist nicht meine Schuld, dass sie nicht für sich selbst sorgen kann.«

Worte können nicht ausdrücken, wie es ist, die Frau zu lieben, die dich geboren hat und die dich behandelt wie eine Platzverschwendung.

Sie war nicht immer so, vielleicht halte ich deshalb immer noch an ihr fest. Selbst jetzt.

»Ich habe ihr alles gegeben, aber sie hat alles weggeworfen für einen Typen, der mich betrogen hat.«

»Es ist ja nicht so, dass du Papa nicht betrogen hast!« Lieber Gott, bitte halte diese Tränen davon ab herunterzulaufen. Das kann ich heute nicht ertragen.

»Dein Vater ist ein Stück Scheiße. Genau wie du und dein Bruder!« Sie schlägt mit der Hand auf den Küchentisch.

Colin und ich sind noch nicht einmal fünfzehn Minuten hier und sie ist schon dabei, das nächste Fenster kaputt zu schlagen. Ich spüre es.

Es wäre nicht das erste Mal, dass sie eins kaputt macht. Ich weiß, wenn das hier nicht bald aufhört, wird sie so lange was gegen das Küchenfenster werfen, bis es kaputt geht. Und wofür? Damit sie mir mit ein paar Glasscherben hinterherlaufen kann und mir droht, mich damit umzubringen.

Colin holt tief Luft, als er mich aus der Küche zieht und mich zwingt, das Haus mit ihm zu verlassen.

Ich bin froh, dass er entscheidet, dass wir gehen. Ich möchte nicht noch eine Minute hier sein.

»Du hättest nicht geboren werden sollen, Lily!«, schreit meine Mutter, kurz bevor die Tür zuschlägt. Ich kann immer noch hören, wie sie schreit und Dinge herumwirft, Möbel zu Bruch gehen, sogar durch die geschlossene Tür.

Sie kommt nicht raus. Sie wird sich nicht entschuldigen. Ich weiß, dass es das Letzte ist, was meine Mutter zu mir gesagt hat, bevor ich sterbe.

Du hättest nicht geboren werden sollen, Lily.

Wie viel Hass muss eine Mutter in sich haben, um das ihrem Kind nachzuschreien? Wie viel Schmerz muss sie in sich tragen, dass sie ihrer Tochter so viel Leid antut?

Viel, nehme ich an.

Sie fühlt sich nicht besser als ich, das weiß ich mit Sicherheit. Nur eine gebrochene Seele kann so reagieren. Ich mache ihr keine Vorwürfe, dass sie mich verletzen will. Sie versucht, mit ihren eigenen Problemen umzugehen. Sie versucht, mit ihrem eigenen Schmerz klarzukommen.

Das bedeutet jedoch nicht, dass es mich weniger verletzt.

Aber jetzt, da die Tür geschlossen ist und nur noch Colin und ich da sind, lasse ich den Tränen freien Lauf. Ich erlaube mir mich fallen zu lassen, lasse zu, dass mir meine Tränen über meine Wangen laufen, lasse zu, dass mein Schmerz meinen Körper übernimmt.

Egal wie beschissen meine Mutter mich behandelt, ich werde nie aufhören, mich nach ihrer Liebe zu sehnen. Ich werde nie aufhören zu wollen, dass sie in meinem Leben ist. Sie ist meine Mutter. Ich weiß, dass Familie dir manchmal mehr Schaden zufügen kann als jeder andere, aber ich liebe sie dennoch. Sie verletzt mich, wie es kein anderer könnte, aber ich liebe sie immer noch mit allem, was ich habe.

»Es tut mir leid, dass du das erleben musstest«, sage ich leise und ziehe an Colins Hemd. Er antwortet nicht. Er nimmt mich einfach nur in den Arm.

Es ist ihm egal, dass meine Tränen sein Hemd benetzen. Es ist ihm egal, dass mein Make-up Spuren darauf hinterlässt. Oder wenn ich so feste anfange zu heulen, dass ich kaum noch Atmen kann.

Er steht einfach nur bei mir und umarmt mich so fest, dass ich mich besser fühle. Fast so, als hätte meine Mutter mir nicht gesagt, dass sie sich wünscht, ich wäre tot.

Aber sie hat es gesagt und Colin hat es gehört. Jetzt weiß er, warum ich diese Gedanken habe.

»Lilybug.« Seine Stimme ist ein Flüstern, voller Sorge und voller Zärtlichkeit. Ich kann aus diesem einen Wort hören, wie leid es ihm für mich tut. Aber ich möchte nicht, dass er Mitleid mit mir hat. Ich will sein Mitleid nicht.

»Kannst du mich einfach nach Hause fahren?«

»Kann ich dich zuerst woanders hinbringen?« Colin löst sich aus der Umarmung und schaut mich an.

Seine Hände liegen auf meiner Schulter und er schaut mir so tief in die Augen, dass ich schmelzen könnte. Ich würde schmelzen…würde ich mir nicht sicher sein, dass kaum noch was von mir übrig ist.

»Ich bin müde, Colin. Ich will heute keine Abenteuer mehr.«

Er nickt leicht, zuckt dann aber mit den Achslen. »Es wird schön für dich sein, das verspreche ich dir.« Ich kann nicht antworten, weil Colin mich hochhebt, mich zu seinem Auto trägt und mich reinsetzt, als wäre ich nicht in der Lage das selbst zu tun.

Meine Augen folgen ihm, als er zur Fahrerseite rennt und sich ins Auto steigt. Er startet den Motor schneller, als ich blinzeln kann. Genauso schnell sind wir wieder unterwegs und lassen meine Mutter zurück, als wären wir nie da gewesen.

Fünfzehn Minuten später bleibt Colin vor einem älteren Gebäude stehen. Es hat keine Schilder, keine Hinweise darauf, dass dort jemand lebt, aber es sieht auch nicht wie ein verlassenes Haus aus.

Wir steigen aus dem Auto, seine Hand nimmt meine in der Sekunde, in der wir wieder nebeneinanderstehen. Ich mag seine Hand in meiner oder meine in seiner. Es ist eine einfache Geste, aber sie bietet mehr Intimität, als ich je gedacht hätte.

Je länger Colin meine Hand festhält, desto mehr verspüre ich ein Brennen. Keine körperlichen Schmerzen, aber es brennt in meinem Herzen. Es brennt, als würde eine brennende Fackel meinen Körper berühren. Die Flamme trifft nicht auf meine Haut, aber die heiße Luft berührt mich dennoch.

Oder vielleicht erscheint mir seine Berührung eher wie die Farbe Gelb. Eine Farbe, die so warm und kraftvoll ist. Wie die Hitze, die man spürt, wenn man zwei Handflächen aneinander reibt. Wärme strömt durch meine Adern, als sich unsere Hände berühren. Es ist so wie den kleinen Wassertropfen auf dem Gras zu sehen, so einfach und doch so schön.

Und das ist es, was ich in meinem Herzen fühle, wenn Colin bei mir ist. Es ist das, was ich fühle, wenn seine Hand meine hält. Glück. Wärme. Er lässt mich *fühlen* und verbannt meine Traurigkeit für kurze Zeit.

Kapitel 22

»when your eyes can't see, take my eyes from me. When you're lost and losing faith, I will be your saving grace«—* *Saving Grace by Kodaline

Colin

ICH DENKE WIRKLICH, DASS LILY DAS BRAUCHT. Sie muss ihre negativen Gefühle, ihre Wut, ihre Frustration rauslassen. Vor allem nach dem, was gerade im Haus ihrer Mutter passiert ist.

Lily sagt nichts, als wir das Gebäude betreten. Sie sieht sogar ziemlich irritiert aus, als wüsste sie nicht, warum ich sie zum Teller zertrümmern bringe.

Ich denke, es ist selbsterklärend, sie scheint nicht so zu denken.

»Nimm das«, sage ich und gebe ihr einen schwarzen Edding. Sie zögert und runzelt ihre Stirn. Schließlich nimmt sie ihn doch.

Ich sage ihr, sie solle warten, wo sie ist. Dann gehe ich zur Rezeption, um ein paar Teller zu bezahlen. Ich stelle sicher, dass es in Ordnung ist, dass wir was darauf schreiben. Alles, was der Typ an der Rezeption sagt, ist: »Sie werden sowieso kaputt gehen. Mach, was du willst.«

Ich kaufe insgesamt zweiundzwanzig Teller, trage elf rüber zu Lily und gehe dann zurück um die restlichen elf zu holen.

Lily hilft nicht, aber das ist okay, denn ich will nicht, dass sie Hilft.

Als alle zweiundzwanzig Teller zwei Meter von einer riesigen Zielscheibe entfernt auf dem Tisch platziert sind, gehe ich nur noch ein letztes Mal zur Rezeption, um zwei Helme zu holen.

Ich ziehe einen über meinen Kopf, und den anderen stülpe ich über ihren. Sie ist verwirrt, aber ich denke sie ahnt, worum es hier geht.

»Du hast den Edding?« Lily nickt einmal und hält ihn hoch. »Gut.«

Ich gebe ihr einen leeren Teller und nehme einen für mich. Sie beobachtet mich, wie ich etwas auf meinen schreibe.

Verzeih mir, Aiden.

»Wer ist Aiden?« Lily neigt ihren Kopf zur Seite.

»Nicht wichtig.« Ich biete ihr ein Lächeln an. Ich erzählte ihr nicht alles, was es über mich zu wissen gibt. Eigentlich glaube ich nicht, dass ich Lily jemals wirklich etwas über mich erzählt habe.

Und ohne weitere Erklärung werfe ich den Teller auf die riesige rote Zielscheibe mit all der Wut, die ich in mir habe. Er zerschlägt und zersplittert in Tausende von winzigen Stücken, als er gegen die Wand trifft.

Es ist eine Erleichterung. Ich weiß, dass es die Realität nicht verschwinden lässt, das Problem nicht lösen kann, aber es bietet dennoch etwas Erleichterung. Selbst wenn diese nur kurz anhält.

Ich wende mich Lily zu und nicke, damit sie dasselbe tut. Sie findet es albern, also will sie es nicht tun.

»Mach es trotzdem.«

Lily schüttelt den Kopf. »Ich werde nicht etwas aufschreiben und dann einen guten Teller zertrümmern.«

»Die Teller sind alle beschädigt. Sie haben schon ein paar Risse. Sie wären sowieso rausgeschmissen worden. Du wirst dich besser fühlen.«

Lily seufzt und weiß, dass ich Recht habe. Ich würde nicht so weit gehen zu sagen, dass ich immer Recht habe…aber das habe ich schon.

»Wirf einfach einen und schau, ob es etwas verändert«, sage ich ihr.

Lily nickt und zieht die Kappe vom Edding, bevor sie etwas aufschreibt. Ich würde gerne wissen, was sie schreibt, aber ich werde sie nicht bitten, es mir zu sagen. Wenn sie will, dass ich es weiß, wird sie schon reden.

Bevor ich es merke, wirft Lily den Teller quer durch den Raum und beobachtet, wie er in Stücke zerbricht. Sie fällt auf die Knie und weint wieder.

Sie weint bereits, seit wir das Haus ihrer Mutter verlassen haben, und es bricht mir das gottverdammte Herz. Ich will ihr tränenbeflecktes Gesicht nicht mehr sehen. Es tut mir weh. Aber vielleicht ist Weinen gut für sie.

Ich wage es nicht, Lily zu berühren, nicht jetzt. Ich möchte, dass sie mit ihrem Schmerz umgeht und die Erleichterung spürt, wenn die Emotionen, die sie auf diesen Teller geschrieben hat, zerbrechen.

Also warte ich. Warte darauf, dass Lily reagiert. Ich warte darauf, dass sie etwas sagt, sich bewegt, buchstäblich irgendwas tut. Aber es kommt nichts. Zumindest nicht für die nächsten zwei Minuten.

»Warum hast du so viele geholt?«, fragt sie und ihre Stimme ist so leise, dass ich sie kaum höre.

»Zweiundzwanzig, für einundzwanzig Jahre Bullshit. Und einen für mich, weil ich zeigen musste, wie man das hier am sichersten macht.«

Sie dreht den Kopf, um mich anzusehen. Ein sanftes Lächeln zeigt sich auf ihren Lippen, ihre Augen blicken hoffnungsvoll und voller Wertschätzung.

»Das muss teuer gewesen sein.«

Ich zucke mit den Schultern. »Nicht mehr als $30. Ein Dollar für jeden Teller, acht Dollar für zusätzliche Zeit.«

»Ich werde es dir zurückzahlen.«

»Das wirst du«, sage ich, »indem du diese Teller gegen die Wand wirfst.«

»Danke, Colin.« Lily steht wieder, also halte ich ihr einen weiteren Teller hin. Sie nimmt ihn und beginnt ein weiteres Wort aufzuschreiben, oder mehrere.

Sie wirft ihn mit all ihrer Kraft gegen die Wand und lässt ihre Tränen einfach über ihr Gesicht rollen, während sie ihren Schmerz loslässt. Zumindest für einen Moment.

»Ich war noch nie so enttäuscht von dir, Liliana.« steht auf ihrem zehnten Teller. Ich frage mich, ob ihre Mutter das zu ihr gesagt hat.

Aber warte eine Sekunde; *Liliana*?

Warum hat sie mir das vorenthalten?

Ich möchte Lily danach fragen, aber ich glaube nicht, dass jetzt der richtige Zeitpunkt ist, sie zu fragen, ob ihr Vorname nicht Lily, sondern Liliana ist.

Vielleicht sehe ich Dinge, die nicht vorhanden sind. Ich meine, mein Herz schmerzt immer noch für das hübsche blonde Mädchen, das vor mir steht. Es tut mir weh ihre Tränen zu sehen, wenn sie sich umdreht und mich anlächelt. Es tut mir weh, wenn ich ihre roten geschwollenen Augen sehe. Es tut mir weh, wenn ich ihre gebrochene Stimme höre, als sie schreit während sie den Teller wirft.

Es tut weh zu wissen, dass es ihr nicht gut geht.

»Vielleicht hätte ich die andere Enttäuschung behalten sollen, und nicht dich, Liliana.«

Lily schreibt nicht auf, was sie fühlt. Sie schreibt verletzende Erinnerungen auf. Erinnerungen, von denen sie wünschte, dass sie sie nicht hätte. Sätze, die ihre Welt zerstört haben, die sie jetzt zerschmettert und aus ihrem Leben verbannt. Vielleicht für einen Moment, vielleicht für immer. Wer weiß?

»Ich will dich nicht mehr sehen. Geh einfach. Geh oder stirb. Es ist mir egal.«

Lily hat nur noch zwei Teller übrig. Ihre Augen treffen sich für eine Sekunde mit meinen, als sie einen Teller aus meinen Händen nimmt. Sie sieht glücklicher aus. Vielleicht nicht glücklich, aber definitiv leichter.

Als würde der Anblick der Worte, die gegen eine Wand geworfen werden, ihre Emotionen in Stücke reißen lassen und etwas von dem Gewicht wegnehmen, das sie mit sich trägt.

»Kann ich Wünsche aufschreiben?«

Ich nicke. Sie kann mit diesen Tellern machen, was sie will. Sie hätte sie alle auf einmal werfen können. Solange es hilft, wenn auch nur für kurze Zeit, bin ich glücklich damit.

»Gut.« Sie lächelt und wendet sich von mir ab. Sie lässt mich nicht lesen, was sie geschrieben hat, bevor sie den Teller gegen die Zielscheibe wirft.

Diesmal weint sie nicht, als er zerbricht. Sie dreht sich um, rümpft die Nase, während sie mich anstrahlt. »Der Letzte«, sagt sie, als sie mir den Teller aus den Händen nimmt. Aber bevor sie sich umdreht, zerrt Lily an meinem Kragen und zieht mich so weit zu sich hinunter, dass sich unsere Lippen berühren. »Danke«, flüstert sie und dreht sich um.

Lily zu küssen, beginnt sich normal anzufühlen. Sie zu küssen könnte niemals langweilig werden, und es ist nicht so, dass ich noch Angst hätte, sie zu küssen. Wenn ich sie küssen will, dann werde ich es tun.

Vielleicht denkt Lily, dass ich nur versuche, sie vor mehr Schmerzen zu schützen, wenn ich sage, dass sie mir gehört. Aber das ist nicht, wovon ich rede.

Sie gehört mir. Selbst wenn sie stirbt, wird sie immer mein sein. Ich weiß, dass sie etwas Besonderes ist. Sie hat ein riesiges Herz, liebt mit so viel Leidenschaft. Es ist so traurig zu sehen, dass sie es selbst nicht sehen kann.

Also werde ich sie lieben. Ich werde sie bis zu ihrem letzten Atemzug lieben, und selbst danach werde ich sie mit jedem Atemzug, den ich nehme, weiterhin lieben. Auch wenn ich für uns beide atmen muss.

Lily wirft den Teller, aber diesmal geht er nicht kaputt.

Wir beide schauen den Teller an und tragen dabei riesige Fragezeichen über den Köpfen.

Lily hat gerade aus zwei Metern Entfernung einen Teller auf eine Ziegelmauer geworfen, und er ist nicht kaputt gegangen. Was ist das für eine dunkle Magie?

»Was zum Teufel?« Lily lacht. »Es war der wichtigste Wunsch.« Ihre Hände fallen runter, ihr Körper erschlafft leicht vor Frustration.

»Was hast du dir gewünscht?«, frage ich. Ich würde den Teller für sie holen, wenn der Bereich nicht für alle außer den Angestellten gesperrt wäre.

Ich sehe Lilys Gehirn arbeiten, als würde sie drüber nachdenken, ob sie es mir verraten soll. Es kann unmöglich ein so großes Geheimnis sein.

»Dein Glück.«

»Was?« Ich fange fast an zu husten, weil ich überrascht schlucke.

»Ich habe mir gewünscht, dass du eine Freundin findest, die dich bedingungslos liebt. Jemand, der an deiner Seite ist, wenn ich das nicht mehr sein kann.«

Ich schlucke, schwer. Einmal. Zweimal. Wahrscheinlich noch ein paar Mal, bevor ich meine Stimme wiederfinde. »Warum?«, ist alles, was mir einfällt. Mein Mund ist viel zu trocken, um Worte über meine Lippen zu bringen.

»Weil ich will, dass du glücklich bist, auch nach meinem Tod. Ich muss wissen, dass es dir gut geht. Ich möchte wissen, dass du dein Glück gefunden hast, Colin.«

Ich atme tief ein. Wie sage ich jemandem, der suizidgefährdet ist, dass ich mein Glück bereits gefunden habe und mein Glück gehen wird, wenn sie stirbt? Wie sage ich ihr, dass sie mein Glück ist, dass sie Licht in mein Leben bringt? Wie sage ich ihr, dass sie meine Freude, meine Euphorie ist…ohne so zu klingen, als wolle ich, dass sie für mich am Leben bleibt?

»Ich hoffe du hast beim nächsten Mal mehr Glück«, sage ich und lege ihre Hand in meine.

Wir geben unsere Helme an der Rezeption ab und verabschieden uns. Der Typ, dessen Name Jeff ist—zumindest sagt das sein Namensschild—scheint ein bisschen verwirrt zu sein.

Ich kann es ihm nicht verübeln. Er hat beobachtet, wie Lily einen Nervenzusammenbruch beim Teller werfen hatte und dann geht sie mit einem riesigen Grinsen auf den Lippen, während die Hälfte ihres Gesichts mit Mascara-Flecken bedeckt ist.

Dennoch ist sie wunderschön.

»Ich verstehe es einfach nicht«, sage ich und mampfe Popcorn.

Als Lily und ich nach Hause kamen, hat sie gefragt, ob wir einen Film gucken können, bevor wir uns auf den Weg zur Bar machen müssen. Natürlich stimmte ich zu.

Ich hätte es nicht getan, wenn sie mir gesagt hätte, dass *sie* den Film auswählt.

Okay, ich hätte trotzdem zugestimmt.

Aber jetzt stecke ich hier fest und schaue mir *Legally Blonde* an, weil es Lilys Lieblingsfilm ist. Und ich verstehe es nicht.

»Was gibt es da nicht zu verstehen?« Sie lacht mich aus. Ich mag es nicht, dass sie mich für dumm hält, aber zumindest lacht sie.

Glücklicherweise läuft gerade das Ende des Films, was bedeutet, dass ich mir nicht mehr eine übermäßig sexistische Darstellung eines reichen Mädchens anschauen muss, das nur von Papas Geld lebt.

Im Ernst, warum wird in diesen alten Filmen immer die reiche weibliche Hauptfigur im Teenageralter in rosa gekleidet? Und nur rosa, als wäre es eine Art Charakterzug. Was wäre, wenn sie blau tragen wollen? Nicht jedes reiche Mädchen liebt rosa.

»Das Ende«, sage ich. »Emmet hätte mit Elle zusammenkommen sollen.«

Lily lacht...wieder. »Hast du nicht gelesen, was am Ende auf dem Bildschirm stand?«

»Es ist ein Film. Man liest nicht, während man sich einen Film anschaut, Lilybug.«

Lily verdreht die Augen und schüttelt ungläubig den Kopf. »Dort stand, dass sie seit zwei Jahren zusammen sind.«

»Lügnerin.« Ich glaube Lily nicht. Okay, das tue ich, aber ich weiß, wenn ich den Film jetzt zurückspule, wird sie wieder lachen.

Also spule ich den Film ein Stück zurück. Wir schauen so lange zu, bis—*wer hätte es gedacht*—am Ende genau das steht, was Lily mir erzählt hat.

»Oh, fick mich.«

»Jetzt gleich?«

Meine Augen schießen schockiert rüber zu Lily. Ich erwartete ein weiteres Lachen von ihr. Vielleicht sogar, dass sie sich über mich lustig macht. Aber *das* habe ich nicht kommen sehen.

Ich fühle, wie mein Schwanz sofort hart wird.

In nicht einmal einer Sekunde werfe ich Lily um. Nun liegt sie mit dem Rücken auf dem Sofa und ich lege mich auf sie. Sie stößt einen etwas atemlosen Schrei aus, als ich mein Gewicht auf sie lege, dabei weiß ich, dass sie mehr als genug Luft bekommt. Lily ist manchmal einfach ein bisschen dramatisch.

»Ich bin immer bereit, Sex mit dir zu haben, Lilybug«, sage ich grinsend. »Aber willst du es?«

Lily lächelt mich verschmitzt an, zuckt mit den Schultern und sagt kein Wort.

Sie versucht mich umzubringen.

»Ich werde es herausfinden.« Meine Hand fährt über ihren Körper und ich verfluche sie, weil sie sich entschieden hat, heute Jeans zu tragen. Jeans müssen erst aufgeknöpft werden, erst dann kann ich meine Hand in ihre Hose stecken. Wenn sie Leggings tragen würde, wäre es viel einfacher. Aber ich werde mich nicht beschweren…zumindest nicht hörbar für sie.

Ich knöpfe ihre Hose auf, schiebe meine Hand hinein und beobachte, wie sich ihr Blick von reiner Süße zu reiner Lust wandelt. Ihr Wunsch, dass ich sie ausziehe, lässt mich fast kommen. Es ist schon irgendwie lächerlich.

Als ich meine Hand über Lilys Pussy lege, nur leicht ihre Unterwäsche streiche, fängt Lilys Atem an zu zittern. Und ich stehe total darauf.

Sie sagt mir nicht, was ich tun soll. Sie sagt mir nicht, dass ich aufhören soll, aber sie bettelt auch *noch* nicht darum, dass ich sie berühre. Sie lässt mich einfach machen.

Ich sage nicht, dass mein Fingerspiel überwältigend ist, aber ich bin ziemlich sicher mit dem, was ich tue, und ich weiß, wie man es richtig macht.

Lily verspürt Lust, als ich mit meinen Fingern leicht gegen ihre Unterwäsche drücke und spüre, wie sie unter ihrem Slip feucht wird.

Lily hebt ihre Hüften hoch und möchte, dass ich noch weiter gehe.

Also schiebe ich meine Hand unter ihre Unterwäsche, streiche meinen Finger durch ihre Lippen. Ich tauche einen Finger nur leicht in ihren Kern, bevor ich ihn herausziehe und den Beweis ihrer Erregung etwas auf ihr herumschmiere.

Sie stöhnt, schlingt ihre Arme um meinen Hals und zieht mich ein bisschen mehr nach unten, damit ihre Lippen meine finden. Ich kämpfe nicht gegen den Kuss. Tatsächlich bin ich froh, dass sie mich küsst. Ich sehnte mich danach, ihren süßen Mund wieder auf dem meinen zu spüren.

Als meine Finger in sie eindringen, stockt Lilys Atem, ihre Hüften bewegen sich während sie es in vollen Zügen genießt.

»Aw, Fuck…« Das Gefühl von Lily sorgt dafür, dass mir schwindelig wird—Aber die *gute* Art von schwindelig.

Alles, was ich tun möchte, ist, ihr die Kleider vom Leib reißen und sie hier auf dem Sofa zu vögeln. Ich will—*muss*—sie fühlen. Ich muss in ihr sein. Genau jetzt.

Aber mehr als das wünsche ich mir, ihr Vergnügen zu bereiten. Ich will ihr Wimmern hören, will das sie mich anfleht, sie kommen zu lassen. Hören, wie sie meinen Namen stöhnt, wenn sie kommt.

Meine Finger rollen sich etwas in ihr zusammen, während mein Daumen langsam über ihre Klit streicht.

Gott, was würde ich tun, um sie jetzt zu schmecken, an ihrer Klit saugen zu können, anstatt sie mit meinem Daumen zu massieren. Sie schmecken zu können, wenn meine Zunge in ihren Kern eintaucht und ich sie lecke.

Aber stattdessen haben sich ihre Lippen auf meine gedrückt. Mehr oder weniger. Lily schafft es kaum noch mich zu küssen, so erregt ist sie. Anstatt das nervig zu finden, ist es eine gute Art festzustellen, dass sie sich gut fühlt. Dass *ich* sie sich gutfühlen lasse.

Dann fängt sie an zu betteln. »*Bitte.*« Ihr Mund ist offen, sie küsst mich nicht mehr, sondern versucht es nur noch.

Ich könnte weiter mit ihr spielen, meine Finger herausziehen und aufhören ihre Klit zu stimulieren. Ich kann mich entscheiden, ein Teaser zu sein oder ihr zu geben, was sie will: einen Orgasmus.

Da Lily Geburtstag hat, wähle ich Letzteres und gebe ihr, worum sie bettelt.

Lily atmet schwer, versucht sich aber zu beruhigen. Meine Hand ist noch in ihrer Hose, als Würggeräusche von der Tür kommen.

Ich bewege mich nicht, denn ich weiß, dass es Aaron ist. Lily gerät jedoch in Panik.

Sie zieht meine Hand aus ihrer Hose, bevor sie ihr Gesicht in ihren Handflächen versteckt. Sie setzt sich nicht hin, bewegt sich nicht. Alles, was Lily tut, ist, da zu liegen und ihr Gesicht zu verbergen.

Es ist amüsant, aber ich weiß, dass ich das nicht lustig finden sollte. Lily ist verlegen, beschämt.

Ich setze mich auf und schaue Aaron in die Augen, während ich langsam Lilys Lubrikationsflüssigkeit von meinen Fingern sauge. Er beobachtet mich mit Ekel, der über sein Gesicht geschrieben ist.

Wenn es nicht Lily wäre, die neben—*oder hinter*—mir auf dem Sofa läge, wäre es Aaron egal. Die Wahrheit ist, dass ich einmal ein Mädchen direkt neben ihm gefickt habe und er, wie der gute beste Freund, der er ist, tat so, als würde er schlafen, bis sie ging. Es war ihm völlig egal. Aber das ist Lily, und das ist ihm nicht egal.

»Hast du gerade meine Schwester auf unserem Sofa gefingert?« Es ist eine rhetorische Frage.

Lily quietscht bei seinen Worten und will ihn das nicht sagen hören. Dann setzt sie sich endlich auf, nachdem sie genug Mut gefunden hat, um ihrem Bruder gegenüberzutreten.

Oder nicht? Denn anstatt ihn anzusehen, begibt sich Lily direkt hinter mir, umarmt meinen Oberkörper mit ihren Armen *und* beinen, und verbirgt ihr Gesicht hinter meinem Rücken. Es ist, als würde sie mich als ihre persönliche Rüstung benutzen.

»Nein«, murmelt Lily, während ich gleichzeitig »Ja« sage. Lily schlägt mich dafür, aber ich verstehe nicht warum. Es ist ja nicht so, dass Aaron dumm wäre. Er weiß genau, was er gesehen hat, vielleicht sogar gehört hat.

»Das ist ekelhaft«, sagt er und tut wieder so, als würde er würgen. »Kannst du wenigstens versuchen, das von meinen Augen fernzuhalten? Sonst ziehe ich aus.«

»Noch besser. Gibt Lilybug und mir mehr Privatsphäre.«

Lily schlägt noch einmal auf meine Brust und tippt ein paar Mal mit ihrer Stirn gegen meinen Rücken, während sie verzweifelt stöhnt.

»Warte, du hast gesagt, dass Lily nur fünf Tage bleiben würde.«

»Genau. Immer noch nur fünf Tage.«

»Ich will nicht hier sein«, stöhnt Lily auf. Aaron lacht und schüttelt den Kopf.

Selbst als Aaron aufhört zu lachen, hat er immer noch ein sanftes Lächeln auf den Lippen. Ich bin mir nicht sicher, ob er sich für Lily freut, dass sie jemanden gefunden hat, der sie beschützen kann, oder ob er einfach nur verwirrt ist und plant, mich heute Abend umzubringen.

Ich werde mit Letzterem rechnen und mache mir eine mentale Notiz, um meine Zimmertür zu verriegeln, wenn wir heute Nacht nach Hause kommen.

»Ich bin so froh, dass heute mein Geburtstag ist und wir zu Brites gehen. *Hiernach* brauche ich wirklich einen Drink. Oder zehn.« Aaron macht sich auf den Weg nach oben, aber ich halte ihn auf und rufe seinen Namen. »Was ist?«

»Alles Gute zum Geburtstag.«

»Fick dich. Aber danke.«

KAPITEL 23

»even when it's do or die, we could do it, baby, simple and plain, cause this love is a sure thing«—Sure Thing by Miguel

Lily

ICH HASSE BARS.

Ich hasse es, dass, egal wo ich hinschaue, sich immer Typen an Mädchen ranmachen und dabei auch noch sofort den Körperkontakt suchen.

Und ich hasse es, dass ich an einem Booth mit fünf Hockeyspielern, einem Fußballspieler und nur einer anderen Frau sitze.

Doch was noch schlimmer ist, Aaron hört nicht auf, mich mit diesem seltsamen Blick anzusehen. Als wäre er traumatisiert. Ich bin mir sicher, dass er es ist, denn ich bin es auch. Wenn ich dabei zugesehen hätte, wie er es mit einer treibt, könnte ich direkt zurück in Therapie gehen.

»Ich dachte, du bringst deine Freunde mit, Lily.« Miles lächelt mich mit hungrigen Augen an.

Wenn ich nicht irgendwie mit Colin zusammen wäre, fände ich das vielleicht charmant. Ein bisschen respektlos, aber zumindest würde ich mich attraktiv fühlen.

Dieser Typ könnte jede haben. Ich bin mir sicher, dass er nur in die Richtung eines Mädchens schauen muss, und er wird sie in weniger als einer Stunde in seinem Bett finden. Warum zum Teufel schaut er mich an, als wolle er mich ausziehen?

»Hör auf zu gaffen und sabbre nicht nach meiner Freundin«, sagt Colin zu Miles. Ich mag es, dass er mich seine Freundin nennt, aber es ist schlecht für meine mentale Gesundheit. Wir sind eigentlich kein Paar. Aber andererseits ist meine psychische Gesundheit sowieso nicht wirklich lebendig, also was solls?

Izan hingegen schaut Colin mit Argwohn an. Ich wusste, dass dieser Typ uns durchschauen würde. Izan ist schlau, ziemlich schlau. Und er ist gut darin, Menschen zu analysieren.

Er ist der Einzige, der bemerkt hat, dass es mir gesundheitlich nicht allzu gut geht.

Wir hatten im freshman year einen Kurs zusammen und wurden sofort gute Freunde. Wir sehen uns nicht mehr allzu oft, da er mit seiner Fußballmannschaft beschäftigt ist, und ich anscheinend mit Colin.

Wie auch immer, Izan fand meinen Wunsch zu sterben heraus, lange bevor ich mir dessen selbst bewusst war. Er hat mir Hilfe besorgt, indem er seine Mutter gebeten hat, meine Therapeutin zu werden. Und es hat geholfen. Zumindest für kurze Zeit.

Drei Jahre später, und ich gehe nicht mehr zur Therapie, weil »es mir besser geht« aber ich werde tatsächlich in einer Woche sterben.

Aaron trinkt sein drittes Bier, er hat nichts anderes getrunken, seit wir hier sind. Anscheinend werden die »harten Getränke« erst nach Mitternacht in sein System gelangen. Bis dahin wird er sich an Bier halten.

Colin trinkt nichts Alkoholisches, ich auch nicht. Colins Ausrede nüchtern zu bleiben, ist, dass er fahren muss, wo er recht mit hat. Er muss uns nach Hause fahren und wahrscheinlich Aaron von irgendeinem Mädchenarsch wegziehen.

Ich hingegen hatte noch nie das Verlangen, Alkohol zu trinken. Es war auch immer die Angst da, dass ich über mich und meine Gefühle reden könnte.

Eigentlich weiß ich, dass ich dann redselig werde. Ich war einmal in meinem Leben betrunken, und alles, was ich tat, war zu weinen und über meine Depressionen zu jammern.

Nichts, was ich wiederholen möchte.

»Seit wann seid ihr ein Paar?«, fragt Izan und eine gewisse Verwirrung steht ihm ins Gesicht geschrieben. Er verschränkt die Arme vor seiner Brust und wartet ungeduldig auf eine Antwort, die seinen Verdacht bestätigt.

»Seit ein paar Tagen. Aaron ließ mich nicht—«

»Nope«, unterbricht Aaron und hält eine Hand hoch. »Ich brauche keine Erinnerung an das, was ich vorhin erlebt habe.«

Colin fängt an zu lachen, als wäre es völlig normal, dass er auf frischer Tat ertappt wurde.

»Entschuldigung, was haben *wir* erlebt?«, fragt Miles. Für eine Sekunde schäme ich mich und denke, dass Grey und Miles auch da waren. Aber es stellt sich heraus, dass die Jungs den anderen nur jedes kleine Detail erzählen. Wenn Aaron also etwas weiß, dann auch der Rest. Mit der gleichen Anzahl an Details.

Ich finde es toll, dass sie eine so tiefe Bindung haben, aber ich fühle mich auch schlecht. Ich fühle mich schlecht, weil Colin Geheimnisse vor ihnen hat. Dieses Geheimnis bin ich und mein Zustand.

Und dann geht mir ein Licht auf. Wenn ich nächste Woche sterbe, wird Aaron herausfinden, dass Colin es wusste. Colin wird seinen besten Freund verlieren, weil er ihm nicht gesagt hat, dass ich sterben will. Er weiß, dass die Freundschaft nach meinem Tod auch enden wird.

Und doch bleibt er bei dir, Lily.

»Ich werde das nicht wieder aufrufen, Miles.« Aaron nimmt sein Glas und leert es in einem Zug.

»Aber ein paar heiße Informationen über Lily werden niemandem weh tun«, protestiert Miles.

Colin hat mich mal gewarnt, dass Miles keinen Filter hat. Er hat mich gewarnt, dass Miles manchmal dumme Dinge sagt, ohne vorher darüber nachzudenken, wie andere sich dabei fühlen.

Angeblich meint er es nicht böse.

Ich will Colin Glauben schenken. Miles scheint sehr nett zu sein, aber manchmal verhält er sich wie ein Teenager, der in die Pubertät kommt.

Als ich ihn eine Weile anstarre, bemerke ich, etwas ungewöhnliches an Miles. Er wird nervös. Es ist als wäre der Kerl, den er vorgibt zu sein, nur eine Barriere, um das zu verstecken, was darunter liegt.

»Ich werde dir weh tun, wenn du weiter so von Lily sprichst, als wäre sie nicht hier«, sagt Colin. Seine Hände ballen sich zu Fäusten aber er lockert sie kurz danach wieder. »Sei nicht so, Miles. Lily ist kein Spielzeug. Sie bedeutet mir sehr viel, und ich verspreche dir, ich werde dir die Nase brechen, wenn du dich weiter so verhältst. Ich bin mir nicht sicher, ob Brooke das gerne sehen würde.«

Und die Schmetterlinge sind zurück. *Dumme Schmetterlinge.* Vielleicht sollte ich sie als Libellen bezeichnen, denn nichts daran ist gut.

Sie brennen in meinem Bauch, wie Feuer auf der Haut brennt.

Aus dem Augenwinkel heraus ertappe ich Aaron, wie er lächelt. Ich bin mir nicht sicher, worum es bei diesem Lächeln geht, nichts Lustiges ist passiert. Aber es scheint auch kein amüsiertes Lächeln zu sein. Es ist echt, weich…ein glückliches Lächeln vielleicht?

Colin lehnt sich näher an mich, sein Mund nah an meinem Ohr, als er flüstert: »Lass uns tanzen gehen, Lilybug.«

Ich schüttle den Kopf. Wenn es etwas gibt, was ich nicht kann, dann ist es tanzen. Ich kann mich auf dem Eis wie eine Prinzessin bewegen, aber in High Heels zu tanzen ist unmöglich. Es ist auch in Sneakers unmöglich.

Er drückt seine Lippen an meine Schläfe, steht auf und zieht mich mit sich.

Ok, dann gehe ich wohl doch auf diese winzige Tanzfläche, die diese Bar bietet.

»Colin, ich kann nicht tanzen«, sage ich ihm, aber er zuckt nur mit den Schultern. Ich bin mir nicht sicher, ob er mich gehört hat. Die Musik ist ziemlich laut und ich habe nicht sehr laut gesprochen.

»Sie spielen nicht einmal einen guten Song, Colin.« Wenn er das hört, hat er auch gehört, was ich vorher gesagt habe.

»Was meinst du damit?« Er legt seine Arme von hinten um meinen Körper und stützt sein Kinn auf meine Schulter. »Sie spielen *Sure Thing*.«

»Das ist kein Lied, zu dem man tanzen kann«, lass ich ihn wissen. Offensichtlich funktionieren seine Ohren nicht, ebenso wenig wie seine Augen. »Niemand tanzt mehr.«

»Na und?« Er lacht und zieht mich direkt auf die Tanzfläche.

Colins Hände bleiben auf meinen Körper, zusammen mit tausenden von Augen, die Colin und mich anstarren. Ich meine, wer ist verrückt genug, zu einem Song zu tanzen, zu dem man nicht tanzen kann.

Aber was ich gelernt habe, ist, dass es Colin egal ist, was andere Leute von ihm denken. Es ist ihm egal, wer ihn anstarrt. Er macht einfach, was er will und genießt es mit jedem Schlag seines Herzens.

Ich schließe meine Augen, denn ich habe Angst, dass ich versehentlich jemanden sehen könnte, der uns auslacht, obwohl es nicht so klingt, als würde jemand lachen. In meinen Gedanken lachen sie trotzdem alle.

Mit Colins Händen auf meinen Hüften beginne ich mich zu dem eher langsamen Rhythmus zu bewegen.

Als der Refrain kommt, kommt Colin näher an mich heran und flüstert mir den Text ins Ohr. In dem Moment als seine Stimme durch meine Ohren strömt, höre ich das Pfeifen seiner Freunde nicht mehr. Ich spüre nicht mehr ihre Blicke der fremden Leute auf mir.

Alles, was es gibt, ist Colin.

Er ist überall auf meiner Haut, unter meiner Haut. Er ist in mir und berauscht jeden Teil meines Körpers.

Colin ist zu meiner Sucht geworden. Er ist wie eine Droge. Ich sagte mir »nur dieses eine Mal«, ein Kuss kann nicht schaden. Ein Kuss würde nichts bedeuten. Und dann küssten wir uns. Und wir taten es wieder. *Noch ein weiterer Kuss,* es würde nicht schaden.

Und jetzt ist dieses »nur noch ein Mal« zu einer ständigen Wiederholung geworden.

Als der Song zu Ende ist, greife ich Colins Halskette und ziehe seinen Kopf zu mir runter, bis sich unsere Lippen treffen.

Meine Zunge gleitet in seinen Mund, ohne mich darum zu kümmern, dass es Leute gibt, die uns beobachten. Es ist egal, dass Aaron uns beobachtet.

Colin schmeckt nach Coca-Cola und Colin, und verdammt, ich liebe es.

Und—wer hätte das gedacht—die Schmetterlinge sind zurück.

Die Art und Weise, wie sich seine Lippen auf meinen bewegen, wie seine Zunge meine schmeckt, all das lässt mich dahinschmelzen.

Im Moment unseres Kusses schleichen sich alle meine Gefühle für ihn heraus, die ganze Anziehungskraft wird in ihn hineingegossen. Ich fürchte, in Flammen aufzugehen, so heiß wird es, als unsere Lippen sich aufeinanderpressen.

Ich wünsche mir nichts sehnlicher, als ihm mein Herz zu geben. Ich will mehr Zeit mit ihm. Aber es ist unmöglich. Meine Zeit läuft ab, das wissen wir beide. Wir wissen beide, dass ich nur noch sechs Tage habe, fünf, wenn man den Tag, an dem ich sterbe, nicht mitzählt.

Lässt man meine Selbstmordgedanken mal für einen Moment beiseite, frage ich mich, ob es eine Chance gibt. Ob es eine Chance für Colin und mich *zusammen* gibt.

Aber ich sollte nicht für jemand anderen am Leben bleiben. Ich sollte am Leben bleiben wollen, weil ich es *will* und nicht weil ich mich zu jemanden hingezogen fühle

Ich liebe Aaron, und doch will ich nicht für ihn am Leben bleiben. Das gleiche sollte ich auch über Colin sagen, gerade da ich mich ihm nur hingezogen fühle und ihn nicht liebe.

Der nächste Song beginnt zu spielen und plötzlich sind jede Menge Leute auf der Tanzfläche. Es wird ein wenig voll und eng. Es ist mir egal, denn Colin küsst mich noch immer.

Ich habe Ruhe in seinen Küssen gefunden. Es ist, als wäre ich zu Hause, wenn er mich küsst. Es fühlt sich richtig an.

Vielleicht sollten wir bald eine Pause einlegen, aber das will ich nicht wirklich. Dennoch gehen wir etwas auseinander.

Seine Stirn berührt meine und unsere Blicke treffen aufeinander. Nichts als Bewunderung funkelt in seinen Augen. Und wenn etwas mehr dahinter steckt, dann ist er gut darum, es zu verbergen.

»Ich liebe dieses Kleid an dir«, flüstert er mir ins Ohr und lässt einen Kuss dahinter.

Ich wollte eine Jeans und ein Sweatshirt tragen, habe aber meine Meinung kurzfristig geändert und mich für ein rotes hautenges Kleid entschieden. Es zeigt meine Schultern und Schlüsselbeine, und ich denke, ich sehe gut darin aus.

»Kennst du das Lied?«, frage ich. Colin schüttelt den Kopf. »Ich auch nicht.«

»Willst du dich wieder hinsetzen?«

»Nein.« Ich grinse und umschließe seine Hand. Spanische Lieder haben immer die besten Rhythmen, zu denen man tanzen kann, die meisten jedenfalls. »Kannst du es übersetzen?«

Colin neigt seinen Kopf zur Seite, lächelt leicht und trotzdem kann ich sehen, dass er verwirrt ist.

»Ich weiß, dass du Spanisch sprichst.«

Er lacht und schüttelt ungläubig den Kopf. »Da ist jemand ein Stalker«, sagt er. »Ich habe es dir nie erzählt.«

»Du nennst deine Mutter ›Mamá.‹« Er hebt seine Augenbrauen an. »Und du wechselst gelegentlich zu Spanisch, wenn du mit deiner Schwester telefonierst.«

Etwas geht in ihm vor, wie ein Gedanke, der sich nicht beruhigen will. »Das tue ich?« Ich nicke. »Wirklich? Normalerweise wechsle ich vor niemandem außer meiner Familie die Sprache.«

»Warum?«, frage ich. Aber entweder will er mir nicht antworten oder er weigert sich einfach.

Seine Augen verengen sich. »Du willst den Text von *Rechazame* nicht wirklich verstehen, *mi sol*«, lacht er und zieht mich von der Tanzfläche runter.

Er führt mich zurück zu unserem Platz, aber wir setzen uns nicht hin.

»Wir gehen, Baby«, flüstert er mir ins Ohr.

Ich antworte nicht darauf, sondern frage: »Was bedeutet das?«

»Was bedeutet was?«, fragt er im Gegenzug.

»Wie auch immer du mich gerade genannt hast. Ich weiß, dass du mich etwas genannt hast.« Aber anstatt meine Frage zu beantworten, grinst er und spricht mit Aaron.

»Du solltest sie besser nicht verlieren.« Colins Stimme klingt streng, als er Aaron seine Kreditkarte auf den Tisch legt. »Ich brauche sie morgen.«

Das liegt bestimmt an mir. Denn morgen ist ein neuer Tag, an dem er mich irgendwohin bringen wird. Das hasse ich. Na gut, ich hasse es, dass er Geld für mich ausgibt, nicht, dass wir Zeit miteinander verbringen.

Aber ich glaube, so viel war es noch nicht. Der Sonnenaufgang kostete nichts. Die Kaffees waren jedoch teuer. Gott, es spielt keine Rolle, wie viel er ausgegeben hat, er hat Geld für mich ausgegeben und das hasse ich.

»Warum? Geht es auf ein Date?« Aaron spricht mit einem sarkastischen Unterton. Ich bin mir immer noch nicht sicher, ob er glücklich ist oder ob er Colin erwürgen will.

Aaron hat ein Glas Whiskey vor sich, was mir sagt, dass es inzwischen nach Mitternacht ist.

»Ich muss deine Schwester verwöhnen.« Colin dreht sich zu mir um und lächelt zärtlich.

Ich lehne mich zu ihm rüber an sein Ohr und sage: »Ich will noch nicht gehen.« Ich bin nicht einmal überrascht, als sich seine Augen vor Schreck weiten und ein Funke der Besorgnis durchkommt.

Colin weiß, dass ich in letzter Zeit viel lieber zu Hause bin als unter Menschen. Obwohl ich seine Sorge und die Tatsache schätze, dass er möchte, dass ich mich wohl fühle, möchte ich jetzt in diesem Moment tatsächlich bleiben.

»Sicher?« Er legt seine Hand auf meinen Rücken, ein bisschen zu tief für Aarons Geschmack.

»Gott, würdest du das lassen?« Aaron stöhnt und nimmt einen Schluck von seinem Whiskey. »Ich möchte diese Nacht genießen und nicht an das erinnert werden, was ich gesehen habe.«

»Werd‘ einfach erwachsen und es wird dir gut gehen.« Colin rutscht in den Booth und setzt sich neben Grey. Ich setze mich daneben.

Izan beobachtet uns. Erst dann wird mir klar, dass Aaron seinem Eishockeyteam vielleicht gesagt hat, dass wir Zwillinge sind. Aber das bedeutet nicht, dass Izan es weiß. Ich bin einfach davon ausgegangen, dass Grey im davon erzählt.

»Aaron ist mein Zwillingsbruder«, kläre ich Izan auf, denn ich möchte nicht, dass er ahnungslos bleibt.

Anstatt überrascht zu sein, bedeckt Izan seinen Mund mit seiner Hand. Erschrocken wandert sein Blick von Aaron zu Colin und wieder zurück. *Weiß er etwas, was ich nicht weiß?*

»Du hast den Bro-Code und den Team-Code gebrochen?«, richtet Izan seine Frage an Colin. Sein plötzlicher Mut bei Seite, Izan wirkt immer noch etwas erschrocken.

»Nicht gebrochen. Ich bat um Erlaubnis und habe dennoch ein paar Schläge bekommen.« Colin zuckt mit den Schultern, als wäre es nichts.

»Ich habe dich nicht geschlagen.«

»Leute, ich habe eine Idee.« Miles stellt sein Glas auf den Tisch und bereitet diesem Gespräch damit das dringend benötigte Ende.

Ich habe bereits die roten und blauen Lichter der Polizeiwagen vor meinen Augen aufleuchten sehen; wie ich den Cops erkläre, wie es dazu kam, dass sich mein nicht-wirklich-Freund und mein Bruder die Köpfe einschlagen.

»Mal sehen, wer zuerst einknickt, Colin oder Aaron.« *Entschuldigung?* »Ich wette, Lily bekommt Archer Kingstons Handynummer nicht«, gibt er seine Wette ab.

Miles hat jetzt die ganze Aufmerksamkeit der Jungs. Jedes Ohr und jedes Paar Augen ist auf ihn gerichtet, während er seine *»erstaunliche«* Wette im Detail erklärt.

Miles meint, ich solle mit einem Typen namens Archer flirten und dafür sorgen, dass ich seine Handynummer bekomme. Anscheinend ist Archer schwer zu bekommen.

Das ist die dümmste Wette, von der ich je gehört habe. Und die gefährlichste für Colin und Aaron.

Wenn der Typ, dem ich so viel Aufmerksamkeit schenken soll, mich schief ansieht, wird sich Aarons Faust in dessen Gesicht wiederfinden. Wenn er auch nur in meine Richtung atmet, wird Aaron ausflippen. Und Colin auch, denke ich.

Ich bin mir nicht sicher, ob es Colin stört, wenn ich mit einem anderen flirte. Ich bin mir aber sicher, dass er so tun würde, als ob es ihn stört.

Das nächste, was ich weiß, ist, dass Miles auf einen wirklich gutaussehenden Kerl zeigt und zu mir sagt, dass ich loslegen soll. Normalerweise gehe ich nicht einfach auf irgendwelche Typen aus Bars zu, noch habe ich jemals zuvor versucht, mit einem davon zu flirten. Aber ich denke, dass meine Zeit gekommen ist zu lernen.

Ich habe sowieso nicht viel zu verlieren. Im schlimmsten Fall mag der Typ mich nicht und wird dafür verprügelt. Na ja, oder er atmet und wird trotzdem verprügelt… *Er wird verprügelt.*

Ich mache mich auf den Weg zu diesem heiß aussehenden rothaarigen Archer Kingston und nehme an seinem Tisch Platz, ohne zu fragen. Er blinzelt mich an, als wolle er fragen, warum zum Teufel ich so frech bin und mich einfach an einen fremden Tisch setze.

»Hallo«—meine Stimme ist dünn und es fehlt mir an Selbstvertrauen—»Ich bin Lily.«

»Archer«, sagt er und hebt seinen Kopf. »Brauchst du etwas?«

»*Dich.*« Ich zucke innerlich zusammen. Ich fühle mindestens sieben Augenpaare auf mich gerichtet, davon zwei ziemlich intensiv starrende, und beschließe, meine Angst abzuschütteln und weiterzusprechen. »Ich hatte irgendwie gehofft…«

»Cupcake, wen versuchst du zu beeindrucken?« Er bellt ein Lachen und schaut sich in der Bar um. »Haben deine Freundinnen dich hierhergeschickt?«

Ich schüttle den Kopf. *Keine Freundinnen, der Freund meines Bruders.* »Ich habe Geburtstag und ich dachte, es wäre eine Schande, ihn alleine zu verbringen.«

»Du hast Geburtstag?« Archer kauft es mir nicht ab. Scheiße, er *ist* eine hart zu knackende Nuss. Also hole ich meinen Ausweis heraus, um ihm mein Geburtsdatum zu zeigen.

»Liliana«, sagt er.

Ich verdrehe die Augen. »Lily.«

»Theoretisch gesehen ist dein Geburtstag bereits vorbei«, sagt er und zeigt mir die Uhrzeit auf seinem Handy, es ist 00:23 Uhr.

»Nun, solange ich noch nicht geschlafen habe, ist es für mich noch Samstag.«

Archer nimmt meine Hand und küsst sie. »Es ist schön, dich kennenzulernen, Geburtstagskind.« *Anscheinend doch nicht so schwer zu bekommen.*

»Es ist sicherlich ein Abenteuer, mich zu kennen.«

Er lacht, aber er weiß nicht, was ich damit meine.

»Wie alt bist du?«, frage ich und suche leichten Körperkontakt zu ihm. Ich lege meine Hand auf seinen muskulösen Arm und biete ihm ein Lächeln.

»Zweiunddreißig.« Mein Gesicht muss völlig blass geworden sein, denn Archer fängt an zu lachen, als hätte ich mein Gesicht in Babypuder gebadet. »Ich bin zwanzig.«

Ich möchte etwas sagen, doch als ich spüre, wie Archers Arm sich um meine Taille legt und er mich näher an sich heranzieht, verlässt meine Stimme meinen Körper. Sie hat einfach innerhalb von einer Sekunde den Koffer gepackt und ist gegangen.

Er tastet mit seiner Hand meinen Rücken auf und ab und rutscht dann tiefer nach unten, bis sie fast meinen Hintern berührt. Ich sage nichts, ich kann immer noch nicht sprechen. Meine Stimme ist bestimmt nach Australien gewandert. Man könnte meinen, dass meine Stimme ein One-Way-Ticket gekauft hat.

»Bist du eher ein One-Night-Girl, oder muss ich dich erst ein paar Mal daten, bevor du mich in deine Hose lässt?«

Nun, das ist ja mal sehr direkt.

Ich finde meine Stimme wieder, was überraschend ist, weil ich mein ganzes Geld darauf verwettet hätte, dass diese nie wieder zurückkommt. »Lass uns das besprechen, nachdem du mir deine Handynummer gegeben hast.«

»Sie hat bereits jemanden im Auge.« Die tiefe Stimme, die hinter mir auftaucht, spricht mürrisch.

»Carter.« Archer nickt Colin zu. »Glaube nicht, dass sie auf dich steht, denn Lily ist zu mir gekommen, um mit mir zu sprechen.«

»In etwa zwei Sekunden wirst du vier Fäuste in deinem Gesicht haben, wenn du deine Hände nicht von meinem Mädchen nimmst.«

Archer schaut auf Colins Hände und sagt: »Du hast nur zwei« auf die übermütigste Weise, die ich je gehört habe.

»So scheint es.« Archers Hände werden von meinem Körper geschoben. Ich werde von meinem Sitz hochgehoben und eine Sekunde später wieder auf meine Füße gestellt. »Aber sie hat einen Zwillingsbruder mit einem weiteren Paar Fäuste.«

»Du babysittest für den Bro?«

»Nahe dran«, sagt Colin und gleitet mit seiner Hand über meinen Körper, bevor sie auf meinem Hintern landet und ihn drückt. »Sie ist mein Mädchen. Nicht nur ein Date. Meine

Freundin.« Mein Magen macht einen Flip, kribbelt vor Aufregung.

»Trotzdem hat sie mit mir geflirtet.«

»Hatten eine Wette am Laufen.« Colins Arme schlingen sich von hinten um meinen Bauch, seine Lippen drücken sich an das herzförmige Geburtsmal auf der Rückseite meiner Schulter. »Ich habe die Art und Weise, wie sie dich angesehen hat, total geliebt. Mit so viel Ekel in dem Augen, dass es mich fast hart gemacht hat.«

»Du bist so ein Schwanz«, sagt Archer, aber Colin versteht etwas anderes…oder macht es einfach zu etwas anderem.

»Du hast Recht, ich habe einen tollen Schwanz. Und er wird in etwa zwanzig Minuten in meiner Freundin sein.«

»Das wollte ich nicht wissen«, Archer spricht in einem rotzigen Ton. Seine Augen treffen meine, aber diesmal sind sie überhaupt nicht freundlich und einladend.

Herzlichen Glückwunsch, Lily, du hast dir gerade deinen ersten Feind fürs Leben verdient.

Colin zieht mich von Archers Tisch weg, aber er geht nicht mit mir zurück zu unserem Platz. Wir verlassen das Brites.

»Wir gehen«, sagt er mir in einem harten Ton. Es gibt keine Diskussion. Selbst wenn ich wollte, hätte ich keine Chance.

»Du bist eifersüchtig.« Das nehme ich zur Kenntnis. Der kleine grüne Schimmer in seinen Augen verrät es.

»Fuck ja, das bin ich, *mi sol.*« Oh, okay. Dann lass uns das einfach machen.

Colin geht mit mir zu seinem Auto, öffnet mir die Beifahrertür und wartet, bis ich Platz genommen habe, bevor er die Tür zuschlägt. Er joggt zur anderen Seite des Autos und ich beobachte ihn durch das Fenster. Er sieht reichlich angepisst aus.

Für einen Moment frage ich mich, warum zum Teufel Colin so mühelos heiß ist. Er versucht gar nicht, es zu sein, und doch ist er der heißeste Typ, den ich je gesehen habe.

Und warum zum Teufel sollte er eifersüchtig sein, wenn er jede haben könnte.

»Offensichtlich bist du dir dessen nicht bewusst, aber du gehörst mir, Lily.« Das sind sie einzigen Worte, die durch das Auto hallen, als Colin sich auf den Fahrersitz setzt. »Ich werde uns kein Label geben, denn ich weiß, dass du dann weglaufen würdest. Aber solltest du jemals wieder mit einem anderen Kerl flirten, werde ich dafür sorgen, dass er das Leben nach dem Tod früher erlebt als du.«

Ich bin mir nicht sicher, ob ich das toll finden soll oder ob ich Angst haben sollte.

»Außerdem glaube ich nicht, dass irgendein anderer Typ sich mit einem Mädchen herumschlagen würde, die schon mit einem Fuß im Grab steht. Mit jemanden abhängen, die *plant*, in weniger als einer Woche tot zu sein.«

Verdammt, wenn mich das nicht in irgendeiner Weise verletzt.

Colin hat aber Recht. Ich habe meinen Tod geplant. Ich weiß, wie ich sterben werde, wann ich sterben werde und wer mich finden wird, wenn ich gestorben bin. Es ist alles geplant. Niemand würde sich das freiwillig antun.

Niemand außer Colin.

Kapitel 24

»cause you're the reason I believe in fate, you're my paradise«—Infinity by Jaymes Young

Lily

»Schließe deine Augen«, befiehlt Colin, während ich mich auf sein Bett setze. »Du bekommst immer noch dein Geschenk, Lilybug. Auch wenn es theoretisch nicht mehr dein Geburtstag ist.«

»Ich will kein Geschenk. Es lohnt sich nicht.«

»Halt die Klappe und schließ die Augen.« Also tue ich es. Ich habe sowieso keine große Wahl.

Als Colin in seinem Schrank wühlt, steigt die Vorfreude. Ich will wirklich keine Geschenke, aber irgendwie bin ich jetzt doch gespannt, was Colin sich ausgedacht hat.

Die Geräusche hören auf und ich spüre, dass Colin vor mir steht. »Okay, du kannst deine Augen öffnen.«

Und mit seinem okay tue ich das. Ich öffne meine Augen, nur um Colin vor mir knien zu sehen. Für einen Moment möchte ich aus dem Zimmer rennen. Ich will gehen und nie wieder zurückkehren, aber dann fängt Colin an, hysterisch zu lachen.

Er lacht so lange, bis er umkippt und auf dem Boden liegt, während er seinen Bauch hält. Ich nehme an, er hat rausgefunden, nach was seine Position aussah.

»Okay, es tut mir leid«, sagt er schließlich und setzt sich langsam wieder auf. »Der Blick in deinem Gesicht, Baby…Ich hätte ein Foto davon machen sollen.«

Ich überlege, ihn zu ohrfeigen. Vielleicht sollte ich es tun, er hätte es auf jeden Fall verdient. Aber ich tue es nicht.

Ich tue es nicht, denn als ich gerade dabei bin, hält Colin eine kleine Geschenktüte hoch. Ich betrachte sie mit Misstrauen, bevor ich sie nehme. Er beobachtet mich mehr Intensivität, als ich ihn je bieten könnte. Es scheint als wäre er aufgeregter als ich, diese Tüte zu öffnen.

Da ich nicht länger warten kann, öffne ich die Tüte und nehme ein kleines Stofftier heraus. Es ist die Nachbildung des Frosch-Stofftieres, das ich in meinem Zimmer habe. Aber nicht nur das, es ist eine Kette daran befestigt.

Colin Carter hat mir einen Schlüsselanhänger geschenkt. Einen *Frosch*-Schlüsselanhänger.

Und ich liebe ihn absolut.

»Kermit wird das lieben«, sage ich und strahle ihn mit einem Lächeln an.

»Wer zum Teufel ist Kermit? Ich dachte, wir haben uns auf Sergeant Froggo geeinigt.«

»Dem habe ich nie zugestimmt.«

»Ich aber.« Er grinst und nimmt meine Hand. Eine Sekunde später zieht Colin eine kleine Schachtel aus seiner Jeanstasche. »Glaub nicht, dass ich dir nur den Mini-Sergeant Froggo gekauft habe.«

Ehe ich mich versehe, hat Colin mir ein Armband um mein Handgelenk gelegt. Es ist ein dünnes silbernes Armband, keine Anhänger, nur eine dünne durchgehende Kette. Sie ist einfach und perfekt.

»Colin«, sage ich flüsternd und spüre, wie sich Tränen aufbauen. Ich bin mir nicht sicher, ob es glückliche oder traurige Tränen sind. Eigentlich weiß ich gerade gar nicht, was ich überhaupt fühle.

Ich will glücklich sein. Ich bin glücklich, denke ich.

Aber gleichzeitig möchte ich weinen, weil mein Herz schmerzt. Nicht die gute Art von Schmerz, wie wenn es vor Liebe schmerzt. Es ist ein emotionaler Schmerz. Möglicherweise, weil dieses Armband mich genau jetzt daran erinnert, dass ich Colin sehr bald verlieren werde. Für immer.

»Es ist perfekt.« Ich atme tief ein und schaue hoch, während ich meine Tränen wegblinzle. »Danke.«

Stille fällt über uns, aber keine unangenehme Stille. Colin schaut mich an, beobachtet mich, wie ich sein Geschenk ansehe. Ich fange an zu Glauben, dass es das schönste Geschenk ist, das ich je erhalten habe. Schlicht, bescheiden und einfach perfekt.

Ich mein, es ist ein einfaches Armband. Aber *Colin* hat es mir geschenkt, das macht dieses Armband eine Million Mal wertvoller.

»Lilybug?« Ich schaue auf und begegne Colins Blick. »Ist Lily ein Spitzname?«

Ich friere für einen Moment. Nicht sicher warum. Ich schäme mich nicht für meinen vollen Namen. Ich mag es einfach nicht, mit diesem angesprochen zu werden. Die Einzige, die mich jemals Liliana genannt hat, ist meine Mutter, und sie hat den Namen definitiv für mich ruiniert.

Colin scheint zu merken, dass ich zögere, also gibt er sich selbst die Antwort. »Dein voller Name ist Liliana?« Ich bin mir nicht sicher, ob es sich um eine Frage oder eine erklärte Tatsache handelt.

Ich nicke und spüre, wie mein Körper zu zittern beginnt. Ich mag es *wirklich* nicht, Liliana genannt zu werden. Doch wenn Colin es sagt, klingt es nicht halb so schlimm. In der Tat fühlt es sich gut und richtig an.

»Er ist wunderschön.«

»Findest du?«

Er nickt. »Also, wer hat damit angefangen, dich Lily zu nennen?«

Ich kichere darüber, denn die Geschichte dahinter, wie Liliana sich in Lily verwandelte, verbindet sich mit Aarons Unfähigkeit, Wörter richtig auszusprechen.

»Aaron«, sage ich, »er konnte Liliana nicht aussprechen, warum auch immer. Ich wette, dass er einfach zu faul war, es zu sagen. Stattdessen nannte er mich Lily.«

»Er hätte dir einen besseren geben sollen.«

»Vielen Dank.« Ich verdrehe die Augen.

»Lilybug?« Colin steht auf, um sich neben mich zu setzen. Er legt eine seiner Hände auf meinen Oberschenkel und drückt ihn leicht zusammen. »Sag mir etwas, was ich nicht weiß.«

Schon wieder? Ich dachte, ich hätte das schon einmal gemacht. Eigentlich mache ich das die ganze Zeit. Colin kennt mich mittlerweile von allen Leuten, die mich kennen, am besten. Er weiß die schrecklichsten Dinge über mich.

»Ich war Jungfrau.«

Seine Augenbrauen ziehen sich zusammen, sein Kopf neigt sich leicht zur Seite, als er darauf wartet, dass ich ihm sage, dass ich scherze. Zumindest nehme ich an, dass er darauf wartet.

Als er sagt: »Bis was passiert ist?« Mir wird klar, dass er etwas völlig anderes denkt als das, was ich meine. Sein Ton ist ernst, keinerlei Anzeichen von Belustigung.

Plötzlich fühle ich mich schlecht.

»Vor zwei oder jetzt drei Tagen, meine ich.«

Er regt sich sichtlich ab, dennoch scheint ihm etwas unwohl zu sein. Seine Hand verlässt meinen Oberschenkel, er berührt mich nicht mehr.

Colin steht auf, geht in seinem Schlafzimmer auf und ab, während er mit den Händen durch sein Haar fährt. Ich denke, ich habe ihn kaputt gemacht.

Er sagt kein Wort, reagiert nicht mal aber, wenn ich seinen Namen sage, um seine Aufmerksamkeit zu erregen.

Colin schreitet ungefähr die nächsten fünf Minuten in seinem Zimmer herum und ignoriert meine Anwesenheit, bis er sich schließlich umdreht, um mich wieder anzusehen. »Warum hast du mir das nicht früher gesagt?«

»Weil ich *diese* Reaktion vermeiden wollte.« Und außerdem ist es nicht so, dass das, was wir getan haben, nicht einvernehmlich war. Ich wollte mit ihm genauso schlafen, wie er mit mir schlafen wollte.

»*Fuck*, Lily.« Seine andere Hand gleitet durch sein bereits zerzaustes Haar, zieht an den Enden, während er ein frustriertes Stöhnen von sich gibt.

Im Gegensatz zu dem, was ich erwarte, bleibt Colin im Zimmer und rennt nicht weg.

Er kommt näher und hebt mich hoch. Sofort schlingen sich meine Beine um seine Hüften.

Eine Wolke seines Duftes liegt in der Luft. Er riecht gut. Er riecht nach Rosewood und frischer Wäsche. Ich glaube, ich habe meinen Lieblingsduft gefunden. *Colin.*

Das ist es, was es ist, oder? Wenn ein Duft dich mit Wärme erfüllt und das Wohlbefinden steigert, er dich süchtig macht und man ihn immer wieder riechen möchte. Dann wird er zu einem ultimativen Favoriten.

Seine Hände liegen unter meinem Kleid auf meinem Hintern, als er mich hochhält, seine Lippen meine suchen. Seine Zunge drückt sich über seine Lippen und taucht in meinen Mund ein.

Meine Hände greifen in sein Haar und streicheln durch seine weichen Strähnen. Sanft kratze ich mit meinen Fingernägeln an seiner Kopfhaut, bis Colin ein kehliges Stöhnen in meinen Mund stößt.

»Ich werde dir ein besseres ›erstes Mal‹ geben, baby. Okay?«, spricht er zwischen zärtlichen Küssen und legt mich vorsichtig auf das Bett.

Colin schwebt direkt über mir, küsst meine Lippen und dann meinen Hals hinunter. Als er mein Dekolleté erreicht, setzt sich Colin auf und rutscht genug nach unten, um nach meinen Knöcheln zu greifen. Er löst die Bänder meiner High Heels und legt diese neben sein Bett.

Er küsst sich an meinen Beinen hoch und flüstert zärtliche Worte mit jeden Kuss, den er auf meine Haut gibt und sich in mich einbrennt. Mit jedem Kuss erwärmt sich mein Körper. Mit jedem Kuss wird eine Welle der Vorfreude direkt zwischen meine Beine geschickt.

Als er meinen Oberschenkel küsst, hält Colin für eine Sekunde inne und schiebt mein Kleid bis zu meinen Rippen hoch. Er entfernt es nicht vollständig, also nehme ich es auf mich, es zu tun.

Da das Kleid schulterfrei ist und meine Brüste nicht allzu groß sind, trage ich keinen BH, was bedeutet, dass meine Brust ihm jetzt vollständig ausgesetzt ist.

»Du versuchst, mich zu töten, Lilybug«, sagt er und schaut mir in die Augen, während er sich die Lippen leckt, als wäre ich das Köstlichste, was er je gesehen hat.

Er zerrt an meinem Höschen, schiebt es meine Beine hinunter und lässt mich nackt zurück, damit er mich anschauen kann.

»Aw, fuck«, stöhnt er. Sein Kopf neigt sich zurück in seinen Nacken, er atmet tief aus, bevor er mich wieder ansieht. »Nimmst du die Pille?«

Ich schüttle den Kopf, nicht als Antwort, sondern weil seine Frage mich überrascht. »Warum?«

»Ich hatte gehofft, ich könnte dich ohne Kondom spüren«, antwortet er. »Es ist aber in Ordnung. Wir werden Kondome benutzen.«

Er legt seinen Körper über meinen. Seine Lippen sind weich und er schmeckt nicht mehr nach Coca-Cola. Sein Mund ist besitzergreifend, fordernd. Wenn er nicht Colin wäre, würde ich mich zurückziehen. Aber er *ist* Colin, und er legt Anspruch auf *mich.*

»Das tue ich, Colin.« Er schaut mich unsicher an, deshalb erkläre ich etwas deutlicher. »Ich nehme die Pille.«

»Warum hast du dann den Kopf geschüttelt?«

»Ich war verwirrt, warum du fragst. Aber ich verspreche dir, ich nehme die Pille.«

Colin lacht übermütig, steht auf, zieht sich schnell aus, um in kürzester Zeit wieder auf mir zu liegen.

Unabhängig von meiner Erregung und wie verzweifelt ich Colin will, kann ich das Gefühl nicht loswerden, dass er nur mit mir schlafen will, um sich besser zu fühlen. Seine Reaktion darauf, als ich ihm sagte, ich sei Jungfrau gewesen, war komisch. Also frage ich: »Fühlst du dich schuldig?«

Colin setzt sich auf. »Warum sollte ich mich schuldig fühlen?«

»Weil du mir meine Jungfräulichkeit genommen hast und nicht gerade sanft zu mir warst.«

»Baby, wenn ich stinknormalen Sex mit dir gewollt hätte, hätte ich ihn mit dir gemacht. Und wenn du ihn gewollt hättest, dann hättest du es mir sagen sollen. Und außerdem hast du's gut genommen. Also, nein, ich fühle mich kein bisschen schuldig.«

Ich möchte reden und fragen, warum er dann vorhin so reagiert hat, aber alles, was herauskommt, ist ein leichtes Keuchen, weil Colin mich zwischen meinen Oberschenkeln küsst.

Er umarmt meine Hüften und hält mich fest, während seine Zunge langsam die Stelle zwischen meinen Beinen erkundet. Eine seiner Hände gleitet nach oben, ruht auf meiner Brust, seine Finger massieren meine Nippel.

Ich liebe es, dass er so touchy ist. Ich liebe es, dass Colin sich nicht nur um einen Teil meines Körpers kümmert.

Als ich spüre, wie seine Zunge in mich eindringt, kann ich nicht anders, als laut zu stöhnen. Ich bedecke meinen Mund mit meinem Arm, um mein Keuchen und Stöhnen zu unterdrücken. Aber sobald ich das tue, hört Colin auf und sagt: »Nein, hör auf dein Mund zu bedecken. Ich möchte hören, wie gut ich dich fühlen lasse.«

Ich glaube nicht, dass ich jemals in meinem Leben mehr errötet bin. Ich liege buchstäblich nackt vor Colin, und doch lässt mich dieser Kommentar erröten.

Sobald Colin sieht, dass mein Arm nicht länger mein Mund bedeckt, saugt er an meiner Klit und stöhnt, als er mein Wimmern hört. Meine Hüften bewegen sich immer wieder, bis Colin seine Finger in meine Haut gräbt, um mich ruhig zu halten.

»Bitte«, bettle ich. Diese sich aufbauende Spannung wird zu viel, ich bin an einem Punkt, an dem ich dringend Erleichterung brauche.

Ich spüre, wie Colin lächelt. Für einen kurzen Moment möchte ich, dass er daran erstickt, aber ein atmender Colin klingt besser als ein toter.

»Ich will dich in mir«, sage ich mit heiserer Stimme. Meine Hände ziehen an seinen Haaren, um ihn hochzuziehen. Er rührt sich aber nicht. Alles, was Colin tut, ist zu lachen und weiterhin Wunder mit seiner Zunge zu bewirken.

Nicht, dass ich mich beschwere.

So sehr ich seine Zunge auf meiner Klit liebe, möchte ich ihn wirklich in mir spüren. »Ich möchte kommen, wenn dein Schwanz in mir ist, nicht durch deine Zunge«, sage ich und hoffe verzweifelt, dass Colin seine Meinung ändern wird.

»Aw, fuck, Lily«, flucht er. »Es wird viel zu früh vorbei sein, wenn du immer wieder solche Dinge sagst.«

»Colin, bitte.«

Er drückt zwei seiner Finger in mich hinein, während er weiter an meiner geschwollenen Klit leckt und saugt.

Seine Finger drückt er hinein und heraus, seine Fingerspitzen drücken gegen meine Scheidenwände und entlockten mir Schreie, von denen ich gar nicht wusste, dass solche aus mir herauskommen können.

»Du wirst auf meiner Zunge kommen, auch wenn wir Stunden brauchen, um dorthin zu gelangen. Du hast beim letzten Mal deinen Willen bekommen, ich verpasse es nicht noch einmal.«

Seine Zunge leckt mich, während seine Finger weiter in mich hineinstoßen und sich wieder herausziehen.

Ich kann fühlen, wie sich mein Orgasmus mit jedem Stoß aufbaut.

Gerade als die Spannung in mir so intensiv wird und ich gezwungen bin loszulassen, entfernt Colin seine Finger und steckt stattdessen seine Zunge in mich hinein.

Mit seinem Daumen auf meiner Klit, drückend, kreisend, fühle ich endlich Erleichterung, während ich vor Vergnügen schreie. Euphorie schießt durch meinen Körper, kitzelt auf meiner Haut.

Colin greift zu seinem Nachttisch, nimmt ein Kondom heraus und öffnet es.

In Sekundenschnelle hat Colin das Kondom übergezogen. Er schnappt sich das Kissen neben meinem Kopf und hebt meine Hüften an, als würde ich nichts wiegen, dann legt er das Kissen unter mich.

»Ich dachte, du wolltest mich fühlen?«

»Das will ich. Aber ich bin mir nicht ganz sicher, ob du mich anlügst oder nicht.« Das gesagt, Colin drückt dein Kopf seines Schwanz gegen meine Öffnung.

»Ich lüge nicht...« Ich schnappe nach Luft und kann meinen Satz nicht fortsetzen, weil Colin langsam in mir versinkt. Mit jedem leichten Stoß, der tiefer in mich hineingeht, fühle ich mich voller. Als seine volle Erektion in mir ist, fühlt sich mein Körper plötzlich an, als wäre er komplett gefüllt.

»Ist das ein Versprechen?«

Ich schaffe es nur, mit dem Kopf zu nicken, als Colin anfängt, seine Hüften zu bewegen und sein Schambein an meiner Klit reibt.

»Ich hatte noch nie Sex ohne Kondom«, gibt er zu und zieht sich aus mir heraus. Er entfernt das Kondom, wirft es auf den Boden und sinkt langsam wieder in mich hinein.

Das muss ihm etwas bedeuten, oder? *Ich* muss ihm etwas bedeuten.

»Aw, Scheiße.« Sein Mund ist wieder auf meinem und küsst mich, doch ohne weiter seine Hüften zu bewegen. Da ich nicht länger warten kann, hebe ich meine Beine, schlinge sie um seine Hüften und drücke ihn dabei ein kleines bisschen tiefer.

Ein Stöhnen bricht aus mir heraus, als er sich bewegt. Zu spüren, wie sein Schwanz aus mir herausgleitet, lässt meine Sinne durch das Dach fliegen. Ich verspüre den Drang, meine Nägel in seine Haut zu graben, während er mich so inbrünstig liebt.

Freudenschreie entfliehen mir mit jedem Stoß, den er ausführt.

»Fuck, Baby«, stöhnt er atemlos. Ich bezweifle, dass ich jemals etwas sexigeres gehört habe. »Du wirst mein Tod sein, *mi sol.*« Er stößt in mich hinein.

Colin nimmt mich diesmal nicht hart. Er nimmt mich leidenschaftlich und zärtlich, aber immer noch heiß und dampfig. Er hat meinen Verstand völlig vernebelt und befriedigt mich in jeder Hinsicht. Er lässt mich Teile meines Körpers fühlen, von denen ich nicht wusste, dass es möglich ist.

»Oh Gott«, rufe ich und stöhne.

Seine Lippen beißen in meine Unterlippe. Seine Hüften stehen still, mit strengem Blick in meine Augen schauend. »Sag meinen Namen.«

Ich blinzle. »Was?«

»Sag. *Meinen.* Namen.«

»Colin, ich—« Er zieht sich aus mir zurück und schiebt sich wieder hinein. Ich schnappe nach Luft.

»Siehst du Gott hier irgendwo?« Ich schüttle den Kopf. »Genau.« Er küsst mich. Tief. Besitzgierig. »Du gehörst mir, Lily. Ich teile dich nicht einmal mit Gott.«

Seine Lippen erheben Anspruch auf meine, als würde er jedes Wort meinen. Ich glaube seinen Worten, seinem Mund.

Schweiß bedeckt unsere Körper und das Vergnügen steigt tief in mir auf, als Colin seine Hand zwischen meine Beine legt. Finger reiben meine Klit, was dazu führt, dass meine Sicht verdunkelt.

Und dann, als er mir noch einen Orgasmus gibt, küsst Colin mich, als er in mich hinein dringt und er das Wort »Fuck« unter seinem Atmen murmelt.

Seine Stirn ruht auf meiner. Keuchend, während wir uns beide von unserem Höhepunkt erholen.

Ich kann ihn an mir riechen, sein Duft kollidiert mit meinem. Ich sende ein stilles Gebet aus, in der Hoffnung, dass ich seinen Duft riechen kann, wo immer ich auch nach dem Tod landen werde.

Seine weichen, aber geschwollenen Lippen drücken sich auf meine, während er seinen Penis rauszieht. Colin legt sich neben mich, zieht mich dicht an sich heran und stützt meinen Kopf auf seine Brust. Ich kann sein Herz schlagen hören; schnell und stark. Seine Atmung ist schnell, aber sie beruhigt sich mit jedem Atemzug, den er nimmt.

»Ich werde das nie wieder mit jemand anderem machen«, sagt Colin und unterbricht die Stille. »Nur mit dir.«

»Du armer.«

»In der Tat.« Keiner von uns muss das Thema ansprechen. Wir sind uns beide bewusst, worüber wir reden.

Meinem Tod.

»Lass uns dich sauber und bettfertig machen, okay?«, sagt Colin sanft und setzt uns beide auf. »Schau, dieses Mal schlafen wir danach sogar zusammen in einem Bett. Dieses Mal machen wir das nicht falsch.« Er steht auf und zieht mich hoch.

Als ich stehe, spüre ich, wie etwas an meinem Oberschenkel hinunterläuft. Ich kichere, als ich realisiere, was es ist. »Colin«, sage ich leise. Meine Stimme ist wieder einmal komplett verschwunden. Aber nicht, weil ich sprachlos bin, wie in der Bar. Diesmal ist sie weg, weil ich sie heiser gestöhnt habe. »Ich glaube, dein Sperma läuft meine Beine runter.«

Er lacht leicht, dann neigt er sein Kopf in seinen Nacken und stöhnt. Als seine Augen wieder auf meine treffen, findet seine Hand meinen Oberschenkel. Mit etwas Druck gleitet Colin mit seinen Fingern meinen Oberschenkel hinauf, bis er meine Pussy berührt. Ich spreize meine Beine und atme tief aus, als sein Finger erneut in mich dringt.

Leise flüstert er mir ins Ohr: »Vielleicht mache ich das im Badezimmer noch einmal…aber mit meinem Schwanz.«

Kapitel 25

»hearts break and hell's a place that everyone knows«—Don't Be so Hard on Yourself by Jess Glynne

Colin

Ich bin mir nicht sicher, wie ich bemerkt habe, dass Lily nicht am Schlafen ist, aber ich habe es bemerkt.

Wir *beide* sind schlafen gegangen kurz nachdem wir aus dem Badezimmer zurück kamen, und jetzt tue ich so, als würde ich schlafen, während Lily etwas in ihr Tagebuch schreibt.

Sie weint, und das ist der einzige Grund, warum ich ihr das Tagebuch nicht wegnehme damit sie schlafen geht. Vielleicht muss sie ihre Gefühle auf Papier bringen, um damit fertig zu werden. Oder vielleicht nicht. Auf jeden Fall will sie etwas hineinschreiben, also wieso solle ich sie davon abhalten?

Aber ich muss mich sehr zusammen reißen damit ich sie jetzt nicht einfach umarme.

Alles, was ich möchte, ist, sie gegen meinen Körper zu drücken, und ihren den Schmerz aus ihr raus zu umarmen. Aber ich kann nicht. Nicht, weil es unmöglich ist, jemanden so lange zu umarmen, bis alle Schmerzen vergessen sind, sondern weil ich glaube, dass Weinen gut ist. So sehr es mir auch weh tut, denke ich, dass sie manchmal einfach weinen muss.

Vielleicht bringt es ihr kurzfristig Erleichterung.

Jetzt, da sie mit Schreiben beschäftigt ist, bekomme ich einen weiteren Einblick in ihre Gedanken. Sie liegt neben mir und das ermöglicht mir einen Blick auf die geschriebene Seite.

Ich weiß, dass ich nicht einfach lesen sollte, was in ihrem Kopf vorgeht. Aber wie soll ich sonst rausfinden, was gerade passiert?

Also lese ich.

Wer auch immer das liest,

in meinem Kopf herrscht Chaos.
Ein komplettes gottverdammtes Durcheinander.
Es ist Sonntag, der 3. Oktober—5:30 Uhr morgens—und ich sitze weinend auf Colin Carters Bett, während er neben mir tief und fest schläft.
Diesmal geht es nicht um ihn. Es dreht sich um mich. Das Thema, das ich am wenigsten mag.
Als er eingeschlafen war, kamen die Gefühle.
Der Schmerz.
Die Einsamkeit.
Die Taubheit.
Ich fühlte *Taubheit.*
Wie ist das überhaupt möglich? Wie kann ich etwas fühlen, das nicht zu fühlen ist, weil…es Taubheit ist?
Warum fühle ich, wie mein Herz bricht und doch fühle ich überhaupt nichts?
Meine Mutter will, dass ich tot bin.
Ich wusste schon eine ganze Weile, dass sie mich nicht mag.
Aber ich hätte nie gedacht, dass sie mir sagen würde, ich solle gehen und sterben. Ich dachte, vielleicht hasst sie mich, aber sie ist meine Mutter, sie muss mich doch lieben.
Ich habe mich geirrt. So furchtbar geirrt.
Und es tut weh. Es tut so viel mehr weh, als ich dachte.
Ich will schon eine ganze Weile sterben und nun stellt sich heraus, dass sie das gleiche Ende für mich will.

Es ist eine Sache, wenn du sterben willst, aber eine andere, wenn deine eigene Mutter dich tot sehen will.
Aber abgesehen von dem Wunsch meiner Mutter, dass ich tot wäre…es ist Sonntag.
Ich verabscheue Sonntage.
Und dennoch muss ich heute wieder ein Lächeln auf mein Gesicht halten und so tun, als hätte ich den ganzen Tag über Spaß.
Vielleicht werde ich Spaß haben. Eigentlich habe ich immer Spaß mit Colin. Aus irgendeinem Grund beeinflusst er mich. Er bringt mich immer zum Lächeln. Er lässt mich meinen Schmerz vergessen.
Aber wenn ich alleine bin, fühle ich wieder diesen ganzen Schmerz.
Heute wird pure Folter.
Früher habe die ich Samstage genauso sehr gehasst. Willst du wissen warum?
Der 24. September 2005, es war der Tag, an dem meine Eltern beschlossen haben, sich scheiden zu lassen. Es war Samstag. Der schlimmste Tag meines Lebens.
Es war der Tag, an dem meine Mutter Aaron für immer aus ihrem Leben gedrängt hat. Der Tag, an dem meine Mutter mir meinen Bruder weggenommen hat.
Die Ankündigung meiner Eltern, sich scheiden zu lassen, war nur halb so schlimm. Aber was folgte, war die Hölle.
Seitdem haben mich meine Depressionen jeden neuen Tag überwältigt und das tun sie immer noch.
Ich wurde mit einem genetischen Marker geboren, anfällig für Depressionen. Meine Eltern wussten das. Sie haben alles getan, um zu verhindern, dass sie sich entwickeln.
Zumindest bis sie sich trennten und somit all meine Glücklichkeit wegnahmen.
Die Ärzte meinten, es sei möglich, dass ich nie eine Stimmungsstörung wie die einer Depression entwickeln würde. Aber genau das passierte.

Weil meine Mutter meine Familie auseinandergerissen hat. Und jetzt will sie, dass ich tot bin. Und ich will das auch. Wenn es Colin nicht gäbe, würde ich mich wahrscheinlich gerade in meinem Zimmer verstecken. Ich würde keinen Fuß vor die Tür setzen, würde nichts anderes tun, als an meine Decke zu starren und mir zu wünschen, dass die Tage schneller vergehen.

Das habe ich oft so gemacht.

Auf dem Boden liegen und stundenlang an die Decke zu starren. Die einzige andere Beschäftigung war die Musik, die dann in meinen Ohren dröhnte. So laut, dass es wahrscheinlich zu Hörproblemen hätte führen können.

Ich habe heute wirklich keine Lust auszugehen. Aber ich werde es tun. Für Colin.

Denn ihn lächeln zu sehen, erwärmt mein Herz. Ihn glücklich zu sehen…macht mich glücklich.

Ich glaube, er bemerkt nicht, dass ich ihn beobachte, wenn er mich beobachtet.

Wie am ersten Tag, als er mich statt des Sonnenaufgangs beobachtete.

Ich fühlte seine Augen auf meiner Haut. Es prickelte überall. Er wollte den Sonnenaufgang beobachten und beobachtete mich stattdessen. Es war einer der magischsten Sonnenaufgänge, die ich je gesehen habe und doch konnte ich mich nicht darauf konzentrieren, weil er mich ansah.

Als ich meinen Schmerz rausschrie, schien er es nicht komisch zu finden. Er schien nicht weniger fasziniert davon zu sein, mehr Zeit mit mir zu verbringen.

Er beobachtete mich, filmte mich für unser Projekt—worum auch immer es sich handelt—und lächelte, als ich mich umdrehte und ihn ansah.

Er. Lächelte.

Er lächelte als wüsste er, dass ich mich besser fühlte.

Gott, kann bitte jemand kommen und bei mir den Aus-Knopf drücken. Ich muss aufhören, über Colin zu schreiben.

Dies ist mein unalive journey 101. Kein »Colin Carter du bist so ein großartiger und ein verdammt heißer Kerl«-Fanbuch. Und jetzt, da ich ihn erwähnt habe, könnte ich genauso gut eine weitere Sache hinzufügen.
Er ist ein lästiger Schmerz in meinem Hintern und denkt, ich merke nicht, dass er wach ist und alles mitliest.

Lily

Ich muss lachen, als Lily diesen letzten Satz schreibt. »Du denkst, ich bin heiß?«, frage ich sie, denn ich kann jetzt sprechen, da sie offensichtlich weiß, dass ich wach bin.

»Du weißt, dass du es bist«, ist alles, was ich zu hören bekomme.

»Aber verdammt heiß?« Ich nehme Lilys Tagebuch, nicht um weiterzulesen, sondern um es wegzulegen. Sie versucht zu protestieren, weiß aber, dass sie keine Chance hat. »Es soll heute regnen.«

»Ernsthaft?« Sie lacht. »Du willst mit mir über das Wetter reden?«

Ja, denn das ist das einzige was gerade im meinem Kopf ist, abgesehen von dem Gedanke, ihre Tränen zu trocknen.

Ich nicke und ziehe Lily näher an mich heran. »Wir bleiben heute zu Hause.«

Ich höre ein leises Seufzen. Sie friert ein wenig ein, als sie versucht einen Grund dafür zu finden, weshalb ich sie nicht einfach irgendwo mit hinnehme, wo wir drinnen sind.

Es wäre eine gute Frage, wenn sie fragen würde.

Aber ich bin auch froh, dass Lily nicht fragt. Ihr zu sagen, dass ich zu Hause bleiben möchte, weil sie sich zu erschöpft fühlt, um auszugehen…fühlt sich falsch an.

»Nichts geplant?«, fragt sie und verengt ihre Augen. Ich denke nicht, dass sie versucht genervt rüber zukommen. Ich denke, sie versucht einfach was durch die Dunkelheit zu erkennen. Ich mein, es ist nicht allzu dunkel, sonst wäre ich nicht in der Lage gewesen ihren Tagebucheintrag zu lesen.

»Bevor du dich auf diese neun Tage eingelassen hast, sagtest du, du würdest einen freien Tag brauchen…also, das ist er. Es wird den ganzen Tag regnen und es ist Sonntag. Du hasst Sonntage. Also können wir ihn genauso gut hier verbringen und puzzeln.« Wenn Lily jemand anderes als Lily wäre, hätte ich diese kleine Information, dass sie Sonntage hasst, wahrscheinlich schon längst vergessen. Aber mein Gehirn speichert einfach alles, was mit Lily zu tun hat.

»Puzzeln?« Ihre Stirn runzelt sich—*denke ich.*

»Yup.«

»Warum?«

»Sag mir nicht, dass du nicht gerne puzzelst, Lilybug.« Ich tue so, also würde mich das zutiefst verletzen. »Ich habe dieses tolle Frosch-Puzzle, weißt du.«

»Ein Frosch-Puzzle?« Sie bewegt sich etwas, rollt dann direkt auf mich drauf. »Du weißt schon, dass ich nicht auf Frösche stehe, oder?«

Ich schnappe geschockt nach Luft. »Tust du nicht?« Lily schüttelt den Kopf. »Nun, warum habe ich dir dann einen Frosch-Schlüsselanhänger geschenkt, wenn du Frösche nicht einmal magst? Du magst Frösche total.«

»Colin«, lacht sie, »*du* hast den Anhänger für mich gekauft. Ich habe nicht darum gebeten.«

»Du hattest Sergeant Froggo und viele andere, bevor ich dir die Mini-Version von ihm besorgt habe. Übrigens brauchen wir einen besseren Namen für ihn.«

»Kermit«, sagt Lily ohne zu zögern.

»Immer noch zu langweilig, Lilybug. Ich spreche von Corporal Froggo.« Ein paar Sekunden ist es still zwischen uns. »Das ist's: Corporal Froggo.«

»Ich dachte Sergeant?«

»Gott verdammt, Lilybug. Ich rede vom Mini-Froggo. Du musst mir mehr Aufmerksamkeit schenken.« Meine Hand streichelt ihren Rücken, rutscht tiefer, bis sie auf ihrem Hintern liegt. Sie sagt mir nicht, dass ich meine Hand entfernen soll, also lasse ich sie dort.

»Das würde dir gefallen, nicht?« Meine Augenbrauen heben sich leicht. »Mehr Aufmerksamkeit von mir«, erklärt sie und neigt ihren Kopf gerade so weit nach oben, dass ihre Lippen mit meinen kollidieren…fast. Sie küsst mich nicht, berührt nicht einmal meine Lippen, aber sie ist schrecklich nah.

»Hmm.« Ich schiebe meine Hand genug nach oben, um den Umriss ihres Höschens entlang zu zeichnen.

Lily trägt keine Hose, nur Unterwäsche und ein Hemd von mir. Ich möchte, dass sie nie wieder jemals etwas anderes trägt—zumindest, wenn es nur Lily und ich sind.

Ich kann fühlen, wie ihr Atmen anhält, als einer meiner Finger unter den Stoff gleitet und daran zieht, bevor er zurück gegen ihre Haut schlägt.

»Darf ich dich etwas fragen?«

Sie verdreht die Augen. »Das würdest du auch tun, wenn ich nein sagen würde.«

»Okay, auch wenn es noch sehr früh am Morgen ist, aber wie kommt es, dass du Sex haben kannst? Ich meine, ich dachte immer, dass Menschen mit Depressionen nicht den Wunsch verspüren, intim zu werden.«

Lily reißt ihre Augen auf und ihre Wangen erröten. Sie sieht bezaubernd aus.

»Nun, das ist nicht bei allen gleich. Natürlich kann das die eine Person beeinflussen, und bei der anderen zeigt sich dieses Symptom nicht unbedingt. Depressionen bei Männern zum Beispiel; *könnte* es ein Anzeichen sein, sich selbst mit Sex und Alkohol zu medikamentieren«, erklärt sie grob. Obwohl, ich denke, ich verstehe es trotzdem.

»Und um fair zu sein, ich hatte nie den Wunsch, mit jemandem zu schlafen, bevor ich dich getroffen habe und du Küsschen hier und Küsschen da mit mir gemacht hast.«

»Das habe ich nicht mit dir gemacht. Ich habe dir den Atem weg geküsst«, widerspreche ich. »Er war heiß und dampfig und der beste Kuss, den du je erlebt hast.«

»Er war nicht schlecht, wenn es dir hilft, nachts besser zu schlafen.« Ich schwöre, wenn sie unseren ersten—*echten*—Kuss immer wieder herabstuft, könnte es mein Ego verletzen. »Wie auch immer, Opa, glaubst du, wir könnten heute tatsächlich Spaß haben mit all dem Puzzeln, das du geplant hast?«

»Kommt drauf an. Wird das ein tolles gemeinsames Frühstück beinhalten?«, frage ich mit aller Ernsthaftigkeit.

»Du hast Hunger?« Ich nicke, bin kurz davor sie zu fragen, ob sie auch hungrig ist, als sie aufspringt und sagt »Was willst du essen?«

»Was meinst du?«

»Ich werde Frühstück machen. Das ist das Mindeste, was ich tun kann, dafür, dass ich hierbleiben darf.«

»Lilybug, du hattest keine andere Wahl. Bei alldem, was bei dir momentan abgeht, kann ich dich nicht allein lassen. Selbst, wenn du versucht hättest zu protestieren, wärst du jetzt hier«, erinnere ich sie. »Du hast nicht darum gebeten, hier zu bleiben. Ich habe dich dazu genötigt.«

Sie hebt die Schultern und zuckt mit den Achseln. »Bist du mit Pfannkuchen einverstanden?«

»Ich würde alles essen, was du machst. Einfach weil *du* es gemacht hast.«

»Es könnte ekelhaft schmecken.« Ihre Augenbrauen heben sich, sie lächelt mich an »Vielleicht bist du allergisch. Apropos Allergien, hast du welche?«

»Kokosnuss, warum?«

»Interessant«, sagt sie und reibt sich das Kinn, als würde sie gerade einen Plan schmieden, wie sich mich am besten damit Umbringen kann. »Ich habe zufällig dieses tolle Duschgel. Es ist tropisch und ich glaube, es duftet nach Kokosnuss.«

»Glaubst du?« Ich lache und bin mir nun sicher, dass sie plant mich umzubringen. »Ich habe es noch nie an dir gerochen.«

»Das liegt daran, dass ich es noch nicht gekauft habe. Aber das werde ich noch.«

»Du willst also, dass ich tot bin, oder?«

Sie zuckt wieder mit den Schultern, aber diesmal geht sie gleich danach aus meinem Zimmer und lässt die Tür offen.

Ich kann sie reden hören, als sie die Treppe hinuntergeht, aber ich kann nicht verstehen, was sie sagt.

Ich verspüre den plötzlichen Drang, herauszufinden, mit wem sie spricht.

Da ich bezweifle, dass es Aaron ist, stehe ich von meinem Bett auf, werfe mir schnell eine Jogginghose über, die ich in den Tiefen meines Kleiderschranks finde und folge Lily nach unten.

»Guten Morgen, Prinzessin«, begrüßt mich Grey, als ich die Treppe hinunterkomme. Er sitzt an der Kücheninsel und hält ein Sportmagazin in den Händen. Er liest das dumme ding nicht einmal.

»Was machst du hier, Grey?«, frage ich, als wüsste ich die Antwort noch nicht.

»Ich hole mir was zu essen, so wie ich es jeden Morgen mache.« Seine Augen schwenken rüber zu Lily, die am Kühlschrank steht und reinschaut. »Es stellt sich heraus, heute bekomme ich mein Essen serviert.«

Ich habe ein Déjà-vu. Lily, halb nackt in meiner Küche. Immerhin ist es diesmal nicht Miles, der sie anstarrt. Aber Grey interessiert sich kein Stück für Lily, und er hätte nie die Absicht unter ihre Kleidung zu gelangen. Also mache ich mir keine Sorgen.

»Wo ist Miles?«, frage ich. Ich muss sichergehen, dass er hier nicht wieder reinmarschiert kommt und rumsabbert, wenn er Lilys Hintern sieht.

Ich setze mich neben Grey, lege meine Ellbogen auf den Tisch und stütze meinen Kopf mit meinen Händen, um Lily zu beobachten.

»Er ist nicht in New City. Kya, also Izans Schwester, und er haben sich letzte Nacht getroffen und ich glaube, sie sind eine halbe Stunde später zusammen nach New York gefahren. Es war noch ein anderes Mädchen dabei«, sagt Grey und lacht. Mann, dieser Typ weiß genau, warum ich gefragt habe. Er weiß, dass es mir egal wäre, ob Miles in der Nähe ist oder nicht—wenn nicht meine halbnackte Freundin hier in der Küche stehen würde.

Sie ist nicht deine Freundin, Colin.

»Kya ist Izans Schwester?« Lily dreht sich um, den Mund weit geöffnet.

»Yup. Sie ist ein Jahr jünger, also ein Wunder, dass Miles mit ihr unterwegs ist.

»Ich dachte sie ist ein Senior?« Lily dreht sich um und beginnt Zutaten zusammen zu mischen, die letztendlich daraus einen Pfannkuchenteig machen.

»Das ist sie«, bestätigt Grey. »Ich glaube, sie hat das sophomore year in der High School übersprungen.«

»Ernsthaft? Ich wünschte, ich wäre so schlau.«

Ich kichere, versuche es aber mit einem Husten zu bedecken. Lily bemerkt es trotzdem und schießt somit einen ihrer perfektionierten Todesblicke in meine Richtung.

»Warum sollte Miles sich nicht für jüngere Mädchen entscheiden?«

Grey und ich seufzen beide gleichzeitig. »Miles sagt, er hat Angst, dass sie zu unreif sein könnten«, antworte ich, obwohl das nicht die Wahrheit ist.

Dazu sagt Lily, dass Miles der Unreife wäre. Grey und ich Stimmen dem weder zu, noch streiten wir es ab.

Obwohl Miles Greys bester Freund ist, weiß Grey, wie anstrengend unser Teamkollege sein kann. Er erlebt Miles' mehr oder weniger Unreife häufiger als jeder andere, weil sie sich seit drei Jahren ein Haus teilen.

Greys Worte sprechen Bände, wenn es um Miles geht.

Aber um fair zu sein, Miles musste früh erwachsen werden, er hatte keine Chance zu einem Erwachsenen zu reifen.

»Laut Miles will jede Frau, die jünger ist als er, nichts als einen Diamantring am Finger und seine Babys bevor sie sich überhaupt richtig kennengelernt haben.« Grey schaut mich an und zwinkert mir zu, als wolle er sagen, los mach mit. »Oder so ähnlich«, murmelt er, aber Lily hört es.

»Vielleicht versucht er Kya besser kennenzulernen, um deinem Mann näher zu kommen, Grey.« Lily dreht sich zu ihm um und zieht ihre Augenbrauen mit einem teuflischen Lächeln auf den Lippen zusammen. »Ich meine, Izan wäre definitiv Miles' Typ.«

Grey lacht und schüttelt den Kopf. »Wäre nicht einmal überrascht.«

»Ich glaube aber nicht, dass Miles Izans Typ ist. Izan hat einen viel besseren Geschmack.« Lilys Stimme ist weich und süß. Ich liebe es, wenn sie spricht...aber nur wenn es nicht um einen anderen Kerl geht.

Greys Lachen wird immer hysterischer und Lily lacht mit. Ich habe keine Ahnung, was hier gerade passiert, aber ich mag nicht wohin das führt.

»Ich dachte, du hättest einen besseren Geschmack als Sir Moody hier, Darling«, sagt Grey und spricht über mich, als wäre ich nicht hier.

Ich knurre leise und plane mental, wie ich ihn heute Abend töten kann, ohne erwischt zu werden. Lily kennt bestimmt einige Wege. Sie scheint eines dieser Mädchen zu sein, die True Crime-Podcasts hören, während sie sich auf den Tag vorbereiten.

Grey seufzt. »Ich bezweifle, dass er mitgefahren ist, um Kya tatsächlich kennenzulernen. Er besucht höchstwahrscheinlich Brooklyn. Kya hat ihn bestimmt nur gefahren.«

Der Klang ihres Namens lässt mich zusammenzucken. Wir sprechen nicht über Brooklyn. Nicht mit anderen.

»Ich habe diesen Namen schon einmal gehört...Wer ist Brooklyn oder Brooke und warum sollte Miles nicht selbst fahren?«, fragt Lily. Natürlich würde sie fragen, wer Brooke ist.

Grey zuckt mit den Schultern und sieht mich an. Er weiß, dass er es gerade verkackt hat. *Das hat er.* »Miles hat ein oder zwei Bier getrunken. Er fährt nicht, wenn er Alkohol konsumiert hat.

Nicht einmal ein halbes Bier, oder auch nur der kleinste Schluck.«

Lily nickt und dreht sich zu mir um, um den Rest ihrer Frage beantwortet zu bekommen. Ich kann sie nicht ansehen. Wenn ich es tue, würden Dinge aus mir rausschütten, als würde ich meinen ganzen Magen nach ein paar zu vielen Drinks entleeren.

Ich schaue Grey niedergeschlagen an. Er hätte Brooke nicht erwähnen dürfen.

Das ist doch ein Test seinerseits, oder? Wie »Würde dieser Dummkopf schweigen, selbst wenn er dabei ist, sich in ein Mädchen zu verlieben, in das er sich nicht verlieben sollte, und sie diese Fragen stellt?«

Nein. Nein, ich würde *nicht* schweigen.

Grey schaut mich mit warnenden Augen an, aber ich ignoriere es. »Brooklyn ist Miles' Tochter.«

Lily schnappt nach Luft, ihre Augen weiten sich drastisch. »Tochter?«

Ich nicke. »Sie ist vier Jahre alt. Während Millies Kaiserschnitt gab es Komplikationen, sie ist ins Koma gefallen und ein paar Tage später ist sie gestorben.«

Greys Augen schließen sich, als er tief durchatmet.

»Millie Scott?«, fragt Lily. Ich nicke, wobei ich mich frage, woher sie Millie kennt. »Ernsthaft? Sie hat mir versprochen, nach Trewery zu kommen, sobald wir mit der High School fertig waren. Aber sie ist nicht einmal in den letzten Monaten zum Unterricht gekommen. Ihre Mutter hat erzählt, dass Millie sich gegen das College entschieden hat. Ich habe mich immer gewundert, wieso ihre Mutter mir das gesagt hat, und nicht Millie selbst.«

Das denkt jeder. Weder die Familie noch Miles wollten, dass die Schule oder irgendjemand erfährt, dass Millie gestorben ist. Sie wollten alle in Ruhe trauern. Und da Millie nicht wollte, dass jeder weiß, dass sie mit siebzehn schwanger geworden ist, ist sie nicht weiter zur Schule gegangen. Zumindest hat Miles uns das so gesagt.

»Also, wo ist Brooklyn, wenn Miles den ganzen Tag hier ist?«

Grey leckt sich die Lippen und sagt: »Sie ist normalerweise bei Maeve, Miles' älterer Schwester, aber an den Wochenenden ist sie hier. Ich habe Miles gesagt, dass es mir nichts ausmacht, wenn Brooke die ganze Woche bei uns bleibt, aber da er immer noch auf dem College ist und Hockey spielt, meinte er, es sei besser für sie, wenn sie nur an den Wochenenden hier ist. Er will sie auch nicht dazu zwingen mit ihm in seinen Unterricht zu gehen.«

Wir alle glauben aber, dass Brooke viel lieber mit ihrem Vater zusammen wäre, aber es ist seine Entscheidung, nicht unsere.

»Du darfst es niemandem sagen, Lily«, sagt Grey, mit der gleichen Ernsthaftigkeit im Gesicht, die er mir vorhin bot. »Die einzigen, die von Brooklyn wissen, sind die Teammitglieder.« *Und ich nehme an, Kya, jetzt, da sie Miles mitgenommen hat, um Brooklyn zu sehen.*

Ich habe mich schon immer gefragt, was ich machen würde, wenn ich in Miles' Situation wäre. Was ich machen würde, wenn die Frau, die ich liebe, ein paar Tage nach der Geburt unseres Kindes gestorben wäre.

Wie hat Miles es geschafft, den Tod der Mutter seines Kindes zu verarbeiten und mit seinen achtzehn Jahren alleinerziehender Vater zu sein…das werde ich nie verstehen.

Und um das Ganze noch schlimmer zu machen, sieht Brooke ihrer Mutter so ähnlich.

»Prinzessin, du befriedigst dein Mädchen nicht genug.« Er klopft mit seiner Hand auf meinen Rücken.

»Huh?« Ich bin mir nicht ganz sicher, was ich verpasst habe und ich bin mir auch nicht sicher, ob ich wirklich wissen möchte, worüber die beiden reden.

»Das ist nicht das Problem, Grey.« Lily seufzt. Sie stellt einen Teller direkt vor ihm auf den Tisch. »Colin ist einfach…zu extra.«

»Entschuldigung?«

Sie ignoriert mich. »Er weiß nicht einmal, was er macht.«

Ich beobachte, wie Grey einen Bissen von dem Erdbeer-Bananen-Pfannkuchen nimmt und kichert. Ich verliere fast die Beherrschung. *Was zum Teufel ist hier los?*

Schluckend sagt Grey: »Ich meine…hast du ihn angeschaut?« Sein Kopf dreht sich und wendet sich mir zu.

»Ich bin verdammt gutaussehend, vielen Dank.«

Als Lily einen weiteren Teller auf den Tisch stellt—diesmal für mich bestimmt—nehme ich ihre Hand und ziehe sie auf die andere Seite der Kücheninsel. Am Ende steht sie zwischen meinen Beinen und wendet sich mir zu. Sie wirkt ein bisschen überrascht, aber sie beschwert sich nicht.

»*Mi sol*, du wirst mich aufklären müssen.« Ich streiche meine Nase über ihren Hals und spüre, wie sie unter meiner Berührung zittert. Kein kalter Schauer, ein Gänsehautzittern. »Worüber habt ihr gesprochen?«

Mit meinen Händen an ihrer Taille, ziehe ich sie ein wenig näher an mich heran, und streiche meine Lippen gegen ihre. Es ist so natürlich. So erwünscht. So *nötig*.

»Ihr bescheißt euch selbst«, spricht Grey und täuscht ein Würgen vor. Ich werfe Grey einen strengen, aber verwirrten Blick zu, aber er erklärt sich selbst, bevor ich fragen muss. »Ihr könnt Aaron vielleicht dazu bringen, dass er denkt ihr seid ein Paar, aber mich könnt ihr nicht täuschen.« Ein schmutziges Lachen kommt tief aus ihm heraus.

»Habe ich doch gesagt«, sagt Lily und schlägt mit ihrer Hand auf meine Brust.

Ich kenne Grey—und seinem fiesen Grinsen nach zu urteilen—weiß ich, dass er besser weiß, als seinen Mund darüber zu öffnen. Vor allem da ich weiß, dass er mehr über meine Gefühle zu Lily Bescheid weiß, als *sie* es tut.

»Warum bleibt sie hier, Prinzessin?«

Für einen Moment überlege ich, Grey die Wahrheit zu sagen. Die ganze Wahrheit. Natürlich nicht vor Lily, sondern wenn ich mit Grey alleine bin.

Grey weiß besser, als zu Aaron zu rennen, und ihm davon zu erzählen. Er ist auch nicht der verurteilende Typ. Wenn überhaupt, würde Grey anbieten zu helfen. Mir zu helfen, ihr zu helfen. Er würde nichts ohne mein Einverständnis unternehmen.

Ich bin mir jedoch sicher, dass er mich fragen wird, warum ich nicht einfach Hilfe für sie besorge.

Wenn ich diese Frage dann beantworten muss…wüsste ich nicht, was ich ihm sagen sollte. Warum hole ich keine Hilfe? Warum bringe ich sie nicht einfach zu irgendeinem Krankenhaus, sage denen was los ist, und bitte sie darum, mir zu helfen Lily die Hilfe zu geben, die sie nötig hat.

Vielleicht, weil ich das Gefühl habe, dass ich sie verraten würde, wenn ich es tue?

»Sex«, sage ich und schiebe meine Hände unter das weiße Hemd, das Lily trägt. Grey neigt seinen Kopf, seine Augen bohren sich tief in meine hinein, weil er mir kein Wort glaubt. »Ich will einfach mehr Zeit mit ihr.«

»Du hast alle Zeit der Welt mir ihr, auch wenn sie nicht hier wohnt.« *Wenn du nur wüsstest.*

»Ich wollte bleiben«, platzt Lily heraus. Ich glaube, sie spürt meine Unsicherheit. Wenn sie ihren Mund nicht geöffnet, und für mich geantwortet hätte, hätte ich Grey hier und jetzt die Wahrheit gesagt.

Vielleicht brauche ich jemanden, mit dem ich mal über sie reden kann. Über Lilys Situation. Diese Person kann sicherlich nicht Aaron sein.

»Ich habe ein paar Probleme mit Winter. Sie ist manchmal eine Nervensäge. Ich bin sicher, du hast von ihr gehört. Aarons Ex-Freundin.« Grey nickt. »Wir hatten erst kürzlich diesen heftigen Streit. Ich will sie momentan einfach nicht um mich haben.«

Ich bin fasziniert, wie leicht diese Lügen über ihre Lippen kommen. Nicht nur diese mit Winter. Alles. Sie gibt den ganzen Tag vor, okay zu sein, zaubert ein Lächeln auf ihr Gesicht und täuscht vor, Glücklich zu sein.

In der verzweifelten Notwenigkeit das Thema zu wechseln, mache ich da weiter, wo wir vorhin aufgehört haben. »Sag mir, wovon ihr gesprochen habt.«

»Du saßt hier, hast du nicht zugehört?«

Ich schüttle den Kopf. »Ich war zu sehr damit beschäftigt, den Mord an Grey zu planen, Lilybug.«

»Warum?«

Greys Augen schießen zu mir rüber, als würde er die Antwort gerne hören. Ich bin mir sicher, dass er die Antwort kennt, und dennoch kläre ich *Lily* auf. »Er denkt, dass ich ein schlechter typ bin.«

»Das habe ich nicht gesagt«, verteidigt sich Grey. Das hat er, zwar nicht mit den gleichen Worten, aber er hat es gesagt.

»Du hast gedacht, dass Lilybug einen besseren Geschmack bei Männern hat. Das bedeutet, entweder findest du, dass ich scheiße aussehe, dabei wissen wir alle, dass das eine Lüge wäre, oder ich bin eine schlechte Person.«

Lily lächelt sanft, ihre Augen bleiben dabei auf mich gerichtet, auch als Grey spricht. »Ich habe gesagt, du bist launisch.«

Ich schaue auch nicht von ihr weg. »Das bin ich nicht.« Nicht, wenn Lily hier ist. »Ich habe deine Frage beantwortet…jetzt antworte auf meine.«

»Ich habe Grey gesagt, dass wir einen Puzzle-Tag machen.«

»Und du denkst, das macht mich ›zu extra?‹«

Sie schnaubt lachend und schüttelt den Kopf, bevor sie ihre Lippen sanft gegen meinen Mundwinkel drückt.

»Nein, aber deine Wette, ihr ›die Welt‹ in neun Tagen zu zeigen, tut es«, antwortet Grey für Lily, da sie es nicht tut.

Ich sitze stocksteif da und weiß nicht, wie ich reagieren soll. Hat Lily Grey von ihrem Todeswunsch erzählt? Nein, das hat sie nicht, oder? Das würde sie nicht tun.

Eine Wette.

Sie sagt, wir haben eine Wette am Laufen.

Gott, wie lange war ich abwesend, dass ich kein Wort von dem Gehört habe, was sie gesagt haben?

»Ich bin mir sicher, dass du dich uns anschließen kannst?« Lily formuliert ihre Einladung als Frage. Ich will nicht, dass sich uns heute jemand anschließt. Ich habe mir selbst gesagt, dass ich heute alle von Lily fernhalten und scheitere schon, bevor das Frühstück überhaupt richtig begonnen hat.

»Vielleicht stoße ich später dazu. Ich habe Pläne mit Izan.« Grey zwinkert Lily zu, und aus irgendeinem Grund dreht sich mir der Magen um. *Reiß dich zusammen, Colin.*

Ich ignoriere ihn und lenke meine Aufmerksamkeit wieder auf Lily, gerade als sie anfängt zu gähnen. Vielleicht ist sie erschöpfter als ich dachte. Oder vielleicht hat sie einfach nicht genug Schlaf bekommen.

»Du hast nicht viel geschlafen«, stelle ich fest und streiche Lilys Haare aus ihrem Gesicht. »Wenn ich mich richtig erinnere, überhaupt nicht. Was ist los, baby?«

Ihre Wangen röten sich, als wäre ihr die Frage peinlich. Ich ziehe meine Augenbrauen hoch und warte auf eine Erklärung, die nicht zu kommen scheint. Zärtlich sehe ich sie an und sage. »Sprich mit mir, Lilybug.«

Sie seufzt und schweigt. Es ärgert mich. Warum will sie mir nicht einfach sagen, was los ist? Liegt es daran, dass Grey hier ist? Schlaflosigkeit vielleicht? Aber das wäre doch nicht peinlich, oder?

Ihre Augen wandern zu Grey hinüber, wo sie bemerkt, dass er ihre Präsenz nicht einmal wirklich wahrnimmt,

»Ich, äh«—wieder einmal wandern ihre Augen zu Grey hinüber—»Ich kann ohne Kermit nicht schlafen«, gibt sie zu. Das ist süß und definitiv nichts, wofür sie sich schämen sollte. Jetzt frage ich mich, ob Sergeant Froggo doch nicht so ein neues Stofftier ist wie ich dachte.

»Du bist so süß, weißt du das?« Mein Gesichtsausdruck wird weich, als sich ein Lächeln auf mein Gesicht zaubert. Ich gebe ihr einen sanften Kuss auf den Mund, bevor ich ihr zuflüstere: »Ich werde ihn für dich holen.«

Was ist aus mir geworden?

Früher wäre ich niemals los gegangen, um ein Stofftier zu holen, nur damit mein Date in Ruhe schlafen kann—oder überhaupt.

Was zum Teufel tust du mir an, Lily?

Grey räuspert sich und steht auf. Er nimmt seinen Teller, bedankt sich bei Lily für die Pfannkuchen, und verlässt das Haus. Ich nehme an, er hat realisiert, dass er nicht hier sein sollte.

Zumindest bin ich jetzt allein mit meiner Lilybug.

»Du willst wirklich den ganzen Tag zu Hause bleiben?«

Ich nicke und ziehe sie wieder näher an mich heran. Sie hat sich ein wenig aus meinen Armen gezogen, als sie Grey auf Wiedersehen gesagt hat.

Erst jetzt merke ich, dass Lily nach Rosen und Sex riecht. Das bringt ein Lächeln auf meine Lippen, weil ich ganz genau weiß, wie das passiert ist. Ich überlege, Lily davon zu erzählen, aber ich will auch nicht, dass sie ausflippt.

»Was sind deine Lieblingsblumen?«, frage ich und bin selbst überrascht von meinem plötzlichen Interesse daran. Ich habe mich nie dafür interessiert, jemanden Blumen zu schenken, und ich glaube auch nicht, dass ich Lily welche schenken werde, aber dennoch interessiert mich ihre Antwort. Ich bin mir nicht sicher, ob es daran liegt, dass sie Lily heißt und Lilien Blumen sind—und die Tatsache, dass ich es urkomisch finde, dass sie immer nach einer Mischung aus Rosen und Vanille riecht—oder ob es einfach nur reines Interesse ist.

»Du kaufst mir keine Blumen.« Nun, jetzt muss ich es auf jeden Fall.

»Hatte ich auch nicht geplant. Ich frage nur.«

»Lach nicht«, sagt sie und streckt mir ihren kleinen Finger entgegen. Ich runzle verwirrt kurz mit der Stirn, bevor ich schließlich meinen kleinen Finger an ihren hake und einen kleinen-Fingerschwur mache, nicht zu lachen. »Ich glaube Lilien.«

»Du glaubst?«

»Ich glaube, ich weiß es. Ich bin nicht sicher. Ich kenne nicht viele Blumen, ich weiß nur, dass mein Name eine Blume ist, und ich kenne Rosen. Ich kenne Löwenzahn, obwohl ich mir nicht sicher bin, ob das als Blume oder Unkraut zählt. Und natürlich Sonnenblumen.«

Ich lache und höre ihr die nächsten zehn Minuten zu, wie sie über verschiedene Blumenarten plappert. Hin und wieder bekomme ich einen Bissen von meinem jetzt völlig kalten Pfannkuchen, während ich dafür Sorge trage, dass sie auch davon isst.

»Was ist deine Lieblingsfarbe?«, frage ich dann.

Lily hebt die Schultern. »Mintgrün, schätze ich.«

»Macht Sinn. Ich werde dir einen mintgrünen Frosch kaufen.« Das werde ich nicht, aber die Wahrscheinlichkeit ist sehr hoch, dass ich dennoch etwas sehr dummes anstelle.

»Colin?« Ihre Stimme ist so weich, so liebevoll. I finde, dass ihre Stimme eines der süßesten Töne ist, die ich je gehört habe. Lily beim Reden zuzuhören, hellt meine Stimmung auf. »Erzähl mir etwas, was ich noch nicht weiß.«

»Ah, wir spielen jetzt mein Spiel, was?« Ich lache und ziehe sie für einen weiteren Kuss an mich. *Habe ich schon erwähnt, dass ich süchtig nach ihren Lippen bin?*

Als ich spüre, wie Lily gegen meinen Mund Lächelt, schiebe ich meine Hände auf ihren Hintern und drücke ihn zusammen. Sie schreit auf, lacht und schlägt mir auf die Brust.

»Ich hatte einen älteren Bruder«, gebe ich zu. Ich glaube nicht, dass ich jemals zuvor wirklich über ihn gesprochen habe. Das wollte ich nie. Ich habe nicht einmal Aaron von Aiden erzählt. Ich bin gut damit gefahren, meinen Schmerz zu verbergen, das Loch zu verbergen, das er in meinem Herzen hinterlassen hat, als er starb.

Aber vielleicht ist es an der Zeit mit Lily darüber zu sprechen, damit sie versteht, warum ich ihr helfen will, warum ich möchte, dass sie am Leben bleibt. Obwohl, es könnte ein großer Fehler sein, sie aufzuklären. Vielleicht sogar der größte.

»Hatte?«, wiederholt sie.

Ich wippe leicht mit dem Kopf. »Er starb, als ich neunzehn war. Ungefähr zu gleichen Zeit, als bei Eira Leukämie diagnostiziert wurde.«

Und dann passiert genau die angstgefüllte Reaktion, die ich erwartet hatte. Ihre Augen füllen sich voller Entsetzen und Mitleid, es zerbricht mir fast das Herz.

»Du hast einmal gefragt, warum ich das hier mache«, erinnere ich und hoffe, dass sie sich daran erinnern kann. Sie nickt. »Ich habe deine Frage nie beantwortet.« Noch ein Nicken. »Ich habe ihn fallen lassen, Lily.«

Ihre Augen weiten sich noch mehr, schöne grüne Augen gefüllt mit nichts als Entsetzen. Sie tritt einen Schritt zurück, zumindest versucht sie es. Zum Glück habe ich meine Hände noch immer auf ihrem Hinter, so dass ich sie wieder näher an mich heranschieben kann.

»Aiden konnte es nicht ertragen. Er sagte, er kann Eira nicht sterben sehen, er kann nicht zulassen, dass sie vor uns geht.« Lily sagt nichts hört nur zu. Ich denke, dass ihr Verstand mich gerade blockiert, als wäre ich nichts als Unschärfe und etwas Hintergrundmusik. Ich weiß nicht, ob es gut ist, wenn ich weiterrede, aber jetzt habe ich angefangen, also werde ich weitererzählen. »Er hat Andeutungen gemacht, mir gesagt, wie abgefuckt das alles ist. Wie seltsam es ist, dass er der Älteste ist und doch unsere jüngere Schwester kurz davorsteht, an Krebs zu sterben.«

Lily schüttelt den Kopf, glaubt kein Wort, von dem was ich gerade gesagt habe. Ich kann es ihr nicht verübeln, vor zwei Jahren wollte und konnte ich es auch nicht glauben.

»Aber sie hat überlebt. Es geht ihr gut, nicht wahr?«

Ich nicke. »Aber vor zwei Jahren sah alles so aus, als würde sie es nicht schaffen. Die Ärzte sagten immer wieder, es gäbe nichts, was sie tun könnten. So schmerzhaft es auch für meine ganze Familie gewesen sein mag, es traf Aiden am härtesten.« Ich schaue von Lily weg und fahre fort: »Er hat Eira immer beschützt. Zu denken, dass seine vierzehnjährige Schwester vor ihm sterben wird, konnte er nicht ertragen, Lily.« Ich spüre, wie sich alte Wunden wieder öffnen und an den Strängen meines Herzens zerren.

»Er sagte mir, dass er Eira nicht so im Stich lassen würde. Immer wieder sagte er, dass er sie nicht die Erste sein lassen würde, die stirbt. Niemals hätte ich gedacht, dass er geht und sich umbringen würde, aber er hat es getan.«

Lily atmet scharf ein, sagt aber immer noch nichts.

»Ich hätte es verhindern können, wenn ich ihn nur ernst genommen hätte. Wenn ich unseren Eltern davon erzählt hätte, was er mir gesagt hat. Wenn ich mit ihm darüber gesprochen hätte…irgendwas davon. Es spielt keine Rolle mehr, aber ich weiß, ich hätte es verhindern können, wenn ich jemanden gegenüber meinen Mund geöffnet hätte. Aber ich habe ihn nicht ernst genug genommen.«

»Du hättest das nicht wissen können.«

»Ich wusste es. Sag mir wie, ›wenn einer von uns zuerst sterben wird, werde ich es sein‹ kein Eindeutiger Hinweis ist.«

Kapitel 26

»if I can't be close to you, I'll settle for the ghost of you«— Ghost by Justin Bieber

Lily

STUNDEN SIND VERGANGEN, SEIT COLIN MIR von Aiden erzählt hat. Ich stehe immer noch unter Schock. Aber es macht jetzt alles Sinn.

Es macht Sinn, warum Colin bei mir bleibt.

Er will mir nicht nur meinetwegen aus diesem Loch der Dunkelheit helfen, sondern weil er glaubt, dass er sein Gewissen damit reinwaschen kann. Dass es sein Unterbewusstsein reinigen könnte, weil er seinen Bruder Selbstmord begehen ließ, wenn er es hätte verhindern können.

Verzeih mir, Aiden. Es macht jetzt Sinn.

Ich glaube immer noch nicht, dass Colin Aiden davon hätte abhalten können, Suizid zu begehen. Ich verstehe, dass er sich schuldig fühlt. Er hat mit niemandem über das, was Aiden gesagt hat, gesprochen, hat die Worte seines Bruders nicht ernst genug genommen.

Genau das ist nur ein weiterer Grund, warum Colin nicht weiter in meiner Nähe sein sollte.

Er wird wieder scheitern.

Er wird das Gefühl haben, dass er mich, Aiden und sich selbst wieder im Stich gelassen hat, wenn ich sterbe.

Ich kann nicht zulassen, dass Colin sich so zerstört. Ich kann nicht weiter in seiner Nähe sein, ihm erlauben, mir eine gute Zeit zu schenken.

Ich will nicht sehen, wie Colin verletzt wird. Und er wird verletzt werden.

Aber gleichzeitig kann ich mich nicht von ihm fernhalten. Ich will immer in seiner Nähe sein. Möchte seine Gegenwart genießen. Möchte mit ihm reden, auch wenn ich nicht mehr die Kraft zum Reden habe.

Mit Colin muss ich nicht einmal sprechen. Er ist großartig darin, diese angenehme Stille zu schaffen, um mir Raum zu geben. Die angenehmste Stille, die ich je erlebt habe.

Er gibt mir das Gefühl, mich sicher zu fühlen. Gibt mir wieder Hoffnung.

Trotzdem, es wird nicht halten. Das Gefühl von Glück, die Sicherheit…es wird nicht von Dauer sein. Er wird nicht ewig bleiben. Er wird gehen, sobald er mich überzeugt hat, am Leben zu bleiben.

Und doch denke ich, was, wenn nicht? Was, wenn er bleibt? Was wäre, wenn all die Küsse, die er mir gibt, mehr als nur Küsse sind? Was wäre, wenn mehr aus uns werden könnte und wir es nie erfahren, weil ich gestorben bin?

Fick dich, Colin. Fick dich dafür, dass du mit meinem Kopf fickst.

»*Mi sol*«, dringt Colins Stimme zu mir durch, so sanft und süß, dass sie mein Herz zum Schmelzen bringt. »Das Puzzle ist noch nicht fertig.« *Richtig.*

Ich habe auch immer noch keine Ahnung, was mein neuer Spitzname bedeutet. Er könnte mich die ganze Zeit beleidigen und ich hätte keine Ahnung.

Ehrlich gesagt habe ich versucht, es mit einer App zu übersetzen…nur um zu erkennen, dass ich wissen müsste, wie man den Spitznamen buchstabiert. Das ging also nach hinten los.

»Warum willst du, dass ich hierbleibe?«, ertappe ich mich, wie ich frage, während ich auf Tonnen grüner Puzzleteile schaue.

»Muss dich im Auge behalten.«

»Ich wäre in dem Studentenwohnheim gut aufgehoben.«

»Nein, das wärst du nicht, Lilybug.« Er seufzt schwer. »Hier kann ich zumindest auf dich aufpassen. Ich kann sicherstellen, dass du dich nicht wieder selbst verletzt, und ich kann dich die ganze Zeit küssen, also ist das mein Bonus.«

»Du kannst damit aufhören. Das Küssen, meine ich.« *Bitte nicht.*

»Nein, kann ich nicht, *mi sol.* Ich bin süchtig danach.« Colin lässt sich auf das Sofa zurück fallen und hält seine Hand an sein Herz. Er schaut mich mit diesen hypnotisierenden blauen Augen an, in denen nichts als Glück steckt. Da ist eine gewisse Wärme in seinen Augen, eine die ich nicht benennen könnte, selbst wenn mein Leben dabei auf dem Spiel stehen würde.

Und dann, als ob nur der Gedanke an meine Lippen eine Bombe in seinem Kopf explodieren lässt, setzt Colin sich wieder auf und zieht mich zu sich ran. Seine Hände auf meinem Kieferknochen, während seine Lippen meine suchen.

Es ist nichts Heißes. Keine Zunge. Keine Lust. Aber es ist süß, sinnlich, liebevoll. Es ist leidenschaftlich, aber weich und sanft.

Seine Küsse fühlen sich leicht wie Federn an, aber sie wiegen so viel mehr.

Seine Küsse wärmen meine Brust und ich habe *Libellen* im Bauch. Es ist das schönste, aber auch gleichzeitig das schlechteste Gefühl der Welt.

Das Beste, weil ich es liebe, seine Lippen auf meinen zu spüren. Ich liebe das Gefühl von Gelb, das in meinen Körper dringt. Ich liebe die Wirkung, die sie auf mein Herz haben, auch wenn es mir Angst macht. Es fühlt sich natürlich an. Es fühlt sich an, als ob es so sein soll. Es fühlt sich richtig an.

Das schlechteste, weil es mir Angst macht. Seine Küsse machen mir Angst. Ich verliere mich in ihnen. Sie sind fesselnd.

Hypnotisierend. Sie sind mächtig, stark. Er hat mich süchtig gemacht und mich all meine Selbstbeherrschung verlieren lassen.

Und einfach so, als ob mein Körper von einem Schalter gesteuert wird, habe ich plötzlich nicht einmal mehr die Kraft zu puzzeln.

Sobald sich der Gedanke in meinem Kopf fest gesetzt hat, dass Colin über meinen Verlust untröstlich sein wird—*nicht, weil er mich verloren hat, sondern weil er wieder versagt hast*—und die Angst, die ich von seinen Küssen bekomme…bin ich nicht einmal mehr annähernd stark genug um eine einfache Aufgabe zu erledigen.

Ich kann fühlen, wie mein Herz bricht. Ich spüre, wie die Kraft meinen Körper verlässt. Ich spüre, wie sich wieder diese Leere in mir ausbreitet.

Meine Hände beginnen zu zittern und lassen das Puzzleteil fallen, das ich zwischen meinen Fingern halte.

Alles wird grau. Das Puzzle hat keine Farbe mehr. Es ist jetzt grau und leer. Colins blaue Augen, die ich zu lieben gelernt habe, sind grau und leer. Seine Wangen haben keinen Hauch von Rosa mehr. Nein, er ist blass. Er ist so abgedunkelt wie meine Welt. Alles ist grau übermalt. Es ist wie in einem alten—*stummen*—Schwarz-Weiß-Film.

»Lily?« Ich kann sehen, wie sich sein Mund bewegt, aber ich höre keinen Ton. Er wiederholt es, immer und immer wieder. Aber ich höre ihn nicht.

Seine Hände nehmen meine. Die Wärme seiner Hände breitet sich über meinem Körper aus. Er wärmt mich. Seine Berührung ist tröstend. Aber sie übermalt meine Welt nicht mit neuen Farben.

Sie bleibt grau. Alles bleibt grau.

»Was passiert hier gerade?« Seine Stimme ist gedämpft. Er ist so weit weg. So endlos weit weg. Und doch sehe ich ihn vor mir sitzen. Sein Gesicht so blass, so leblos, so besorgt. *Er macht sich Sorgen.*

Wieder spricht er, aber ich kann es immer noch nicht hören. Er nimmt mein Gesicht in seine Hände und zwingt mich, in seine Augen zu schauen. *Ich schaue dich an, Colin.*

Ich kann seine Berührung spüren. Ich kann sie auf jedem Teil meines Körpers spüren, mit dem er in Kontakt kommt. Es tut weh. Es brennt. Alles brennt.

Mein Herz tut weh. Es tut so weh. Warum muss immer alles so schmerzhaft sein?

»Lily« Ich höre immer noch nichts, nur leises murmeln. Es ist so ruhig. Aber er spricht. Ich *spüre*, wie mein Name über seine Lippen rollt. Alles kann ich spüren. Seine Sorge, seine Angst. Ich spüre, wie seine Hände zittern, als sie mich berühren. Spüre seine Augen. Spüre seinen Atem auf meiner Haut als sein Gesicht näher zu meinem kommt.

Kapitel 27

»she has the power to save you, the only one who's got enough of you to break you«—She by Jake Scott

Colin

Ihr Körper zittert. Es ist noch schlimmer als an dem Tag, an dem sie zu spät zum Unterricht kam. Sie hört mich nicht. Ich denke, dass sie es nicht einmal versucht. Es ist, als wäre Lily im Moment nicht in ihrem eigenen Körper.

»Lily«, wiederhole ich zum fünften Mal. Immer noch keine Reaktion. Ihre Augen sind auf meine gerichtet, aber sie reagiert nicht.

Ihre Atmung scheint normal zu sein, vielleicht etwas schneller als sonst, aber nicht so schlimm wie neulich.

Lilys Hände sind kalt, als ich sie anfasse—sie ist kalt. Es ist, als würde ich die Hände einer Leiche halten. Wenn sie nicht atmen würde, würde ich glauben, dass sie einfach gestorben ist.

»Ich bringe dich nach oben, okay?« Ich habe das Bedürfnis, ihr zu sagen, was ich tue. Ich möchte nicht, dass sie in Panik gerät, nur weil ich sie hochhebe. »Du bist okay, baby.«

Keine Ahnung, ob sie es wirklich ist. Ich bin mir nicht sicher, ob ich ihr das gesagt habe, damit sie es weiß, oder ich mir das einfach nur einrrede.

Sie muss okay sein. Ich kann sie nicht verlieren. Noch nicht, nicht an diesem Freitag, nicht jetzt und überhaupt.

Vorsichtig hebe ich Lily vom Sofa, trage sie nach oben und rufe nach Aaron, in der Hoffnung, dass er weiß, was zum Teufel los ist. Vielleicht ist das schon einmal passiert und er war dabei, als es passierte.

»Aaron!«, wiederhole ich auf halbem Weg die Treppe hinauf. Es ist erst zehn, er schläft noch, aber das ist mir egal. Es wird ihm auch egal sein, wenn er seine Schwester regungslos in meinen Armen sieht.

Sie ist nicht ganz regungslos. Ich spüre, wie sich ihre Finger in meinen Nacken drücken. Außerdem hängt ihr Kopf nicht runter, also hat sie immer noch Kontrolle über ihren Körper.

Aarons Zimmertür öffnet sich. Der wütende Blick auf seinem Gesicht verschwindet schnell, als er Lily in meinen Armen sieht. »Was…was ist passiert?«

Er hält seine Schlafzimmertür offen und deutet an, dass ich Lily hineintragen soll. Ich würde es vorziehen sie in mein Schlafzimmer zu bringen, aber seins wird es auch tun.

»Ich weiß nicht, was passiert ist«, sage ich mit besorgter Stimme. »Sie fing an zu zittern und hörte auf, ihre Umgebung wahrzunehmen. Ich bin mir nicht einmal sicher, ob sie uns hören kann. Sie antwortet nicht, reagiert nicht. Sie tut nichts.« Ich lege Lily sanft auf Aarons Bett und erlaube mir eine Sekunde, in Panik zu geraten, bevor ich wieder in den Schutzmodus zurückfalle.

»Ist das schon einmal passiert?«, frage ich und komme etwas bissiger rüber als beabsichtigt.

»Ich weiß es nicht.«

»Was meinst du, du weißt es nicht!«

»Ich kenne ihren Zustand nicht genau. Ich habe nie gefragt, ob sie irgendwelche Medikamente nimmt. Sie ist depressiv, so viel weiß ich. Also gehe ich davon aus, dass sie Antidepressiva nimmt. Aber was weiß ich, ob sie jemals *das* getan hat?« Er zeigt auf seine Schwester, die gerade auf seinem Bett liegt. Ihre Augen sind immer noch auf mich gerichtet, was mir sagt, dass sie hier bei uns ist.

Stöhnend gehe ich mit meinen Händen durch meine Haare. *Was soll ich tun?*

»Weiß dein Vater mehr?«, frage ich eilig. Aaron zuckt mit den Schultern. »Ruf ihn an.« Es ist keine Aussage, es ist ein Befehl.

»Vielleicht sollten wir sie in ein Krankenhaus bringen?«

Ich schaue zu Lily hinüber. Ihre Augen sind größer als zuvor. Sie hat Angst. Es bricht mir das Herz. Ich weiß, dass sie nicht ins Krankenhaus will. Sie würden dort schneller als alles andere herausfinden, worum es hier geht, vor allem wenn Aaron dabei ist.

Aaron würde den Ärzten erzählen, dass seine Schwester depressiv ist, und nun »das tut«. Vielleicht wäre es das Richtige. Vielleicht sogar das Einzige, was wir tun sollten. Aber so kann ich Lily nicht verraten. Oder kann ich?

Aber was ist, wenn ihr Zustand nichts mit ihrer psychischen Gesundheit zu tun hat? Was ist, wenn es etwas anders ist, dass noch nicht diagnostiziert wurde?

»Sie mag keine Krankenhäuser«, informiere ich Aaron. Ich weiß nicht einmal, ob das eine Lüge ist oder nicht. »Sie hat Angst vor ihnen. Das kannst du ihr nicht antun.«

»Willst du mich verarschen?« Er lacht, einmal. »Verdammt, schau sie an!« Ich bereue es, ihn um Hilfe gebeten zu haben.

Ich schaue sie an.

Ich kann es Aaron nicht verübeln, dass er ausflippt und sich Sorgen macht. Das ist seine Schwester. Sie sieht blass aus. Emotionslos. *Tot.* Sie ist sogar so kalt wie eine Leiche. Aber ich weiß, dass sie lebt. Sie atmet, und sie kann uns reden hören, das hoffe ich zumindest.

»Carter, sie darf nicht sterben«, sagt Aaron, seine Stimme bricht. Sie ist kaum noch ein Flüstern. Ich kann mich nicht erinnern, dass ich ihn jemals mit so viel Schmerz in seiner Stimme sprechen gehört habe.

Er setzt sich aufs Bett, direkt neben Lily. Schaut auf ihr blasses Gesicht herab, streicht ein paar Haarsträhnen weg und klemmt sie hinter ihr Ohr.

Ich bin voller Schuldgefühle. Aaron sollte von Lilys Plänen wissen. Er sollte wissen, dass es ihr überhaupt nicht gut geht.

»Sie darf nicht sterben, Colin«, wiederholt er. »Ich war nie der beste Bruder, aber sie ist alles, was ich von meiner Mutter übrighabe. Und auch wenn das kein Grund wäre, ist sie die andere Hälfte von mir. Wenn sie stirbt, weiß ich nicht, ob ich das durchstehen könnte.«

Aus irgendwelchen Gründen, weiß ich genau, wie Aaron sich fühlt. Mir ging es genauso, als Aiden starb. Oder als ich erfahren musste, dass meine Schwester im Sterben liegt. Ich wollte es nicht akzeptieren. Es war, als würde die ganze Welt auf mich herabstürzen.

Manchmal fühle ich mich immer noch so. Aber Lily macht es besser.

»Sie wird nicht sterben.«

»Sie sieht tot aus.« Normalerweise würde ich ihm dafür eine klatschen, aber sie sieht wirklich erschöpft aus. Ich denke, tot trifft es ziemlich gut.

Obwohl ich mir nicht sicher bin, was mit Lily passiert, habe ich das Gefühl, dass sie nur etwas Ruhe braucht. Sie sagte, dass sie erschöpft sei. Niemals hätte ich gedacht, dass es jemals zu so einem Punkt der Erschöpfung kommen kann, aber was weiß ich schon?

»Ich rufe einen Krankenwagen.« Aaron will gerade vom Bett aufstehen, als Lily nach seiner Hand greift. Sie schüttelt den Kopf sobald er sie ansieht. Es ist so schwach—sie ist so schwach. »Lily…«, bevor er seinen Satz beenden kann, fallen Lilys Augen zu.

Eine weitere Welle der Panik überkommt mich. Da ihre Augen nicht mehr geöffnet sind, ist es viel schwieriger herauszufinden, ob sie noch bei uns ist. Die einzige Quelle, die Aaron und ich haben, ist ihre Atmung, wir sehen, wie sich ihre

Brust mit jedem einzelnen Atemzug, den sie nimmt, hebt und senkt.

»Colin«, sagt Aaron, »es ist schon einmal passiert. Sie war damals vierzehn. Es war der gruseligste Tag meines Lebens.« Seine Augen bleiben auf Lily gerichtet, und doch kann ich sehen, dass er es ernst meint. »Zumindest denke ich, dass es das ist.«

»Wie hat…*das* ein Ende genommen?«

»Ich bin mir nicht sicher. Unser Vater schickte mich zu Ana. Eine Stunde später kam er aus meinem Zimmer zurück—wo Lily lag. Er sagte mir, dass es ihr gut geht und dass sie nur unter Schock steht.« *Schock*?

Plötzlich frage ich mich, ob ich die Ursache für ihren Zustand bin—oder das, was ich ihr über Aiden erzählt habe.

»Ich rufe meinen Vater an. Wirst du bei ihr bleiben?«

»Ich werde mich kein bisschen bewegen, Ron.«

In der Sekunde, in der Aaron den Raum verlässt, bin ich wieder neben Lily und halte ihre Hand. Sie öffnet nicht die Augen, reagiert nicht einmal ein bisschen als ich sie berühre.

Für meinen eigenen Verstand sage ich mir, dass sie schläft. Immer wieder sage ich mir, dass es ihr gut geht. Sie ist einfach nur erschöpft, braucht einen langen, erholsamen Schlaf.

Ich bin mir nicht sicher, wie viel Zeit verging, bis Aaron zurückkommt. Er telefoniert immer noch und spricht mit seinem Vater. Zumindest sieht Aaron nun…erleichtert aus?

»Ich werde dich auf Lautsprecher stellen, Papa. Lily schläft, soweit ich das beurteilen kann.« Aaron nimmt das Telefon von seinem Ohr und drückt die Lautsprechertaste. »Colin ist auch hier.«

»Colin?« Emersons Stimme raunt durch das Telefon. »Was hast du mit meiner Tochter gemacht?«

Etwas zurückgenommen antworte ich: »Nichts. Wir haben gepuzzelt und dann—«

»Ich scherze doch nur, mein Sohn.« Ein leichtes Schmunzeln kommt durch. »Lily geht es gut«, versichert er…mir, denke ich? »Es ist eine vorübergehende Reaktion, die durch Angst verursacht wird. Einer von euch, bleibt eine Weile bei ihr, damit sie nicht alleine ist. Lasst sie schlafen. Morgen sollte sie nicht am Unterricht teilnehmen, sie sollte sich einen Tag frei nehmen, um sich zu erholen.«

»Papa, ich glaube nicht, dass einer von uns sie allein lassen wird«, antwortet Aaron ohne zu zögern.

»Gut«, sagt Emerson seufzend. »Wenn einer von euch Jungs meine Lily verletzt…«

»Papa, habe ich Lily jemals absichtlich verletzt?«

»Ja, das hast du.«

Aarons Kinn fällt runter und seine Augen schauen mich an, so als würde er erwarten, dass ich widerspreche.

»Und Colin? Ich bin gestern nicht dazu gekommen, dir zu drohen, aber ich denke, du hast vielleicht eine Sekunde Zeit für mich, damit ich das jetzt nachholen kann, richtig? Ich bin mir nicht einmal sicher, ob das zu diesem Zeitpunkt eine richtige Frage ist.

Mit Aarons Augen immer noch auf mich gerichtet, sage ich »Sicher, nur zu.«

Emerson kichert, als hätte er nicht erwartet, dass ich ihn lasse.

Früher war ich immer so unhöflich, nicht zu ihm, aber fast zu jedem anderen. Niemals hätte ich mir von jemandem etwas sagen lassen.

Aber seit Lily aufgetaucht ist, spielt das alles keine Rolle mehr, und plötzlich kommt mir ein Vater, der mir wegen seiner Tochter droht, ganz in Ordnung vor.

»Was machst du hier?«, fragt Grey, als ich nur eine Stunde, nachdem Emerson Marsh mir gedroht hat, mich umzubringen, wenn ich seiner kostbaren Tochter etwas zu Leide tun würde, in sein Zimmer stürme. Eigentlich wollte ich früher hier sein, aber ich musste Sergeant Froggo aus dem Studentenwohnheim für Lily holen.

Ich werde nicht Lügen, ich wollte Emerson sagen, dass ich Lily mit allem, was ich habe, beschützen werde. Denn ich werde nicht riskieren, dass diese Familie mich noch mehr hassen wird, wie sie es eh schon werden—*falls* Lily sterben wird.

Wenn sie herausfinden, dass ich wusste, dass Lily sterben will und ich ihnen das nicht gesagt habe…selbst Aaron wird mich hassen.

»Wir müssen reden«, sage ich zu Grey. Ja, ich kam zurück um nach einem Rat zu fragen. Grey ist die sicherste Person, mit der ich reden kann. »Ich muss dich alleine sprechen. Es ist wichtig.«

Es ist nicht so, dass ich Aaron nicht vertraue. Ich würde mein Leben für meinen besten Freund geben. Aber mit Grey sprechen ist leichter. Er hat einen klareren Kopf. Verurteilt nicht sofort. Ich denke echt, dass es gut ist, dass er ein Psych-major ist.

Und Miles…na ja, er hat eigene Probleme, mit denen er zu Kämpfen hat. Es gibt keinen Grund, noch mehr hinzuzufügen.

»Du siehst, dass Izan hier ist, oder?«, fragt Grey und lacht.

Ich nicke. »Es geht um Lily. Ich würde dich nicht bitten und euch unterbrechen, wenn es nicht wichtig wäre, Grey. Ich denke, es könnte noch einen Tag warten, aber ich habe wirklich nicht mehr viel Zeit.«

Izans Aufmerksamkeit ist plötzlich auf mich gerichtet. Ich kenne ihn nicht sehr gut, aber ich weiß, dass seine Mutter Psychologin ist. Vielleicht war es keine allzu gute Idee, Lily in Anwesenheit von Izan zu erwähnen.

»Ist es lebensbedrohlich?«

Ist es? Ich lache vor mich hin. »Ich würde schon sagen, ja.«

»Ich gehe«, sagt Izan und steht vom Bett auf.

»Es tut mir wirklich leid, Izan. Ich verspreche, ich mache es wieder gut und werde am Samstag oder so, für dich kochen?«

Das bringt mir nicht nur einen, sondern zwei Lacher ein. »Ich werde dich darauf ansprechen, sobald du gelernt hast, wie man kocht.« Er geht hinüber, um Grey zum Abschied zu küssen, und dann beobachte ich, wie er zur Tür geht und sie hinter sich schließt.

Als die Tür geschlossen ist, klettere ich auf Greys Bett—als wären wir Teenager auf einer Schlummerparty, die dabei sind, einige tiefe dunkle Geheimnisse zu enthüllen.

Er lacht, hebt die Decke und bietet mir an, darunter zu schlüpfen. Und da es schonmal angeboten wird, tue ich das auch.

»Du bist manchmal so komisch«, lacht Grey und schüttelt den Kopf.

»Das ist ok für mich«, sage ich. »Ich brauche Mama-Grey für einen Moment.«

»Oh, so ernst?« Seine Belustigung ist verschwunden.

So sehr ich es hasse, dass ich Lily allein zuhause mit Aaron gelassen habe, ich brauche einen Rat. Und da Lily am Schlafen ist, kann ich ihn auch einfach jetzt holen.

»Es geht um Lily.« *Okay, das ist schwieriger, als ich dachte.*

»Schau, ihr kennt euch erst eine kurze Zeit. Vielleicht solltest du ihr noch keinen Antrag machen. Ich weiß, dass du nie verliebt warst, aber—«

Ich unterbreche, bevor das albern wird. »Sie will sterben.«

Grey atmet scharf ein, blinzelt ein paar Mal und wartet darauf, dass ich ihm sage, dass ich scherze. Ich wünschte, es wäre so. Aber leider ist es die Wahrheit.

Es tut gut, es mal zu sagen. Es fühlt sich gut an jemanden von der einen Sache zu erzählen, die mich bereits seit Neun Tagen versucht zu töten.

»Colin, ich brauche mehr Informationen.«

Das weiß ich, aber es ist wirklich schwierig, über jemanden zu sprechen, dem ich versprochen habe, dass ich zu niemandem ein Wort sagen werde.

»Ich weiß es schon eine Weile…« und dann erzähle ich ihm alles. Ich erzähle ihm, was ich in ihrem Tagebuch gelesen habe. Ich erzähle ihm den Grund, warum ich es ihr so verzweifelt zurückgeben musste. Warum ich eigentlich neun Tage damit verbringe, ihr »die Welt« zu zeigen. Warum ich sie jetzt nicht allein lassen kann. Dass ich ihr versprochen habe, niemandem ein Wort zu sagen, warum ich sie brauche, um am Leben zu bleiben.

»Scheiße.« Grey ist sichtlich geschockt und verarbeitet immer noch alle Informationen, die ich ihm gerade gegeben habe. Ich wünschte ich könnte sagen, dass das Gefühl von Schock leichter wird. Aber das wird es nicht. Nicht für mich, zumindest.

Ich wippe mit meinem Kopf, und stimme dem zu, was auch immer Grey gerade geflucht hat.

»Du musst es Aaron sagen.«

»Das kann ich nicht, Grey.« Verzweiflung rennt durch meinen Körper. *Deshalb bin ich gekommen, um mit dir zu reden.* »Ich habe versprochen, dass ich es nicht tun würde.«

»Du willst also abwarten und sehen, was passiert?« Obwohl Grey Lily nicht sehr gut kennt, scheint er sich Sorgen um sie zu machen. »Du hast was? Noch drei Tage? Du sagst, sie ist gerade in einer Art Schockzustand? Was zum Teufel glaubst du, wird sich ändern?«

Und da ist sie. Eine Frage, auf die ich keine Antwort habe.

Was erwarte ich, dass sich ändert? Ich kann nicht einfach auf magische Weise jemandem Selbstmordgedanken aus dem Kopf löschen. Egal, wie viel Zeit ich mit ihr verbringe. Egal, was ich ihr zeige, wie viel Spaß sie haben mag. Ich kann sie nicht *heilen.*

Lily muss am Leben bleiben wollen. Wenn sie nicht am Leben bleiben will, gibt es keine Möglichkeiten sie vom Gegenteil zu überzeugen.

»Du bist kein Therapeut, Colin. Du kannst sie nicht heilen. Niemand kann sie heilen. Du kannst sie nicht einfach mit auf ein paar lustige Dates nehmen und erwarten, dass sie sich lebendig fühlt. Nicht zu dem Punkt, wo sie am Leben bleiben *will.*«

Ich denke, Grey hat Recht. *Was habe ich mir gedacht?*

»Sie ist depressiv. Lily ist *suizidgefährdet.* Hol ihr die gottverdammte Hilfe, die sie braucht. Vielleicht will sie die nicht, verdammt, vielleicht wird sie dich hassen, weil du sie verraten hast. Aber was ist dir lieber? Das Mädchen, das du so begehrst, von dem du wie besessen bist, tot zu sehen, oder dass es ihr dank professioneller Hilfe besser geht?«

»Ich kann nicht zulassen, dass sie mich hasst, Grey.«

Er seufzt und legt seine Hand auf meine. Ich fühle mich wirklich wie ein Teenager, der mit seiner Mutter über seine erste Liebe und seinen ersten gebrochenen Herz spricht. Es ist lächerlich, wirklich. Ich wünschte, es ginge um Liebeskummer und nicht um Lilys Tod.

»Sie wird dich hassen«, sagt er, einfach so direkt, kein einfaches Entfernen des Pflasters. »Aber sie wird die Hilfe bekommen, die sie braucht. Irgendwann wird sie vielleicht sogar verstehen, dass du es zu ihrem Besten getan hast. Und dann, wenn du Glück hast, wird sie dich vielleicht nicht mehr so sehr hassen, wie du es befürchtest.«

»Lily wird mich komplett aus ihrem Leben verbannen«, sage ich und spüre, wie sich meine Kehle zuschnürt. Ich habe das Gefühl, dass ich nicht mehr atmen kann, dass keine Luft mehr in meine Lunge gelangt.

»Das mag sein. Aber wenigstens wird sie weiterleben.«

»So einfach ist das nicht, Grey.« Aber ich weiß, dass er Recht hat. Ich muss dafür sorgen, dass Lily professionelle Hilfe bekommt. Es spielt keine Rolle, dass sie mich dann dafür hassen wird, Hilfe besorgt zu haben, die sie nicht wollte. Hilfe, die sie dringend braucht. Es ist wichtiger, dass sie diese Hilfe bekommt, als ihrem Hass auszuweichen. *Sie würde leben…aber sie würde mich hassen.*

Ich will, dass sie lebt, aber ich möchte auch, dass sie mich mag.

Kapitel 28

»there were fires burnin' and my hands learning to paint with passion«—Chasing Stars by Alesso, Marshmello, James Bay

Colin

Es ist offiziell Tag sieben, was bedeutet, dass ich nur noch zwei Tage habe…und heute. Aber das macht nichts, zumindest nicht jetzt.

Lily ist heute viel stärker. Nicht hundertprozentig zurück zu ihrem (mehr oder weniger) freudigen Selbst, aber es geht ihr besser.

Nach meinem gestrigen Gespräch mit Grey habe ich beschlossen, etwas wirklich, wirklich Dummes zu tun. Vielleicht ist es aber auch gar nicht so dumm, ich empfinde es nicht so.

Okay, vielleicht ist es das. Das bedeutet aber dennoch nicht, dass ich es bereue. Ich hoffe einfach nur, das Lily es nicht eher sieht, als nötig.

»Wie fühlst du dich?«, frage ich, als ich in mein Schlafzimmer gehe und ein Tablett mit Essen und einem Glas Wasser trage.

Lily fängt an zu lachen, als sie mich sieht, oder das Tablett, oder doch beides zusammen. »Das ist süß, aber ich habe keinen Hunger.«

Ich wette, sie will ihren kostbaren Frosch nicht loslassen. Sie hat sich die ganze Nacht an Sergeant Froggo gekuschelt, obwohl sie sich stattdessen an mich hätte kuscheln können. *Ich kann nicht glauben, dass Sergeant Froggo besser ist als ich.*

»Das war nicht meine Frage, Lilybug.« Ich stelle das Tablett auf meinen Nachttisch ab, nehme das Glas Wasser und reiche es ihr. »Trinken«, ordne ich an.

Gestern hat sie nicht viel getrunken. Sie hat den ganzen Tag und die ganze Nacht geschlafen, zumeist. Ich habe sie ab und zu mal geweckt damit sie zumindest einen Schluck Wasser trinkt…und ein Stück Brot isst. Ich konnte sie ja nicht den ganzen Tag nichts essen und trinken lassen. Also, trotz dass ich es hasste, sie aufwecken zu müssen, habe ich es getan.

Sie schien dankbar darüber gewesen zu sein. Immerhin wachte sie heute morgen nicht mit starken Kopfschmerzen auf. Aber sie war am Verhungern.

»Wie war dein Tag?«, fragt sie und ignoriert immer noch meine Frage.

»Ohne dich? Einsam«, antworte ich. »Aber jetzt, wo wir wieder vereint sind, fühle ich mich viel besser.«

»Du bist manchmal so komisch, Mr. Stinky.« Lachend nimmt Lily das Glas und nimmt ein paar Schlücke, bevor sie es mir zurückgibt. »Dein Haar ist nass.«

»Es regnet immer noch«, lasse ich sie wissen. »Ich hoffe nur, dass es trocknet, bevor ich zum Training gehen muss. Ich hätte lieber keine gefrorenen Haare.«

»Ich glaube nicht, dass deine Haare einfrieren würden, aber nur für den Fall, warum föhnst du sie nicht?«

Mit den Schultern zuckend sage ich: »Ich weiß nicht einmal, ob ich einen Föhn besitze. Und falls ja, bin ich mir sicher, dass ich keine Ahnung habe, wie ich den handhaben soll.«

Das nächste, was ich weiß, ist, dass wir in meinem Badezimmer sind und Lily meine Haare föhnt. Normalerweise würde ich es komisch finden, dass jemand meine Haare föhnt, aber bei Lily ist es anders. Jede einzelne Berührung von ihr ist erwünscht—auch wenn sie nur meine Haare föhnt.

Aber natürlich geht das nicht, ohne mich mit ihr anzulegen. Ich meine, ich muss auf einer geschlossenen Toilette sitzen, damit sie die Oberseite meines Kopfes richtig erreichen kann, also, da kann ich auch gleich ein paar Späße machen.

Als meine Finger über ihre glatten Beine fahren, kann ich fühlen, wie sie zittert. Sie versucht, ihre Gänsehaut zu verbergen, indem sie sich bewegt, aber sie ist immer in meiner Nähe, da für mich, um sie zu berühren.

Ich liebe es, wenn sie keine Hose trägt und denkt, dass das T-Shirt, dass sie anhat, ausreicht. Es reicht total aus, um mit ihr einen Tag in meinem Bett zu verbringen. Natürlich würde ich es vorziehen, dass sie nackt und mit mir tief in ihr drin im Bett liegt, aber ich akzeptiere auch die halbnackte, haartrocknende Lily.

Eigentlich akzeptiere ich jede Liliana Heaven Reyes.

Nun, wenn es meine Lilybug ist. Ich will—*brauche*—nur diese. Die, die gerade über meine Hände auf ihrem Hintern lacht, während sie zwischen meinen Beinen steht und die Vorderseite meiner Haare trocknet.

»Lilybug?«

Sie summt und zeigt mir, dass sie mir Aufmerksamkeit schenkt.

Es ist eine schlechte Idee und ich weiß, wie unzufrieden mein Vater mit mir sein wird, wenn er sie sieht, aber ich kann einfach nicht anders. »Begleite mich zum Training.«

Es ist nicht so, dass es irgendjemanden stören würde, wenn Lily während des Trainings in der Nähe ist. Das ganze Team neckt mich sowieso schon damit, dass Lily bereits bei mir lebt, also kann ich ihnen genauso gut etwas Neues anbieten, womit sie mich nerven können.

Mein Vater ist ein schwieriger Kerl, wenn es um Hockey geht—vor allem, wenn es um *sein* Team geht. Es ist ein Wunder, dass er mir neulich fünf Minuten Zeit gegeben hat, um mit Lily zu sprechen. Sie in der Arena zu sehen, wie sie mich ablenkt, wird nicht auf der Seite seiner Vorlieben stehen. Obwohl, ich weiß, dass sie froh darüber sind, zu sehen, dass ich ein Herz habe.

Ich weiß, dass er Lily mag, er hat es mir selbst gesagt, als wir am Morgen ihres Geburtstages das Haus verließen.

Laut meinem Vater wird es kompliziert, wenn Mädchen zum Hockeytraining kommen. Ich sehe keinen großen Unterschied darin, ob sie zu einem Spiel kommen oder zum Mannschaftstraining.

Vielleicht sieht er Training einfach als etwas…Privates an?

Verdammt, was weiß ich? Es würde mich auch nicht interessiere, wenn er es als solches sehen würde.

Ich kann Lily nicht mehr so lange allein lassen. Sie war schon den ganzen Tag allein im Haus. Ich hatte ein paar Kurse, und weder Aaron noch ich erlaubten ihr, heute zu ihren zu gehen.

Hab Erbarmen mit mir.

Es ist eine ernste Situation. Ich musste mich bereits mit Greys missbilligenden Blicken auseinandersetzen, als ich ihm sagte, dass ich Aaron nichts erzählen konnte. Und als ich ihm mitteilte, dass Lily allein im Haus ist. Offensichtlich werde ich sie jetzt keine weiteren zwei Stunden allein lassen.

»Kann nicht«, sagt sie, »ich habe viel zu tun.«

»Das ist eine Lüge und das wissen wir beide.«

Lily zuckt mit den Schultern und lächelt. »Ich habe heute keinen meiner Kurse besucht, ich kann nicht einfach in der Arena auftauchen, um deinem Team beim Training zuzusehen, wenn ich ›krank‹ bin, Colin.«

Da hat sie recht.

Aber mein Team wird sie nicht anschwärzen, also ist das keine Ausrede. Außerdem ist es sowieso nicht so, dass sich irgendein Professor wirklich dafür interessiert. Solange sie ihre Aufgaben abgibt und für ihre Prüfungen lernt, ist alles im grünen Bereich.

»Wir fahren nach dem Training zu einem Kürbisfeld«, informiere ich sie. »Und wenn wir wieder zu Hause sind, machen wir eine Schokoladenverkostung.« Sie hat zwar nicht nach Informationen über den heutigen Tag gefragt, aber ich finde, dass es besser ist, sie einzuweihen, anstatt so zu tun, als würde sie nicht mit mir zu Arena kommen.

»Zu wie vielen Verkostungen willst du mich noch schleppen?«, fragt sie und lacht.

»Ich habe verschiedene Schokoladentafeln gekauft und einiges an Schokolade aus verschiedenen Ländern bestellt. Die Jungs sind mehr als aufgeregt.«

Es folgt ein weiters Lachen. »Du hast sie eingeladen?«

»Entschuldigung?«, schallt plötzlich Aarons Stimme von der Badezimmertür. »Er muss das Team nicht einladen, es sind offene Einladungen. Immer.«

»Halt die Klappe, Ron.«

»Ist das wahr?« Lily zieht den Stecker des Föhns aus der Steckdose und legt ihn auf die Waschbeckenablage, um ihn abkühlen zu lassen.

Wir sind in meinem en Suite Badezimmer, also nicht im Badezimmer, welches sich auf dem Flur befindet und für alle Gäste offen zugänglich ist, und doch stellt Lily Aarons Anwesenheit nicht in Frage.

»Irgendwie schon«, antworte ich. »Wir haben diesen Gruppenchat. Die Jungs wissen immer genau, wo die anderen sind. Alle sind immer darüber informiert was auf dem Plan steht. Sie wissen was wir heute vorhaben und wer Lust mitzukommen, tut das.«

Lily schaut mich durch den Spiegel an, sie ist weder überrascht noch schockiert. Vielleicht ist sie beides. »Das ist das ultimative Stalking.«

»Nicht wirklich. Es ist ja freiwillig, keine Regel. Wenn Pläne ungesagt bleiben sollten, dann bleibt das so«, erklärt Aaron. »Die Jungs wusste immer, wenn ich los gegangen bin, um Winter zu sehen.«

»Ekelhaft.«

»Nicht wirklich. Schlimmer ist es, wenn *dein* Freund eine Nachricht schickt und uns mitteilt, dass er kurz davor ist, dich flach zu legen, und ich das lesen muss.« Das ist mein Stichwort, um aufzustehen und Aaron zu schlagen.

Bevor ich das aber tun kann, wirft Lily mir einen warnenden Blick zu. Ich bin nicht sicher, ob sie weiß, dass ich Aaron jetzt liebend gerne umbringen würde, oder ob sie sich fragt, worum es hier eigentlich geht. Ich bin nicht gut darin, Gedanken zu lesen.

»Das habe ich nicht ein einziges Mal geschrieben.«

Und als ob Lily auf weitere Informationen wartet, heben sich ihre Augenbrauen, während sich ihre Arme vor ihrer Brust kreuzen. Es ist süß, wenn sie das tut. So als ob sie glaubt, dass sie etwas mehr Macht hat, wenn ihre Arme verschränkt sind. Als wäre es eine Rüstung.

Sie braucht diese Rüstung nicht. Diese Frau könnte mich bitten, eine Bank auszurauben, und ich würde es für sie tun.

Sehr wahrscheinlich mein Vaters Konto, aber das ist ja fast das selbe.

»Lily, das ist nicht so tiefgründig. Wir haben nur den Standort von den anderen zu jeder Zeit, falls jemand ein SOS sendet und keine Zeit mehr hat, den Standort hinterher zu schicken. Uns gegenseitig die Pläne mitzuteilen, bekam einfach so ein Ding, was wir machen.«

»Außerdem weiß der größte Teil des Teams, wann ein Erscheinen in Ordnung ist und wann es ein absolutes Schwanzverhalten ist«, fügt Aaron hinzu und verschränkt seine Arme auch vor seiner Brust, genau wie Lily es tut. »Schokolade klingt jedoch verlockend und ich wette, dass mindestens 40% des Teams dabei sein wollen.«

Das wette ich auch.

»Ich weiß, dass Grey uns Miles dabei sein werden«, sage ich. »Vielleicht sogar Brooke.«

»Offensichtlich«, antwortet Aaron und lacht. »Es gibt kostenlose Schokolade und eine gute Show, weil Lily dich dazu bringen wird, einen Kürbis zu schnitzen und ihn auf deinen Kopf zu setzen.«

Ich schaue Lily an, warte darauf, dass sie lacht und mir sagt, dass Aaron Witze macht. Aber stattdessen zuckt sie mitleidenswert Schultern.

Er macht keine verdammten Witze.

Aber weißt du was? Fein. Ich werde es tun. Ich habe ein Feenkostüm auf dem Eis überlebt, ich werde es auch überleben, wenn ich mich in einen Kürbis verwandle. Hoffe ich.

KAPITEL 29

»lately I've been feeling not alive but you bring me back to life«—Cloud 9 by Beach Bunny

Lily

»ICH HABE GUTE UND SCHLECHTE NACHRICHTEN«, sagt Colin, als er in die Umkleidekabine kommt, in der er mich vor dem Duschen zurückgelassen hat.

Er hätte mich auch draußen warten lassen können, aber nein, Colin wollte es nicht. Stattdessen zwingt er mich in die Umkleidekabine zu kommen, um dort auf ihn zu warten, während seine Teamkollegen auch alle anwesend sind. Wenigstens hat er die alle mit sich in den Duschraum mit genommen.

Der Anblick des nackten Colins—nackt bis auf das weiße Handtuch, das um seine Taille gewickelt ist—macht mich nervös. Allerdings nicht so nervös wie das Wissen, dass einundzwanzig andere Hockeyspieler im Begriff sind, ihm aus der Dusche zu folgen.

Colin lässt sein Handtuch direkt vor mir auf den Boden fallen, als wäre ich gar nicht hier. Die Tatsache, dass ein wirklich heißer und sehr nackter Hockeyspieler vor mir steht, lässt mein Blut schneller durch meine Adern rauschen und lässt es Millionen Grad heißer werden.

Immerhin steht er mit dem Rücken zu mir. Ich denke nicht, dass ich es überleben würde auf seine Brust zu. Oder eher gesagt, auf seine Tattoos. Wer hätte gedacht, dass ich jemals auf Tattoos stehen würde? Ich jedenfalls nicht. Aber verdammt, die sind sexy. Oder vielleicht sind sie einfach nur sexy, weil sie auf Colins Körper sind und ich ihn zufällig sexy finde? So oder so, er sieht viel zu gut aus. Und das hasse ich.

Aber ich liebe es auch.

Oh, der Anblick seines Hinterns ist auch eine ziemlich Vorführung. Allerdings nicht so einladend wie seine in Tattoos bedeckte Brust.

»Wir müssen nicht dreiundzwanzig Kürbisse allein schleppen«, erzählt er mir, während er seinen Körper abtrocknet. »Wir brauchen aber etwa zwölf.« Das kann nur bedeuten, dass sich mehr seiner Teamkollegen entschieden haben, sich unseren Plänen anzuschließen.

So sehr ich auch lieber Zeit mit Colin allein verbringen würde, denke ich, dass der heutige Tag vielleicht Spaß machen könnte. Soviel ich weiß, macht es Spaß, die Jungs um sich zu haben. Nicht einmal habe ich jemanden sich darüber beschweren hören, Zeit mit einem der Hockeyspieler verbracht zu haben—abgesehen von den Sexgerüchten über Colin, die ebenfalls nicht wahr sind. Dieser Mann ist ein Sexgott, und kann, nein *ist* wirklich süß danach.

»Wir werden insgesamt dreizehn sein. Ist das okay für dich?« Colin dreht seinen Kopf, um mir in die Augen zu sehen, sein Körper bleibt aber in derselben Position. Er ist mir nur leicht zugewandt, aber nicht genug, sodass ich seine Bauchmuskeln sehen kann. Colin dreht sich nicht komplett um, keine Ahnung warum nicht. Ich meine, ich habe ihn ja schon nackt gesehen, es gibt also nichts mehr, was er vor mir verbergen könnte. Es sei denn, er versucht nicht, eines seiner Körperteile zu verstecken, sondern etwas, das sich auf seinem Körper befindet...wie ein Tattoo. Oder vielleicht denkt er einfach, dass es gerade jetzt einfach unangebracht ist—was es ist.

»Dreizehn deiner Teamkollegen haben sich einfach dazu entschieden, mit zu einem Kürbisfeld zu kommen?«, frage ich. Es ist wirklich amüsant. Niemals hätte ich gedacht, dass zwölf super attraktive, muskulöse und…*harte* Jungs im Alter zwischen achtzehn und zweiundzwanzig Jahren auch nur in Betracht ziehen würden, zu einem Kürbisfeld zu gehen. Freiwillig.

»Neun, plus Izan, du und ich, also insgesamt zwölf. Und Miles hat gefragt, ob er Brooke mitbringen kann, wie ich es vorhergesagt habe. Also dreizehn. Sie teilen sich aber einen Kürbis.«

»Also, wer sind die anderen sechs Jungs?« Ich gehe davon aus, dass drei seiner Teamkollegen Aaron, Miles und Grey sind.

»Kaiden, Zac und ein paar Jungs, von denen du wahrscheinlich noch nie gehört hast. Sie sind alle nett. Mach dir keine Sorgen, du wirst nicht einmal bemerken, dass sie da sind.«

Ich lache und beobachte, wie Colin endlich fertig ist, sich anzuziehen und sich mir zuwendet. »Das scheint unwahrscheinlich.«

»Sie werden dich herausfordern dumme Dinge zu machen. Aber sie wissen, wie man eine gute Zeit hat. Wenn du willst, dass sie aufhören dich zu ärgern, drohe ihnen einfach mit mir. Ist das in Ordnung?«

»Es macht mir nichts aus. Klingt nach einem lustigen Abend.«

»Bist du sicher?« Colin setzt sich neben mich legt meine Hand in seine, während er sie streichelt. »Wenn du lieber etwas alleine mit mir machen möchtest, banne ich sie gerne davon, uns zu begleiten.«

»Ich denke, hier geht es eher darum, dass du mit mir allein sein willst, als umgekehrt.«

»Offensichtlich. Ich würde lieber meinen Schwanz in dich stecken, ohne dass Leute zuschauen. Aber ich kann mit einigen Zuschauern leben.« Ich schlage ihn ungefähr dreimal, bevor er anfängt zu lachen. Ich bin mir sicher, dass meine Schläge ihn nicht wehtun…so überhaupt nicht. »Im Ernst, ich rede davon, ob du dich stark genug fühlst, um heute etwas sozial zu sein.«

Ich will mit den Augen rollen und möchte schreien. Nicht, weil Colin sich um mich sorgt, sondern weil diese wenigen Worte von ihm mein Herz einen Schlag überspringen lassen. Oder zwei. Oder einhundert. Ich weiß nicht wie viele, aber ich fühle mich, als würde ich Träumen.

Vielleicht bin ich schon tot und Colin ist mein Leben nach dem Tod.

»Dein Kopf passt da nicht rein«, schreit Wees, zumindest habe ich Colin ihn so rufen hören von der anderen Seite des Kürbisfeldes. Colin zeigt ihm seinen Mittelfinger.

Wir sind seit gut einer Stunde hier und suchen immer noch nach Kürbissen, die wir mitnehmen können. Natürlich zahlt Colin. Er war dafür, dass jeder für seinen eigenen Kürbis bezahlt, außer ich natürlich. Er würde mich niemals zahlen lassen, selbst jetzt wo ein neuer Monat begonnen hat, und ich etwas extra Geld habe.

Aber da Colin dazu tendiert, eine Unglückssträhne zu haben, wenn Aaron dabei ist, muss er jeden einzelnen Kürbis bezahlen, da es schließlich seine Idee war zu einem Kürbisfeld zu gehen.

Als Colin sagte, dass er für meinen Bezahlen würde, verdiente er sich ein paar Schläge von seinen Teamkollegen, oder freunden…und Izan. Ich bin mir unsicher wieso, aber ich denke, dass das einfach ist, was Jungs tun?

Von dem was Winter mir erzählt hat, können Jungs schlecht mit offensichtlichem Gefühlskram umgehen. Und oft genug, wenn einer der Jungs Gefühle für jemanden entwickelt, versuchen seine Freunde, ihn damit aufzuziehen oder sich über ihn lustig zu machen.

Es ist traurig, wirklich traurig. Liebe sollte etwas Schönes sein, Erleichternd zu wissen, dass es diese eine Person gibt, die dich für das liebt, was du bist. Das dort eine Person ist, die du dein zuhause nennen, und bei der du ganz du selbst sein kannst.

Warum also sollte sich jemand darüber lustig machen?

Ich sehe niemanden, der sich über Izan und Grey lustig macht, weil sie verliebt sind. Das lässt mich zu dem Schluss kommen, dass es sich nur bei einer Mann-Frau-Beziehungssache so verhält.

Oder die Jungs haben einfach Angst vor Grey oder Izan. Ich weiß, dass ich es habe.

Grey hat nicht aufgehört, mich zu beäugen, seit er mich heute in der Arena gesehen hat. Er weiß von Colins und meiner Fake-Beziehung. Trotzdem ist es seltsam, wie er mich beobachtet.

»Hör auf, meinen besten Freund anzustarren«, flüstert Colin, als sich seine Arme von hinten um mich schlingen. Sein Kinn ruht auf meinem Kopf. Ich könnte schwören, kurz bevor er seinen Kopf auf meinen stützt, hinterlässt er einen Kuss direkt oben auf meinen Kopf. »Du solltest in mich verliebt sein, nicht in Grey.«

Ich schmunzle. »Grey hat einen Freund.«

»Du auch«, sagt Colin. Bevor ich die Chance bekomme zu protestieren, wirbelt Colin mich herum, greift mit seinen Händen mein Gesicht und drückt seine Lippen auf meine, zärtlich und weich.

Der Typ will anscheinend doch Tod sehen.

»Hör auf das Gesicht deiner Freundin in der Öffentlichkeit zu vernaschen, Captain«, sagt Kaiden und klopft ein paar Mal mit der Hand auf Colins Schulter.

Etwas ist seltsam, als Colin aufschaut und Kaidens Augen seinen Blick treffen. Es ist, als ob all sein Mut einfach seinen Körper verlässt.

Ich habe das schon ein paar Mal bemerkt. Immer dann, wenn jemand mit Colin spricht—der nicht zu einem seiner drei idiotischen besten Freunde gehört.

»Es hat noch nie jemanden gestört, wenn du das getan hast«, sagt Colin, seine Hände gleiten meinen Körper hinunter und kommen erst an meiner Taille zu einem Stopp.

»Ja, aber du solltest Aaron die Show ersparen. Er steht kurz davor gleichzeitig zu weinen und sich zu übergeben.«

Der Versuch mein Lachen zu unterdrücken, ist fast unmöglich. Der Gedanke, dass mein Bruder weint, weil sein bester Freund mich gelegentlich küsst, ist ziemlich lustig.

Aber dann kommt mir ein anderer Gedanke in den Sinn. Was ist, wenn Aaron andere Gründe hat, Colin und mich als Paar nicht zu mögen? *Nicht, dass es ein »Colin und ich« gäbe.*

Ich entschuldige mich und gehe über das Kürbisfeld, um zu meinem Bruder zu gelangen. Zusammen mit Izan, Grey und Miles vergleicht er Kürbisgrößen. Obwohl, Miles schenkt dem jedoch weniger Aufmerksamkeit, da sich seine Tochter wie ein winziger Affe an ihn klammert.

Brooklyn sieht Millie so ähnlich, es ist fast beängstigend. Sie trägt ihre blonden Haare genauso, wie Millie es immer getan hat. In zwei Zöpfen. Na ja, ich nehme an, dass die Zöpfe eher das Tun eines Erwachsenen war, als ihr eigenes. Und so wie es aussieht, höchstwahrscheinlich Miles‘.

Als ich mich den Jungs nähere, drehen sich alle drei gleichzeitig zu mir um. Brooklyn lächelt mich an, versteckt sich aber weiterhin hinter dem Bein ihres Vaters.

»Können wir eine Sekunde reden?«, frage ich Aaron. Ich spreche nur mit ihm, doch Grey beobachtet mich mit Misstrauen.

Etwas an Grey hat sich verändert, seit ich ihn das letzte Mal gesehen habe. Gestern Morgen war Grey nett, ruhig und lustig. Aber heute…wirkt er distanziert und kalt, so als würde er mich für etwas verurteilen. Es ist seltsam.

»Sicher.« Aaron legt den Kürbis auf den Boden, bevor er ein paar Schritte macht, um von den anderen wegzukommen. »Was ist los?«

Nun, wie soll ich das formulieren? »Ron, ich muss dich etwas fragen.« *Das ist nicht der richtige Weg, Lily.*

»In Ordnung?« Er wirkt etwas verwirrt, runzelt die Stirn. »Ist etwas passiert?«

Ich schüttle den Kopf. »Warum hasst du Colin und mich, wenn wir zusammen sind?«

Er lacht, nur einmal, ein lautes *Ha!* »Lily, ich hasse euch nicht zusammen«, bekomme ich als Antwort.

»Warum bist du dann die ganze Zeit so angespannt? Kaiden sagt, du bist kurz davor, dich zu übergeben und gleichzeitig zu weinen, wenn du uns nur ansiehst.«

Aaron legt seine Hand auf meine Schulter und lächelt mich an.

»Ich freue mich für dich«, sagt er mit der sanftesten Stimme, mit der ich ihn je sprechen gehört habe. »Du verdienst etwas Glück, Lily. Und es ist ziemlich offensichtlich, dass sich dieser große Kerl da drüben Hals über Kopf in dich verliebt hat.«

Lügner, möchte ich sagen, zum Glück kann ich mich selbst stoppen, bevor es mir herausrutscht.

»Woher willst du das wissen?«

»Ist das dein Ernst?« Er lacht wieder. »Lily, ich kenne Colin. Er ist ein Arschloch zu allen, die nicht Grey, Miles oder ich sind…und du anscheinend. Es macht mir Sorgen, dass er dich genauso abschneiden wird, wie der Schwanz, der er ist. Ich will nicht sehen, wie du verletzt wirst, von niemandem. Schon gar nicht von meinem besten Freund. Wenn er dich verletzt, kann ich nicht weiter mit ihm befreundet sein. Das wäre schade. Allerdings habe ich ihn, solang ich ihn kenne, auch nie glücklicher gesehen. Ich habe es noch nie erlebt, dass Colin ein Mädchen länger als eine Nacht gesehen hat, *wenn* es überhaupt eine Nacht hielt. Dich aber hat er in einem Herzschlag zu uns nach Hause geholt, nur weil du im Moment nicht mit Winter klarkommst.«

Ein Lächeln zerrt an meinen Lippen. *Hör auf zu lächeln, Lily.* Ich hasse es, dass mein Körper meinen Verstand hintergeht. Und ich hasse es noch mehr, dass mein Herz jetzt kleine Sprünge macht.

»Er hat nicht einmal gefragt, ob ich damit einverstanden bin. Er hat mir nur kurz mitgeteilt, dass du bei uns wohnen würdest. Meinte, wenn es mir nicht passt, könnte ich bei Grey und Miles einziehen.«

Wieder springt mein Herz. Diese gottverdammten *Libellen* in meinem Bauch.

Hat Colin mir nicht gesagt, dass er alle drei *gefragt* hätte? Ist jetzt auch egal.

»Er hat geweint, weißt du«, sagt Aaron und senkt seinen Ton. Ich hebe meine Augenbrauen und verstehe nicht, wovon er spricht. »Als er Kermit geholt—«

»Sein Name ist jetzt Sergeant Froggo«, korrigiere ich. Ich weiß nicht einmal, warum ich ihn korrigiere, ich tue es einfach.

Aarons Kinn fällt leicht runter, aber sein Mund formt sich schnell zu einem sanften Lächeln. Das es ihm die Sprache verschlägt, verstehe ich. Es war schließlich Aaron, der meinem Frosch seinen Namen gab. In all den Jahren habe ich den Namen des Frosches nie geändert.

»Ich verstehe.« Er presst seine Lippen zusammen und atmet tief ein. »Als er diesen Frosch geholt hat, zurückkam und dich halb tot in seinem Bett liegen sah—nachdem ich beschlossen habe, dass du dort viel liebe wärst. Ich hörte ihn leise weinen und habe gesehen, wie er sich seine Tränen wegwischte. Er würde es niemals zugeben, also habe ich nie etwas erwähnt. Aber ich weiß, was ich gesehen habe, und ich hörte, was er zu dir sagte. Keine Ahnung, was es bedeutete, es war bestimmt irgend so ein Liebesgeflüster.«

Wahrscheinlich so etwas wie: »Ich hätte dich gehen lassen sollen.«

Aaron legt einen Arm um meinen Hals und fragt: »Was ist der eigentliche Grund, dass du mich fragst?«

Ich hasse es, dass er mich gut genug kennt, um zu wissen, wenn ich andere Intentionen habe. Zum Glück kennt er mich aber nicht gut genug, um durch meinen Schädel zu sehen, und meine Gedanken zu lesen.

»Ich dachte, dass vielleicht…« Ich werde leiser und weiß nicht, wie ich es formulieren soll, ohne es unangenehm zu machen.

»Beende deinen Satz, Lily.« Amüsiert schaut er mich mit diesem fiesen Grinsen an. Er kennt meine Frage, ich muss sie nicht formulieren.

»Ich dachte, du könntest…du weißt schon…ihn mögen.«

Aaron lacht und streicht mit seiner Hand über meinen Kopf, wie es unser Vater früher getan hat, als wir klein waren. »Ich habe genug von diesem Kerl gesehen, um zu wissen, dass ich mich—auf *keiner* Art und Weise—zu deinem Freund hingezogen fühle.«

»Schade.« Ich zucke mit den Schultern. »Colin weiß, wie man umgeht…mit Körpern.«

Würgend, aber auch lachend stößt mich Aaron weg. »Ich brauche keine Erinnerungen an das, was ich gesehen habe, Lily. Ich bin gut darin, so zu tun, als würde ich schlafen, während er eines seiner Frauen neben mir vögelt, aber definitiv nicht dich.«

»Warte, was?«

»Kann ich meine *Freundin* zurückbekommen?« Colins Stimme kommt von hinten, während sich seine Arme um meine Brust legen.

Warum betont er »Freundin« so sehr? Nur um unsere Fake-Beziehung für Aaron realistischer erscheinen zu lassen, oder?

Es fängt an zu regnen, gerade als wir auf dem Weg zurück zum Auto sind. Es ist kein leichter Regenfall. Nein, es schüttet. Wir sind in Sekundenschnelle klatschnass. Keine Ahnung, woher der Regen so plötzlich kam, aber ich mag Regen.

Vielleicht mag ich ihn ein bisschen zu sehr, denn ich bleibe stehen, ohne es zu merken. Ich schaue in den Himmel, während ich den Regen auf meinen Körper hinunterlaufen lasse.

Irgendetwas an Regenschauern ist befreiend. Etwas an dem kalten Wasser, wäscht meinen Stress und meine Angst weg. Es ist das entspannteste Ding überhaupt. Es ist einfach, deinen Kopf zum Himmel hoch zu neigen, und die Regentropfen dein Gesicht, Schulter, Arme, Brust und Herz treffen zu lassen. Und das Gefühl mit dem es kommt—das Gefühl von Erleichterung—ist unglaublich einfach mit etwas Regen zu erreichen.

Aber der größere Vorteil ist, dass meine Tränen zwischen all den Regentropfen unsichtbar sind.

Ich stehe in der Mitte des Parkplatzes, meinen Blick immer noch nach oben gerichtet, während ich spüre, dass der Himmel auf mich nieder weint.

Vielleicht finde ich Regen deswegen befreiend. Es sieht so aus, als würde der Himmel weinen. Wenn der Himmel weint, und seine Frustrationen rauslassen kann, kann ich das auch.

Der Himmel kann für einen Moment so dunkel, so traurig aussehen und dann im nächsten Moment, erscheint die Sonne in all ihrer Pracht. Alles ist glücklich, sonnig und so hell. Aber selbst der Himmel hat seine Momente voller Trauer und Wut.

Ich ignoriere jeden einzelnen der Jungs, als sie an mir vorbeigehen und ziemlich schwere Kürbisse zu den Auto, mit denen wir gekommen sind, tragen.

Ich fühle ihre Blicke, aber ich ignoriere sie. Denn was zählt, ist, dass der Himmel aufgewühlt ist und weint. Und obwohl ich im Moment keinen besonderen Grund habe, selbst aufgewühlt zu sein, und auch keinen Moment lang irgendeine Art von Traurigkeit verspüre, möchte ich die kalten Tropfen auf meiner Haut spüren, sie auskosten.

Scheinwerfer von den Autos schalten sich ein, aber ich ignoriere auch diese. Ich möchte nur eine Minute hier stehen, den Regen gegen meine Brust tropfen lassen, mein Herz öffnen.

»Das hat sie seit Jahren nicht mehr gemacht«, höre ich Aaron sagen. Er beobachtet mich, wahrscheinlich mit dem gleichen sanften Lächeln, wie damals, als wir Kinder waren, und stehen blieb, um in die Richtung des Regens zu schauen.

»Sie hat das schon mal gemacht?«, fragt, ich glaube, Zac.

Es gibt keine Antwort, also denke ich, dass Aaron als Antwort nickt. Eine Sekunde später spüre ich jemanden direkt neben mir. Ich nehme an, dass es Colin ist, denn er ist immer direkt neben mir.

Aber es ist Grey.

»Ist das irgendwie gut?«, fragt er, mit einer sehr ruhigen Stimme.

»Das beste Gefühl der Welt.« Ich schaue ihn nicht an, aber ich weiß, dass er das gleiche tut wie ich. Seine Arme sind zum Himmel geöffnet, während er nach oben schaut.

Als ich noch jemanden neben mir spüre, bin ich mir sicher, dass es Colin ist. Als ich ihn anschaue und dort stehen sehe, macht auch er das gleiche wie Grey und ich. Ich kann nicht anders, als zu lächeln.

Ich bin mir nicht sicher, ob ich glücklich oder wütend sein soll, als Colin meine Hände in seine nimmt und mich zu ihm zieht, bis mein Rücken seine Vorderseite trifft.

»Lily«, flüstert er und klingt fast außer Atem. Es fühlt sich immer noch komisch an, wenn er meinen Namen sagt, obwohl es ja bereits ein Spitzname ist.

»Erzähl mir, was du zu mir gesagt hast, als ich schlief«, fordere ich, ohne mich darum zu kümmern, dass Grey immer noch neben uns steht. Aber Colin scheint es zu stören. Er sieht zu Grey, der sofort nickt und sich auf den Weg zu den anderen Jungs macht. Die, die in den Autos waren, da es immer noch am Schütten ist.

Colin weiß, worüber ich rede. Und der Angst in seinen Augen nach zu urteilen, gehe ich davon aus, dass er denkt, ich hätte ihn reden hören. *Ich wünschte, ich hätte es*.

»Ich habe nichts gehört, aber Aaron hat was mitbekommen. Er hat es mir gesagt.« Er seufzt erleichtert. »Sag mir, was du gesagt hast.«

Er schüttelt den Kopf und schließt die Augen, als würde er seine eigenen Gedanken, seine eigenen Worte ablehnen.

»Lilybug, du wirst es eh nicht verstehen.«

»Sag es mir trotzdem, ich will es wissen.«

»Eres el amor de mi vida, mi sol.«

Und jetzt werde ich mich für immer fragen, was er gesagt hat. Ich wette, dass er mit keine Übersetzung geben wird, wenn er sich schon schwer tat, es mir in Gesicht zu sagen—auf einer Sprache, die ich nicht einmal verstehe.

»*Siempre te amaré.«* Oh, okay, anscheinend ist da noch mehr.

Ich bin mir nicht ganz sicher, ob mich das nervös machen sollte.

»Ich ertappe mich dabei, wie ich frage: »Was bedeutet das?«, während ich meine Stirn an seine anlehne, und er sich runter beigt, bis es möglich ist.

»Kann ich dir nicht sagen. Zumindest noch nicht jetzt.«

KAPITEL 30

»wise men say only fools rush in, but I can't help falling in love with you«—Can't Help Falling In Love by Elvis Presley

Lily

»ICH HABE KEINE AHNUNG, wonach die Schmecken«, sagt Colin, während er einen Karton auf den Couchtisch stellt.

Das Wohnzimmer ist ein bisschen klein für zehn große Hockeyspieler, einen riesigen Fußballspieler…und mich. Nun, vielleicht das Wohnzimmer selbst nicht, aber das Sofa ist es definitiv.

Wir sind nur fünf Leute (Wees, Aaron, Zac, Miles und ich), die auf dem Sofa sitzen, während die anderen es sich auf dem Boden gemütlich machen mussten. Und Brooklyn schläft tief und fest hinter ihrem Vater.

Colin steht immer noch, und ich bin mir sicher, dass ich in weniger als einer Minute auf seinem Schoß sitzen werde anstatt auf dem bequemen Sofa.

»Schokolade, offensichtlich«, sagt Miles mit etwas großem Sarkasmus.

»Duh«, fügt Kaiden dem Gespräch hinzu.

Colin verdreht die Augen, atmet tief durch und bemüht sich, keinen Kommentar über die Dummheit seiner Freunde abzugeben.

Er nimmt meine Hände von meinem Schoß und zieht mich hoch. Gerade, als ich protestieren will, setzt sich Colin hin und zieht mich zu ihn—wie vorhergesagt—runter, damit ich auf seinem Schoß sitze.

Seine Arme schlingen sich um meinen Bauch und halten mich nahe an ihn. »Alles okay?«, fragt er leise, damit nur ich es hören kann.

Ich nicke und sage kurz »Ja.«

»Bist du müde?«

Das bin ich. Das bin ich wirklich. Es ist erst elf, aber ich bin erschöpft. Wenn ich nicht so aufgeregt wäre, einige Hockey-Jungs dabei zu erleben, wie sie Schokolade bewerten, wäre ich sicher schon nach oben gegangen. Ich weiß nicht einmal, was ich so aufregend an Sportlern finde, die Schokolade probieren, aber das ist es einfach.

»Bin ich nicht«, lüge ich, »aber danke für die Nachfrage.«

»Kommt schon, als ob jemand hier nicht weiß, wie Hersheys schmeckt?«, fragt Wees, denke ich, denn ich bin mir immer noch nicht sicher, ob das sein richtiger Name ist. Er zieht einen weiteren Karton voller Hershey-Bars heraus und stellt ihn auf den Couchtisch.

»Das ist eine Schokoladenverkostung, Ezra«—ich denke, er heißt dann wohl Ezra—»wir werden *verschiedene* Sorten probieren. Hersheys sollte eindeutig auf der Liste stehen«, sagt einer der anderen Jungs. Ich habe absolut keine Ahnung, wer da spricht. Vielleicht hätte ich Colin vorher nach ihren Namen fragen sollen.

Miles reißt die Schachtel auf und öffnet dann eine Tafel, aus der er jedem ein Stück überreicht. Wir sind zwölf Personen und zu unserem Glück beinhaltet diese Hershey-Bar zwölf Stück. Bis auf den Rest der Box, aber darüber reden wir nicht. Die bleiben erstmal geschlossen und werden irgendwann gegessen, da bin ich mir sicher.

Wir zählen bis drei und dann probiert jeder ein Stück. Diese ist nicht neues für uns.

Einige dieser Jungs nehmen die Verkostung wirklich ernst, genießen den Geschmack, öffnen eine weitere Tafel, um noch einmal zu probieren.

»Ich bewerte die mit zwei von fünf Oompa Loompas«, sage ich und beginne mit der Bewertung. Wenn ich doch nur gewusst hätte, dass sich durch meine Bewertung etwa neun Köpfe von Sportleuten zu mir wenden, als hätte ich jemanden beleidigt.

»Was zum Teufel ist ein Oompa-Padoompa?« Zac schaut mich mit großen Augen an, die Augenbrauen hochgezogen und wartet ungeduldig auf eine Erklärung.

»Oompa Loompa«, korrigiere ich. »Aus Charlie und die Schokoladenfabrik?«

»Haben wir auch einen Schokoriegel von dort?«

Miles lacht und bringt eine Hand zu seinem Mund, um es zu bedecken. »Das ist ein Film.«

»Als ob den keiner von euch kennt?« Ich schaue Colin an und bete, dass er den Film gesehen hat, aber als er stattdessen mit den Schultern zuckt, falle ich fast vor ihm auf den Boden. »Das werden wir ändern, wenn wir hier fertig sind.«

Nachdem die Jungs ihr Ranking abgegeben haben, gehen wir zur nächsten Schokolade über. Wir brauchen gut dreißig Minuten, um durch die nächsten drei Optionen zu kommen, einfach weil Colin, Ezra und Zac es mit der Bewertung etwas zu ernst nehmen. Sie analysieren jedes Stück wie sonst was, und vergleichen sie mit den vorherigen. Wenn sie doch nur den Geschmack vergleichen würden, aber nein, sie vergleichen Preise zu Volumen und allem was dazu gehört.

Es ist lächerlich, macht aber Spaß…in gewisser Weise. Ich nehme an, Colin macht das hauptsächlich, um mich zum Lachen zu bringen, und es bringt mich zum Lachen. Sehr sogar.

Jedes Mal, wenn er nach einem neuen Stück greift und diese schmatzenden Geräusche macht—die mich übrigens zur Weißglut bringen—kann ich nicht anders, als zu lachen.

Eine weitere halbe Stunde vergeht, und wir sind endlich bei der letzten Tafel angekommen. Mein Magen tut weh und protestiert die letzte Tafel, die gerade herumgereicht wird, zu probieren.

Ich habe das Gefühl, wenn ich noch ein Stück esse, explodiere ich. Den Jungs scheint es weniger so zu gehen. Tatsächlich denke ich, dass sie das noch eine weitere Stunde machen könnten. Gerne würde ich sehen, wie sich das ausspielen würde.

Etwas an diesem letzten Stück Schokolade scheint nicht in Ordnung zu sein. Nicht, dass es abgelaufen oder vergiftet ist…aber etwas sagt mir, dass es keine gute Idee ist, dieses Stück zu probieren.

Als Parker, anscheinend Wees' bester Freund, von drei herunterzählt und uns sagt, wir sollen uns mit dem Probieren beeilen, da er es so gerne probieren will, beginnt mein Gehirn plötzlich zu arbeiten und versucht herauszufinden, was mit diesem Stück Schokolade in meinen Händen nicht stimmt.

Erst als Parker drei sagt, wird mir klar, warum es eine schlechte Idee ist, das Stück zu probieren.

»Warte.« Ich nehme Colins Handgelenk und halte ihn davon ab, sein Stück in den Mund zu stecken.

Seine Augenbrauen ziehen sich zusammen, seine Augen auf meine gerichtet, als er wartet. Ich bin mich sicher, dass sich sogar etwas Besorgnis für mich über sein Gesicht zieht, aber das ignoriere ich. Er sollte sich um sich selbst sorgen.

»Lily, das ist genau die gleiche Schokolade, die wir schon einmal probiert haben. Anderer Geschmack, wahrscheinlich andere Marke, aber immer noch nur Schokolade«, sagt Zac und lacht. Ich bin mir sicher, dass er sich in gewisser Weise über mich lustig macht, aber es kann mir im Moment nicht weniger egal sein. Besonders nicht, wenn Colin Zac mit einer gewissen Wut in den Augen anschaut, als würde er ihm mitteilen, dass er sich verpissen soll.

Ich nehme das Stück Schokolade von Colin und wende mich Miles zu. »Gib mir die Verpackung«, fordere ich und strecke meine Hand aus. Er nimmt die Verpackung und reicht sie mir, seine Brauen zusammengezogen, genau wie die aller anderen.

Ich überprüfe die Verpackung und lese jedes einzelne Wort, bis ich finde, wonach ich suche. Auf der Rückseite steht in winzigen Buchstaben so klein geschrieben, dass man es kaum lesen kann:

»Enthält Kokosnuss«, murmele ich vor mich hin. »Warum steht diese Informationen nicht direkt auf der Vorderseite?«

Vielleicht ist es unbegründet, sich darüber aufzuregen, aber dennoch werde ich wütend. Ich weiß, dass es besonders bei Nussallergien zu einem extremen Allergieschock innerhalb von Sekunden kommen kann.

Wie viele Menschen mit Allergien müssen das gegessen haben, und dachten, dass es Milchschokolade sei, weil genau das auf der Vorderseite der Verpackung steht?

Das Schlimmste ist, man kann die Kokosnuss nicht einmal riechen. Vielleicht ist das auch gut? Wenn man bedenkt, dass manche Menschen das Produkt, gegen das sie allergisch sind, nur riechen müssen, um eine Reaktion auszulösen.

»Magst du das nicht?«

Ich ignoriere den, der das gerade gefragt hat, und schaue Colin an, um seinen verblüfften Gesichtsausdruck zu sehen. Ich will sein Gesicht anfassen, aber das tue ich nicht, denn ich bezweifle, dass es eine gute Idee wäre, also stehe ich stattdessen auf, nehme seine Hand und zwinge ihn mit mir ins Badezimmer zu gehen.

Er redet nicht, was ungewöhnlich ist, weil Colin normalerweise viel zu viel zu sagen hat, wenn er in meiner Nähe ist.

»Geht es dir gut?«, frage ich und gerate leicht in Panik. Was ist, wenn es bereits zu spät ist, seine Atemwege sich anfangen zu verstopfen und er sterben wird? »Kannst du atmen?«

Er nickt leicht, so leicht, dass ich es kaum sehe.

»Colin, du musst mit mir sprechen. Bitte.« Ich glaube nicht, dass ich jemals jemanden angefleht habe, mit mir zu sprechen. »Soll ich einen Krankenwagen rufen?« Scheiß drauf, ich mach es einfach, nur um sicher zu sein, dass es ihm wirklich gut geht.

»Du—«

Ich nehme mein Handy aus meiner Hosentasche und kämpfe darum, es mit meiner Face-ID zu entsperren. Warum ist es so, dass, wenn man in Eile ist, das Handy einfach nicht kooperieren möchte?

»Lily«, höre ich Colin sagen, zur gleichen Zeit, als Wasser zu laufen beginnt. Ich glaube, er wäscht sich die Hände. Ich tippe die Notrufnummer ein und bin gerade dabei, zu wählen, als Colin mit das Handy wegnimmt. »Mir geht es gut«, sagt er und hebt mein Kinn an, damit ich ihn ansehe.

Ein leichter Luftzug streift mein Gesicht, als er seufzt. Als er seine Hand auf meine Wange legt, und seine Daumen unter meinen Augen entlang zieht, merke ich, dass mir Tränen das Gesicht runterlaufen.

Warum weine ich? *Gott*, was geschieht mit mir?

»Baby, mir geht es gut«, sagt er leise, ruhig. Seine Stimme ist flach und tief, aber beruhigend. »Mir geht es gut«, wiederholt er. Ich bin mir nicht sicher, ob er versucht, mich oder sich selbst zu überzeugen.

»Du hättest sterben können«, murmele ich noch einmal vor mich hin, aber natürlich hört er es.

Tränen gleiten aus meinen Augen und rollen über meine Wangen. Der Gedanke, dass Colin sterben könnte, ist zu absurd, zu viel und zu *schmerzhaft*, um darüber nachzudenken.

Was hätte ich getan, wenn er es gegessen hätte? Was wäre, wenn er gestorben wäre?

Die einzige Lichtquelle in meinem Leben darf nicht sterben. Colin darf nicht sterben. Er kann nicht sterben, selbst wenn er wollte. Okay, vielleicht wenn er alt und grau ist, aber selbst das überschreitet fast die Grenze.

Ich muss mich in den Griff bekommen. Ich darf nicht so fühlen, wie ich es tue. Das ist ihm gegenüber nicht fair.

Sicher, Colin wollte von Anfang an nicht, dass ich sterbe, aber hier geht es nicht darum, dass er stirbt, was mich stört. Ich meine, ich will nicht, dass er stirbt, aber der Schmerz, den ich fühle, wenn ich an seinen Tod denke…das ist es, was mich nervt.

Es nervt, wie mein Herz sich zusammenzieht und ich keine Luft bekomme, wenn ich daran denke, ihn zu verlieren. Die Art und Weise, wie mein Kopf zu schmerzen beginnt und sich meine Augen mit Tränen füllen, wenn ich daran denke, ihn nie wiederzusehen.

»Colin?« Ich schnaufe, immer noch weinend.

»Bitte hör auf zu weinen, *mi sol*, mein Herz kann es nicht ertragen.« Er wischt die Tränen so schnell weg, wie sie gekommen sind, doch sie kommen immer wieder. »Du brichst mir das Herz, Lilybug. Ich kann es nicht ertragen, dich weinen zu sehen.«

Du brichst mir das Herz, wenn du diese Worte sagst, Colin.

Es klopft an der Tür, gefolgt von jemandem, der fragt: »Alles in Ordnung?« Ich erkenne die Stimme nicht, bin mir aber sicher, dass Colin es tut.

»Ja, alles gut.« Colin redet etwas lauter, als er es zuvor tat.

»Ich werde einen Krankenwagen rufen«, informiert der Typ Colin.

Colin schüttelt den Kopf, aber natürlich kann sein Freund das nicht durch die geschlossene Tür sehen, also sagt er. »Nein, es ist in Ordnung. Ich brauche keinen, Wees.«

Oh, Wees, alias Ezra.

»Sicher?«

Colin seufzt und lacht leicht. Er scheint genervt zu sein von Leuten, die sich um ihn kümmern. Das ist ziemlich ironisch, wenn man bedenkt, dass dieser Typ sich von Anfang an mehr um mich gekümmert hat, und immer noch mehr kümmert, als meine Mutter es jemals getan hat.

Als er geht, um die Tür zu öffnen und mit Ezra von Angesicht zu Angesicht zu sprechen, nutze ich die Zeit, um meine Hände zu waschen und mich von jeder Art von Kokosnussresten zu befreien.

»Die Jungs haben den Raum von allem, was mit Kokosnuss zu tun hat, befreit, du kannst also herauskommen«, höre ich Wees sagen, gefolgt von einem leisen Lachen von Colin.

»Ich dachte, du würdest noch ein paar Leute anrufen und sie bitten, Kokosnüsse mitzubringen.«

»Ich habe darüber nachgedacht«, lacht Wees, »einfach, um dich bisschen zu verarschen. Das Risiko war es allerdings nicht wert.«

»Mir geht es gut Wees, das verspreche ich. Ich habe es nicht gerochen, und selbst wenn ich es getan hätte, hätte es mich nicht umgebracht. Ich reagiere nicht auf Gerüchen, nur auf die Einnahme.«

»Das bedeutet, Hottie hat dein Leben gerettet.« Ich wette, Wees lächelt übermütig.

»Ihr Name ist Lily.«

»Jeder verdient einen Spitznamen.«

Ich trockne meine Hände ab und versuche ruhig zu bleiben, bevor ich ihn in sein durchschnittlich aussehendes Gesicht schlagen würde. Okay, wen versuche ich zu verarschen? Dieser Typ ist gutaussehen, und ich fand ihn nett…zumindest noch bevor diese Worte seinen Mund verließen.

»Lily hat einen. Tatsächlich habe ich sogar ein paar für sie. Sie braucht nicht noch mehr, besonders keine, die sich auf ihr Aussehen reduzieren.«

In nur ein paar Sekunden greift Colin nach meiner Hand und zieht mich dann seitlich zu sich ran. Dabei schlingt er einen Arm um mich, so als hätte er sich gerade angeboten, mein persönliches Schutzschild zu sein. Das ist er auch. Colin würde nicht zulassen, dass mir jemand weh tut.

»Könntest du den anderen sagen, dass sie alle nach Hause gehen sollen? Ich denke, ich brauche etwas Zeit für mich. Du weißt schon, mit der Tatsache klarkommen, dass ich fast gestorben wäre.« Colins Griff um meine Taille strafft sich, aber nicht auf unangenehme Weise, ganz im Gegenteil. Es ist beruhigend.

Ezra nickt. »Allein, mit deinem Mädchen.«

»Ja, sie stört mich nicht. Wie du gesagt hast, *mein* Mädchen.«

Verdammt, wenn sich meine Wangen jetzt nicht erröten und es sich so anfühlt, als würde Feuer auf meiner Haut kribbeln. Aus irgendeinem Grund liebt mein Körper das Gefühl von Feuer auf meiner Haut, wenn Colin in meiner Nähe ist.

So sehr ich mir auch immer wieder sage, dass ich Colin nicht so nahe kommen lassen kann, dass ich ihn nicht noch mehr verletzen kann, als ich es eh schon tat, ich kann es einfach nicht stoppen.

Es ist, als würde dieser Mann mir eine Art von Stärke geben, von der ich nicht einmal wusste, dass diese existiert. Er ist nicht nur eine Glühbirne, die etwas Helligkeit in den getrübten Raum bringt, der sich mein Leben nennt. Nein, er ist die ganze Sonne. Gibt mir Licht, Wärme, hilft Blumen selbst durch regnerischen Tagen zu wachsen.

Ich merke gar nicht, als Ezra geht und Colin mich nach oben in sein Schlafzimmer führt. Oder wenn ich unbewusst in sein Bett krieche und mir die Decke über meinen Körper werfe. Ich bin nicht einmal müde, oder vielleicht bin ich das, aber mit Colin so nahe bei mir, bleibe ich in meinem Kopf und bemerke nicht, was ich tue, bis ich es tue.

»*Mi sol*, du solltest dir etwas Bequemeres anziehen, bevor du schlafen gehst.« Ich höre, wie er in seinem Schrank wühlt.

Ich sende ein stilles Gebet aus, dass Colin mir eines seiner Shirts zum Schlafen gibt, und erlaube mir, ihm dabei zuzusehen, wie er durch seinen Kleiderschrank schaut.

Ich liebe seinen Duft. Colin riecht die meiste Zeit nach Rosewood—jeden einzelnen Tag—und doch geht der Duft, der *Colin* ist, nie an mir vorbei. Er riecht immer gut, warm und nach Komfort. Ich wusste nicht einmal, dass jemand nach *Komfort* riechen kann, bis ich Colin getroffen habe.

Vielleicht ist es ein kaputtes Stück in meinem Gehirn, das sagt, dass er nach Komfort riecht, aber andererseits macht es mir auch nichts aus. Colin gibt mir jederzeit Komfort, auch wenn ich es nicht will. Nur zu wissen, dass er hier ist—*bei mir*—und mich nicht kampflos gehen lässt, fühlt sich richtig an, es fühlt sich friedlich an.

Als ob mein Hoffen erhört wurde, wirft Colin ein Shirt direkt in meine Richtung. Es landet auf meinem Kopf. Er lacht und meine Brust füllt sich mit seltsamer Wärme. Eine Wärme, mit der ich nun so vertraut bin.

Ich zeihe das Shirt von meinem Kopf und achte darauf, den Geruch von Colin zu genießen. Es zaubert sofort ein Lächeln auf mein Gesicht, auf meine gebrochene und erschütterte Seele.

Ohne mich darum zu kümmern, dass Colins Augen auf mich und meinen Körper gerichtet sind, ziehe ich mein eigenes Shirt aus. Der leichte Atem, der über Colins weiche Lippen kommt, als ich nur in meinem BH und meiner Jeans auf seinem Bett sitze, verwandelt sich schnell in ein leises Stöhnen, als meine Hände hinter meinen Rücken greifen und meinen BH lösen.

Ich starte eine kleine Show für Colin—ich so tue, als würde ich nicht wissen, dass er mich mit hungrigen Augen anstarrt—ich strecke. Mein Rücken wölbt sich und drückt meine Brüste ein bisschen mehr in die Höhe.

Ich vermeide Colins Blick, denn ich bin sicher, dass er mehr auf meine Brüste als auf meine Augen gerichtet ist. Ich ziehe sein Shirt über meinen Kopf, lasse es langsam über meine Brüste gleiten und dann etwas schneller über meinen Bauch.

Kann ihn ja nicht denken lassen, dass ich das mit Absicht gemacht habe.

Meine Augen folgen seinem Körper, als er rüber zu meiner Seite des Bettes läuft, und neben mir stehen bleibt. Colin entfernt die Decke, zieht sanft, aber fest an meinen Beinen, so dass ich auf dem Rücken liege.

Ich hinterfrage ihn nicht. Colin kann jetzt mit mir machen was er will. Okay, vielleicht ist das etwas übertrieben. Aber im Moment würde ich ihn fast alles machen lassen. Außer vielleicht Sachen, wie…mir Drogen einzuflößen.

Seine warmen Hände auf meinem Körper zu spüren, schickt eine weitere Welle von Wärme durch meine Adern, genau wie sein Lachen zuvor. Zu meinem Missfallen befeuert das auch mein Verlangen nach ihm.

Meine Atmung beschleunigt sich, als Colin mein Shirt nach oben schiebt, bis mein Bauch wieder frei ist. In Erwartung seine Berührung zu spüren, bin ich enttäuscht, als er sich bückt und mir einen Kuss auf meinen Bauch gibt, dann den Knopf meiner Jeans löst, den Reißverschluss herunterzieht, nur um mir meine Hose auszuziehen. Die Sekunde, nachdem meine Jeans ausgezogen ist, zieht er das Shirt wieder runter.

Grunzend verdrehe ich meine Augen, als ich bemerke, dass er nur meine Klamotten aus dem Bett sammelt und nicht vorhat, über mich herzufallen.

Warum kümmert mich das überhaupt? Colin und ich sollten nicht wie Kaninchen übereinander herfallen. Wir sollten Freunde sein, nicht mehr als das.

Er soll versuchen, mich davon zu überzeugen, dass ich weiterleben will—was aber sowieso nicht funktionieren wird.

Wir sollten keine Freunde mit gewissen Vorzügen sein. Und doch sehne ich mich nach seiner Berührung. Ich sehne mich nach der süßen Erleichterung, bei der ich weiß, dass er mir die geben würde.

»Wie heißt dieser Film nochmal?«, höre ich ihn fragen, aber meine Gedanken sind noch woanders.

Mein Geist konzentriert sich immer noch auf seine Hände, wie sie meinen Körper überfliegen, darüber gleiten, jeden Zentimeter streicheln. Seine Lippen auf meinen, wenn sich unsere Zungen treffen. Seine Hüften sich gegen meine drücken, seine Erektion, die gegen meinen Kern presst, kurz bevor er mich atemlos zurücklässt.

»Lilybug?« Er klingt amüsiert. *Oh Gott, habe ich all diese Dinge laut gesagt?* Meine Augen sehen ihn an und ich bin mir sicher, dass mein Gesicht rot wird, als ich sehe, dass er mich wissend anlächelt. »Der Film? Mit diesen Schokoladenfiguren.«

Ich kann mir mein Lachen nicht verkneifen. »Es sind keine Schokoladenfiguren. Das sind Oompa Loompas.«

»Oompa Loompa, Hoompa Poompa, Chocolate Shooter. Es ist alles dasselbe. Wie heißt der Film?«

»Hast du gerade ›Chocolate Shooter‹ zu ›Oompa Loompa‹ gesagt?« Ich lache, lache wirklich.

Er zuckt mit den Schultern. »Womöglich. Name?«

»Charlie und die Schokoladenfabrik.«

Weniger als ein paar Minuten später liegt Colin neben mir im Bett, zieht mich an sich heran, als der Film auf seinem Fernseher zu laufen beginnt.

Kapitel 31

»we're on the right side of bad karma«—Rock Bottom by Hailee Steinfeld, DNCE

Colin

UM SECHS UHR MORGENS IN DIE KÜCHE zu gehen, ist etwas, das ich nie mochte.

Bis ich herausgefunden habe, dass es doch ganz angenehm sein kann.

In dem Moment, als ich die Treppe hinuntergehe und die Küche in Sicht kommt, landen meine Augen auf Lily, die vor dem Herd steht.

Sie macht Frühstück. Mal wieder.

Ich kann mich nicht erinnern, dass dieses Haus jemals nach frischen Erdbeeren, Bananen oder nach Pfannkuchen gerochen hat. Aber seit Lily gezwungen wurde, hier zu bleiben, macht sie jeden Morgen Frühstück.

Ich habe schnell gelernt, dass sie Pfannkuchen liebt. Nicht die normalen. Nein, Lily gibt Erdbeeren und Bananen in den Teig. Ich glaube, das sind meine neuen Lieblingspfannkuchen geworden.

Um fair zu sein, wusste ich nicht einmal, dass es ein Ding ist. Anscheinend ist es das, aber darüber bin ich nicht wütend.

»Guten Morgen«, sagt Lily in einem sanften und schläfrigen Ton. Sie wirkt als sei sie auch noch nicht allzu lange wach.

Sie schaut mich nicht an, kocht weiter, während ich mich auf den Weg zu ihr mache.

Direkt hinter ihr stehend, lege ich langsam meine Arme um sie und neige meinen Kopf, bis dieser auf derselben Höhe ist, wie ihr Ohr. »Guten Morgen, *mi sol*«, flüstere ich und gebe ihr einen zärtlichen Kuss auf die Schläfe.

Sie zittert, aber ich glaube nicht, dass es an meiner Berührung liegt. Ihre Haut ist kalt, sie friert.

»Du hättest dir was anziehen sollen, bevor du hier runtergegangen bist.« Ich reibe meine Hände auf ihren Armen auf und ab, damit es ihr wärmer wird, woraufhin sie kichert.

»Vielleicht wollte ich, dass du mich wärmst.«

Bevor ich die Chance bekomme zu antworten, vibriert mein Handy. Ich hasse es an mein Handy zu gehen, wenn Lily in der Nähe ist, aber ich weiß, dass ich es muss.

Ich ziehe mich von Lily zurück und schnappe mir mein Handy aus meiner Hosentasche, als ich zur Kücheninsel gehe und mich setze.

Eira: Was machst du?

Was auch immer Eira plant (um sechs Uhr morgens), es kann nichts Gutes sein. Sie fragt nie, was ich mache.

Colin: Kurz davor zu Frühstücken. ¿Por qué?

Eira: Du bist gestern nicht nach Hause gekommen. Können wir heute etwas spaßiges machen? Ich weiß, dass du Unterricht und Training hast, hat Papá mir gesagt. Aber Colin, ich brauche dich heute wirklich.

Wie könnte ich nein sagen? Niemals.

Eira: Und bring Lily mit, wenn sie will. ¡Te quiero, Colin!

Seufzend kämpfe ich gegen den Drang zu stöhnen. Eira zu sagen, dass Lily meine Freundin ist—was eine totale Lüge ist, irgendwie—war das Schlimmste, was ich je getan habe.

Lily weiß es noch nicht, aber sie ist meine Freundin.

Anstatt meiner Schwester weiterhin Nachrichten zu schreiben, beschließe ich, sie anzurufen. Es ist nicht nur einfacher, sondern ich muss auch ihre Stimme hören, bevor es zu spät ist.

Sie hebt sofort ab. *»¡Ay, Colin! Es bueno que llames.«* Natürlich ist es gut, dass ich anrufe. Ich weiß, dass Eira lieber angerufen wird als Nachrichten zu bekommen.

»Was hast du geplant, *enana*?«, frage ich und habe nicht nur Eiras, sondern auch Lilys Aufmerksamkeit.

»Läuft Lily Schlittschuh? Wir könnten zu einer Eisbahn gehen, *quizás?* Oh, wir können es ihr beibringen, wenn sie nicht skaten kann. Das würde auch Spaß machen!«

Eira ist viel zu aufgeregt für jemanden, der bettlägerig ist und kaum noch alleine stehen kann. Vor allem zu aufgeregt, um möglicherweise Skaten zu gehen.

»Ich hasse es, deine Blase platzen zu lassen, *enana*, das kann sie. Aber ich glaube nicht, dass sie gehen will. Ich werde sie aber fragen.«

Ich weiß genau, dass Lily ihren Kopf dreht und ihre Stirn runzeln wird, wenn die Frage meinen Mund verlässt. Aber für Eira muss ich einfach fragen.

»Lilybug?« Sie summt und zeigt mir, dass sie zuhört. »Eira fragt, ob wir zusammen Schlittschuh laufen könnten. Ich weiß, dass du keinen Fuß auf das Eis setzt, aber—«

»Ich kann nicht«, unterbricht sie mich, dreht sich zu mir um und runzelt die Stirn. Ein süßes, kleines und irritiertes Stirnrunzeln. »Du weißt, dass ich das nicht kann. Ich werde es lieben, und ich kann nicht zu etwas, zurückfinden, was ich einst liebte, nur, um es in ein paar Tagen wieder hinter mir zu lassen.«

Und diese paar Tage sind weniger, als mir lieb ist. Es ist heute der fünfte Oktober, was bedeutet, dass nur noch drei Tage übrig sind. Zwei davon sind mir gewidmet.

Ich höre, wie Eira durch das Handy nach Luft schnappt. Sie muss Lily gehört haben.

Was Lily noch nicht weiß, sie wird wieder aufs Eis treten. Ich würde sie nicht sterben lassen, ohne zumindest noch einmal die Freiheit dessen gespürt zu haben, was sie einst geliebt hat.

Ich bin mir sicher, wenn ich Lily sage, warum es mir so wichtig ist, dass wir mit Eira—*Moment.*

»Kannst du überhaupt gehen? Eira, du bist nicht mehr so stark«, frage ich auf Spanisch, denn ich möchte nicht, dass Lily Fragen stellt.

»Mir geht es gut, Mr. Krankenschwester. Ich weiß, dass du mich halten wirst. Mamá mag die Idee nicht, dass ich gehe, aber sie wird mich sicherlich nicht aufhalten. Du weißt warum.«

Ich weiß, warum. Und ich hasse es.

»Lily, ich muss wirklich mit Eira gehen. So viel Zeit muss ich für sie haben. Gestern habe ich sie schon nicht besucht, also ist es das mindeste, was ich tun kann.« Vielleicht sollte ich Lily die ganze Wahrheit sagen…aber ich kann nicht.

»Du kannst gehen. Ich habe sowieso Unterricht. Ich kann auch Aaron für eine Weile ärgern, ihn necken, weil er ein Mädchen mag oder so.«

So verlockend das auch klingt, aber ich brauche Lily, ich will, dass sie mitkommt. Sie wird Fragen stellen—auf die ich ihr keine Antwort geben kann—aber ich brauche Lily in der Nähe.

»Sie muss mitkommen, *gigante. Bitte.*« Sogar meine Schwester bettelt darum, dass Lily uns begleiten soll.

»Ich brauche dich, Lily.« Ich fahr mit meinen Händen durch mein Haar und stoße einen Seufzer aus. »Wenn etwas passiert, brauch ich dich, damit du 911 für mich anrufst.«

Sie wirft mir einen *What-the-Fuck*-Look zu und fragt mich leise, was es damit auf sich hat. Ich wünschte, ich könnte es ihr sagen, aber es würde nur Schuldgefühle verursachen.

»Eira ist ein bisschen tollpatschig, und sie hat dünne Haut, leicht zerbrechliche Knochen«, erkläre ich und lüge. Aber es ist keine allzu große Lüge. Sie kann sich wirklich leicht verletzen.

Eira schnaubt, wohl wissend, dass ich nicht ehrlich bin.

»Du bist so ein Lügner,« platzt es ihr auf Spanisch heraus. »Kein Krebsgespräch, verstanden. Bring sie mit, *por favor*.«

Es erforderte viel Überzeugungsarbeit und Versprechungen—*und ein paar Milchshakes danach*—aber ich habe Lily dazu gebracht mitzukommen.

Eira sitzt auf der Treppe am Eingang der Eishalle in New York. Es sieht so aus, als wäre sie heute geschlossen. Wahrscheinlich hat mein Vater da seine Finger im Spiel. Meine Mutter steht neben Eira und reicht ihr sechs verschiedene paar Handschuhe und eine Million Schals.

»¡Ay, hijo!«, ruft meine Mutter, als sie Lily und mich aus dem Auto steigen sieht. *»¡Y sus novia, Lily!«* Plötzlich frage ich mich, wieso ich so verwirrt war, als Lily herausfand, dass ich Spanisch spreche. Meine Mutter versucht nicht gerade, ihre spanischen Gene zu verbergen.

Ich nehme an, das sollte ich auch nicht, aber ich fand es immer schwierig, mich dafür nicht verurteilt zu fühlen. Es ist, als hätte dieser eine einzige Vorfall—damals in der Mittelstufe, als ich einen Akzent hatte und andere Kinder sich über mich lustig machten—mich völlig ruiniert.

Okay, anscheinend wechsle ich am Handy zwischen den Sprachen, sogar vor Lily. Was mich, um nicht zu lügen, völlig aus der Bahn geworfen hat, als Lily es mir erzählte.

Ich merke es kaum, wenn ich die Sprache wechsle. Aber ich weiß, dass ich nicht herumlaufe, und meine spanischen Gene zeige.

»Pass auf deine Schwester auf, ja?« Die Sorge in ihrer Stimme bleibt nicht unbemerkt. Ich kann es ihr nicht verübeln. Eira sollte nicht mehr draußen sein. Ich verstehe, dass sie es liebt, dass sie leben will, aber zu dieser Zeit ist es einfach nicht mehr allzu möglich.

»Ich werde nicht zulassen, dass ihr etwas passiert, Mamá.«

»Gut, gut. Stell sicher, dass Eira ihre Handschuhe, ihre Strümpfe, einen Helm und ihren Schal trägt und—«

»Estaré bien, Mamá«, beruhigt meine Schwester. *»Estoy enferma, no muerta.«*

Meine Mutter schaut sie an, ich auch. Es war nicht lustig, als Eira das zum ersten Mal gesagt hatte, und das ist es auch jetzt nicht. Vor allem ist es das *jetzt* nicht.

Ich strecke meine Hand nach Eira aus und helfe ihr hoch. »Ich kann laufen, Colin«, sagt sie und weiß, dass ich sie sehr wohl hineintragen würde.

»Das ist gut, sonst wüsste ich nicht, wie du skaten willst.«

Als wir vor dem Eis stehen, kann Eira es kaum erwarten, darauf zu gehen. Früher liebte sie das Skaten, genau wie Lily. Der Unterschied ist, Lily hörte auf zu skaten, weil sie nicht mehr die Motivation hatte, es zu tun, Eira wurde von ihren Ärzten dazu gezwungen.

Ich habe Eira einen dieser süßen Pinguine besorgt, die kleine Kinder benutzen, wenn sie skaten lernen. Keine Ahnung warum, aber diese Eishalle liebt es einfach, extra zu sein. Anstelle dieser normalen Skate-Helfer haben sie also Pinguine. *Offensichtlich sind sie nicht echt.*

Es spielt keine Rolle, wie sie aussehen, sie sind nur zur Unterstützung. Eira ist nicht in der Lage, so zu skaten, wie sie will, sie wird die Hilfe brauchen.

»Du bist Eiskunstläuferin?«, fragt Eira und schaut Lily auf und ab.

Obwohl Lily gar nicht erst hierherkommen wollte, weigert sie sich nun auch, vielleicht doch Schlittschuh zu laufen, ohne eines ihrer Kostüme zu tragen. Sie sagte so etwas wie, wenn sie skaten würde, würde sie es richtig tun.

Es ist mir eigentlich egal, ob sie Shorts oder Jeans trägt…oder ein Eiskunstlaufkostüm. Wenn Lily aufs Eis geht, schmeiße ich eine Party…leise zumindest. Ich würde sie nicht verscheuchen wollen.

Das Lächeln, das Lily anbietet, erreicht ihre Augen nicht ganz. Ihre schönen grünen Augen sind voller Schmerzen. Als sie nickt sagt sie »Ehemalige Eiskunstläuferin. Ich bin seit Jahren nicht mehr Schlittschuh gelaufen.«

»Wie ich«, jubelt Eira und ergreift Lilys Hand. »Ich bin nie professionell geskatet, mein Vater hat mich nicht gelassen. Aber Colin und Aiden haben mich oft zum Skaten mitgenommen.«

»Mein Bruder hat mich in die Eishalle geschmuggelt, als ich wegen des Hockeytrainings nicht dort sein durfte«, sagt Lily und lächelt bei der Erinnerung.

Eira grinst strahlend. Eines ihrer vielen Talente ist es, den Menschen ein Lächeln ins Gesicht zu zaubern. Ein echtes und strahlendes Lächeln. Irgendwie hat Eira es immer geschafft, Blumen zu züchten, auch bei Gewitter.

»Also komm schon, Lily, lass uns skaten.« Eira zieht an ihrer Hand, aber Lily rührt sich nicht. Sie zieht eine Augenbraue hoch, lässt Lily von der Hand und tritt einen Schritt zurück. »Vielleicht kann Colin deine Meinung leichter ändern als ich.«

Ich stell den Pinguin für Eira auf das Eis und helfe ihr dann auch rauf. Als ich mir sicher bin, dass alles ok ist, lächle ich sie herzlich an und beobachte, wie sie—langsam und vorsichtig—anfängt zu laufen.

Ich würde lügen, wenn ich sagen würde, dass ich völlig entspannt bin. Natürlich habe ich Angst, dass Eira in den nächsten *Minuten* etwas passieren wird.

»Ich kann das nicht, Colin«, höre ich Lily flüstern.

Ich drehe mich um, nehme ihr Gesicht in meine Hände und schaue tief in ihre sommergrünen Augen.

Kapitel 32

»he's gonna save my life like superman«—Hide Away by Daya

Lily

»Geh aufs Eis, Lilybug«, sagt Colin und unterbricht nicht den Augenkontakt zu mir. Seine Stimme ist streng. Nein, er ist streng, auffordernd.

Ich glaube nicht, dass er aufhören wird, mir zu sagen, dass ich skaten soll, bis ich es endlich tue.

So sehr ich es auch will, ich kann es einfach nicht. Also sage ich es ihm. Erneut. »Ich kann nicht«, flüstere ich zähneknirschend.

Er ist sich bewusst, dass Skaten eine große Rolle in meinem Leben gespielt hat, er weiß nicht, wie groß, aber ich denke, er ahnt es. Ich habe das Schlittschuhlaufen auf Eis gelegt, als meine Motivation eingefroren ist. Es gibt keine Möglichkeit, dass ich wieder aufs Eis kann, ohne dafür eine Panikattacke aus mir herauszuziehen.

Es ist nicht so, dass Skaten mir Angst macht. Meine Angst liegt eher darin, dass wenn ich aufs Eis gehe, Skaten mir nicht mehr gefallen könnte, oder dass ich es wieder zu sehr mag.

Ich habe Angst, dass das Skaten wieder in mein Leben zurückkehrt, als hätte ich es nie in den Gefrierschrank gelegt, um dort zu verrotten, bis ich sterbe.

»Ich kann dich nicht zwingen«, sagt er leise. »Mach es für dich selbst, Lilybug. Für das kleine Mädchen, das es liebte, auf dem Eis zu stehen, die sich so fühlte, als würde sie schweben, von Wolke zu Wolke sprang. Ich weiß, dass sich skaten für dich früher so angefühlt hat. Befreiend. So als würdest du durch den Himmel schweben, über den Wolken, nach den Sternen greifen. Tu es für das kleine Mädchen, das große Träume hatte, Träume, die sie mit ihrem Lieblingsmenschen im Universum teilte. *Der* Traum, der dich zwischen den Hockeyhälften auf dem Eis gebracht hat, um dem Publikum—mit einem riesigen Lächeln—zu zeigen, dass Skaten keinen Puck und keine Schläger, Tore und massive Jungs erfordert, die ihr Bestes geben, um ihren Gegner nicht in einen lang anhaltenden Schlaf zu schicken. Denk an das kleine Mädchen, das es kaum erwarten konnte, wieder auf das Eis zu kommen, sobald sie es verließ. Das gleiche kleine Mädchen, das sich selbst jetzt hassen würde, wenn sie wüsste, dass ihr älteres Ich ihre Träume zur Ruhe brachte und sie unter Tonnen von Schichten an Reue, Blut und Tränen begrub. Mach sie glücklich, nur noch dieses eine Mal.«

Ich hasse ihn. Das tue ich. Warum muss er diese klugen Dinge sagen, wenn ich ihn brauche, um dumm zu sein?

Ich bin mir sicher, dass Colin weiß, dass mich das erreichen würde.

Ich wette, dass Aaron ihn von meinen Träumen erzählt hat, die ich früher hatte. Es gibt keine Möglichkeit, dass er so viel von den wenigen Informationen, die ich ihm zur Verfügung stellte, über mich herausgefunden hat. Andererseits ist Colin schlauer, als er zu scheinen mag, und er kennt das Gefühl, über Eis zu laufen.

Verdammt, und jetzt bleibt er nicht einmal bei mir stehen, so dass ich ihn für seine Worte anschreien kann. Nein, er läuft über das Eis rüber zu seiner Schwester.

Das gleiche kleine Mädchen, das sich selbst jetzt hassen würde, wenn sie wüsste, dass ihr älteres Ich ihre Träume zur Ruhe brachte

Er hat nicht Unrecht.

Und ich hasse es, dass er Recht hat. Wenn ich mit zehn gewusst hätte, dass ich im Alter von neunzehn Jahren mit dem Skaten aufhöre und auch nie wieder anfangen würde…ich hätte einen Wutanfall bekommen. Nicht eine Sekunde hätte ich das geglaubt.

Skaten war mein Leben. Es war wie die Luft, die ich zum Atmen brauchte. Das Skaten ließ mich meinen aufkommenden Schmerz ertragen, ließ mich ertragen, dass meine Familie getrennt war. Es war wie ein Funken Glück, es brachte mich zum Lächeln, zum Lachen.

Abgesehen davon, dass es meine konkurrenzfähige Seite in mir herausbracht hat, hat mich das Skaten gelehrt, wie ich Frustrationen loslassen kann. Vielleicht hat mein Coach den größten Teil meiner Frustrationen verursacht, indem er mich gepuscht hat, aber das spielt im Moment keine Rolle.

Ich stehe direkt vor dem Eis. Es braucht nur einen winzigen Schritt, und ich würde darauf stehen. Ich würde fühlen, wie meine Füße rutschen, die Klingen meiner Schlittschuhe in einer sanften Bewegung über das Eis gleiten. So wie ich es kenne.

Ist es möglich zu vergessen, wie man etwas macht, was man einmal geliebt hat?

Was ist, wenn ich vergessen habe, wie man skatet?

Das ist unwahrscheinlich, oder? Meine Muskeln werden sich bestimmt noch daran erinnern. Das müssen sie. Es ist alles, was ich übrig habe.

Eira lacht, was dazu führt, dass ich aus meinen Gedanken gerissen werde. Meine Augen folgen Colin und Eira, wie er sie hinter sich herzieht und so mühelos über das Eis schlittert.

Eira schreit etwas auf Spanisch, während sie lacht. Als ein Husten folgt, bleibt Colin sofort stehen, dreht sich zu ihr um, legt seine Hände auf ihre Schultern und analysiert ihr Gesicht.

Ich verstehe immer noch nicht, worum es bei Eira geht, aber sicherlich nicht um eine Grippe. Es muss etwas mehr sein, sonst würden weder Colin noch seine Mutter so reagieren, wie sie es tun. Eltern und Geschwister machen sich normalerweise nicht so viele Sorgen um das Skaten, es sei denn, es gibt einen ernsthaften Grund dafür.

So sehr ich auch den wahren Grund wissen möchte, ich werde Colin nicht dazu drängen, es mir zu sagen. Wenn er will, dass ich es weiß, wird er es mir erzählen.

Dann kommen mir Colins Worte zurück in mein Gedächtnis. *Mach sie glücklich, nur noch dieses eine Mal.*

Irgendetwas stimmt nicht mit Eira und ich stehe hier und jammere darüber, ob meine Leidenschaft möglicherweise nicht mehr meine Leidenschaft ist.

Wenn nicht, was habe ich zu verlieren? Nichts. Aber es würde mein Kindheits-Ich sicherlich viel glücklicher machen, zu wissen, dass, ich vor meinem Tod, noch einmal das gemacht habe, was ich am meisten liebte.

Ich atme tief durch, balle meine Hände zu Fäusten und setze vorsichtig einen Fuß auf das rutschige Eis. Mein Atem zittert, mein Herz pocht, als wäre ich einen ganzen Marathon gelaufen. Ich kann das pochen in meinem gesamten Körper spüren und bin mir jedes Zentimeters von mir selbst schrecklich bewusst.

Ich weiß besser, als auf das Eis zu treten, ohne einen kleinen Schubs zu machen, bevor ich zum Stillstand komme, aber ich kann im Moment nicht anders. Ich muss das hier langsam tun und ignorieren, dass ich sofort fallen könnte.

Als ich noch einen weiteren tiefen Atemzug einatme und ausatme, sobald dieser lange genug in meinen Lungen war, schaltet sich mein Gehirn aus. Muskelerinnerungen aktivieren sich selbst und bevor ich es überhaupt merke, drückt mich mein linker Fuß—derjenige, der nicht auf dem Eis ist—vom festem, nicht-rutschigen Boden weg, wodurch meine beiden Füße über das Eis gleiten.

Ich stolpere nicht, falle nicht, gleite einfach über das Eis. Ich bewege mich jedoch nicht, sondern lasse einfach zu, dass dieser eine Schub, den mein Körper getätigt hat, ohne dass ich es bemerkt habe, zu einem natürlichen Stillstand kommt.

Als ich zum Stehen komme, öffnen sich langsam meine Augen, meine Atmung ist immer noch etwas schnell, schwach.

Ich kann Colins Augen nicht auf mir spüren, aber er muss bemerkt haben, dass ich aufs Eis getreten bin. Ich bin froh, dass er besser weiß, als auf mich zuzugehen, und einen Kommentar abzugeben. Aus irgendwelchen, unbekannten Gründen weiß Colin immer alles besser.

Wenn das Gefühl, endlich wieder auf dem Eis zu sein, in mir eindringt, ist es wie der Sonnenaufgang, den ich mit Colin am ersten Tag beobachtet habe—oder eher gesagt, am zweiten Tag.

Etwas in mir erhebt sich, scheint, leuchtet und bringt Wärme in mein Herz, wie es nur Colin jemals geschafft hat. Es ist diese Art von Wärme, die Trost, Leidenschaft, *Liebe* schreit. Es ist, als ob mein Körper weiß, dass es das ist, was ich tun sollte, wo ich sein sollte; auf dem Eis.

Das Gefühl, dass etwas fehlt, welches ich noch vor wenigen Augenblicken in meinem Herzen gespürt habe, ist völlig verschwunden. Jetzt weiß ich, es war das Skaten, das ich vermisst habe. Seit ich es aufgegeben habe, wusste ich, dass ich es mehr als alles andere vermissen würde. Und jetzt, wo ich wieder auf dem Eis stehe, merke ich, wie sehr ich es tatsächlich vermisst habe.

Ich frage mich, wie ich jemals denken konnte, dass das Aufgeben dessen, was ich liebe, helfen würde, durch dunkle Zeiten zu kommen?

Wie konnte mein Körper, mein eigener Verstand mich so verraten?

Wie konnten meine eigenen Gedanken mir sagen, dass ich das nicht mehr wollte? Dass ich nicht mehr skaten wollte, meine Träume nicht verfolgen wollte, wenn es eindeutig noch ein Teil von mir ist?

Skaten sollte für immer in meinem Leben bleiben, bis mein Gehirn nicht mehr davon überzeugt war.

Mein Herz schrie immer wieder danach, dass ich zurückgehen, diese Schlittschuhe anziehen und tun sollte, was ich liebe, aber mein Gehirn stimmte diese Schreie aus, und ließ mich denken, dass ich es nicht tun wollte.

Wann hörte ich auf, auf das zu hören, was mein Herz wollte? Wann habe ich zugelassen, dass schreckliche Gedanken, eine *Krankheit*, zwischen mich und meine Leidenschaft kommen?

Ich weiß, dass es temporäres Denken ist. Ich weiß, wenn morgen kommt, verdammt, vielleicht sogar in einer Stunde, mich meine Depression wieder einholen wird. Sie wird mich wieder in Stücke reißen. Mich wieder unter den Bus werfen, so wie es immer der Fall war.

Aber bis dahin werde ich—*muss ich*—dafür sorgen, dass diese Zeit zählt.

Mit einem Lächeln im Gesicht erlaube ich mir zu skaten, zu skaten, als hätte ich nie aufgehört. Als hätte ich meine Träume nicht auf Eis gelegt und sie zusammen mit meinem Lebenswillen verrotten lassen.

Es wird noch magischer, wenn ich mich daran erinnere, dass ich früher Eiskunstläufer war und in der Lage war, Sprünge und Spins zu meistern. Ich bin mir nicht ganz sicher, ob ich sie noch durchziehen könnte, besonders ohne Aufwärmübungen, aber ich kann es versuchen.

Natürlich wäre ich nicht ich, wenn ich den einfachsten Sprung wählen würde, den ich kenne, oder einfach nur normal aufspringen, um zu sehen, ob ich mich überhaupt noch fangen könnte. Nein, stattdessen entscheide ich mich für den Lutz. Rückwärts zu skaten war schon immer mein Favorit—es ist aufregender, zumindest für mich.

Als würde der Lutz für viele Skater nicht einer der schwierigsten Sprünge sein, und doch entscheide ich mich für ihn als meinen ersten Sprung nach Jahren.

Ich gehe stark davon aus, dass ich mir ein paar Knochen brechen werde.

Ich hebe von der hinteren Außenkante ab und tue, was ich tun soll; Ich gleite in einem langen Bogen direkt in die Ecke der Eisbahn und tue alles, um mich darauf vorzubereiten, in die Luft zu schießen. Ich war nie eine von denen, die den einfachen Ausweg genommen hat—abgesehen von meinem Plan, mein Leben in ein paar Tagen zu beenden—also entscheide ich mich für eine Gegenrotation. Ich meine, sonst wäre es sowieso eher ein Flutz und kein Lutz.

Der Sprung klappt tatsächlich besser als ich erwartet habe. Ich dachte, dass hier würde mit gebrochenen Knochen enden, aber ich lande ziemlich sicher. Ein bisschen wackelig vielleicht, und nicht so professionell wie früher, aber es fühlt sich gut an.

Das Traurige, was man im Leben erkennen kann, ist, dass man immer erst etwas vermisst, wenn man es nicht mehr hat. Schließlich kann sich das in die neue »Normalität« verwandeln. Ein Leben ohne diese eine Sache, aber es wird nie wieder dasselbe sein. Du fängst an zu vergessen, wie es war, wie es sich angefühlt hat, wenn deine Leidenschaft immer noch in deinem Leben war. Du lernst, ohne sie zu leben, und es wird natürlich. Und dann bekommst du es zurück—wenn du Glück hast—und erst dann merkst du, wie sehr du es vermisst hast.

Ich will das Skaten nie wieder loslassen. Verdammt.

Davor hatte ich Angst. Das Skaten wieder zu lieben. Schlittschuhlaufen wieder als meinen Halt zu haben. Das Schlittschuhlaufen wieder als Lebensretter zu haben.

Na gut, nur bis meine Depression wieder zurückkehrt.

Sie wird zurückkehren. Depressionen verschwinden nicht einfach, weil du wieder das machst, was du einst liebtest.

Wenn es so einfach wäre…es hat keinen Sinn, darüber nahzudenken, es ist nicht so einfach und das wird es auch nie sein.

Depression zu überwinden wird nie einfach sein, wenn das Überwinden dessen überhaupt möglich ist. Gott weiß, sie könnte für immer bleiben.

Als ich mich umdrehe, sehe ich Colin und Eira, wie sie mich beobachten. Eira hat ein breites Grinsen im Gesicht. Colin auch.

Ich bin mir sicher, dass diese aus zwei ganz unterschiedlichen Gründen grinsen.

Eiras Grinsen sieht eher wie ein erstauntes Lächeln aus. Irgendwie so, als wäre sie fasziniert von meinem Sprung. Colin hingegen, er sieht stolz aus. Er hat dieses *Ich-bin-so-stolz-auf-dich*-Lächeln auf seinem Gesicht.

Ich bin stolz auf mich. Colin hat mir vielleicht den Anstoß gegeben, aber ich habe es getan. Ich bin aufs Eis gegangen, weil ich es wollte.

Und Gott, fühlt sich das gut an.

»¡Dios mío!«, kreischt Eira, als ich zu ihr und Colin rüber skate. »Ich habe noch nie jemanden getroffen, der das so gut kann!«

»Ich hätte nicht gedacht, dass ich es noch kann…«, antworte ich ehrlich.

So sehr ich mich danach dafür hassen werde, dass ich es tue, falle ich Colin in die Arme, denn ich brauche dringend eine Umarmung. Nicht, weil ich diesen Sprung irgendwie geschafft habe, sondern weil ich skate.

Meine Augen füllen sich mit Tränen, aber ich unterdrücke den Drang zu weinen.

Seine Arme schlingen sich sofort um mich. »Ich bin so stolz auf dich, *mi sol*.« Ich kann fühlen, wie er einen sanften Kuss auf meinen Kopf legt. So weich und sanft, dass es meine Brust erwärmt.

»Wie hast du sie gerade genannt?«, fragt Eira Colin.

Ich drehe meinen Kopf damit ich sie ansehen kann, nur im zu sehen, dass ihre Augen geweitet sind und etwas, das ich nicht mit einem Etikett versehen kann, in ihren Augen funkelt.

»*Mi sol*«, antwortet Colin mit einem eher schüchternen, aber glücklichen Lächeln, die Wangen leicht gerötet. Diese geröteten Wangen müssen von der Kälte kommen.

»Ich habe immer noch keine Ahnung, was es bedeutet«, sage ich ihr. »Willst du es mir verraten?«

Eira schüttelt den Kopf. Sobald sich Colins Worte verfestigt haben, fällt ihr die Kinnlade herunter und nur eine Sekunde später verziehen sich ihre Mundwinkel zu einem breiten, freudigen Lächeln: »Oh, Aiden würde das lieben! Er muss in diesem Moment so verdammt zufrieden mit sich selbst sein. Und er wäre so unglaublich stolz auf dich.«

»Mag sein.«

»Colin, wenn Aiden hier wäre und er hätte dich das sagen hören, würde er ein Lächeln so hell wie der Eiffelturm aufblitzen lassen, wenn er dieses funkelnd leuchtende Ding macht.«

KAPITEL 33

»I'll take your bad days with your good, walk through the storm, I would. I do it all because I love you«— Unconditionally by Katy Perry

Colin

»COLIN HAT FRÜHER IMMER DARAUF BESTANDEN, im Auto vorne zu sitzen, vergaß dabei aber, dass unsere Eltern beide im Auto sitzen würden. Er wurde so wütend, dass er am Ende des Tages nicht mal mehr einen Milchshake von McDonald's wollte.«

Eira lacht. Ich glaube, dass sie nicht aufgehört hat zu lachen, seit wir das Retro Diner betreten haben.

Lily auch nicht.

Und wie sich herausstellt, liebt Lily es, meiner Schwester zuzuhören, wenn sie ihr alles über meine peinlichen Geschichten erzählt.

»Als wir wieder zu Hause waren, bekam er einen weiteren Wutanfall, heulte, warf Kissen und zerbrach alles, nur, weil er keinen Milchshake bekam. Weißt du, genau den Milchshake, den er vorher nicht wollte, weil er wütend war, dass er nicht auf dem Vordersitz sitzen durfte.«

Lily lacht mit solcher Freude, dass ich mir irgendwie wünsche, Eira wäre nicht hier. Ich möchte Lilys Lachen für mich alleine, ich möchte der Grund sein, warum sie lacht. Zumindest bekomme ich es zu hören.

»Alles okay, *enana*?«, frage ich, als Eira hustet, weil sie ihren Milchshake viel zu schnell getrunken hat. Ich bin mir ziemlich sicher, dass sie ihn nicht einmal trinken sollte. Aber was soll's? Wie könnte jemand zu ihr nein sagen?

Eira nickt. »Ich bin ein bisschen müde.«

»Kann ich mir vorstellen. Wir bringen dich gleich nach Hause, oder willst du jetzt gehen?«

»Nein danke. Ich würde lieber mehr Zeit mit dir und deiner *falschen* Freundin verbringen.«

Lily schnappt nach Luft, sagt aber nichts. Ich spüre ihre Augen auf mir als sie sehr wahrscheinlich darauf wartet, dass ich etwas dazu sage.

Bevor ich spreche, nehme ich Lilys Hand in meine und lege sie beide auf einen meiner Oberschenkel. »Sie ist nicht meine falsche Freundin. Lily und ich sind ein echtes Paar. Sie weiß es noch nicht, will es noch nicht akzeptieren, aber wir sind es.« Meine Augen finden Lilys. Ihre Wangen sind etwas dunkler und ein wenig gerötet. »Würdest du nicht zustimmen, *mi sol?*«

Lily verdreht die Augen, aber sie kann ihr schlankes Lächeln nicht verbergen. Ich weiß, dass sie es nicht zugeben würde, aber wenn sie nicht so scharf darauf wäre, in drei Tagen zu sterben, hätten wir unsere Beziehung schon offiziell gemacht.

Eira zwinkert, ihr ganzes Gesicht leuchtet heller als die Sonne. »Da scheinst du dir echt sicher zu sein.« Das sagt sie nur wegen des Spitznamens. »Als du mich also angelogen hast, hast du gar nicht gelogen?«

»Lily gehört mir seit der Sekunde, in der wir uns getroffen haben. Es war keine Lüge als ich dir sagte, dass sie meine Freundin ist.«

Eira kreischt aufgeregt. »Ja, ›*mi sol*‹ klingt nicht nach etwas, das *nicht* ernst gemeint ist.«

Ich schwöre, Eira plant auch meinen Tod. Lily hat das von Anfang an getan, und jetzt gibt ihr Eira noch mehr Treibstoff.

»Kann mir bitte jemand sagen, was das bedeutet?« Lily runzelt die Stirn und ein Stöhnen rutscht ihr raus.

»Meine Sonne«, übersetzt Eira für mich. Zu meinem Glück sagt sie ihr nicht die *Bedeutung*.

Eine Bedeutung, die mit Aiden verbunden ist. Mit den Zwanzig Jahre alten Aiden, nur einen Monat vor seinem Tod.

»Wenn du jemals jemanden findest, der dich dazu bringt, dein Herz herauszureißen, um es dieser Person auf einem Silbertablett zu servieren. Wenn du jemals jemanden findest, der nicht nur dein Bett, sondern auch dein Herz und deine Seele wärmt...Halte ihn für immer fest. Er ist deine Sonne. Er ist es, der Licht in dein Leben bringt. Wenn er deinen Schmerz lindern kann, indem er nur da ist, deine Stimmung aufhellt, deine Tage aufhellt, indem er einfach in deinem Leben ist. Colin, Eira, el o ella es tu sol.«—er oder sie ist deine Sonne.

»La amas, ¿verdad?«, fragt Eira und richtet ihre Frage eindeutig an mich, da Lily kein bisschen Spanisch spricht.

Ich atme tief aus und habe schreckliches Mitleid mit Lily, weil sie sich wahrscheinlich völlig ausgeschlossen fühlt, da sie nichts versteht. Aber ich bin froh, dass sie es nicht tut. Denn wenn sie es täte, würde das echt peinlich werden.

»Mhm«, summe ich als schnelle Antwort. Eiras Lächeln wird größer. »Nun, könnten wir aufhören auf Spanisch zu reden? Ich möchte nicht, dass Lily denkt, wir reden über sie.« Aber das tun wir…in gewisser Weise.

»Weißt du, ich kann es auf Englisch wiederholen, wenn du möchtest?« Eira zwinkert mir zu und grinst. Schelmisch, das ist es, was sie ist.

»Trink deinen Milchshake oder ich trinke ihn.«

Eira schnappt sich in Sekundenschnelle ihr Glas und schüttelt den Kopf. »Du wolltest ja keinen. Wenn du jetzt einen willst, dann hol dir einen und nimm nicht meinen.«

Ich könnte mit ihrem Willen gehen. Mir einen Milchshake bestellen—den ich definitiv nicht austrinken würde, weil ich sie einfach nicht mehr so gerne mag—oder ich könnte trotzdem den meiner Schwester stehlen.

Anstatt den Milchshake meiner Schwester zu nehmen, nehme ich mir Lilys. Ich persönlich habe sowieso immer Erdbeer-Milchshake dem Schokoladen-Milchshake vorgezogen. Es hat nur Vorteile für mich, stattdessen ihren zu stehlen.

Im Gegensatz zu meiner Schwester beschwert sich Lily nicht, sehr zu meinem Missfallen. Irgendwie mag ich es, wenn sie sich ganz temperamentvoll verhält. Wahrscheinlich, weil alles besser ist, als sie traurig zu sehen. Nicht, dass sie in diesem Moment traurig wäre. Lily sieht glücklich aus…aber ich weiß, dass sie ziemlich gut darin ist, es vorzutäuschen.

Eira gähnt, was mir sagt, dass es an der Zeit ist, zu gehen. Sie braucht ihre Ruhe.

Aber Eira wäre nicht Eira, wenn sie nicht versuchen würde, etwas zu finden, das gegen ihre Müdigkeit spricht.

»Ich schwöre, Colin, es ist nicht so schlimm. Nur noch dreißig Minuten, dann kannst du mich nach Hause fahren.«

Ich hasse es, nein zu ihr zu sagen, besonders jetzt, aber ich bin mir auch bewusst, dass sie die Ruhe bekommen muss, die ihr Körper eindeutig verlangt. »Fünfzehn«, biete ich ihr an.

»*Bien. Quince minutos*.«

Eira kämpft für keine weiteren fünfzehn Minuten, wenn die Zeit vorbei ist. Ich glaube nicht, dass ich nein hätte sagen können.

Sobald diese fünfzehn Minuten vergangen sind, gehe ich, um für die Getränke und Pommes zu bezahlen, die meine Schwester so verzweifelt wollte, und wir verlassen das Diner.

»Okay, du hast mich heute zum Skaten mitgenommen, was machen wir morgen?«, fragt Lily, als ich in mein Zimmer komme. Sie liegt auf meinem Bett, liest ein Buch und schaut nicht einmal auf, als sie spricht.

»Ist dir kalt?«, frage ich, anstatt ihre Frage zu beantworten. Die Wahrheit ist, ich habe absolut nichts für morgen geplant. Morgen ist Tag neun, der letzte Tag, an dem ich mit ihr zusammen bin, bevor ich herausfinden werde, ob sie leben will oder ob sie an ihrem Plan festhalten wird. Aber, ich bezweifle, dass ich es morgen herausfinden werde. Wahrscheinlich erst Freitagmorgen, was in zwei Tagen wäre.

»Nein, warum?«

»Du trägst einen Rock und ein weites Sweatshirt.«

Sie schaut mich an, als sie ihr Buch senkt. »Das nennt sich Mode, google es.«

»Weißt du, was ich lieber tun würde?« Ich gehe hinüber zum Bett. Ohne auf eine Antwort zu warten, krieche ich auf das Bett und mache mich auf den Weg nach oben, bis ich Lilys Beine erreiche.

Um mich zu beobachten, spreizt Lily ihre Beine und bietet mir eine Aussicht, die ich normalerweise genießen würde, wenn ich keine anderen Pläne hätte.

»Was machst du?«, höre ich sie fragen, als ich ihre Beine etwas weiter auseinanderspreize und mich hinlege. Ein Seufzer entkommt ihr, der sich in ein leises Kichern verwandelt, als ich ihr Sweatshirt so weit anhebe, dass mein Kopf darunter passt. »Colin?«

Als mein Kopf unter ihrem Shirt ist, liegt mein Kopf auf ihrem Bauch und mein Ohr drückt dagegen. »Wonach sieht es aus?« Ich schlinge meine Arme um ihre Hüften, was für sie etwas unangenehm sein muss, aber das ist nicht mein Problem.

»Du bist so komisch.« Sie lacht, ihre Hände gleiten über meinen Kopf, der mit ihrem Sweatshirt bedeckt ist. Dann kreischt und lacht sie noch ein kleines bisschen mehr. »Hast du gerade meinen Bauch angeleckt?«

»Ja. Ich musste sicherstellen, dass du immer noch wie meins schmeckst.«

Ich entferne meine Arme unter ihr, da ich merke, dass es selbst für mich unangenehm ist. Stattdessen lege ich sie unter ihre Brüste, direkt über meinem Kopf.

»Nach deins?« Sie legt ihr Buch beiseite, zumindest klingt es so, als würde sie es tun. »Wie macht das überhaupt Sinn?«

Ich gebe ihr keine Antwort, stattdessen hoffe ich, sie mit Küssen entlang ihres Bauches und ihrer Rippen abzulenken.

»Colin«, sagt sie atemlos. Ihr Rücken wölbt sich, je tiefer meine Küsse gehen. In dem Moment, als ich den Saum ihres Rockes erreiche, höre ich auf, hebe ihr Hemd hoch und krieche darunter hervor.

Sie kichert. »Du bist verrückt.«

»Verrückt nach dir, *mi sol*.«

Sie erstarrt, als ich ihren Körper hochkrieche, bis sich unsere Augen treffen. Ich kann fühlen, wie ihr heißer Atem über meine Haut rollt. Unsere Lippen sind fast so nah beieinander, dass ich sie auf meiner Zunge schmecken kann.

»Colin«, seufzt sie. »Du sollst solche Dinge nicht sagen, geschweige denn so für mich empfinden.«

Kapitel 34

»I fell for you all the way to rock bottom«—24 Hours by Alexander Stewart

Colin

»WIR WERDEN ZU SPÄT ZU UNSEREN KURSEN KOMMEN.«

Der heutige Unterricht interessiert mich nicht.

Lily sitzt auf der Küchentheke direkt neben dem Herd, während ich—ausnahmsweise—Frühstück mache. Es ist nicht so toll wie Lilys fruchtige Pfannkuchen, aber ich würde sagen, es ist essbar. Man kann schließlich nicht allzu viel vermasseln, wenn man Müsli in eine Schüssel schüttet.

»Im Ernst, Colin. Du weißt, was passiert ist, als ich das letzte Mal zu spät kam. Ich will nicht wieder eine Panikattacke bekommen.«

Seufzend stelle ich die Müslischachtel auf die Theke, gehe zu Lily hinüber, stelle mich zwischen ihre Beine und lege meine Hände auf ihre Taille.

»Wir gehen heute nicht.« Tun wir wirklich nicht. Da es der letzte Tag ist, den ich mit ihr habe, bleiben wir hier—nun, nicht hier zu Hause. Ich habe Pläne. Der Plan ist *Build-A-Bear.*

Außerdem ist es nicht so, dass Lily diesen Unterricht noch unbedingt braucht. Sie bezweifle, dass sie ihre Meinung sich umzubringen jetzt noch ändern wird, also spielt es keine Rolle, ob sie zu den Kursen geht oder nicht.

»Ich muss. Was ist mit meinen Noten?«

Ich verenge meine Augen auf sie und versuche zu verstehen, wieso sie sich um ihre Noten sorgt, wenn diese eh keine Rolle mehr spielen werden.

Lily legt ihre Hände auf meine Schultern, eine von ihnen gleitet über meine Brust. »Vielleicht ist es doch gut, wenn wir zu Hause bleiben. Wir können…andere Sachen machen.«

Schmunzelnd nehme ich ihre Hand von meiner Brust, küsse ihre Knöchel, bevor ich ihre Hand direkt gegen meinen Schritt drücke. »Bin immer bereit für ›andere Sachen.‹«

Ich erwarte, dass Lily sich über mich lustig macht, denn sie ist definitiv nicht gut für das Ego eines Mannes ist, aber sie überrascht mich, wenn sie stattdessen ihre Finger entlang der Umrisse meines Schwanzes gleiten lässt und über meine Boxershorts streicht.

»Ist dir kalt, Colin?«, fragt sie und grinst. »Du trägst keine Hose, aber du trägst ein Shirt.«

»Das nennt sich Mode, google es«, wiederhole ich ihre eigene Antwort von gestern.

»Du versteckst etwas, Carter.« Lily greift nach dem Saum meines Hemdes und hebt es hoch. Ich halte sie auf, als sie kurz davor ist, über meine Bauchmuskeln zu streicheln. »Also habe ich Recht. Was versteckst du?«

Ich entscheide mich zu schweigen, aber ich sollte es besser wissen. Lily wird einen Weg finden, um die Wahrheit aus mir heraus zu bekommen.

»Ich liebe dein Kleid, wo hast du es her?«, frage ich, schiebe meine Hände über ihre Oberschenkel und klemme meine Finger in das Gummiband ihres Höschens ein. Mit einem etwas gestärkten Zug schaffe ich es, ihr Höschen auszuziehen, und es ihre seidig weichen Beine hinunter gleiten zu lassen.

Ich halte ihr Höschen in einer Hand fest und benutze meine andere Hand, um entlang der Innenseite ihres Oberschenkels zu streichen.

Sie schnappt leise nach Luft, aber sie weiß, dass ich nur versuche, sie abzulenken. Als Versuch, mich genauso abzulenken, rutscht ihre Hand in meine Boxershorts und wickelt sich um die Länge meines Schwanzes. Ihr Daumen gleitet über die Spitze meines Schwanzes und entlockt mir ein Stöhnen.

»Sag mir, Carter, was versteckst du?«, sagt sie, während ihre Lippen meine fast berühren. »Oder muss ich eine Antwort aus dir herauslutschen?« Ihr Mund ist so nah an meinem, wenn ich mich auch nur das kleinste bisschen bewegen würde, würde ich ihre weichen Lippen spüren und einen Vorgeschmack auf den Treibstoff meiner Sucht bekommen.

Sie reibt mich in meinen Boxershorts, macht es schwieriger zu atmen. »Was ist los, *Baby*? Nicht mehr so mutig, oder?«

Ich will ihren Mund auf meinem, will sie dazu bringen zu schweigen und sie ficken, bis sie ihren eigenen Namen vergisst. Genau. Jetzt.

Aber ich werde nicht der Erste sein, der einknickt.

»Du willst mich küssen, nicht wahr?« Ein *tease*, das ist es, was sie ist. Sie rückt näher heran, aber ihre Lippen berühren meine nicht. Lily küsst meinen Mundwinkel und pflanzt dann ein paar weitere Küsse entlang meiner Kieferlinie und meinen Hals hinunter.

Ihre Hand zieht sich von meinem Schwanz weg. Mit einem leisen Schlag auf dem Boden rutscht Lily von der Theke und kniet vor mir nieder. Sie schaut zu mir auf, ihr Blick ist voller Lust und etwas Gefährliches für mich—Unfug.

»Wo ist Aaron?«, fragt sie und hakt ihre Finger in das Gummiband meiner Unterwäsche ein.

»Morgentraining«, atme ich aus.

Grinsend zieht sie meine Boxershorts herunter, bis sich meine Erektion zeigt, ihre weiche Hand wickelt sich sofort wieder um meinen Schwanz.

Ich atme scharf ein, als ihre Zunge an meinem Schwanz entlang leckt.

Zischend findet meine freie Hand in ihr weiches blondes Haar, greift es fest, aber nicht bis zu dem Punkt, an dem es sie verletzen würde.

Lily schaut immer noch zu mir auf, und wenn ich es nicht besser wüsste, würde ich sagen, dass sie mich fragt, was sie als nächstes tun soll.

Sie küsst die Spitze meiner Eichel, bevor sie ihren Mund öffnet und sich ihre Lippen um die Spitze meines Schwanzes legen und anfangen zu saugen.

Mein Kopf fällt in meinen Nacken, meine Atmung wird schwerer, je tiefer Lily mich nimmt.

»Fuck, Lily«, stöhne ich und genieße die Wärme ihres Mundes, der um meinen Schwanz gewickelt ist.

Sie bewegt sich so langsam, dass es bereits Folter ist. Den Teil meines Schwanzes, der nicht in ihren Mund passt, pumpt Lily mit ihrer Hand, und verwendet dabei langsame und sanfte Züge.

Nach ein paar quälend langsamen Bewegungen wird ihre Hand schneller, ihr Griff um meinen Schwanz ist gerade fest genug, damit allein ihre Berührung mich losschicken könnte, um Sterne zu sehen.

Ich bin mir ziemlich sicher, dass mein Stöhnen und Keuchen etwas laut wird, wenn Lily so viel von meinem Schwanz in ihren Mund zwingt, wie nur möglich, bis zu dem Punkt, an dem sie *fast* zu würgen beginnt.

Als ich denke, dass sie mich nicht mehr überraschen kann, tut sie es.

Zu wissen, dass sie im Moment nicht einmal ein Höschen trägt, hilft nicht gerade gegen meinen Drang zu kommen.

Das letzte Mal, als ich das Gefühl hatte, nach ein paar Momenten zu kommen, als ich einen Blowjob erhielt, war zurück in der High School. Lily hat es geschafft, dass ich völlig den Verstand verliere. Für sie.

»Lily, du musst aufhören«, zwinge ich raus und ziehe sie von meinem Schwanz weg.

Mein Mund stößt gegen ihren, ich kann mich nicht mehr von ihren Lippen fernhalten. Ohne zu zögern, schiebe ich meine Zunge in ihren Mund und warte darauf, dass ich dieses allzu vertraute winzige flüsternde Stöhnen höre.

Und wenn es kommt, schießt es direkt in meinen Schwanz.

»Ich brauche dich, Colin«, spricht Lily gegen meine Lippen, ihre Stimme klingt heiser. »Ich brauche dich in mir, jetzt«, korrigiert Lily, als ich mit meiner Hand zu ihrer Pussy berühre und einen Finger durch ihre Lippen gleiten lasse.

»So ungeduldig, Lilybug.« Um Lily das zu geben, was sie will, hebe ich sie hoch und trage sie zur Kücheninsel, wo ich sie hinsetze. Sie spreizt ihre Beine und lässt mich dazwischen stehen.

Ich greife meine Erektion, streiche die Spitze meines Schwanzes durch ihre Lippen, verteile ihre Nässe und bedecke meine Spitze damit.

Mit ihren Lippen auf meinen und meinen Händen auf ihrem Hintern, bewege ich mich sanft und stück für stück in sie hinein, während ich ihr Gesicht beobachte und auf ein Anzeichen warte, dass es weh tut. Wenn keins kommt, fühle ich mich etwas erleichtert.

Wenn es eine Sache gibt, die ich nicht tun möchte, dann ist es Lily zu verletzen. Auf jede erdenkliche Weise.

Sobald ich ganz in ihr drin bin, hält Lily mein Shirt in ihren Händen und hebt es an. Und obwohl es das Letzte ist, was ich im Moment will, kämpfe ich nicht dagegen. Ich helfe ihr mein Shirt auszuziehen, aber zu meinem Glück, schenkt Lily meinem Körper nicht viel Aufmerksamkeit, nachdem ich anfange, in sie hinein und aus ihr heraus zu stoßen.

Sie stöhnt meinen Namen, lehnt sich zurück, hält sich an ihren Armen auf und fordert »Mehr«, und so bekommt sie, was sie will.

Ich drücke meine Fingerspitzen in die Haut ihrer Hüften, während ich siefesthalte und mich schneller, tiefer und fester in sie hinein stoße.

»*Fuck*«, ruft sie, legt sich auf den Tresen und hält sich nicht länger mit ihren Armen aufrecht.

»Gefällt dir das?«

Sie stöhnt als Antwort laut auf und bringt mir ein Grinsen auf die Lippen.

Eine ihrer Hände gleitet ihren Körper hinunter, ihre Finger finden ihre Klit und reiben sie. Ihre andere Hand ruht auf ihrer bedeckten Brust und drückt sie zusammen. Sie tut all die Dinge, die ich tun möchte, selbst.

Aber Gott, ist das heiß, sie zu beobachten. Zu beobachten, wie ihre Finger in ihrer eigenen Nässe bedeckt werden, wenn sie ihre Klitoris umkreist, genau so, wie es für sie am angenehmsten ist.

Doch so sehr ich es auch genieße, sie zu beobachten, übernehme ich, benutze meinen Daumen und reibe über den geschwollenen Noppen.

Ich kann fühlen, wie sich ihre Wände zusammenziehen und sich um meinen Schwanz ballen. »Lass los, Baby«, befehle ich und schaue ihr in die Augen.

Sie starrt mich an, ihr Mund bildet das perfekte »O«, während mehr Stöhnen über ihre Lippen rollt.

»Ich möchte, dass du mit mir zusammen kommst.«

Sie atmet schwer, ich allerdings auch. Schweißtropfen rollen unsere Körper hinunter und lassen es so aussehen, als hätte keiner von uns vor einer Stunde geduscht. Aber verdammt, ich würde jede Stunde duschen, wenn das bedeuten würde, dass Lily mich in der Zwischenzeit so umhauen würde.

Ich schaffe es nur zu nicken und drücke noch ein bisschen tiefer in Lily hinein. Als sie mit meinem Namen auf der Zunge kommt, komme ich in ihr und markiere sie noch mehr als meins, als sie bereits ist.

Lily braucht viel länger zum Duschen als ich, und als sie frisch geduscht nach unten kommt, habe ich mein Frühstück bereits beendet.

Nach dem Duschen habe ich mir Unterwäsche und Jogginghose angezogen, was bedeutet, dass ich immer noch Oberkörperfrei bin. Aber es ist nicht so, dass Lily mein neues Tattoo nicht schon vorher gesehen hat.

Ich weiß, dass sie es gesehen hat, sie sich nur weigert, mich danach zu fragen…bis jetzt.

»Warum hast du dir eine Lilie auf die Brust tätowieren lassen, direkt über deinem Herzen?«, fragt sie und nimmt auf dem Barhocker neben mir Platz.

»Ich mag die Bedeutung, Lilybug.«

Sie lacht, hebt die Augenbrauen dabei. »Welche Bedeutung? Reinheit?«

»Nicht Reinheit.«

Ihre Arme verschränken sich vor ihrer Brust. »Was für eine andere Bedeutung gibt es?«

»Hingabe.«

Ich kann die scharfe Atemaufnahme von Lily hören, aber anstatt auszuflippen, wie ich es erwartet habe, sagt sie: »Es passt nicht zu deinen anderen Tattoos.«

Ich zucke mit den Schultern. Sie hat recht. Allen meinen Tattoos fehlt es an Farbe, einfach weil schwarze Tinte mir besser zu passen scheint.

Bis auf mein neues.

Es hat ein paar grüne Striche entlang der Blütenblätter. Die gleiche Farbe von Grün, die ich sehe, wenn ich Lily in die Augen schaue.

Alle meine Tattoos haben jedoch wichtige Bedeutungen. Wichtig für mich zumindest. Lilys ist in dieser Hinsicht nicht allzu einzigartig. Und doch ist es irgendwie immer noch das, was mir am meisten bedeutet.

»Es passt zu der Markierung, die ich auf meinem Herzen habe.«

Etwas erschrocken hüpft Lily vom Barhocker und steht vor mir, ihr Zeigefinger gleitet entlang der Lilie auf meiner Brust.

»Wir wissen beide, dass du dir dieses Tattoo wegen mir hast stechen lassen.«

»Ich versuche nicht, das zu leugnen.«

»Hingabe, huh?« Sie hält inne und atmet tief ein, bevor sie fortfährt: »Du wirst es bereuen, Colin. Ich mein, du hast es bereits stechen lassen, also gibt es nicht mehr viel, was du dagegen tun kannst, Aber warum hast du es überhaupt gemacht?«

Ich stoße einen rauen Seufzer aus.

»Ich will die Wahrheit.«

»Weil, *mi sol*, selbst wenn du sterben wirst, werde ich mich immer an dich erinnern. Du wirst immer ein Teil meines Lebens sein, meines Herzens. Auch wenn *dies* in Glasstücken endet, die zerbrochen sind. Du hast mein Leben in ein paar Tagen besser gemacht. Du hast durch die Nebelschichten geschienen, die mich getrübt haben. Du hast meine ultimative Loyalität, auch nachdem du gestorben bist. Ich könnte dich nie vergessen. Das will ich auch nicht. Du bist alles, was ich bin, Lily. Ich habe das Gefühl, dass ich ersticke, wenn du nicht da bist. Und wenn ich atme, bist du in jedem Atemzug, den ich nehme. Du bist überall, wo ich hinschaue, überall, wo ich hingehe. Du bist überall. Und so will ich es auch haben.«

Ich füge hinzu: »Ich wollte dieses Tattoo nicht machen lassen, nachdem du bereits gestorben bist. Ich will, dass du weißt, dass ich immer für dich da bin und immer für dich da sein werde.«

Eine Träne rollt über ihr Gesicht, eine, die ich wegwischen möchte, aber Lily lässt mich nicht.

»Das ist verrückt«, sagt sie und weint. »*Du* bist verrückt.«

»Vielleicht ist es das. Vielleicht bin ich das. Aber das heißt nicht, dass du mir weniger bedeutest.«

»Das hätte nicht passieren dürfen!« Sie geht ein paar Schritte zurück. »Du solltest nicht…das tun, das *fühlen*! Du solltest mir schöne Orte zeigen, ein paar gute, glühende Erinnerungen in meinen Kopf bekommen, bevor alles für alle Ewigkeit schwarz ist.«

»Im Leben läuft nicht immer alles so, wie man es sich wünscht. Das sollest du wissen.«

Lily verdreht die Augen und wendet sich ab. Sie beginnt, in Richtung der Treppe zu gehen, wahrscheinlich, um ihre Sachen zu holen und wegzulaufen. Dann dreht sie sich wieder um und beginnt zu sprechen: »Ich kann das nicht, Colin. Ich kann *das* nicht mehr—*uns* nicht mehr.« Sie atmet tiefen und zittrig ein. »Wir verletzen uns gegenseitig. Unnötig.«

»Es würde dir nicht wehtun, wenn du nicht genauso empfinden würdest.«

Mein Handy klingelt gerade, als Lily losstürmt und etwas über das Leben und die Grausamkeit der Welt murmelt.

Ich schaue auf mein Handy, nur für den Fall, dass es um Eira geht, bevor ich Lily hinterherlaufe.

Während ich die Nachricht auf meinem Handy lese, bleibt meine ganze Welt für eine Sekunde stehen. Ich schiebe alles, was ich in meinem Herzen fühle beiseite. Ich atme tief durch, packe mein Handy in die Tasche und laufe der Frau hinterher, die mein Herz besitzt.

Sie ist in meinem Zimmer, sitzt auf meinem Bett und hält ihre Knie direkt unter ihrem Kinn.

»Lily«, sage ich ruhig. Meine Augen schauen zum Fenster und ich beobachte für einen Moment, wie draußen der Regen strömt. Es ist dunkel hier drin, kein Sonnenstrahl erhellt mein Zimmer, aber es passt zu dem, was gerade in mir vor sich geht.

»Stopp«, weint sie. »Ich kann nicht mit noch mehr Grausamkeit umgehen.«

Ich bin zwei Sekunden davon entfernt, meine Nerven zu verlieren. Und als Lily etwas unter ihrem Atem murmelt, kann ich mich nicht länger zurückhalten.

»Ja, Lily, die Welt ist verdammt grausam. Sie zerlegt dich, nimmt dir alles Gute weg, was du hast. Sie ist schmerzhaft. Sie ist dunkel. Sie lässt dich deinen gottverdammten Verstand verlieren.«

Ich schüttle den Kopf und presse meine Lippen zusammen. »Aber sie ist auch hell und voller Freude. Sie hat auch gute Dinge zu bieten, wenn du sie verdammt noch mal reinlässt.« Ich stoße ein ungläubiges Lachen aus. »Du lebst auf einem schwimmenden Ball, der mit Wasser gefüllt ist, und erwartest, dass das Leben Sinn ergibt. Nun, *Breaking News*: Das macht für niemanden einen *fucking* Sinn. Deine ganze Existenz ergibt keinen Sinn. Nach allem, was wir wissen, könnten wir ein Teil der Vorstellungskraft von jemandem sein und würden es nicht einmal wissen, weil *das*, unser gegenwärtiges Leben, alles ist, womit wir vertraut sind. Und doch bist du hier. Du bist aus einem bestimmten Grund hier, unabhängig davon, dass es vielleicht überhaupt keinen Sinn ergibt. Dein Grund, hier zu sein, ist sicherlich nicht, früher zu sterben, als du dazu bestimmt bist. Du hast so viel mehr zu erleben, so viel mehr zu sehen. Aber du willst es wegwerfen.

»Ich habe dir die Welt gezeigt. Ich habe dir die verdammte Welt vor die Füße geworfen und du beschwerst dich immer noch darüber, dass es kein glücklicher Ort ist. Es ist kein *fucking* glücklicher Ort, aber du kannst das Leben dazu bringen, ein bisschen weniger scheiße zu sein, wenn du es nur versuchen würdest.«

Sie weint mehr als zuvor, und es bricht mir das Herz. Vielleicht sage ich all die falschen Dinge, aber in diesem Moment ist es alles, was ich noch zu bieten habe.

»Allein komme ich nicht durchs Leben, Colin. Das kann ich nicht. Ich bin nicht so stark. Ich breche bei jeder Kleinigkeit auseinander, die sich wehrt. Ich kann nicht weiterleben und mich wie ein zerbrochenes Stück fühlen, das nie wieder ganz sein wird.«

»Um Himmels willen, Lily!«, sage ich lauter als beabsichtigt und bin Sekunden davon entfernt, etwas—nicht Lily—mit meinen Fäusten zu schlagen. »Du bist nicht allein!«

»Das bin ich.«

»Sag das noch einmal, ich warne dich.«

»Ich bin allei—«

»DU HAST MICH!«, schreie ich aus voller Kehle. »Du hast mich. Du wirst mich immer haben, Liliana Heaven Reyes. Du hattest mich seit dem Tag, an dem ich dich weinend in der Arena gefunden habe. Ich habe nichts anderes getan, als dich in diesen Tagen zu lieben. Ich habe dich auf lächerliche Dates mitgenommen. Das Glück, das du die ganze Zeit gespürt hast, liegt nicht daran, dass die Orte ach so magisch waren. Du hast dich lebendig gefühlt. Du hast dich *geliebt* gefühlt.«

»Also was? Du hast nur mit meinem Herzen gespielt?« Ihre Augen sind rot vom Weinen, ihre Nase auch. Sie schnieft und wischt sich die Tränen weg, von denen ich geschworen habe, dass ich nie der Grund dafür sein werde.

Ich fahre frustriert mit den Fingern durch meine Haare und atme tief ein, während ich an die Decke schaue. Für jemanden, der von Natur aus schlau ist, kommt sie im Moment ziemlich dumm rüber. »Zur Hölle damit, Lily.« Meine Augen treffen auf ihre.

Ich hasse es, wenn sie weint. Aber ich hasse es noch mehr, dass ich in ein paar Sekunden gehen muss. Mein Handy vibriert immer wieder in meiner Hosentasche, also wer auch immer versucht, mich zu erreichen…es wird keine gute Nachricht sein.

»Ich habe mich in dich verliebt, Lily. Ich habe acht oder sieben Tage, egal wie viele Tage ich tatsächlich mit dir hatte, damit verbracht, dich dazu zu bringen, dich auch in mich zu verlieben.«

Sie öffnet ihren Mund, um zu sprechen, aber ich unterbreche sie, bevor sie dazu kommt.

»Ich weiß, dass ich verdammt egoistisch bin. Aber ja, da hast du es. Ich liebe dich. Nun, brich mir das Herz, Lily. Es ist mir egal, was du damit machst, es ist gehört nur dir allein. Wirf es auf die Straße und lass es von einem Auto überfahren, tritt darauf, es ist mir wirklich egal, solange *du* diejenige bist, die es mir bricht.«

Jetzt versucht sie nicht einmal mehr etwas zu sagen, wahrscheinlich weil sie zu sehr schluchzt, um sprechen zu können—oder weil sie nichts mehr dazu zu sagen hat.

»Schau, ich habe ein zweites Auto die Straße runter geparkt. Es ist ein schwarzer BMW, du kannst ihn benutzen um wegzukommen, wenn du willst. Die Schlüssel dazu findest du unten. Ich muss heute absagen, bin mir nicht sicher, ob du überhaupt noch ausgehen willst. Das klingt so beschissen von mir, aber ich muss gehen.«

Kapitel 35

»and you don't know how you feel but you're getting real close«—I Need You to Hate Me by JC Stewart

Lily

Es ist Stunden her, seit Colin mich allein zurückgelassen hat.

Er hat mir keine Nachricht gesendet, hat mich nicht angerufen, nicht, dass er es muss. Doch ein kurzer Hinweis dazu, dass es ihm gut geht, dass er sein Ziel in einem Stück erreicht hat, wäre schön gewesen.

Aber ich kann es ihm nicht verübeln.

Er liebt mich. Das hat er mir gesagt, direkt ins Gesicht.

Und was habe ich getan? Ich habe geheult.

Niemand hat bisher zu mir gesagt, dass er mich lieben würde. Ich hätte niemals gedacht, dass meine Reaktion auf so ein Geständnis Weinen sein würde.

Und doch tu ich es. Ich heule. Stunden später und ich weine immer noch.

Obwohl ich technisch gesehen noch genug Zeit hatte, mich fertig zu machen und zumindest meine letzten Kurze für den Tag zu besuchen, entschied ich mich dagegen. Ich hatte keine Lust, meinen Professoren zuzuhören, wie sie über die Filmindustrie sprechen—habe ich immer noch nicht.

Aaron ist auch noch nicht nach Hause gekommen. Es ist nach vier und ich weiß, dass seine Kurse—*zumindest die heutigen Kurse*—um kurz nach zwei enden. Jetzt frage ich mich, ob er Hockeytraining hat, obwohl er heute Morgen bereits beim Training war.

Und warum bin ich noch nicht in mein Studentenwohnheim zurückgekehrt? Colin sagte, ich kann gehen. Warum also bleibe ich hier?

Auf die Nachrichten, die ich ihm geschickt habe, hat er nicht geantwortet, also bin ich mir nicht sicher, ob er mich überhaupt noch hier haben will.

Mit Sergeant Froggo auf dem Arm gehe ich nach unten, um etwas zu essen. Mein Magen knurrt schon seit zweieinhalb Stunden, und fleht mich an, dass ich ihm etwas zum verarbeiten gebe. Aber ich hatte einfach keine Kraft um aufzustehen.

Gerade als ich die letzte Stufe erreiche, öffnet sich die Haustür und Aaron marschiert herein. Er ist alleine, keinerlei Anzeichen von Colin.

»Geht es dir gut?«, fragt er als erstes, als er mich entdeckt. Seine Brauen ziehen sich zusammen, sein Kopf neigt sich leicht zur Seite, als er mich von Kopf bis Fuß betrachtet. »Du siehst aus, als hättest du seit Tagen nicht mehr geschlafen.«

Vielleicht tue ich das. Ich fühle mich jedenfalls so, als hätte ich es nicht.

Nachdem Colin gegangen war, habe ich nichts anderes getan, als mich in seinem Bett zu wälzen, zu weinen, zu schreien und mir meine Haare zu zerzausen.

Meine Augen müssen immer noch geschwollen sein von all dem Weinen, und ich habe auch nie wirklich aufgehört damit.

»Es geht mir bestens«, lüge ich. Es ist eine schlechte Lüge. Weder klinge ich überzeugend, noch sehe ich so aus, als wäre irgendwas bei mir in bester Ordnung.

»Lily, was zum Teufel ist passiert?« Aaron gibt mir keine Chance, ihm aus dem Weg zu gehen. Er packt mein Handgelenk und zieht mich ins Wohnzimmer, wo wir beide uns auf die Couch setzen.

Ich habe keine Lust zu reden, vor allem nicht mit Aaron, nicht über Colin. Aber vielleicht weiß Aaron mehr darüber, wo Colin ist, als ich es tue.

Es ist wirklich eine Überraschung für mich. Ich war nie diejenige, die sich darum geschert hat, wenn jemand nicht auf meine Nachrichten reagiert hat. Aber Colin, der nun jede einzelne Nachricht von mir ignoriert…das ist nicht er.

Ich mache mir Sorgen. Sorgen darüber, ob etwas passiert ist.

Vielleicht hat es einen Unfall gegeben, er war zu sehr in seinem Kopf gefangen, um sich zu konzentrieren.

»Hattest du Hockeytraining?«

Aaron schüttelt den Kopf. »War mit wem unterwegs und habe etwas zu Mittag gegessen. Das Training wurde vor ein paar Stunden abgesagt.«

»Aber du hattest heute Morgen Training?«

»Nein«, lacht er. »Ich war die meiste Zeit zu Hause. Bin erst um neun gegangen, als du unter der Dusche warst.«

Oh, also hat Colin mich angelogen, dass Aaron beim Hockeytraining ist. Womit hat er mich sonst noch belogen?

»Der Coach hat heute früh eine Nachricht geschickt, so um sechs, und uns gesagt, dass wir für den heutigen Tag—und den Rest der Woche—frei haben, aus privaten Gründen. Die Jungs denken es geht um Scheidung, ich bezweifle das jedoch. Ich denke es ist wegen Eira«, erzählt er mir. Das riesige Fragezeichen auf seiner Stirn geht nicht an mir vorbei. »Hat Colin dir nichts davon erzählt?«

Diesmal bin ich dran, den Kopf zu schütteln.

»Um ehrlich zu sein, war ich mir nicht sicher, ob er es tun würde. Er wird jetzt definitiv zu Hause sein, wenn es um Eira geht. Da würde er nicht wegbleiben.«

»Ich habe keine Ahnung, wo er ist, Ron.« Ich seufze. Zumindest weiß ich jetzt, dass er zu Hause bei seinen Eltern und

Geschwistern sein sollte. Hilft dennoch nicht der Tatsache, dass ich mir nicht ganz sicher bin, ob es ihm gut geht oder nicht.

»Streit mit dem Freund, huh?« Er stupst mich mit seinem Ellbogen an. »Wie schlimm ist es? Soll ich deine Mutter anrufen?«

Ich lache ironisch. »Aaron, diese Frau, die du selten als *deine* Mutter bezeichnest, sie hasst mich genauso sehr wie sie dich hasst.«

Er erstarrt. Aaron sieht so verloren aus, als hätte er keine Ahnung, wovon ich rede. Und das hat er auch nicht, weil ich ihm nie etwas davon erzählt habe.

Also verbringe ich die nächsten dreißig Minuten damit, Aaron alles über unsere leibliche Mutter zu erzählen, alles darüber, wann sie angefangen hat, mich zu hassen, bis hin zur letzten Begegnung, die ich mit ihr hatte. Er scheint jedoch nicht allzu überrascht darüber zu sein.

»Papa hatte immer Kontakt mit ihr, weißt du.«

Er hatte was?

»Nein, das hatte er nicht.« Ich glaube ihm kein Wort.

»Doch. Jeden Sonntag wusste Mama, dass du bei uns warst. Erinnerst du dich an den Tag vor Gericht, als wir gefragt wurden, bei wem wir wohnen wollen? Ich entschied mich für Papa, in der Hoffnung, dass du es auch tun würdest. Du hast dich nicht für einen von beiden entschieden, du hast beide gesagt. Papa bekam das Sorgerecht für mich, weil ich gesagt habe, dass ich nie bei unserer Mutter bleiben würde, aber sie bekamen das geteilte Sorgerecht für dich.«

Macht das überhaupt Sinn? Der Richter hätte sich dafür entscheiden können, dass ich auch bei meinem Vater bleibe, oder nicht?

»Ich hätte auch beide wählen können, aber das habe ich nicht. Ich hörte unsere Mutter am Telefon reden, und wann immer es um dich ging, sagte sie nur unschöne Dinge und beschwerte sich über deine Besessenheit vom Eiskunstlauf, wenn du Prinzessinnen und was auch immer sie als *Girly* empfand mögen solltest. Ich war die ganze Zeit so wütend auf sie. Es hat mich nie überrascht, dass sie keinen Kontakt mit mir wollte.«

Warum erfahre ich das jetzt erst?

»Ich erinnere mich nicht an viel, von der Zeit, als wir vier oder fünf Jahre alt waren, oder sogar noch jünger, aber ich erinnere mich, dass unsere Mutter diese Dinge in Verbindung mit deinem Namen gesagt hat. Jede einzelne Eislaufstunde, die du genommen hast, hat unser Vater bezahlt. Wettbewerbsgebühren, Mama hat nicht mal so viel wie einen Dollar dazu gegeben. Deine Studiengebühren, wird alles von Papa bezahlt, nicht ein Dollar kommt von ihr. Auch die private High School, auf die wir gingen, hat sie nicht bezahlt. Papa hat so lange versucht, dich da rauszuholen, aber du hast immer gesagt, dass du es magst, beide Elternteile in deinem Leben zu haben. Wenn du auch nur einmal gesagt hättest, dass du lieber bei Papa bleiben würdest, wärst du sofort da raus gewesen.«

Und, als hätte ich nicht erst vor zwanzig Minuten aufgehört zu weinen, sind die Tränen zurück.

Immerhin bleibt meine Haut hydratisiert. Mehr oder weniger.

»Lily, du warst schon immer die Art von Person, die ihr Leben komplizierter gemacht hat. Ich bin mir nicht sicher, warum das so ist, aber du hast dieses Talent. Du entwickelst die komplexesten Pläne, anstatt dich einfach vom Leben dorthin bringen zu lassen, wo du hingehörst. Du hast dir einen Plan ausgedacht, um die Tatsache zu verbergen, dass wir Zwillinge sind, weil Gott bewahre, dass unsere Mutter herausfindet, dass du mit deinem Bruder in Kontakt stehst. Wenn, nur so nebenbei, zur der Zeit, als du achtzehn geworden bist, sie dir nicht mal mehr den Kontakt zu mir hätte verbieten können, selbst wenn sie es wollte. Du neigst auch dazu zu denken, dass du allein durchs Leben gehen musst und weigerst dich, Hilfe anzunehmen.« *Hat Colin etwas erwähnt?*

»Ich weiß, dass du skaten darfst«, sagt er mir. »Ich habe es nie hinterfragt, als du mir mit einer Lüge erzähltest, dass du mit dem Skaten aufhören wirst. Klar habe ich mich gefragt, warum du aufhören willst. Ich war mir sicher, dass es psychische Gründe sind. Ich weiß nicht, wie es ist, mit Depressionen zu leben. Ich habe keine Möglichkeiten zu wissen, was es mit dir macht. Ich wollte dich auch nicht zwingen, darüber zu reden, also habe ich deine Entschuldigungen einfach akzeptiert.«

Er nimmt meine Hand und drückt sie leicht. »Ich weiß, dass dein Zustand schlimmer wird. Keine Ahnung, wie schlimm, aber ich weiß, dass es dir nicht gut geht. Colin weiß es auch, sonst hätte er nicht darauf bestanden, dass du hierbleibst.«

»Moment, hat Colin etwas erwähnt?«, frage ich und spüre, wie eine Welle der Panik durch meinen Körper strömt.

»Musste er nicht, Lily. Ich bin enttäuscht, dass er nichts gesagt hat, aber ich bin mir neunundneunzig Prozent sicher, dass er es nicht getan hat, weil du ihn gezwungen hast, es nicht zu tun.«

Als ich in seine Augen sehe, sind sie voller Schmerz, etwas, das ich noch nie zuvor wirklich gesehen habe. Wann immer ich dachte, er sei verletzt…das toppt es.

»Ich habe dein Tagebuch gelesen«, gibt er zu. Vielleicht kommt mein Tod früher als erwartet. »Du weißt schon, als du es so verzweifelt zurückhaben wolltest.«

Ich nicke und weiß genau, wovon er spricht. Von welchen wenigen Seiten er spricht.

»Zuerst dachte ich, es ist eine Art Skript für einen Kurzfilm, an dem ihr im Unterricht arbeitet, eine Drehbuchpraxis vielleicht. Es sah jedoch nicht wie eines dieser Skripte aus, aber ich machte mir immer noch keine Gedanken. Bis ich zu den ›Liebe Ana‹-Seiten gekommen bin. Nachdem wir uns getroffen hatten und ich wieder zu Hause war, habe ich Kissen aus Wut und Frustration durch das Haus geworfen. Ich habe versucht, irgendetwas zu finden, das dich retten kann. Selbst an den darauf folgenden Tage habe ich noch versucht, herauszufinden, wie ich dich am Leben halten kann. Mein einziger Gedanke war, dich in eine psychiatrische Klinik zu bringen, damit du die Hilfe bekommst, die du brauchst. Aber ich wusste auch, dass du mich dafür hassen würdest, auch wenn es möglicherweise dein Leben retten würde«, sagt er mir.

»Erst als ich merkte, dass Colin dir näher kam und ihr täglich zusammen wart und Colin das Training schwänzte, schob ich den Gedanken beiseite. Er hat sich um dich gekümmert, um dein Leben zu retten, nicht wahr?«

Ich nicke, denn ich bin nicht in der Lage unter meinen Tränen zu sprechen.

Gott, Aaron wusste es die ganze Zeit?

»Wie viele Tage hast du noch?«

»Eineinhalb.« Meine Stimme ist ein Flüstern, schwach und gebrochen. Ich erkenne nicht einmal meine eigene Stimme.

»Es gibt nichts, was ich tun kann, oder?«, fragt er und seine Augen sind schmerzerfüllt, selbst seine Stimme ist es.

Ich schüttle langsam den Kopf und sehe, wie sich seine Augen mit Tränen füllen.

Ausnahmsweise fühle ich keinen Schmerz.

Ich sollte weinen. Ich sollte ihn anflehen, mir zu helfen. Ich sollte Mitleid mit ihm haben.

Aber das tue ich nicht.

Alles, was ich fühlen kann, ist…nichts. Ich fühle absolut gar nichts.

Kapitel 36

»and I didn't think it'd go this way; can I please have one more minute«—Heaven's Not Too Far by We Three

Colin

Meine Eltern sitzen beide auf Eiras Bett, als ich das Zimmer betrete.

Meine Mutter hält ihre Hand, die Augen kaum geöffnet. Sie versucht ihr Bestes, um nicht zu weinen.

Es ist das, was Eira wollte.

»Ich will nicht sterben, und dabei sehen, wie ihr weint, ¿Vale?«, hat Eira so oft gesagt, dass es sich in mein Gehirn eingebrannt hat.

Ich habe gelogen. Ich habe Lily angelogen, als ich ihr sagte, dass meine Schwester krebsfrei ist. Das war sie nie. Sie hatte nie eine Chance, diesen Krebs zu besiegen.

Meine Familie wusste es jedoch. Wir hatten Jahre Zeit, um uns auf Eiras Tod vorzubereiten. Jahre, um mehr Erinnerungen mit ihr zu sammeln und Abschied zu nehmen.

Aber egal wie viel Zeit du hast dich darauf vorzubereiten, jemanden, den du liebst, an den Tod zu verlieren wird nie nicht weh tun.

Eira schenkt mir ein schwaches Lächeln, als sie mich an ihrer Tür entdeckt. Sie blinzelt so langsam, als würde sie ihre Augen jede Sekunde für immer geschlossen halten.

Sie versucht mir eine Hand entgegenzustrecken, ist aber zu schwach dafür.

Ich gehe zu ihr hinüber, setze mich neben sie auf das Bett, während mein Vater etwas Platz macht.

Als ich Eiras Hand nehme, kann ich fühlen, wie nahe sie dem Tod ist. Sie ist kalt, kälter als sie es gestern nach stundenlangen skaten war.

»*Gigante*«, sagt sie, ihre Stimme so schwach, so leise…ich erkenne sie kaum wieder.

»*Enana.*«

Sie kichert, dabei ist es weniger ein Kichern, eher ein schwerer Atemzug.

»Ich habe ein Bild für dich ausgedruckt«, sagt sie schwach. »Von mir.«

Ich schmunzle. »Natürlich hast du das getan.«

»Du wirst dich für mich um Lily kümmern, nicht wahr?«, fragt sie und versucht, meine Hand zu drücken.

Ich schüttle den Kopf. »Ich denke, du wirst das eher für mich tun müssen.«

Eira versucht ihren Kopf zu schütteln. »Sie wird leben.«

Mit einem sanften Lächeln auf den Lippen schaut Eira unsere Eltern an, ihre Atmung wird mit jeder Sekunde schwächer.

Ich kann fühlen, wie mein verdammtes Herz bricht. Ich bin nicht bereit, mich von meiner Schwester zu verabschieden. Ich glaube nicht, dass ich es jemals sein werde.

Ich wusste, dass es passieren wird. Ich wusste, dass Eira sterben wird. Aber es wird erst jetzt...real.

»Sin lágrimas.«

Meine Mutter verdreht die Augen. *»Vale, lo prometimos, nada de lágrimas.«*

Keine Tränen.

Der Raum wird ganz leise, als Eira »Ich liebe euch«, flüstert. Sie nimmt ihren letzten Atemzug, die Augen schließen…und sie öffnen sich nie wieder.

Es ist zwei Tage her, seit ich zu Hause bin, in meinem Elternhaus. Zwei Tage, seit ich Lily in meinem Haus gelassen habe, ganz alleine.

Aber zwei Tage später bedeutet auch…es ist der 8. Oktober. Lilys Todestag.

Nachdem was am Mittwoch passiert ist, bin ich mir sicher, dass Lily ihren eigentlichen Plan, nämlich heute zu sterben, durchziehen wird.

Auf keine ihrer Nachrichten habe ich geantwortet und keinen ihrer Anrufe habe ich entgegengenommen. Um fair zu sein, habe ich sie bis auch nicht gesehen. Jetzt, wo ich endlich mein Handy, mit nur noch einem Prozent Akku, in die Hand nehme.

Um ehrlich zu sein hatte ich alles darauf gewettet, dass mein Handy komplett tot sein würde. Wie hat es ganze zwei Tage überlebt?

»Du gehst?« Mein Vater kommt in mein Schlafzimmer, als ich mit dem Anziehen fertig bin. Er lehnt sich an den Türrahmen und verschränkt die Arme über der Brust.

»Was soll ich sonst noch hier tun? Mamá beim Weinen zusehen? Dir eine weitere Runde zuhören, wie du versuchst, Reece zu erklären, warum Eira nicht mehr nach Hause kommt?«

Mein Vater schüttelt langsam den Kopf und seufzt dabei.

»Wir wussten, dass Eira sterben wird, und wir alle wussten, dass es ziemlich bald sein würde. Eira würde nicht wollen, dass ich mein Leben wegen ihres Todes auf Eis lege, nicht, wenn sie viel zu aufgeregt war, um ein neues Abenteuer zu starten. Hier zu bleiben, bis zu ihrer Beerdigung nächste Woche, ist also keine Option«, sage ich.

»Das Team fragt schon, warum das Training seit Mittwoch ausfällt. Ich weiß, dass du ihnen nichts über Aiden erzählt hast, aber du wirst ihnen von Eira erzählen müssen. Soweit ich weiß, wurde Eira von jeden einzelnen von ihnen gemocht.

Ich kichere leicht. »Papá, sie liebten sie. Erinnerst du dich an Eiras Quinceañera? Die waren so verrückt danach, den Tag für sie zu planen.« Dann halte ich inne und seufze leise. »Ich werde es ihnen sagen, aber nicht übers Handy.«

»Ich werde das Team noch für den Rest des Schuljahres coachen. Du musst es den Jungs nicht alleine sagen. Wenn du willst, werde ich dabei sein.«

Ich nicke und schätze sein Angebot.

»Ist etwas zwischen dir und Lily passiert? Die gesamte Stunde bevor du kamst, hatte Eira gehofft, dass du sie mitbringen würdest.«

Ich setze mich auf mein Bett und schaue auf den Boden. »Papá, Lily ist suizidgefährdet. Sie wusste nicht einmal, dass Eira sterben wird. Ich hatte kein gutes Gefühl dabei, es ihr zu erzählen, ich war besorgt, dass es in ihr Schuldgefühle auslösen würde.«

»Ich verstehe«, sagt er, als er mein Zimmer betritt und sich neben mich setzt. »Du hast verdächtig viel Zeit mit diesem Mädchen verbracht. Ich dachte mir, dass etwas los sein muss. Nun, entweder das oder du hast dich verliebt.«

Ich brauche nicht aufzublicken, um zu erkennen, dass mein Vater ein leichtes Lächeln auf den Lippen hat. Ich muss ihm auch nichts bestätigen, er weiß, dass Option zwei auch der Grund ist.

»Ich habe keine Ahnung, was ich tun soll. Aaron weiß nichts von ihrem Zustand. Ich konnte mich nicht dazu bringen, es ihm zu sagen, was so dumm ist, ich weiß. Ich habe den gleichen Fehler mit Aiden gemacht. Und jetzt bin ich mir nicht einmal sicher, ob Lily noch am Leben sein wird, wenn ich nach Hause komme.«

»Colin, Aidens Tod war nicht deine Schuld. Du warst neunzehn. Kinder in diesem Alter scherzen oft über den Tod, auch wenn sie es nicht sollten. Natürlich hast du es nicht ernst genommen, besonders wenn man bedenkt, dass Aiden der Typ war, der sagte: ›Ich könnte einfach sterben, anstatt diese Aufgaben zu erledigen‹, wenn er Hausaufgaben machte.«

Ich antworte nicht. Papa versucht mir das seit zwei Jahren einzureden.

Ich schließe mein Handy an mein Ladegerät an, nur lange genug, um im Notfall auf dem Heimweg jemanden anrufen zu können, und überfliege ein paar Nachrichten, die Lily mir gestern und am Vortag geschickt hat.

Lily: Geht es dir gut? Du hast mir den ganzen Tag nicht geantwortet. Bitte gib mir nur ein Zeichen, dass du am Leben bist. Ich mache mir wirklich Sorgen.

Lily: Okay, es ist der nächste Morgen. Aaron sagte, du würdest bei deinen Eltern sein. Er erwähnte etwas über Eira. Colin, es tut mir so leid…

Lily: Ich habe versucht, euer Haustelefon anzurufen, dein Vater ist rangegangen. Er sagte, du hast es in einem Stück nach Hause geschafft. Zumindest weiß ich jetzt, dass es dir körperlich gut geht. Mein tiefstes Beileid an dich und deine Familie. Wenn du etwas brauchst…ich bin für dich da.

»Du hast mir nicht gesagt, dass Lily gestern angerufen hat?«

»Deine Schwester ist gestorben, also vergib mir das.« Ich glaube nicht, dass er so hart rüberkommen wollte. »Du hast ihr auch nicht gesagt, dass du hier bist, oder sie einfach nur wissen lassen, dass du keinen Unfall hattest.«

Er hat Recht. Es gab genug Momente, um ihr eine schnelle Nachricht zu schicken. Aber andererseits habe ich nicht erwartet, dass Lily sich dafür interessiert, was mit mir ist. Nicht nach der Art und Weise, wie ich sie verlassen habe.

»Willst du, dass ich Reece mitnehme? Dir und Mamá etwas Raum geben?«, frage ich.

Angesichts der Tatsache, dass meine Mutter seit Mittwoch nicht aufgehört hat zu weinen, denke ich mir, dass ich Reece vielleicht mit zu mir nach Hause nehmen sollte, um ihr etwas Ruhe zu gönnen.

Papá steht von meinem Bett auf und geht ein paar Schritte auf meine Tür zu, bevor er sagt: »Nein, ich denke, dass es gut ist, wenn mindestens eines der Kinder deiner Mutter noch zu Hause ist.«

Da könnte er Recht haben.

»Colin—« er hält inne und dreht sich um »—ruf Aaron an und erzähle ihm alles, was es über Lily zu wissen gibt. Du wirst nicht unter einer Stunde zu Hause sein. Eine Stunde kann alles verändern. Auch wenn du riskierst, deinen besten Freund und möglicherweise die Frau, die du liebst, zu verlieren, dafür, dass du etwas sagst. Ihr Leben zu retten ist wichtiger, als etwas Hass zu riskieren.«

Mein Vater verschwindet genauso schnell, wie er aufgetaucht ist.

Als er nicht mehr in Sicht ist, mache ich mich auch auf den Weg durch den Flur, direkt in das Zimmer meines kleinen Bruders. Das einzige Geschwisterkind, das ich noch habe.

Seine Zimmertür ist offen, so wie immer. Ich meine, er ist erst drei.

Reece lächelt mich strahlend an, als er sieht, wie ich ihn von seiner Tür aus beobachte. Er lächelt immer. Ich weiß, dass sein Lächeln irgendwann weniger wird, je älter er wird, so läuft das Leben. Aber im Moment ist sein Lächeln immer noch präsent und scheint nie auszugehen.

»Eira ging an den Strand«, erzählt er mir kichernd. »Mamá ist traurig, weil *enana* gegangen ist, *gigante*.«

Als ich sein Zimmer betrete, setze ich mich neben ihn auf den Boden und schenke ihm ein Lächeln. »Sehr traurig.«

»Papá sagt, sie besucht Aiden.«

Ich nicke und nehme Reece für eine dringend benötigte Umarmung ein. Er versteht noch nichts von dem, was passiert ist, auch weiß er nicht, was mit Aiden passiert ist oder warum er ihn nie wirklich kennengelernt hat.

Er hat Aiden auch immer nur auf Bildern gesehen und Geschichten von ihm gehört.

Ich meine, Reece ist drei Jahre alt, natürlich hat er keine Ahnung, was los ist.

»Aber Eira kommt zurück wie du.«

Seufzend gebe ich ihm einen Kuss auf den Kopf und drücke ihn noch ein kleines bisschen fester an mich. »Ja, buddy, sie wird irgendwann zurückkommen.«

Ist es grausam, einem Dreijährigen zu sagen, dass seine Schwester gestorben ist und nie wieder zurückkommen wird? Ich denke schon.

Er wird es irgendwann verstehen, wenn er ein bisschen älter ist. Aber im Moment versteht Reece das ganze Konzept des Todes noch nicht, also warum sollte man ihm seine immer noch gegenwärtige Glücklichkeit früher als nötig nehmen?

»Können wir in den Park gehen?«, fragt er und zieht sich aus meinem Griff.

»Morgen, okay? Ich muss gehen, aber ich komme morgen wieder und dann verbringen wir den ganzen Tag im Park, okay?«

Er nickt, schnell und hysterisch. »Und Lilybug?«

Wenn Reece nicht mein viel jüngerer Bruder wäre, würde ich wahrscheinlich sauer auf ihn sein, weil er den gleichen Spitznamen wie ich benutzt, aber ich finde es tatsächlich bezaubernd.

»Ich werde sie bitten, zu kommen.«

KAPITEL 37

»I'll remind you of the world and it's wonder«—Wait for you by Tom Walker

Colin

WEIL ICH SO GUT DARIN BIN, Ratschläge anzunehmen, habe ich Aaron nicht angerufen.

Ihn anzurufen, schien unpassend. Klar, ich hätte fragen können, wo Lily ist, ob sie noch bei uns zu Hause ist oder ob sie zurück in ihr Wohnheim gegangen ist. Aber ich befürchtete, dass das mehr Fragen aufwirft.

Zumindest habe ich ihm eine Nachricht geschickt, in der stand, dass ich in etwa einer Stunde zu Hause sein werde…aber das war vor siebzig Minuten.

Ich stehe vor unserem Haus, Angst hineinzugehen.

Bis jetzt habe ich keine Ahnung, ob Lily noch lebt oder nicht. Wenn ich jetzt rein gehe, bekomme ich eine Antwort auf eine Frage, von der ich nicht sicher bin, ob ich bereit bin, sie zu bekommen.

Wenn ich dort hineingehe und Aaron am Boden zerstört ist, ist Lily gestorben. Wenn er unbekümmert ist, ist sie vielleicht noch am Leben oder sie wurde noch nicht gefunden.

Großartig, entweder werde ich sicher wissen, dass sie tot ist, oder ich werde immer noch im Dunkeln tappen.

Nach einem kurzen Moment des Zögerns atme ich tief durch, schließe die Tür auf und gehe hinein.

Mir bleibt die Luft weg, als ich den zerstörten Zustand bemerke, in dem sich unser Haus befindet.

Die Barhocker liegen in verschiedenen Positionen auf dem Boden, keiner von ihnen steht an seinem Platz. Unser Sofa ist auch nicht in seiner gewohnten Position. Es steht auf dem Kopf und sieht aus, als hätte jemand verdammt viel Wut darauf ausgelassen. Das Display des Fernsehers ist kaputt, versehen mit etwas zwei bis drei Einschlägen. Thekendekorationen, Papiere, Glasscherben sind über den ganzen Boden verbreitet. Es sieht wirklich so aus, als ob dieses Haus von einem Tornado getroffen wurde.

»Aaron?«, schreie ich, da ich ihn nicht im Wohnzimmer sehe.

Stille.

Vielleicht hat er mich nicht gehört, also rufe ich nochmal nach ihm. Diesmal höre ich, wie sich seine Schlafzimmertür öffnet, kurz bevor Schritte durch den Raum schallen, die sich auf den Weg nach unten machen.

In der Sekunde, in der ich einen Blick auf ihn werfe, zerbricht mein Herz.

Er sieht schrecklich aus. Sein Hemd ist zerrissen, sehr wahrscheinlich, weil er zu stark daran gezogen hat. Sein Haar ist unordentlich und steht in verschiedene Richtungen. Seine Augen sind rot und geschwollen, genau wie seine Nase und Wangen, sein Gesicht tränenbefleckt.

Ich kann sehen, wie sich seine Hände zu Fäusten ballen, als er mich sieht, entspannen sich aber sofort wieder und er beginnt zu schluchzen.

Seine Beine zittern, eine zitternde Hand findet zu seinem Mund, als er auf die Knie fällt. Seine Schultern zucken und er stößt schmerzhafte Schreie aus.

»Sie ist weg, Colin.« Seine Stimme ist nichts als ein Flüstern.

Mein Herz bricht zum zweiten Mal in nur ein paar Tagen, und so beschissen es klingt, dieses Mal tut es noch mehr weh, als Eira zuzusehen, wie sie ihren letzten Atemzug nahm und ihre Augen für alle Ewigkeit schloss.

»Ich konnte sie nicht aufhalten«, schluchzt er.

Ich möchte mich rüber zu ihm begeben, aber ich kann es nicht. Ich bin auf der Stelle erstarrt. Und es scheint, als könnte ich die Kraft mich zu bewegen auch nicht finden.

»Ich hatte diesen Plan, aber sie hat ihn direkt durchschaut«, schluckt er. »Sie hat eine Nachricht für dich hinterlassen…ist in deinem Zimmer.«

Sobald diese Worte seinen Mund verlassen, sprinte ich nach oben und lasse Aaron zurück. Ich bin so ein beschissener bester Freund, aber das ist mir in diesem Moment auch egal.

Mein Zimmer ist genauso verwüstet wie der Rest des Hauses. Alles steht auf dem Kopf. Aaron war auch hier drin, hat Sachen herumgeworfen und meine persönlichen Gegenstände zerbrochen. Aber das Schlimme ist, ich kann es ihm nicht einmal verübeln.

Ich sehe ein Stück Papier auf meinem Schreibtisch liegen, den einzigen Teil meines Zimmers, der nicht so aussieht, als hätte ich zehn Partys an einem Tag geschmissen.

Ich nehme es und erkenne Lilys Handschrift.

Es tut mir so leid, dass wir uns nicht mehr gesehen haben.
Ich werde dort sein, wo alles begann.
Mach daraus, was du willst.

Lily

Großartig. Ich habe nicht nur Lily verloren, sondern jetzt muss ich auch noch raten, wo ich ihre Leiche finden kann…und ihre Leiche zu sehen ist genau das, was ich jetzt brauche.

Natürlich habe ich versprochen, dass ich mich um die Briefe kümmern werde, aber ich habe nie wirklich geglaubt, dass es so weit kommen wird. Und ich habe mir nie selbst erlaubt, zu denken, dass ich derjenige sein würde, der den Anruf tätigt, um ihren Körper aus dem Raum transportieren zu lassen, in dem sie gestorben ist.

Ich weiß nicht, wie oder was ich mir vorgestellt habe, aber *das* war es nicht. Überhaupt nicht.

Ich werde dort sein, wo alles begann.

Was zum Teufel bedeutet das überhaupt?

Es gibt mindestens zehn verschiedene Orte.

Das Krankenhaus, in dem sie geboren wurde (ich bezweifle, dass es das ist); ihr Elternhaus der Ort, an dem sie sich von Aaron und ihrem Vater verabschieden musste; die Eishalle…

Die. Eishalle.

Die Hockey-Arena ist der einzige Ort in der Nähe, mit dem sie wirklich etwas in ihrem Leben verbindet.

Das Eis. Der Ort, an dem ihre Leidenschaft begann. Der Ort, an dem sie ihr Leben beenden wird, um sich wieder mit ihm zu verbinden.

Ich laufe die Treppe hinunter. Vielleicht ist sie noch nicht tot. Vielleicht, wenn ich mich beeile, ist sie noch am atmen, wenn ich dort hin komme. Ich muss nur einen Krankenwagen rufen, ihr Hilfe besorgen, und zu Gott beten, dass sie überlebt.

»Wann ist Lily gegangen?« Worte strömen aus mir heraus, schneller als je zuvor. Aaron ist immer noch auf den Knien und weint.

Er nimmt mich kaum wahr.

»Ich konnte ihr Rätsel nicht lösen, Colin«, spricht er schluchzend.

»Ich habe meine Vermutung auf die Hockey-Arena. Wann ist sie gegangen?«

Seine Augen treffen auf meine und brechen mir das Herz ein weiteres mal. Ich hätte nie gedacht, dass es mich so verletzen würde, meinen besten Freund untröstlich zu sehen. Ich hätte nie gedacht, dass es mich in den Magen schlagen, und dazu zwingen würde, mein eigenes Erbrochenes zu schlucken, das droht aus mir herauszukommen.

»In der Nacht« sagt er leise. »Als wir miteinander geredet haben, hat sie mir versprochen, dass wir heute Morgen als erstes Hilfe für sie holen. Ich habe sie dazu gebracht, in meinem Zimmer zu schlafen…aber als ich am Morgen aufwachte, war sie weg.«

»What the *fuck*, Dude!« Ich habe kein Recht zu schreien, dessen bin ich mir voll bewusst. Aber ich kann meinen Drang nicht unterdrücken. »Warum hast du nicht sofort Hilfe geholt, als du es herausgefunden hast!«

Ich bete, dass er nicht weiß, dass ich auch von ihrem Zustand wusste. Aber natürlich tut er das. »Weil du Raum zum Reden hast«, spottet er und lacht ironisch. »Warum hast *du* keine Hilfe geholt?«

»Ich hatte kein Recht dazu«, antworte ich. Es spielt keine Rolle, ob ich das Recht dazu hatte oder nicht, ich hätte es trotzdem tun müssen. »Sie war niemand für mich. Es hätte mir nicht weniger egal sein können, ob sie stirbt oder nicht. Ich wusste nicht einmal, dass sie mit dir verwandt ist.«

»Nun, du hast sie kennengelernt, aber du hast ihr immer noch nicht die Hilfe geholt, die sie brauchte.«

Darüber zu streiten wird sie jetzt auch nicht zurückbringen, also anstatt etwas zu sagen, laufe ich aus der Tür, sprinte zu meinem Auto und fahre wie ein Verrückter in Richtung Arena.

Ich schaue nicht zurück.

Der Parkplatz ist leer, komplett leer, bis auf ein Auto. Mein BMW. *Sie ist hier.*

Dies ist eine große Arena, sie könnte überall sein. Wenn ich sie finde, ist sie wahrscheinlich schon tot.

Sie ist nicht auf dem Eis selbst, so viel kann ich sagen, als ich die Arena einfach betrete, da ich einen tollen Blick auf das Eis habe. Die Eisfläche ist leer,

Die ganze Arena scheint leer zu sein und so viel kälter als sonst.

Ich gehe als nächstes in die Umkleidekabine und schaue dort nach ihr, wenn diese leer ist, überprüfe ich den Duschraum—auch leer. So ist der andere Umkleideraum.

Bevor ich die obere Hälfte der Arena checke, muss ich noch einen *Sitzplatz* überprüfen.

Ich habe vorher nirgendwo blonde Haare gesehen, aber das bedeutet nicht, dass sie nicht irgendwo auf dem Boden liegt.

Schnell renne ich zur anderen Seite der Arena, zu der Stelle, wo ich Lily vor zwei Wochen das erste Mal begegnet bin und ich bin mehr oder weniger überrascht, ein mintgrünes Tagebuch auf dem Sitz liegen zu sehen.

Das Tagebuch des Grauens.

Genau das Tagebuch, das mein Herz eine Million Mal schmerzen lassen wird.

Sie hat es hier platziert. Das heißt, ich bin zu spät. Lily hat das Tagebuch einfach abgelegt, um mich zu beschäftigen, damit ihr Tod noch mehr garantiert ist.

Ich mein, Gott bewahre, dass ich sie finde, wenn sie noch am atmen ist.

Dieses Mädchen hatte ihren Tod wochenlang geplant, es gab nie eine Chance für mich, sie zu retten.

Ich lasse mich auf den Sitz neben dem Tagebuch fallen, ziehe meine Hände über mein Gesicht, während ich ein langes, schmerzerfülltes Stöhnen ausstoße.

Ich nehme das Tagebuch, atme tief durch und öffne es langsam.

Dieses Buch ist alles, was mir von ihr geblieben ist.

Ich wäre nicht einmal überrascht, wenn sie mir keinen Brief hinterlassen hat.

Oh Gott, die Briefe. Ich versprach ihr, dass ich dafür sorgen würde, dass sie jeder bekommt.

Doch das ist nicht das, worüber ich mir jetzt Sorgen machen sollte. Ich muss dieses Tagebuch lesen. Alles.

Ich muss verstehen, warum sich ihre Meinung nicht geändert hat…und vielleicht werde ich auf einen Hoffnungsschimmer stoßen, den sie mindestens einmal hatte.

Ich überfliege die Seiten nicht. Ich lese jede einzelne mit Sorgfalt.

Mein Herz bricht mit jeder neuen Seite ein wenig mehr, als ich herausfinde, wie viel Schmerz diese Frau wirklich in sich trug.

Wenn ich zu den neueren Seiten komme, bemerke ich das etwas fehlt.

Briefe.

Der letzte, auf den ich gestoßen bin, war ihrer Mutter gewidmet. Das ist jetzt gut zwanzig (oder sogar mehr) Seiten her. Nach ihrem vorherigen Muster zu urteilen, hatte sie alle zehn bis zwölf Seiten einen neuen Brief.

Wo zum Teufel ist also Aarons Brief?

Lieber Colin-Baby,

Das ist neu.

sie sagen, dass die Zeit alle Wunden heilt...
sie liegen falsch.
Wie du bereits weißt, ist dies mein unalive journey 101.
Das Buch, das ein paar Herzen brechen wird.
Zumindest habe ich mir das gesagt.
Ich sagte mir, dass es da draußen mindestens drei Menschen gibt, die mich wirklich lieben.
Willst du wissen, wer diese Menschen sind?
Ja, ich bin mir sicher, dass du das willst. Aber ich habe es im Moment nicht eilig, also werde ich dich warten lassen und mir Zeit nehmen, bevor ich es dir erzähle.
Übrigens, nein, das ist nicht dein Brief. Du verdienst einen besseren als diesen. Ich wollte dir das hier aber schon mal schreiben.

Du hast mich heute verlassen.
Ich bin mir nicht sicher, warum, und du antwortest auf keine meiner Nachrichten oder Anrufe.
Ich mache mir Sorgen um dich.
Ich mache mir Sorgen, dass du einen Unfall hattest, irgendwo im Straßengraben liegst und stirbst.
Ich mache mir Sorgen, dass du nie wieder zu mir zurückkommen wirst.
Ich mache mir Sorgen, dass ich dich nie wieder sehen werde.
Ich war wütend, als du mich verlassen hast. Zumindest für kurze Zeit.
Ich war so wütend, weil du diese riesige. »Ich bin in dich verliebt«-Bombe fallen gelassen hast und dann bist du weggelaufen, bevor ich die Chance hatte, dir zu antworten.
Ich konnte mich nicht einmal verabschieden, oder dir sagen, dass du Vorsichtig fahren sollst.
Aaron erzählte mir, dass zu Hause etwas passiert ist, was meine Sorgen nur erhöhte.
Du hast mir nicht gesagt, was los ist, wohin du gehen musst oder warum du überhaupt gehen musstest.
Es ist nicht so, dass du mir etwas sagen musst, aber genau in diesem Moment, direkt nachdem du diese Bombe auf mich abgeworfen hast…Ich hatte das Gefühl, dass ich mindestens so viel Einblick in deinen Kopf verdient hätte.
Wie auch immer, ich kann nicht wütend auf dich sein.
Ein paar Stunden, nachdem du gegangen bist, kam Aaron nach Hause. Ich weinte immer noch, genauso wie ich es tat, als du mich verlassen hast.
Natürlich konnte ich meine Tränen nicht vor meinem Bruder verbergen, also redeten wir.
Oder er redete.
Du kennst Aaron, er liebt es zu reden.
Mein gesprächiger Bruder hat im Moment keine Bedeutung.
Eigentlich tut er das.
Er weiß bescheid.

Aaron wusste alles, seit dem Tag, als er mir dieses Tagebuch zurückgab. Er hat es gelesen, genau wie du.
Aaron weiß von meinem Wunsch zu sterben.
Jetzt denkst du vielleicht: »Warum zum Teufel hat er dann nicht versucht, dir Hilfe zu holen?«
Die gleiche Frage richtet sich an dich, Colin.
Warum zum Teufel hast du mir keine Hilfe besorgt?
Ich weiß, dass ich dich dazu gebracht habe, mir zu versprechen, es nicht zu tun.
Aber du sagtest, du liebst mich, trotzdem hast du meinen Tod riskiert, damit du nicht dein Versprechen brichst.
Du hattest die Möglichkeit, dieses Buch anonym unserem Sozialarbeiter zu geben. Er wäre gezwungen gewesen, mit mir zu sprechen und mir Hilfe zu besorgen. Und all das, bevor du mir diese neun Tage angeboten hast.
Bevor du mir neun Tage deines Lebens gewidmet hast.
Vielleicht ist das Wunschdenken…
aber ich würde gerne denken, dass du ein bisschen egoistisch bist, wenn es um mich geht.
Ich würde gerne denken, dass du mich lieber ganz für dich alleine hättest, sonst darf mich überhaupt niemand haben.
Das heißt, wenn ich mich nicht in dich verliebe, so wie du dich in mich verliebt hast…dann willst du nicht, dass ich lebe, damit ich nicht die Chance habe, mich in jemand anderen zu verlieben. Jemand, der nicht du bist.
Aber das würde auch bedeuten, dass du dich in mich verliebt hättest, lange bevor wir uns überhaupt wirklich kannten.
Vielleicht war es von deiner Seite aus Liebe auf den ersten Blick, aber wir alle wissen, dass es nicht so war.
Wie auch immer, das mag auch ein wenig…Arschlochartig erscheinen.
Du bist kein Arschloch.
Du hast nichts falsch gemacht, Colin.
Du hast getan, worum ich dich gebeten habe. Du hast mir nicht die Hilfe gegeben, die ich nicht wollte. Dafür bin ich dankbar.

Obwohl du mich vielleicht im Tausch für dein Schweigen verloren hast.
Aaron wusste auch, dass meine Depression tiefer ging als…nur die Oberfläche.
Genau wie du hatte er keine Ahnung, wie er damit umgehen sollte.
Im Gegensatz zu dir hatte er keine Ahnung, wie er auf mich zukommen und mich fragen sollte, was er tun könnte, um mir zu helfen
Du hast mir geholfen. Oder hast es wenigstens versucht.
Die letzten sieben Tage waren die schönsten Tage, die ich seit sehr langer Zeit hatte.
Ich sage sieben Tage, weil ich mir nicht sicher bin, ob wir den ersten Tag als den ersten Tag zählen können.
Tag Eins: Der Tag, an dem ich eine Panikattacke in einem der Flure unserer Schule hatte.
Du hast mich mit zu dir nach Hause genommen, hast mich deinen Geschwistern, deiner Mutter vorgestellt.
Ich muss zugeben, das war komisch für mich.
Ein Typ, der Captain der Hockeymannschaft, der mich mit nach Hause *nimmt, obwohl er mich nicht einmal kennt. Ja und ich, ich kannte ihn auch nicht, nicht im Geringsten.*
Selbst dieser Tag war gut.
Tag Zwei: Du hast mich mitgenommen, um den Sonnenaufgang zu beobachten. Ich mochte Sonnenaufgänge nie, hätte nie gedacht, dass sie auch nur annähernd wunderschön sein können. Doch du hast mir das Gegenteil bewiesen.
Sonnenaufgänge sind unglaublich.
Tag Drei: Kaffeeverkostung. Verdammt, das hat Spaß gemacht. Besonders der Teil, bei dem du deinen Teamkollegen und Freunden den kalten Kaffee zu trinken gabst, in den du vorher reingespuckt hast, ekelig, aber lustig.
Wir haben nicht nur einen Ort gefunden, unseren Ort, wir hatten auch jede Menge Spaß zusammen, beim Herumfahren und Kaffee probieren.

Ich hätte nie gedacht, dass es Spaß machen würde, Kaffee zu probieren.
Tag Vier: Wir waren im Haus deiner Eltern. Über Nacht. Ich hatte echt Angst. Es war komisch, aber ich war dennoch so aufgeregt. Nach der Nacht zuvor hatte ich das Gefühl, dass sich unsere Beziehung verändert hatte.
Das hast du damit bewiesen, als du mir gesagt hast, ich solle dich verletzten, wenn ich den Drang verspüre, mich selbst zu verletzen.
Die Worte, die du zu mir gesagt hast…Colin, es waren die schmerzerfülltesten und liebevollsten Worte, die ich je gehört habe.
»Du kannst einen Todeswunsch haben, so lange du willst, aber wenn du dich verletzen willst, wirst du mich auch verletzen.«
Ich habe dich verletzt. Mit jedem neuen Tag.
Ich wusste nicht, dass Freunde solche Dinge nicht sagen würden. Kein normaler Freund würde seine Haut im Austausch für deine anbieten.
Du hast versucht, mich zu verstehen. Du kannst dir nicht vorstellen, wie viel mir das bedeutet hat.
Tag Fünf: Mein Geburtstag. Du hast meine Mutter kennengelernt. Du warst dabei, als sie mir sagte, dass ich sterben soll.
Und was hast du daraus gemacht?
Du hast mich zu einem Tellerzertrümmerungsplatz gebracht.
Du gabst mir die Chance, meine Wut rauszulassen, Worte loszulassen, die mich verletzt haben.
Als ich mir wünschte, dass du glücklich sein sollst, eine Freundin finden sollst, die dich bedingungslos liebt. Dass jemand an deiner Seite ist, wenn ich nicht mehr da sein kann.
Der Teller ist nicht kaputt gegangen.
Colin, glaubst du an Wunder? An Zeichen die das Universum sendet?
Was ist, wenn der Teller nicht zerbrochen ist, weil der Wunsch nicht erfüllt werden sollte?

Was ist, wenn du keine neue *Freundin finden sollst?*
Das klingt schrecklich. Es tut mir leid.
Was ist, wenn der Teller nicht zerbrochen ist, weil das Universum versucht hat, mir, oder uns, zu sagen, dass es keine bedingungslose Liebe geben wird, wenn sie nicht mit mir ist?
Wunschdenken Runde zwei?
Ach so…du hattest Recht. Ich liebe Frösche.
Tag Sechs: Wir blieben zu Hause wegen meiner Panikattacke, die mich für kurze Zeit lähmte.
Weißt du, was du getan hast?
Du bist gegangen, um Sergeant Froggo für mich zu holen, weil ich gesagt habe, dass ich ohne ihn nicht schlafen kann.
Du bist die ganzen Fünfzehn Minuten zu den Studentenwohnheim gefahren, bist in mein Zimmer eingebrochen, nur um ein Stofftier für mich zu holen, damit ich schlafen kann.
Tag Sieben: Das Kürbisfeld. Das war doch mal was. Nicht, dass es sehr interessant war, aber ein paar große Hockeyspieler zu beobachten, wie sie durch ein Kürbisfeld gehen und versuchen, nicht auf die kleineren zu treten…es war Kunst. Ich wünschte, ich hätte das auf Video aufgenommen.
Die Kürbisse schnitzen und jeden einzelnen bewerten…das Lachen, das aus mir herauskam, war unglaublich. Gott, als Miles fast weinte, weil ich Ezras Mund besser bewertet habe als seine. Es war einzigartig.
Wir sprechen nicht über die Schokoladenverkostung. Ich weigere mich, daran zu denken, dich fast zu verlieren.
Tag Acht: Eislaufen.
Gibt es dem noch etwas hinzuzufügen?
Ich habe es geliebt. Jeden einzelnen Teil davon. Die ganzen drei Stunden, die wir drei damit verbracht haben, Spiele auf dem Eis zu spielen. Sogar den Teil, bei dem Eira mich dazu brachte, dir beizubringen, wie man einen »nicht schrecklich aussehenden« Sprung macht.
Ich werde es nie vergessen.

Danke, dass du mir das alles gegeben hast.
Tag Neun: Du hast mir gesagt, dass du mich liebst.
Kommen wir endlich zu den drei Menschen, von denen ich glaube, dass sie mich wirklich lieben?
Einer davon ist mein Vater. Du kannst dir vorstellen, warum. Er ist mein Vater, der Mann, der für meine Träume, meine Bildung bezahlt hat. Er kümmerte sich um mich, auch als meine Mutter das tun sollte.
Dann ist da Aaron. Es ist selbsterklärend. Er ist mein Bruder. Der Typ, der bei mir geblieben ist, als ich dachte, wir dürften es nicht.
Genau der Typ, der meine Hand gehalten hat, als ich Angst hatte, spät in der Nacht alleine auf die Toilette zu gehen, weil es dunkel war und wir acht Jahre alt waren.
Ja, ich würde sagen, dass er schon etwas Liebe danach für mich übrig hat.
Und die dritte Person bist du, Colin.
Du warst nicht nur der erste und einzige Mann, der jemals diese Worte zu mir gesagt hat (abgesehen von Aaron und meinem Vater, aber weißt du, es ist eine andere Art von Liebe); du bist auch der Erste, für den ich etwas zurückgefühlt habe.
Du hast mir nicht die Chance gegeben, zu antworten, aber ehrlich gesagt, selbst wenn du es getan hättest, hätte ich wahrscheinlich nicht gewusst, was ich sagen sollte.
Colin, du hast es selbst gesagt. Du hast mich auf Dates mitgenommen. Du hast mich geliebt als Versuch, mich zu retten.
Ich sage nicht, dass deine Liebe platonisch ist und ausschließlich darauf basiert, ob du es geschafft hast, mich am Leben zu halten oder nicht.
Du hast mir gezeigt, was Liebe ist.
Du hast mir gezeigt, dass ich nicht alleine sein muss. Dass ich nicht alleine bin.
Nun, ich denke, Liebe braucht mehr Zeit als neun Tage, um sich richtig zu entwickeln…aber unsere Herzen waren in Eile.
Unsere Tage waren gezählt.

Natürlich würde der Liebesteil versuchen, sich viel schneller einzuschleichen.
Ich bin froh, dass es so war.
Immerhin habe ich es jetzt einmal gehört.
Es tut mir leid. Es tut mir leid, dass ich so gegangen bin, wie ich gegangen bin. Du hast etwas Besseres als das verdient.
Colin, ich bin nicht hier. Ich bin nicht in der Arena, in der du das Tagebuch gefunden hast (hoffentlich bist du das, der es liest).
Geh zurück nach Hause. Um meinen Körper wurde sich bereits gekümmert.

Lily

Scheiß auf den kaltherzigen Mann.

Wie könnte ich nicht weinen, nachdem die Frau, die ich liebe, mir im Grunde genommen erzählt, dass sie mich liebt, in Form eines Tagebucheintrags, ohne es direkt zuzugeben.

Und all das, während ich weiß, dass die ihr Abschied ist.

Im Kampf gegen den Drang, an das Ende dieses Buches zu springen, um hoffentlich den Brief zu finden, der wirklich nur für mich bestimmt ist, wende ich mich der nächsten Seite zu.

Sie ist leer.

Vielleicht hat sie nur eine Seite übersehen, es passiert.

Da ich nicht viel darüber nachdenken, blättere ich eine Seite weiter.

Leer.

Ich blättere noch eine weiter, und noch eine, und wahrscheinlich noch ein paar Seiten mehr. Alle von ihnen sind leer.

Ich springe zur letzten Seite und mein Herz überspringt einen Schlag…oder zwei.

Lieber Colin-Baby,

ich sagte dir, du sollst nach Hause gehen. Mehr gibt es hier nicht zu finden.
Ich habe es nie geschafft, nach dem sechsten Tag weiterzuschreiben.
Irgendwo auf dem Weg hast du mich denken lassen, dass ich es tatsächlich schaffen könnte. Du hast mich denken lassen, dass ich leben könnte, dass das Leben vielleicht nicht schmerzvoll sein muss.
Als du mir Zeit gegeben hast, wirklich über alles nachzudenken…kam ich zu dem Entschluss, dass das Leben wirklich nicht perfekt sein muss, dass es nicht schmerzlos sein muss…
aber ich bin zu verbrannt, um trotzdem weiterzuleben.

Lily

Kapitel 38

»what you did boy, I'll never forget«—Wasting All These Tears by Cassadee Pope

Colin

GENAU WIE LILY ES MIR GESAGT HAT—mittlerweile schon zwei Mal—fahre ich zurück nach Hause.

Mein BMW parkt immer noch an der Arena, aber es kümmert mich nicht genug um herauszufinden, warum das so ist. Ich gehe einfach mit dem Glauben, dass Lily ihn hiergelassen hat, als Zeichen, dass sie hier war.

Aber ich kann nicht anders, als darüber nachzudenken, wo sie gestorben ist. Wie sie gestorben ist. War es schmerzhaft? Ist sie von einer Brücke gesprungen? Einem Gebäude? Hat sie eine Überdosis genommen?

Ich bin mir nicht sicher, warum ich das Bedürfnis habe, all das zu wissen, aber ich tue es. Und aus irgendeinem Grund fällt es mir schwer zu glauben, dass sie wirklich weg ist.

Bei jeder Person, die in meinem Leben gestorben ist, habe ich die Beweise dafür gesehen. Ich habe ihre leblosen Körper gesehen, verdammt, ich habe meine Schwester sterben *sehen*.

Ich habe gesehen, wie Eiras schwaches Lächeln langsam verblasste und sich ihr letzter Atemzug aus ihren Lungen zog. Ich konnte fühlen, wie sich ihre Muskeln lockerten. Ich erlebte den Moment, als sie uns verließ.

Ich habe Aiden vielleicht nicht sterben sehen, aber ich sah seinen leblosen Körper. Ich hatte Beweise für seinen Tod.

Es macht irgendwie Sinn, dass mein Gehirn sich weigert zu glauben, dass die einzige Frau, die ich jemals geliebt habe, die einzige Frau, die jemals Licht in mein Leben gebracht hat, gestorben ist.

Als ich nach Hause komme, erschrecke ich für eine Sekunde.

Das Wohnzimmer, das gleiche, in dem vor anderthalb Stunden ein komplettes Durcheinander war, ist komplett aufgeräumt.

Die Couch ist wieder an ihrem gewohnten Platz. Der Boden ist sauberer als je zuvor. Die Barhocker befinden sich an der Kücheninsel. Auch der Fernseher ist nicht mehr kaputt. Es ist, als ob es das Durcheinander, das ich zuvor gesehen habe, nie gegeben hat.

Habe ich vorhin halluziniert? Ist das eine Sache? Halluzinieren vor Angst? Halluzinieren aus Angst, die wichtigste Person im Leben verloren zu haben?

Diesmal rufe ich nicht nach Aaron. Ich kann ihm im Moment nicht gegenübertreten. Ich kann ihm nicht sagen, dass seine Schwester gestorben ist. Meine Anwesenheit ohne sie wäre bereits die Bestätigung.

Ihr Körper war nicht da. Um sie wurde sich bereits gekümmert.

Hat Aaron sie gefunden? Nein, das kann nicht sein. Er hätte es mir gesagt, dass sie bereits tot ist, oder?

Was weiß ich schon?

Ich kümmere mich nicht genug darum, länger darüber nachzudenken. Ich warte nur auf die Ankündigung der Schule, dass eine Schülerin verstorben ist und wir alle zu seiner Zeremonie eingeladen sind, um Abschied zu nehmen. Ein Treffen zur Trauer.

Ich kann es kaum erwarten.

Ich gehe nach oben, brauche nichts anderes als eine lange Dusche und…streich das. Ich brauche nichts anderes, als in mein Bett zu kriechen und den Geruch von Lily, der hoffentlich noch auf meiner Bettwäsche ist, zu riechen und um zu weinen.

Mein Schlafzimmer ist komplett aufgeräumt…und einige der Kleidungsstücke, die Lily auf meinen Boden geworfen hat, als ich vor zwei Tagen gegangen bin, sind in meinem Wäschekorb. Das heißt, entweder hat Lily sie weggelegt, bevor sie gestorben ist, oder das Durcheinander, das ich zuvor gesehen habe, habe ich doch nicht halluziniert.

So oder so, das ist im Moment nicht von großer Bedeutung.

Zu meiner Überraschung werde ich, sobald ich einatme, mit einem *starken* Duft begrüßt, der nach Lily riecht. Er ist nicht einmal nur leicht, blass. Sie hat definitiv ein starkes Parfüm.

Oder sie war nochmal kurz hier oben, bevor sie gegangen ist und deshalb ist ihr Duft immer noch so präsent.

Aber ich könnte schwören, dass ich der Geruch noch nicht so intensiv war, als ich vorhin den Raum betreten habe. Um fair zu sein, habe ich auch nicht wirklich darauf geachtet, wie mein Zimmer riecht.

Ich schaue auf mein perfekt gemachtes Bett und spüre den Stich in meinem Herzen. Er wird noch mehr, sobald ich diesen verdammten Frosch auf meinem Bett entdecke.

Ich starre ihn einen Moment lang an, seufze tief und laufe rüber zu Sergeant Froggo. Obwohl dieser Frosch echt gruselig ist, nehme ich ihn und drücke ihn an meine Brust, während ich mich auf mein Bett setze.

Gott, dieser Frosch riecht so sehr nach ihr. Ich vermisse sie. Ich vermisse sie so sehr, dass es schon fast lächerlich ist.

Als ich meine Beine überkreuze und auf meine Tür starre, bemerke ich etwas auf meinem Bett. Etwas, von dem ich sicher bin, dass es vorher nicht hier war.

Meine Augenbrauen ziehen sich zusammen, als ich den grünen Umschlag mit einem Froschgesicht darauf betrachte.

In Sekundenschnelle habe ich den Umschlag in meinen Händen und öffne ihn vorsichtig, damit ich ihn nicht ruiniere. Ich werde diesen dummen Umschlag für immer behalten.

Ich nehme die Blätter darin heraus, starre sie kurz an, bevor ich den Mut zum Lesen finde.

Lieber Colin-Baby,

sie sagen, dass die Zeit alle Wunden heilt…
sie liegen falsch.
Aber weißt du, was sie dir nicht sagen?
Wunden müssen nicht heilen, wenn man Klebeband hat.
Du hast mich nicht geheilt, Colin…aber du bist sicher das, was mich zusammengehalten hat—was mich zusammenhält.
Du bist die Medizin, die Schmerzen verschwinden lässt. Du bist das Gegenmittel gegen das Gift in meinem Leben.
Ich verstehe es, Colin. Ich verstehe es endlich.
Jeder kämpft gegen Dämonen.
Jeder kämpft auf seine Weise.
Als ich meinen Tiefpunkt erreicht hatte, kurz davor war, aufzugeben…wurde mir jemand geschickt—nicht um mir die schönsten Orte zu zeigen—sondern um mir zu zeigen, dass ich meine Dämonen nicht alleine bekämpfen muss.
Weißt du, wieso Menschen dazu neigen, Ratschläge zu geben, sie aber nicht selber praktizieren, was sie predigen?
Ich habe herausgefunden, warum das so ist.
Wir denken, dass wir alleine kämpfen müssen. Dass wir eine Last für jeden sind, den wir um Hilfe bitten.
Doch empfinden wir niemanden als Last, wenn wir um Rat gefragt werden.
In der Tat geben wir immer die besten Ratschläge, finden aber nie den Mut, uns selbst welche zu holen.
Sie bekommen unseren Rat, unsere Hilfe. Aber wir kämpfen immer noch und denken, dass wir der Hilfe nicht würdig sind.
Aber wir sind es.

Meine Vergangenheit wird immer meine Vergangenheit sein.
Aber genau dort ist sie…in der Vergangenheit.
Ich werde immer die Narben tragen, sie werden nie verblassen.
Das heißt aber nicht, dass ich die Wunden offenhalten muss.
Ich habe die Wahl Klebeband darüberzulegen.
Sicher, es wird sich wieder ablösen, aber es gibt immer neues Klebeband.
Vielleicht ist es nicht die gesündeste Art, mit Schmerzen umzugehen, aber es versiegelt die Wunde.
Die Art von Wunden, die ich habe…sie werden nicht verschwinden.
Es wird immer ein Teil von mir sein, aber es liegt in meinen Händen, wie viel Klebeband ich verwende, um diese offenen Wunden zu schließen.
Vielleicht kann ich sie irgendwann zusammennähen, dann werden sie heilen.
Ich will *heilen.*
Ich möchte meine Vergangenheit zukleben und weitergehen, die glücklichste Version von mir selbst werden, wie ich nur sein kann.
Ich muss nicht immer glücklich sein, das verstehe ich jetzt.
Ich will leben, Colin.
Auch wenn du nach diesem Tag nicht mehr in meinem Leben sein willst…
du wirst immer die Person sein, die mich gerettet hat. Die Person, die mich zurück ins Leben geliebt hat.
Die Person, die mir gezeigt hat, dass es Glück in der Grausamkeit gibt, dass es Licht in der Dunkelheit gibt.
Egal, was zwischen uns beiden passieren wird, ich will, dass du weißt;
Ich werde immer viel von dir halten.
Du bist die einzige Person, die jemals versucht hat, mich zu verstehen. Die einzige Person, die tiefer gegraben, und versucht hat, mich glücklich zu machen.

Du wolltest verstehen, wie ich mich fühle, und du hast dein Bestes gegeben, um meine Gefühle zu akzeptieren, anstatt mir zu sagen, dass sie nicht gültig sind, da ich keinen Grund habe, so zu fühlen, wie ich es tue.
Also, danke, Colin. Fürs Versuchen. Fürs da sein. Fürs Verstehen.
Ich. Danke. Dir.

Lily

Ich blättere hastig jede Seite um, um hoffentlich mehr zu finden. Aber es gibt nichts mehr, was sie geschrieben hat.

»Also, sie sagen, dass die Zeit alle Wunden heilt, Colin...«— ich schaue auf, mein Atem verfängt sich in meinen Lungen— »vielleicht haben sie Recht. Du hast mir beigebracht, dass Wunden nicht heilen können, wenn ich immer wieder hinein steche. Vielleicht hinterlassen sie eine Narbe, öffnen sich irgendwann wieder…aber das macht alles nichts. Es spielt keine Rolle, weil das Leben zu kostbar ist, um es zu früh aufzugeben. Gerade als ich dachte, ich wäre mit allem fertig, als ich das Leben aufgegeben habe…bist du gekommen. Du hast meine ganze Welt auf den Kopf gestellt und wofür? Anscheinend gibt es immer mindestens eine Sache, an der man sich festhalten kann. Du bist zufällig meine.«

»Lily«, atme ich zitternd aus, bleibe auf dem Bett sitzen, erstarrt, ohne zu wissen, ob sie wirklich hier ist oder nicht.

Lily hat ein leicht verblasstes Lächeln auf ihren Lippen, als sie näherkommt. Mit jedem Schritt, den sie macht, erstarre ich mehr und mehr. Wenn das hier ein Traum ist, werde ich mich selbst hassen, sobald ich erwache.

Dann sinkt meine Matratze leicht, als sie direkt neben mir Platz nimmt. *Das ist ein sehr realistischer Traum.*

Ihre Hände streicheln meine Haut und wischen einige meiner Tränen weg. Ihre Berührung ist so sanft, es ist, als wäre sie nur ein Geist. *Was ist, wenn es so ist?*

Kapitel 39

»if I was dying on my knees, you would be the one to rescue me«—Brother by Kodaline

Lily

COLIN ATMET SCHWER. Seine Hände zittern und ich bin mir sicher, dass er sich nicht sicher ist, ob ich wirklich hier bin oder nicht.

Ich kann es nicht einmal übelnehmen. Ich glaube nicht, dass ich viel anders reagieren würde, wenn ich herausfinden würde, dass die Person, die ich liebe, gestorben ist und dann plötzlich wieder vor mir steht.

Seine Augen halten den Kontakt zu meinen, seine Muskeln spannen an, als ich ihn anfasse, und doch spricht er nicht.

»Colin«, sage ich schließlich. »Du kannst es glauben. Ich bin es wirklich.«

Ich bin mir sicher, dass ich ihm in etwa fünf, vielleicht zehn, Minuten erklären muss, warum ich ihn glauben ließ, dass ich gestorben sei. Aber im Moment, ist das nicht das, worauf ich mich konzentrieren sollte.

»Lily«, flüstert er. Seine Stimme ist mit so viel Schmerz erfüllt, dass ich anfangen könnte zu heulen, wenn ich sie nur höre.

Dann lehnt er seine Stirn an meine und seine Augen schließen sich. Colins Arme legen sich langsam um meine Taille und er zieht mich zu sich heran. Er zieht mich so nah heran, dass ich nun auf seinem Schoß sitze.

Sein Griff wird enger und fester. Wir bleiben für eine kurze Zeit so.

»Ich muss atmen können, wenn du mich am Leben haben willst«, erinnere ich ihn. Und in der Sekunde, in der diese Worte meinen Mund verlassen, lockern sich seine Arme um meinen Körper, und er zieht langsam seinen Kopf von meinem weg.

»Du bist hier«, sagt er, als würde er es gerade erst realisieren.

Colin atmet tief ein und zitternd aus, aber definitiv stabiler aus als zuvor.

»Du hast mich nicht verlassen, *mi sol.*« Ich bin mir sicher, dass er an dieser Stelle mehr mit sich selbst als mit mir spricht, aber das ist in Ordnung.

»Habe ich nicht.«

Obwohl er mich reden hört, mich auf seiner Haut spürt, suchen seine Hände mein Gesicht, als ob er sicherstellen möchte, dass ich es wirklich bin. Er hält mein Gesicht so nah an seinem, dass ich ihn bereits schmecken kann.

»Du lebst?«, fragt er und schaut mich immer noch an, als ob er sich gerade nicht selbst vertraut.

»Ich lebe, Colin. Ich lebe, und ich habe nicht vor, heute oder morgen oder in den nächsten Jahren zu sterben.«

Eine Träne rutscht ihm aus den Augen und ich wische sie schnell weg. Er atmet noch einmal tief durch und nickt dann ein paar Mal leicht mit dem Kopf, als sich die Erkenntnis endlich in sein Gehirn brennt.

»Das mit Eira tut mir sehr leid, Colin«, sage ich. »Wenn ich gewusst hätte—«

Er lächelt mich sanft an und schüttelt den Kopf. »Ich wusste, dass sie sterben wird. Es ist in Ordnung. Eira würde mich umbringen, wenn ich noch mehr Tränen wegen ihres Todes verschwenden würde. Sie war aufgeregt, ein neues Abenteuer zu beginnen.«

»Das ist eine dumme Frage, aber geht es dir gut?«

Er schaut für eine Sekunde an die Decke, dann wieder in meine Augen. »Es wird mir gut gehen.« Dann verlassen seine Hände mein Gesicht, aber er stößt mich nicht weg. *Das ist ein gutes Zeichen.* »Warum hast du mich glauben lassen, dass du gestorben bist?«

»Ich wusste nicht, wann du zurück sein würdest. So sehr ich Aaron auch liebe, wir wissen beide, dass er mich nicht hätte überzeugen können, zu bleiben, wenn sich meine Meinung wieder geändert hätte. Als ich heute Morgen aufgewacht bin und der Gedanke immer noch stark war, am Leben bleiben zu wollen, musste ich meine Mutter sehen. Ich musste ihr sagen, dass sie mich so weit getrieben hat. Dass ich ihretwegen, wegen ihrer Handlungen, viel zu nah dran bin, um ihren Wunsch wahr werden zu lassen. Sie zuckte nicht einmal zusammen, als ich ihr sagte, dass ich so sehr sterben wollte, wie sie es sich für mich gewünscht hat. Alles, was sie tat, war, mich mit dieser Leere in ihren Augen anzustarren, der gleichen Leere, die ich dir sicher schon oft gezeigt habe«, sage ich ihm.

»Colin, ich war mir nicht sicher, ob ich zurückkommen würde. Ich war mir nicht sicher, ob ich noch weiterleben werde, nachdem ich gesehen hatte, dass es meine Mutter immer noch einen Scheiß interessiert, was mit mir ist. Ich hätte ihm ein Zeichen geben sollen, dass ich noch am Leben bin, als er mir eine Million Nachrichten schrieb und mich anrief, nachdem er aufgewacht war. Aber ich wollte ihm keine Hoffnung machen, dass ich fünf Minuten später noch am Leben sein würde.

»Als ich das Haus meiner Mutter verließ, war ich wütend. Ich war nicht traurig, dass sie sich kein bisschen darum kümmerte. Ich war *wütend.* Ich ging in die Arena, platzierte das Tagebuch dort und war mir sicher, dass ich sterben werde. Das nächste, was ich weiß, war, dass ich mich vor einer psychiatrischen Klinik befand. Ich saß auf dem Beton vor dem Gebäude, weinte und versuchte den Mut zu finden, hineinzugehen. Als ich endlich den Mut fand…wollte ich nichts anderes, als dass du bei mir bist. Dass du meine Hand hältst, während diese Leute mit mir sprachen und mich in der Klinik aufnahmen. Sie fragten mich, ob ich jemanden anrufen möchte, ich sagte ja. Als ich auf mein Handy schaute sah ich, dass Aaron mich anrief, also hob ich ab. Er schrie mich an, aber ich unterbrach ihn und sagte ihm, wo ich war«, erkläre ich. Colin reagiert nicht viel. Er schaut mich mit dem kleinsten Versuch eines Lächelns auf den Lippen an, ein Lächeln, von dem ich glaube, dass es Stolz *und* Erleichterung ist.

»Meine Frage, ob ich heute noch mal nach Hause gehen kann um morgen wiederzukommen, wurde natürlich mit nein beantwortet. Natürlich sagten sie nein. Zugegeben, angesichts meines Zustands mussten sie sich ja auch Sorgen um mich machen. Darum war ich auch nicht allzu überrascht. Aber da wusste ich, dass ich mehr Zeit brauche. Also bat ich Aaron, das Haus so durcheinander zu bringen, dass es so aussah, als wäre er so verzweifelt und frustriert, weil er mich nicht finden konnte. Ich brauchte mehr Zeit, Colin. Ich wollte zu Hause sein, wenn du zurückkommst, damit ich dir stolz sagen kann, dass ich die Hilfe bekomme, die ich jetzt *will.* Ich musste das allein machen.«

Seine Arme schlingen sich wieder um mich, und ziehen mich ein in eine sehr benötigte Umarmung. Ich schlinge meine ebenfalls um ihn und lehne die Seite meines Kopfes gegen seine.

Mein Herz schmerzt für diesen Mann. Es ist ein guter Herzschmerz.

»Ich musste zu Hause sein, um dir von der Hilfe zu erzählen, die ich bekomme. Du solltest es nicht erst erfahren, wenn ich bereits in der psychiatrischen Klinik bin. Und ich brauchte mehr Zeit, damit ich die Klinik davon überzeugen konnte, dass sie mich gehen lassen. Es tut mir so leid, dass ich dich so sehr verletzen musste, um dir das persönlich zu sagen.«

Ich erwarte, dass Colin mir eine Standpauke hält, wie dumm meine Denkweise war, aber das tut er nicht. Stattdessen sagt er: »Ich bin so stolz auf dich, mein Lilybug«, und drückt mich noch ein bisschen enger an sich.

»Aber ich muss dich warnen, du bleibst jetzt bei mir, *mi sol.* Solange du mich auch bei dir hältst«, flüstert er und zieht sich aus der Umarmung.

Er neigt meinen Kopf so weit, bis sich unsere Lippen berühren, und leitet uns in einen kraftvollen Kuss, der immer noch sanft und liebevoll ist. Ein Kuss so gut, dass er mir den Atem raubt.

Als ich mich zurückziehe, in verzweifelter Suche nach etwas Luft, bin ich an der Reihe, meine Hände auf seine Kieferlinie zu legen. Als ich ihm tief in die Augen schaue, fange ich wieder an zu sprechen. »Ich liebe dich, Colin Carter. Um ehrlich zu sein, wenn es dich nicht gäbe, würde ich nicht mehr hier stehen. Du hast mich gerettet, Colin.«

»Baby, ich werde dich eine Million Mal mehr retten, wenn dich das an meiner Seite hält.« Seine Lippen berühren meine ein weiteres mal, sanft. »Ich würde die ganze Welt niederbrennen, wenn es dein Leben retten würde.« Er macht eine kleine Pause, dann spricht er weiter. »Aber Lilybug, das war nicht mein Tun. Das warst du.«

»Okay, wie wäre es, wenn wir versuchen, unser Leben nicht in die Nähe einer Todesgrenze zu bringen? Ich glaube nicht, dass du einen weiteren Herzinfarkt überleben würdest.«

Er lacht und drückt seine Lippen auf meine Stirn. »Lilybug, wir wissen beide, dass ich Tonnen davon überleben muss, wenn ich mit dir zusammen bin. Vor allem mit deinem urteilenden Sergeant Froggo in meinem Bett. Dieser Frosch gruselt mich, wenn ich nachts aufwache. Ich schwöre, er starrt direkt in meine Seele und überlegt, wie er mich umbringen kann.«

Ich lache und schüttle ungläubig den Kopf. »Er ist ein Stofftier, Dummkopf. Er wird dich nicht ermorden.«

»Hast du dir das Ding angesehen? Er ist so total mörderisch. Aber wenn du mir versprichst, ihm zu sagen, dass er mich leben lassen soll, kann er bleiben.«

»Deal.« Als ich meinen Kopf auf die Vorderseite seiner Schulter lege, stützt Colin sein Kinn auf meinen Kopf und streichelt meinen Rücken mit seinen Händen.

Ich bin mir nicht ganz sicher, wann mein Kopf anfing, mir zu sagen, dass dies der Ort ist, an dem ich sein sollte, direkt in Colins Armen. Aber ich bin froh, dass ich endlich zugehört habe.

Ich bin froh, dass ich endlich gemerkt habe, dass ich nicht allein sein muss. Dass es Menschen gibt, die mir bereitwillig ihre Hände zur Unterstützung entgegenstrecken, auch wenn sie nicht helfen können.

Zu wissen, dass ich nicht alleine durch eine dunkle Zeit gehen muss, ist mehr als ich mir je wünschen könnte.

Schmerz kommt auf alle möglichen Arten. Einige mögen schlimmer von ihm getroffen werden, andere weniger, aber es gibt immer Schmerzen im Leben.

Die Menge an Schmerz spielt keine Rolle, Schmerz bleibt Schmerz, und es ist Scheiße. Er wird nie gehen, wird immer präsent sein.

Aber es liegt an uns zu entscheiden, ob wir uns davon einnehmen lassen oder nicht.

Epilogue

»I wouldn’t have made it if I didn’t have you holding my hand«—Control by Zoe Wees

Colin

Zwei Wochen später

»Noch fünf Minuten!«, ruft mein Vater, als ich an ihm vorbeiskate. Es ist ja nicht so, dass ich keine Augen habe und die Anzeigetafel nicht selbst lesen könnte. Ich denke, er hat einfach eine tolle Zeit damit, mich an den Druck zu erinnern, unter dem ich stehen sollte.

Die St. Trewery University und die Princeton University spielen um einen Sieg. Momentan zeigt die Anzeigetafel 3-3. Fünf Minuten können jedoch viel verändern. In nur fünf Minuten, wenn alles glatt läuft, könnten wir möglicherweise mindestens ein weiteres Tor erzielen, wenn es besonders glatt läuft, sogar zwei oder drei. *Vielleicht nicht drei.*

Parker, unser Goalie, gibt sein Bestes, um den Puck von unserem Netz fernzuhalten, aber die Spieler von Princeton sind rücksichtslos. Sie spielen mit viel mehr Körpereinsatz als jeder von uns.

Hockey ist bekannt für seine Brutalität, aber verdammt, diese Jungs sind grausam, nicht nur brutal.

Parker wurde vor fünf Minuten für Kaiden eingewechselt. Nur weil Nico Cams, einer der Gegner, beschlossen hat, Kaiden fast den Arm zu brechen.

Der Puck ist derzeit in Besitz von Grey, und er scheint alles gut unter Kontrolle zu haben.

Meine Jungs versuchen, die Princeton-Spieler so gut wie möglich von Grey fernzuhalten. Ihr Goalie ist jedoch großartig. An ihm vorbeizukommen, erweist sich als schwieriger, als wir geübt hatten. Es scheint, dass Beck ziemlich viel Training hatte, bevor er sich uns stellte.

Grey ist so nah am Tor, fast schussbereit, als einer der Princeton-Spieler von hinten auftaucht und Grey gegen die Wand drückt, der Puck gleitet über das Eis, als würde er zu einem klassischen Lied tanzen.

Die Zeit scheint still zu stehen, als ein paar Spieler, mich eingeschlossen, sich in kürzester Zeit auf dem Weg zum Puck machen.

Da wir dem gegnerischen Tor so viel näher sind als unserem und ich darauf geachtet habe, in der Nähe von Grey zu bleiben, ist es ein leichtes Spiel für mich, den Puck zuerst zu erreichen.

Ohne Zeit zu verlieren, drehe ich mich dem Tor zu, lege an Geschwindigkeit zu und schieße in Richtung Sieg.

Wenn ich an das Einfrieren der Zeit zurückdenke, als Spieler auf den Puck zugelaufen sind, ist es nichts im Vergleich zu dem, was ich jetzt fühle, wo der Puck so nahe an einem Sieg ist.

Noch zehn Sekunden.

Alles bewegt sich in Zeitlupe. Dann, endlich, *endlich*, trifft der Puck das Netz. Das laute Heulen der Sirenen geht durch die Arena, als ein Punkt für St. Trewery auf der Anzeigetafel hinzugefügt wird.

Eine weitere laute Sirene ertönt, als die Zeit abläuft.

St. Trewery U gewinnt.

Ich verbringe einen kurzen Moment damit, ein paar Worte mit dem anderen Team Captain zu wechseln, und dann skatet mein sehr glückliches St. Trewery Team vom Eis in Richtung Umkleidekabine.

Alle außer mir.

Als ich das Eis verlasse, werde ich von zwei liebevollen grünen Augen und blonden Haaren begrüßt. Die eine Person, der ich innerhalb kürzester Zeit so nahegekommen bin.

Sie lächelt mich so strahlend an, dass ich spüren kann, wie wärme in mein Herz strömt.

»Herzlichen Glückwunsch, Mr. Stinky!« Lily schreit ganz aufgeregt, während sie in meine Arme springt. Wohlgemerkt, ich bin immer noch auf Schlittschuhen, aber ich würde gerne für diese Frau auf den Boden fallen, auch wenn es alle sehen.

Ich drehe uns beide ein paar Mal im Kreis, bevor ich sie wieder hinstelle und meinen Helm abnehme, um sie zu küssen, bis ihr der Atem wegbleibt.

Lilys Lippen sind immer noch meine Obsession, meine Sucht. Ich bin süchtig nach ihr. Vielleicht ist das nicht allzu gesund, aber das ist mir egal. Diese Frau besitzt meinen Körper, mein Herz und meine Seele.

»Was machst du hier, *mi sol*?«, frage ich völlig verblüfft von ihrer Anwesenheit, denn ich dachte, sie sei in der Klinik.

Gott, ich habe sie so sehr vermisst. Ich habe Lily seit drei Tagen nicht mehr gesehen. Habe sie seit zwei Wochen nicht mehr wirklich berührt und geküsst.

Das war Folter. Aber immerhin habe ich sie jetzt zurück.

»Du solltest doch erst später entlassen werden. Ich dachte, ich hole dich ab«, sage ich und stehle mir einen weiteren Kuss von ihr.

»Ich wollte dein Spiel sehen, also hat mein Vater mich abgeholt und hierher gefahren. Er sollte noch da sein.«

Ich will raus aus meinen Klamotten, zumindest aus meiner Hockeyausrüstung, damit ich Lily richtig in an mir spüren kann. Körper an Körper. Ich möchte sie umarmen, ohne meine Schutzrüstung zwischen uns.

»Mein Vater hat dich zum Abendessen eingeladen. Er lässt fragen, ob *wir* mit ihm essen gehen wollen«, sagt sie und nimmt mir meinen Hockeyschläger ab, als wir in Richtung Umkleidekabine gehen.

»Klar, lass mich aber erst noch duschen, okay?«

Sie lacht und nickt. »Natürlich, Mr. Stinky.«

»Ich stinke nicht.«

»Du hast Recht. Du riechst einfach täglich nach Schweiß und altem, stinkenden Sportequipment.« Lily lächelt und stellt sich auf ihre Zehenspitzen, bevor sie mir einen sanften Kuss auf die Lippen drückt, direkt, als wir vor den Türen der Umkleidekabine stehen bleiben.

»Baby, wo glaubst du, gehst du hin? Du gehörst in diese Umkleidekabine. Schließ jetzt deine Augen und schieb deinen süßen Hintern hinein.«

Lachend gehorcht sie, hält sich an meinen Armen fest—ihre Augen geschlossen—als ich sie in die Umkleidekabine führe.

Lily

WIR LIEGEN IM BETT, mein Kopf ruht auf seiner Schulter, während sein Arm um mich geschlungen ist.

Colins Laptop liegt auf seinen Beinen und er sorgt dafür, dass wir beide eine gute Sicht darauf haben.

»Okay, Lilybug, unser Thema war die Schönheit des Lebens«, sagt er, als er den Play-Button drückt und unser Projekt zu spielen beginnt.

Videos von mir, wie ich weine, beginnen zu spielen. Sekunden meines Körpers, der zittert, meine Hände, die mein Gesicht bedecken, ich, schreiend am Abgrund des Hügels, zudem er mich mitnahm, als wir den Sonnenaufgang anschauten.

Schmerz. Er porträtiert Schmerz.

»Bei der Schönheit des Lebens geht es nicht um die magische und perfekte Seite des Lebens.«

Seine Hand, die sich austreckt um nach meiner zu greifen, während wir auf sein Auto zugehen. Ich drehe mich um, um ihn anzusehen. Meine Augen sind rot und geschwollen vom Weinen, aber ein Lächeln erscheint auf meinem Gesicht, als sich unsere Hände berühren.

»Die Wahrheit ist, es gäbe nicht eine schöne Sache, wenn es die schlechte Seite nicht gäbe.«

Wir sind im Retro Diner. Ich lache über Colin, weil er noch vor zwei Sekunden versucht hat, sich einen ganzen Burger in den Mund zu schieben, aber es hat nicht gepasst. Stattdessen tropfte die Sauce auf sein Hemd und ruinierte es für immer.

»Wir wüssten nicht, wie wir das, was wir als ›schöne Momente‹ bezeichnen, schätzen sollten, wenn es keine schlechten gäbe.«

Ein weiteres Video zeigt mich, wie ich weinend auf Colins Bett sitze und mein Tagebuch in den Händen halte.

Der nächste Clip zeigt mich im Regen, wie ich mich mit erhobenem Kopf im Kreis drehe und die kalten Regentropfen auf meine Haut treffen lasse.

Ich wusste nicht einmal, dass er das gefilmt hat.

»Bei der Schönheit des Lebens geht es nicht nur um das Glück. Es ist nicht Sonnenschein und Blumen. Es ist der Schmerz, die Narben, die eine Geschichte erzählen. Es geht um die Dunkelheit und die winzige Lichtquelle, die in der Tiefe des Waldes erscheint.«

Weitere Clips von mir, wie ich mit meinen eigenen Gedanken am Kämpfen bin, erscheinen, aber sie alle verblassen in anderen Clips, in denen ich lächle, lache und Glück durch Traurigkeit darstelle.

Ein Clip zeigt den Moment, als ich aufs Eis gehe. Mein Gesicht leuchtet wie ein Feuerwerk auf, ein strahlendes Lächeln breitet sich über mein ganzes Gesicht aus.

»Das Leben mag für einen Moment warm und hell erscheinen, aber im nächsten Moment ist es wieder Grau, zurück zur Dunkelheit und eisigen Temperaturen. Es schlägt dich nieder, nachdem es dich belohnt hat, und belohnt dich dann erneut, nur um einen weiteren Schlag davon zu bekommen. Die wahre Kunst im Leben ist es, über den Schmerz hinaus zu sehen. Zu sehen, dass in allem eine Lichtquelle steckt.«

Das Video wechselt zu Clips von Colin und mir.

Colin, der in einem Feenkostüm auf mich zu rennt und mich zum Lachen bringt.

Colin lächelnd, als ich versuche, einen viel zu schweren Kürbis zu heben.

Wir, tanzend, mitten in einer Bar mit Tonnen von Augen, die auf uns gerichtet sind. Aber wir ignorieren jeden einzelnen von ihnen, denn was wirklich zählt, ist, dass Colin und ich zusammen dort sind.

»Liebe«, sagt er. *»Die Schönheit des Lebens ist mit dieser einen Sache verbunden, die wir alle suchen. Diese eine Sache, die Menschen zusammenbringt, sie spaltet. Schmerz würde ohne*

Liebe nicht existieren, und Liebe nicht ohne den Schmerz. Sei es Familie, Freunde, ein Haustier, Sport, ein Lebensgefährte, irgendetwas oder irgendjemand. Verlust ist der Schmerz, der mit der Liebe einhergeht. Der wahre Verbrecher, aber ohne ihn würden schöne Dinge nicht existieren. Wenn du keine Angst hast, sie zu verlieren, wenn du keine Angst hast, dass sie dich verlässt…ist sie nicht auf der Seite der Schönheit, auf der sie sein sollte.«

Noch mehr Videos von mir und Colin zusammen. Wie wir uns umarmen, lachen. Videos von der Art und Weise, wie wir uns ansehen, wenn der andere nicht hinsieht.

»Liebe und Verlust ist die Schönheit des Lebens. Beides kommt unerwartet. Sie kann dich zerstören, aber sie kann auch dein Retter sein. Was auch immer es *ist, sie kommen zusammen. Das eine folgt dem anderen. Sie werden immer wieder kommen, um uns daran zu erinnern, auch nur die kürzeste Zeit, die wir mit der Liebe haben, zu schätzen. Aber sie ist da, und wenn sie es noch nicht ist, wird sie kommen, wenn du es am wenigsten erwartest.«*

Ich schniefe und wische mir ein paar Tränen weg.

Colin schließt seinen Laptop, eine Sekunde später kuschele ich mich komplett an ihn, sein T-shirt wird nun mit Tränen befleckt.

Er lacht, aber zieht mich in seine Umarmung und gibt mir einen Kuss direkt auf den Kopf.

»Das war wunderschön«, sage ich ihm schluchzend.

»Ich werde leugnen, das gemacht zu haben. Ich werde sagen, dass du mich ein paar Worte sagen lassen, und diese dann so zusammengeschnitten hast.«

Jetzt bin ich dran, zu lachen. Ich schaue auf und blicke in seine Augen. Colin hat ein Lächeln auf seinem Gesicht, eines, das zeigt, wie stolz er auf sich ist, weil er etwas so Schönes geschaffen hat. Vielleicht auch ein bisschen von Ich bereue das mehr als alles andere.«

»Ich bin nicht so talentiert, Dummkopf.«

»Hm, das wissen die anderen aber nicht.« Er gibt mir einen gefühlvollen Kuss auf die Lippen. »Professor Meisner sagte, er wird das Video nicht im Unterricht zeigen, weil er dich mit deinem ›wahnsinnig guten Schauspieltalent‹ nicht demütigen will, weil es ›zu realistisch erscheinen könnte.‹«

Zumindest etwas Gutes. Ich glaube nicht, dass ich jemals den Tag erleben will, wenn ein paar hundert andere Schüler mich weinen sehen.

»NEIN, PAPA, WEIẞT DU, wozu deine Tochter fähig ist? Sie ist ganze zwei Stunden zu Hause und dann…sah das ganze gottverdammte Wohnzimmer aus wie die Dekorationsabteilung bei IKEA.« Aaron gleitet mit den Händen über sein Gesicht und stößt ein verzweifeltes Stöhnen aus.

»Ich dachte, ihr braucht ein bisschen mehr Farbe. Euer ganzes Haus besteht aus Weiß und Grau. Es brauchte etwas Farbe«, verteidige ich mich.

»Baby, mintgrün ist keine Farbe, die in unser Haus passt.« Colin hat eindeutig einen Todeswunsch. Wie kann er es wagen, sich auf Aarons Seite zu stellen, statt auf meiner zu sein? »Und deine Froschbesessenheit gruselt mich auch immer noch.«

»Vielen Dank! Diese winzigen Froschstatuen sind überall.« Ein weiteres Stöhnen kommt von Aaron.

Ehrlich gesagt, wenn sie nicht wollten, dass ich ihr Haus »Ver-Mädchen-hafte«, hätten sie mir nicht anbieten sollen, zu bleiben. Nun, es ist nicht so, dass ich eine andere Wahl hätte. Colin besteht darauf, dass ich bleibe, damit er ein Auge auf mich haben kann, und Aaron…er hat nicht viel zu sagen, wenn es um mich geht. Nicht, wenn Colin sich bereits entschieden hat.

Natürlich habe ich die Wahl zurück ins Studentenheim zu gehen, aber warum sollte ich, wenn ich meinen Bruder mit meiner Anwesenheit zu jeder Zeit nerven kann?

Ich konnte das nicht tun, als wir jünger waren, also muss ich das jetzt nachholen.

»Leute, lasst Lily in Ruhe, sonst findet ihr Killerfrösche in eurem Bett, und ich bezweifle, dass es das ist, was ihr wollt«, sagt Ana. Zumindest ist jemand auf meiner Seite.

»Danke, Annie.«

»Nicht ein weiterer dieser Sergeant Froggo's, *por favor*«, bettelt Colin und macht ein schmerzverzehrtes Gesicht. »Es ist schlimm genug, dass Lily diesen Frosch mehr liebt als mich. Ich brauche nicht noch mehr davon in meinem Leben.«

Ich verdrehe die Augen und versuche, genervt zu wirken, aber mein Lächeln verrät mich.

»Meine Damen«—mein Vater bewegt sein Hand um den Tisch, stoppt erst, wenn diese bei mir ankommt—»und Froschliebhaber.« Alle schmunzeln. »Wenn mintgrüne Dekoration und Frösche die Frau glücklich machen, dann müsst ihr alle eben ein paar Opfer bringen.«

»Aber Papa, das kann ich nicht«, sagt Aaron. »Du lebst nicht bei uns. Du musst diese gruseligen Kreaturen nicht den ganzen Tag, jeden einzelnen Tag sehen. Aber ich muss es.«

»Pech für dich, Ron.« Colin zuckt mit den Schultern, als er mir zuzwinkert.

Aaron grunzt missbilligend. Aber genau wie bei mir hintergehen ihn seine eigenen Gesichtsmuskeln, von seiner Wut keine spur..

Und dann fällt die Frage, auf die ich gewartet habe. Nicht, dass ich mich darauf gefreut habe, sie zu beantworten, aber ich wusste, dass sie irgendwann kommen würde.

»Wirst du zurück müssen?«, fragt Ana. »In die Klinik, meine ich.«

Sie musste das nicht unbedingt nochmal benennen, aber ich gebe ihr ein A für den Versuch.

»Vorerst nicht. Bevor ich entlassen wurde, hatte ich ein Gespräch mit einer Psychologin. Sie sagte, ich mache große Fortschritte. Sicher, ich werde nicht von einen auf den anderen

Tag auf magische Weise geheilt sein, aber sie ist sich sicher, dass ich auf einem guten Weg bin und ein fast ›normales‹ Leben führen kann«, sage ich und erkläre es wahrscheinlich schlimmer als die Psychologin.

»Es wird verdammt viel Arbeit sein, um in die Nähe von ›Normalität‹ zu kommen, was auch immer das sein soll. Ich glaube ehrlich gesagt nicht, dass es so etwas wie ›normal‹ gibt, aber wie auch immer, das ist nicht der Punkt. Sicher werde ich immer noch manchmal verzweifeln, genau wie alle anderen. Wenn ich jedoch weiterhin meine Medikamente nehme und die Menschen an meiner Seite habe, die ich liebe und die mich lieben, bin ich mir sicher, dass ich das durchstehen kann, ohne den Wunsch zu sterben aufrechtzuerhalten. Ganz weg ist dieser Wunsch noch nicht, manchmal denke ich immer noch, dass es besser wäre, wenn ich sterben würde. Aber weißt du, ich denke nicht mehr, dass es die einzige Lösung ist. Natürlich werde ich weiterhin zur Therapie gehen müssen. Aber abgesehen davon, wenn mein Zustand sich nicht wieder verschlechtert, kann ich weit von diesem Ort fernbleiben.«

Colin nimmt meine Hand in seine und drückt sie sanft. Seine Augen blicken mich an und er lächelt. Es ist kein mitleidiges Lächeln. Er ist stolz auf mich.

Egal wie klein meine Siege auch sein mögen, Colin sagt oder zeigt mir, wie stolz er auf mich ist.

Er konnte mich nicht täglich besuchen, die Besuchszeiten erlaubten es ihm nicht, genauso wenig wie sein Zeitplan…aber wann immer er mich in den letzten zwei Wochen besuchte, hörte Colin zu, wenn ich ihm berichtete, was ich gelernt habe. Aber am wichtigsten war, dass er mich immer anlächelte, als würde ich ihn so stolz machen.

Es fühlte sich gut an und fühlt sich immer noch gut an zu wissen, dass ich nicht die Enttäuschung bin, für die ich mich selber jahrelang gehalten habe.

Colin gibt mir ein gutes Gefühl. Und mit der Hilfe meiner Familien fühle ich, dass es mir besser geht.

Natürlich habe ich noch einen langen Weg vor mir, und ich bin mir sicher, dass meine Depression nie ganz verschwinden wird (Hauptsächlich, weil man Depressionen nicht einfach ›heilen‹ kann). Aber ich weiß jetzt, dass ich mit Liebe so viel mehr in meinem Leben erreichen kann. Mehr, als wenn ich ganz allein wäre.

STUNDEN SPÄTER SIND WIR endlich wieder zu Hause und ich habe mich in Colins Bett gekuschelt. Er ist immer noch im Badezimmer, also denke ich, dass es in der Zwischenzeit Spaß machen würde, etwas unter seinem winzigen Teil der Decke zu verstecken.

Ja, etwa drei Viertel der Decke gehören mir. Es bedarf keiner Diskussion. Selbst wenn Colin mit mir darüber streiten wollte, er würde verlieren.

»Welchen Film schauen wir uns an?«, fragt Colin, als sich die Badezimmertür öffnet.

Er trägt nur eine Jogginghose und gewährt mir den Anblick seiner nackten Brust. Seit ich von seinem nicht-mehr-so-neuen Tattoo weiß, scheint seine Brust so viel interessanter zu sein.

»Barbie, offensichtlich.«

Er stöhnt und bringt mich zum Lachen.

»Hör zu, *mi sol*, du kannst mich für den Rest unseres Lebens mit Barbie-Filmen quälen, aber nicht heute Abend. Es ist dein erster Tag zu Hause, lass uns etwas schauen was…gut ist.«

»Willst du damit sagen, dass Barbie-Filme schlecht sind?« Das beleidigt mich überhaupt nicht. Nein. Alles gut.

»Nein, ich meine, ich möchte so etwas wie irgendeinen Marvel-Film sehen. Oder irgendeinen Horrorfilm, wie *Paranormal Activities*.«

Ich summe und tue so, als würde ich darüber nachdenken. »In Ordnung. *The Notebook* dann.«

Colin verengt misstrauisch die Augen aus mich und hebt langsam die Decke an. »Das klingt nicht nach irgendetwas *Action*mäßigem.«

»Oh, da ist ziemlich viel *Action* drin. Wie…Liebe.«

Zum Glück gehen meine Worte an ihm vorbei, als er vor dem Stofftier unter seiner Decke zurückschreckt. Das Stofftier, das ein Auge beim letzten Kampf mit Colin verloren hat.

Ich kann nicht anders als schrecklich laut zu lachen, es will nur so aus mir herausströmen, als Colin seine Hand auf sein Herz legt und schwer atmet, während er versucht, wieder zum Leben zu erwachen.

»Oh, ich mach dich fertig, Liliana«, spricht er mit zusammengebissenen Zähnen.

Colin wirft den Frosch quer durch den Raum, steigt auf das Bett und beugt sich zu mir. Sein Gesicht ist so nah an meinem, dass ich spüre, wie sein Atem auf meiner Haut kribbelt. Seine Brust drückt sich gegen meine, so nah, dass ich fühlen kann, wie sein Herz gegen meines schlägt.

Er senkt sein Gesicht, seine Nase berührt sanft meine, bevor seine Lippen in einem so herzzerreißenden, bewusstseinslöschenden Kuss mit meinen Lippen in Berührung kommen.

Meine Zunge schiebt sich an seinen Lippen vorbei und taucht in seinen Mund ein, um den Kuss zu vertiefen. Und weil ich mit diesem Mann viel zu *touchy* werde, greifen meine Hände automatisch nach oben, um seinen Rücken zu streicheln und seine Haut mit meinen Fingernägeln zu kratzen.

»Ich liebe dich, *mi sol*«, flüstert Colin, als würde er wollen, dass nur ich es höre. »Endlich habe ich meine Sonne zurück.«

»Ich liebe dich auch, Dummkopf.« Ich küsse ihn.

»Worum geht es in dem Notizbuch?«, fragt Colin. Er liegt nun neben mir und hält mich in seinen Armen.

»Es geht um die Kraft der Liebe und—«

»*Mi sol*, ich meine das auf meinem Nachttisch, nicht den Film«, lacht er und nimmt das mintgrüne *Tagebuch* in die Hand, um es mir zu zeigen.

»Oh.« Ich grinse und rümpfe die Nase. »Ich habe ein paar Briefe zu schreiben. Sie werden davon handeln, wie sehr ich dich vermissen werde, wenn Sergeant Froggo dich ermordet hat.«

Colin entreißt mir das Stofftier und wirft es auf die andere Seite des Raumes. Als ich kurz davor bin, ihm hinterherzulaufen, hält er mich etwas fester und drückt Kuss nach Kuss auf meine Lippen.

»Er kann es versuchen, aber ich bin unverwundbar, unsterblich sogar. Solange du bei mir bist, mein Lilybug.«

Ende

Danksagung

Dieses Buch gäbe es nicht ohne die Leute in der Schule, die beschlossen hatten, mein Leben zur Hölle zu machen. Also, vielen Dank für die Erfahrung. Ihr habt mir geholfen zu wachsen, geholfen zu erkennen, wer ich definitiv nicht sein will und zu sehen wie ich meine zukünftigen Kinder nicht erziehen werde. Ich hoffe wirklich, dass, falls ihr jemals Kinder haben werdet, dass ihr diese besser erziehen werdet als das, was euch durch den Kopf ging.

Ich möchte mich bei Joel Böhm bedanken, dass du mir meine sehr dummen Fragen zum Eishockey beantwortet hast. Wenn du nicht gewesen wärst, und im Bus auf den Weg zur Schule, die meiste Zeit nicht über Eishockey geredet hättest, hätte ich sehr wahrscheinlich Eishockey nicht als Sport für diese Bücher gewählt. Also, vielen Dank, dass du ständig darüber gesprochen hast.

Ein großes Dankeschön an Sofia Elizabeth Cortés, dafür, dass ich dich damit nerven durfte, dir ständig ohne Kontext Sätze zu senden, die du dann für mich ins Spanische übersetzt hast. Ohne dich hätte ich das alles nicht geschafft, um ehrlich zu sein. Ich wäre nicht in der Lage gewesen, meine geringen Spanischkenntnisse zusammenzukratzen und es irgendwie selbst hinzubekommen. Also, Danke! Ich schulde dir was.

Meiner Handvoll an Freunden, die ich gebeten habe, die ersten Entwürfe zu lesen, um mir dann zu sagen, ob ich völligen Unsinn schreibe oder nicht, bin ich zu ersthaften Dank verpflichtet. Ihr musstet so viel ertragen, vor allem Namensänderungen, oder einfach irgendwelche neu hinzugefügten Szenen woraufhin Minuten lange Sprachnachrichten von mir folgten, in denen ich die Änderungen dann erkläre, et cetera.

Also, Rana, Jane und Vanessa, vielen Dank, dass ihr dieses Buch mit Millionen Rechtschreib- und Grammatikfehlern gelesen habt, und, natürlich, für die ehrlichen Meinungen!

Ich muss mich wirklich bei Ulrike Falk und Astrid Renz bedanken. Ohne euch wäre die deutsche Übersetzung nie zustande gekommen. Es ist echt ein Wunder, was ihr aus meinen sehr fragwürdigen Sätzen gemacht habt! DANKE.

Danke auch an meine Eltern und Großeltern, dass ihr an mich geglaubt, und jedes zweite Kapitel mit mir gefeiert habt, obwohl ihr absolut keine Ahnung hattet, was ich geschrieben habe—Größtenteils, zumindest—bis ich eine deutsche Übersetzung angefangen habe zu schreiben.

An meine Mutter, vielen Dank, dass du immer an mich glaubst, auch wenn meine Pläne absolut lächerlich und völlig unrealistisch sind.

An meine Oma Rike, vielen Dank, dass du deine Sonntage mit mir verbracht hast, weitere Schritte und Pläne für dieses Buch mit mir besprochen hast, vor allem wie ich Werbung dafür machen kann. Ohne dich, meine Mutter und meine andere Oma wäre ich nicht so weit gekommen, wie ich es jetzt bin.

Danke an meine beste Freundin »What-is-a-Laur«, auch bekannt als meine Tiktok-Account-Managerin (die nie dazu kam, irgendwas zu managen) dafür…nun, nicht wirklich etwas. Aber du bist meine emotionale Unterstützung, weißt du? Dich in meinem Leben zu haben, stresst mich sehr, aber es ist auch ein Segen. Im Ernst, ich könnte nicht ohne dich an meiner Seite durchs Leben gehen. Vielen Dank für die ganzen unbezahlten Therapiesitzungen mitten in der Nacht, weil wir beide ein wenig zu dumm sind um als Menschen zu funktionieren.

Ich möchte dem Mädchen danken, dass ich so viele Jahre meine beste Freundin genannt habe, und dabei den Überblick verloren habe, wie viele es letztendlich waren. Ich weiß, dass wir nicht mehr miteinander reden, aber wenn es eine Chance gibt, dass du das liest…Paige, ich möchte, dass du weißt, dass ich dich lieb habe und ich dir dankbar für alles bin. Du warst ein großer

Teil meines Lebens, hast mir mit vielem geholfen, und das werde ich nie vergessen.

Weil ich weiß, dass ihr beide das niemals lesen werdest, was auch bedeutet, dass ich nie mit euch ein Gespräch darüber führen werde; Vielen Dank an meine Brüder Tim und Noel für…da bin ich mir noch nicht so ganz sicher, aber ich hatte das Gefühl, dass ihr zwei auch ein bis zwei Zeilen verdient habt. Seien wir ehrlich, mein Leben wäre viel langweiliger ohne euch beiden.

Und vielen Dank an alle, die dieses Buch gelesen haben. Schreiben würde ohne euch nicht viel Sinn machen.

Für alle da Draußen, die am struggeln sind, ich verspreche euch, dass bessere Zeiten kommen werden. Ich selbst habe nicht daran geglaubt, aber aus irgendwelchen Gründen hat das Universum für sich entschlossen, gute und schlechte Dinge herumzuwerfen als wäre Geld kostenlos. Sie kommen beide, immer. Aber seid gewiss, gute Dinge werden auf euch zukommen.

Zum Schluss noch ein Dankeschön an meine alte Englischlehrerin, die versucht hat, mir zu sagen, dass ich kein Englisch sprechen könne. F YOU.

Printed in Poland
by Amazon Fulfillment
Poland Sp. z o.o., Wrocław

15115496R00253